生死救赎

胡昌国 著

作家出版社

序

几年前，读过昌国的长篇小说《爱如山水》，为他小说中男女主人公忠贞不渝的爱情而感动。没有想到在短短的时间内，他又写出了这部三十多万字的长篇小说。

小说中的主人公林振川，参加过抗日战争，曾经一个人打死了将近五百个日本鬼子，参加过解放战争，率领部队消灭了国民党的一个团。就是这样一个英雄，却因为误释放了一名蹲在狱中的国民党县长和一个保密站站长，加之被人诬陷为特务，最后只好出走他乡，几十年后，为了救赎自己也为了救赎这段被曲解的历史，回到了他为之魂牵梦萦的故乡。一连串的故事，因此从这里展开。

其实，小说中主人公的故乡是昌国的故乡，也是我的故乡。

故乡在大别山，那里有金刚台，有黑龙潭，有朝阳洞，每一座山峦，每一条沟壑，都写满了厚重的历史。历史的褶皱中，有曲折，有低谷，有血与火的斗争，有悲欢离合与妻离子散。但这里有血脉亢奋的汉子，将生死置之度外；有多愁善感的儿女，书写缠绵不尽的爱情。这一切，都化为曲折的故事和血肉丰满的人物形象，出现在昌国的这部小说中。昌国立足于故乡，但又映照了整个时代，从抗日战争一直写到改革开放，历史的壮丽画卷逐次展开，使整部小说呈现出史诗的品格。

关于“史诗”，无论是经典的理论还是新时期小说的创作实践，其突出的美学特征是必须具有广阔的文化时空和体现历史的某些规律，同时，按照神话史诗的传统，还必须具有英雄主义的气质。在这两点上，昌国的小说恰恰已经具备这些特质。

小说从遥远的边疆写起，其中不乏动人的边疆风情与云谲波诡的生死搏斗，但真正的故事，是从主人公回到故乡开始的。在历史的闪回和当事人的讲述中，抗日战争，解放战争，“大跃进”，“文化大革命”，中国历史上的若干重大历史事件，通过林振川一家人不同的命运遭际，跌宕起伏地展现在读者面前，共和国的历史，或悲壮或苍凉地呈现在时间的底色上。

当然，小说的主角是林振川，一切因他而起，一切因他而生，这场悲剧一方面缘于自己人的误会，一方面缘于潜伏下来的敌人，这种历史的偶然改变了他及他一家人的命运，而几十年的极“左”思潮，又加剧了悲剧的发生。林振川的妻子雷淑娴，因袭着丈夫的种种罪名，含辛茹苦，承担着哺养子女的责任，最后为揭露浮夸风而受到不公的待遇，直到献出生命。林振川的一对儿女林海和林英在“文化大革命”中被迫跳下长江大桥，流落他乡，结局悲惨。老师长杨海功，也被打入冷宫，受到非人的待遇，直到“文革”结束才被平反。

虽然小说充满了悲剧色彩，但作者并没有刻意书写历史的“伤痕”，而是通过林振川、雷淑娴、杨海功等形象的刻画，高扬理想主义的大旗，谱写着英雄的赞歌。如主人公林振川，无论是抗日战争中与日本鬼子浴血奋战，还是在解放战争中与国民党反动派作斗争，一直是视死如归，表现出了大无畏的英雄气概，最后在与牛跃进的斗争中，也不顾个人的安危，与潜伏在党内的敌人针锋相对。虽然雷淑娴自己的处境并不好，但在浮夸风盛行的时候，她向上级反映真实情况，受到批斗和羞辱也无愧无悔。老师长杨海功恢复工作后，带病坚持工作直到倒在工厂方罢休。从作品中看，虽然命运对这些人并不公，但他们毫无怨言，对社会、对时代依然充满信心。

除此之外，小说中还写出了一批痴情的儿女。如雷飞侠对林振川的深深的爱，她因为不能与心上人结为夫妻而上山落草为王，但听说心上人遭受不公时，毅然舍身相救相许，最后以死明志。雷淑娴在身处逆境时仍然守身如玉，也是满怀着对林振川的爱恋。哈萨克族姑娘依赛古丽不慕地位和钱财，嫁给了逃难来到新疆的林振川。小说中，一个个中国女性的光辉形象通过情节的铺陈，跃然纸上。

将近四十年前，我与昌国在家乡商城时，受到涂白玉老师的影响与支持，走上了文学创作的道路。昌国后来走上了重要的领导岗位，但热爱文学之心依然，在退休之际，捧出了一本本有历史厚重感和浓郁地域风情的长篇小说，让我等艳羡不已。付梓之际，昌国嘱我这位出版人写几句话，却之不恭，只好献芹于前，算是给读者诸君做一次导读。

周百义

2018.6.25

（周百义，湖北省编辑学会会长，湖北省出版工作者协会副会长。）

一

历史老人以他急促而稳健的步伐走入了公元1996年。当时中国正要经历两件事情。一是准备庆贺香港回归；二是应对突如其来的亚洲金融危机。大城市里的人们忙得不亦乐乎，而我的目光却投向了远方。在新疆东北部的腾格里大草原，在草原的清河县扎哈林小镇。这个小镇离新疆首府乌鲁木齐九百八十公里，离戈壁三百八十公里，离沙漠二百四十公里，离边境四十公里。

十月的扎哈林小镇，安静而神秘，自然而平和，天空无限蔚蓝，当朝阳还未升起，天已大亮的时候，用“碧蓝如洗”还不能形容无垠天空那沁透心肺、大彻大悟的蓝，蓝得让人不忍心用行动和言语去影响她的倩影。让人更想用一切办法，哪怕是生命，留下那满天纯正圣洁的蔚蓝。太阳普照大地，天空蔚蓝羞涩地离开人们，悄悄隐藏在地平线里。今天的腾格里草原，难得的没有风，几缕炊烟从建筑和毡房里优雅而又迟缓地走出，执着而又蹒跚地冉冉升起，去追逐那逐渐走失的蓝天。小镇四周整齐而又错落，独立而又成片的桦树、杨树、柳树无语而又俏立，忠诚而又威严地注视和守卫着这片土地。一阵微风掠过，树叶惊起“哗哗啦”的掌声。远处，腾格里河水，静静地流淌，清澈而明净的河水在阳光映照下，泛着银光。西北的昆仑山脉系的达金山也在太阳的映照下，青郁而巍峨，这是新疆难得的一块有山有水、水草丰美的地方。往西二百多公里，是一望无垠的沙漠，往南三百多公里，是直接天际的茫茫戈壁，这里绿地蓝天，青山碧水，天与地相得益彰，山与水自然天成。这也可能就是元太祖成吉思汗选中这个地方做帝业基地的缘故。

清晨的脚步已经走近，只有百十户人家的小镇开始醒来，毡房掀开了门帘，门店敞开了大门，牛羊也开始离开栅栏，在草原上撒欢。小镇上的哈萨克族、维吾尔族、塔吉克族、锡伯族、汉族人也都按照各自的族规，开始了一天的生计。

随着“丁零——”一阵清脆而悠长的自行车铃声，邮递员杨棒来到了小镇深处的一个大院前，高喊：

“振川吉林大哥，挂号信。”

“吱呀——”大门开了，一位身材高大，满脸胡须，身板结实的壮汉走出来：“老杨头，早。”

“老兄，过去都是依赛古丽大嫂出来，今天你怎么……？”

“老杨头，奇吗？怪吗？我昨天一夜没有睡好，早上睡不着，在院子里转动转动筋骨，巧了，你就送信来了。”

“那也巧了，过去的电报、包裹呀，信呀，基本上都是你儿子女儿的，今天哟，可是你的信哟，你看看，振川吉林·赛义德，写成赛日德，还有个汉人的名字。”

“什么名字？”

“林振川。”

“啊！”振川吉林·赛义德惊异失声，脸色急变，只可惜，满脸胡须遮住了他惊变的表情。

邮递员老杨在清河县几十年，见多识广，预感这里面一定有什么内情，但又不方便直问：“老兄，这林振川是你还是托你找的什么人？或许寄错了，要错了，我退回去。”

振川吉林·赛义德几乎愣在当场，但马上镇定了神态，“我……我估计这封信是寄给我的，这林振川，肯定是要托我打听的汉人。”

“你肯定？”

“当然。”

“那好，请你签上名字，这封信我是送到了。如果不对，你一定记住退给我。”

邮递员老杨怎么走的，走了多长时间，振川吉林·赛义德已毫无知觉，他僵立在小院的门后，用身体自然地把大门关上，然后靠立在门后，僵尸般地盯住手上的挂号信。

仿佛从遥远的天际走来，这姓名，林振川，能不熟悉吗？尽管几十年没用了，这笔迹，能不认得吗？尽管已经半个多世纪了，这封信的发信地址，能不清楚吗？尽管离这里七八千里地，还有发信地址后面发信人很小字体的落款：雷经天，能不熟悉吗？那是自己的师傅，恩人，岳父。

振川吉林·赛义德的眼睛模糊了，头脑木沉木沉的，一向站立有相的他，一向礼仪威正的他，一向沉稳老辣的他，无声地滑落在地，跌坐在门后边……

振川吉林·赛义德在门后边整整呆坐了两个小时，这两个小时是过去他练功的时间，也是他晨走的时间，还是他早上独处的时间，他老伴依赛古丽知道，大儿子民敦尔克·赛义德、二儿子撒克支颜·赛义德知道，就连大女儿阿拉尔汗和二十一岁的小女儿凤凰妮娜也都知道，因此，早上这两个小时，家里人一般是不会打扰他的。

但是，两个小时过去了，振川吉林·赛义德没有像过去一样，准时回到正屋里吃早饭，老伴依赛古丽悄悄地走出内屋，推开房门，她看见了跌坐在大门后边的老赛义德，心中一慌，忙不迭地叫了声："赛义德……老头子！"说着，急忙跨院奔振川吉林·赛义德而来，走着还喊着："赛义德，你怎么啦？"

依赛古丽的喊声震醒了陷入沉思和回忆的振川吉林·赛义德，他一弹而起，从地上"腾"地站了起来："没事。"

"老头子。"依赛古丽过来拉扶振川吉林·赛义德。

"刚才打了个盹，一点事也没有。"

"没事我就放心了。你看看时间，超了十五分钟。"

振川吉林·赛义德并没有看时间，"是超了。"

"超点时间有啥事，关键是身体别有事。谁的信？"

"我的。"

"你的？"

"要买煤的。"

"我还以为是撒克支颜的呢。"

振川吉林·赛义德来到自家小餐厅，发现全家老小都坐在那里等他。振川吉林·赛义德家教十分严格，家长不到场，长辈没坐下，任何人是不能早吃的。因为过了开饭时间，又因为振川吉林·赛义德没到，二儿子一家三口，大女儿已经出嫁了，但来了一位外甥女，小女儿凤凰妮娜等都端坐在餐桌旁，等待家长振川吉林·赛义德的到来。

赛义德坐下，"吃饭吧！"

今天的早饭枯燥无味，因为老赛义德一言不发，过去早饭时老赛义德除了问问儿女们的经营和学业情况，还经常说些快乐轻松的话，介绍些有意思的知识问题，考问孙子、孙女们。这些问题包罗万象，天文、历史、数学、物理、文学无所不包，以至于儿孙们想知道这位家长怎么会如此广征博引，如此博学多才。老爷子不但出问题，而且能解答他出的很多问题。所以，不仅吃饭气氛很宽松，而且整个家庭的气氛也特别和谐。但振川吉林・赛义德家又有特别严格的家教，谁也不能违背，违背了就要受到惩罚。

饭吃完了，赛义德放下碗筷："老伴，孩子们，这两天我有点事，要去地窝子里休息一下，你们该干什么就干什么，有什么事等我出来再说。"

"哎——"全家老小齐声答应。

二

振川吉林・赛义德家是这个小镇最早的落地建筑，整个建筑占地有三四亩地之多，扎哈林镇地广人稀，不缺土地。每家占地面积都不少，但像赛义德家占地这么多的还很少。占地多是赛义德家的特点，还有就是占位深，他家是小镇最靠近小扎哈林山的地方，扎哈林镇就坐落在茫茫青草原，虽然夹金山看起来触手可及，但也有一百多里的距离；腾格里河尽收眼底，但也有四五十里地。扎哈林镇就在小扎哈林山的南边，与汉族人坐北向南、背风朝阳的地理和建筑理念完全吻合，这当然是赛义德一家最早在这里建筑房屋的缘故。扎哈林小镇四周，是哈萨克族的居住地、放牧地和采掘地。哈萨克是一个游牧民族，居无定所，除了少数这样的村庄之外，大部分人居住在毡房和移动的帐篷里。四十多年前，赛义德除了放牧之外，在这里开始了建设固定住宅的历程，先是挖地窝子。那是那年天太冷，雪太大，结冰时间太长的缘故。赛义德家就在这小扎哈林山的坐北朝南、向阳避风处，深挖了宽大厚实的地窝子。在当年零下四十多度，很多哈萨克族兄弟姐妹冻死，很多牛羊冻僵的情况下，不仅保住了依赛古丽一家的数百头牛羊，而且保证了依赛古丽一家老少五六口子安然无恙。再后来，赛义德在扎哈林这个地方种上了小麦、沙枣，种上了棉花。再后来，到了改革开放，赛义德在这里开挖了煤矿，采收了玉石，还发现了稀有金属，并按国家规定，每年定量采挖。赛义德家是远近几百里最富裕的人家，赛义德家的住宅也是远近几百里最稳定、最坚实、最有名气的建筑。而设在后院深处，与小扎哈林山紧密相连的地窝子，由于家里烧上了锅炉，早就解决了取暖问题，地窝子不怎么被家庭采用，而是作为一种纪念，作为一个时代和家族发展的印记被保存下来，并且按照赛义德的要求，精心装修，刻意保养，成为地方领导、尊贵客人参观的地点，更成为赛义德思考、练功、修行的去处。在过去近五十年的岁月里，起初，地窝子是作为应付酷寒天气不得已使用的建筑而存在的，碰到天寒地冻、温度极低的日子，家人自然而然往地窝子里钻。但自从地面上的建筑造好以后，全家人大多在地面上居住，也习惯在地面上住。只有赛义德每年都要在地窝子里住上几天，尤其在家庭、事业发展的紧要关头，在需要赛义德做出抉择和碰到难题时，赛义德都要在地窝子里思考一天两天，最多三天。随着赛义德家的生活越来越好，日子越来越富足，事业也越来越兴旺，赛义德一家很少往地窝子里钻，连赛义德练功、打坐，也在绿树香花浓郁的小院里进行。近几年，赛义德进地窝子的时间、次数越来越少。而这一次，赛义德在无任何问题、征兆的情况下，又要进地窝子，怎么会不让家人担忧，尤其是赛义德的老伴依赛古丽，在赛义德走进地窝子的那一刻问："赛义德，要……几天呀！"

"三五天吧！"

"这么多天？碰到什么事了？"

"啥事没有，忙你的去吧，孙子孙女好几个呢！"

"真……的？"

赛义德头也没扭，硬着脖子走进地窝子。紧接着，依赛古丽听见了赛义德从里面拉上门闩的声音。

而依赛古丽无可奈何又自言自语："能有什么事？……可别有事！……会是啥事……"

一天。

两天。

三天过去了。赛义德仍然没有从地窝子里出来。

依赛古丽着急了，将近十年了，老赛义德每年进地窝子的次数没超过三次，每次没超过一天。这次不仅超过了一天，而且三天也没有出来。依赛古丽真的忍耐不住了，她在家里不停地走动，把家里所有的东西物件查看一遍，包括和田宝玉，包括稀世宝物虎头金，包括国家严禁外流的稀有金属矿石样本，包括近八位数的家庭存款，样样完好，样样齐全，没有问题。查看子孙们的情况，在家主持经营产业的二儿子撒克支颜，每天春风满面，媳妇也是笑口常开，那肯定是没事。两个孙子、一个孙女每天上学、放学也很正常。小女儿上大学三年级，此时正在家乡实习，天天回家，歌声不断。老太婆又打电话问远在乌鲁木齐大学做教授的大儿子、媳妇："有啥事吗？"

"没事呀，妈妈。有什么问题吗？"

"没……没有。"

儿子了解妈妈，没有问题妈妈是不会轻易打电话毫无理由地问有啥事没有的，就对依赛古丽说："妈妈，有什么事你就说。"

依赛古丽吞吞吐吐地说："你……你爸进地窝子都四天了。"

大儿子民敦尔克问："四天了？"

"是啊，急死人了，不知啥事，你知道的，你爸进地窝子，是绝不允许人进去打扰的。"

"那我知道。"

"孩子，怎么办？"

"妈妈，不急，今天正好星期五，下午没事，我找车赶回去。"

"路远要小心，孩子！"

"放心吧，妈妈，等我回去再说。"

到了下午，振川吉林·赛义德依然没有从地窝子里出来。虽说大儿子说要从乌鲁木齐市赶回来，虽然二儿子也说了："现在家里样样都好，有人、有钱、有产有业。老人健康，孩子懂事，能有什么事。老爸在地窝子里有吃有喝的，冻不着，饿不着，能有什么事？没事，估计呀，老爸明天就出来。老爸的原则，事不过五！"但依赛古丽还是很担心。

"胡说八道，只有事不过三，哪有什么事不过五呀！"

"老爸就是呀！"

从外面做社会调查回来的小女儿也安慰妈妈："妈妈，你跟爸爸这么多年，恩恩爱爱，多好呀！爸爸有什么事，能不跟你说吗？没事，爸爸也许是因为年纪大了，练功需要多一点时间。"

"是这样吗？"

凤凰妮娜又挽住妈妈："不过妈妈，我这两天也总是做不好的梦。"

"快说，做什么梦了？"

“是……是……”

“乖女儿，快说怎么啦？”

“我梦见爸爸骑黑马，驾雄鹰，跑向天边去了，不要我们了……”

“啊——”依赛古丽大惊失色。

“妈妈，妈妈，你怎么啦，脸色都变了，不就是一个梦吗？爸爸对你，对我们那么好，爸爸那么有情有义的人，怎么会抛弃我们呢。”

依赛古丽说：“不……不是……是……”

“是什么？”

“是因为我也做了一样的梦。”

“怎么会这样？”

“我也梦见你父亲骑高头黑马，驾五彩雄鹰，去了内地，去了汉人居住的地方，我追他，喊他，他怎么也不理我，他真的不要我们了……”依赛古丽边说边呜呜地哭了起来。

凤凰妮娜轻轻拍着依赛古丽的肩膀：“妈妈没事，没事，那只是一个梦。”

依赛古丽虽说被女儿安慰说没事了，但她仍然放不下，她又把赛义德进地窝子前的每一个细节都回想一遍：先是后半夜那点事，赛义德尽管已经六十出头了，但由于常年练功的缘故，身体出奇的强健，由于赛义德懂得保健养生，把已经六十岁的老太婆也调养得跟四十几岁的半老徐娘一样，成熟而丰润，快七十和刚六十岁的人也能做男女之间的那点事。赛义德说做了什么出奇的梦，辗转反侧，说睡不着。依赛古丽为了安慰老伴，极尽安抚温柔之道，将她肥润湿热的身体缠绕在赛义德身上，不一会儿，就激发了赛义德的性欲，两个人不免又大干一场，累了发泄了的赛义德一会儿就进入了梦乡，依赛古丽非常满足非常舒服地拥抱着赛义德，也慢慢进入梦乡。但当依赛古丽醒来，赛义德已经按照早已形成的习惯，按照规定的时间起床去练功了，这些应该没什么异样。可到了小院以后，依赛古丽只记得听到了老邮递员叫门的声音，然后是赛义德两个小时早练的等待，再然后就是出房门，到小院看见了跌坐在门后的赛义德，这是依赛古丽几十年来从来都没有见过的状态。自从住进这座房子，自从嫁给赛义德，哪怕是吃不饱、严寒困扰的冬季，哪怕是采矿、采石最艰难的岁月，也没看见赛义德出现过这样无神无力的状态。想到这里，依赛古丽断定，肯定是那天早上出了什么问题，可问题在哪里……依赛古丽想了很久很久，突然想到了一个人，“去，问问他！”

依赛古丽来到了小镇邮电所，她要见那天早上为家里送信件的邮递员杨棒：“老杨头，杨所长。”

杨棒应声出来：“振川吉林·赛义德大嫂，您找我？”

依赛古丽说：“就找您！”

杨棒把依赛古丽请进邮电所的办公室，端茶、递水、让座：“振川吉林·赛义德大嫂，请问找我什么事？”

“杨所长，不好意思，打扰您了。”

“不客气，请讲，我有什么可以为您服务的？”

“请问，您前几天早上是不是给我们家投了一封信？”

“对，我是送了一封信，老赛接的。”

“您见他时，有什么……状况吗？”

“我想想……老赛正在打拳，见我时喜笑颜开，精神饱满。老赛义德一向身体康健，我来这里几十年了，没听说，也没见过老赛身体状况不好过。”

“是，可……”

“哦，对了，”杨棒拍着脑袋回忆着，“好像……好像那封信让赛义德很吃惊。”

“吃惊？怎么吃惊？”依赛古丽紧张了。

“主要是收信人的姓名。”

“姓名怎么啦？”

“老赛叫振川吉林·赛义德，对吧？”

“是！”

“但赛义德在信封上写成‘赛日德’。”

“赛日德？”

“巴哈云格纳是对的，就是错了一个字。”

“赛义德认了吗？”

“老赛认了。”

依赛古丽又陷入思索：“既然赛义德也认了，他为什么神情大变呢？”依赛古丽既像是问杨棒又像是自言自语。

杨棒也在思索，突然，他一拍大腿：“我想起来了，主要是……”

“是什么？”

杨棒严肃地说：“主要是一个汉人名字……”

依赛古丽站起来："汉人名字，您说是汉人名字？"

"对，汉人名字！"

"什么汉人名字，汉人什么名字？"依赛古丽突然十分紧张。

杨棒也站起来："是赛日德名字的下面，同时注了一个汉人的名字。"

"什么名字？"

"好像叫……林……"

"林什么？"

"那天送的信不多，我好像记得叫……"

"叫……什么？"

"林振川，对，就叫林振川。"

"林振川！"依赛古丽无力地喊叫着，跌坐在板凳上。

"依赛古丽大嫂。"杨棒看见依赛古丽大嫂神色大变，想过来安慰她。

"杨所长，不用！"

为了缓和气氛，杨棒转移话题："茶凉了，大嫂，您喝点水。"

依赛古丽既没有喝水，也没有说话，而是在板凳上喘粗气，过了好几分钟，她才缓过气来："没事，刚才心脏不舒服，您知道，我有心脏病。"

杨棒干笑："是！"

依赛古丽说："杨所长，当时，振川吉林·赛义德怎么说？"

杨棒说："我当时问老赛了，说这个林振川是你认识的人，还是你自己。"

"他怎么说？"

"他说是他认识的人。"

依赛古丽站起来，自言自语地说："这就对了。"说着下意识地往门外走，杨棒知道这个汉人名字可能对赛义德一家，尤其是对振川吉林·赛义德，对依赛古丽有什么故事，但他又不好意思问，只好站起来送依赛古丽大嫂出门。出了办公室，又走出邮电所大门，杨棒才又说了一句："依赛古丽大嫂，您慢走啊！"

"啊？"依赛古丽好像梦游一般，一下子从梦中醒来，看到自己已经走出邮电所大门，看见老邮递员满脸堆笑地送她，这才清醒地认识到，自己走出了邮电所，也感到自己失礼了，忙低头鞠躬，"不好意思，老杨所长，我头晕了，失礼了，谢谢您！谢谢您！"

"您没事吧？"

"没事了，您留步，我也该回去了，该做中午饭了。"

依赛古丽急急忙忙赶回家中，为家里的七八口子准备好中午的饭菜，然后对小闺女凤凰妮娜说："妮娜，饭好了，一会儿你招呼你哥你嫂你侄子侄女们吃，我出去办点事。"

看见一脸奇怪的妈妈，凤凰妮娜说："办什么事呀？到吃饭时间了，吃了再去呗。"

"不想吃，真有点事，你们吃吧！"

"妈妈，你脸色不太好，是不是生病了？"

"妮娜，别胡说，这么多年，你妈什么时候生过病？刚才干活累了，有点头晕。"

"既然头晕，就不要出去了。"

"你热那亚大姨有点事，我要去一趟。"

"有饭吃？"

"有，妮娜，你妈饿不着。"

"妈妈小心，有事打电话。"凤凰妮娜认真地看了妈妈一眼，然后回屋里去了。

依赛古丽在自己的房里打扮了一下，披上了节日的盛装，然后离开了家。

依赛古丽出门后，既没有去她的表姐妹热那亚家，也没去镇供销社采购物品，而是过了小清河，绕过种羊场，走过赛马场，直奔小镇后面，也就是她自己家后面的扎哈林山。其实依赛古丽既没有头晕也没有心脏疾病，而是她遭遇到了她自认为的人生大课题，她要到这扎哈林山上冷静地想一想，她要把可能要发生的事合计合计，几十年了，过去的事慢慢地都淡忘了，但是，今天早上丈夫振川吉林·赛义德收的一封信，把过去的一切又清晰地抖搂出来了。她不想回忆过去那些事，尽管过去那些事很多是激动人心的，是难以忘怀的，但面对眼前如此平静、温馨、甜蜜、和谐的家庭生活，她很满足，也很幸福，尽管她与振川吉林·赛义德的相识和初恋是那样的刺激，那样的炫目，那样的美好，但哪有现在这样好：夫妻和谐美好，子女争气，儿孙满堂，家业富足，又加上国家富强，社会安定，多好呀。我依赛古丽尽管是哈萨克的子孙，尽管过去是在马背上生活，尽管喜欢碧绿广阔的草原，尽管向往驰骋昂扬的黑马，但毕竟哪有振川吉林·赛义德这样十全十美的男人，哪有这样富足安定的生活，哪有这样孝顺争气的子女？但这一切会不会被这个名字打破、撕裂、毁坏呢？

"林振川……"

依赛古丽已经坐在了扎哈林山峰的胡杨树下，胡杨树高大威猛，枝繁叶茂，巨大的树丛为依赛古丽撑起了一片绿荫，依赛古丽向东眺望那无边无际如碧如翠的腾格里大草原，向西眺望那遥远的连绵无际的昆仑山脉，向后遥望那似乎近在咫尺，又有百里远的达金山，那是自己与赛义德定情的地方，也是第一次听说“林振川”名字的地方，往事如烟如梦，如景如画地展现在她的面前。

三

四十多年前。

腾格里草原一望无垠，达金山巍峨峥嵘，在达金山脚下有一片丰美平坦的草原，这里向后可以攀登高耸入云的达金山，可以到达连绵众多的冰川，向下，可以伸向广阔无边的大草原，左有腾格里河，右有齐云格水，草原的高顶处，有十几幢蒙古包式的毡房子高贵华丽，近万只牛羊悠闲地在蓝天白云下自由地散步。这方圆八百里的草原、河流、土地，就是依赛古丽·巴哈云格纳家族的。依赛古丽的父亲巴哈云格纳·赛义德，是哈萨克族的部落酋长，也是远近主持伊斯兰教仪式的大阿訇，德高望重，声名显赫。巴哈云格纳有四个子女：三个儿子，一个女儿。大儿子到新疆首府迪化上大学，并在迪化找到了一份工作。因为工作太束缚，刚从迪化回家。二儿子在西安上的大学，三年前大学毕业，去了国外。三儿子哥萨英豪刚刚二十，刚直威武，英俊飒爽，六岁开始跟随父亲习武，练就了一身过硬的本领，是草原上勇猛强悍的英雄。只有宝贝女儿依赛古丽，十岁被送到阿勒泰读小学和中学，因为时局动乱，也回到了家乡。

虽说子女们在外面没谋成什么事，但能平安回家，老巴哈云格纳也十分高兴。他对子女们说：“昆仑山纵横万里，腾格里草原广大无边，是雄鹰就要去广大的天空里翱翔，是英雄黑骏马，就要去无边的草原上驰骋，达金山的肩膀宽，大草原的胸怀大，一定能容下你们。这里有你们施展才能的天地，孩子们，腾格里张开双臂欢迎你们回家！”

儿子回家后，适应了一段时间。小儿子张罗着要去法国巴黎学习，大儿子准备静下心来子承父业。但女儿十八岁了，十八岁的女儿已经出落成哈萨克族高贵的天使，成为这里草原美丽的公主，成为达金山下最美丽的雪莲花。慢慢地，远近百里千里的哈萨克族英俊小伙、标致青年以及财主酋长、达官贵人都慕名而来，一时间聚集的哈萨克族人越来越多。

不仅如此，由于国民党政府在大陆溃败，蒋介石逃往台湾，共产党毛泽东在北平建立中华人民共和国，从这里潜逃出境的，到这里躲灾避祸的，想从这里淘宝发财的人越来越多。扎哈林小镇不仅有传统的驿站邮所、驻边的毡房，还有到这里的人搭起的千奇百样的帐篷，有人甚至盖起了临时住房。大半年时间，扎哈林小镇已经聚集了七八千人口、上千所房子，而巴哈云格纳家附近也聚集了上千顶毡房和帐篷。

哈萨克族酋长巴哈云格纳并没在意这些，他认为，这些人绝大部分是冲着女儿来的。于是，他决定，在腾格里草原举行比武大会，他要在比武大会上为女儿选一位武艺超群、德行高尚的英俊青年做女婿。虽然哈萨克族不时兴比武招婿的习俗，但通过比武发现人才，通过比武让女儿接触英雄，择其中一人与其结婚也是可以的。

老巴哈云格纳把自己的想法跟儿子和女儿说了以后，两个儿子大赞极好，女儿依赛古丽并不赞成："武艺高，本事大就是好男人了？才不一定呢！"

小儿子哥萨英豪说："那也不一定是坏人啊！"

"反正，我不会在比武大会选！"

老巴哈云格纳说："乖女儿，不是汉人的比武招亲，是通过比武发现人才，说不定有你喜欢的，看上了慢慢接触，女孩子大了，总归要嫁人的。"

既然这样说，依赛古丽也不好反对："反正本事再大，我不喜欢的坚决不要！"

比武大会如期举行。

腾格里大草原天高地阔，阳光灿烂。广袤的蓝天湛蓝湛蓝，三五朵洁白如雪的白云梦幻般游动，给腾格里壮美的蓝天增加更多的亮色。大草原一望无际，广大无边，一片片青草如茵，一点点万花绽放，一湾湾碧水流淌，一环环银光闪射。腾格里正赶上秋赶场，各部落草场，老人小孩、青年姑娘，纷纷着五彩衣服，准备丰富多彩的牛羊肉和膳食，转向各自选择的草场。

由于今年的转场和老巴哈云格纳的比武大会结合在一起，许多哈萨克部落和家族选择参加完比武大会，然后奔赴各自的目的地。

比武场地已经选好，在老巴哈云格纳部落下方的一个突起的小山丘上搭起了一个高台，高台上装扮得金碧辉煌，威武壮观。各个部落家族的转场队伍都在高台下广阔的草原上驻扎，而家族的青壮小伙、猎手悍将在家族族长的带领下，着五彩正服，吹奏乐器，前往参会。而喜欢赶热闹、看风景的哈萨克族姑娘和孩子们，也随着队伍围向高台。一时间，高台周围集聚了上万人马。上午九时，只听得“砰砰砰”三声炮响，巴哈云格纳家族出来了。只见老巴哈云格纳骑黑色高头宝马，跨着镀金马鞍，身穿十分华丽的服饰，肩背弓，腰佩剑，一手举白肩雕，一手拿金灿灿的马鞭，气宇轩昂，威风八面。巴哈云格纳夫人着白色盖头巾，身披刺绣长袍，骑着红色骏马，高贵华丽，仪态万方，而巴哈云格纳的两个儿子和一个女儿也都骑宝马，着华丽彩服，配贵气饰品，持枪佩剑，神采飞扬。巴哈云格纳家族成员的后面，是部落的长者和能人，他们也是骑高头大马，着节日盛装，举五彩旗帜，一路队伍浩浩荡荡，威武雄壮地来到比武高台。老巴哈云格纳和夫人在高台中央坐定，三个儿女站在他们身后，一位司仪上来低头向老巴哈云格纳说了几句，然后站在高台喊：

“请乌兰乔方德酋长夫妇。”

“请地方长官吴云林先生。”

“请尼克迈亚提酋长夫妇。”

“请热可盛达夫一家……”

等贵宾、长官坐定后，司仪站在台前高声宣布“腾格里大草原扎哈林草原哈萨克部落比武大会现在开始”。

司仪在介绍了与会的部落酋长、各路宾客、地方长官、军队人士后，又高声说道：“现在请本次大会的发起人、组织者，腾格里大草原最慷慨、最富贵、最仁义的哈萨克扎哈林部落酋长，腾格里伊斯兰教最负盛名的大阿訇巴哈云格纳讲话。”

老巴哈云格纳抖擞精神，走到台前，朗朗发声：“腾格里大草原的真主保佑我们，昆仑山的飞天雄鹰护卫我们，腾格里草原今天有这么多哈萨克族父老乡亲和兄弟姐妹在这里相聚。更让我高兴的是，还有许多维吾尔族、塔吉克族、锡伯族的兄弟朋友参加，汉族的一些兄弟嘉宾也来参会，更让我们的比武大会增色添彩。我想向大家表明的是，哈萨克民族是一个爱好和平，热爱生活，重情重义的民族。但是，我们热爱我们的祖国，我们的祖国就是中国。今年已经是公元 1954 年，据说迪化已经来了解放军，中国大陆也由共产党解放军管理。有人说共产党解放军是洪水猛兽，有人说共产党解放军是善道佛心，我听从迪化回来的亲朋好友说，入疆的解放军秋毫无犯，爱民如子，因此，我们这里将来不管是由共产党解放军管，还是还由地方长官吴云林先生管，我们哈萨克民族只效忠国家，热爱国家，更热爱体察民心、爱护人民的政府，吴长官请见谅。”

坐在台上的国民党在腾格里最后一任地方长官吴云林只是干笑地点点头："那是，那是。"

老巴哈云格纳接着说："我们哈萨克民族不关心政治，只希望和平地生活，经营好自己的草原。今天，我在这里举行比武大会，意图有三个：一是希望哈萨克兄弟姐妹稳定身心，切勿听信谣言传言，我们世世代代生活在这里，我们是这里的主人，不管谁管理这个国家、这块土地，我们守法、勤劳总不是坏事。真主一定保佑善良的人民。大家不要走，离开了这块生我们养我们的草原，我们还能去哪里。二是我把我的三个孩子介绍给大家，希望他们成为大家的朋友。我已经老了，今后，主要靠孩子和父老乡亲们一块侍候这里的大草原。三是举行比武大会，主要是想在哈萨克的兄弟中选拔人才，为将来建设更美好的腾格里大草原准备人才。为了组织好这次大会，我们准备了最好的美食，最醇香的奶茶，请大家吃饱、喝好、玩好，过一个盛大的节日。"

司仪走上前，"父老兄弟姐妹们，比武大会正式开始，我公布比赛的规矩，今天的比赛分三大项：一摔跤，二射箭，三赛马。先分组比赛，每个小组的第一名集中在比赛台前举行分类决赛，三个项目的第一名最后在这里举行决赛，三个项目总计成绩最好的，就是我们腾格里的黑骏马，就是我们昆仑山上冲天展翅的雄鹰，就是我们腾格里草原老巴哈云格纳的最好助手。各部落，各家族，各户家的报名已经报完了，分组也分完了。比赛马上可……"

"等等……"只见两匹骏马飞奔而至。

"赛义德兄弟……"

老巴哈云格纳见有人直呼其父名，也站起来走上前台："是谁……"

呼叫的是一位哈萨克族老汉，他的骏马在高台前猛地停住。老汉白髯飘飘，一看就知道是七十多岁老人。老汉在台前勒住缰绳，从马上跳下来，往台上双手合十，低头鞠躬，然后抬起头朗朗喊道："赛义德兄弟，我再报一个。"

台上的巴哈云格纳知道是与他有着几十年兄弟情义的老哥哥赛日德来了，连忙举双手，满脸绽笑，"老哥哥，您好哇！这些年您跑哪儿去了，咱俩好多年没赛马论箭了，真想您呀！"

巴哈云格纳边说边要往下走，但赛日德截住话头："好兄弟，我不能耽误了今天的比赛大会。我只是想报个名，我刚从达金山赶过来，没撵上报名。"

老巴哈云格纳："您报名？"

赛日德老汉哈哈大笑："我老了，是我儿子，振川吉林·赛日德。"

老巴哈云格纳问："您儿子？"在他印象中，赛日德是没有儿子的。

赛日德高声道："我兄弟的孩子多，送我一个做儿子，算不算？"

巴哈云格纳说："算，当然算，只要是哈萨克的子孙，都算。"

赛日德哈哈大笑："那就报上？"

巴哈云格纳说："当然，报上。"

司仪走到巴哈云格纳身边，轻轻说："报名已截止了，也分过组了，恐怕不好……"

巴哈云格纳又爽声笑道："哈……什么截止，别人的孩子可以截止，你可知道，四十年前，我和赛日德兄弟一直是这茫茫昆仑山下，浩浩腾格里草原最好的骑手和猎人。是翱翔蓝天的雄鹰，是真正的黑骏马，赛日德的子孙不参加的比赛大会，那将是一大缺憾。报上吧，就把这孩子分到最强的那个组吧。来，孩子在哪儿？让我看看。"

"好，哈……小赛日德，让老赛义德大叔看看你。"

跟在赛日德老汉后面的一名年轻人一扭马头，威壮高大的枣红马"嗷——"地嘶叫一声，把马上青年推到了巴哈云格纳和台上所有人的面前，青年轻盈一跳，落地无声，然后双手合拳，向台上施礼："谢大叔。"

巴哈云格纳认真地审看面前的年轻人：身材修长，肩宽腰直。从身轻如燕、马上落地的姿态，巴哈云格纳就知道，这孩子有一副好身手，虽然身材修长，却腿坚手长；虽然身板强健，却起落如燕；虽然说话声音不高，却底气充沛。老巴哈云格纳抬头看看这年轻人的鼻眼，但除了一双鹰一样犀利的眼睛以外，只看到满脸的络腮胡子，只是刚才说"谢大叔"的时候，巴哈云格纳才看见年轻人一嘴整齐雪白的牙齿。

"孩子，你叫什么名字？"

"赛日德·振川吉林。"

"孩子，准确地说，应该叫振川吉林·赛日德，你的名字应该在前，父姓在后。"

老赛日德忙过来解围："兄弟，别为难孩子，孩子没见过这么大场面，有点紧张。"

"哈……"老巴哈云格纳豪放大笑，"好，我信任老哥哥您，也就这孩子，叫振川吉林，希望他就是我们哈萨克的优秀子孙，是草原最威风的黑骏马，是威震蓝天的矫健雄鹰。"

振川吉林鞠躬致谢后，跃上战马，准备参赛去了。

巴哈云格纳对赛日德说："大哥，让年轻人去比吧，你来，见见台上的宾客。"

"哈……兄弟，我不喜欢那热闹，我还是去赛场边遛遛马。"

赛场上摔跤的、射箭的、赛马的分别比赛，巴哈云格纳对台上的几位酋长和地方长官吴云林说："吴长官，众酋长，是在这里摆摊吃肉饮茶，还是到现场观看比赛，请各位自便，高兴就可以。"

三位酋长因为关心自己部落的比赛成绩，齐声道："还是去看比赛吧。"

"请！"

三位酋长走后，巴哈云格纳对吴云林说："吴长官，你也自便，想去观看比赛，在这里喝茶都可以。"

吴云林坐着没动，干笑道："老酋长，你的威望如昆仑山高，你的功绩比天更深远，我的请求也请你充分考虑。"

巴哈云格纳顿时满脸严肃："吴长官，我尊重你是地方长官，我也不想得罪你，你说的第一项要求，我可以给你们一部分粮食和牛羊肉，但即将入冬，我们哈萨克人也要为过冬储备必要的食品，所以，不可能多给也不会多给。二是关于金矿的地址，我不知道有没有金矿，即使有金矿，我也不知道矿脉矿址在哪里，我们哈萨克人祖祖辈辈就只会放牛养羊种稻米，根本就不知道金矿，更不会对金矿感兴趣。"

吴云林又干笑道："但我听说，你的确是去过金矿。而且听说，你拾着了狗头金。"

"胡说！"巴哈云格纳十分气愤，站了起来，"怎么可以无中生有，胡说八道？！"

"哈……"吴云林大笑道，"既然老酋长说没有，那就没有了，但是，我要说的是，我手下还有几千大兵要吃要喝，希望哈萨克兄弟给予关照支持。不要指望共产党解放军，他们离这里远着呢，没有粮食，没有肉吃，我可拦不住他们要干什么，今天难得呀，难得这么多人，还有转场的那么多的部落，会有的，会有的哈……"

巴哈云格纳顿时感到一股透心的凉气穿胸而过，他暗地念道："也许，举办这次比武大会不是个好时机。"

吴云林说："至于那金矿，我们会找到的，只是那狗头金，你可要藏好了哟。哈……"

老巴哈云格纳气得脸色发青，浑身颤抖。一阵清风刮来，让巴哈云格纳镇定了很多，他本想让孩子们注意一下，及早准备，但广大的草原上人头攒动，人声鼎沸，骏马穿梭，牛嘶马叫，几十里宽大的草原有了从未有过的热闹，三个孩子都不知跑到哪里了，他只好对身边的管家说："快，去找少爷小姐，快，快找几个兄弟护卫，快，快快去找人护卫咱们过冬的食品，快，快去告诉哈萨克的兄弟姐妹们……"

由于是比武大会，除了管家之外，所有人都去观看比赛了，管家身边无人可派了，急得满头大汗，无可奈何："老爷，老爷，只能先去找少爷小姐他们了。"

管家走了，老巴哈云格纳突然感到一丝悲凉，因为他不知道下面会发生什么，他知道的是：那位满脸干笑，皮笑肉不笑的地方长官吴云林是什么都干得出来的。十年前，残杀了西原萨林哈达一家四十二口，五年前暗杀了北川塔克尼克一家十一口，三年前直接枪杀了反对强征暴敛的东河里七十八口……这个笑里藏刀的家伙，是什么恶行都做得出来的。巴哈云格纳想到这里，越想越害怕。前几天，这个吴云林满脸堆笑地送来白酒、咖啡、面包、冲锋枪，说是希望巴哈云格纳为他的三千名军人提供必要的粮食和牛羊肉，并强调，巴哈云格纳家可以一粒不拿，但请他动员其他的哈萨克部落和家庭提供，临走的时候，吴云林又干笑道："老酋长，听说你发现金矿，还弄到了千年不遇的狗头金，什么时候让我瞧瞧！"

巴哈云格纳在台上再也坐不住了，他走了下来，他要去找他的儿女，他要去告诉他的部落，他要去告诉他哈萨克的兄弟姐妹，让他们早做防备。

巴哈云格纳走下台不久，就碰上了急忙赶来的赛日德。赛日德骑马与巴哈云格纳并肩说："兄弟，今天汉人大兵来了不少。"

"老哥哥，您也发现了。"

"好多人穿着咱哈萨克的服饰，拿着咱哈萨克的旗帜，可是，不敢开口，咱老哈萨克一看就知那是冒充的。"

"都是些什么人？"

"汉人，国民党兵，还带着家伙呢。"

"那可怎么办？"

"我已经传话下去了，让大家防备着点。"

"可……我……"

“兄弟，放心，我就是担心你。我看见几个孩子都去看比赛了，不放心你，就过来找你了。你跟着我，不会出事。”

“老哥哥，几十年前就是您成全我。”

“那不值得提。兄弟你人好心善，帮咱草原的哈萨克干了很多好事。”

“那也不值一提。我的孩子们怎么办？”

“老三是这次大赛头名最好人选，要担心的是老大和小姐，老大是一书生，小姐又是女流之辈，要找一定先找到大公子和小姐，把他们保护起来。”

“谢谢大哥！”

“兄弟，这次你一点没察觉吗？”

“没有，我一直对吴云林他们敬而远之，尽可能满足他们的要求。”

“那是草原上吃人的豺狼，狼性不改的鼠崽子！”

“狼！黑心狼！”

“赛义德兄弟，比赛还要进行，不能扫了广大哈萨克兄弟姐妹的兴。”

“要防止吴云林那些汉人使坏！”

“赛义德兄弟，汉人也有好人。”

“您那个儿子振川吉林·赛日德，怎么像个汉人呀？”

“我的儿子，哈萨克人。”

“您以为我不知道，您什么时候有儿子了。”

“没儿子，我可以收养呀！”

“那您收养汉人？”

“不是汉人，是哈萨克人。”

“扮得很像哈萨克人的汉人。”

赛日德拍拍巴哈云格纳的肩膀：“不管这孩子是汉人还是哈萨克人，但两年来马背上腾飞，草原上滚打，这孩子仁义道德，仙风侠骨，值得依靠和信赖。”

巴哈云格纳说：“希望是这样。”

赛日德说：“一定是这样。”

“老哥哥，根据您的经验，这孩子比赛能进入多少名？”

赛日德哈哈一笑：“兄弟，看吧，这孩子与你小儿子哥萨英豪有的一争。”

“他？”

“对，他比哥萨英豪大六七岁，但他大的不是年龄，是人生经历，是苦难岁月，别看只有二十六岁，如果不出意外，冠军应是你儿子的。”

“您不是说他比我儿子强吗？”

“是！但他不宜在此地做冠军，除非你儿子被别人战胜。”

“怎么……可能？”

老赛日德哈哈大笑：“兄弟，下午就见分晓了，不说这些看比赛去。”

腾格里的这场比武大会，进行得紧张而热闹，激烈而快乐，一轮朝阳挂在远天，近地的天空湛蓝湛蓝，偶尔有几朵白云飘过，更显得蓝天如洗。广袤草原上摆开纵横十几里比武现场，尤其是射箭、赛马，更是要广阔的场地。而最激烈、最引人入胜的也是这两项比赛。射箭要在百十米远近的赛场上进行，而赛马更是要在十几平方公里的圆草场上进行。到下午三点左右的时候，草原比赛的结果出来了，哥萨英豪射箭第一名，摔跤第二名，赛马第一名，而振川吉林射箭第三名，摔跤第三名，赛马也是第三名，而获得两个第二名、一个第一名的是一名哈萨克族的国民党营长，名叫天犬伦克萨。按说这成绩已经排名出来了，拿着两个第一名、一个第二名的哥萨英豪总成绩第一，天犬伦克萨一个第一名，两个第二名，总成绩第二名，那振川吉林三个都是第三名，自然总成绩排第三，毫无争议。司仪在征求了台上几位酋长和吴云林的意见后，走到台前，宣布成绩：“哈萨克兄弟姐妹们，各民族宾客高朋们，今天的比赛成绩已经出来，前三名的选手是哥萨英豪，天犬伦克萨，振川吉林，获得这次大赛的冠军是……”

“慢……”只见天犬伦克萨在台前高喊道，“这个成绩不算最终成绩。”

司仪惊诧道：“为什么？”

“因为那只是三个单项的成绩，我们前三名之间还没有比过呢，至少我跟所谓的第一名还没比过呢，所以，我不服。”

哥萨英豪说：“比就比，难道还怕了你！”

司仪不知所措，转身向酋长巴哈云格纳请示道：“酋长，怎么办？”

“怎么办？按规矩办！”台上就座的一位哈萨克族部落酋长，还没等巴哈云格纳说话，就抢先道，“三个项目的总成绩，谁最好谁是冠军，还有什么可比的。”

其他两位也是老巴哈云格纳请来的酋长也应声附和：“应该尊重比赛结果。”

巴哈云格纳没有言语，而是把头转向吴云林：“吴长官，你看，这结果已经出来了。是不是可以宣布结……”

“咳……”吴云林干咳几声，“我看比一比也未尝不可，成绩不重要，让三位顶级高手比试比试，好看，好看，可乐，可乐。难得这么多哈萨克兄弟姐妹们欢聚，让大家饱饱眼福，看看看看，赛赛赛赛，怎么样，老酋长？”

巴哈云格纳头脑迅速在转圈：不比，就要强行宣布比赛结果。强行宣布结果，天犬伦克萨就会不服，天犬伦克萨的背后是谁？是混在场内的国民党士兵，是台上皮笑肉不笑的吴云林。不比不知道可能要出现什么恶果，比，应该说，不会有太坏的结果。哥萨英豪的武功技艺不至于输给天犬伦克萨。而振川吉林似乎已经按照老赛日德的意愿，不争这个冠军，倒是可以放心。让人担心的是，假如哥萨英豪真的打败了天犬伦克萨，不知会发生什么事情，倒不如暗告哥萨英豪，让他让了天犬伦克萨，以免再生祸端呀。可荣誉和尊严是草原哈萨克青年的生命，这话怎么说得出口呢？

“老酋长，是不是可以比了？”又是吴云林那令人欲呕的干笑笑脸。

“比……”老巴哈云格纳声如洪钟。

经过抽签，哥萨英豪与振川吉林比第一场，哥萨英豪与天犬伦克萨比第二场。如果哥萨英豪两场都赢了，第三场振川吉林与天犬伦克萨就不比了，如果各胜一场，第三场再比。

三个人各自准备，约定一个小时后去赛场比赛。

在三个人准备比赛的时候，老赛日德来了，他悄悄地把巴哈云格纳拉到一旁：“兄弟，趁三个人比赛的机会，让女人、孩子、老人悄悄走了，能带走的财物、食物也尽可能带走隐藏起来吧，我们这些老骨头，听天由命吧！”

巴哈云格纳点头称是，趁着吴云林不注意，通过管家把消息迅速散了出去。趁着比赛热闹的机会，老人、妇女、小孩尽快撤走，而带到赛场大会上的食品、财物也尽可能转走、藏匿，这一切都在悄悄地进行。

比赛早已开始。

首先是哥萨英豪与振川吉林的比赛，摔跤两个人不分上下，射击五发子弹，每个人都是五十环。最后一项赛马，眼看着两个人又要一齐到达终点，在离终点只有十几米的时候，突然听见一声“呼——”的一声口哨，振川吉林的马突然旱地拔葱，猛然立起，把振川吉林从马上掀在了空中，眼见得振川吉林从空中落下，要摔个嘴啃泥，好一个振川吉林，在即将落地的刹那间，手指尖轻轻一着地，一连十几个空翻，稳稳当当地站在了终点线上。而此时哥萨英豪的马也刚在终点线上站定，人落地和马站定几乎是同一时间完成的，赛场裁判说：“这怎么判？这怎么判？”

振川吉林“哈哈哈……”一阵长笑，然后跳上追过来的骏马，爽声道：“赛马主要赛的是马，哥萨英豪人马齐到，而我是人到马未到，这场当然是哥萨英豪胜，愿赌服输，我和哥萨英豪，他胜我输，报吧！”

哥萨英豪虽然认为是自己胜了，但几十秒里发生的一切，让他有点转不过弯，眼见得振川吉林要超过自己了，怎么突然间来了一阵急口哨，怎么振川吉林的马就猛然站立，怎么振川吉林就从马上摔了下来，而摔下来的那一瞬间振川吉林怎么就突然跃起，又一连串令人目不暇接，让人头晕目眩的跟头，而这一连串跟头居然撵上飞驰的骏马，与自己几乎同时间到达了终点。这一切，太不可思议了，哥萨英豪的确期望获胜，希望自己成为这千里草原最矫健神勇的雄鹰，虽然赢得有些让人稀里糊涂，但毕竟是胜了，毕竟是自己人马一齐到的终点，这振川吉林是明白人，赛马赛马，马不到终点，怎么是赛马？哥萨英豪带着既不明白，又不清楚，既知道这里可能有点什么，但又说不出这里是什么的复杂心态，有些生硬地向振川吉林笑了笑：“仁兄承让。”

“祝贺你，赛好下面的项目，一定要全胜哟……”

哥萨英豪与天犬伦克萨的比赛进行得一波三折。先是摔跤，哥萨英豪肩宽膀阔，虎背熊腰，又加上生性灵俊，几个回合下来，便把天犬伦克萨摔了三个嘴啃泥。摔跤，天犬伦克萨输了；射箭，各赛三支箭，两个人都射中三十环，但天犬伦克萨说，他的箭都在十环的中心，而哥萨英豪有一支箭在十环的边上。哥萨英豪豪气冲天，他知道，也充满信心，在最后一关的赛马中定能胜出，因为在这千里草原之上，他哥萨英豪是最快的赛马王，让他一局又如何。结果两人前半场平分秋色，一比一战平。马上要开始最后一场赛马大赛了，几乎所有人都到赛马道两旁围观。人喊马嘶，狗吠鸟鸣，好不热闹。

哥萨英豪与天犬伦克萨双双站在起跑线上，两个人都笑了。哥萨英豪露出的是不屑一顾，自豪大气的笑；天犬伦克萨展现的是阴险的干笑，笑不出来的笑。哥萨英豪手提马鞭，双手握拳：“请了。”

天犬伦克萨阴笑道：“少爷，好骑手，我知道你是草原之剑，天空雄鹰，是哈萨克第一骑手，这二十里赛道，太短了，有什么意思呀？愿不愿意多跑一圈？”

“多跑一圈？”

“是呀，前面那座小山，围着绕一圈，再跑回终点，那才过瘾呢。”

“这不合规则。”

“咱俩赛，咱俩说了算，这一圈才能看出真本事，远了，我怕你赢不了。”

“远了，我赢不了？”

“是，是骏马就应该在千里草原上赛一赛，二十里赛不出英雄好汉。”

“不就再加四十里地吗？”

“赛义德少爷你清楚得很，多跑一圈也就是四十里地，怕不怕？”

“谁怕谁呀，别说四十里，四百里又如何！”

“那就多转一圈。”

“走！”哥萨英豪一扬长鞭“叭”，他的枣红马如闪电般射了出去。

哥萨英豪的马风驰电掣，快步如飞。眼见得天犬伦克萨是追不上了，只听见天犬伦克萨说：“赛义德少爷等等，少爷等等。”

哥萨英豪豪气冲天，心大如牛，故意放慢步伐，等天犬伦克萨追上来，扭头说道：“有什么见教。”

“赛义德少爷好身手，我甘拜下风。”

哥萨英豪说：“我知道你原来也是草原上的好骑手，但后来听说你去政府军队里干了多年，不知道你现在混个什么官衔？”

“不值一提，赛义德少爷，我好像听说这次比武大赛，尊父还有一项心愿。”

“心愿，没什么心愿，就是让哈萨克父老乡亲乐一乐。”

“不是吧……”

“为何不是？”

“好像，好像……”

“好像什么？”

“好像为你那美若天仙的妹妹相女婿吧！”

“哪有这等事？”

“早就听说了，我崇拜、尊敬你美丽的妹妹已经很久了。”

“你……”

“赛义德少爷不必生气，谁是这次大赛的冠军谁就能得到巴哈云格纳老爷的青睐，谁就是赛义德家族的女婿，谁就是你赛义德少爷的妹夫，哈哈……好事呀……”

哥萨英豪·赛义德因为不喜欢眼前这位眉目卑琐，阴阳怪气的哈萨克骑手，所以不愿把父亲的真实想法如实相告：“你……哪有这事。”

“有没有，一会儿便知，这一次，我是一定要当这个冠军的。”说着，鞭击马躯，黑色骏马如射箭一样，“嗖”地飞了出去。

哥萨英豪当然不会示弱，更不会落后，只见他双腿从马上立起，身往前倾，几乎是伏在马背上，然后用马鞭狠狠抽击了马的屁股，“嗷——”枣红马一声长嘶，飞一般向前追去。

天犬伦克萨的骑术也十分精到，哥萨英豪几乎用尽了浑身解数，使出了全身力气，才慢慢追上，接着又超了过去。刚超过的时候，就听见天犬伦克萨哈哈大笑：“这个冠军肯定是我。”

哥萨英豪并不理会天犬伦克萨，而是集中精力，全力以赴驾着自己的骏马奔驰向前，眼见得已转过小山，远远地已经看见赛马道上熙熙攘攘的人群。看见人群，哥萨英豪情绪大振，双腿夹紧马腹，又要加鞭加速前进，突然“啊——”的一声，哥萨英豪只感到右腿膝盖处宛如针扎一样，猛痛了一下，开始，哥萨英豪并没在意，以为是飞溅的石子崩疼了膝盖，但骑着骑着，感觉疼痛在加重，骑着骑着，右腿有些不听使唤，骑着骑着，右腿好像完全麻木。而与此同时，天犬伦克萨的马从自己的马旁“嗖——”地超了过去，“我过去了，哈……”天犬伦克萨的干笑震得哥萨英豪耳膜痒痒。

“决不能让天犬伦克萨赢了！”哥萨英豪凭着顽强的意志，用马鞭的尖锐处，猛击马的屁股，马疼得“嗷嗷”直叫，但负痛的枣红马精力陡增，马速飞快。眼看得天犬伦克萨越来越近，眼见得要赶上了，而几乎与此同时，赛马的终点站也要到了，在即将到达终点的一刹那，在即将追上天犬伦克萨的一瞬间，哥萨英豪又用左脚猛踢马腹，再次负痛的枣红马如箭如飞，在到达终点的时候，赶上天犬伦克萨，而也就是两个人同时到达终点的时候，天犬伦克萨稳坐在他的黑骏马上，同时到达终点的哥萨英豪却因右腿失去知觉，在停马立身的时候，被马重重地摔在了地上。

“啊——”众人一阵惊呼。

两名裁判异口同声地说：“赛马同时到达。”

天犬伦克萨哈哈大笑道：“是同时到达终点的吗？也是，也不是！到达终点的我，马在人在，人在马上，马在人下。可赛义德少爷呢，人在地上，马呢，马不知在哪里？谁胜谁负，这不明摆着嘛！”

这时候，从地上被人扶起的哥萨英豪说：“是的，我承认，结果是你胜了。但实际上，我突然右腿被人暗算，开始我以为是石子飞溅所致，但刚才我从右膝下已经找到有一根银针，应该是被人下了毒，大家看看，这就是证据。”

“哈……”天犬伦克萨又狂笑起来，“愿赌服输，技不如人不要找理由，你说的毒针，谁射的？谁投的毒？有人证明吗？巴哈云格纳老爷，你该兑现诺言了。”

“诺言？什么诺言？”

“腾格里草原谁不知道，哈萨克兄弟姐妹谁不知道，你今天是要借比武大会相女婿，选女婿，今天我赢了，你应该把女儿嫁给我。”

巴哈云格纳已经气得浑身发抖，一是因为自己的儿子遭人暗算，大家都心里清楚，离开原来轨道的就两个人两匹马，一个人被暗算，不是另一个人又能是谁？但一个人怎么证明是另一个人加害于他？更重要的是不知儿子受伤多重，有没有生命危险。从这个天犬伦克萨的言行看，透着一股邪气，又加上他是国民党军官，是吴云林的部下，老酋长知道这个天犬伦克萨不会是什么好鸟，但眼前的局面他要应付。巴哈云格纳站起来，“这场比赛可以说是你赢了，但哥萨英豪遭人暗算也是事实，这个一定要查清楚，本来这个比赛结果是可以不被承认的，因为你们改变了赛场的规矩，你们没经过我们裁判组同意擅自增加了距离，违反规定原是应该取消比赛资格的。至于你说的比武选女婿，我说过吗？司仪说过吗？一派胡言。”

“那我不管，我就喜欢你女儿。”

“胡言乱语。”

“我是冠军……”

正在天犬伦克萨与巴哈云格纳争吵时，刚在哥萨英豪处探伤的振川吉林高声喊道：“我们还没比呢，你怎么就成冠军了！”振川吉林来到天犬伦克萨面前，天犬伦克萨与巴哈云格纳继续胡搅蛮缠，但振川吉林驱马围着天犬伦克萨四方转圈，“我们俩要比赛才能算。”

“你？”

“我！”

“你不就是一第三吗？前三名的成绩，你总分排第三，刚才你又被哥萨英豪打败了，我呢，又把打败你的人打败了，我不是冠军谁是？”

“你肯定不是冠军，按比赛规矩，前三名轮流比试，你和哥萨英豪比过了，我也和哥萨英豪比过了。但唯有你和我还没比过，如果你赢了我，你当冠军，我服气。”

“你服不服，我都是冠军。”

“你既然是冠军，有冠军的本事，为什么不跟我比，你是不是怕了？”

“我会怕你？”

“我看你这冠军是虚的，怕跟我比，一定是个草包冠军。”

“我不屑跟你比。”

“你是怕跟我比，因为你心里清楚，只要跟我比，你输定了！”

“你个臭小子，想死吗？”

“谁死还不知道呢！怪不得，你不仅怕输，而且还怕死呀！”

“比就比，难道我怕了你？”

“一定是怕了我，嘻……”

“比，可以，但是要按我的规矩。”

“请讲。”

“先比箭，再比马，最后再摔跤。”

“可以！”

“射箭看谁射在最中心。”

“可以。”

“赛马，还是刚才的路线。”

“多跑四十里。”

“是，与哥萨英豪的路线一样！”

“让他受伤的路线。”

“你怕了？”

“乐于奉陪。”

两个人各自去做准备了，老赛日德跑过来，交代自己的“儿子”注意这注意那。振川吉林跟赛日德说：“父亲，办法要改一改。”

“孩子，怎么改？”

“开始是怕我出名，争取跟他赛个平手，现在看来不能这样，必须在头两项就战胜他，让他没有使诈的可能。”

“也好，这个天犬伦克萨，不像好人。”

“所以，必须击败他，让他无话可说。”

“好！”

“父亲，我怕他们那帮人会恼羞成怒，告诉老酋长，还是早点抽身好。”

“哎，我会通知他们的。”

“父亲，我去了，你也要注意安全。”

“去吧，孩子！”

振川吉林做好了应对一切的准备，其中包括两把手枪，两百发子弹。

先是比赛第一项，射箭，两个人各射五支箭，箭射完后，两个参赛人，四名裁判，各自随队两人，共同来到箭靶前，先看1号天犬伦克萨的结果，五支箭都射在了十环圈内，但有两支在中心，此外三支却散落在靠十环与九环的交界处，但还应该是五十环。再看振川吉林，振川吉林的五支箭，紧紧围绕在十环中心，形成了五朵梅花瓣，中间只有纽扣大的圆圈，这五支箭，既在中心，又好看，四名裁判，双方随从，连天犬伦克萨本人都承认，射箭这一项，振川吉林赢了。

“服不服？”振川吉林笑道。

“看谁笑到最后。”

“下轮见！”

最紧张，也可能是最危险的赛马开始了。天犬伦克萨扬鞭走在了前头：“穷小子，你怕不怕？”

“我怕什么？”

“哥萨英豪就遭人暗算。”

“这么说，是你暗算了哥萨英豪？”

“谁说的？”

“你说的。”

“我说的又怎么样？你要怕了，你就退回去。”

“怕了？我就不来比了。”

“那咱就比比？”说着，天犬伦克萨双腿一夹，催马奔了过去。振川吉林也拍马跟了上去。此时的振川吉林高度紧张，这个天犬伦克萨的确是一个好骑手、好射手，有一身超人的武艺，但只可惜跟了吴云林，可惜在国民党军队内滋养坏了。振川吉林同时也知道，哥萨英豪也是草原一等一的英雄好汉，武艺精绝，骑技超群，射艺精湛，以他的能力是不会输给天犬伦克萨的，但偏偏就在他技艺最高的骑术上栽了，刚才，在天犬伦克萨与巴哈云格纳要冠军、要争女婿的时候，振川吉林赶到哥萨英豪身边，仔细查看了哥萨英豪受伤的腿，他在后腿处发现一根极细的毒针，并把毒针拔出来，让哥萨英豪看了。哥萨英豪看了，急火攻心，再加上腿伤，口吐鲜血，昏了过去：哥萨英豪在昏迷的一刹那，挤出了一句话：“报仇……”想到这里，振川吉林有了自己的打算，最主要的是防他的毒针，因此，不能跑在他的前面。跑在前面，他会在后面施射毒针，只有紧跟着他跑，在跑到接近人群时，众目睽睽之下再超过他。

振川吉林打定主意，人紧贴着马背，在落后天犬伦克萨两匹马远的地方，睁大双眼，紧盯着天犬伦克萨。而天犬伦克萨还想故伎重施，想等到振川吉林超过他的时候，在小山拐弯处，在没有人看见的地方，依照对付哥萨英豪的办法，再实施冷箭，对振川吉林施放毒针。但是，跑着跑着，天犬伦克萨发现，这个振川吉林并不着他的道，在小山的周围，在无人处，振川吉林总是跟随他，总是不超过他，这让他在后面实施毒针的计划无法实施了，眼见得就要跑出小山，眼见得就要跑到大道上，离观赛人群不远了，天犬伦克萨不甘心自己的计划泡汤，就放慢脚步，并嘲讽振川吉林："穷小子，你不是挺有本事的吗？怎么不超过我呀，超呀，我看你就是一个胆小鬼，可怜虫。"

"哈……我不急，谁先到终点谁才是冠军。"

"你怕我了，哈……"

"我怕，我怕你的毒针！"

"你找死……"

"谁死还说不定呢！"

马上就要冲上大道了，恼羞成怒的天犬伦克萨狗急跳墙，"臭小子，你以为你躲在后面就能逃过我的毒针了？"说时迟，那时快，只见银光一闪，一根毒针迎面向振川吉林袭来，振川吉林一个侧身，银针一划而过，落在路边草丛，毫无声息。

"再接招……"天犬伦克萨的第二根毒针又到，这根毒针是直扑胸前而来，振川吉林没有办法，只能瞬间躺倒在马背上，毒针贴着肚皮，"呼呼"而过。

"还有呢……"第三根毒针直接射向振川吉林手持马鞭的右手，振川吉林右手轻轻一摇，银针"嗖"的一声飞射入地，第四根毒针正对着振川吉林的左腿疾射而至，振川吉林抬起左腿，毒针在左腿与马腹之间一个狭小的空间，"呼呼"而过，振川吉林也不由得叫出一声"好险"。

"哼哼，没想到，你有两下子，可这一根……"

"这恐怕是你的最后一根了吧！"

"可这一根，你是无论如何也逃脱不了的。"

"来吧……"

"哈……"随着天犬伦克萨一阵狂笑，只见银光闪起，银针不是射向人来的，而是直接射向马腹，马腹的面积大，而马毫不知情，不可能主动躲闪，说时迟，那时快，就在这电光石火之际，只见振川吉林从马背起身，迎着银针射来方向一个转身，在银针即将射到马腹上的一刹那，用右手紧紧捏住了银针，然后又一转身，稳然坐在马背上。

“你……”天犬伦克萨目瞪口呆，一时竟不知如何言语，只得猛踢自己马腹，狂奔而已。

此时，已转向大路，远远的人群慢慢近了，振川吉林一边扬鞭催马，急追而去，一边手捏着毒针想：好个狠毒的天犬伦克萨，如果不是自己还有点身手，如果自己不是早做准备，今日肯定要陷入毒手。天犬伦克萨已经感到了即将追上的振川吉林，更加急躁，一边用鞭狂抽马腿，一边用脚猛踢马腹，而追着追着的振川吉林心生一念：“何不以其人之道还治其人之身。”于是，他看准了天犬伦克萨马后腿上的皮质绷带，右手一扬，天犬伦克萨的最后一根毒针被轻轻地射进了皮质绷带里，毒针只穿过皮质绷带一点，但这一点却能轻轻接触到马的后腿，而毒针的作用也会在马腿上慢慢起作用，振川吉林不想伤人，更不想伤马，马只是会在奔跑过程中受一点点影响，想到这里，振川吉林一声长啸“哈……”扬鞭催马，赶超而去。

赛马已经离终点不远了，振川吉林的马已经赶上天犬伦克萨，两匹马并驾齐驱了。振川吉林打趣道：“天犬伦克萨先生，你还有其他的办法吗？我超过去了……”

说超过，振川吉林瞬间就超过去了，但振川吉林又放慢马速，又与天犬伦克萨并列前进，并向天犬伦克萨说道：“你叫我一声亲爹，我让你超过去。”

“你……”天犬伦克萨气得鼻子冒烟，于是，对他的坐骑滥施淫威，又踢又打，但已经辛苦并受到毒针微微刺扰的坐骑怎么也跑不快了，反而更急躁，更狂怒。

“看看看看，就这本事，连马都驾驭不了，还跟我比赛。”振川吉林又嘲笑天犬伦克萨。

“穷小子，找死你，到了终点，往死里整你。”

“哈……我等着。”振川吉林哈哈大笑，又超过天犬伦克萨，飞射向前。

离终点只有三十米了，已经领先的振川吉林放慢马步，好像在等着天犬伦克萨，天犬伦克萨手忙脚乱，抽打着马匹追了上来，并在嘴里狂喊道：“这冠军是我的。”

眼见得离终点只有二十几米，眼见得天犬伦克萨也追上了振川吉林，振川吉林又一声长吼："飞……"双腿夹马，甩手一个"叭……"马鞭急响，他身下的坐骑疾驰向前，向终点飞奔而去。而此时的天犬伦克萨也急眼了，他用鞭、用手、用腿拼命击打坐骑，想激起马的斗志，想追上并超过振川吉林，但马可能是受刺激太大了，负痛太重了，尤其是后腿太痒太难受了，坐骑狂奔十几步，突然狂啸一声："哟……"陡然站立，乱蹦乱跳，把马背上的天犬伦克萨从马上高高摔起，并向赛马的终点位置飞去。就在振川吉林到达终点的一刹那，天犬伦克萨也重重地摔在了终点线上。

"哎哟……"天犬伦克萨惨叫不已，而天犬伦克萨的马负痛远走，跑得无影无踪。

立马在终点线上的振川吉林笑着对趴在地上的天犬伦克萨说："天犬伦克萨先生，尽管你是趴在终点线上，但你毕竟也是到了终点线，你说，这场比赛，你看算你赢了，还是我赢了？"

"算你狠！"

"哈……只能说你技不如人。"

"穷小子，咱走着瞧。巴哈云格纳的女儿一定是我的女人，你也逃不出我的手心！我会让你死得很难看。"

"难看的是你，哈……"振川吉林拍马而走。

几个外穿哈萨克服装，实际是国民党士兵的人挤进来，扶起天犬伦克萨走到一边说："营长，事儿不好，哈萨克的妇女小孩带着食物财宝早就溜走了，他们好像有准备。吴长官说早点动手！"

"早点动手，好！"说着，天犬伦克萨拔出手枪对天"叭叭"两枪，然后吩咐道，"抢吃的，抢财物，抢女人！对巴哈云格纳那老家伙，不能客气，他那个漂亮女儿，一定给我抢到手！"

"噢……"一群豺狼虎豹开始了对腾格里大草原疯狂的烧杀抢掠。

四

这是这群国民党匪兵在新疆大地上的最后一次杀戮，因为他们知道，共产党领导的人民解放军已经离这里不远了，解放军的先头部队离这里也就不到二百里的路程，如果解放军知道这里有国民党匪徒祸害百姓，他们一定会紧急支援，救人民脱离苦难。但这帮国民党匪兵，尤其是那位阴险诡诈的吴云林，对这片草原太熟悉了，也太了解这片草原上善良好客的哈萨克人了。他们正是利用了草原哈萨克人的热情好客、豪气大义、善良纯真，利用了巴哈云格纳的比武大会，利用哈萨克牧民转场、比赛、庆贺的机会，要大捞一笔，然后逃往哈萨克斯坦或者在边界两边自由活动。因为逃到这些地方需要钱财、马匹、食物。但是，吴云林干尽了坏事，还想挂着伪善的面具，还想装扮成哈萨克族的朋友。而依着天犬伦克萨的意思，人只要会集到草原上，还管什么比赛，直接下手抢就行了。而吴云林却在撩拨天犬伦克萨："你是哈萨克的骏马，天上的苍鹰，有一只美丽的凤凰，有一位圣洁的天使，难道你不想要吗？"

"谁？"

"巴哈云格纳的女儿依赛古丽，美丽赛天仙，你不想要？"

"想要！怎么要？"

"你不知道吧，其实这次比武大会，老巴哈云格纳是想相女婿，找女婿。"

"可他没明说。"

"是没明说。可我听他的一位老兄弟说的。"

"不会有假？"

"绝对是真！"

"我想试试。"

"以你的武艺，你看能不能争第一？"

"我……能，能争第一，有办法争第一。"

"好，那你就比武夺冠军，做女婿。我呢，还要把其他地方的兵力调过来，现在只有三百人，那天的哈萨克，怎么说也有上万人。"

所以，当天的比武大会，不是吴云林不想早下手，而是人手不济，他要等另一拨国民党匪军的到来，这也就给了大部分哈萨克族民众撤离的良机。天犬伦克萨与振川吉林比武惨败，他知道，靠比赛成绩名正言顺地娶依赛古丽已经是不可能的了，只能靠武力强抢了。而与此同时，吴云林的援军已到，大开杀戒、大肆抢夺的时机已经成熟。

粮食、财宝抢不到了，吴云林和天犬伦克萨于是决定：抢马匹、抢衣物、抢人身上的贵重物品，而要抢这些的前提，是要经得哈萨克人的同意。坐骑是哈萨克民族的第二生命，没有了坐骑就如同人没有了手一样，如何能生存？于是草原上的杀戮开始了，国民党匪军肆无忌惮地枪杀哈萨克族青年。人杀了以后，就抢夺马匹，就夺取哈萨克族青年身上的饰物和身上少有的钱财。先是几十人，接着上百人，哈萨克人开始奋力反抗，但当他们发现他们的反抗无异于飞蛾扑火的时候，很多人转而选择脱逃。哈萨克青年脱逃，国民党匪兵四处追杀，追杀赶不上，就开枪，草原上枪声四起，人死马翻，血流遍地，尸积如山，上千名哈萨克人血染草原，草原上云层低垂，残阳如血，遍地是血迹，到处是尸体，国民党匪兵狂叫不已，狂笑不止。

天犬伦克萨在草原上横冲直撞，枪杀人的同时，还时时刻刻忘不了追杀巴哈云格纳一家，尤其惦记着巴哈云格纳美丽的女儿依赛古丽，他叫过来追杀巴哈云格纳的士兵："老东西杀掉了吗？"

"跑了。"

"跑哪儿了？"

"好像往达金山跑了。"

"达金山？"

"好多人都逃进了达金山。"

"进山，我不怕，给我一个排的士兵，我要把哈萨克老家伙干掉，我要他美丽的女儿，说不定那里还有金银财宝呢！"

天已傍晚，残阳如血。虽然，这时候应该是腾格里草原最美的时刻，但风里夹杂着血腥味，草地上横七竖八躺着尸体，苍鹰在天空中盘旋，时而发出悲愤、惨烈的哀鸣，西边太阳美如彩霞，但草原上的气氛如泣如诉，悲叹不已。

悲剧并没有完结，在通往达金山深处的山道上，巴哈云格纳悲愤不已，边撤边逃，虽然巴哈云格纳与赛日德及几位酋长商量，让哈萨克妇女儿童先行撤走，但依赛古丽没走，一是作为比武的倡导者，他不能让自己的太太和女儿先撤，这样目标太大，最容易被吴云林等发现。二是依赛古丽也不愿离开爱她关心她的慈父，生死她都要和父亲在一起。三是离开了巴哈云格纳，依赛古丽也不知道往哪里去。就这样，在国民党追兵施展淫威，在草原上烧杀抢掠的时候，巴哈云格纳只能偕着大儿子、小女儿一块逃跑。很快，巴哈云格纳就得到消息，小儿子哥萨英豪因为腿有伤，又因为与施暴的国民党士兵搏斗，在他干掉了五名国民党匪兵之后，被匪兵乱枪打死。可能是马护主人的缘故，哥萨英豪的战马驮着哥萨英豪的尸体赶上了巴哈云格纳，没等巴哈云格纳悲哭起来，国民党追兵又到，在仓皇逃离中，巴哈云格纳夫人又身中霰弹，不幸身亡。不到大半天，巴哈云格纳接连失去了两位亲人。好在护送巴哈云格纳一家数口的有赛日德老汉及他带的几个哈萨克英雄青年，但赛日德毕竟人少，巴哈云格纳的大儿子及小女儿依赛古丽不善武艺，渐渐有些寡不敌众。眼见得追兵越来越多，巴哈云格纳一家要陷入敌手，正在危急之际，突然一匹枣红马飞奔而去，只见，马上青年手使双枪，枪枪命中，不一会儿，几十名国民党追兵应声殒命。

“振川吉林……”老赛日德高兴地大喊起来，“好儿子！”

“我来了！”振川吉林飞马赶到，跳下战马，“这里不宜久留，追兵一会儿就到。”

巴哈云格纳虽然年轻时身手了得，但是多年来疏于锻炼，长年锦衣玉食，身体早已发福起来，跑起来气喘吁吁。他突然停下来：“赛日德大哥，振川吉林英雄，今天看来凶多吉少，我看还是早做安排。”

“兄弟请讲。”

巴哈云格纳满脸泪痕：“夫人走了，哥萨英豪没了，二儿子出国也没音信，我就这一个儿子了，齐乐义格，来，让你伯父见见。”

巴哈云格纳的大儿子哪见过如此血腥残暴的场面，早吓得面如土色，浑身发抖。

巴哈云格纳：“老哥哥，我这剩下的儿子就交给你了，您带他先走，走得越远越好，只要能活着。”

赛日德：“那你呢？依赛古丽呢？”

巴哈云格纳指着另一个方向：“你们朝那条路走，那里有粮，有钱，有宝，还有藏身的山洞。”

“那你们……”

“我们朝另一个方向走。”

“你个老糊涂，什么时候都重男轻女。不过也不失为一个好法子，这样两边走，分散追兵的注意力。”

“那就赶紧走了！”

赛日德高喊道：“慢，我不能让依赛古丽这朵草原上最美丽的鲜花落入敌手，振川吉林！”

“父亲。”

“我把巴哈云格纳和依赛古丽交给你了。还有这几个哈萨克青年，他们都是一等一的高手，你们一定要保护好老酋长和依赛古丽。我一个人就能保住齐乐义格。”

“别让赛义德跑了！”

“留下财物！”

“留下粮食！”

追兵到了，赛日德翻身上马，“振川吉林，好孩子，你记住，你可要为哈萨克人争脸呀，走了！”

赛日德老人像拎小鸡一样，把齐乐义格提上了马背，一拍一打，马儿就飞奔而去。赛日德走的是一条越走越深越隐蔽的山道，不久他就把齐乐义格隐藏在山中的岩洞里，因不放心振川吉林，不放心巴哈云格纳和依赛古丽，又掉转马头，直奔他们撤走的方向。

巴哈云格纳撤走的方向，基本上是一条绝路，他们边打边撤，很快就撤到了悬崖边，后面是穷凶极恶的追兵，前面是万丈绝壁。撤到这里，几乎只有一个结果，要么被追兵杀死，要么葬身这个悬崖。

要说这巴哈云格纳想法够绝了，他知道造成今天的惨剧，他难辞其咎，如果他不讲排场，不讲威势，他就不会搞今天的所谓比武大会，如果他不搞比武大会，和他相依为命一辈子的夫人，还有那么多哈萨克兄弟就不会这样惨死，如果不搞所谓的比武大会，最喜爱的小儿子哥萨英豪就不会惨死，如果他不搞比武大会，大儿子小女儿就不会陷入绝地。本来他想，他以死来回报这一切，但事情的发展让他越来越清楚，匪兵天犬伦克萨，强盗吴云林不仅要他死，而且要哈萨克的财宝，哈萨克的食物，哈萨克的马匹。而且吴云林和天犬伦克萨都盯向了自己的女儿，不仅自己难逃一死，他的女儿也可能被匪徒污辱，所以他可以死，但他不能让美若天仙、洁如白云、纯如碧水的女儿遭到玷污，唯有死，才能解脱这一切。如果到了天黑时，追兵不到，他还可以绕过悬崖，逃入达金山深处，但眼看着追兵如狼似虎地追来了，他只能做此选择了。当然，他还有一个自私的选择，他要为赛义德家族留一个根，于是就有了兵分两路的想法。

追来的不是别人，正是匪徒中最凶残最狡猾的天犬伦克萨，他发现已经追到了山里，于是派人调了一个连的兵力。当他看见巴哈云格纳进入了一边是追兵，另一边是悬崖的山头时，天犬伦克萨笑了，而且是狂笑不已。

天犬伦克萨躲在一块大石头的后面，高喊道：“老酋长，巴哈云格纳先生，你不用逃了，也不用跑了，只要你答应把你天仙般的女儿嫁给我，我管保你安全，你是我的老岳父，我不仅不会杀你，而且会奉你为长辈，尊你为贵宾，你手下的人也可以既往不咎。”

“你做梦！”

“我给你三十分钟的时间考虑。三十分钟后，如果你不同意，我调动的迫击炮就到了，你那么大一点的小地方，两炮就削平了，想想吧，通信兵，计时，五分钟报一次。”

巴哈云格纳这边，只有六个人，巴哈云格纳、依赛古丽、振川吉林，还有三个哈萨克硬汉青年。而在这六个人当中，唯一头脑还算冷静的就只有振川吉林了。巴哈云格纳老了，而且爬山时被荆棘刺得满脸满腿都是伤。依赛古丽虽然也学了一些打枪射箭的技艺，但既不准也不精，好在是年轻气盛，能够跟得上队伍，要她独当一面，怕是要难于上青天了。三个哈萨克青年身体强健，武艺出众，但跑马射箭可以，打枪射击由于枪用得少，也只是技术一般般了。所以，六人之中，武艺高强的只有振川吉林一个人了。撤到悬崖边上的振川吉林，在危难存亡中镇定了自己，他先把巴哈云格纳和依赛古丽安排在一棵大树后的石头下面，他仔细观察了地势，即便敌方有大炮，这么近的射程，也不一定能打中大树，打中了大树也打不中石头。“老酋长，这里安全，天塌下来你们也都别动，有我呢！”

“好孩子，你叫振川……？”

“振川吉林，我记得你，你打败了天犬伦克萨。”依赛古丽补上了她父亲的话，并向振川吉林投过来敬佩感激的目光。

“那是瞎撞的。”

“那是真本事！”

“不说这些。”

“我也跟你打匪兵。”

“别，你的任务是看好保护好你父亲。”

“你怎么办？”

“我有办法！”

振川吉林并没与依赛古丽多说，而是去把三个哈萨克青年安排在三个不同的位置，告诉他们如何应付围攻上来的国民党匪兵，“首先，你们的箭术好，只要箭能射到的地方，就用箭，你们还有多少支箭？”

“我有十五支。”

“我有二十支。”

“我有二十三支。”

“好，你们有五十八支箭，至少要射倒三十名匪兵，能做到吗？”

“能！”

“第二，”振川吉林接着说，“这里有六支枪，三百发子弹，你们五发子弹能打倒一个匪兵，我们就胜利了。这一点，能做到吗？”

“这……”打枪不是哈萨克青年的强项，他们不敢承诺。

“这一点不强求你们，你们的地形地势很不错，瞄准了再打，一定能成功。”

“是……”

“第三点最重要，我给你们每个人选了三个射击地点，千万要记住，在一个地方射完一支箭，打完三发子弹后，一定要换一个位置，否则就会被敌人发现，敌人有狙击手。”

“狙击手？”

“啥叫狙击手？”

“就是射击技术特别好的人，用你听得懂的话，叫神枪手，一旦被这种人发现，你就别想活了。”

“有这么厉害？”

“所以，我叫你们射一箭换一个地方，打三枪换一个位置，最重要的是，不要露头，更不要探出身子。”

“有那么邪乎？”

“敌人已经上来了，听我的，不要拿命去冒险，快做准备吧。”

振川吉林又用刺刀砍了几棵小树一样的树枝，用山上的藤条捆了捆，把树枝拉到了巴哈云格纳和依赛古丽的身边：“你们记住，如果我们没来，只有敌人的喊叫声，你们就紧拉这个树枝，这个树就坠下去，正好盖住你们，你们又在树后的石头下面，敌人发现不了。千万记住，不管上面发生了什么，都不要吭声，坚持到明天早上。天快亮之前，请老酋长把你的衬衣，姑娘请把你的裙子扔下悬崖，如果能坚持到明天下午，你们就安全了。”

依赛古丽可不依了：“你怎么办？我不能这样，除非你也和我们一样。”姑娘关切之情溢于言表。

“我有办法！”振川吉林扭头走了。

“咣……”炮声掀开了新的战斗。

“乒乒乓乓……”伴随着炮声，密集的子弹向这个山头倾泻而来。

由于天犬伦克萨的山头离这个山头太近了，炮弹根本打不了这么近的距离，只有一发炮弹击中山边的大石头，其余的全部落入悬崖下面。

迫击炮起不了作用，又加上没有一个专业的炮兵，天犬伦克萨的几炮打完了之后，就动员他手下将近一个连的兵力，向振川吉林的山头发起了进攻。

第一队士兵十二个人，排着纵队顺着山道，向这边发起进攻。振川吉林并没有亲自动手，而是指挥三个哈萨克青年，“用箭……”

三个青年在各自的哨位上开始准备。

“从左到右，开始……射击。”

“嗖……”三箭过去，箭箭不空。

“再来……”

“嗖……”又是三箭，六个敌人报销了。

“现在用枪，换地方。”

三个哈萨克青年用了十六发子弹，把剩下的六个敌人也报销了。

围攻过来的敌人有一百多人，死了十二个人，对他们来说不到十分之一，但天犬伦克萨知道，像这样消耗下去也不是个办法，况且吴云林已经派人传达命令，让天犬伦克萨抓紧撤走，赶往边境。因为今天的腾格里大屠杀已经传到两百里之外的解放军那里。据说，解放军的一个先遣团已昼夜兼程往这里赶，如果走得晚，说不定会被解放军包了饺子。天犬伦克萨挖空心思，在琢磨对方阵线到底有什么人，有多少人。天犬伦克萨最担心的是怕振川吉林在对面山头，因为这个振川吉林是最难对付的，如果他在，不知攻击山头要付出什么样的代价。同时，天犬伦克萨又希望振川吉林就在对面山头，因为对面山头太小，又濒临绝壁，如果发动炮攻，再加上带的兵力是对方的多倍，天犬伦克萨相信，一定能战胜振川吉林，并把振川吉林逼下悬崖或趁机杀掉。这样下来夺取占有依赛古丽就轻而易举了。

派出一个班的士兵打头阵，一是试探巴哈云格纳这边的虚实，二是想借此观察清楚，振川吉林在不在对面山头。但是，天犬伦克萨失望的是，他手拿望远镜反复盯看，既没看见巴哈云格纳，也没看见依赛古丽，更没看见振川吉林，只是看见了善射箭，不善打枪的三个哈萨克青年。天犬伦克萨的大脑在飞快地旋转，这父女俩跑了？悬崖旁还有另外一条路？振川吉林从另一条路把巴哈云格纳接走了？但不管是什么结果都必须速战速决，尽快解决战斗。

天犬伦克萨迅速做部署，他命令把最好的射手集中在山头上，专门瞄准三个哈萨克青年的位置，交叉射击，争取把三个哈萨克青年击毙在他们的哨位上。另外，集中全连的三挺机枪对准山头，压制住山头的火力，然后组织五十人的敢死队猛扑过来，集中火力，加上手榴弹集中攻击，不信打不死对面山头寥寥几个人。天犬伦克萨分派已定，发布命令，准备进攻。

“乒乒……”一阵枪声从阵地上传出，只见一骑白马横穿而来，原来是赛日德老汉，只见他右手持刀，左手端枪，手起刀落，一个匪兵人头落地，手扬枪响，又一个匪兵应声倒地，好似狂风卷过，如砍瓜切菜，七八个匪军被砍掉了脑袋，枪声落处，四五个匪军倒地毙命。

“打，往死里打……”天犬伦克萨声嘶力竭地喊。

机枪、步枪、冲锋枪一齐向赛日德袭来，赛日德紧趴在马背上，急速来到振川吉林所在的阵地上，振川吉林从树丛中跃起，接住了连马带人轰然倒地的赛日德。

赛日德的马被机关枪击中，倒在地上，鲜血直流，眼见得不治了，而赛日德老汉胳膊和腿上也各中一枪，血流不止。振川吉林连忙撕开衣服为赛日德包扎，赛日德推开振川吉林：“孩子，别管我，这样弄不是办法。巴哈云格纳呢？依赛古丽在哪里？我们只有六七个人，匪兵有一百多人，时间长了，弹药没了，我们肯定走不了。”

“那怎么办？”

“找老赛义德商量。”

“那我安排一下，”振川吉林让三个哈萨克青年爬去石头后面，“记住，瞄准了再开枪！不要露头，不许探出身子。”

赛日德找到了巴哈云格纳和依赛古丽，说：“兄弟，我想这么办……”

过了十几分钟，巴哈云格纳对着天犬伦克萨喊道：“天犬伦克萨，你还想娶我女儿吗？”

喊声很快传到了天犬伦克萨耳中：“有这等好事？会不会使诈？”

“我当然愿意！”

“如果你愿意，请你的士兵让开，我和我女儿过去，你不能伤了我，也不能伤了我女儿。”

“可以，但只能你们俩过来，最好是你女儿单独过来。”

“那不行，我和女儿必须在一起，我在女儿在，女儿在我在。”

“好。但其他人不行。其他人只能留在山头上。”

“巴哈云格纳”骑着枣红马，依赛古丽也坐在马上，紧搂着“巴哈云格纳”的腰。

由于时间已近黄昏，光线昏暗，只见马背上的“巴哈云格纳”体态臃肿，头饰垂落，盖住了大半个脸。那身高贵华丽的服饰弄得污浊不堪，满身都是泥土树叶，骑在马上歪歪斜斜，而穿着略显华丽的依赛古丽紧抱着“巴哈云格纳”：“父亲，你坐稳点。”

百十名匪兵，除了山头上十几个人守着三挺机枪以外，七八十人都围住了骑马慢慢而来的“巴哈云格纳”父女俩，“让开，让开，给我老岳父让路，给我漂亮的媳妇让路。”

匪兵让开山路，“巴哈云格纳”父女俩坐在马上逐渐加快了步伐。

“多弄一匹好马。怎么能让老岳父与我媳妇同坐一匹马呢！”

两个匪兵给天犬伦克萨又牵过来一匹好马。天犬伦克萨在牵马的同时，恶狠狠地说：“我们走后，你们把对面山头铲平，一个活的也不要！”

“巴哈云格纳”父女俩一直往前走，天犬伦克萨驱马赶过来：“老岳父，你们俩挤坐在一匹马上，多不舒服。来，分一匹好马给你，你们分开坐。或者，我的漂亮媳妇，跟我坐一匹马上。”

“呸，你做梦！”

“是要做梦，我要做美梦，搂住你做美梦，最好搂着你光油油的身子做美梦。等今天晚上，看我怎么玩你，怎么弄你，哈……”

“把马扔过来。”“巴哈云格纳”低吼了一声。

“还是老岳丈乖，知道我想好事，马过去了。”

“巴哈云格纳”在马到身前的时候，双手把依赛古丽轻轻一托，依赛古丽稳坐在马背上，“巴哈云格纳”在依赛古丽坐稳的同时，猛拍马的腹部：“快跑吧！”

这动作、这声音惊醒了正在做美梦的天犬伦克萨，“你……”

“振川吉林！”振川吉林立即脱掉身上臃胖的衣装，拔出手枪，对准天犬伦克萨“啪啪”就是两枪。

被现实惊醒的天犬伦克萨，虽然诧异非常，并力求有所准备，但他还是快不过身手极快的振川吉林。振川吉林的两枪，一枪打在了他的脖子上，一枪打在了他的肚子上。天犬伦克萨也好生了得，中枪后伏趴在马背上，抽枪向振川吉林射击。振川吉林早有准备，把身体闪在了马背后边。天犬伦克萨见打不着振川吉林，就猛踢马腹，马“噌”地蹿了出去，直奔依赛古丽马去的方向猛追不已。

“坏了！”振川吉林拍马直追，他知道天犬伦克萨已经身负重伤，肯定要做困兽之斗，还要垂死挣扎，肯定要去祸害骑术不高、武艺平凡的依赛古丽。而且，依赛古丽刚走去不远，追上去也就是三两分钟的路程。如果追上，天犬伦克萨懂射箭，能打枪，还擅长使用毒针，一旦被一种武器射中，后果将不堪设想。义父赛日德和老酋长舍身舍命设计的冒充老酋长、救依赛古丽的计划将付之东流，而振川吉林非常清楚，只剩下老态臃肿和身负重伤的赛义德兄弟俩是怎么也逃不出还有七八十人的匪兵手的。刚才匪首天犬伦克萨恶狠狠的“一个活的也不要”的死命令就是明证。

容不得振川吉林多想，他必须紧追上去，必须赶上天犬伦克萨，必须干掉天犬伦克萨，必须保护依赛古丽，让她不受伤害。

在振川吉林即将赶上天犬伦克萨的同时，天犬伦克萨也即将赶上依赛古丽。振川吉林毫不退缩，甩手对着天犬伦克萨就是两枪，眼见得天犬伦克萨又中枪了，与此同时天犬伦克萨也向依赛古丽开了两枪。

“依赛古丽，趴下，快趴下。”

也可能是天犬伦克萨在已受重伤的情况下又受枪伤手抖的关系，也可能是他已经神志不清，也可能是依赛古丽本能地伏在马背上的缘故，天犬伦克萨接连打出三枪居然没射中依赛古丽。

好个天犬伦克萨，连中四枪，鲜血四溅，依然趴在马上向依赛古丽冲击。依赛古丽见浑身是血的天犬伦克萨向自己扑来，慌不择路向小山梁猛跑。而已经失去本性，即将崩溃的天犬伦克萨，在振川吉林又一排子弹射向他的同时，把他身上存有的十余根毒针全都投向了依赛古丽。

“啊——”只见依赛古丽的马“嗷嗷”惊叫，并前蹄急竖，在山梁上乱叫乱蹦，而依赛古丽也吓得乱抓乱叫。原来，天犬伦克萨的毒针没有射中依赛古丽，而是都射向了马的臀部和马的后腿。被毒针刺痛的马，惊痛失常，乱蹦乱踢乱叫，恨不得尽快把依赛古丽从马上掀下去，而最为惊险的是惊马所在的山梁，左右两边是陡峭深长的山沟，虽不是悬崖峭壁，但摔下去的人，十有八九难以生还。

更着急的是振川吉林，在他五枪连发的子弹射出去，天犬伦克萨射完毒针后，惨叫着滚下山沟。振川吉林知道，这个恶贯满盈的匪徒是不可能活了，但最难做到的是，如何让山梁上、惊马上摇摇欲坠的依赛古丽脱离危险。

最保险的办法是下马，慢慢靠近惊马，再慢慢把依赛古丽救下来。但时间不允许，山梁不允许，惊马不允许。振川吉林只好紧催战马，快速向惊马扑去。

面对扑上来的振川吉林和他的战马，一阵疾风扑来，山梁上的惊马更惊了。惊马在几个小跳之后，连续三个竖立，又连续三个倒立，而在最后一个倒立还没完成的时候，只听依赛古丽“啊——”惊叫了一声，从马上被抛向了空中。说时迟，那时快，只见振川吉林从马上跃起，直向依赛古丽落下的方向。

“啊——”在依赛古丽又一声惊叫的同时，振川吉林接住了下落的依赛古丽，而接住了依赛古丽的振川吉林，在山梁上怎么也站立不住，只好紧抱住依赛古丽向山沟摔下……

两天过去了，当第三天的朝霞刚吐出芬芳时，振川吉林醒了。虽然浑身酸痛，但他明显地感觉他被温软细腻的身体护卫着。振川吉林睁开眼，他惊奇地发现，他被依赛古丽紧紧抱住，而依赛古丽几乎是赤身裸体，而自己呢，也是袒胸露脐，身无几片衣服。尽管没人，但振川吉林脸“唰”地红了，浑身不自在，他极力想挣开依赛古丽的怀抱，但几次都没有挣脱，还弄得浑身疼痛不堪。没办法，振川吉林只好听之任之，静静躺在依赛古丽芳香细润的怀抱里。

“不挣了……”过了好大一会儿，依赛古丽突然说话。

“啊？你醒了。”振川吉林顿感浑身更不自在，又想挣脱。

“你受伤了，不要乱动。”依赛古丽主动松开紧扣住振川吉林的双手，“谢天谢地，你终于醒了。”

“我睡了多长时间？”

“两天两夜，今天是第三天了。”

“你受苦了！”

“不是我受苦了，是你受苦了。你为了保护我，紧紧抱住我，从山梁翻到这山沟里，多高多深呀。摔到这里的时候，你浑身是伤，头也磕破了，一直流血不止，也一直昏迷不止，吓死我了，但……”

“但怎么了？”

“但你还有呼吸，我知道你死不了。”

“死了倒好了。”

“你死我也不会活。”

“衣服呢？”

“衣服都被剐烂了，你一片完整的衣服都没有，我……我的衣服还有两件是好……

“还不赶紧穿起来。”

“穿什么穿！你什么我都看了，我什么你这不也看了。”

“这样不好。”

“有什么不好？我生是你的人，死是你的鬼。”

“那怎么行？”

“怎么不行？赛日德大伯和父亲都同意让我嫁给你。”

“那也不行！”

“为什么不行？”

“你不了解我。”

“怎么不了解你？不管你是谁，我都嫁给你。”

“不行！”

“如果不行，我就撞死在这石壁上。”

“你……”

“我一个大姑娘，跟你睡了两天，什么你都看见了。再说了，你舍身救我哥，我爸，救我。不说喜欢，就是报恩，我也嫁给你。”

“我……”

“你怎么了？”

“我是汉人。”

“汉人，你这样的汉人，我嫁！”

“我可能要离开。”

“如果你走了，如果你不要我了，那我就去草原上喂山鹰。但只要你在这腾格里草原，我就是你的女人。”

就这样，两个人在山沟里休养了三天，就这样，两个人又上山找巴哈云格纳和赛日德老汉，结果两个老汉都惨死在山头上，两个人把两个老人葬在山上。就这样，两个人回到了腾格里草原，就这样，腾格里草原迎来了共产党解放军。就这样，振川吉林以赛日德老人儿子、正宗的哈萨克青年的身份，娶了巴哈云格纳的女儿依赛古丽，并继承了巴哈云格纳的产业，后来草原的体制和隶属关系发生了多种变化，但振川吉林依靠汉人的聪明才智和哈萨克人的热情好客，种了小麦、棉花，开挖了煤矿和玉石，还发现了稀有金属，把专属权贡献给了国家，国家呢，给了不少回报。更让人意外的是，振川吉林真发现了金矿，在开挖了数十年以后，与国家组成混合所有制公司，每年不用干，尽可以分红。与此同时，开发了庄园，建成森林公园，生活真是芝麻开花节节高。更重要的是，依赛古丽自从与振川吉林结婚以后，两个人生活十分和谐幸福，并有了四个争气、可爱、孝顺的儿女……

五

往事如梦如幻，回忆让依赛古丽如醉如痴，在这个家里，只有她一个人知道，振川吉林·赛义德是汉人。在这个草原上，除了远在异国他乡的依赛古丽大哥齐乐义格以外，再也没有人知道振川吉林是汉人，他们最小也最顽皮古怪的女儿凤凰妮娜，长大以后时不时会问："妈，我怎么看，爸爸说话、走路、做派像个汉人？"

"胡说，怎么可能？哪点像？"

"哪点都像汉人。"

"你见过汉人有多少？你了解汉人有多少？怎么看你爸像汉人？"

"那你看我像汉人吗？"

"死丫头，你像什么汉人？"

"因为我觉得自己像汉人，自然我的父亲就是汉人，没有父亲就没有我。"

"死丫头，胡说八道。那你看你妈是汉人吗？"

"你绝对不是。"

"为什么？"

"味都不对。"

"故弄玄虚，怎么味不对？"

"汉人不是你这个味。"

"死丫头……哈……"

从小时候起，振川吉林·赛义德就严格要求四个孩子先学汉语，再学哈萨克语。在公开场合用哈萨克话，在家用汉语。家里愣头青二小子撒克支颜说："爸，咱是哈萨克，为啥把汉语摆在第一位？"

"我问你，中国是汉人多还是哈萨克人多？"

“那还用说，谁不知道是汉人多。”

“再问你，是汉人管理这个国家还是其他民族管理这个国家？”

“汉人。”

“这就对了，要想做好生意发大财，不了解汉人，不学会汉人的规矩习惯，能行吗？”

“也是！”

这些只是家庭生活的小小插曲而已。在这个家里，振川吉林·赛义德是严父，也是慈父。说严父，是因为赛义德对孩子们的教育和管理，极其严格。在道德人格品质上绝不能有半点的含糊，谁违背了，谁犯规了，谁就必须接受惩罚。说慈父，是平时振川吉林对孩子关怀备至，无微不至，从不无理由训斥孩子，从不因为自己的情绪迁怒于孩子。过节过年、喜庆日、孩子们取得优异成绩的时候，总会得到振川吉林·赛义德的表扬和奖励。这样，全家形成了良好的家教家风。这也是赛义德一家事业发达、家道兴旺的重要保证。更是一家受到万里大山、千里草原人人尊敬的原因。

“这一切会不会……”依赛古丽不敢往下想，也不愿往下想。大儿子大女儿两家因星期天都从外地赶回来了，他们也都默默地在家等待，等待父亲振川吉林·赛义德从地窝子里出来。

第五天傍晚，依赛古丽和一家儿女的等待终于有了结果，振川吉林·赛义德终于从地窝子里出来了。

从地窝子里出来的振川吉林，人瘦了一圈，但似乎更精神了。

“孩子们，我先洗个澡，然后大家吃饭，吃饭后咱开个家庭会。”

“好……”

家庭会议在异常枯燥、紧张的气氛中进行，全家人好像在等待什么，期待什么。等待、期待已经六十八岁的一家之主振川吉林·赛义德给全家一个说法。因为，五天待在地窝子里让全家人不明不白地等待，总要有什么原因，总要有一个解释。当然，休息、冷静、闭关、练功都是说法，都是解释。但全家人心照不宣，似乎想追问什么，但又什么也无法追问，只有静静地等待，振川吉林平静地，但却一字一句地说下去：

“依赛古丽，孩子们，我今天给大家答案……”

“今天给你们的答案，可能让你们失望……但我必须这样。必须这样做，否则，我将无颜活在人世。”

振川吉林·赛义德每说一句，都停顿了。他极力控制自己，想稳住自己。

“依赛古丽，你估计得不错，是这封信。”振川吉林·赛义德扬了扬手中的信，“这封信把雪藏了四十五年的秘密揭开了。孩子们，一个只有你妈妈才知道，但也不完全知道的秘密。这封信把它揭开了，这封信让我清清楚楚地明白，我再也不能逃避、躲闪了。这就是我在地窝子里思考五天的结果，我要去承担我应有的担当，要去找回一个男人应有的责任。如果我对这封信视而不见，如果对这封信背后所包含的巨大苦难不理不问，我就不能称为男人，我就不能成为你们的父亲。如果这样，我不如让草原上的狼群把我撕碎，我就不配活在这个世上。”说到这里，从不洒泪的振川吉林已是老泪纵横，浑身颤抖，悲愤不已。

“爸爸！”小女儿凤凰妮娜扑过去想扶住爸爸。

“妮娜坐好。”振川吉林挥手把凤凰妮娜喝退回座位上。

“依赛古丽，孩子们，我知道你们惊讶不已，知道你们有许许多多疑问，我说主要的。”

振川吉林咳嗽了一声：“凤凰妮娜，我可爱聪明的小女儿，你的感觉非常准确，也是我回答的第一个问题：我是汉人。”

“汉人？”

“我也不叫振川吉林……”

“叫……”

“我叫林振川。”

“林振川？”

“从今天开始，我改回原来的姓名，林振川，我恢复原来的民族，汉族。孩子们，你们怎么办？原来的想法是全部恢复，包括民族、姓名。但，现在是改革开放的时代了，我尊重四个孩子的意愿，姓什么，属于什么民族，你们自己决定。”

“我姓林，我是汉人。”又是凤凰妮娜先表了态。

其余孩子几乎异口同声：“听父亲的。”

“孩子们，之所以不要你们一定听从我的意见，是因为你们的母亲是哈萨克人，你母亲为了我，为了你们，为了这个家付出了她全部的爱、全部的才智、全部的心血。我感谢她，你们谁也不能怠慢你们的妈妈。你们有责任有义务孝顺你们的母亲，你们既有汉人的血脉，也有哈萨克血统，你们沿用哈萨克民族的姓氏也是应该的。而且……而且……”说到这里，林振川突然说不下去了，哽咽了……

“爸爸，怎么啦？”孩子们都站了起来。

“因为，以后，恐怕只有你们的妈妈才能陪伴你们了。”

“爸爸……”

“爸爸，你要干什么？”

“爸爸要去寻找，要去赎罪……”

“为什么？”

“爸爸……”

“振川吉林……”依赛古丽开始痛哭。

“依赛古丽，孩子们，不要惊讶，我还是从头说起吧。”

“我生在大别山中的金刚山脉，那里俯视中原、联结武汉、钳制南京，既有北方的粗犷，也有南方之灵秀。我的父母是北京大学的学生，毕业后回家为穷人翻身闹革命，1929 年参加了著名的商南起义，成为豫鄂皖红军最早的组织者和领导者，是共产党当时少有的军事将领。父母在鄂豫皖战斗到 1932 年，由于叛徒出卖，父母双双惨死在蒋介石匪军的屠刀下，最可恨的匪军，用刺刀刺死了我的哥哥、姐姐，并把他们挂在村落的大树下。父母牺牲的时候，我才五岁。红军救我出来后，把我放在金沙畈，我被好心的双河湾小学校长，也是著名武术大师雷经天大伯收养，我从五岁开始，就一边学文化，一边练武术，到抗日战争后期，我已经是骁勇善战的游击队队长了。”

“爸，你那时多大？”

“1944 年，我担任游击队队长，十七岁。”

“十七岁？十七岁不还是孩子吗？”

“但我十七岁就已经身高一米八二，身经百战了。”

“怎么可能？”

“乱世出英豪吧，我跟着师傅学了一身武艺，又从十二岁开始与小日本周旋，战斗不下百次，消灭鬼子汉奸将近五百人。最过瘾的是我利用山沟里的迷魂阵，我一个人几乎干掉了一个大队的鬼子。”

“爸，详细说说，怎么个迷魂阵？”凤凰妮娜比谁都兴奋。

“那是鬼子投降前的最后一次大扫荡，日本鬼子集中了一万多人，围攻我鄂豫皖交界的浣溪根据地，由于敌人是突袭，我根据地有点措手不及，受到了很大的损失，我当时是游击队队长，但我得到的紧急任务是掩护浣溪地委机关转移。由于事发紧急，我们游击队集中起来只有四十几个人。我命令游击队全体队员掩护地委机关和区委的人往深山转移，但鬼子可能已得到内线情报，一直咬住我们不放，没有办法，我只好把鬼子引到柴盆沟的十八道弯。这柴盆沟在一道深长的山沟里，十八道弯是柴盆沟里的一道又长又弯又陡峭的山梁，这山梁又叫仙愁岭，由于山梁是很多斜插向山沟的峭壁，形成了九曲十八弯的山路，山路荆棘丛生，树木繁茂，时而急陡，时而缓平，走不过一丈，就要拐弯，再加上正值仲夏，树木极其茂盛，根本看不清道路。所以我就想办法把敌人往这条道上引，鬼子不敢往山沟里去，怕进山沟里遭埋伏。而如果鬼子钻山沟里就麻烦了，因为地委机关和一部分群众来不及转移，只好暂时藏在山沟里，县大队和八路军部队都在外线作战，根本顾不上这里，要让一千多老乡和地委机关脱险，关键就靠我一个人了。

“我让区游击队的其他同志掩护地委机关和乡亲们，我就得想办法把鬼子引到仙愁岭十八弯了。鬼子突袭柴盆沟的是一个大队，有四百多人，追到沟口的时候，鬼子面临两个选择，两面是深沟，中间是山梁，这道山岭就是猎人也很不愿意去的仙愁岭，到底往哪里去，鬼子指挥官犯犹豫了。我们的一个叛徒告诉鬼子，说共产党的地委机关和一千多群众刚进山沟，只要穷追猛打，不到两小时就能追上。叛徒说的是实情，一旦追上去，那四十多名游击队员虽然可以阻挡一阵，但肯定会暴露地委机关和群众藏在沟里的实情。然而，鬼子指挥官是精通地形战术的，他想如果他的部队进了山沟，山头上有共产党游击队伏击怎么办？因此他选择了既符合地形有利，又能减少伤亡，还能从山上直扑沟底的战术——攻占山梁。而我正是揣摩透了鬼子的心理，抓住鬼子的心理特点：怕埋伏，占有利地形。其实鬼子不了解地形，他们并不知道，一旦攀上这道山梁，越往前走，越不可能拐到山沟。因为这道山梁两边都是悬崖峭壁，根本不可能与山沟直接连通。那个狗叛徒多少知道一点地形特点，还想多说什么，但鬼子指挥官根本就不信任他，而我也不会给鬼子时间，我手中的机关枪对准鬼子的先头部队就是一个连射，十几个鬼子瞬间便见了阎王，鬼子指挥官用他那叽里哇啦的日本话命令鬼子向山梁扑来。

“我打完几梭子子弹后，利用我长期在山区奔走、善于奔跑的本领，一口气跑完了三里地。因为这三里地是仙愁岭比较平坦好走的地方，跑完这三里地，就是十八弯了，利用十八弯，我要把我的迷魂阵摆设好，我要把鬼子一个个都埋进这千沟万壑。鬼子果然是训练有素，我刚把两个地方拨弄好，一个小队的鬼子就扑了上来。但扑上来的鬼子被茂盛密集的荆棘拦住了，他们一下子不知道怎么办才好，鬼子队长也是叽里哇啦地让小鬼子找路径。他们拨弄来拨弄去，突然一个鬼子喊道：'这里有路！'鬼子拨开树丛竟然找到了一条刚被柴刀砍出的路，四五个鬼子往前走，走着走着看见了一座简易的用树干搭成的木桥，四五个鬼子一齐奔向木桥，在前一个鬼子以为马上要过桥踏上对岸的时候，'哗啦……'桥塌了，四五个鬼子鬼哭狼嚎般'哎呀——'叫了一声，就摔向了万丈深渊。原来这是我设的第一道迷魂阵，这道迷魂阵扳倒了五个鬼子，后面的鬼子这才发现，他们的脚下是万丈深渊，鬼子只好退回去。经过半个多小时的折腾，他们终于找到了能够追我，继续前进的路。而这个时候，鬼子的大部队也相继赶到，鬼子的先头部队只好继续前进。再走不到一里地的地方，他们又碰到两山之间的一道桥，而桥下面是密密麻麻的树丛，离桥面好像也只有一两丈高，鬼子吸取前次教训，在上桥之前，反复摸索、测试，还让两个鬼子上桥试试，经过多次摸索试探，在认为没有危险的情况下，十几个鬼子上了桥，但是，桥的对面出口很窄很窄，只能让一个人通过。而这个出口处还有一个拳头粗的木桩，十几个鬼子都上了桥，而且在桥上狂笑着，他们以为他们过桥了，后面催前面快一点，第一个到达桥口狭窄处的鬼子，正准备出口，一只手自然而然地伸向了那根设在出口处的木桩，木桩一旦被触摸，就被扳动，木桩一扳动，整个木桥全部垮塌，'轰隆……'木桥及桥上的十几个鬼子全部砸向桥下的灌木及树枝，而经受不住重量的树枝灌木也轰然垮塌，坠下深渊，十几个鬼子伴着绿树黄草，伴着鬼哭狼嚎回了东洋老家。

"鬼子不敢贸然前进了，他们待在原地，等待大部队赶到。鬼子指挥官命令工兵在前面探路，又经过很长时间，鬼子终于找到了通往山梁的路，他们又走了一里多路以后，来到一个石头山崖前，鬼子刚想攀爬的时候，'叭'的一声枪响，队伍前面的鬼子应声倒地。鬼子又慌了，他们赶紧又缩了回去。那是我把鬼子引进迷魂阵的第一枪。我想如再不现身，诡计多端的鬼子会不会缩回去，又往山沟里追击。鬼子缩了一会儿，估计是找不到其他的路，一小队鬼子排着纵向队形，又向石头山扑来。看见鬼子冲上来，我用机枪'叭、叭'两个点射，队伍前面的两个鬼子又被送上西天了。两个鬼子刚进鬼门关，鬼子的步枪、机关枪一齐向山头射击，轰击了一阵子，鬼子又开始向山头攻来。而我此时呢，不断变换地形，用我手中的步枪、手枪、机关枪轮流射击，不到十分钟，十几个小鬼子又报销了。

“小鬼子也不简单，见正面攻击上不去，就在山头的右侧下面集中几十个鬼子，他们弄来好几盘绳子，我知道，他们是想用绳子搭上山右侧的大树，然后借着绳子攀上大树，一旦鬼子爬上大树，就能与我的山头平行了。看见鬼子奔向右下侧的山洼里，我一阵窃喜：‘小鬼子，你可入了我的阵了。’小鬼子手脚倒也麻利，不一会儿，就有四五十名鬼子集中在右侧山洼里，而且，鬼子已经把绳子投向了大树，眼见得就要开始顺着绳子爬上大树了。我在山头三跳两跃，左扭右拐，就转到了右侧山头，把我早已准备好的石头堆，用一根木棍轻轻一撬，几百个大小不一的石头，漫山遍野向右侧山洼滚去。不到两分钟的时间，就听见山洼里的鬼子鬼哭狼嚎，惨叫不已，山洼里，几乎所有的鬼子不是死就是伤，只剩下一个怕被石头砸伤的鬼子，跳上绳子，被我发现：我随手一枪‘叭’，鬼子哭叫着滚下了深沟。

“这四五十个鬼子非死即伤，惨叫哭号一片，鬼子指挥官发现这一切后暴跳如雷，指挥手下的鬼子向我守的山头猛扑，我用机枪扫，用步枪打，用手枪射，又有几十个鬼子倒在山头前，眼见得七八个鬼子要扑向山头，我向他们扔去了三颗手榴弹，由于石头山难以躲闪，七八个鬼子在山头前去拜访上帝了。

“在这个阵地上，已经有八九十个鬼子死掉了，鬼子阵地暂时沉寂了，我知道，这个迷魂阵的任务超额完成了，说不定鬼子下一步要采取什么恶毒的行动，我最担心的是鬼子用迫击炮，因为在这个石头山上，遍地都是石头，如果用迫击炮攻击我，我不躲闪的话，不死也要伤。所以，趁小鬼子的炮还没用上，我得拔腿离开，我要去布下一个迷魂阵。

“好险，我刚撤下山头不到十分钟，鬼子的迫击炮就‘咣咣当当’在石头山上爆炸，硝烟弥漫，碎石乱飞，树枝断木乱跳，乱飞乱跳的碎石在我的身后飞舞。鬼子用迫击炮轰击后，又用机枪步枪一齐向石头山疯狂扫射，折腾了大半个小时，才派鬼子小心翼翼地爬上山头。山头上除了我留下的子弹壳和手榴弹拉环以外，什么也没发现，连我的一片衣服也没找到。山头阻击的结果，至少让鬼子得到两个印象，一是有一小队战斗力很强的八路军游击队在拼命阻挡，游击队的目的是阻击他们。二是鬼子更加相信，这道山岭的深处，肯定是共产党地委机关和大部分百姓的藏身之处。

“鬼子继续追击，在他们又爬过一个高山头以后，来到了由高往低的狭窄山道，山道虽然不足两尺，但却分为两股道，一道由一个一个平展的石板台阶组成，一道是由高低不平，宽窄不一，有的几乎是菱形的不足四寸的窄小石岩组成的山道。人自然是往平坦一点的台阶走，小鬼子也不例外。开始的石板台阶很坚实，但走着走着，走在前面的鬼子发现，脚下的石板开始松动。再往下走，踩在石板上，石板就晃悠，人在石板上面，显得更晃悠，小鬼子开始发慌，甚至有的鬼子开始惊呼，'赶快退回去……'

"'可不能让鬼子退回去！'我在台阶下方不远的山岗上故意出现，并向鬼子的队伍连开三枪。可惜，只射中两个鬼子，两个鬼子哭着喊着滚下了深沟。而我呢，一会儿跑到小山岗的东侧，一会儿又跑到西侧，还跑到山岗的山顶，每到一处都对鬼子连连射击，经过四五个地方的接连射击，又有七八个鬼子砸落山涧。与此同时，鬼子指挥官急令踏上石板台阶的鬼子加快步伐，争取踏过石阶，冲上山岗，消灭我。鬼子在指挥官的督促下，只好加快步伐，后面的鬼子催前面的鬼子，前面的鬼子因为石板晃悠，怕出危险，再被督促也不敢走快，而后面的鬼子急切往前挤，在二十多个鬼子都挤到晃悠石板的时候，又是'哗啦……''轰……'的响声，石板塌掉，二十多个鬼子全都掉下石崖，坠进上千米深的石沟，眼见得是活不了了。没滚下的鬼子，哭爹喊娘，拼命往回缩。惊魂未定的鬼子站稳才发现，山道一边的石板路全部垮塌。原来这只是我设的又一道迷魂阵，用山道边的平面石头，临时搭建了二十余条中看不中用的石板路。鬼子知道上当，这才发现那高低不平、十分难走的菱形石头，才是通往山下的唯一山道。

"鬼子又休整喘息了好长时间，开始顺着极狭窄的山梁往前走。我呢，早在山下的山岗上，选择几处既容易隐蔽，又容易射击的狙击枪位，鬼子一爬上山梁，我就'叭'一枪撂倒一个，两枪撂倒一双，鬼子发怒了，又让机枪迫击炮向我待的小山岗狂轰滥炸。我呢，待在小山岗一棵大树后，任凭鬼子怎么炸，怎么射，都奈何我不得。我瞅准时机，又射杀几个鬼子，这样在这里又折腾了近两个小时，鬼子又付出了十多条性命，我一看，太阳快下山了，我该奔最后一个迷魂阵了。

"最后一个迷魂阵，在一道深涧处，两边是悬崖峭壁，涧底是千年深潭黑龙潭，潭水深不见底，潭水冰冷刺骨，就连我和从小一块儿玩耍打闹、常年在河里水里玩耍嬉戏的伙伴们，也不敢下水游泳，因为水太寒太凉了。最重要的是这个潭还有一个趣处，它能借助早上高升的朝阳和傍晚落山的夕阳，把潭水移上石壁，让人以为一汪碧水就在半山中间，在悬崖峭壁间。就因为这个缘故，我们山里好多人都想去石壁中间去看看，但有人因为心急，摔下了悬崖，后来山上的猎人与石匠配合，从山顶上系绳索下去，在峭壁中央凿开了一个四五平方米大的平地，并从这边悬崖上往峭壁中间搭了一个用粗圆木做的便桥。便桥用山间最结实的葛藤编成，在全年洪水最多的夏季和冰雪封山的冬季，用藤条把便桥拉起来，到春季和秋季再把便桥放下来，这样，人就可以借便桥走到石壁中间，在石壁中间看深涧中的黑龙潭。看一沟碧绿碧绿的清水，看两壁如刀削的悬崖峭壁，看悬崖峭壁上悠悠闪闪地再现水中的波光粼粼的美景。更让人惊叹的是，只有站在这石壁中间，才能看到黑龙潭里游动有形的'黑龙'。正是基于这个原因，每年春秋两季，十里八乡的父老乡亲，喜闻乐见新奇景的外乡人，连省里和国民党中央政府也派人来看过。这次小鬼子来这里，我已经做足了准备，我要把鬼子大部分消灭在这里。

"我把一切都安置好了，不到十分钟，小鬼子就到了，小鬼子以为从这边到石壁有一便桥，石壁中间有一涵洞，通过涵洞就可以通往山那边，因为在夕阳的映照下，不仅看起来通向石壁有一座便桥，而且石壁正中完全像一个深洞。小鬼子被我打怕了，就先派一个鬼子过桥去看看，小鬼子一过去，就对鬼子指挥官叽里哇啦地说个不停，我看他比画的意思，可能有两个，一是石壁上没有桥，二是从这里看风景很好看。一个鬼子这样，其他鬼子不相信，鬼子大队长也不相信，就这样，又去两个鬼子，还是那样叽里哇啦，又有四五个鬼子过去了，最后又去了七八个鬼子，二十余个鬼子去一个四五平方米的地方，挤得满满当当的。小鬼子指挥官更不相信，因为在便桥这边清清楚楚地看见，石壁半山腰有一块地方，这个地方有五六平方米大，石壁后面有一个圆洞，怎么能说没有呢？分明是空口说白话嘛。于是他掂着日军指挥刀，急匆匆地踏上便桥，也走到石壁中间，深涧中的美景他看见了，但峭壁中间没有山洞他也看清楚了。见指挥官来了，小鬼子松懈了，叽里哇啦、指指点点山崖下的山水风光，但小鬼子指挥官可顾不上欣赏丽水秀山了，在这峭壁中间，没有通道，如果八路军游击队把桥一断，在这悬崖陡壁半山腰里，不说成为八路军游击队的活靶子，就说断了桥孤立断壁山腰上，不被打死，也要被饿死。因为这半山腰上下都是九十度的峭壁，而向下看又是深不见底的深渊，往下跳只能是死路一条。更重要的是，这里除了远看疑似山洞通道的路以外，再也找不到前行的道路了。小鬼子清楚共产党八路军的指挥机关，尤其是几千名群众不可能在这条山路上隐藏，而如果八路军有几个人，哪怕有一个人，在对岸的树林或岩缝中躲藏，这边峭壁中间的鬼子就是近在咫尺的活靶子。想到这里，小鬼子指挥官汗‘唰’地就出来了，他急不可待、歇斯底里地叫喊：‘危险，退回去，退回去……’

“听见‘危险’，听见‘退回去’的呼喊，小鬼子在四五平方米的小地方拥挤着奔向便桥，而这一切都被我在邻近的山头上看得一清二楚，我手端步枪，对准对岸树杈上的一个石头，‘砰’就是一枪。

“石头被打碎的同时，搭向峭壁中间的便桥突然立了起来，六七个踏上便桥还没回到这边的鬼子哭叫着、号啕着滚下万丈深涧。

“这一下小鬼子指挥官傻眼了，他还没来得及踏上便桥，便桥便自动立了起来，便桥立起来后，峭壁与这边山边便失去了通道，小鬼子指挥官又叽里哇啦朝岸这边的鬼子喊话，我估计他是让鬼子想办法救他。

“实际上这一切都是我设计的。先是充分利用大自然制造的鬼斧神工胜境迷惑鬼子，让鬼子上当，有二十多个鬼子窜到了峭壁半腰，然后我把升起的缰绳事先准备好，等半个小时让鬼子过去。一旦半个小时过了，我用枪射击石头，石头下压的就是主便桥的绳头。绳头一松，桥自然立起，这次好，把小鬼子指挥官定在了峭壁中央，显然，他想活着离开中国，只能是做梦了。

“峭壁这边山上的鬼子也训练有素，马上找来工兵，一是看放下便桥的机关在哪里，另一个是看有什么办法比如抛扔绳索过去，让在峭壁中央的鬼子能回来。

“中国老百姓的设计是最伟大的，小鬼子在哪里也找不到放下便桥的机关，于是他们就尝试把绳子扔过去，想在峭壁中间搭起一道绳桥。本来，我在清数子弹，准备一个一个射杀峭壁中间的鬼子，但一看到这里，我又改主意了，把峭壁半腰的鬼子留着，特别是鬼子指挥官一定要留着。因为我看明白了，只要鬼子指挥官不死，大队伍的鬼子就不敢撤离，就要想办法施救。我呢，不打峭壁中间的鬼子，专射前来施救的鬼子。于是我就选择三四个位置，从这些位置专门射杀来施救的鬼子。有两个身高体大的鬼子站在了山边的峭壁上，手上拿着绳子，看样子是准备扔过去。鬼子抖擞精神，绳子在手里摇了四五圈，正准备用全力把绳子扔去的时候，我的枪响了，鬼子滚下了悬崖，另一个鬼子也伸胳膊踢腿的，手拿绳头，正准备扔向对崖山半腰时，‘叭’我的枪又响了。鬼子的恼怒可想而知，对我放枪的山头好一阵狂轰乱射。其实，打了两枪后，我早换地方了。等鬼子两个人再准备抛绳子的时候，我的两枪又响了。就这样，四五拨鬼子前仆后继，但他们的下场只能是下地狱见阎王了。

“鬼子为了施救峭壁中间的鬼子，已经损失了十几个士兵，因此后面的鬼子不敢前去抛扔绳索了。而我，也担心收放便桥的机关会被鬼子发现，我就把枪口盯向了便桥机关的周围，一旦有鬼子出现，我的枪便响了。鬼子的结果不说就知道了。但鬼子的指挥官在峭壁中间暴跳如雷，而日本鬼子大队的副官亲信等也在督促手下对深涧对面的鬼子施救。

“鬼子实行人海战术，用两排人做成人墙，挡住我可能射击的方向，然后由几个工兵抛扔绳头，争取把绳子扔向峭壁中间。我一见十分恼火，这还行，怎么也不能让鬼子逃生。于是就向排成队护卫搭设绳桥的鬼子射击，一枪一个，两枪一双，但鬼子也够有种的，死了一个，又补上个活的，倒下一双，又补齐两个。甚至还有两个鬼子，拿着钢盔，挡在胸前，这一弄还有点效果，我两枪打在钢盔上，火花四溅。一看这招管用，鬼子找来一堆钢盔，都挂在胸前，我呢，虽然生气，但正好练神枪手呢。我找准靶位，把枪放在一个石缝间结实而固定的树杈上，对准小鬼子的脑袋，精细瞄准，‘叭’打脑袋还真管用，‘扑通’鬼子应声倒地，第二枪，第三枪……枪枪命中，又有七八个鬼子回他的东洋老家了。

“我只顾射杀这边掩护扔绳子的鬼子，没注意到鬼子真把绳子扔到了峭壁中间，因为山这边到峭壁中间也就不到三十米的距离，稍微有力气的人就会把东西扔过去。我呢，脑袋瓜子一转圈，决不能让跑不了的鬼子跑了。于是我掉转方向，变换哨位，找一个能射杀利用绳子往回撤的鬼子。说来也巧，我刚变换地方，就找到射击的地方。鬼子密集的火力全部集中在我刚才射杀鬼子的地方，而我再扭头看看峭壁中间，已有鬼子借两边搭起的绳子往这边攀爬。‘这还得了，想跑？’我想了想，正好，让我练练枪。于是我屏住呼吸，一眼睁一眼闭，死盯着绳子上的鬼子，‘叭’一枪过去，伴随着‘啊——’的鬼嚎声，小鬼子应声摔下了深渊。

“‘看来，我的枪法还行！’我鼓励着自己。然后我又把射击的重点放在掩护鬼子撤离的鬼子身上，反正，多杀死一个是一个。其实，鬼子也是急晕了头，因为虽然我也在一个独立的山上，但山不大。更重要的是，我在的山与鬼子所在的山相隔只有不足两丈，鬼子只要往山这里多探索一下，就可以攻占我这个山头。鬼子倒不一定能抓住我，因为我可以钻在深涧的水洞里，但鬼子至少可以把峭壁中间的鬼子救回去。我钻进水洞后，至少要等鬼子走了以后才能出去。但鬼子毕竟不知道当地的地形地貌，不了解当地的水文特点，还由于鬼子一路追来，没抓住一个八路军游击队，也没围住任何一个老百姓。就我这‘一股’

八路军游击队就已经让他们死了二百多人，还有二三十个受枪伤嗷嗷乱叫的鬼子兵。尤其是现在，小鬼子大队长，也就是这一路小鬼子的最高指挥官被围困在峭壁中间，小鬼子指挥官暴跳如雷，气急败坏地让小鬼子们把他救出去。小鬼子此时主要的任务已经不是如何寻找歼灭八路军游击队和围捕屠杀老百姓，而是如何救他们的指挥官，如何能让剩下的二百多鬼子活着回去。

"'砰砰'随着两声并不明显的枪响，天空上亮起了两颗棕色信号弹。我乐得几乎跳了起来，那是地委机关和老百姓安全转移的信号。按照事先约定，如果得到这个信号，我就算完成任务，我也可以转移了。'但眼下的鬼子怎么办？让他们活着回去吗？这帮杀害我无数乡亲同胞的野兽，畜生，这帮黑了心肝的豺狼，决不能让他们就这样平稳地活着回去，我要消灭他们，至少要消灭他们大部分。'想到这里，我手上的枪几乎没有停地响着，鬼子待的地方，也就是能够施救鬼子指挥官的地方不大，但聚集了一百多个鬼子，还有不到一百个鬼子在山的四处警戒，我每一枪都没有落空，可能有时候一枪还能打倒两个鬼子，不到二十分钟，就有四十多个鬼子倒在我的枪口下。而与此同时，我并没忘记峭壁与这边山边搭连的绳子，一旦有鬼子爬上绳子，我的枪又响了。五个爬上绳子的鬼子哭喊着见了阎王。正在我放枪过瘾的时候，天上又亮起了两颗绿色信号弹，我恍然大悟，原来地委和游击队还等我的回音呢。于是我掏出枪，把事先准备好的信号弹，对准天上就是一枪，一颗红色信号弹升上了天空。这颗红色信号弹告诉地委和游击队，我的诱敌深入成功了，同时也告诉他们，老百姓和地委机关脱离危险的信号我收到了。应该说，此时，我已经顺利完成任务，可以赶回去抄近路与游击队会合。我不仅完成了任务，而且是超额完成了任务，我不仅把鬼子引向了奇险无比的狭窄山岭仙愁岭，而且这一路下来，我的小布袋里已经装了不少小石子，因为每消灭一个鬼子，我就往我的小布袋里扔进一个石子，现在小布袋已经沉沉的了，怎么说里面也有二百个吧。

"看看天色，太阳已经往西山钻，只剩下小半个屁股，不出两袋烟工夫，太阳公公累了，肯定要钻进西山睡觉去了。光线已经有些昏暗，我也得趁着光亮往回走，但我又不甘心把眼前的鬼子放走。我看了看隐藏在树丛里不敢乱动的鬼子，再看对面峭壁中间依然哇哇乱叫，对山这边鬼子指手画脚要求救援的鬼子，用脑袋使劲想了想，主意出来了。走之前，给这帮鬼子送点礼物。于是，我飞快地攀岩下涧，钻进水洞里，取出早就隐藏其中的手榴弹，大致有十八颗，太沉了，我只好用绳子拴住，挂在前胸后背，然后藏起机关枪，只留下手枪和步枪，然后又爬上山头。抬头一看，这一袋烟的工夫，小鬼子可能看见没人打枪了，又开始攀爬绳子，有两个鬼子居然顺着绳子爬了过来。就在两个鬼子要踏上山边的时候，我的枪又响了……

“鬼子又隐蔽起来，对面峭壁中间的鬼子指挥官也不敢哇哇大叫了，而是趴伏在石头后面，向山边观察。而我呢，看看太阳已经钻进西山了，赶紧钻进密集的树丛，顺着山路边的荆棘悄悄地往回去。我在回去的路上，离鬼子最远只有七八米。最近的地方只有两米，透过树缝，我连鬼子的小胡子都能看得见，如果那个时候我扔出一颗手榴弹，妈妈的，每颗不炸三五十个鬼子才怪呢，但我不能，如果我扔了，离鬼子太近，我恐怕也难逃脱。炸死几十个鬼子，再把我自己搭进去，才划不来呢。于是我又往回挪，又往回走了三十多米，终于找到了一个地方，我找到了一棵大树，大树上的枝丫很多，树的两边，离鬼子最近，又居高临下，树东边，紧邻回去的路。而且离鬼子最近的地方要拐两个弯，还有一个陡坡，我在树的西边扔下手榴弹，从树的东边后撤，不用估计，收获都最大。就这样，借着傍晚不很亮的光线，我爬上了树的西边，仔细观察了一下，我以为远处悬崖边离峭壁最近的地方鬼子最多，其实不然，鬼子除了我消灭的二百余人，估计还有二百余人，除了峭壁中间的二十几个人，一帮靠悬崖、准备施救的鬼子有四十余人，还有一百多鬼子，都隐蔽在大树不远的三个树丛里，如果我先炸悬崖边的鬼子，隐藏在树丛里的鬼子肯定会分散躲避，于是，我把十二颗手榴弹分成四批，先向三个树丛里的鬼子各扔出三个手榴弹。

“‘轰……’这个时候手榴弹效力太大了，三伙鬼子，估计大部分都被炸死了，剩下的三颗手榴弹，我用力扔向了悬崖边的鬼子，鬼子一片哭爹喊娘，工兵被炸死，绳子被炸烂，四十多个鬼子也死得剩不了几个。我也顾不上清点死了多少鬼子，而是迅速从大树东边跳起，飞步迈上了回去的路程。不仅回去的路上我一路狂奔，而且把剩下的六颗手榴弹，埋伏在了鬼子回去必经的三个路口。在天色黑透的时候，我已经拐进了进入深沟的路，在月亮向西天滑落的时候，我与接我的游击队员会合了。

“过了几天，我才知道，这次鬼子进山扫荡，进去仙愁岭的时候有三百多人，而能够连滚带爬，受伤挂彩，侥幸回去的鬼子，不到二十人。那二十余个孤立在峭壁中间的鬼子，有十人剖腹自杀，四名跳涧身亡，鬼子指挥官和剩下六个鬼子兵则活活饿死在峭壁中间。这是我一生最骄傲的事，也是我一个人消灭鬼子最多的一次，也是根据地最让人夸耀的一次战斗。那一仗以后，我被授予战斗英雄称号。”

“老爸，你真厉害。”凤凰妮娜端过水，“爸，你喝点水再讲。”

“近五十年了，我几乎把过去忘掉了，不过，越回忆越清晰。”

小儿子撒克支颜说：“老爸，真没想到你是一个大英雄，老爸，你是我的偶像。”

“偶像？”振川吉林顿了顿，“我不是什么偶像，更不是什么英雄。如果我是英雄，我就不会从中原逃到这万里边陲。如果是英雄，我就会到大别山上去承担那一切，也就不会成为你们的父亲。当然做你们的父亲，我很幸福，也不后悔。但我后悔的是不该从大别山逃走了……”

凤凰妮娜：“老爸，你怎么会逃？我不听你逃什么，我还要听你消灭小鬼子的故事。还有，还有战胜白匪军的故事。”

振川吉林眼光发亮，他凝视了很久，才缓缓说道：“我既参加了抗日战争，也参加了解放战争，大小战斗几百次，消灭鬼子加起来有七八百人，而消灭国民党匪军就更多了。仅我那一次诱敌战，就全歼了国民党王牌嫡系部队一个团。这个团是国民党的亲儿子，是加强团，别的国民党一般部队一个团只有一千多人，而这个团有四千多人，不仅人多，而且战斗力极强，抗日战争期间打鬼子没吃过败仗，在两年多与我解放军的战斗中，虽然没占什么便宜，但也没吃什么亏。正是出于这个原因，这个团的团长骄横得很，他夸下海口要寻找解放军主力作战，要当先锋团。也正因为这个原因，国民党军部便授予这个团为‘先锋团’称号，每逢打头阵，冲关夺寨的地方都派‘先锋团’作战。为了打击敌人的气焰，挫败敌人围困我解放军主力的阴谋，解放军纵队首长命令部队一定要消灭这个团，并把诱敌深入的任务交给了我们县大队。那是1948年，我已经升任县大队大队长，并根据军区的命令，这一仗打完后，改编成纵队独立团。我们县大队已经有六百多人，为了引诱敌人，我把队伍分成三个独立分队，不断袭扰敌人。我们总是敲打敌人几下之后马上撤走，但敌人根本不上我们的当，这个‘先锋团’的团长狂妄归狂妄，但战术素养极好，他坚持两点，一是从不与我们地方部队纠缠，一旦发现是游击队袭扰，就构筑工事，坚守不出。二是从不与他们的主力部队脱离，他知道现在的解放军会打运动战，他总是在主力部队能救援到他们的地方。他采取的是标准的稳扎稳打、步步为营的办法，我们采取小部队袭扰诱敌深入的办法，几乎达不到目的，打四五次以后，我见毫无效果，就爬上一个山头，在山头想了大半天，终于想出了一个真打诱敌办法。

为了完成战术目的，我从主力部队申请一批先进武器，弄了上百支卡宾冲锋枪，还要了三门迫击炮，我让县大队分三步打，并打出皖南军区独立团的旗号，喊出‘共产党消灭国民党’‘独立团干掉先锋团’的旗号，仗分三次打。第一仗先打敌人比较弱的三营，三营三个月前与解放军打了一次迂回战，百分之八十的士兵被消灭，现在三营虽然满员，但大部分是强征过来的‘壮丁’和从外面补充过来的士兵，战斗力很一般。我组织一百余人的突击队，趁着夜色，对三营狂轰滥炸，不到一个小时，就消灭敌人三百多人，剩下的敌人吓得鬼哭狼嚎，到处鼠窜。而且我们借机炸毁了敌人的营部，我们从敌人营部撤离的时候，专门给敌人团长官写下一封信，并把独立团的大旗插上了敌人的房顶。敌人也不是吃素的，我们刚撤离，敌人的主力部队按照敌团长的请求，围了上来，敌人什么也没捞上，除了几百具敌人的尸体以外，就是让国民党匪军团长气得鼻子冒烟的我写的一封信：‘团长阁下，你们什么先锋团？你们是挨打团，娘们团，这里是我们独立团的营区，识相的退回去，趁早滚回去！否则，我们的进攻马上就到。’我说到做到，第二天傍晚，我选择敌人离他们主力部队最近的地方，也是敌人防守最松懈的地方，向敌人一营防区又发起了猛攻，在又消灭一百多敌人以后，我们又撤出了战斗。敌人在遭受我突然袭击的第一时间，匪军团长就向他们军部请求支援，这次果然有效，敌军主力一个小时就扑了过来，但依然是一百多具尸体和一封让敌人暴跳如雷的信：‘团长阁下，我说了让你早点滚蛋吧，你不听，好下场哟，这里是解放军独立团的地盘，如果你不滚，我每天消灭你三百多人，不到十天，你就成光杆司令了，快滚吧。’两次袭击战，让国民党先锋团损失了四百多人，还闹得鸡犬不宁，国民党军队也疲惫不堪，匪军长把先锋团长训斥了一番：‘明明是游击队袭扰，看把你吓的，飞机都侦察过了，只有少量的游击队，什么独立团？吓唬你的！你们清一色的美式装备，全军赫赫有名的先锋团，据守挨打不是办法，共军最多不过五百人，打主动战，瞅准机会出击一下，消灭共军游击队，那也是大功一件呀。’

“第三天，刚进入黄昏，我军大部队一万多人就向清圹畈集结，而进入午夜，所有部队都进入了指定位置。傍晚时分，国民党的飞机还在清圹畈上空转了好多圈。敌先锋团团长入夜前，也不断询问周围有没有共军的活动军队。答案是，飞机侦察过了，只有游击队和百姓。敌人一方面防御我独立团袭击，各部位加强戒备，另一方面派出侦察队，准备伺机出击。但敌人没有我快，我的突袭又开始了，这次东南西北都没去，而是向国民党本部猛攻，我用了三门迫机炮，几炮下来，把匪团部炸得一团糟。我又带一百人的突击队对团部驻军的村庄发起猛攻，不到半个小时，就突破了敌人的第一道防线，炸毁了敌人的岗楼，并向敌人团队的位置猛扔了几颗手榴弹。半个小时后，我们扬长而去，这一次又消灭敌人九十多人，但敌‘先锋团’也早有准备，在我们进攻的同时，敌团长早已撤进山头掩体，并向后续部队做了报告。军长正在睡觉，敌团长报告：‘军长，这次敌人劲头更大了，有大炮了，团部都炸塌了，请求支援。’军长恼火：‘还支援，几个游击队就把你们弄成这样？你们要主动出击。’‘军长，我怕有共军主力。’‘狗屁，昨天黄昏飞机报告，二百里以外都没有共军，现在不到一夜，难道共军会飞？’‘那我们主动出击一下。’‘好，你大胆去包围他们，我派部队随后跟上。’

“有了敌军长的承诺，又有了我突袭一下又突然撤走的情况，敌团长断定我们是游击队捣乱，他要主动出击，他趁天刚蒙蒙亮，派出主力部队直追我们游击队。我们呢，故意在清圹畈口载歌载舞，庆祝胜利，我们的部队呢，又假装仓皇向清圹畈深处撤退，一副狼狈不堪的样子。为了麻痹敌人，我们在清圹畈一处山岗与敌人展开了激烈的防御战，当敌人以为我们是独立团主力，把全团人全部派来的时候，我们一下子消失得无影无踪，而此时，我们的大部队已从四面八方把匪先锋团紧紧锁进了口袋。

“实际上，头天夜里，敌军长放下电话后，就钻进了被窝，因为他认定完全没必要再派部队支援先锋团，一个四千多人、全部美式装备、战斗力号称全军第一的加强团去对付不到五百人的游击队，还用支援吗？他只是口头上说说，算是对先锋团团长的精神支持，而当他八点起床、洗漱，坐在饭桌旁准备吃饭的时候，参谋长气急败坏地跑过来：‘军座，坏消息，先锋团在清圹畈被共军包了饺子。’

“‘什么？什么？’

“‘先锋团全军覆没，无一人幸免。’

“‘吧嗒！’军长的饭碗掉在了地上。”

六

“老爸，你咋有那么多招呢……”

振川吉林没有回答凤凰妮娜的问话，而是把目光抬起，仿佛要穿过屋墙，穿越时空，回到四十多年前那战火纷飞的年代：“那时候是初生牛犊不怕虎，而那以后不久，爸爸的麻烦就来了。”

全家人一齐惊呼：“怎么回事？”

振川吉林叹口气，开始了他的讲述：

我虽然只有十九岁，但共产党解放军十分信任我，任命我为双城县委副书记、代县长、副团长、县大队队长、政委。到1949年底，双城县即将解放的时候，解放军纵队又任命我为独立团团长，由于国民党军主力已撤走或被消灭，地方党委和解放军兵团首长，把解放双城县的任务交给了我。当时独立团加上地方其他武装有一千多人，而敌人守城的兵力也只有千把人，国民党大势已去，我们独立团发动攻城不久，大部分军队都溃败逃走了。不到两个小时，我军就完全占领了县城。占领县城后，一方面打扫战场，清点伤亡；一方面稳定县城秩序，尽快恢复生产和经营。正当我在国民党县政府查看敌人留下的文件资料时，一个区小队长报告：“大队长，不，团长，我们到监狱了，同志们问监狱里的人怎么办？”“怎么办……”我想都没想，国民党的监狱关的都是穷人，还有我们党和军队的被俘人员，“放……”“都放了？”“那还用问！”

于是，解放军和区小队根据我的命令，打开监狱，把监狱里所有的人都放了，我万万没想到，我的这个命令会给我带来巨大的麻烦和灾难。第二天，兵团情报部和浣溪地方党委保卫部来了四个人，四个人把我关在一个独立的房子里，开始了追问：“林团长，打开监狱放人的命令是谁下的？”

“我，林振川。”

“你知道监狱里都有什么人吗？”

“国民党的监狱里能关什么人，不是共产党就是解放军，还有就是反抗地主资本家的农民和工人。”

“你说对了一大部分，还有不该放的人。”

“不该放的人？谁？”

“有两个人。一个是国民党双城县原县长古敬之，这个人是顽固的反共分子，他的手上沾染了根据地无数革命先烈的鲜血。”

“啊？我不信！”

“不信？这是事实。”

“既然是国民党的匪县长，为什么关他？”

“因为他得罪了国民党的省长！他也算是无意之中杀了省长的外甥，省长借故关了他。他们之间是狗咬狗。”

“我……”

“还有更重要的。”

“还有？”

“你的命令实际上还放了一个国民党军统浣溪站的站长，前任站长被我军击毙后，省军统站派了一名雪藏多年的老牌特工，这个特工刚到双城，就碰上了你们解放县城，这个人十分狡猾，他先钻进了监狱，你们开监狱放人，他借机逃脱。而最麻烦的是，现在没有这个人的任何资料，国民党军统站在他们撤离时，销毁了所有人的资料，他很可能逃走了，也可能伺机潜伏下来。现在，就是这个人在大街上从你面前走过，你也不认识。”

“这……”

“解放县城，对银行、监狱这些地方，一定要格外慎重，穷人和我党我军被俘人员当然要释放，但监狱里关的还有惯偷，有盗贼，有杀人犯等。你应该知道，双城县县长古敬之在任上尽管是一个反共分子，但他在施政治理上还是严格规范的。你放走的除了这两个人外，还有几个罪大恶极的强奸杀人犯，土匪江洋大盗。这些就不说了，关键是这两个人跑了。兵团党委和专署党委要求你：一、详细说明情况；二、采取紧急措施，追寻逃犯，尤其是国民党的两个重要人物。”

“是！”听到这里，我的汗都下来了。

而刚说到这里，又有两个解放军走进来，把专署的保卫处的邢科长叫到一边，并交给他一封信：“在监狱墙缝里发现的。”

虽然邢科长离我有七八米远，但我也能感觉到他神情的急速变化。他一边看，一边用眼光扫了我好几眼。听完来人的报告，邢科长赶紧把兵团情报部的裘处长叫了出去。两个人出去了很长的时间，然后两个人一脸肃穆地走到我面前，邢科长极其严肃地说：“林振川同志，请交出你的枪。”

我霍地站起来：“为什么？”

跟随的两位解放军战士迅速用他们铁钳子一般的大手，把我按在凳子上：“坐好！”

我可不是吃素的，我又霍地站起来：“你们要干什么？”“难道我……”两名解放军战士和专署保卫处的干部一齐上来按住了我。

“大家都冷静。”兵团情报部的裘处长双手平按，示意大家都不要动，“振川同志，你先坐好。邢科长，请你的同志也放开手。我来说一下。振川同志，现在情况有了重大变化，或者说出现了对你十分不利的情况。你是我的老战友，我也实话告诉你，你有重大通敌嫌疑。”

“裘处长。”邢科长试图打断裘处长的讲话。

裘处长没有理睬邢科长的叫喊：“林振川同志，你从十二岁就参加革命，十七岁就消灭三百多个日本鬼子，二十岁就诱敌四千多人进入我们的包围圈，你参加战斗无数，立下战功无数，你是我们兵团的大英雄。这一点，有一点革命经历的同志都知道。要说你通敌，我第一个不相信。但你现在碰到了巨大的难题，首先是你下的命令，放了监狱所有人。其次是现在有了对你很不利的证据。第三，我和邢科长都请示了上级，上级首长高度重视这件事，要你交出枪是根据上级指示下达的，没有上级指示，谁也不能下你的枪，请你理解。并没有其他意思。邢科长，是不是这些意思？”

邢科长虽然有些恼火，也有些意见，他认为不应该告诉我有了进一步通敌的证据，这对他们将要进行的调查是不利的，但裘处长有关我一大堆功劳的说法，他们不能不信，也不敢不信。“那是那是。”

“丁零……”正说着，原伪县长桌上的电话响了，裘处长伸手接了电话。

“我是杨海功。”

“杨师长，”裘处长一个立正，“师长有什么指示？”

“我有啥子个指示，让小林子接电话。”

“小林子？”

“林振川，林团长。”

“噢！”裘处长转向我，“振川同志，杨师长电话。”

邢科长说：“裘处长，他……接电话，会不会……？”

“杨海功是兵团三师师长，浣溪专署党委书记，你的顶头上司，他要与林振川同志说话，要不，你来回绝他？”

邢科长又下意识地后退：“不……”

“是邢先进吧？”电话里传来杨海功浑厚的声音，而裘处长把电话递给了邢先进，邢先进战战兢兢地说：“杨主任，杨书记，不……杨师长，请指示。”

“小邢，你听着，林振川是我党优秀党员，我军的战斗英雄，说他通敌，全军上下没有一个人相信。但既然事出有因，事关重大，我们就要极其慎重，极其认真，极其细致地对待这件事。下他的枪不是说明他有问题，而是有利于他冷静回忆问题，思考问题。你给我听着，裘处长要随兵团往南走，他送不了振川同志。只有你，必须把振川同志安然无恙地带回来。他少一根毫毛，我拿你是问。他要出了问题，我枪毙你。”

“是，是，杨主任。”邢科长眼见得汗都出来了。

“让小林子接电话。”

我虽然身经百战，杀敌无数，但对待自己人之间出现的这种局面，我毫无经历，也没有准备。我接过电话的时候，脑子里完全是一盆糨糊，我把电话放在耳朵边，竟不知说什么是好。

“小林子！”电话那边传来杨海功浑厚的声音，“怎么啦？打蒙了？”见我还没有回音，杨海功又提高了声音，“林振川同志。”

“是！团长……师长……”

“林振川，你听着，碰到这样的事，你要学会清醒，冷静，我知道这种事对你是新媳妇上轿——头一遭。但你必须坦然面对，真诚向党说明一切问题。有错误就认账，就改正。放错了人，这个错误比较严重，但我知道你不是故意的。说你通敌，我是不相信的。这一点兵团党委和专署党委认识是一致的。但又有了对你不利的证据，告诉你也无妨，在监狱的石缝里发现了敌特写的一封信，信中说你是国民党安排的潜伏人员，而且编得有鼻子有眼。敌人要把水搅浑，肯定要制造一些以假乱真的情报。你呢，跟邢科长一块回到专署来，这样做，主要是为了保护你，同时也为了保卫部门的同志在双城弄清情况。现在双城虽然解放了，但情况比较复杂，国民党地方武装还没肃清，深山里还有几股土匪没有消灭，还有两支亦匪亦兵的武装需要招安，本来这一切都要交给你去做，但你出了这档子事，只好请你回专署，先把情况弄清楚，然后再安排你其他任务，听明白了吗？”

“团长……师长，我真不会……”

“看看，杀小鬼子时你多大？十七岁。杀国民党匪军时你多大？二十岁。面对成百上千的敌人，你怕过吗？没有。而今天，你同样面对的是敌人，是敌人的阴风暗器，是我们自己同志的冷眼，旁观者的不理解。振川同志，如果这件事你挺过来了，你才算真正长大了，成熟了，希望你挺住。”

“团长，我……服从命令。”

“好，我在专署等你。”

裘处长和邢科长两人商量，专署保卫处出一名副科长，兵团情报部出两名解放军战士，三个人送我去专署保卫处。裘处长要随解放大军南下，邢科长要留双城侦查案情。

讲到这里，振川吉林的眼圈红了，他缓缓地说道：“如果我能顺利到达浣溪专署也就好了，但造化弄人，我怎么也没想到会出现那么多复杂的情况……

“杨海功师长既是解放军独立师的师长政委，也是浣溪地区的党委书记，专署主任，他来电话后，来人对我的态度大不一样，兵团来人和专署来人并没有把我当作疑犯，而是作为回专署说明问题的英雄。大家高高兴兴地送我出门。而与此同时，我的爱人雷淑娴抱着两个孩子哭着赶来了，一同赶来的，还有我的老师、师傅、岳父雷经天。雷淑娴抱住我只顾哭，两个孩子，一个不到三岁，一个不到两岁，见妈妈哭，也呜呜哇哇地哭，雷经天说：‘淑娴，抱住孩子。’雷淑娴从我怀中挣脱，抱住两个哇哇乱叫的孩子，两个孩子在妈妈怀里，马上停止了哭泣。岳父是远近闻名的小学校长、武术大家，德高望重，声名远扬，裘处长、邢科长久闻大名，也忙着客气地让座。岳父拱手谢了谢大家，然后走到了我身边，严肃地说：‘孩子，事情我都知道了，你放心去专署，家里交给为父，淑娴也很懂事了，你只要去专署把情况弄清楚，我们等你，林海、林英，来，让爸爸抱抱。’

“两个孩子怯生生、晃晃悠悠地走过来，在离我还有两步远的时候，‘爸爸……’两个孩子哭着扑了过来，我把两个孩子紧紧抱在怀里，眼泪无声地滑落。而此时，雷淑娴也扑过来，一家四口人抱成一团，雷淑娴喃喃说道：‘川哥，你不会有事的，你是大英雄，你快点回来，我等你，我和孩子等你回来。’

“还是裘处长打破这似乎有点像生离死别的场面：‘振川是咱们浣溪地区无人不知无人不晓的英雄，振川去专署，只是说明情况，大叔、弟妹别弄得跟回不来似的。让振川早点走，早去早回早团圆。’

“‘是！’岳父也闷吼一声，‘川儿早走！’”

七

讲到这里，振川吉林突然停了下来，表情显得十分沉重，过了好大一会儿才又开始讲述。

我怎么也没想到，从那天以后，我的噩梦开始了，这些噩梦，改变了我人生的轨迹。今天，我说了不少，我简单地说吧，谁能想到，我被解放军带走的消息，很快传遍了浣溪的山山水水，第二天，我路过金刚寨的时候，被占山为王的亦民亦匪的土匪头雷飞侠截住。这个雷飞侠是我爱人雷淑娴的亲妹妹，雷经天的亲生女儿。三年前我与雷淑娴结婚的时候，她就凭着一身武艺占领金刚寨，占山为王，我知道那是因为我的缘故，因为我与飞侠、淑娴自幼一块长大，她们认定非我不嫁。飞侠聪明伶俐，慧丽无比，但性情刚烈，脾气执拗，容不得别人与她争要东西，她容不得淑娴与我玩耍、交流，容不得淑娴与我亲近说话，多次遭受父亲雷经天的批评教育，但每次都闹得天昏地暗。我也感到，飞侠虽然漂亮，虽然美丽，但如难碰的刺猬，如带刺的玫瑰，惹不起、近不了、碰不得。我呢，由于受不了飞侠的火辣性格和起伏不定的脾气，故意疏远飞侠，每次飞侠闹了以后，就是无声地流泪，而且从白天到黑夜。到我十九岁的时候，岳父做出两个决定，一是让我与同样美丽漂亮，仪态万方，但温柔贤淑的姐姐雷淑娴结婚，二是送妹妹雷飞侠去武汉上学。在飞侠走后不久，我与淑娴举行了婚礼。而谁能想到，雷飞侠根本就没有去武汉学习，而是趁着夜色，从船上跳入河中，又从河中潜回家中。当她在黑夜中看见我与淑娴结婚以后，她的心碎了。她打马上山，冲上金刚寨，干掉了金刚寨上的土匪头子，她自己占山为王，从此当上了女匪首。

飞侠在劫持我的过程中，与护送我的两名解放军战士和专署保卫处副科长发生了激烈的战斗，由于我们人少，两位解放军战士牺牲，副科长身受重伤，我被雷飞侠连人带马裹挟进了黑龙潭瀑布。三天后我才知道，我的左腿几乎被折断，右胳膊酸痛，两根肋骨骨折。醒来时发现自己已经身负重伤，而且是多处受伤。我醒来后：“我在哪儿？”

雷飞侠说：“姐夫，你能在哪儿？”

“飞侠，你怎么能……”

“怎么能劫你？是吧，我不劫你，你回浣溪也是死，通敌，特务，外面都这么传，共产党现在正镇压反革命，你这种特务身份的人，还能活得了?”

“不用你管。我们的人呢?”

“两名战士，死了，那个科长，本来也活不了，放他回去，让他报个信。共产党不信你，我信你。你养好伤，你就是这金刚寨的寨主。”

我身受重伤，动弹不得，我能说什么?只求雷飞侠把我杀掉，因为我虽然身受重伤，动弹不得，但我的脑袋还是清醒的：我现在是跳进黄河也洗不清了。我至少有几大罪状，一是下令放了监狱的国民党县长和军统浣溪站的站长。二是国民党特务之间的通信，证明我是国民党早就安插在共产党内部的间谍，是国民党特务。三是因为我被雷飞侠劫持，还牺牲了两名解放军战士，一名保卫干部受重伤。而雷飞侠是我的妻妹，又是土匪，我这个共产党解放军的大英雄已经敌不过这三大罪状，我是怎么也难说清楚这一切。尤其是牺牲了两名解放军战士，那可是我的战友啊!想到这里，我愧悔无比，悲愤不止，欲哭无泪，欲言无词，只求早死，结束这一切。

想到这里，我挣扎着喊出来：“飞侠，给我一枪。”

“好，姐夫，给你一枪，你想死吗?”

“想死!”

“那你不想姐姐了?不想林海、林英了?不报答养育你扶持你的爹了?你是大英雄，共产党能不信你?死了俩解放军，我的错，我证明，我抵命，但你要活下来。”

“我……我只求一死。”

“死?有那么容易?要死我早死了，你不要我那一天，你跟姐姐成亲那一天我就死了。但我不甘心啊，一头是我爹是我姐，他们过去对我好，我下不了手呀!你个负心汉，小时候你就承诺要我的，小时候我就给你当媳妇了，为什么长大你就变卦了，为什么你不要俩呀，我就想逮住你，挖你的心，扒你的皮，抽你的筋。我要看见你死，死……”

“动手吧，还磨叽什么呀?”

雷飞侠手拿匕首冲到我面前，恶狠狠地瞪住我，可瞪了半天，扔了匕首，抱住我痛哭起来：“川哥哥，可我为什么就下不了手呀!”

“动手吧!”被雷飞侠抱得浑身疼痛难忍的我，只希望雷飞侠早点动手杀了我，这样我就可以解脱了。

雷飞侠一直在哭泣，我被抱得痛得受不了了，就大叫一声“啊!”，然后昏了过去。

不知到了什么时候，我醒了。醒后的我，发现身上敷了很多草药，见我醒来，雷飞侠就开始喂我喝汤药。我拒喝，雷飞侠“扑通”跪在了地上：“川哥哥，我们谁都不能死。”

“我必须死。”

“川哥哥，你听我说，都是我的错，我们谁都不要死，你好好养伤，养好伤后我陪你去找共产党解放军，向他们说明一切，要杀要剐随他们，只要你活着，我什么都听你的，你不要死呀，林海、林英不能没有爹呀！”

“你……”

“川哥哥，你喝下药，求你了。”说着，雷飞侠泪流满面，懊丧不已。

而对这位从小就一块打闹嬉戏、厮守至亲的妹妹，我知道如果她真的恨我恼我，早动手把我杀了。我也知道，飞侠虽然占山为王，但从不危害穷人老百姓，她杀的都是恶霸地主。她虽然脾气暴戾，但骨子里还是向善仁义的。想到这里，我张开嘴，一口一口把药喝了。“好哥哥！”飞侠又哭了。

就这样，伴随着飞侠在密林深山里的四处迁移，我整整养了三个月，由于我体格强健，又有练武的根基，三个月后，我的伤基本好了。与此同时，我在思考如何离开这个地方，如何找到组织，向组织说明这一切。而雷飞侠也没有反对我离开这个地方，尤其让我惊奇的是，这三个月来，除了躲避解放军的追剿，不停地转移之外，雷飞侠变得十分的温柔可人，从不发脾气，变得几乎和她姐姐雷淑娴一样温柔贤惠，而且不止一次地与我探讨，等我伤好之后，想办法让我回到解放军部队，为我证明两名解放军战士牺牲与我无关。我暗自高兴，飞侠能变好，飞侠能认错，不仅有助于我澄清事实，明辨身份，而且对飞侠将来回归社会也有帮助。

有一天，我们商量，第二天我想办法出山探探路，看怎么才能与地方组织和解放军联系上。这一天的晚上，吃过晚饭不久，飞侠又端来一碗药，“川哥哥，你身子还没完全好利落，把这碗药喝了，能巩固巩固，明天说不定要赶远路呢……”我看飞侠一脸真诚，虽然有些迟疑，但还是端过来，一饮而尽。谁承想，我刚躺下不久，就感觉浑身燥热难忍，欲火旺盛。而与此同时，飞侠早有准备，脱光了衣服，钻进了我的被窝，结果可想而知……等我清醒平静下来，我感到无边的懊恼和后悔，我恨自己，骂自己是畜生，是流氓，无耻，而飞侠也一改过去豁达豪气的女土匪模样，变成了温柔无比、安静羞怯的羔羊，任我怎么吼，怎么骂，甚至怎么打，她都绝不还手还口，只是默默地看着我，流着眼泪。我那时的心情真是坏透了，原来想，既然因为几件错误当不了大英雄，干不了大事情，就老老实实回到家乡，好好跟着淑娴，带着两个孩子，靠一双手，种田栽树，靠山伴水，也能快快活活一辈子。这下真完了，这下和飞侠又有了不清不楚的关系，既对不起淑娴，也对不起飞侠，更对不起待我恩重如山的岳父，我有何颜面立于天地间？我拿头使劲地撞击石壁，撞得头破血流，飞侠拼命地抱紧我，不让我撞，就这样我使劲太猛，撞伤了头颅，又在山里养了几个月。两个月后，让我更为苦恼的事情出现了，飞侠又呕又吐，吐了个翻天覆地，山上的土医生一摸脉，结果是怀孕了，这下我更蒙了，更不知道怎么办了。我后悔死了，愧疚透了，我的情绪完全失控了，我一天到晚阴沉着脸，而飞侠吐完之后，满脸的欢喜快乐，我无可奈何："完了，完了，这下真完了。"

我已经不可能脱离深山去向组织说明这一切，也不可能去找淑娴解释这一切，更不敢去找老岳父雷经天去坦白这一切，我完全成了个行尸走肉，只有随着雷飞侠在深山密林里东藏西躲，一直到飞侠把孩子生下来。孩子生下来后一个月，飞侠出山了一趟，不知把孩子送到了何处。又过了一个月，飞侠把我捆起来，用一辆马车，拉我走了很久很久，也走了很远很远。在一天拂晓，飞侠为我松绑，然后抱着我："川哥哥，你走吧，跑吧，我已经把我们的儿子送到了一个安全的地方，我给他留下了一个红荷包，里面装有金刚寨上的五彩石，石头上刻有振川飞侠四个字。如果将来你能回来，一定要认他，一定要找到他，川哥哥，尽管你不高兴，但我很幸福，虽然我走的是一条不归路，但这一年多有你和我在一起，我很知足了，你走吧，越远越好。我已经派人打听了，他们还在寻找你，还在搜捕你，你放心，我已经设计好了一个套。过两天，他们就会找到一个'你'，他们会认为你死了。你一定要走呀，走得越远越好。回头看见爹，告诉他，女儿不孝，女儿不能去他膝下尽孝了。也告诉姐，妹不好，对不起她从小到大的关心庇护。都是你这个坏蛋，谁让我们姐妹俩都爱上你呢！川哥哥，别恨我，我爱你，谁让你从小就把我的心拐走了。过两天，你想恨我也恨不成了，再讨厌我你也不一定能见到我了。让我再抱抱你，抱抱你。"飞侠痛哭不已，飞侠浑身颤抖，飞侠的眼泪弄得我满身满脸都是。等我清醒过来，扭头想找飞侠的时候，飞侠早消失得无影无踪。

我慢慢回想飞侠的话，突然意识到飞侠要干什么，于是我就昼伏夜行，等我接近家乡的时候，在街道上看见告示，也听到人们纷纷传说：女土匪雷飞侠自首承认她杀害了解放军。女土匪雷飞侠撞死在县城政府大门前，共产党解放军团长林振川已经被土匪杀害，尸体在黑龙河下游发现。听到这一切，我一下子明白飞侠送我时所说的一切。飞侠是为了保护我，为了让我生还才设计了这一切，为了保护我才自杀身亡的。我欲哭无泪，最重要的是就算我现身，向组织和军队解释，可这一切是怎么也解释不清的。释放国民党县长和军统站长的事无人证明，说我是国民党早已潜伏的特务，敌人的证据有鼻子有眼，我无从解释。更重要的是，这一年多来在山上，在土匪窝为什么不逃走，为什么不向组织联络，凭我一身武艺为什么不活捉女匪首，怎么能说清楚？再说了，飞侠舍身救我，我不能让飞侠的愿望落空。于是我一路向西，毫无目标地往前走，走了近两年的时间，来到了新疆，碰到了义父赛日德，是他救了十天没吃东西，在沙漠边上已经奄奄一息的我。这后来的事，你们都知道了，在这里碰到了你妈妈，你姥爷，我成了家，有了你们这几个儿女。

大儿子民敦尔克听完这一切，端了端眼镜说："父亲，你的经历惊天动地，你的事迹英雄壮奇，你来草原后的壮举也是英名远扬。可事情毕竟都过去了，那些人有的恐怕已经作古，有的人年事已高，有时间，你带我们过去看看他们，如果需要，我们在经济上可以支持他们。不知父亲还有什么其他意见？"

振川吉林说："是啊，孩子，如果是正常情况，应该这样。但是，情况不是这样。我的老岳父，已经一百岁高龄了，为了弄清楚我当时遭受的一切，已经找了一辈子，查了一辈子，而这一切，都是因为我的逃避，因为我的远走。老岳父是十里八乡德高望重的小学校长、武术大师，但历次运动都遭冲击，遭批斗，后来老人家干脆躲进深山，以打猎采药为生。我的妻子雷淑娴，因为我有特务嫌疑，以反革命家属的身份，终身受冷眼欺凌，后来听说活活饿死；我那对儿女，一直被视为'黑五类'子女，据说'文革'中被逼跳了江，至今下落不明。跟飞侠生的儿子，快五十年了，有人说找不到了，有人说是个傻子；我的老上级杨海功师长，因为受到我的事牵连，至今也没认定是我党我军的高级干部，还有我的战友黄大刚，因为不相信我是特务，连降几级，屡受打击，生活凄苦；还有连我都不认识的小学老师古孤灵，因为想了解我受冤的事情，遭人冷眼，至今孤零零一个人，还过着孤独凄苦的生活，还有……"振川吉林说到这里，老泪纵横，"据说，虽然有人证明说当年诬陷我是敌特的阴谋，但至今没有人为我平反，没有人为受我牵连的人平反。最重要的是，设计这一切的人，岳父说，虽然有了一点点线索，但他老了，走不动了，我是不是应该去查一查，给生者，特别是给死者一个交代。”

凤凰妮娜说：“对对对，应该去查，老爸，我跟你一块去查。”

“谁也不用去。我已经近五十年没回老家了，我回去，为我的父母、兄姐烧炷香，为我死去的战友、亲人送个亮，点个灯。你们谁也别拦我。”

八

从乌鲁木齐开往内地的绿皮客车一路前行，一路向东。

林振川一直在软卧车铺上安静打坐。

林振川没有想到，女儿几乎花了三倍的价钱买了一张乌鲁木齐通往武汉的软卧车票，没有想到妻子依赛古丽，小女儿凤凰妮娜，大儿子民敦尔克一家人眼泪汪汪地在车站上送行。凤凰妮娜几次跳上车想与林振川同行，都被林振川撵下去了。没有看依赛古丽为自己准备的两张银行卡，卡里有七位数的款项供他使用，也没看小包包里有女儿为他准备的大砖头手机和崭新高级的BP机，以及手机和BP机的充电器及电池。林振川不知道，他这次回家乡，从哪里开始，又从哪里结束，从什么事情起头，又到什么事情收尾，以及先找谁，再找谁，又能找到谁。更重要的是，快五十年了，回到生养自己的山山水水，踏上自己作战过的土地，如何告慰早已埋进青山的亲人故交，如何面对尚在人间的战友亲人。已经快七十的人了，林振川突然感到，自己好像刚走出校门，踏向社会的学生，一切都是陌生的，一切都无从了解，一切都无从下手。每天，他除了反反复复地琢磨岳父雷经天的信以外，就是静坐在卧铺上打坐，他要把一切从头到尾思虑几遍，把每个人物每条线索每个信息都反复琢磨，多设想几个方法，几条路径，几种可能，这似乎又成了他人生新的起点，新的战役，新的战斗……于是，林振川除了每天一次吃饭，一次去卫生间以外，就紧闭双眼，在火车卧铺上打坐，而且，一坐就是三天三夜，一直到列车员高喊：“武汉站到了……”

林振川背着简易的背包，坐了一天的长途汽车，又坐了两个半天的乡间客车，还坐了一天的拖拉机，轰轰隆隆的拖拉机把他送到了金刚山下，这就是他梦萦魂绕的金刚山，这就是他相隔了近五十年的金刚山，这就是生他养他的金刚山，这就是让他成为英雄豪杰的金刚山，这就是他蒙冤受屈的金刚山。那早已远去的，早已淡忘的惨烈战争场面，难以忘怀的往事，亲切真实、可以触摸的亲人、战友一下子涌进了脑际，浮现在眼前，站立在身边，想赶都赶不走，想推都推不掉，想忘都忘不了。林振川在金刚山下绿如碧玺的黑龙河边找到了一片芳草如茵的绿地，然后双膝着地，向着金刚山以及金刚山后那起伏蜿蜒，高耸险峻的崇山深深一拜："金刚山，你的不孝儿子回来了。"

林振川沿着黑龙河向金刚山挺进，他的第一个目的地：金刚寨。那是茫茫金刚山向西延伸的一个高峰，是金刚山诸多山峰西边较高的一座，它坐落在几座大山之中，落脚在一个险峰之上。虽然近五十年前他在这里生活和战斗，但毕竟近五十年过去了，这里因为开发田地，因为修筑公路，因为护林护家，原来的山势、山路、山径都发生了很大变化。林振川知道，这里离金刚寨很远，有一百多里地，但他必须去，必须去那里，看一看那里的寨子，找一找那里的人。

从小生长在山区的林振川，由于近五十年远离家乡，特别是在草原生活的缘故，在这崎岖山路上行走，反倒不习惯，他明显感到眼界局促，心胸压抑，走起路来甩不开臂膀，迈不开长腿，不像那广袤的草原，天高高，天蓝蓝，云白白，雾飘飘，草原辽阔无边，大地平坦如毯，放马在那无边无际、无遮无拦的大草原上，看天空无垠的广袤无边，看草原可以放任无羁地驰骋，自然，心胸也无限地开阔，心情也无边地开朗。虽然，远远地也能看见昆仑山，虽然达金山似乎也在眼前，但在无尽的苍穹下面在广大的草原之中，山倒显得比较低矮，比较平常。林振川清晰地记得，当年为了生存，为了免于饥饿，为了躲避暴风雪，曾经扬鞭催马，万里驰骋。为了保护牛羊，为了庇护家人，曾经千里奔腾，飞奔在广袤的草原上。那时的感觉，虽苦虽累虽险，但万里长空胸中装，千里草原马飞过。而此时在燃烧起伏，高低上下的金刚山中，林振川倒感到不习惯，不自如了。虽然林振川自恃身板硬朗，武艺在身，但毕竟换了气候，换了风向，换了山势环境，林振川需要过渡，需要适应，需要改变。经过了三天的艰辛跋涉，林振川已经适应了金刚山的气候和地形，因为林振川有三个方面的有利条件：一是他毕竟是这金刚山上出生并长大成青年的人，故乡对于他的唤醒和召唤，很快让他回归了这一片青山绿水，二是他有良好的身体素质和练过武的根底以及成熟的社会经历，三是他有一种强烈的向往和追寻，他要去金刚寨，他希望立即找到他想要的东西。

林振川已经适应了金刚山的生存特点。他已经摆脱开了开始进山时的烦躁、疲劳和不适，而是转向以自由的眼光欣赏别离了近五十年的家乡美丽的山川风光，青山绿水。但见，落落青山如黛，道道绿水如镜，几弯洁白的云彩温柔地缠绕在青山之上，山间涌出几股浓雾，细腻地挂在高大的银杏树上。走过一片水平如镜的水田，又拐过一簇青翠如茵的竹园，刚路过一片片整齐如绿的茶园，又来到香花四溢的杜鹃园，高挂的瀑布真如“银河落九天”，从九天落下的天上来水，在黑龙河的一个深潭处雪花飞溅。山风如洗，百鸟弹奏，丛草沁香，山花烂漫；调皮的松鼠，可爱的画眉，不知疲倦的山雀在山间嬉戏。故乡精致秀美，多彩多姿，层峦叠嶂的山水田园风光，与广阔无边的大草原相比，别有一番情致，另有一种韵味。从刚进山的气闷、迟滞到如今的如饥似渴地吸吮着山间的空气味道，林振川知道，他已经是一个金刚山人，他展现了他快速的转变。而与此同时，路边的一个路标牌打断了他的思绪：“欢迎你到山美水美的金刚寨。”

林振川找了一个小旅馆，叫了四个菜，弄了一瓶酒，吃喝到一半的时候，林振川叫道：“老板，你过来喝一盅。”

“先生，不客气。”

“来吧，只要你喜欢这一口，你就过来，不喜欢，算我白说。”

“白吃白喝你的，不好意思。”

“也不白吃白喝，我一个人跑了几天了，想找个人说说话。”

“好嘞——”

林振川和饭馆老板喝开了，开始只是半斤酒，后来又加了一斤酒，两个人喝得热气腾腾，说的是云山雾绕：“老哥，怎么会比我大？我都快六十了，你看上去顶多五十出头，大城市里生活，喝牛奶过日子，能不面嫩吗？”

林振川道：“老了，我都奔七十的人了。就是爱运动，常锻炼，身体还行。”

“我呀，早年也当过兵，当过排长，家里可乐意了，老坟上长棵树了，当排长就是干部了，就能端国家饭碗，吃商品粮了，可就是我好的这一口害了我。一闻到酒香我就跑不动了，在部队喝，丢了军籍，被撵回了老家。部队念我立过功，没把喝酒的劣迹写进档案，还保留了现身份。回老家在公社好歹当了干部，可就是憋不住，嘴不争气啊。忍了几年，后来又喝开了。在地方上喝，丢了干部丢了官，丢了公职回家种田，这些年好在改革开放了，我在家乡的镇子上开了这家饭馆，多亏乡亲们帮忙，生意还不错，除了给孙子孙女一点零花钱，够我喝酒了。”

“天天喝？”

“现在有章程了，白天不喝。晚上关门的时候，没人管没人问，我可心可意地喝上一壶，然后再美美地睡上一觉。第二天照样开工做生意。”

“恭喜大哥，知道控制了。”

“不管住自己不行了，儿子闺女都不愿理我了。这是儿子媳妇，女儿女婿定的规矩，应该是说孙子辈孩子们定的规矩，每天只允许我夜晚喝一顿，要不，他们不叫我爷，姥爷，不让我进他们的门，孙子孙女外孙们也不来看我。我后来想明白了，少喝一顿，天不会塌下来，多喝了，还伤身体。就这样，每天喝一次。不说了，不说了，不伤身体，不伤亲情……”

“好，兄弟，祝福你。”

“老哥，今天天也晚了。店里人也不多，我陪你喝，喝完了，你就将就一下，我院子里还有两间客房，委屈你去后院歇着。”

“谢谢！”

“听口音，老哥你怎么有点咱家乡的味呀！”

“兄弟，不瞒你说，我小时在这里生活过。”

“在我们这里，金刚山，金刚寨？”

“是，我在金刚寨住过一段日子，只是几十年没来过了，寨子还在吗？上面还有人吗？还有村庄吗？”

“哎呀，老哥，你真是离家太久了，寨子？寨子哪还有哇，只有几片残垣断壁了。据说当年解放军攻寨子，攻得可猛了。人死光了，房子烧了，墙推倒了，哪还有呀，去年倒是听说，有人在修呢。修那干啥子？为旅游，俺县旅游局把它设计成一个旅游点了。”

“原来是这样。那寨子周围的乡亲呢？”

“早搬走了。这几年落实退耕还林国家政策，山上的老百姓大部分都让政府组织搬迁了，你看看这对面那两栋楼，都是高山上搬下来的，不过，他们可不是金刚寨的，是豹子头的。穷山恶水，坡陡路险，山上的老百姓穷呀。这几年都搬下来了。政府还给不少补贴呢。”

“兄弟，金刚寨的乡亲都搬走了？还有人吗？一个人、一家也没留吗？”

“老哥，老哥，别跟放炮似的，那么多问号，别看我们叫金刚寨乡，可山上那寨子离这里还远着呢！我能知道多少。咱这里过去不叫金刚寨，咱这里叫桃花坳，因为要与湖北争国家级贫困县，又要争红色老区，故意改成了金刚寨。据说呀，红军时候，鄂豫皖苏区在这里建过政府，解放战争时候刘邓大军在这落过脚，所以，这个金刚寨乡呀，能为乡里从国家那里套不少钱呢！”

“是吗？”

“咋不是呀。过去是省级贫困县，现在争国家级，国家级不知是个啥级别，可能县里、乡里当官的都要官升一级呢！”

“好像不是这样说的。”

“怎么不这样说。过去省级贫困县，县领导坐桑塔纳，乡领导坐绿色吉普。这还没升上国家级呢，县里坐蓝鸟，乡里坐上桑塔纳了。车都升级了，那职务、官衔还不升级呀！来，老哥，管他们升级不升级，只要咱有酒喝就中。喝！”

“喝！”两个人又喝开去了。

到小饭馆老板喝得舌根发软，眼发直的时候，“老哥，我要去睡了，你帮我，帮我……把门关上。咱都到后院，我要早睡，早睡明个好早起。”

林振川帮饭馆老板关好门窗，然后扶着他往后院去睡觉。走到后院中间，饭馆老板忍不住吐了一阵，吐完后，扶在客房前的木柱喘气，一阵山风刮来，饭店老板打了冷战，这股山风好像吹醒了他的神经，他好像突然想起了什么：“老哥，金刚寨山上的人大多都迁到邻省湖北麻城去了。迁到我们这里的只有三四户，三户都外出打工了，只有一户老两口，九十多岁的人，也许是不适应这里楼上楼下的生活，又回山上去了，去年来小饭馆吃饭，老两口不让说呢。”

“真有此人？”

“老两口是一对老郎中，女的会接生，男的能看病。一辈子靠采药看病为生，可能是过不惯一栋楼几百号人吵吵嚷嚷的生活，又回山上去了。”

“回金刚寨了？”

“他家四代都在金刚寨住，可能是回去了。”

“他姓啥，叫什么名字，回山后住哪里了？”

“我瞌睡了，眼皮子打架了，我要睡觉。”

林振川想再问什么，饭馆老板已经靠在他肩上打起了呼噜。

第二天，当林振川再问这一切的时候，饭馆老板什么都不承认，他表示他什么也没说，什么也不知道。林振川无奈，只好从饭馆告辞，一人上山。

林振川准备攀登寻找金刚寨，启程出发之前，他打开砖头手机和BP机，砖头手机在这深山老林，根本就没有信号，打不出去，也收不到。再看两个BP机，每天都有女儿的紧急呼唤：“爸爸，你到哪儿了？”“爸爸，请回话！”“爸爸，请注意安全。”“爸爸，全家人都想你。”看到这里，林振川也不由得心头一热。

林振川在金刚寨买够了水和食品，又让能爬山的小面包昌河车，把自己送到车再也不能上的地方，林振川说：“小伙子，咱说好了，上山一百元，我现在给你三百元，三天后，你带着水和食品来这里，我给你五百元。如果我不需要，我会在山边的映山红树杈上放一块石头，石头下压二百元钱，你拿了钱尽快回去，总之不让你吃亏。”

小伙子很激动：“大爷，你真仗义，你这是……”

“我去山上考察地质矿产，三天后如果在山上碰到人家，我就有饭吃了。如果碰不上，就指望你了。”

“大爷，你一个人上山，不害怕？”

“我快入土的人了，怕什么？”

“看你不像，你像四五十岁的人。”

“年轻人，会说话，你知道这金刚寨上有人住吗？”

“不多！有，也是回流的。”

“回流？啥叫回流？”

“就是原来就住在山上，世世代代都在山上，前两年政府都让搬下大山，有人搬了，有人搬下去后不适应，又回来了。”

“又回到山上住？”

“对！”

“多不多？”

“不多。多半都是年龄大的老乡亲，一辈子在山上习惯了，不适应山下的生活。”

“金刚寨上有吗？”

“好像听说有，但不知道是谁，也不知道在哪里住。”

“从这里上去，怎么样？”

“这是上金刚寨最近的路，有几里地刚开始修路，据说，明年县政府要修水泥路，一直修到金刚寨呢。”

“据你了解，回流的人会住在山顶吗？会住在寨子吗？”

“不会，我带人上去过，原来的寨址根本没人住，住的地方一定是坐北朝南，避风向阳，外人不好去不被闲人打扰的地方。大爷，你慢慢找吧，我还要揽活呢！”

“好，谢谢你。”

九

林振川极力想收集更多的信息，以便上山时能够准确地找到想找的人。但正如茫茫大海里捞针一样，他对自己要找的人，对于自己要达到的目标毫不托底。在火车上的设想千思万虑，几多构建，但真是计划赶不上变化，谁能想到，金刚寨上的众乡亲都迁移走了呢？谁能料到，迁移的地点又是两个省，两个县，好几个乡，好多个村呢？踏入家乡，不说家乡的山水田园发生了巨大变化，修了那么多的路，废了那么多的田，砍了无数棵大树，拼了许多个村庄，就说故乡街上走的，路上行的，一个也不认得呀。四十多年了，谁了解自己，谁认得自己，我又认识谁，又知道谁呀。再者，金刚寨山上零零星星有几十户人家，据饭馆老板说，都搬下山了，到哪里去找？重要的是，即使找到了，老一代的山上之人，知道金刚寨当年驻军的人又能有几个。林振川与面包车司机告别之后，突然感到非常的无奈，非常的无助。即使他有千钧力，也不知如何使出，又向谁去使。先上山去碰碰运气吧。

林振川经过大半天攀爬，终于爬上金刚山顶，终于来到了当年雷飞侠把他劫持后待了两天的地方，那时他身受重伤，无暇观察和注视这个地方，两天后，为了躲避解放军的围捕，他只好跟随飞侠队伍转移。后来，在一个巨大的山洞里养伤。林振川仿佛还记得，那个山洞外是一个巨大深邃的天井，在山上看不见井底，在井底只能看见蓝天白云。山洞里清洁干爽，据说可以容纳一个团的人马，养好伤后又随雷飞侠转移。这个金刚寨，林振川小时候随雷经天上去练武，上山采药，但那时候小，山势，地貌，路标，特色，植物一样也没留在记忆里。而此时的金刚寨山顶，除了几间石头垒成的简陋房子以外，就是石头房子外五十米垒的战壕和两个山包上垒成的地堡，石屋，战壕、地堡外长满了荆棘林木，有几丛映山红从石头缝里挤出，开得格外艳丽。而春天早已怒放的蓝草花，虽已衰败，但仍然溢着花香。春天的气息在山顶尤为充溢。山风裹挟着山树、野花、蒿草含混着香味扑鼻而来，放眼望去，已是夕阳西下，东山石壁被映照得银光闪亮，耀眼夺目。漫山遍野都沐浴在夕阳的光彩中。夕阳越往西坠，西天的彩霞越是绚丽，继而复得大红。山上的色彩、景致、气味、韵致真是太宜人了。比之茫茫大草原，这里又有一番深邃、丰杂、多彩的韵致。林振川不敢过多地流连这夕阳美景，而是迅速向南向北两个方向奔跑，想找到一户回流人家，想找一个落脚住宿的地方。但两个方向各跑了两里地也没有收获，等天黑下来的时候，他只好又退回到山顶的石屋房，也许这石屋就是他到金刚寨第一天要住宿的地方。

林振川纵有一身武艺，一副虎胆，但毕竟几十年了，没有经历过这样的场景，他没有选择，只有硬着头皮撑下去，也必须得撑下去。他迅速找到一间较为安全的石屋，找来树枝木头，挡住门窗，然后身边备好石头、木棍，以备防身之需。这一切准备好了之后，林振川才从背包里抽出一床很薄的毛毯，一半铺在山草上，一半裹在自己身上。高山之上，山峰之巅，山风呼呼，很是寒冷，林振川只好把山草全部堆在身上，身上是不太冷了，但怎么也睡不着。除了山上呼啸的山风，山风带来的树枝树叶“呼呼”和“哗哗”作响以外，偶尔还从不远处传来“嗷——”，那是狼在嗥叫，还有猫头鹰孤寂的鸣叫，啄木鸟明晰的叩叫，山上野猫凄厉的嘶叫，以及时而起时而伏的群鸟深浅不一的啼叫。这鸣叫似乎每一声都叫进了林振川的心里，林振川睡不着，群鸟山风只是外在的影响，真正内在的骚动，还是四十多年前在这山前山后的一幕幕难以忘记的过去……

身受重伤的林振川，被雷飞侠的队伍裹挟着，拖着在崇山峻岭中穿行。由于解放军追剿得紧，这支叫金刚寨自卫军的队伍官兵不官兵、土匪不土匪的，不敢与解放军正面交锋，也不想与解放军正面对抗。他们不熟悉解放军对待地方武装的政策，再加上队伍中二当家的鼓动，说什么解放军对占山为王的农民武装恨之入骨，尤其是这支武装在劫持林振川时，还杀死了两名解放军战士，更是成为解放军的仇敌，所以，这支队伍不仅因为势单力孤，人员武器少而薄弱，而且因为他们怕，怕解放军来了，他们绝无生还可能，于是只能爬山沟，躲树林，钻山洞。有一天，在行军的路上，二当家来到担架前，说：“老把子，你抬几天了，也累了，我换换你。”

“二当家，我不累。”

“逞什么强，走几十里山路，没谁受得起。”

“我是山里人，走山路干活，习惯了。”

“你不听我的？”

“不敢，您是二当家。”

“那还不换给我。”

“不能换给您。”

“想翻天是不是？”

“二当家，我翻不了天，可要抬人，您得……”

“我得怎么啦？”

“二当家，别让我为难。”

“我就不信了，换不换？”二当家的上来与老把子拉扯起来，这一拉扯，担架掉在了地上，一阵钻心的疼痛向林振川袭来，只听林振川“啊——”大叫一声，便昏了过去。

林振川的叫声，惊动了队伍后边的雷飞侠，雷飞侠急速赶到：“怎么回事？老把子，你不想活了，怎么把林团长摔地上了。”

雷飞侠赶紧蹲在地上，询问林振川的伤情：“川哥哥，你……你怎么样，川哥哥……”

在雷飞侠的千呼万唤下，林振川醒了过来，刚才路上二当家与老把子的谈话，他听得一清二楚，为了自身安全，他忍住剧烈的疼痛说了句：“不怪老把子。”

这句话激怒了雷飞侠，她突然拔起手枪，指向二当家：“二当家，你听着，现在我尊你为二当家的，因为你是军师的弟弟，军师死前让我关照你，你也要自重点，如果你再为难老把子，小心我的枪子不认人。我知道你那贼心眼，你想害林团长。但你记住，如果林团长有个三长两短，我第一个杀的人就是你。”

“大当家，别动气，动气伤肝，我没有恶意。”

“你难道有好意，你替老把子？你干得了这活吗？上山以来，你干过重活吗？你抬担架，鬼才信呢！”

“俺不是替大当家分忧嘛！”

“分忧？好吧，来，老把子，把担架给他。我看他能抬多远。二当家，你为队伍干什么好事了，我的枪睁着眼呢，如果你抬不动，把林团长摔了，我的枪老把子的枪都要在你脑袋上穿个十个八个眼，你信不信？”

二当家吓得脸都白了，“大当家，小的不敢了，好事俺也不做了，我，我……离林团长远点。”

出了这档子事，大当家雷飞侠格外小心，她特意安排三拨人轮流抬着担架，而且两个人抬着，另外四个人警戒。雷飞侠放出狠话，如果林振川出了什么闪失，六个人谁也别想活。

从此以后，林振川在担架上安全无事，而且到了晚间，雷飞侠还把林振川尽可能安排在比较舒适的地方休息，并让一个雷飞侠称为“柴叔”的乡村医生，为林振川扎针、敷药、喂药，每次雷飞侠都说：“柴叔，您老受累了。放心，我不会扣您，只要林团长的伤差不多了，我就放您回去。”

就这样，雷飞侠带着林振川在深山密林躲躲藏藏，雷飞侠高度警惕，生怕有人对林振川下黑手，白天还好一些，而每到夜晚，雷飞侠至少要起来三四次，一是查看守护的情况，二是询问林振川的病情。为此，那位光彩照人、美艳靓丽的雷飞侠不见了，取而代之的是衣衫褴褛、身心疲惫的雷飞侠。眼看着伤一天天好起来，林振川因为伤情大有好转，每天都坚持从担架上爬起来，活动活动筋骨，特别是活动活动腿脚。他有他的打算，一旦伤势好了，他要找机会，溜掉，逃脱，归队。在一个雾锁山林、云遮月亮的夜晚，他刚活动完手脚，又躺在担架上闭目养神，想起心事，突然，从身边的树丛里传来窸窸窣窣的声音，“可能有情况。”他紧握双拳，神情紧张，凭着听觉和感觉判断可能发生的情况。而与此同时，老把子和其他两名自卫军士兵也躬起身，向着有响动的树林摸去。因为天黑，老把子叫道：“黑七，白八，你们往西走，看那边有没有情况。”两人过去了，林振川知道危险还没解除，因为黑七、白八奔去的方向根本就不是有响动的树丛，正在他十分怀疑、高度警惕的时候，突然听见老把子冷笑道：“二当家，出来吧，我在你旁边的大树边，看见你了。”

“嘿嘿，大当家让我来看看，看你们有偷懒的没有，你们六个人如果看不住一个共军团长，雷司令会要你们的命。”

“二当家，你别乱动，我就在你旁边，如果你再靠近林团长，我的枪可不认人。”

“你怎么这么死心眼呢！什么狗屁团长，他死了，我们都静心，弟兄们就少劳神费力了。”

“不是我死心眼。如果我不看好林团长，我就没心眼了。”

“此话怎讲？”

“人死了还有什么心眼。”

“那还不如趁早，让你没了心眼。”

“二当家，别往前走了，我看见你，你看不见我，你已经走到了两棵柞子树的中间，你再往前走到单独一棵柞子树前，我就送你回老家。”

“你敢？”

“不信，你试试。”

相持了片刻，这位二当家到底还是心虚，他抽身往回走，刚转过山坳，老把子箭一般射了出去，不到三分钟，先是传来“咣当”两声响，接着又是一片枪响。

第二天，雷飞侠告诉林振川，二当家死了，死于昨晚一片枪声中。

而老把子见了林振川，一点异样也没有，林振川跟他开玩笑：“老把子，你干的！”

“怎么会呢！”老把子笑了，笑得很诡异，“林团长，他一直都想杀你，他死了，你不舒坦？”

林振川也笑了：“舒坦。”

而雷飞侠把大家叫到一块去找原因的时候，没有一个人认账，雷飞侠也怀疑是老把子：“老把子，怎么回事？”

“怎么回事？我正想问怎么回事呢。大当家，可不能因为我跟二当家起过冲突，争过几句，就以为是我干的。说我干的，可是要有证据。再说了，我是跟二当家一块上山的，平时二当家对我也不赖，我为什么杀他，没理由啊！我正生气呢！过去都是二当家替我说话，他死了，我靠谁呀！”

雷飞侠知道再问下去也是徒劳，头天晚上天很黑，雾很大，乱枪一片，很难弄清楚是谁干的。

“我看哪，八成是大家以为来了共军，一齐开枪，二当家误撞上了，唉，二当家命不好，可怜的二当家呀，呜……”老把子竟呜呜啼啼哭开了。

“算啦，天天都有弟兄不幸，上路吧！”雷飞侠不愿继续追查，又带着队伍开拔了。

而当林振川的伤快养好的时候，雷飞侠觉得队伍这么躲躲闪闪也不是办法，凡拖家带小的，家有父母长辈的，都劝他们回家了，而老把子也趁机向雷飞侠说：“大当家的，林团长的伤也好了，不用人抬了，林团长一身本事，也不用人看了，我上有八十岁老母，下有俩孩子，你看……”

雷飞侠笑了：“老把子，什么时候有八十岁老母了？”

“岳母，岳母也是母呀。”

“想走你就走吧。”

就这样，一年多以后，真正守在飞侠旁边的，就只有她的亲信卫兵，四个武艺超群，身手一流的女孩子了。还有三五个对飞侠非常忠诚的人，多半是飞侠帮助过的人。至于这些人怎么样了，林振川已经离开快五十年了，那个时候的男人女人，都已过花甲之年了。岁月飞逝，沧海桑田，即使这些人还活着，即使这些人从眼前走过，也很难认出来了。

十

林振川回忆着往事，在山风小了的时候，竟然也睡着了，而当他醒来，已是朝霞满天，满山青翠，野花烂漫，万鸟鸣唱的时候了。

林振川起来后，胡乱吃点东西，就决定往密林深处寻找，但郁郁青山，茫茫林海，到哪里去找人家？荆棘丛生，草木旺盛，通往密林的路几乎都被树木杂草荆棘掩盖着。往哪个方向行走，才有希望，才有可能找到人家呢？林振川虽然是大山的儿子，小时候在山里长大，但毕竟人生的大部分岁月，都是在广阔草原上度过的，而对这近在咫尺，又好像远在天边的青山绿树，红花碧草，林振川真的犯难了。林振川长叹一声，“不能刚开始就被困住了吧。”他想了想，理了理思绪，就按东南西北四个方向走吧，四个方向走完了，再没有收获，就下山再想其他办法。

早上朝阳四射，阳光灿烂，就追着太阳走吧，往东去。

林振川往东，翻了三个道岭，越过二十条河，穿过十条大沟，再走，已经不是金刚寨的土地了，林振川就往回走。等傍晚太阳落山的时候，他又回到了金刚寨山顶他住过的地方，他又把两天前带上山的干粮、水清点了一下，吃喝了一番。当夜幕浑浑地挂上天的时候，林振川又把找来的绿草往毛毯下多塞了几把，门上窗前又加了两块石头、四块木板，钻进毛毯强迫自己睡下了。睡着睡着，林振川仿佛又回到了近五十年前金刚寨的难忘岁月。

林振川和雷飞侠有了那种关系之后，雷飞侠也顾忌不了那么多了，公开在土匪队伍里宣布，金刚寨这支农民武装的真正大当家，是林振川，林振川是她的先生。林振川不表态承认，也不表态反对，因为他刚从自己无限的懊悔、愧疚中缓和过来，他还在盘算着如何脱离土匪队伍，回归解放军大部队。见林振川不开口不说话，偶尔，雷飞侠会突然说：“川哥哥，说不定，有一天我带众兄弟姐妹投奔解放军呢！”

“你？”林振川不敢相信。

“我知道你不相信。”

“就是不相信。”

“说不定，有一个人会相信。”

“谁？谁会相信你，女土匪。”

“杨师长。”

“杨师长？”

“杨海功师长。”

“胡言乱语。”

“小时候你认识杨叔叔，我也认识呀。”

“那有什么。”

“你参加解放军时，我也要参加，杨叔叔不让去。”

“你不进步。”

“他让我上学，说以后有用。”

“你打死解放军，你犯了罪。”

“那是误会，杨师长会理解。”

“又胡说。”

而每次说到这里，雷飞侠便沉默了，眼睛盯在一个地方出神。见雷飞侠这个样子，心里有气倒不出的林振川走开了，或者不理她，低头生闷气。

有一次队伍在山林间行军，雷飞侠身体不好，总是咳嗽，有时候还呕吐，而正是这个时候，跟随队伍的土医生柴大夫又要求回家。雷飞侠说：“柴叔，我放您走，您给我找两味药。为啥这几天总咳嗽，还呕吐不止。”

这个时候柴婶插话说：“他爹，飞侠对我们不薄，等飞侠身体好点再走。”

“不行，走。解放军对我们穷人一直很好，再不走，我真说不清楚了。”

“走吧。”雷飞侠无力地说道。

“要走也要明天走，今晚好好给飞侠看看病。”

“走！”

“要走你走。”

柴大夫拗不过媳妇，当天没有走。到了傍晚，雷飞侠为了防止林振川逃跑，一定要跟他住一起，在深山猎户的一栋房子里，她把林振川安排到里间，然后到外间，柴大夫两口子过来为她看病。

“柴叔，我的病没什么大不了的，您给我留点药就行了。”

“飞侠，我担心……担心你……”

“柴婶，您担心什么？”

“你个姑娘家，虽说林团长是你女婿，但不是没办法了吗？我担心……”

雷飞侠好像听懂了什么，“柴婶，看您说什么呢！”

“孩子，手伸过来，我号号脉再说吧！”

雷飞侠只好把手伸给了柴大夫。

过了一会儿，只听柴大夫“哎——”了一声，“真是怕啥就有啥，还真让老婆子说着了，就是有了。”

“有了？什么有了？”雷飞侠一阵忙乱，满脸绯红。

“你和林团长早在一起了，怎么会没有呢？”

“就是吃药那十来天在一起，这以后他都不理我了。”

“两个月了。就是那个时候的事。老婆子不愧是过来人，三天前就跟我说，你有了，还真有了。恭喜当家的。”

“真……真有了！”雷飞侠先是站立起来，然后又无力地跌坐在椅子上。

“他爹，这几天不走，好好给飞侠调调，保保胎。”

“哇——”突然，雷飞侠大哭起来，“川哥哥，我们有孩子了。”哭中带笑，笑了又哭。

柴大夫两口子费了好大劲，劝了好半天，才让极度兴奋和极度不安状态下的雷飞侠安静下来。而这一切恰恰被林振川在屋里听得一清二楚，林振川崩溃了，不断地重复：“完蛋了，完蛋了……”然后就撞床，撞墙，撞石屋，撞得头破血流，雷飞侠听见动静进屋，林振川已经满头满身鲜血，昏过去了……

睡在石屋里的林振川，伴着这些心酸而复杂的回忆睡着了。

第三天，林振川按照自己的计划，一直往西，穿山洞，越深涧，过绝壁，山更大，林更密，路更难走，因而，山上的住户人家更没有了，都迁下去了。到下午，林振川只好往回走，继续回金刚寨的山顶石屋，不仅因为前方找不到人家，而是还要回去补充给养，他跟面包车司机说好了，要在第三天下午等待司机送上来食品和水。

傍晚时分，当林振川到达石屋的时候，突然发现，石屋门口放着十几瓶矿泉水和一个大纸袋，纸袋里放着几个塑料袋，塑料袋里放着大米饭团，一共有二十余个。林振川大惑不解，这水和饭团是谁给的？哪来的？想知道谜底的林振川赶紧往山下赶，他要到他与面包车司机约定的地方等司机送的水和面包等食品，但当林振川赶到半山腰山间公路断头处的时候，没见到送东西的面包车和面包车司机，等了一会儿，眼见得没有希望了，他到他准备压放钱物的树前，发现树杈上压了一块石头，林振川如获至宝，赶紧挪开石头，见石头下压放了一个纸条，纸条上写道：

“大叔，所需东西有人带上去了，请查收。”

纸条更是让林振川疑惑不解，三天前和面包车司机约定的是送上矿泉水、饼干、面包和方便面，怎么只有矿泉水和米饭团呢？再说了，山下乡镇也不卖米饭团呀，难道是给面包车司机钱少了？难道面包车司机偷工减料了？抑或是带上山的人给调包了，可山顶上，石屋前，哪里有人呀！想到这里，林振川又飞速地跑回石屋前，想看看那里会不会有人，或者是有人进山了，也可能等一会儿就回来，但抬头看看已经西落入土的太阳，看看已经渐渐昏暗的光线，哪有人呀？林振川又等了片刻，眼望见天又要黑了，他急忙跑向山顶处最高的地方，放声呐喊：“有人吗……”

“有人吗……有人吗……”只有大山和深谷发出的悠长回响，来回答林振川一声又一声放开喉咙的追喊和声响。迎接林振川的依然是又一个黑夜。林振川不敢浪费光线，趁着还能看见昏昏暗暗、隐隐约约的光景，抓紧时间吃饭团，喝矿泉水，尽管饭团是凉的，米饭有点酸，但吃了两天面食的林振川反而感到饭团的清香，特别是当他能嚼到饭团里少有的几粒咸豇豆或咸腊菜后，反而更感到饭团清香可口，咸淡皆宜。吃饱了，喝足了，剩下的手电光也不多了，也不敢轻易打开手电筒了，林振川不能多想，就钻进山草堆，用带上山的毛毯裹住自己，他强迫自己入睡。

想睡反而睡不着，已经上山三天了，山头周围找了一天，东西方向纵深又各走了一天。没有线索，没有人迹，往下走，往下找，会是什么结果，林振川毫无底数。假如明天往南再找一天，后天往北又找一天，什么也找不到怎么办？回去？回哪里去？往哪个方向走？况且，水和食物如果供给不上了，怎么办？怎么办？但怎么说也不能撤回去呀！但是不撤回去又如何进行下面的行程？林振川在山草上翻来覆去地思来想去，最后翻出了结果：继续寻找，不是还有南北两个方向吗？南北两个方向还需要两天，就把这两天走完，把山上必须去的地方找到。因为这里毕竟是雷飞侠待了近三年的地方，而这周围远近的山山水水也是林振川自己待了一年多的地方。他这两三天走过的山山水水，沟沟坎坎，山洞山涧，许多都是当年他与飞侠一块住宿或停留过的地方，只有在这里才能找到与雷飞侠有联系的人或物。林振川知道，虽然山下的人都传说雷飞侠是个女土匪，是一个大魔头，但他上山以后经历过很多很多的事，他才知道，飞侠在山上留下的口碑很好。当时，金刚寨周围散落着几百户人家，几千口人，但飞侠从不加害山上的任何人，而且对山上的居民，爱护有加，倾心保护，谁家有难，谁家有困，飞侠都会主动帮助。飞侠山上的所有给养，一是山上原有的积累，二是飞侠深入平原丘陵、抢夺土豪恶霸的不义之财，从平原县城集镇购买东西上山，对山上的居民，从不侵扰，有欺负压榨山上穷人的，飞侠逮一个杀一个。所以，这方圆百里山上的百姓，对雷飞侠的传言都是十分美好，都是竖大拇指的，所以，只要能找到现在还健在的当年的百姓，一定能了解到一些情况的。想起雷飞侠，一种十分复杂的情感在林振川血液里沸腾，爱恨情仇样样俱有，他气飞侠，恼飞侠，恨飞侠，但也喜飞侠，乐飞侠，爱飞侠。飞侠在他的心胸中占有的形象永远也抹不去。想到这里，过去岁月里那难忘的记忆又浮现在脑际……

林振川感到自己如同行尸走肉，穿行在莽莽林海中，因为他感到所有的希望都破灭了，回归组织，回归部队，很难了，因为自己犯下的错已经成为现实了，恶果造成了，那名尽管被国民党监狱扣压，但极端反共反人民的国民党县长放跑了；那名至今谁也不知道，谁也不认识，是跑了，还是逃了，是潜伏下来，还是打入我党我军内部的国民党军统站长好似人间蒸发了。这两个罪过可以免去减除吗？还有，在关押匪县长的监狱室内墙缝里，发现了敌军统浣溪站写给林振川的密信，密信上把任务写得一清二楚。密信还红瞎瞎盖着国民党的军统站的大印，有国民党军统站原站长的签字。这些证据无人证明是，可也无人证明不是呀。本来是林振川回去向浣溪专署党组织、军分区讲清楚有关事项的，可半路上突然被金刚寨上的土匪劫持，又偏偏牺牲了两名年轻的解放军战士，这一切怎么跟组织、部队说清楚？又怎么跟同生共死、并肩作战的战友们解释呀！已经上山快一年了，为什么不尽快逃脱，尽快回到部队，向组织、首长们解释呀。而且，不仅是上了山，而且还跟匪首有了暧昧关系，不仅有了暧昧关系，而且还有了即将出生的孩子。这一切让林振川就如一个被打进了十八层地狱的魔鬼，尽管变成人的大门开着，尽管迈向光明的路就在脚下，可怎么能去掉身上的魔咒？怎么能脱掉身上的魔衣？怎么能变成正正常常的一个人呀！被这一层层难解的枷锁禁锢着，林振川几乎没有了正常的思维，没有了人的正常考虑，只好傻呆呆地跟着雷飞侠在山上穿行。自从有了孩子，雷飞侠让林振川跟她同住，林振川也不拒绝。雷飞侠身体不舒服的时候，雷飞侠让林振川干一些家庭必须做的活计，林振川也毫不走样地去干。当两个人在一起的时候，林振川乖乖地听从雷飞侠的要求，任她亲，任她咬，任她做想做的事情。见到雷飞侠肚子一天天大了起来，林振川除了按雷飞侠的要求干少量的活以外，也偶尔主动帮雷飞侠做点事情，也偶尔做点搀扶、背扛之类的事情，也做了一些关心照顾雷飞侠的事情。一旦出现这样的情景，雷飞侠凄美的脸上总是像绽开了鲜花。人非草木，孰能无情，林振川知道，飞侠可能会祸害了他一生，但飞侠爱他护他，一切都为了他，是铁的事实。小时候林振川与淑娴、飞侠一块长大，感情非常好。那时林振川喜欢靓丽鲜艳的飞侠更多一些，否则也就没有小时候两人拜天地、结婚一说。越到后来，林振川越感到前途渺茫，在其正感到前途彻底无望的时候，才反过来好好想想雷飞侠，才想到飞侠的不易，飞侠的可贵，飞侠的可爱。于是，林振川慢慢地对飞侠好了起来，尤其是当飞侠快生孩子的时候，林振川对飞侠的感情开始炽热起来。因此，对飞侠的呵护、关照、帮助也就多了起来。所有这一切飞侠都看在眼里喜在心中，也正是因为如此，飞侠暗暗发誓，一定要保住她与林振川的孩子，一定要让林振川活下去，哪怕是付出自己的一切，付出自己的生命。

孩子快生了，雷飞侠又派人把柴大夫的夫人柴婶请到了山上，柴婶念飞侠人好，“闺女，早就想上山找你，但担心你走远了，好在咱娘俩有缘。放心，婶保证帮你把孩子生下来。”

“谢谢柴婶。”

林振川也说：“有劳你了，柴婶。”

柴婶站起来，端详了他一下：“林团长，你可要福中知福，飞侠，多好的姑娘，这近百里的大美人，你们都有孩子了，你对飞侠要好点。”

“柴婶，别说他了，川哥哥对我可好了。”

“我没问你，我问林团长。”

林振川犹豫了一下：“飞侠对我好。”

“这个，全天下的人都知道。我问的是你，你对飞侠好不好？”

“好……”他回答得不很坚定。

“知道你没尽全心，我希望的是以后，要全心，要尽心，要整个心。”

“是，柴婶，以后我会尽心，全心，整个心爱飞侠。”

“这还差不多。别总想着到下面去当官，现在解放军大队人马走了，留下的也不一样，今天这个是共产党，明天又是国民党，今天是好人，明天又成特务了，死了不少呢。土改了，说谁是地主，拉出去就毙了。”

“真有这么邪乎？”

“我和你柴叔不下山，就在山上，看他们谁跟谁斗。”

“怎么会这样？”

“林团长，你呀，别下山了，就在山上和飞侠找块地种种，我和你柴叔那里有房子，你和飞侠，一人打猎，一人种菜，好好把孩子养大，也是一辈子。”

“这……”

“我不勉强你，我只要求你一件事，对飞侠好。”

“一定！”

柴婶笑了，飞侠的两个女兵笑了，再看看飞侠，满脸都是泪，也笑了，笑得十分灿烂。

到了夜间，林振川紧紧地抱住飞侠，飞侠也蜷缩在林振川的怀里，一刻不停地亲吻，抚摸，两个人动情处，飞侠甚至说：“川哥哥，如果你想，你就进来，别憋坏了你。”

“傻姑娘，说什么呢，没几天你就生了，这期间是绝不能有房事的，柴婶反复叮咛过。”

雷飞侠又是一脸的眼泪，紧抱住林振川：“不是怕委屈了你吗……”

“不知是个崽还是个妮？”林振川想岔开话题。

“川哥哥，你猜猜。”

“我猜？好像你知道似的。”

“我当然知道。”

“你怎么知道？”

“柴婶早看出来了，早告诉我了。”

“是崽是妮？”

“你想要个啥？”

“你生的，啥都好。”

“川哥哥就会哄我。”

“真的，生个女娃，一定像你一样漂亮。”

“那要生个崽子，肯定跟你一样英俊。”

“男女都好，我都喜欢。”

“川哥哥，如果生了女娃，你准备怎么办？”

“我……我还没想。”

“我想好了，如果生个女娃，我就送到柴婶家里，我和柴婶一块养。”

“如果生个崽子呢？”

“要是生个男孩，我就把他送下山。”

“为什么？”

“男孩要上学，要做事，要顶天立地，像川哥哥一样，为国家尽力。”

“你早想好了？”

“嗯，早想好了。”

“那你不考虑我的意见？”

“你是我先生，是孩子的父亲，我怎么能不考虑你的意见，我主要是……”

“是什么？”

“主要考虑你将来怎么办，你要站着，你要去解放军那里站得住。”

“考虑不了那么多。”

“你不考虑，我要考虑，我考虑你，就是为我的孩子考虑。”

“飞侠，你别太累了，也别想太多了，有我呢，我会把一切处理好。”

“川哥哥，我的好哥哥，我信你。”雷飞侠又是眼泪一片，紧紧抱住林振川激动不已。

十天之后，孩子出生了，是个男孩。而孩子出生的第三天，山下传来消息，解放军的追剿队伍已经开到了山下，很快就要把山围住，于是，飞侠只好带着柴婶、孩子和残存的十几个人，又转移了。而林振川此时在飞侠的面前称得上堂堂男子汉了，他把尚在襁褓中的孩子交给柴婶，他和几个女兵就看护飞侠。大部分时间，是林振川背着飞侠，飞侠虽然嘴上不让林振川背，但还是满怀幸福地趴在林振川背上，嘴里不停地喃喃说道：“川哥哥，我好幸福。川哥哥，别累着。”

孩子很快满月了，健康活泼，一个月就会笑，就会“啊啊”说话。飞侠每天抱着孩子，柴婶抱，她不给，女兵抱，她也不给，只有林振川抱时，飞侠才让抱，但飞侠一定寸步不离地跟着林振川，逗孩子玩，跟孩子呀呀教话，然后仍然把孩子抱过来，不停地亲，不停地看。到了夜里，等把孩子哄睡以后，飞侠就过来陪林振川，这天夜晚，飞侠突然说：“川哥哥，你给孩子起个名字吧。”林振川想了一会儿：“叫雷侠林怎么样？”

“为啥叫雷侠林？为什么姓雷？为什么不姓林？”

“爹对我恩重如山，用爹的姓不为过吧，侠是你，林是我，这个名字就把我们俩连在一起了，可不可以呀？”

“川哥哥想得周到，可我不能让孩子姓雷，孩子是你林家的血脉，林家这一代就你一根独苗，让孩子姓林，爹也会同意的，如果是个女孩子，就姓雷。”

“侠妹如果想让他姓林也可以。”

“那就林侠久吧！”

“为什么起这个名字，侠久，好听吗？”

“林用了你的姓，侠用了我的名，我们俩让孩子永远记住，永久不忘，也让我们的爱久久不息，永远保持。”

“这样讲，也是可以的。”

“明天，我让人采两块山上的五彩石，把孩子的名字刻上，挂在他的身上，走哪儿都忘不了。”

林振川说：“这么小的孩子，留那些东西，有用吗？”

“有用没用，这是我做妈的心意，我准备把咱俩的名字也刻上去。”

“你那么多鬼点子。”

“为了孩子必须这样做，父亲是你林振川，娘是我雷飞侠。孩子长大了，知道他爹是位大英雄，他妈也是个人物，是一个大土匪。”

“飞侠绝不是土匪。”

“川哥哥也知道我不是土匪了？”

“哪有从不祸害百姓的土匪，哪有待民如亲人的土匪？过去听山下人胡说，这一年多我知道了。”

“谢谢川哥哥，谢谢川哥哥。”雷飞侠激动得把林振川搂得紧紧的。

孩子一天天成长，在雷飞侠、柴婶的精心照护下，居然会发出“爸”“妈”含糊的声音，但山上的形势却变得越来越恶劣。在解放军和地方民兵的合力清剿下，大山之上几乎没有存身之地了，而且粮食、用的也几乎消耗殆尽了。雷飞侠的队伍几乎一天换一个地方，走着走着，林振川突然发现，飞侠让走的路不是离大山越来越近，而是离村镇、县城越来越近。走着走着，林振川发现，雷飞侠带着这支不足二十人的队伍竟然摸回了家乡，摸到了离岳父雷经天家只有二十几里的地方。雷飞侠胆大心细、料事准确，他们越接近丘陵村镇，越接近人口密集的地方似乎越安全，因为解放军大部队都拉到金刚寨附近的大山里面去了，而离县城越近、村落较多的地方，却疏于防守。人们都不会认为，土匪敢往人口密集的丘陵、村庄靠近，往已经建立的政权靠近。再加上飞侠的队伍都换上了便装，昼伏夜行，即使碰到人，说是士兵巡逻的，巡防的，也没有人疑心。一天，雷飞侠把队伍带进山上的一个山洞里，白天，她自己看孩子，到了夜晚，她把孩子交给柴婶看着，自己带着林振川找到了山上一个废弃的茅屋，让女兵带着被褥行李，她与林振川就住在茅屋里。到了深夜，雷飞侠脱光了衣服，钻进被窝，又脱林振川的衣服。

“飞侠，你要干什么？”

“我要干什么？你不懂吗？”

“我不懂。”

“别问，亲我，亲我，要我。”

“胡说，你生孩子刚三个月，不能同房，不能！”

“我问柴婶了，她说可以。”

“不行。”

“不许说话。”

雷飞侠近似疯狂地攻击，林振川身强力壮，正值干柴烈火的年纪，许久没有男女之事的两个人，疯狂了一整夜。就这样，连续三个夜晚后，雷飞侠突然带着孩子，带着柴婶消失了。而且这一消失，整整两天一夜，第三天，等飞侠回来的时候，既没有了孩子，也不见了柴婶。

“孩子呢？”

雷飞侠摇头。

“柴婶呢？”

雷飞侠摇头。

林振川焦急地拉扯着雷飞侠：“孩子，你弄哪儿了？弄哪儿了？”

任凭林振川怎么问，怎么撕，怎么打，雷飞侠就是不说话，而是任凭泪水顺着脸庞永不停歇地往下流，以至于连林振川打都打不下去，问也问不下去了，而是抱住飞侠，用毛巾擦拭她流不尽的眼泪：“飞侠不哭了，我不问了，我不问了……”

“哇——”这时候飞侠大哭出声，抱住林振川哭了半天。哭完了才轻轻地说：“我是土匪，你是特务，我们的孩子将来会好吗？会多惨呀。我把他送给一个可靠的人家，孩子成长起来不至于受苦受难呀。”

“飞侠……”林振川痛彻心扉、挥泪如雨，“我们可怜的孩子呀……”

三天之后，飞侠把毫无防备的林振川绑起来，不知从哪儿弄来了一辆马车，跑了几天几夜，把林振川放到了一个陌生的地方，然后就对林振川说："跑，跑得越远越好。"然后飞侠自己走了，林振川只记得，分别的时候，飞侠面如死灰，紧紧地抱着他……然后传来了飞侠自首，飞侠撞死的消息……

十一

第四天，天刚亮，林振川醒来，背起冷饭团，装上矿泉水，又向金刚寨正南方开始寻找。在正南方向，由于有大型林场，有可以采伐的树木，偶尔也能碰见采伐工人，林振川问他们，他们都是山下征集的采伐工人，年纪尚轻，家住得离金刚寨又远，问啥啥也不知道。但是在林场后山的出口处，碰到了一位六十多岁的看山人，林振川问他，他说他是解放后才从平原地区搬上来的，而且一住就是四十多年。问他金刚寨的情况，他一无所知，只知道解放前金刚寨上有过土匪，其他的怎么也问不出来，走的时候，林振川问："大哥，你是哪一年上山的？"

"1956年。"

林振川明白了，1956年上山，他和雷飞侠的故事早已过去四五年了，不知道也情有可原。

"老哥，根据你的经验，金刚寨山上还有人吗？"

"有哇！"

"你怎么知道有？"

"我在山上住惯了，下山反而不习惯了。七八年前我就退休了，就因为跟这青山青树，竹园绿茶，跟伙计习惯了。我跟孩子说了，我死了，在这山上挖个坑，把我埋了，连棺材都不用。我就是这山上的老树一棵，到了山下，我出气都不顺畅。"

"你的意思，金刚寨上还有人？"

"那是肯定的。但是，你要想找干活的没有，留下来的，多半是跟我一样，喜欢大山，下山不习惯的老年人。"

"可是……我为什么找不到？"

"我听说，金刚寨山上回流了好几户。"

"回流？"

“不习惯去山下住，又回山上住的，叫回流户。”

林振川突然想起面包车司机也说有回流山上住的老人，而且说得有鼻子有眼的。看山老哥的话叫醒了林振川，金刚寨山上肯定有人，只是我总往远处找，越往远处找，越可能南辕北辙了。想到这里，林振川向看山老哥道谢辞行，快马加鞭往回走。他要把找寻的重点放在金刚寨山顶老寨子周围。

傍晚时分，当林振川赶回金刚寨山顶石屋的时候，他突然发现，石屋前立了一个人。

“有人！”林振川一阵惊喜，急切走上前去。

“你住在石屋里？”

“是！”林振川仔细端详面前站着的人，是一位看样子有六十来岁的大姐，衣着朴素，面容慈善。

“你不能住在这里。”

“为什么？”

“因为不知道你是什么人，你来这里干什么？山下派出所说过，如果发现可疑之人，需要向派出所报告，你有派出所的证明吗？”

“难道上山都需要报派出所吗？”

“那倒不一定。但你在这里住三天了，不知你要干什么，你形迹可疑。”

“我是地质探矿的。”

“这你就说露馅了，在我们这里看地质找矿的多了，他们都带很多家伙，你啥都没有，探什么矿。”

“我打前站。”

“打前站的我也见过，地质探矿没有一个人的，你不是。”

“我来找人的。”

“找人，找谁？”

“找……”林振川一下子不知怎么回答才好。

“既不是探矿的，又不是地质队的，找人又不知道找谁，说不定是坏人呢！赶紧下山吧。”

“我找……”

“你不走，你就得说清楚上山干什么。”

“我……”

“说不清楚，我们报派出所了。”

林振川问："大姐，让我问你几句。这里是不是金刚寨？"

"是！"

"金刚寨解放前是不是很有名？"

"听说过！"

"山上曾经住过土匪？"

"啥土匪呀？"

"女土匪。"

"看你这个人，怎么变得婆婆妈妈的。"

"我找雷飞侠！"

"什么？"

"雷飞侠。"

"再说一遍，什么？"

"我找了解雷飞侠故事的人。"

"雷飞侠，我……我不认识。"

"了解雷飞侠的人，你……你知道吗？"

"不……不知道！"

"告诉我！"

"赶紧走吧，不然我报警了。"

山中大姐说是催别人走，可她自己却走了。林振川阅人无数，经历丰富，从山中大姐刚才有些闪烁的回话中和撵自己走的行为中，他心中涌出一股热流，"有希望了。"于是，他没有下山，也没有说话，而是默默地跟在山中大姐的后面，在山林中行走。走了一会儿，山中大姐突然转身："你为什么不走，跟着我干什么？"

"大姐，你做做好事，我已经四天没吃一口热饭了，没喝一口热水了。你让我去你家讨口热饭吃，讨碗热水喝。"

"装可怜呀！我不会给你！"山中大姐尽管话说得难听，但依然没有止步，继续往前走，这让林振川大喜过望，就默默地跟着山中大姐往密林中走。走着走着，来到一悬崖峭壁前，山中大姐三扭两跳，绕过去了。又来到一道深涧边，林振川以为过不去了，结果山中大姐往上边攀爬几步，居然有一道天然桥梁，顺着过去，在一道流水潺潺、山雾飞绕、花红叶绿的山溪中，七弯八拐，又绕过一道山梁，突然来到一片难得的山窝窝里。这里难得有一片平地，平地上有四五间房子，房子左首有一棵高耸入天的松树，松树笔直挺立，右首有一簇稠密的竹林，房前有一个半亩大的小院，小院里花红柳绿，瓜果飘香，好一个去处。林振川诧异极了，因为在这个地方，向上看是蓝天白云，向左看是悬崖峭壁，向右看是七十度陡坡，坡上树木参天，荆棘密布，往下是激流飞瀑，不走近这里，根本不知道这个坐北向南，风光秀丽的地方，有一个可以居住的地方。

来不及让林振川仔细参观这个居所的山势风水，山中大姐说："到了。"

"进来吧！欢迎来山屋！"从正屋中间传来一个平和冷静却蕴含威严的声音。

林振川走进屋里，看见屋里坐着一个与山中大姐年龄差不多大的女人，只不过比山中大姐更威严，更冷静，也更贵气一些。

"打扰了！"林振川抱拳为礼。

"既然来了，我就告诉你规矩。"

"规矩？"

"对，这山屋是我们的私人住宅，也是我们的领地。你看见了，我和周菊都是女性，你一个男人闯进来，本不应该，但山里人好客，山里人真诚，在没发现你是坏人之前，我们还要行待客之道。"

"谢谢！"

"请问你贵姓？"

"我……我姓森。"

"姓森？不管你姓森还是姓林，有个姓就行，我们好称呼。"

"森林的森。"

"好吧，我也姓孙，但是子孙的孙，我叫孙梅，我妹妹叫周菊。森先生，你来山上已经四天了。你既然来到了山屋，我就说说山屋的规矩。如果你只是想讨口热水喝，热饭吃，那么，现在就有，吃完，喝完，我让周菊把你送回去，但希望你明天离开石屋。"

"我不走！"

"如果不走，也可以，后山我们有块山地，上面有树有草，你把它开垦出来，开垦完，我们满意，有话才能再说。"

"你是说，让我开垦荒地？"

"是，你完全可以不干，但你必须离开。"

"好，我干。"

"周菊，为森先生上饭菜。"

“我想问，你们谁知道雷飞侠的过去……”

“森先生，我已经说过了，不按我的规矩办，请你离开，而且，我们什么都不知道。”

“好吧！”

吃完饭，孙梅又过来说：“很抱歉，森先生，房间里有被子，有浴室，你吃完饭可以洗澡，可以睡觉。这里，任何其他地方你都不能去。”

“是！”

林振川吃饱喝足，就到孙梅、周菊安排的房间，洗完澡，然后上床睡觉。睡在床上的林振川，感到这一切太不可思议了。疑问一个接一个浮现在脑海里，一是，这地方离山顶，离石屋其实并不远，从路程上讲，大致也就四五里地，从直线距离看，也可能只有一里多地，但自己在这周围转了好多次，怎么就找不到这里呢！二是这地方似曾相似，好像在哪里碰到过，但林振川翻了翻思维深处所有记忆中去过的地方，也找不到类似的去处。最重要的是这两位已经上了年纪，但颇有点气质的山中女子好像也在什么地方碰上过，什么地方，林振川怎么也想不起来。毕竟这是两位接近六十岁女人，虽然粗布深衣，但也能感到不是一般山中没有文化的深山女子。实际上，林振川对这几个疑问顾不得多想，他很是兴奋。让他兴奋的是，这两个人并没有拒绝谈有关雷飞侠的事。如果她们压根就不知道雷飞侠的任何状况，她们就不会出此难题来为难林振川。想到这里，林振川突然有一种“山重水复疑无路，柳暗花明又一村”的感觉，既然黑暗即将过去，那么黎明还会远吗？早点睡，休息好，保持体力，明天好干活呢。林振川带着希望，很快入睡了。

第二天起来，洗漱完毕，一打开门，周菊就站在房门口：“森先生，请吃早饭。”

“好，谢谢！”

林振川随着周菊来到了客厅，客厅里放了一个小方桌，方桌上放了四个菜，其中两个炒菜，两个咸菜，还有一盆米粥，一小盆鸡蛋炒饭，蛋香扑鼻而来，一个碗，一双筷子，显然，是让林振川一个人吃的，“你们不吃吗？”

“我们吃过了。请用饭。”

林振川也不客气，径直坐下，因为他知道，他今天要干活。干活不吃饱肯定不行，而且山上的菜清爽可口、香甜顺滑，尤其是清淡的米粥、香郁可口的炒饭，多少年没吃过了，林振川吃起来无比舒爽。不到十分钟，饭菜他几乎消灭了一大半。正当他吃饱喝足的时候，周菊掂着一兜东西走了过来："森先生，这是中午的饭，这一壶是热水，中午我和梅姐有事外出，你只能在山上吃饭、休息了。"

"后山不是离这里很近吗？"

"是，近在咫尺，你以为这是你的家呀，给你吃，让你住已经很够意思了。让你随便出入俺的家，俺还不放心呢！"

"好，我收着！"

"我一会儿领你去后山那块地。"

所谓后山，就在林振川居住房子的左侧，有一块不到半亩大的草地，已经有两块菜地，挨着两块菜地就是要开垦的荒地了。荒地只有树木、杂草、荆棘，还有几棵从竹林新生过来的竹子。林振川一看，任务不少，真不是一天能干完的活。

"本来两天能干完的活，让你三天做。"

"三天也够呛！"

"说清楚，三天干不完，让你走人。"

"能干完，能干完。"

"这还差不多！"

周菊说完，就给山屋锁上门，关上小院门，一转身，不见了踪影。

林振川毫不犹豫，脱掉外面的衣衫，甩开臂膀大干起来。到了中午，饭盒里的炒饭还有余温，军用水壶的水还是热的，吃饱喝足，靠着一棵大树迷糊了半个小时，一只喜鹊"喳"一声叫过，林振川醒来，接着又挥汗如雨，继续干了下去。

到了晚上，天完全黑下来的时候，林振川才回到小屋，山屋客厅的小方桌上已经放好了饭菜，一盆清炖的鲫鱼，一盘热炒的腊肉，一盘青菜豆腐，一盘高山竹笋，还有一小盆白米饭。

周菊出来，只说了两个字："吃吧！"

林振川累了，多少年了，没干过这么重、这么长时间的活，自然也饿了，没有回话，就狼吞虎咽、海吃猛喝起来，吃完，打了个饱嗝，说："真好吃。鱼真嫩，腊肉真香，豆腐也好吃，脆笋更是几十年没吃过了，谢谢，菊妹子。"

"不要臭贫！吃完赶紧去睡觉。"

"菊妹子……"林振川叫这个名字的时候，突然心动了几下。这个名字好像曾听说过，在哪儿听说过，林振川想不起来了。他回到房间，洗完澡，躺在床上，想在回忆的金库里找到“菊妹子”的来源，但不到五分钟，他就呼呼地睡着了。

第二天继续干活，继续在山地上吃中饭，干到晚上回来，山屋客厅照样有几种可口的饭菜，林振川吃完饭后：“菊妹子，能说说飞侠的事吗？”

“干完活！”周菊说完扭头进了其他房间。

第三天下午四五点钟的时候，林振川把山地收拾得平平整整，地上连片树叶、连片毛草都找不到。地里反复修整过，土细如面。周菊对地反复检查了之后，说了句：“还行！”

回到山屋，小方桌上只放了两样菜，一盆粥，林振川也不问什么，端起碗，拿起筷子，一会儿就把两碗粥吃完了。吃完饭，林振川说：“活我干完了，菊妹子，该说了。”

不知什么时候，孙梅已经和周菊站在了一起，她没有回答林振川的问题，而是冷峻地说了句：“跟我走吧！”说完她径自从小屋走了出来。林振川虽然迟疑了一下，但他别无选择，赶忙起身，跟在了孙梅的旁边，开始走得比较慢，等周菊锁好山屋的门，赶上来之后，孙梅加快了步伐。

十二

出门向右，绕过了竹林，就来到了深深的密林里。走过密林，顺着陡峭的山路往前，越走林越密，越走离绝壁越近，走着走着，林振川趁着天没黑下去的光线，观察清楚了，实际上，这一行三人是沿着一道深涧走，对面是斧劈刀削般的绝壁，这边虽然不是刀砍剑剁般的，但坡度也有七八十度，只是这边还有一道很窄很窄的沿峭壁劈开的道路，也就有半尺宽，只能走一个人，对面如果来一个人，就很难避开。走在这样狭窄、不平、危险的山径上，只要看左脚下面的深涧，再看看臂膀旁的绝壁，就会胆战心惊的。好在林振川是山里长大的，又在山上与日本人和蒋匪军周旋了七八年，悬崖峭壁、陡峭山径看多了，也走惯了，尽管已经几十年没走了，一是身体底子还在，二是又经过了四天山路的适应和锻炼，走这样的山路，是有些心惊肉跳，但总算不畏惧，敢走。

三个人没有说话，因为路太险，可能也无暇说话，一直小心翼翼地往前走着。林振川发现，这边的悬崖离对面的峭壁很近，似乎，伸手就可以搭过，走着走着，对面悬崖和这边峭壁上长出的树枝慢慢地密了起来，走着走着，两边的树木似乎要合拢了，而茂密的树林把山道都掩藏起来。三个人走到一棵大树下两块矗立在山道上的大石旁，孙梅轻轻地说了声："停。"

走在中间的林振川和拖在后面的周菊也停下了。停下来的孙梅向四周仔细看了一会儿："周菊，后面没什么吧？"

"没有！"

"好！"孙梅回头扫了林振川一眼，然后双手合拳"啪啪啪"拍了三声。

在这苍莽深山，深涧之上，悬崖峭壁之中，三声巴掌清脆响亮，在峡谷里回荡，留下很长的余音。过了一会儿，孙梅又拍了三掌，"啪啪啪"三掌过后，只见对面大树里向这边峭壁前落下一个东西。

"桥——"林振川失声叫道。

"别说话！"

林振川捂着嘴瞪大眼睛地望着从对岸绝壁中，大树里缓缓落下的一道桥，落在了这边山道两块凸起的石头里，林振川观察了一下，桥大概只有三尺宽，全都是树木钉成。木桥落下，在这边峭壁和那边悬崖之间架设了一条通道，人可以从这边通往对岸，自然也可以从那边通往这里。而外来的人根本不可能来到这里，来到这里也根本不可能发现这些机关，真有意思。

不容林振川多想，孙梅道："森先生，跟我过桥，桥窄，千万要小心。"

"哎！"林振川异常小心地踏上木桥，脚下便发出"咯吱咯吱"的响声。

峡谷并不宽，桥也就七八米长，一行三人很快就过了桥，过了桥，周菊就说："大姐，你带森先生先进去，我来收桥。"

"好，小心。"

孙梅带着林振川先到大树下，大树的后面是峭壁，孙梅用劲一抵，一截石壁突然裂开一道门，孙梅先进去，然后招呼林振川，"跟着我。"进了石门来到了一个通道，林振川本以为这里肯定就是石洞了，但过了石门，是一个两边有水桶粗大树的廊道。廊道有点弯，但也不长，也就十几米长，走完廊道，来到两棵五六人环抱粗的大树之间，大树之间又是石壁，孙梅在一片整齐划一的石壁上轻轻一推，石壁开了一个门，孙梅立在门外，"森先生，到了，您请。"

从过桥开始，孙梅一改在山屋冷峻严厉的表情，变得十分温和亲切，林振川说了声："谢谢。"就径直从石门走了进去。

走进去后，林振川发现，这才是一个山洞，一个巨大宽阔的山洞。山洞里点满了蜡烛，林振川顺着蜡烛的光线，来到了山洞中央，正中位置放着一个香案，香案上放着牌子，牌子上写着“雷飞侠”“林振川”的名字。香案下有香，正在燃烧，香案左侧有一个地火笼，火笼里还有炭火。火笼旁边还坐着一个人，一位头发完全白了的老太婆，看见林振川进来，老人颤颤巍巍站起来，正对着林振川，林振川也借着不太强亮的蜡烛灯光和地火笼的火光想看清楚老太婆的脸。而此时，他才发现火笼旁还有张床，床上躺着一个人，烛光闪动，躺在床上的人也要起身，已经进屋的孙梅赶紧上前搀扶：“爹，不行你就躺着。”

坐起来的老人满头青光，看来是剃光了头，他没有理会孙梅的搀扶，努力地坐了起来。

“你是……”满头银发的老太婆开始发问，“林振川是你什么人？”

“请问，老人家是什么人？”

“你回答我！”

“我，林振川是我的……我就是林振川。”

“啊？！”坐在床上的老头和站在火笼旁的老太婆几乎异口同声。

老太婆颤颤巍巍地坐下，并指指早已备好的椅子：“请坐。”

“哎！”林振川有点茫然，但还是应声坐了下去。

“还真是你，林团长。”坐在床上的老头不坐床了，一骨碌从床上站起来，也在林振川身边坐下。

“请问二老是……”

“林团长，也许我们就是你要找的人。”

“啊……好……你们是……”

“丫头，把灯拿过来，让林团长看看，难道真的不认识我们了？”

借着端近的明亮蜡烛光，林振川把二位老人仔细端详了几遍，回忆在他的脑海里飞速地搜索，他把他当年在金刚寨山上队伍的经历过了好几遍，突然他一拍大腿叫了起来：

“柴婶！”

“对！”

“你，柴大夫，柴大叔。”

“是了，林团长，算你好记性。”

林振川也是六十多岁的人了，此时的激动心情难以言表，他扑过去，几乎是半跪半抱地伏在了柴婶的膝前："柴婶，你让我好找呀！"

"俺也是没想到这辈子还能见到你。"

林振川已是老泪纵横，他左手拉着柴叔，右手拉着柴婶，满身颤抖，摇晃不已，"柴叔柴婶，这辈子能见到你们，我满足了，也可以告慰飞侠的在天之灵了。"

"林团长，你坐下，我知道，你是想问飞侠的事，有什么你就问吧，听说你的事有人替你翻着案呢，谁都不相信你是特务呀！孙梅、周菊，上点茶给林团长喝。"

"哎——"

"林团长，你不要见怪呀，你头天来的时候，我们都看见了，孙梅那丫头记性好呀，一眼就认出你是林团长，我们哪信呀，也不敢信。自从1951年飞侠出事，你远走，到现在已经四十五年了，谁知你去哪儿了，谁知你是死是活呀。但她一口咬定你是，又让周菊看，周菊看后也说是你。噢，忘了，你知道这两个丫头是谁吧。"

"不……不知道。"

"林团长，飞侠当年的四个贴身亲兵，梅、兰、竹、菊，飞侠上山前从她爹的武术馆里挑的，按文人的梅兰竹菊起的名字。张兰崔竹为飞侠鸣不平，到处说飞侠不是土匪，后来被政府抓了，下了大狱。政府知道俩姑娘没有罪行，说只要她俩不为飞侠申冤，说几句认错的话就可以放了。可你知道，张兰急，崔竹拗，她们怎么会认错呀，后来判了无期。俩姑娘不愿受屈辱，也学飞侠，撞墙去了……"

"真可惜了，我知道她们，一身武艺，疾恶如仇。"

"来，孙梅，周菊，见见林团长。"

孙梅、周菊两人来到林振川面前，欠身行礼："林团长，恕小妹失礼。"

"那不怪她们。"柴婶接着说，"是我让她们考验考验你的，你上山后，她们俩说是你，我知道，你肯定要上山告慰飞侠英魂，也可能还想知道飞侠一生什么事的，因为飞侠为了保护你，让你逃命，把你送了几百里地远。后来飞侠的情况不知你是不是知道，也许你想了解。于是，我跟俩丫头说。"

"娘，我们俩都六十出头了，还丫头呢！"

"八十在娘面前也是丫头。我让俩丫头考验考验你，看你是不是有诚心。除了让丫头对你态度不好以外，最不该的可能是让你开荒种地，让你这样干活，还有一个目的，就是我和老头借机在远处看看你，看看你是不是过去那个林团长。头天我去看，第二天老头去，一看，我们明白了，是林团长回来了，是林团长回来看飞侠了。林团长，不是柴婶和你叔说你，你，你呀，早该来看飞侠了。”

“是，是我不好，早该来。”

“过两天带你去飞侠坟上看看，我们想飞侠呀，多好的闺女呀！”柴婶说着，眼泪落下来了。柴婶落泪，林振川、孙梅、周菊也落泪了，连一向刚强的柴叔，也用袖头擦拭眼睛。

“林团长，你也六十出头了吧，我和你柴叔，都九十多岁了，多亏这青山绿水的，这方水土养人啊，我们呀，也不行了，脑袋瓜子也越来越不清楚了，好在你现在回来了，再晚回来，我们这把老骨头，恐怕也得去陪飞侠了。”

林振川真诚地说：“真没想到，二老身体还这么好。”

柴婶转身对孙梅和周菊说：“梅，菊，你们也坐过来，都听听，看林团长想问什么，我答不上来的你柴叔答，你们知道的你们也说说。”

“哎！”孙梅和周菊也搬过凳子，挨着柴婶坐下。

“这俩孩子，好在我劝得紧，要不也随飞侠她们去了。飞侠走了以后，要去拼命的不光张兰和崔竹，孙梅和周菊也要去拼命，是我劝住了，我拿死威胁她们，好在孙梅懂事，周菊性情温和，时间长了，也就放下了，不去了。但这俩闺女，死也不愿意下山，要做我们的亲闺女，就和我们住在山上。”

“我们要陪飞侠姐。”

“好了，就我的话碎，林团长，有话你就说吧。”

“柴叔，柴婶，飞侠到底是怎么死的？”

“唉，死得惨呀！”柴叔用叹气开始了他的叙述，“林团长，你怎么走的？飞侠对你好，我是后来听老婆子说的，老婆子说得让我这个老爷们都感动呀，但你们怎么分的手，我不知道，飞侠把你送到几百里外，那已经是平原地带了。但飞侠后来到县里自首我知道，记得，开始的时候，县里敲锣打鼓报喜呀，说抓住大匪首了，而且还是个女的。我一听，坏了，是不是飞侠被逮住了，毕竟我在山上为你为飞侠看过病呀，我就往县城里跑，想看看到底怎么回事。因为我是个大夫，十里八乡的人都认得我，到哪里都能找碗饭吃，也能找个地儿住。我在县城住了好多天，先是听说飞侠自首，县里关了几天，没几天就把飞侠放了，说是解放军那个首长说了，飞侠当土匪不是自愿，而且上山以后也没有干祸害老百姓的事，就放了。但不知道怎么第三天又来了一队解放军，又把飞侠五花大绑押走了，我本来想回乡下，但在回山的路上又看见飞侠五花大绑被押走了，我就又跟回了县城，我到县城又住了三天，终于打听到状况，原来让放飞侠的，是共产党浣溪专署的主任，解放军独立师的师长，姓杨。他说他了解飞侠，说飞侠不是坏人，上山也没干过坏事，下面的人听了，就把飞侠放了。但飞侠一放，就有人把杨师长杨主任告了，说杨师长与土匪有牵连，说飞侠劫持了解放军林团长，说飞侠杀死了两名解放军战士，说飞侠重伤了一名解放军的干部，说飞侠让解放军费了成千上万的人力、物力、弹药。还有更重要的，说飞侠和林团长一样，很可能就是国民党安排潜伏下来的特务。有这么多罪名，飞侠怎么能放，而且，杨师长要到军区省委去说清楚。据说县里新上任的共产党书记，叫什么郭亮鹏，邪乎得很，一口咬定飞侠不仅是罪大恶极的土匪，还是国民党安插在土匪内的特务，不仅说飞侠是特务，还说飞侠把林团长挟持上山，林团长放走了伪县长，放走了军统站长，还有与敌特通信联络的信号，两人是一丘之貉，都是隐藏在人民内部的阶级敌人。这位书记天天审飞侠，据说还上了刑，不是共产党一个县长拦住，飞侠不死也要残。有一天，这个书记要公审飞侠，我听到消息，也赶了过去，公审地点选在县中学的大操场上。飞侠被押在操场前方的主席台上，那天，除了组织去的驻县解放军、民兵、学生和机关人员，本来人就不少，又从县城四面八方来了很多看热闹的人，一个能容纳一千多人的操场挤进来两千多人，人黑压压一大片。据说，县长是解放军的一位团长，他坚决反对搞什么公审，他对县委书记说，会集这么多人，出了问题你要负责。县委书记讥笑说，公审土匪会出什么事，出了问题他自动辞职，请县委常委认可。当时毕竟刚刚解放，隐藏的敌特还有活动，其他县委领导也不赞成搞大规模公审，但县委书记好大喜功，独断专行，他强行要去，其他人也无法强制阻止，只好做好安保工作。县长也只好亲自带兵，把守学校操场的各个角落。”

“这个县委书记就是个奇货，公审吧，你让公安局长或者解放军的侦查科科长审问都行呀，他呀亲自审问，他要求把飞侠五花大绑捆在主席台边的柱子上，飞侠说捆我可以，但如果绑我在柱子上，我就拒绝回答任何问题。”柴叔泪光闪闪，停止了叙述，他闭上眼，仿佛又回到了当年。

“你叫什么？”

“行不更名，坐不改姓，雷飞侠。”

“你是不是土匪？”

“不是！”

“不是？在监狱里不都承认了吗？为什么又翻供了？”

“在监狱里你不是打人吗？你不是说只要承认就不打了吗？”

“那你还是土匪。”

“请问，土匪有什么标准？具备什么条件才是土匪？”

“这……占山为王，祸害百姓，袭击解放军，抢夺人民财产。”

“在山头上住就是土匪吗？我祸害过百姓？”

“你就祸害百姓。”

雷飞侠转身向着台下：“乡亲们，我祸害过百姓吗？”

“没有！”尽管声音不大，声音不齐，但毕竟有上百名台下观众回答。

“谁？”县委书记歇斯底里，对着台下的人群暴跳如雷，“查查，看看是谁在叫？谁？”

有一队解放军转身要去，但见台上一位解放军干部站立起来：“不许动！这么多人，去查去找，乱了谁负责任？各连各排站好自己的位置，守住自己的阵地，哪里也不允许去。江营长，你下去巡查一下，这么多人，解放军的岗位一个也不能动。”

“是，黄团长。”

县委书记干笑了两声：“是，是，是不能动。”

“雷飞侠，我再问你，你没袭击过解放军吗？”

“没有！”

“你劫走林团长，杀死两名解放军战士作何解释？”

“那只是个误会！”

“误会？你和林团长是不是一伙的？你和林团长是不是都是国民党特务。”

“郭书记，这是组织内部调查的事，不能在公开场合讲。”黄团长又站了起来。

“啊，哦，是国民党特务为什么不能讲，只要你揭发林振川是国民党特务的事实，我可以考虑从轻发落你，甚至可以放了你。”

黄团长霍地站起来，走到郭书记身边，在郭书记身边耳语了好半天，甚至黄团长还动了挂在腰上的手枪，脸部表情异常严肃。郭书记一脸干笑，点头称是。

郭书记又开始审问：“好，只说你的问题，你是不是土匪？”

“你说是就是。”

“你抢夺过老百姓的财产吗？”

“金刚寨上下左右的老百姓都知道，我从不抢夺他们的任何财物。”

“那你也是土匪。”

“你随便说。”

“你是不是特务？”

“你说是就是！”

“你的同伙是不是……”郭书记还没说完，黄团长向他投来异常严厉的目光。

“你的同伙还有谁？”

飞侠不理睬他。

“你同伙是谁？”

……

“是谁？”

气急败坏的郭亮鹏抓过放在桌子上的鞭子，刚要迈步，只听见黄团长咳嗽了一声，郭亮鹏又恼羞成怒地跳到飞侠身前：“臭婊子，你说，你说，别以为你不说，我就不知道那狗特务，狗内奸，放走国民党县官，放走特务站长的人是谁，你不说，我也要把他抓起来，杀了他，剐了他……”

“哈哈哈。”飞侠狂笑起来，“姓郭的小子你听着，你说我是土匪，好，我是。但我当土匪，绝不祸害百姓，你说我是国民党特务，好，我也是，但我要杀你这样的狗官，杀林振川那样的狗团长，林振川是特务，呸，他不配，他杀了四百多的鬼子，消灭了几千名国民党军，当国民党特务，鬼都不要他，我是特务，我的任务就是把林振川杀了，为死去的国民党报仇。林振川是特务，你太抬举他了，他只要到国民党队伍中来，谁都要扒他的皮，抽他的筋，挖他的心，哈哈……这个任务我完成了，我把他杀了，我把林振川杀了，哈哈……”

“什么？”台上台下好几个人都惊诧得站了起来。

雷飞侠的一席话，不仅把台上的人惊呆了，也把耀武扬威的郭亮鹏吓傻了，他好半天没缓过神来，飞侠的话他不能不信，也不敢不信，但他还是不放心：“你把林振川杀了？在哪儿杀的？尸体呢？人呢？”

“我把他扔到黑龙河了。”

“真的？”

雷飞侠又大笑道：“我是土匪，又是特务，我杀了林振川，已经有了一条罪行，不在乎再加一条罪行。来，姓郭的人，我再告诉你一条。”

“你还杀过别的人？”

“有，你过来，我告诉你。”

郭亮鹏有点兴奋地走到雷飞侠面前，而眼尖敏锐的黄团长知道怎么回事，急忙喊：“郭书记小心。”

已经晚了，在郭亮鹏笑嘻嘻地走到雷飞侠面前的时候，雷飞侠飞起左脚，踢到了郭亮鹏的肚子上，左脚落下，又飞起右脚，把郭亮鹏踢下了高高的主席台，只听见“哎呀——”惨叫一声，郭亮鹏在台下翻了好几个滚，“嗷嗷”乱叫。后来听说，摔断了两根肋骨，摔残了左腿。四五个战士扶起了“嗷嗷”乱叫的郭亮鹏，郭亮鹏满脸满嘴是血，但狂妄地喊叫：“杀了她，杀了她！”

“乡亲们，我雷飞侠虽然年纪不大，但活得也值了，我是个土匪，这个共产党的书记又认定我是特务，我杀了解放军团长，又踢伤共产党重要书记，我的名气大了，不用他们杀我，我也活得够本了，乡亲们，忘了我吧。”说完，飞侠从台上跃起，撞向台上的石柱子，只见鲜血四溅，一个鲜活美丽的“女土匪”就此香消玉殒了。

回忆到这里，柴叔哽咽道：“那场景真叫惨啊，有人坚持把飞侠送到医院，我挤进去摸了摸脉，早没脉了，断气了。”

十三

听到这里，柴婶、孙梅、周菊都哭声一片，而悲恸欲绝的林振川跪着行走到香案前，向着飞侠的牌位一拜到地，头磕在地上“咚”地作响，“飞侠，你都是为了我呀，我该死呀，是我害了你……”

柴叔、柴婶、孙梅、周菊劝了好大一会儿，才把林振川劝起来，重新坐在椅子上。

“林大哥，”孙梅说话了，“当年飞侠姐让我们这么叫你，是让我们认你为姐夫，但飞侠姐为了你，用情至极，用心至极，用智至极呀。飞侠姐对你的爱，感天动地！让我现在回想起来，既感动，又心酸，飞侠姐那么好的人，怎么就不得好报呢！也可能，也可能……”孙梅看着林振川，没有说下去。

“说吧，妹子，我能经受得住！”

“林大哥不要见怪，也可能、可能飞侠姐不该爱上你，如果不是爱上你，她就不会上山当土匪；如果不是爱上你，她就不会听说你被押往浣溪而冒险去劫你；如果不是爱上你，她就不会与共产党解放军结仇；如果不是爱上你，她就不会为你怀孩子，为你生孩子；如果不是爱上你，她怎么会承认自己是土匪，更不会承认自己是特务，她跟特务哪儿都挨不上呀！如果不是因为爱你，她就不会把孩子送走，把你送走，就不会撞死在石柱上。姐呀，你死得亏呀，姐——”

五个人又不免泪洒满地，“你一定不会知道，飞侠姐为了你，不仅痴情，而且费尽了心智，她一切都为了你着想。你肯定要问，飞侠姐说把你杀了怎么回事，把你扔到黑龙河里又是怎么回事。飞侠姐为了让你跑得远远的，为了让你活着，把你送到几百里之外，还不放心，还让我们找一个跟你个头、长相差不多的人，而且这个人还必须是该死的坏人。好在飞侠姐早就考虑好了，有一个人，小日本来的时候是汉奸小队长，国民党来了的时候又混上了保安团长。这个人头顶生疮，脚底流脓，坏得很，跟着日本鬼子，杀害了不少老百姓，据说他亲手杀死过三十多个无辜百姓。当了保安团长以后，又留下了不少血债。解放军把这里解放以后，这家伙逃进深山沟里，化装成山民，想逃过解放军的制裁。我们逮住了他，把他杀了，然后把他的头脸弄得不成个人形，又穿上你的衣服，挂上你的皮带、挂包，口袋里还放上你的钢笔、怀表，一切做得天衣无缝。飞侠姐走的第三天，解放军和民兵就在黑龙河中发现了你的“尸体”，据说，发现你的尸体后，县里领导、解放军师长、团长都去看了。雷大伯，你岳父也去了。另外，那个……那个淑娴姐也去了，后来杨师长、黄团长听说后也都去看了，大家都说是你林振川，但是，但是……”

“但是怎么啦？”

“好像雷大伯、淑娴姐、杨师长看了以后没说话。”

“什么叫没说话？”

“没说是，也没说不是！”

“他们不会相信。”

“但他们又不会说不是。因为那时候你的嫌疑排除不了。”

“我知道，淑娴知道那不是我，岳父更知道。至于，杨师长，也知道不是我。”

柴叔插话道：“十年前我见过杨书记，也就是杨师长，他说他不相信是你，他不会说破。”

“杨师长了解我，从当兵那天起，我就在他的领导下工作。”

“林团长，你的事，飞侠的事，前前后后让我这个乡下人看不清楚，复杂着呢！”

周菊也插话进来：“林大哥，这么多年过去了，虽然飞侠姐早走了，但我一直琢磨，飞侠姐如果不死会怎么样？你如果不逃会怎么样？飞侠姐为什么会上山？你为什么会被误认为是敌特？这里面说不定有人在使坏，说不准是什么人使的奸计，我一直想打听清楚，可是没线索。”

柴婶说：“周菊是个细心的姑娘，你知道吧，林团长，最早发现二当家不是好人的，就是周菊，是她提醒飞侠，防止二当家对你使坏。”

孙梅说：“二当家当时想杀了你。”

周菊道：“开始我们以为，二当家想杀你，是因为他喜欢飞侠姐，后来发现，根本不是那么回事。”

林振川原以为也是这个原因，雷飞侠非常漂亮，男人对她有想法也属正常，“到底怎么回事？”

“我说复杂吧，”柴婶接过话茬道，“我们起初的时候都以为是二当家嫉妒你，才起意杀你。但到1964年‘四清’，把老把子挖出来，才知道是怎么回事。”

“老把子，就是那个飞侠派过来保护我的人？”

“是。1964年‘四清’，老把子当生产大队的会计，因为贪污被政府抓了起来。他为了减轻罪责，想主动减过，就揭发了几个雪藏很久的国民党特务，同时也交代，他自己也是国民党特务，是国民党浣溪军统安插在金刚寨山上的内线。他的任务就是争取发展飞侠为他们的人，但他试探了飞侠几次以后，发现根本不可能。林团长被劫上山以后，他请示了他的上线，上线说很可能要把林团长杀掉，但上线说也要请示，但请示的结果却让老把子大出意外，尽力保护。并且告诉老把子，山上还有中统的人，中统可能要杀林团长，命老把子必须把林团长保住。因为说林团长活着，对他们的用处很大。这也就是为什么二当家被杀的原因。”

周菊接着说：“二当家是中统特务，他接到的命令是，林振川对国民党血债累累，罪恶滔天，说林大哥不仅杀了无数国民党官兵，还端了国民党中统浣溪站，杀死了县党部的所有中统人员，所以必须杀死。而老把子一上山就知道二当家是中统，为了完成国民党军统站交给的任务，他必须保护好林团长。”

林振川说："其实，二当家是想把老把子杀死的。"

"你怎么知道？"

"那天我躺在担架上，一切都看在眼里，其实，飞侠也知道。"

周菊说："飞侠姐是知道，但飞侠姐到死都不知道二当家和老把子都是国民党安插在队伍内部的特务。"

"飞侠姐为人坦荡正直，她可想不了那么多曲里拐弯的事。"孙梅补充道。

周菊接着说："老把子交代的四个人，两个中统抓住了，两个军统的人，公安人员去的时候，人都死了。据说一直都破不了案，怎么死的？谁杀的？后来又碰上'文化大革命'，更无人追查了。"

柴婶说："林团长，飞侠不是匪呀，不仅飞侠没干土匪的事，而且，而且飞侠跟我说过，飞侠上山，是……是杨师长让去的。"

"啊？"

柴叔说："老婆子，你可是第一次跟我说呀！"

孙梅说："俺也不知道。"

周菊道："可我猜到了。飞侠姐不会无故上山。"

柴婶说："可是无人证明呀！飞侠跟我说过两次，一次是我问她，我说，闺女呀，好好一个姑娘，能文能武的，长得又排场，干吗上山当土匪呀。飞侠说，柴婶，我上山是有任务的，是有人让我干的。我说谁呀。她说杨师长让她来收留这支队伍，然后找个时机交给他。我以为她是说笑话，到送我和孩子下山那天，她又跟我说，柴婶，你以后见杨师长，就说我任务完成得不好，但我上山没干祸害百姓的事。"

林振川激动地站起来："看来是真的了。"

柴叔道："但我后来见过杨师长两次，他没提这事，抓飞侠的时候他为什么不说？我只是听说，第一次飞侠抓进去，是杨师长让放的，但第二次抓飞侠，飞侠受那么多冤屈，他为什么不站出来说话？"

周菊也说道："这就是谜，也许只有杨师长才能说清楚。"

柴婶说："林团长，也不能完全怪杨师长，据说杨师长一直因为你的事受牵连，也受飞侠的事牵连。他那么大的官，解放以后一直没提升，据说还降了呢！"

林振川说："是吗？"

柴婶说："林团长，你应该去看看杨师长。"

“去，去！一定要去的。听说他为了我受了很大牵连。他和我父母是战友，对我像对待自己孩子似的。是我祸害了他，我一定去看他。”

柴叔说：“这就对了。做人就得恩怨分明。”

柴婶说：“林团长，你还有什么要问的？”

林振川站起来，“这个地方？”

柴叔说：“这个地方是孙梅、周菊她们留下来的。”

“林大哥，”孙梅站起来说，“你忘了，这个地方你住过。你刚上山，受重伤的时候，就住在这里。我们和飞侠姐陪你将近三个月，你过来看看。”

林振川起来，跟随着孙梅、周菊开始了在山洞的查看。“这里是做饭的地方，当时为了防止做饭有烟飘出洞外，白天就用木炭做，夜晚才能烧柴火。不过周菊、张兰她们有办法，她们把烟囱分成几个竹管子，都通到外面的树丛里，有点烟雾，在树丛里也看不见什么。水，洞里不缺，粮食也早已备下了。当时你受伤，需要营养，而我们缺什么？一是缺肉，二是缺新鲜蔬菜。为了给你找肉吃，飞侠姐每隔几天要下山一次，花了很多钱才买了几块猪肉，后来山下实在去不了，我们就在山上打野物。兔子、山鸡、鸟，有一次还打死了一头野猪，这可解决大问题了。但新鲜蔬菜解决不了。正好飞侠姐把柴叔柴婶请上山，他们就教我们采山上的野菜：野黄花菜、野山菊花、野山菇、山葱、野蘑菇，还有关关豆腐，每次都弄一桌子菜。这是你当年养伤的床，除了山上的野草，飞侠姐把她的棉被褥都给你了。我记得，你伤好些了，头脑清醒了，就开始对飞侠姐吼，就骂人。飞侠姐一句都不吭，然后你睡了，飞侠姐躲在一旁流眼泪，而且嘴里总说一句话。”

“什么话？”

“也许我真把他害了。”

林振川摇头，“想想，即使飞侠不劫我，我也摆脱不了放走敌县长和军统站长的嫌疑。”

“这里是仓库。我们的粮食、枪支、弹药、服装等东西都放在这里。林大哥，你等一下。”周菊走进仓库里面，从里面抱出一包东西，“这是飞侠姐生前的东西，有她的学生装，有一身国民党军官服装，还有一身解放军服装，这套解放军军装，她说是你送给她的。有时候她一高兴就穿上这套服装让我们看，还问我们好看不好看。还有，这是她的围巾、毛衣、被褥等东西，我们一直放着。有这些东西陪着，我们就觉得，飞侠姐还跟我们在一起。林大哥，这些东西怎么办?”

林振川想了想，“我带走两件吧，其他的留给你们。”

“谢谢林大哥!”

柴叔又接口道：“林团长呀，这个地方我们也是后来才知道。已经有好几百年，说不定有上千年了。过去上山的土匪大都不知道。周菊，告诉林团长是怎么回事。”

周菊说：“哎。飞侠姐带我们上山后，虽然成了大当家，但有人不服呀，特别是原来的军师和二当家。他们知道飞侠姐和我们几个武艺了得，所以他们不敢有动静。上山不久，山上就没吃的了，飞侠让军师和二当家想办法，他们嘴上说好，就是不行动。我们几天吃不上东西，已经饿得没有什么力气了。好在崔竹是山里长大的，她从山上采些山果什么的，也能挡挡饥。但我们发现，二当家和军师他们，每天精神健旺，容光焕发，根本不像吃不饱肚子的。于是飞侠姐和我们商量，这里面一定有猫腻，于是派崔竹和我紧盯着二当家和军师他们。头两天什么也没发现，到第三天傍晚，我们发现他们鬼鬼祟祟地来到这里。来到这个山洞里，发现山洞里藏着好多粮食和武器。于是我们就揭穿了他们。军师不服，被性急的张兰一枪撂倒了。二当家转得快，马上表示愿意与飞侠姐合作，愿意分享山洞里的一切。这个山洞，除了二当家和军师知道以外，其他人根本不知道，包括把林大哥放在这里养伤，开始二当家也不知道，只是后来转移时，才让二当家知道有了林大哥。”

柴婶说：“林团长，这个山洞可管大用了，帮了我们，帮了孙梅、周菊很大忙。后来闹‘文化大革命’，红卫兵上山好多次，他们不知听谁说的，说山上有山庄山洞。他们找不到山庄，也找不到山洞，但后来有几个胆大的红卫兵还是找到了我们住的地方，找到了山庄，也就是林团长你昨天住的地方。我们一看不好，就钻进了这山洞。红卫兵都是小孩子，就是瞎闹腾，他们等了两天，山上又没吃的，见找不到人，就回去了。”

柴叔说：“为了我们那个小山庄，为了这个洞子，可苦了这俩孩子一辈子了。”

柴婶说：“飞侠死后，张兰、崔竹俩闺女我没拦住，去为飞侠叫不平。虽说不是什么大罪过，但俩孩子宁死不折腰，也跟着飞侠走了。这俩孩子听说张兰、崔竹的事，要去报仇，要去陪飞侠。再也不能让俩孩子白白送死了，我和你柴叔死拽住俩孩子，不让孩子下山。后来，我给俩孩子跪下说：‘孩子，你看我们老两口无儿无女，你也不想想我们，老了无人养老送终呀。再说了，这里有飞侠的魂，飞侠的灵，这里也要守呀。’俩闺女被我哭得心软了，没下山。后来，形势平静，俩闺女也都快三十了。而且，俩闺女一身本事，要模样有模样，要才艺有才艺，我们就让她们下山，找个工作，找个好婆家，在山下平平安安过一辈子。可怜俩闺女，死不走呀，不下山呀。俩孩子不说养我们，而是说她们要守飞侠呀！”

“娘，守飞侠姐是，养你们也是，过往证明我们俩的选择是对的。山下这么些年折腾了多少事呀，哪个人，哪户人家能平平安安一辈子呀。单说吃食堂，就饿死了多少人；后来又‘三反五反’‘四清’‘民主补课’运动一波接一波，总折腾人呀！最邪乎的是‘文化大革命’，多少人能平安呀。老把子不是眼皮活吗，不是举报有功吗，不是刀切豆腐两面光吗，‘文化大革命’还不是活活被人打死了。在这里多好呀，有大山，有大河，有蓝草花，有映山红，有你们。我们过去都不知道爹是谁娘是谁，但有了你们，我们就有了亲爹妈。还有更重要的，我们要陪飞侠姐，我们一直觉得飞侠姐就在这崇山之中，在那朵朵白云里，就在这绿水边上，红花丛中。我感到天天都与飞侠姐说话。”

周菊说完，孙梅接口道：“爹、娘，这话以后不说了，不提了。我们多大了，过六十了。你对我们比对亲生儿女还亲。你有一个儿子，但你对我们，比对他好万倍千倍。我们呢，也习惯了这山风野味，习惯了青山绿水。用现在时髦的话，这叫绿色环保，回归自然。是不是，林团长林大哥？”

“是。你们相依为命，飞侠有你们是她的福气。和你们比，我感到羞愧。你们在这青山之上，在这丛林之中，少许多麻烦。”

柴叔接口道：“哎，林团长，你说对了。人哪，都是有想法的，都想进步。在一个单位，一个地方，如果有一个位置，三个人有想法，那怎么办？就要斗。解放这么多年，我看透了，虽然在山上，山下的事我心里清楚着呢。一个运动接一个运动，一趟子接一趟子事，人也一样，就如猴子屁股，说变就变。不少人变得上了天堂，有些人变得下了地狱，还有……”

“他爹，你话扯远了，看林团长还想问什么？”

孙梅说：“‘文革’后拨乱反正的时候，很多老干部说，飞侠姐不能称土匪，更不是特务。”

“好！”

周菊说：“你可能想问雷大伯他们一家，雷大娘早就过世了，你知道的。雷大伯前些年来过一次，后来就再也没见到。至于，至于……淑娴姐，好像也不在人世了，详细情况俺们也不清楚。”

“哦，知道了！

孙梅说：“林大哥，还有什么，你尽管问。”

“还有……”

“杨师长可能在邻省的一家什么大厂子里，但具体在哪儿……”

“在银封县的一个老军工厂，我听说过。”

“还有……”

“黄团长，我们不知道，过去不认识。”

“还有……”

“林团长，”柴婶闷声说道，“我知道你想问什么。”

“柴婶。”

“你们的孩子。”

“对，孩子。”

“孩子，我真的不知道，孙梅她们也不知道。”

“怎么会？去哪儿了？”

“飞侠是一个人把孩子送走的。那天我们下山后，她先把我安置在一家农民家住着，自己一个人抱着孩子出去了，回来时天都亮了，我见她时，孩子没了，只见她眼睛都哭肿了，因为怕被人发现，也不敢多问。飞侠就把我送到我一个亲戚家，然后趁我不注意，又回山上了，这以后你都知道了。”

“有没有线索？”

“我，你柴叔，梅、兰、竹、菊四个姑娘一齐找，尤其是飞侠走了以后，我们发疯地找，但一点线索都没有。”

“到现在也没有？”

“没有。”

周菊说：“林大哥，应该去找找雷大伯，我想飞侠是他的亲闺女，他能一点不知道？”

“我会去找他的。”

“十年前，我见过雷大哥。”柴叔说，“我问他了，飞侠的孩子在哪里，他只摇头。”

“谢了柴叔柴婶，也谢了孙梅妹妹、周菊妹妹，你们为飞侠、飞侠的孩子，操了一辈子的心，剩下的交给我吧，只要我不死，不会放弃找我们的孩子。”

“林团长，我们相信你，但你也年过花甲了，慢慢找吧，还是要看命呀，敬天吧，要是老天眷顾你，会把孩子送到你身边的。”

“我知道！”

“林团长，说了这么久了，你也干了三天活了，我备了点酒菜，咱们好好喝一杯，庆祝你回来，你活着回来就是一件奇事，你放开喝，喝醉了就住洞里，洞里大。”

“好，喝一点。”

十四

两天后，柴叔柴婶、孙梅、周菊一块下山，把林振川带到了雷飞侠的坟前，雷飞侠的坟，坐落在大山之下，丘陵之上，也就是大山与丘陵的接合处，坟地选得很好，北依巍峨大山，脚下莽莽丘陵。左边山重水复，右侧是山梁数弯，而且是树木成林，松柏常青。不远的山脚下是有名的青龙河，与大山之中的黑龙河平行向东，青龙河在飞侠的坟前，三弯两拐，绿水环绕，放眼处，但见波光粼粼，水光四溢，坟的周围长满青松翠柏，坟头青草浓郁，坟前还残存着香火。

“柴叔，这地方选得真好。”

“林团长，我不仅学医，小时候还跟父亲学了点风水，这是我跑了好几个地方挑的。那时候这四周没人，选一块地方也没人管没人问。”

柴婶接道：“现在不行了，你看看，能看到的地方，都是人家，现在房子越建越多，路也越修越远。好在，两三年之内，路修不到这里来。”

“柴婶，飞侠是怎么来到这里的？”

“那要感谢那四个孩子。”

“孙梅她们？”

“是，梅儿，告诉林团长。”

“林大哥，你知道吗？其实那天公审飞侠姐，我们就在现场，只不过我们都化装了，我们本来是想劫飞侠姐，但飞侠姐多次用眼神制止了我们。飞侠姐牺牲以后，被抬到了县医院，很快就被放到了太平间。说来也怪，放在太平间，没有一个人看守，我们姐妹几个很顺利就把飞侠姐抬出来了，在回山的路上碰到了柴叔，碰到了爹。”

“因为我一直在公审现场，我也跟着进了医院，我也发现她们进了太平间，也看见太平间没有一个人把守。”

柴婶说：“人都死了，还守什么守。”

周菊说：“爹，娘，林大哥，还是有些巧的，后来我听说，是那个黄团长下的令，说女土匪人都死了，不会有什么威胁了，放太平间吧，别守着了，谁愿意认领就让他领走吧。”

“原来是这么一回事。”

“这个黄团长我认识，是我战友。”

“啊？”这下让柴叔柴婶、孙梅、周菊惊奇了。

“哎，都是我的罪孽呀，我当团长，他是副团长。我出去后，他接的团长。听说他为了我大鸣不平，也受了很多冤屈。”

“怪不得公审会上，他一直护着你，护着飞侠。”

“我们是过命的兄弟。”

周菊道：“多亏了爹，我们把飞侠姐抬出来后，就想往山上送，但送山上怎么办，我们几个谁也不知道。好在路上碰见了爹，爹说孩子们送在那高山之上能怎么样呀，还是找个地方埋了吧。可找什么地方呢，你们跟我找吧。我们背着飞侠姐转了一天多，就找到了这个地方，爹说这个地方风水好，往上离金刚寨不远，往下离雷家、林家不远。左有青龙河，右有白虎山，山水环绕，登高望远。爹说就这样埋了吧。我们几个死活不依，说一定要给姐弄副棺材，但买棺材要花钱呀，我们凑全了身上所有的几块大洋，孙梅姐还把从家里带出来的银手镯加上，换回一副棺材，还是可怜呀，姐下葬的时候，柴婶从亲戚家赶了过来，也就我们六个人给飞侠姐下了葬。我们几个人哭得死去活来，孙梅姐哭得昏了过去，柴婶哭得也续不上气，我和柴叔只顾掐人中按风池抢救柴婶和孙梅，不知什么时候，张兰和崔竹下了山。她们要为飞侠姐申冤报仇，而她们俩这一走，竟然是和我们永别……”

五个人回忆过去，又弄得大家泪水涟涟。

“请问，你们什么人？在这里干什么？”正当林振川一行悲泣往事的时候，突然在坟边出现一个年轻人，他连珠炮似的发问。

孙梅道：“这是我们家的坟。”

“你们家的？这么多年，除了正月十五，清明节这里有点纸灰鞭炮末之外，什么人也没见过，怎么是你们家的坟了。”

柴婶出面道：“小伙子，这真是我们家的坟。”

“你们家的坟？这里还是我们家的山呢。”

“是你家的山？”

“哪会有假？要不要跟我回家看看我的林权证。”

林振川说话了：“小伙子，我们承认，这可能是你家的山，但这里的确是我们家的坟，这坟里埋着我的亲人，这坟葬在这里有四十五年了，那个时候这里恐怕不是你的山吧。”

“你说得不错，你葬棺的时候不是，但现在是我的山，受法律保护。”

“不错，受法律保护。”

“你放心，你的坟，我们不会动。谁家没有坟呢，要尊重故人。但是，这前后左右以后要再葬棺，你们可就留不住了，我的山我说了算。”

这一下把大家难住了。过去葬的时候，才土改呢，先是互助社，但后来是初级社、高级社的山，再后来是人民公社的地。改革开放，土地承包，山林下放，在山区的地方，每个农民都有一块属于自家的山。这人说得对，受法律保护，林振川在想办法，如何把飞侠的坟地保护好。

林振川站在飞侠的坟头看，放眼望去，这里真是一个好地方，后面是莽莽青山，脚下流动的是永不知疲倦的青龙河。就丘陵自身来说，左边右边有几道山岭环绕，这里自然形成了一个小盆地，飞侠躺在这里，既安宁，又能远望，突然一个念头跳进林振川的脑海：“我死后何不也在这里安歇，陪陪飞侠，陪陪这里的青山绿水。”想到这里林振川有主意了。

林振川从包里抽出中华烟，“年轻人，抽烟？”

“不抽。”

“烟酒不分家嘛！”

看见是中华烟，说不抽的时候，手已经接住了香烟，林振川又掏出打火机，为年轻人点着烟：“柴叔，你抽不抽？”

“不抽。”

为了配合年轻人，不抽烟的林振川，也为自己点燃了一根烟，“年轻人，贵姓？”

“免贵，姓林。”

“好，我们是一家子，我也姓林，林振川。”林振川伸出了手。小伙子也赶忙伸出手："论年龄，我得叫你大叔。"

"是，你这村庄姓林的多吗？"

"多半姓林，我们姓林的可厉害了，历朝历代都出过大人物，解放前、打仗的时候出过大英雄。"

"都谁呀？"

"我们林家出了一个大英雄，一个人杀死了三四百个日本鬼子，四五千国民党匪军。听说，杀鬼子的时候，他才十七岁。"

"是有这么个人。"

"大叔，你知道？"

"我也姓林，我听说过。"

"太好了，你讲讲。"

"小伙子，跟你商量个事。"

"说，你说。"

"俺想用你家这片山，怎么办？"

"还想用山……那好办，嗯，有点不好办，俺山不多。"

"怎么才能好办呢？"

"是……是不好办。"

"咱林家一家人。"

"叔，亲兄弟还明算账呢。"

"年轻人，你说吧，怎么明算账？"

"都姓林，说不让你用吧，有点不近情理，一笔难写俩林字嘛，是吧，叔。"

周菊插话了："年轻人，你直说吧，要多少钱。"

"哎，说钱多薄气！"

林振川拍拍小伙子肩膀："林家大侄子，你看哟，从那边山梁到这边山谷，这中间一块，大致有三十多亩地大，你想想，我们用多少钱？"

"这可是风水宝地呀！"

林振川问："小伙子，林权证上你是多少年？"

"五十年，七十年，差不多吧。"

"这样吧，地方就是我说的，那山边到这山，这个岭头，到那块地头，大致四十亩，不超过五十亩，国家给你签五十年，我也跟你签五十年，一口价，你说多少？"

“叔，三千五千你看着给吧！”

“我再重复一遍，这块地方，边界你我都同意，时限五十年，对吧！”

“对。”

“好，我也给你一口价，五万！”

“我没听错？”

“没有，就是五万。”

“天哪，我一辈子还没见过这么多钱呢！”

“年轻人，就这么多，不是说这片地多值钱，而是我亲人葬在这里，蒙你们多照应，将来我老了，死了，也可能葬在这里。咱们认识了，是缘分，你姓林，我姓林，咱们又是一家人，多给你点，也没给外人，这样做，你看行吗？”

“行，太行了。”小伙子几乎跳起来了。

“林大哥，”孙梅说，“给得太多了。”

“小伙子，既然你同意了，我有几点要求。”

“叔，您尽管讲。”

“一、我给你的这个钱数，你不能对外说。我们无所谓，对你可能不安全。”

“是，那是！”

“二、这块地，这片地你一定帮着照应好。这里的树，这里的草，这里的土一定都不要动。能做到吗？”

“能。太能了。”

“三、一会儿我们要签一个协议，还要请公证机构公证，能做到吗？”

“能！”

“林团长，”柴婶说，“这里离村镇远，离县城更远了，不值这么多钱。”

“柴婶，不是钱的事，这样我心里好过一点。”

“既然已经说出去了，也就这样吧！”

“小伙子，前面是你们村吧。这样，你先回去，先起草个协议。然后到乡里，有司法所，有银行信用社取钱的地方，我们去那里把协议签了，同时把钱取给你。”

“好吧——”小伙子兴高采烈地飞奔而去。

林振川看着他的背影，对大家说：“这个地方就是好。感谢柴叔。为什么把它买下来，一是飞侠住在这里，我来把它买下来，就像一个男人为他爱人买一所房子一样。二是这个地方太好了。我想了，我死了，也葬在这里，好与飞侠做伴。生前陪她时间短，死了我要一直陪着她。三是这个地方不小，我想建个小陵园，等有一天，我们都聚集来这里。在金刚寨，飞侠和你们就生死一起，到了阴间大家一起做个伴也好呀。”

柴婶边擦眼泪说道：“飞侠活着的时候就像我的亲女儿，和女儿在一起，我们两老乐意呀。”

孙梅说：“林大哥的主意太好了，我们苦撑到现在，不就是图与大家团圆见面吗。过去，只想死了能和飞侠姐在一块，这会儿好了，柴叔柴婶也来了，林大哥也要来，圆满了。”

周菊说：“林大哥总是把我想的都想到了，前两年，我就想把张兰、崔竹的坟一块迁过来，可能力不济，这会儿好了，我们姐妹终于可以团圆了。”

“周菊妹子，过两天我把钱给你留够，你把两个妹子的坟移过来，柴叔柴婶咱都是老人了，咱也不避讳，把你们二老的棺材先买好，妹子一定要买最好的，你们俩的，也一并买好，还有给我也买一副。尽管我已经离开这里四十多年了，但这里山水是我的根呀，我要来这里陪伴飞侠。”

“放心大哥，我一定办好。”

“柴叔柴婶、孙梅、周菊，这地方这么好，给它起个名字吧。”

“林团长，你见多识广，你定吧。”

“林大哥，我们相信你，你起吧。”

“那就叫‘山水家园’吧。”

“好！”众人齐声赞。

五个人在飞侠坟前烧了纸钱，放了鞭炮烟火。柴婶说：“该走了，越在这里越伤心。”

“柴叔柴婶、孙梅、周菊，你们先走，去村子里找小伙子弄协议，我在这里再待会儿，我还想跟飞侠说会儿话。”

四个人刚走，林振川就扑在了飞侠的坟头上，失声痛哭。哭完了，泪擦了，林振川就跪在飞侠的坟头，与飞侠谈起了话：“飞侠，我的亲人，我的爱人，川哥哥来看你了。川哥哥对不住你呀，川哥哥不是个东西。小时候我们俩玩得多好呀：猜谜语、捉迷藏、过家家、扮新娘、嫁新郎。小时候你就是我的新娘。我在心里也认你是我的新娘。后来长大了，我参加革命了，你呀，也吵着跟我一块去，可岳父不让去。杨伯也不让去。我有空就回来跟你玩呀。为此，还挨过队里的批评。再后来又长大了，你见我总是使性子、发脾气、打我、骂我。

我笨呀，我哪里知道你是因为看不见我、摸不着我才生气的呀。我……我一个笨男人不懂得这些，最让你伤心的是：爹让你姐嫁给了我，飞侠，你知道，你姐跟我也是好兄妹呀。你姐脾气好，性格柔，她对我也好呀。说实话，因为从小就跟你玩得多，打呀闹呀，但你姐为人好，对你对我都没有可挑的呀。我知道，你姐爱我，我也喜欢她，但我心里有你呀。你姐那么好，爹让你姐跟我结婚，我不能推，正无计可施的时候，你又跑了，到底还是怨我，又不忍心伤害你姐，又不忍心离开你。我林振川笨呀，没本事处理这种事。爹原来说让你俩都嫁给我，可共产党不兴这规矩，我也不能干这种事呀！飞侠呀，这辈子我有许多对不起的人，其中就有你呀，你是最让我痛心不安的人。忘不了你，我受伤上山，你没日没夜地抱着我，一刻也不离开。我张不开嘴吃饭，你一口一口地喂我吃。我大小便失禁，弄得你满身屎尿。那么爱干净整洁的你，眼都不眨一下。我伤好些、头脑清醒后，怎么骂你，怎么咒你，怎么撵你，甚至撕你、打你，你都不还口，不躲让。有一次还把你打流血了，你除了承接、忍受，不言不语之外，就是无停无歇地流泪。后来，后来你流泪却把我的心流痛了。我再也骂不下去，打不下去了，我那一刻，心痛极了，就那一刻，我把你紧紧地抱在怀里。就那一刻，两颗受苦的心又连在一起了。忘不了，在山里的每一刻每一分，你都牵挂着我的冷暖安危。即使剩下一口吃的，你也要塞进我嘴里，即使只有一口水，你也要留给我喝。如果我不喝，你假装喝下去，趁着没人，借亲我的机会，也要把水喂到我嘴里。自从你知道山上有人要害我，你没有一刻的安宁，虽然你派了三四个人保护我，守住我的安全，但你自己从没有安宁片刻，每天夜里你至少起来四次看我的警戒保卫情况。即使我们后来住在了一起，你也坚持你在外边，让我靠墙，这种你认为安全的睡法。忘不了你，在你怀孕，在你受罪的七八个月里，你一方面受着身体的煎熬，一方面全副精力地关注我的饮食起居，我的安危冷热。我小时候认为你恨我，跟我闹、脾气急、性格死。但是我们在一起以后，我深深地感受到你的温柔，你的细致，你的体贴，你的柔情，你温软得如天边的云，如飘飞的絮，你细腻得如温热的水，如柔嫩的雨。坦诚地讲，不管在什么恶劣的环境下，只要在你柔软细腻的怀里，我整个人就化了，就如坠入无边的缠绵里。即使在你大着肚子的时候，也让我深切地感受到你作为一个妻子的温情，一个爱人的爱意，怎么能忘了你。在有了孩子，在山中逃逸，条件异常恶劣的情况下，你一方面要哺育、照顾幼小无知的孩子，又要照顾我这个身高马大的男人。一方面要躲避军队的追捕，又要为队伍为我、为孩子谋划将来。我一个一米八几的男人，理所应当的一家之主，只顾患得患失、失望、叹气，而你，挑起了举家的千斤重担，担起了我的未来，挑起了孩子的未来。忘不了山上的日日夜夜，忘不了路上的千辛万苦，更忘不了舍不了、刻入血脉的飞侠的无可比拟的爱呀。飞侠呀，你是女中豪杰，你是我心中的女神。飞侠呀，千言万语，诉不完我的愧疚，我的悔，我的痛。不是为了我，你怎么可能上山为匪。不是为了我，你怎么可能半道劫人。不是为了我，你怎么可能自认为匪、为特。不是为了我，你怎么可能头撞石柱，血洒当场。飞侠呀，你走了，我追不上了。飞侠，你飞了，我够不着了。飞侠呀，等我把眼前该做的事做完，我就去找你，我就来陪你。地，我已经买下了，不会太久，我就会与你会合。飞侠，等我……”

林振川说了哭，哭了说，一直到周菊又来叫他，他才行尸走肉般地从飞侠墓地离开。

林振川去金刚寨的镇上与年轻人签订了协议，交完了钱，又给柴叔柴婶、孙梅、周菊留下了足够的钱，然后把协议交给孙梅、周菊：“协议是我们大家的。你们先回山，办完了事我就会回来找你们。”

十五

林振川与柴婶他们分开后，才想起来打开手机、BP 机。因为到了丘陵地带，手机才有信号。而打开的 BP 机响个不停，手机也忽闪忽闪亮了起来。林振川刚想看看发生了什么，“嘟——”手机响了起来。

林振川不假思索，就按了接听键，手机一通，手机里传来凤凰妮娜急切而又清脆的声音：“爸，爸，你怎么样？为什么总打不通，为什么总不开机？你怎么样？身体好吗？办事顺利吗？……”

凤凰妮娜连珠炮似的追问，倒让林振川犹豫了：怎么办？回答不回答？怎么回答？是与妻儿保持联系，还是让她断了念想不再追问，自己要沉下心来，完成这一次追忆、寻找和赎罪。

“爸，你到底怎么了？不要女儿了吗……”手机里传来凤凰妮娜的哭声。这哭声真切而入心，哭得让林振川心痛。“孩子是无辜的，我有罪。不能累及孩子，更不能累及与自己的过去没有任何牵连的孩子，我已经伤害了以前的几个孩子，再也不能伤害像妮娜这样纯洁可爱的孩子。”想到这里，林振川眼角湿了，一股做父亲的柔情充溢胸间：“妮娜，爸爸一切都很好。”

“爸……”听到林振川的声音，妮娜更有点控制不住，在电话那边放声哭了起来。

“我女儿是巾帼英雄，是腾格里草原的雄鹰，怎么能像个小女孩一样哭哭啼啼呢！妮娜不哭，妮娜不是有话要跟爸爸说吗！砖头手机电可不多了，这里是大山，一会儿信号可能不好了，孩子你想说可说不成了。”

“爸爸坏，妮娜不哭了。爸，我几乎每天都给你打电话，发信息，你收到了吗？”

“妮娜，信息收到了。可是手机在大山上面一点信号也没有，打开也没用，后来我就关了，你看，我下了山，刚到山下一点地方，有信号了就打开了。傻闺女，朗朗乾坤，和平岁月，谁能把你爸爸怎么样？”

“那是，我爸还有一身的武艺呢！爸，我跟你说，你知道为啥信号这么好吗？”

“为什么？”

“因为我离你很近。”

“很近？”

“你猜我在哪里？”

“很近，乌鲁木齐，兰州，成都？”

“近着呢，我在武汉。”

“啊，傻闺女，你跑来武汉干什么？”

“离你近呀！武汉离那里估计也就二三百公里，所以信号清楚，电话通。爸，我告诉你，我可不是单单来这里陪你的，而是要在武汉这里设个办事处。”

“办事处？”

“或者说设个分公司，我已经来一个星期了，我做了点调查，我们那里的玉、水果，在武汉可受欢迎了。我们下一步是把家乡的特产弄到这里卖，既能做生意，又能随时看到你。”

“傻女子，亏你想得出。”

“傻女子？这是你在这里学的新词？过去你可就是叫我傻闺女的。爸，过两天我就去找你，你在什么地方，什么位置，坐长途车一天能到吗？”

“孩子，别闹了。爸爸说了，这是爸爸自己的事。你们谁也不能插手，谁也插不了手。如果你硬要来，别说爸爸狠心，爸爸会不认你。如果你要来，从此我会把手机、BP 机全部扔掉。”

“好……爸，你别急，我不去还不行吗，我就在武汉。”

“你不上学了？”

“我想了，我转到武汉上大学。”

“你在武汉上大学？你妈同意吗？你哥他们呢？你来武汉做生意我不反对，但一定要完成学业，听见了吗？”

“是，爸爸，我一定。”

“孩子，你放心，爸爸很好，也请转告你妈妈，你哥哥、姐姐，让他们不要牵挂我，我已是六十多岁的人了，我知道该怎么做。”

“爸爸，我说开办事处，全家都同意。小哥说了，把办事处办好，争取多挣钱，然后把挣的钱全部捐给爸爸的老家。”

“这孩子！”

“过一段哥哥他们要来，我妈也要来。”

“孩子，不让他们来，他们在草原还有一大摊子事业呢！尤其不能让你妈妈来，这里的生活她不习惯。”

“爸，我们想你啊！我妈，她也想你！”说着，妮娜又哭了起来。

“好了，孩子，你们都好好的，爸爸要把这边的事办好办完，让他们安心在家，等我把这里的事办完了再说。”

“爸，办完了要多长时间呀？”

“少则一年，多则三年五年。”

“啊……”

电话断了，林振川关了手机，正巧手机也没电了。

十六

林振川离开了金刚山，一路向西南，他又到了一个新的省份。

林振川要去找的人，是他当年的领导——杨海功师长。

林振川坐了三个小时的火车，又坐了十几个小时的汽车，原来坐火车的时候，以为离金刚山越来越远，而坐了十几个小时的汽车以后，林振川感到，好像又钻进了大山，又回到了金刚山的莽莽密林里。好在一路上是平坦宽敞的水泥路，不像金刚寨的公路，一会儿一段柏油路，一会儿一段沙土路，一会儿又一段柏油路，间或又一小段沙土路，道路不平，坐车颠簸。林振川在这条道上的三小时路程，在大山之中盘旋，一路风光，一路秋景。虽然车子在峻岭中行走，但行驶平稳、快速，以至于他在车上睡着了。当他睡得最香甜的时候，突然车停了，售票员高喊："宏光机械厂到了！"

林振川"腾"地从座位上弹起来，高喊道："我下车！"

"就你吧，再晚点醒，车就开走了。"

"对不起，等我一下，我拿行李。"

"快点！"

这一次林振川不仅带着自己的行李包，还在下火车的六安市为杨海功师长买了高级滋补品，人参、鹿茸等买了不少，背着行李拎着礼品，在路旁行人的指引下，林振川来到了宏光机械厂。

密林深处的公路旁边，向后延伸五百米的地方，一个绿色的大门，大门顶上横跨着醒目的六个大字"宏光一〇六厂"。

"不是宏光机械厂吗？怎么改成了一〇六厂？"

厂子外面不远处摆摊的老板说："开始建厂时就叫一〇六厂，'文革'时改成了宏光机械厂，去年又改回来了，还叫一〇六厂。"

"为啥改哟？"

"为啥？军工厂，保密呗！"

"军工厂，你都知道了，还保密？"

"老水牛拴衙门口，三年会说话，我在这里生活二十多年了，啥不知道。不过现在也没啥要保密的，核心的东西好像不在这里生产。"

"哟！知道得不少。"

"过去不让在这里摆摊，现在让摆了，你想想……"

"谢谢！就从这大门进去？"

"查得可严了，外人不让进。"

林振川只好来到传达室，对着传达室一位看上去有六十多岁的值班人员说道："同志！"

"啥事？"

"我找杨海功。"

"杨海功？哪个杨海功？"

"好像是你们厂的领导。"

"杨……噢，我想起来了，杨书记是叫杨海功，但开始大家都叫他杨政委，后来又叫杨厂长，杨书记，'文革'时叫老杨头，现在改革开放了，又叫杨书记。你找他什么事？你是他什么人？你有证件、介绍信吗？"

"我……我没有介绍信。"

"你有证件吗？工作证、身份证。"

"身份证有倒是有。"一想到身份证上写的是振川吉林，林振川就不想拿出来，拿出来也证明不了什么。

"光有身份证还不行，如果办公事，请出示介绍信，如果办私事，只能通知对方出来，杨书记身体不好，正在医疗室打吊针呢！"

"怎么才能见到他？"

"你是杨书记什么人？"

"我……"

传达室的同志见林振川吞吞吐吐的，就提高声音："如果没事请离开这里，我们厂进出制度很严格。"

"我是杨书记的部下。"

"是部下，什么时候的部下？"

"从抗日战争开始，就是他的部下。"

"这么多年了，每年他的部下都来不少，怎么不见你？你叫什么？让我看看你的身份证。"

没奈何，林振川掏出了身份证，身份证上的姓名是振川吉林·赛义德，民族写的是哈萨克族。

"你不是汉族？"

"这个……"林振川一下子真没办法把民族的问题解释清楚。

"杨书记什么时候有少数民族的部下了？没听说过。"

"我从小就跟着杨师长干。"

"杨师长？哦，对了，是有他的部下叫他杨师长，但早就来了。"

"我的确是他的部下！"

"没见过！"

"你帮我通传一声。"

"可你什么证件都没有呀！最重要的是介绍信，来我们单位的人都是有介绍信的。”

“老哥，麻烦你了。”

“我打电话试试吧。”

传达室的同志摇电话摇了半天，对方一直忙音。

“打不通。”

“老哥。您贵姓？”

“我姓孟，孟正金。”

“什么？没听清。”

“姓孟，孔孟的孟，正，立正的正，金，金银的金，孟正金。”

林振川笑了：“孟正金，没正经。”

电话终于打通了，对方的声音听得很清楚。

“部下？姓什么？叫什么？”

“姓……叫振川吉林·赛义德。”

“什么什么？”

“振川吉林·赛义德。”

“不是汉族人吧？”

“不是，是哈萨克族。”

“我问一下，妈，老爸有哈萨克族的叫振川吉林·赛义德的部下吗？”

“啊？什么人？这么长的名字？”

“少数民族。”

“我想想……没有。活着的部下都来过了，没有，应该没有这样的部下。”

“……”

电话放下了，只剩下长长的忙音声。

“大兄弟，同志，不行，人家家里说不认识你，没有你这样的战友啊！”

“老哥！孟师傅！”

“哎，叫得不对！要叫就叫我孟排长。当年成立保卫队的时候，我是排长，别看我退休了，我是干部，这一块我熟，杨书记好几次表扬我，说我大门守得紧，把得严！”

“那怎么办？”

“哎呀，大兄弟，不好意思，快下班了，下班就不接待来访的客人了。”

第二天，林振川去传达室又磨了好久，磨得孟排长没办法，又往医院里打电话，医院回电话说："杨书记正抢救呢，怎么可能接电话呢！"

第三天，林振川又来了，传达室孟正金说，今天不巧了，厂里今天开全体职工大会，宣布省委和国防科学技术工业委员会关于为杨海功同志全面平反，恢复正师级职务，享受副省级待遇，恢复杨海功战斗英雄称号的决定。"大兄弟啊，你知道不，杨书记为啥抢救了，激动的！兴奋的！昨天省委来人了，市里也来人了，在病房宣布的决定。杨书记听完以后，大笑起来，这一笑，笑了很长时间，这一大笑，病又重了，所以抢救，好在这次从中央和省里都来了医生。经过一天的抢救，终于抢救过来，听说昨天后半夜，杨书记的身体才稳住。"

林振川也非常激动："太好了！终于见到青天了！太好了！"

孟正金看见林振川热泪纵横，很是感慨："大兄弟，看样子你像杨师长、杨书记的部下，可你怎么有这个少数民族的姓名，又怎么是新疆人呢？"

"孟排长，会议什么时候开？"

"本来是今天上午开，但是杨书记坚持要参加，所以省里和厂里决定，让杨书记多休息半天，让医生多给他做做检查，下午开，所以大兄弟，你说，这么个场合，这么多人，就是我让你进，你也说不上话啊，北京、省里、市里、县里和厂里来的人那么多，杨书记的身体又不好。"

"是是是……"

"大兄弟，没介绍信，你还是不能进。所以，要不，你回去，再要不，你还等，等人走了，消停了，我争取把你报给杨书记，进不进得去，我说了不算。"

"是，要不这样，你中午换班，你给我找个地方吃饭，我这里人生地不熟的。"

"大兄弟，你滑着呢！你想请我吃饭，但怕我拒绝，就说让我帮你找个地方，是不是？"

"是！"

十七

真的是多亏了孟正金，在厂外不远处的一处竹林里，找到了一个特色饭馆，清一色的山里小吃。孟正金让林振川点菜，林振川让孟正金点，说道："孟排长，你点，多点些，既然是特色小吃，就多点两样，让我尝个稀罕！""不嫌贵啊！""放心，钱带得多！"孟正金一听这话，放心点起来，点了四个腌菜，全是当地的腌菜秆，腌菜心，泡洋姜，糖蒜薹；四个热菜，炒山鸡，煎汤鲫鱼，爆炒腊肉，清炒竹笋，一瓶当地的酒，口子窖。菜是孟排长点的，说实话，林振川以为两个人点八个菜多了，但是孟排长好像看透他的心思："放心，不会多，不要以为我点多了，这个店的老板是老江湖了，每样都会给你弄一点，既让你尝尝鲜，又不让你浪费。"

正说着，七八个碟子就陆续端上来了，每样不多，只能吃三两口，想吃多也没有，饭馆的老板就是聪明，腌菜再好吃，你也吃不多，所以腌菜上的量不大，而热菜的量就相应多一点。因为中午人是要吃饭的，热菜多一点，是要拌饭吃的。

正吃着，服务员端了一份山菇汤稳稳地放在桌上，"难得孟排长这么不浪费，我们老板说了，送你一份汤，再加一盆大米饭。"服务员笑盈盈地说道。

孟排长喜笑颜开："看见没，会做生意。别看这里身居山中，但几十里外的人都慕名而来。"

孟正金一仰脖子，一杯酒下了肚，"大兄弟，来一杯！你也要喝啊！"话没说完，"吸溜"一杯又下了肚，"你怎么不喝，你看看哥哥我，跟酒不要客气，不入口，尝不到香气，不下肚，尝不到美味！"话说完，第三杯也下了肚。

"孟排长，你慢着点，酒多着呢，一瓶不够，再来一瓶！"

"不瞒你说，大兄弟，老哥哥我啊，一辈子没啥嗜好，就好这一口，每天至少两喝，中午喝半斤，晚上喝八两，这个酒，那叫个香啊！香……"说着又进去了一杯。

林振川把菜往孟正金面前推了推："老哥哥，吃点菜，边吃边喝！"

"好好好，我喝了这杯再吃！"说完又灌进去一杯。

林振川知道，眼前的这位保卫队队长，前保卫排排长，退了休的门卫老哥哥，是个酒篓子，是位见了酒就忘事忘人的主。只要你喝酒，只要你有喜好，咱就有办法，看着，说着，吃着，喝着，林振川有了主意："老哥哥，来，我先喝两杯，再敬你三杯！"

"别别别，敬三杯可以，你先喝两杯怎么行，怎么能让你一个人单喝呢！你喝两杯我陪着，你敬我三杯，我也不客气！"

"好！那咱先喝两杯！"

两个人对喝了两杯，林振川碰了两杯后，并没有接着敬三杯，而是再次把菜往孟正金面前推了推："孟排长，老哥哥，喝酒，酒有的喝，孟排长，只要你让我进去，只要你让我见到杨师长，我给你弄十瓶好酒，不，我给你弄一车酒！”

“一车酒？一车酒是多少，什么车？脚踏车还是架子车？拖拉机还是平板车？”

“是一汽车，够你喝个三五年的！”

“啊？你不敬，我也要喝！”说着，又自己倒了一杯，又喝了下去。

“孟大哥，我说话算数，如果你想办法让我见到杨师长、杨书记，我一定兑现承诺！”

“你是说，我让你进大门？”

“对。”

“你去找杨书记？”

“是。”

“见到杨书记后，你会给我弄上一汽车的好酒？”

“是的！”

“不，不可能，你以为我真是大家伙说的那种见了酒就忘了命的人呀！呸！做梦！我是共产党员！我是一个有原则的人！”说着，又倒了一大杯酒，一仰头，又灌了进去。

“对对对，孟排长是个好党员，有原则！我见杨书记，不违反什么原则。”

“我喝了这杯酒再跟你说。”孟排长又喝了一杯。

“你见……见杨书记，是……是不违法，可是，可是……你没有介绍信，你说你是杨书记的部下，可是……他们家又不认识你……我不能干这事，再加上你……你运气不好，杨书记身体不好，医院里抢救着呢，看看这两天省里、市里又来了一堆人，宣布平反决定呢。我……我怎么能让你进去，让你进去，你也见不到杨书记，这两天，杨书记身边，里三层外三层的，都是人，大兄弟，你等等，总……总会见到的，杨书记对我们老好老好呢！”

“老哥哥，那你就少喝点，你给俺说说。”

“放心，半斤之内，俺头不晕，眼不花，舌不直，嘴巴还能说话。”

“你都四两酒下肚了，再喝就过啦！”

“好好好，打住打住，咱边吃菜边说杨书记的好。”

“接着讲。”

十年前，我五十多了，年纪大了，也进步不了了，虽说只是个保卫队队长，也是正连级，是个干部，但不知道怎么管自己，不控制自己喝酒，中午喝几两，晚上喝一壶。有一天晚上我代班，又正逢冬天，天冷啊，眼见得要下雪了，我呢，觉得晚上没啥事，就烫了一壶酒，在小屋里放了个电炉子，炉子上炖了几块腊肉骨头，弄一口，总要有点咽的不是，熬着，喝着，吃着，喝着。当时的保卫队就在院子里，有一排房子，房子老了，电线也老了，烧电炉子时间长了，电压高了，老电线受不了，先烧着了皮子，又烧着席子，再烧着了房子，好家伙，七八间房子全着了。好在大家发现了，只有三位住在老平房的老人受了点伤，但是一排房子烧得面目全非。这个祸闯大了，处分少不了，后勤部处分我的决定传出来了，开除公职，留党察看，发回原籍。这下我傻了，我就一个孩子，还在西藏工作，剩下我和老伴，老伴身体又不好，发回老家乡下，老两口没什么劳动力，可怎么活啊！老伴哭，我发愁，回到家里连死的心都有了。我老婆子告诉我，如果厂里真把我们俩撵回老家，她就上吊。老伴上吊，我一个人咋弄。我说，你上吊好啊，你给我也准备一条绳子。我们老两口正准备绳子的时候，杨书记带人来了，那时候是八十年代啊，杨书记七十多了，但还在工作，因为虽说“文革”结束了，但厂里分几派，互不服气，只有杨书记在，才能稳住局面。杨书记进门后，说：“老孟啊，说你没得正经，你真是个没正经，你那一口就管不住吗？”“我……”我欲哭无泪啊。我老伴说了：“杨书记，他再管不住嘴，我就死给他看。”

“老孟，论年龄，你还没我大呢，你也快六十岁了，按规定，该退休了，你和我一样，离开了工作岗位，又无事可做了，你快退休了，还要坚持为厂里做工作，而且工作一直干得不错，这方面值得表扬的。”

“是！不……我该死！”

“老孟啊，你这次错犯得大了，八间房子，房子里的东西物件，几十万啊，让人心疼。更危险的是什么，你知道吗，如果这里的大火烧到了离这里不远的厂房，那就麻烦大了，那是几个亿的财产。更重要的，那有国家的核心技术，你干了这么多年的保卫队队长，应该懂的。”

“是……杨书记，我错了。”

“老孟，你是错了。”

“我改！”

“保卫队、后勤处提出的处理意见也有道理，也是有章可循，但我们是共产党人，我们还是要讲点人性的，你从进厂就一直干保卫，一干就是三十多年啊，从普通工人做到保卫队队长、国家干部。工作上一路走来，你是不会糊弄的，也是有原则的，但就是你这个嗜好，你爱的这一口害了你，你能改掉吗？我说的是坚决改正。”

“我能！”

“还有一点，你儿子离家远，又不在这里工作，他回不来，也养不了你们老两口。”

“我……”

“好，我相信你。但处分还是要给的，严重警告，撤掉一切职务，保留干部身份，你老伴身体不好，工资也不减。”

“谢谢杨书记！”我当即就给杨书记跪下了。

“等我从地上爬起来的时候，杨书记早就走了。后来听说，为了我，杨书记力排众议，顶着压力保了我。不仅如此，从那以后每过一段时间，杨书记派人来检查我的工作状况，了解我是不是还喝酒。”

“老哥哥，那你以后真不喝了？”林振川问。

“不喝了，除了春节放假，我绝不沾酒。”

“那怎么现在又喝上了？”

“我现在是替人值班，我的退休手续早就办了。”

“是，退了就可以喝了。”

“不是，退了以后，杨书记见了我说，老孟啊，憋了几十年了，现在退了，该喝还是喝吧，谁没点小爱好呢！”

“杨书记说了，你又捡起来了。”

“是，从去年以后，我又爱上了这一口，没办法，老远闻着酒香就晕。”

“现在已经快半斤了，你还喝吗？”

“我这杯里还有一点，这一点喝完了，坚决不喝了，这是我的原则。”

“老哥哥，咱们就边吃边喝，你也多给俺说说杨书记的事。”

“杨书记的事多了，可以说，没有杨书记就没有一〇六厂。”

“我了解老师长，他是个有担当，敢作为的人。”

“是啊！刚进厂的时候，这里只是深沟里的一片荒山，杨书记呢，说是市里派来的政委，硬是带着一千多名战士，把这里铲平了，铲出了平地，打出来山洞，盖起了厂房，修起了职工宿舍，国家把重要的任务交给了我们厂。

“杨书记是1960年来的，当时快六十岁了，厂子一千多人，数他年龄大，也数他干得最多最重。他不但干，而且还要操心整个工厂的许许多多的事。从大城市找技术人员，到市里要技术设备，为职工家属安置工作，甚至为职工找对象，解决上学问题，没有一件事，是他不操心的。还有政法学习，职工培训，安全保卫，技术升级，追赶苏联等等，没有一件事是让他省心的。但是，后来我才知道，杨书记是降级派用，刚解放那会儿，他就是正师级了，听说马上要到部队当军参谋长，又听说要到省军区任副司令员，不知道因为什么事，说他有通敌嫌疑，还说他为特务、内奸说情，说一直有人告他，可又找不到证据。他是为别人说情，上级呀同事呀都让他别坚持了，他坚决不改口，据说还有什么‘大跃进’‘浮夸风’之类的事，也说他不入流。没办法，上级只好把他降级留用，把他放在我们这个说是准地级，实际上是个县团级的三线军工厂，杨书记从不说这事，从不认为受过冤屈，从没发过牢骚，而是把身家性命都放在工作上，都放在这个厂的建设上。”

林振川也颇有感慨：“杨书记真是为了工厂，把命都拼上了。”

“还有一次更危险，用杨书记的话说，差点要了他的老命。

“杨书记是好干部，他心里只有老百姓。

“杨书记退休的前三四年，天天都来上班，天天为厂里把关守门。有一年初秋，秋雨下个不停，一下就是十多天，地上地下都是水，因为我们厂是在山沟里的，山沟里雨下长了，水雾多了，地滑了，土松了，最容易什么呀？最容易山体滑坡，山体滑坡虽然砸不到厂子，但山沟子上方有一个水库，平常主要的任务就是为工厂生产和职工生活提供水源的，雨下得太久了，沟上方已经有山体滑坡的趋势了，滑下来的泥土有一部分砸进水库里，水库的水位一下子上升了很多。自建厂多年来，就没有下过这么长时间这么大的雨，水库坝埂也松软了，除了工厂派出的检查组和巡逻队以外，杨书记冒着大雨，每天都要去水库上看看，去水库的每一个部位认真检查一番。有一天下午，雨仍在下，正好我也上山看水库，就陪着杨书记一道查看。

“我跟着杨书记在水库上转，泄洪道上，洪流涌出，水花飞溅，泄洪道是以前修的，不大，但很坚固，因为雨水多，泄洪道里的水满满当当，急涌而出。看了泄洪道，又看水库大坝，水库坝埂从修造以来，经多次加固，也没什么问题。再看水库闸门，水库闸门是用石板做的，嵌在两个沟槽之间，也因为下雨时间长，水库积水多的缘故，水库闸门是完全打开的，昼夜不停地放水，如果不放水，本来容量就不大的水库很快会库满水溢。水库的泄洪道容量有限，又在石板峭壁间，轻易扩大是不可能的，而开闸放水，正好使进库的水和流出的水达到库容平衡。但是在检查闸门的时候，杨书记发现，闸门口上方的一块大石板松了，而且松了的石板正细微地往下滑，如果任其滑下来，石板就会砸住闸门板，闸门板被砸下去，会关住闸门，关住了闸门，水库的水就不能及时地泄流出去，时间长了，水库里的水就会大大增加，增加多了，水库里的水就会浸堤而下，直冲工厂……必须把这块石板截住，不能让它下滑，下滑了，后果不堪设想。

“情况紧急，杨书记让我找工具把大石板卡住。我跑到坝埂上乱找一气，既没有找到杠子，也没有找到铁锹，只找到了一根钢钎，我把钢钎插进去后，石板顺溜一滑，差点滑下去，杨书记抬起钢钎，和我一起，想挡住下滑的石板。但石板继续下滑，杨书记和我手上的钢钎越来越沉。

“危急时刻，杨书记竟然让我把钢钎放到他的肩上，他一个人顶着，让我去水库坝埂的报警电话亭打电话。可怎么打，电话就是打不通。

我不知哪来了一股劲，扔下电话，发了疯地往山下跑，我知道，那块石头怎么着也有二百斤重，杨书记快八十岁了，怎么可能承受那么沉的重量？虽然开始下滑得少，撬板的重量小一些，但时间长了，杨书记很可能会被砸在石板下面，不仅杨书记有生命危险，还会砸住下面的闸门，闸门关闭，会影响水库的安全，会影响下面的工厂……

“我一边想，一边发疯地往下跑，跑到山下抢修队门口，我断断续续地说：‘快、快、上去，闸门那里出事了！杨书记顶着呢！快……’说完我就晕倒了。

“抢修队听说杨书记顶着，一帮年轻人也发了疯地往山上水库跑，虽然是发疯，虽然是拼命，但上上下下也需要将近一个小时，等抢修队跑到杨书记面前的时候，杨书记眼睛翻着，像一尊雕塑，僵直地挺立，几个年轻人接过钢钎，杨书记轰地倒在地上。

“这一次事件对杨书记的身体打击最大，杨书记当时昏倒在地，三天三夜没有醒过来，好在只是昏睡，还有心跳。也就是这一次，杨书记的心脏病、高血压更严重了。”

林振川听完孟正金的讲述，也是满头满身的汗水：“我知道，这就是杨书记的为人。”

“你知道？你怎么知道？”

“我就是杨师长的老部下。”

“杨书记的部下多了，谁知道你是哪一位。”

“你刚才不是说杨书记是降职安排到这里的吗？”

“是啊！”

“他降职，主要是因为我。”

“啊？你？”孟正金不信，“究竟什么事？”

“你不是说他为特务、内奸说话吗？”

“听说的。”

“那个所谓的特务、内奸，就是我。”

“啊？但你一个少数民族，新疆人，怎么和杨书记扯上关系？”

“我从十岁开始，就跟杨书记一块干革命，打日本鬼子，打蒋匪军，后来因为躲特务，躲内贼嫌疑，才跑到新疆去了。”

“没追查你吗？”

“他们以为我死了。”

“原来是这样，杨书记以为你死了吗？”

“他有怀疑，如果我活着见他，他不会奇怪。”

“奇了！奇了！好、好，我一定把信给你送进去！”

“谢谢！”

“大兄弟，酒喝够了，饭吃饱了，话跟你说多了，我呢，下午该上班了！”

“我跟你去！”

“你去，我也不能让你进去。”

“我知道，你有原则。”

“那你去干什么？”

“我想去听听杨书记的平反大会。”

“怎么听？”

“你让我从窗户看着，或者你陪着我，捆着绑着都行。”

“那可不行，你又不是坏人，我干吗绑你？”

“反正，我要去！”

“我想想，对，想起来了，小喇叭，传达室有小喇叭，你可以听！”

“听……听也可以！”

十八

孟正金在工厂传达室里，反复调试小喇叭，确定没有问题后，对林振川说："对不住了，大兄弟！虽然我知道你是个好人，也许是杨书记的老部下，但工厂有规定，在没得到杨书记认可之前，我还是不能放你进去，所以，委屈大兄弟了，我只能把你锁在里屋，里屋有小喇叭，也能听得见。"

"谢谢老哥哥！"

孟正金被通知参加工厂大院里的全厂干部职工大会。

林振川被关在传达室小屋里，仔细观察了一番，传达室三间房，外两间直接对外，接待来访客人，里面一间是储藏间，也是休息室，是传达室工作人员存放衣物和值班睡觉的地方，光线昏暗，物件杂陈，充斥着烟味、潮湿霉味和衣服上散发出的汗味。林振川没有因为这些东西而影响情绪，而是在小屋内踱步，看是否能看到大会是什么情况。他转了转，然后找个板凳，站在板凳上，就够着了小屋后墙的小窗户，窗户很小，木框，铁棍，铁棍很密，每根之间的缝隙只有两指宽，但让林振川惊喜的是，小铁窗是纸糊的。林振川用手指头蘸唾液，湿开了窗户的一个小眼，透过窗户，看见后院内的一间间房子，有的是厂房，有的是办公用房，好像既看不到礼堂，也看不到操场之类的空地。但当林振川斜向上看的时候，看见了操场的一角，而且是操场前主席台的一角，大致上能看到的，只有一张课桌那么大的地方。操场其他的地方，由于视角、距离、光线的关系，想看更多的地方是不可能的。这还是在林振川踮起脚，昂起头的情况下，看一会儿就很累了。

"同志们，请安静！"小喇叭突然响了起来。

林振川又向院内看了一眼，会议已经开始，透过窗户，根本看不到会场的人，更别提看到杨书记了。不如就好好听小喇叭吧，林振川心里暗想。

"同志们，杨海功同志平反大会现在开始！"小喇叭里传出的声音，清晰而响亮。

林振川从凳子上下来，坐下，双手托腮，静静听着小喇叭发出的声音，"现在请 ××× 同志，宣读中央军委总政治部、国防科工委党委的决定！"

"杨海功同志，男，现年九十三岁，安徽南溪人，1923 年加入共青团，1924 年入党，1929 年参加了土地革命时期三大起义之一的商南起义，任红二十九军三师八团团长，后任师长、副军长。1934年红四方面军长征，杨海功同志根据党的安排，留在鄂豫皖地区，坚持与敌人进行了艰苦卓绝的斗争，扩大了红军的影响，保留了革命的种子。一直坚持到抗日战争统一战线的形成，又投入到更加广泛的抗日斗争中去，带领豫皖边区广大人民群众，与日本侵略者进行了殊死的战斗，创建了浣溪抗日革命根据地，消灭了日伪军大量有生力量。进入解放战争后，独立自主地开展斗争，沉重打击了蒋军的嚣张气焰，发展壮大了我军力量，有力地支持了华东野战军和中原野战军的斗争。尤其在刘邓大军挺进大别山的战略推进中，发挥了扫除障碍，拓展空间，补充兵员的至关重要的作用，先后任新四军第八支队司令员，独立师师长、政委，浣溪专署主任、党委书记等重要职务，为解放大别山，促进淮海战役的胜利，立下了汗马功劳。解放以后，无论顺利的环境，还是饱受冤屈的时候，都对党无限忠诚，对革命事业鞠躬尽瘁，对人民全心全意，对任何岗位的工作都尽职尽责，全力以赴。七十年的革命生涯，杨海功同志为党和人民，为革命和社会主义建设事业建立了卓越的功勋……”

林振川听着听着，仿佛又回到了那已经流逝的战争岁月。杨海功与自己有一种特殊的关系，特殊的情感。虽然自己在雷经天家长大，但从记事时候起，经常见杨海功来家里看他，看他时，总要给他带一点果子和点心，或山上的野生瓜果。而且只要有时间，他肯定要抱一抱自己。再长大一点，懂得一点人情世故的时候，雷经天告诉他，他更小的时候，杨海功只要一来，就会抱着他不放。到林振川参加革命以后，除了对他严格要求、严格训练以外，杨海功只要有时间，就一定到他所在的游击队，后来的区小队、县大队里来，说是检查指导工作，实际上总是想办法和林振川一块吃个饭，说说话，看看他，摸摸他的头，打打他的屁股。这样的情况多了，久了，自然就有人好奇问他为什么，杨海功一定会理直气壮地说：“小林子是革命遗孤，父母为了革命英勇牺牲，哥哥姐姐也被敌人杀害，就他一个孤苦伶仃的孩子，我看看他不应该吗？”

“关于杨海功同志立场不坚、是非不分，为叛徒特务、内奸庇护说情的问题，经总政治部、皖中省委长期调查，事实证明是子虚乌有，是国民党反动派的阴谋，调查报告上报中央，经中央认定，杨海功同志没有庇护过任何叛徒、特务和内奸，过去近五十年强加在杨海功身上的所有罪名都不成立，杨海功是忠诚的共产主义战士，是中国人民的好儿子，是抗日战争解放战争的大功臣、大英雄，是我党的优秀党员。解放以后，杨海功同志在背负许多莫须有罪名的情况下，忍辱负重，矢志不渝，对无产阶级事业的信仰和意志，没有丝毫动摇和犹疑。对中国共产党的纲领、路线和方针政策，也没有一点一滴的犹豫和怀疑，他永远是一名无畏战士、忠诚党员和人民公仆。在‘文化大革命’的岁月中，在多次遭批斗折磨，身心受到多方面伤害的情况下，依然为了党、国家和人民的事业而艰苦支撑……”

小喇叭里传出的清晰而沉重的声音，敲碎了林振川的心扉，打湿了他的双眼，他难以想象，那些艰苦的岁月，那些难挨的日子，那些被凌辱的生活，杨师长是怎么坚持过来的。如果换成自己，自己能不能挺住？会不会动摇？会不会逃跑？林振川不能不把自己与杨海功进行比较，不能不经受灵魂的拷问和洗礼，不能不感到羞愧和自责……

“下面，请 ××× 同志宣读中央军委关于授予杨海功同志解放勋章和自由勋章的决定……”

“下面，请皖中省委负责同志宣读‘关于授予杨海功同志优秀共产党员称号和关于在皖中省广大共产党员中开展学习杨海功同志的决定’……”

“下面，请中国人民解放军特级战斗英雄，解放勋章和自由勋章获得者杨海功同志讲话！”

话音刚落，会场里响起了雷鸣般震撼云霄的掌声。

“同志们！”话音一出，林振川的眼泪夺眶而出，还是那么熟悉的声音，深沉浑厚而略带沙哑。

“同志们，我给大家敬个军礼，因为我永远都是个战士，是为党拼搏的战士，为人民服务的战士，是对无产阶级革命事业赤胆忠诚的战士，是对所有敌人无情打击的战士，我从一个战士投身到革命事业中去，也将以一个战士的身份去见马克思。

“我衷心感谢党、感谢军队、感谢人民，给了我这么多荣誉，给了我这么多头衔。其实当初我们参加革命的时候，不是为了这些，而是为了人民，为了让人民过上好生活；是为了国家，为了让这个国家强大而富足。这些荣誉不是给我的，是给我那些沉眠在青山绿水中的战友的，是给那些为了革命付出鲜血和生命而今不知姓甚名谁的同志，是给那些为了革命战斗一生，或战斗过，付出过，牺牲过，至今得不到正名，和我过去一样还在蒙受冤屈的人，他们当年抛头颅，洒热血，不是为了这么多的头衔，但至少应该给他们应有的尊重，给他们应有的名分，给他们在这山水之间立一块让子孙后代认可的牌位。

“同志们，我们党经过了二十八年的奋斗，掌握了国家政权。我们又经过了将近五十年的时光建设一个强大的国家，但我们确实犯过不少错误，走过不少弯路。战争年代我们挺容易办到的事，反而在我们执政的时候，办不好了，这是为什么？是因为我们远离了人民，因为离人民很远了，人民不像过去那样，毫无保留地支持我们，信任我们。如果我们找不到一条执政条件下依靠人民、相信人民的路子，时间长了，国民党的下场也可能就是我们的下场，我看到党已经开始认识到了这个问题，但是还不够，远远不够。

“感谢中央对我的关心，各级领导同志都一再问我，有什么愿望，有什么要求尽管提，我个人、家庭和子女没有任何要求。我是行将就木之人，吃不过三餐，睡不过三尺，用不过三块。退休金够养老，儿女也会养我，对组织没有任何要求，但我的确还有一个愿望，就是让所有为国家和民族舍生忘死的战士们不再蒙受冤屈，让所有为了革命做贡献的人得到应有的尊重，让所有党的儿女能够回到她温暖的怀抱。我是因为中央领导中有我的战友，他说我不是坏人，所以才有了以后这么多深入广泛的调查，才有了今天的结论。而那些没有我这样幸运的战友怎么办？既然党给了我回归的机会，也给了我说话的机会，给了我为战友说话的机会，我就要说，比如，第一个要说的是林振川，小林子，一个从头到尾都革命化了的孩子；一个父母为革命牺牲，兄姐惨遭敌人杀害的儿童团员；一个英勇杀敌，屡建奇功的战士；一个用忠诚和智慧参与诱杀了386个日本鬼子，3105个国民党匪兵的英雄。就因为解放县城的时候，下令打开监狱，从而误放了一名国民党官员和一名特务，就被冠上内奸、特务的帽子，一辈子得不到正名和平反，至今生死不明……”

听到这里，林振川更控制不住自己的情感，满腹的愤懑、憋屈、隐痛几乎都要喷薄而出，他趴在小屋的桌子上放声痛哭……

“还有黄大刚，林振川同志的战友，就因为他不相信与他出生入死的战友会是内奸、叛徒，向上级申辩，解放以后一直受排斥，受挤压，一直没有正常的生活，我邀请他参加今天的大会，可惜他卧病在床。还有一个更可惜的孩子，雷飞侠，这位大别山的一枝花，人见人爱的好姑娘，人们传说中的女‘匪首’，当年她要求和林振川一块参加革命，是我让她多学文化，以后国家更需要有文化的人。而她上山为匪，除了她个人气愤所致，也是我让她上山收编这支队伍，然后交给人民，可是她怎么就成了真正的土匪呢？有从不伤害百姓的土匪吗？有从不抢夺百姓财物的土匪吗？我们戴着有色眼镜的同志说，她不是杀害过两名解放军战士吗？后来敌特承认，开枪打死两名解放军战士，是敌人安排去金刚寨上的军统特务干的。她劫持林振川，一方面是因为她喜欢林振川，她担心林振川凶多吉少，另一方面，她劫持之前还派人向我送了信，后来我说的这些没人相信，我们这么多年有一个奇怪的现象，宁愿相信敌人撒下的迷雾，造成的假象，也不去相信我们英勇善战，忠诚无私的同志，还有……咳……”

杨海功毕竟是九十多岁的人，而且身体非常不好，说多了，激动了，他开始咳嗽，一咳就是很长时间。林振川此时十分心痛，也十分着急，他恨不得冲出小屋，去扶扶老师长……

“好啦，说得不少了，我已经把要求恢复名誉的人的情况写成了详细的专门报告，请上级考虑，这就是我的愿望。我们党有力量、有必要给这些为她拼过命，流过血的儿女一个公正的说法，一个客观的评价，不管是死是活，让他们的身心和英魂回家……”

“啪……”台下又响起了雷鸣般的鼓掌声。

林振川激动兴奋得难以自控，先是在小屋里来回走动，继而一会儿站起来，一会儿又坐下，一会儿泪满眼眶，一会儿又紧握拳头，他着急，他急着出去，他要出去见见他的老领导，他的杨叔叔。万般无奈的林振川甚至想到了撬门。就在这时，咯噔一声，门开了，孟正金开门进来了：“太好了！太好了！杨书记平反太好了！杨书记说得太好了！太好了！太好了……”

“孟排长，你太兴奋了！”

“嗯，怎么能不兴奋，杨书记这样的好人，理应得到好的回报。哎，大兄弟！忘了问你了，听见了吗？小喇叭还响吗？声音还清楚吗？杨书记说的事你晓得吗？”

“我太清楚了！”

“你知道？”

“我就是杨书记说的那个林振川！小林子！”

“啊？你就是杨书记说的多年被扣上特务、叛徒帽子的林振川？小林子？小林子就是你啊！”

“就是我！”

“你曾经杀过……”

“386个鬼子。”

“了不起，你是英雄！大英雄！”

“既然都说我是英雄了，是不是可以让我进去看看杨书记了？”

“那是，那是！”

“让我进吧！”

“可是，可是……”

“又怎么可是了？”

“大兄弟，虽然你是英雄，我佩服你，我相信你，信任你的为人，但我还是要按规矩办事。”

“你怎么能这样？”

“你听着，兄弟，你虽然没有介绍信，但我现在就到杨书记那里去报信，我一定让杨书记知道你来了，刚才会议结束的时候，我看见杨书记又上了急救车，鼻子上插着管子，杨书记病重着呢，你放心，我一定把话带到！”

林振川无可奈何：“那好吧，你可一定得让杨书记知道我来了。”

“一定！”

孟正金把林振川留在传达室，让其他人给林振川上水泡好茶，“你等着，我见着了，就给你回话！”

林振川又等了一个多小时，才等到孟正金从院内出来。犹如热锅上蚂蚁的林振川扑了过去：“如何？能进吗？见到杨书记了吗？”

孟正金满脸愁云：“见是见到了，可杨书记又昏迷了，正在抢救。”

“什么？会不会有危险？让我进去看看！”

“你还不能进，我看杨书记一直昏迷，身边又有好多领导在场，医生一直在抢救，我根本挤不进去，挤进去也没办法和杨书记说话，我都等了大半个小时，后来实在没办法，我就跟厂办主任说了。”

“跟他说行吗？”

“行！这个主任原来是杨书记的秘书，跟杨书记可亲了。”

正说话间，从院内来了几个人，进门就问：“哪位是林振川同志？”

“我就是！”

“失敬失敬！我是厂政治部的处长曲和贵，这是副处长于兰，欢迎你来到一〇六厂！”

“谢谢。我是来见杨书记的！”

“好，厂领导安排，你先在招待所住下，一旦杨书记醒过来，病情稳定，就请你去见他！”

就这样，短时间内发生了巨大的变化，一直被拒之门外的林振川，突然变成了一〇六厂的贵宾，住进了豪华房间，吃着山间美味，前来服务关心的人络绎不绝。林振川不习惯这些，他只希望尽快见着杨书记，然后承接下面的行程。

十九

林振川又等了三天。

三天内，一〇六厂几乎所有的领导，要么来看望，要么陪吃饭。鲜花、水果，占满了大半个房间，但林振川只有一个目的，就是期盼杨书记尽快好起来，让他见一见，满足心愿后，他就走人。

终于接到通知，杨书记下午接见他。

杨海功与林振川的会面，在医院特护病房里进行。

为了见杨海功，林振川专门洗了个热水澡，又刮掉了将近一个月没刮的胡子，还把头两天在厂办商店买的一身整洁衣服穿在身上，出门前，又专门洗净手，擦把脸，全身上上下下弄得干干净净，才去见老首长。

而杨海功呢，头天就得到了报告，说林振川来了，当他听到消息时，眼前突然一亮："真来了！是没死！"继而说："快让他来见我！"

就这样，为了今天下午的接见，医生不仅制定了一套方案，而且增加了临时振奋精神、滋养心神的药，医生问杨海功说多长时间，"半天，三四个小时。""啊？"医生说不能说这么长时间，不能激动，不能兴奋，杨海功只能同意。

林振川走进病房的时候，杨海功违反了医生的第一个规定：不准从床上起来。杨海功不仅起来，而且站起来，走过去，雄狮一般抱住了林振川。

"小林子！"

"老师长！"

两个人紧紧地抱在一起，老泪纵横，唏嘘不已。

"师长，您怎么瘦成这样？"

"傻小子，你不知道，有钱难买老来瘦吗？"

"您这是病折磨的，您瞒不了我。"

"不说我，小林子，小家伙，你怎么也成小老头了。"

"我当然成小老头了，我已经六十八岁了，年过花甲了。"

"但你在我面前，怎么都还像个孩子。"

"您老人家九十三岁了，相差二十五岁呢，年轻时候，我在您面前是个孩子。"

"孩子，真想你啊！做梦都想你！"

"我也是。"

"你从五岁开始，一直到你离开前的这段时间，你一直都没有离开我的视线。"

"从五岁开始，您每年都来看我。"

"不是每年，而是每个月，只要我有时间，我都会去看看你。"

"我心粗，记不那么细了，只知道您关心我。"

"关心你不够啊！"

"我虽然离开您很久了，但您永远是我最敬重的人。"

"孩子，我估摸着你没死，还真成了。不过，你怎么找到这里的。这些年你是怎么过的？当时你是怎么从飞侠那里走的？走了又去了哪里？你……"

"老师长，您身体不好，您躺下，咱们俩慢慢说，我慢慢向您汇报。"

"好吧，听你的，我躺床上听你说。"

"老师长，我简单向您报告，是金刚寨上的老人告诉我，您在一个军工企业上班，我花费了十多天才找到。当时是飞侠把我送到了现在的许昌、郑州一带，然后一直向西，走了近两年，最后走到了新疆腾格里草原，阴差阳错，成了哈萨克族人，这些年过得倒也平安顺利。"

"臭小子，说得风平浪静，肯定也少不了苦难。"

"跟您老人家比，这些都不算什么。"

"好啦，咱爷俩就不用客套了，这些年我之所以能坚持活下来，是因为还有一口气在支撑着我，这口气就是要为你们这些为了我们党，为了这个国家拼过命，流过血的战士讨个说法。改革开放以后，我一方面坚持工作，另一方面就是为了这个说法，没有这个说法，我死不瞑目啊！当年的孩子，当年的年轻人，现在都已经五十多、六十多了，你不也快七十了吗？你们肯定不在意物质回报，你们在意的就是一个说法，一个公正的评价。"

"其实，我们老了，不……"

"我知道你们本人可能不怎么在乎，但是作为一个负责任的政党，作为主持公平正义的政党，作为一个以人民为中心的政党，应该给她的每一个儿女一个公正的说法，也就是这口气，才让我活到今天。"

“老领导，您不要激动，慢慢说。”

杨海功很听话地停下来，喝了口水：“孩子，我的时间不多，有什么，你就问吧。”

“我……是有好多问题……但您的身体……”

“没关系，看到了你，我再去见马克思、见毛主席都不遗憾了。”

“我父母，还有哥哥姐姐，是怎么死的？”

“这个问题是早该告诉你了，但一别近五十年，想说也没机会啊！”

“我连父母和兄姐的姓名都不知道……”

“是啊，你父亲叫林报国，你母亲叫吴雅琴，他们是早期北京大学的学生，在北京参加过五四运动，1921年党成立后，他们又参加了组建北京党组织的工作。‘四一二’蒋介石背叛革命，你父母被派到鄂豫皖交界处的大别山地区开展武装斗争，1929年与徐子清、周维炯、肖方、吴继慎等同志一道组织了大革命时期三大起义之一的商南起义，组成了红军第一军第三十二师。你父亲后来任师政委，你母亲是群工部长，我当时只是三十二师三团的副营长。起义失败后，我们在大别山区与围剿的国民党蒋介石军队展开了殊死的斗争，虽然我们损失了很多力量，牺牲了不少同志，但大别山的红军还在，人民支持我们，到后来你父亲母亲牺牲的时候，红军队伍已经发展到十余万人。在全国红色根据地里，我们在规模、队伍、地方政权建设等方面做得都是很好的。在二次反围剿的战斗中，由于叛徒出卖，我们军队被敌人的穿插部队包围，那个时候，你父亲是军长兼政委，你妈妈是军政治部副主任兼妇女部长。我呢，由于战功卓著，被你父亲从营长、副团长、团长一直提拔到师长。军队被包围时，我正在军部参加会议，由于警卫部队也被派出去参加作战了，军队周围只有一个连的兵力，而敌人一下子拥过来三个团，四千多人，敌我力量过于悬殊了。但在危急的情况下，你父亲沉着镇定，先安排把伤员撤走了，接着又安排妇女儿童撤离。但此时已晚，敌人一路追来，把军部机关人员挤压在悬崖边，通往悬崖下有一条危险但可以通过的山道，通过这条山道，可以撤进谷底，谷底是茂密树林，只要钻进树林，敌人就找不到了。我们一方面带领战士殊死抵抗，一方面让妇女儿童从山崖撤离。本来，你妈妈和你哥哥姐姐是可以先走的，但因为你父亲是军长，你妈妈是部长，撤退的时候有生路不能自己先走呀！你爸妈和红军战士一块与敌人战斗，眼看到敌人已经围上来了，剩下的一百多人要完全撤下悬崖是不可能的事，你父亲把我叫到跟前，他说：‘海功，你必须走，其他两个师长都按照我的命令先撤下去了，你不能不走，还有一个师的同志们在等着你呢！今天军部安排的任务你必须完成！’我说：‘军长，你是全军的主心骨，你必须走！’‘杨海功同志！服从命令！不仅你走，把你老婆孩子都带上！’

“这时候天快黑下来了，我正要与军长争执，你父亲发了脾气，把枪都拔出来了。没办法，我只好服从命令，但我只有一个要求，让我把军长的三个孩子带走，同时也希望，至少军长的爱人，也就是你妈妈，可以带着孩子先走。正在这个时候，敌人的火力更猛了，机枪、迫击炮已经在身边响起。由于敌人的冲锋，红军的机关家属子女、红军战士，还有一百多名老百姓，都拥挤在了军长和我们身边，你父亲这时已经红了眼了，命令我带着老婆孩子赶紧撤。当时你们兄姐三人，而我只有一个孩子，我怎么可能只带着自己的孩子走呢？于是，我就到你妈妈身边抢人，可你妈多聪明呀，她知道我啥意思，就不给我，还说，带大头走。我儿子因为头大，大家习惯叫他杨大头。我呢，顾不上那么多，大头一年多没见了，你们也一年多没见，反正我得抢走一个。那时天色晚了，又在树林里，到底是谁的孩子，我既分不清，也看不见，于是我就在你妈妈身边抢起一个孩子转身就走。同时命令我老婆，拉着吴部长和孩子，跟着我撤。我老婆听见我的命令，赶紧拉着你妈妈和你哥哥姐姐，而我呢，也顾不上那么多了，抱着孩子快速疾飞，顺着悬崖小道，不顾可能摔下去的风险，几乎是跑和跳着冲到谷底，到了谷底，钻进了密林。后来我才知道，你妈妈被我老婆拉着，带着孩子们往悬崖小道跑，此时，悲剧发生了，敌人的一颗炮弹正好在悬崖小道上炸响，炮弹炸崩了悬崖小道，也炸死了我的老婆和孩子大头，而你妈妈和你哥哥姐姐也被炮弹炸伤，你妈受伤最重，好像是炸断了腿，炸开了肚子，但你妈妈强忍疼痛，一方面护着你哥哥姐姐，一方面还拼命地喊：‘二花，大头，你们在哪儿？’

“由于敌人炮弹炸崩了下崖的小道，悬崖前撤下山谷的路完全断了，要想到山谷，只有从三百多米高的悬崖上跳下来，后来了解到，有些战士，尤其是红军女战士，为了避免受伤被俘受到敌人的侮辱，在无路可退时，就跳了崖。据说跳下来的有二十多人，居然有几个人奇迹般地活了下来。”

说到这里，杨海功停顿下来：“小林子，把那杯水端给我，让我喝口水歇歇。哦，对了，后来的事，这本书里记着呢。”杨海功从枕头下面拿出一本书名为《永恒的记忆》的书，“小林子，你爹娘往后的事，这本书里记着呢，感动人得很，你看看，我歇会儿。”

林振川翻开杨海功折叠做记号的书，看着看着，一下子把他又拉回那残酷的战争岁月。

最残酷的是，林报国在战斗中负了重伤，吴雅琴也负了重伤，大部分红军战士战死，只剩下少量战士和后勤人员。由于天晚了，敌人并没有突然进攻，而是把红军包围在悬崖边的树林里，而在这宝贵的夜里，林报国拖着重伤的身体，销毁了带在身上的文件，让有战斗力的红军战士系着绳子从悬崖上撤退。虽然二十个人牺牲了八个，但至少有十二名红军干部撤离到谷底，同时，林报国还让一些有攀爬能力的群众也通过绳子往下撤，居然也撤下去二十几个人。下半夜的时候，敌人发现了红军的下撤行动，架起了探照灯，谁只要爬上绳子，就被敌人的子弹打成了筛子。

第二天天一亮，敌人就围了上来，山上除了二十几名受伤的红军指战员，还有就是一百多名一同撤退的人民群众了，这不到二百人的红军和老百姓，都被敌人俘虏了。残酷的敌人，因为得到了叛徒的告密，就让红军战士和老百姓说出谁是红军的最高负责人，三个穿着红军服装，但受了伤的战士，因为不愿说出军长的姓名，当场就被敌人开枪杀害了。接着，敌人又抓了一排老百姓，让他们说出红军军长的姓名，让他们指认谁是军长，但没有一个百姓指认。天杀的国民党匪军又开枪杀死了一名老百姓，正在敌人要杀害第二个老百姓的时候，林报国说话了。林报国在根据地老百姓心中声誉好啊！林报国是个大知识分子，红军中的大官，但林报国对老百姓好啊！他把老百姓当作家人，当作兄弟姐妹，谁家灶前他没坐过，没烧过火？谁家的秧田里，他没插过秧，没割过稻？他对待老百姓特别温和宽厚，总能与老百姓拉上话茬，所以老百姓亲切地叫他邻家大哥，林家兄弟，尊他为林老师，林先生。正是有了这份尊敬，这份爱戴，在夜里的时候，趁着林报国昏迷的时候，老百姓把林报国的红军衣服脱掉换成老百姓的服装。林报国说："你们是不是找红军军长兼政委林报国？"

"是的是的！你知道？"

林报国说："我知道，我也能把他找出来。"

敌人欣喜若狂："好，好，好！"

"但我有一个条件！"

"尽管讲！"

"你得把老百姓放了！"

"这不可能，把老百姓放了，林报国跑了怎么办！"

“你到底答不答应？”

“找到林报国，可以答应。”

“我就是林报国。”

“你，你怎么一身老百姓打扮？”

“你们三年前就有悬赏我的照片，对对看看是不是我！”

几个敌军走到身负重伤的林报国身边，一个军官从军装里拿出照片，几番对照：“是是是，这回可立了大功了！抓住了红军的军长，大官！”

正在敌人高兴的时候，林报国从身后摸出一颗手榴弹，用手指头伸进拉环里，对敌军说：“既然你认出了我是红军的最高指挥官，那我们就做个交易。”

“你是我的俘虏，你凭什么跟我们做交易。”

“凭什么？就凭我是红军的军长，就凭我是共产党的边区党委副书记，就凭我知道许许多多共产党的内部机密，就凭你们花重金，用重兵来抓我，如果我这个手环轻轻一拉，然后我什么都不知道了，彻底解脱了，而你们呢，因为不愿与一位共产党和红军的重要负责人做交易，你们的上司不要你们的命，至少抠掉你们肩上的衔位。”

林报国的话敌军官当然信，如果这个红军军长死了，虽说是立大功一件，但也不能从林报国嘴里了解更多的秘密了。更重要的是，如果能劝降林报国，那可是最大最大的功绩了。想到这里，敌军军官满脸堆笑：“林军长，林将军，好说好说，你有什么条件？”

“其实，很简单，那些老百姓与此事无关，他们是因为你们的突然包围，被裹挟到这里的，他们只是为了逃命，他们也没有与你们对抗，所以他们是无辜的。”

“你是说放了他们？”

“是！”

“那你怎么办？”

“我怎么办？好说，我跟你们走！”

“你可以跟我们合作？”

“这个好说，前提是放了他们！”

敌军军官又跑进后面的指挥所，过了一会儿，一名敌军团长来了，满脸笑容地说：“林军长，按你的意思办！”继而喊道：“放了那些人！”

“慢！”林报国又叫停了。

“林将军，你还有什么要求？”

“我不放心，我得派一个人去盯住。如果翻过这个山坡，你们把老百姓都杀了，我怎么知道。小狄，你去，把老百姓送下山去，到了你认为安全的地方，你可以回来，也可以不回来，但要想个办法让我知道群众是安全的。”林报国说完，用三个指头比画了一下。

“是！”小狄是林报国的警卫员，他得到林报国的命令后，就起来，一瘸一拐地走到老百姓那里，“乡亲们，快走！”

在老百姓熙熙攘攘走的时候，一个意想不到的悲惨的事情出现了，由于要离开林报国，一个孩子突然在人群中叫了一声：“爹爹！”

“慢！”敌军军官突然叫停了撤走的老百姓。

“林军长，这个叫你的，恐怕是贵公子吧，而且据情报讲，你夫人好像也在这里。”

“孩子，找你爸去。”吴雅琴抱着林振海，拖着负伤的身体，从地上一步一步地向林报国挪动，那情景让所有在场的父老乡亲都泪如雨下。

“好像还有一个孩子。”

突然听到“啊”的一个清脆的声音：“贼女子，找你红军爹吧！”只见一个妇女一巴掌把一个女孩子打晕在地，然后拖着一个女孩子向人群后面挤去。

“哈哈，这就对了！林军长，儿女双全啊！把两个小崽子抓起来，不，把军长的公子、千金，送到林军长这里来。林军长的太太呢，就让她在地上慢慢地运动运动吧！”

林报国又举起了手榴弹：“狗东西，我太太孩子们都留在这里了，还不让老百姓走吗！还不让走，我就拉开这手榴弹了！”

“好！放他们走！”

“把这群人赶走！”

很快，老百姓从树林里消失了，林报国这样做，一方面是为了让人民群众免遭屠杀，另一方面，这群老百姓里面有红军的孩子，有红军的轻伤员，只不过他们被群众更换了衣服。

吴雅琴身受重伤，经过一路鲜血，一路的伏地爬行，终于与同是身负重伤的林报国会合了。林报国把吴雅琴扶在身边，又把儿子搂在怀里，有两个国民党士兵把那个摔晕了的林报国的女儿也拖到了林报国和吴雅琴身边。林报国和吴雅琴看见这个女孩子的时候傻了，两个人痛苦地对看了一眼，为什么？因为那个被打晕了的，被拖到林报国吴雅琴身边的女孩，根本不是他们的女儿，而是一位山上群众的孩子。这个孩子林报国和吴雅琴几乎都没见过，是刚才那位大嫂临时换的。因为她知道，林报国夫妇是天底下难得的大好人，是为这方圆百里山民做过许许多多善事好事的恩人，她那么重的巴掌，是带着血带着泪带着割心疼痛打出来的，这位山村妇女是大义呀！她要为好人，为红军，为共产党留一根苗，留下一点血脉啊！想到这里，林报国和吴雅琴都哭了，他们想向国民党敌军说明，这个女孩子不是自己的女儿，尤其是吴雅琴，她深知，都是母亲，谁都深爱着自己的儿女啊！不能让群众为自己无辜地牺牲啊！吴雅琴想爬坐起来，想去说明这一切，但被林报国用眼神制止了，因为林报国知道，如果让国民党敌军知道这个女孩子不是林报国夫妇的孩子，国民党敌军会因为群众刚走不远而去追杀群众，会因为人民群众掩护保护共产党红军的下一代而向人民群众实施血腥的报复，不仅这个女孩子活不成，刚刚下山的一百多名群众，以及隐藏在群众中的红军战士、子女也会惨遭杀害，那损失会更大。吴雅琴很快就领会了林报国的意思，两个人除了用揪心的态度去看已经受伤的儿子以外，还用非常慈祥、和蔼、温柔的目光去抱紧那个女孩子，林报国用所剩不多的力气，慈爱地抚摸着女孩子的头，夫妻俩用满是慈爱的目光说："孩子，这本不该是你的苦难，我们让你承受了，对不起孩子。"说着说着，夫妻俩热泪长流。

看到这里，林振川突然冒出话来："这么说，我姐姐当时没死！被敌人杀死的不是我姐姐！"

"这一点你说对了，但很遗憾，我知道后，就去寻找，而且是多方寻找。这一家人从山下撤离走后不久，就举家搬走了，带走了她的两个孩子，也带走了你姐姐，从此杳无音信，我几十年寻找，包括解放以后，都没找到。"

"只要活在人间，认不认也许都不重要了！"

"小林子，你接着看，你父母的事迹感天动地啊！"

林报国和吴雅琴夫妇，他们与两个孩子终于在与敌人鏖战过的山头，在青山之上，一家人团圆了，林报国一手扶着吴雅琴，一手挽着俩孩子："雅琴，我们难得有这么安静的团圆，有这么清闲的相拥，苍天没有亏待我们，人民没有亏待我们，我们该知足了。"

"报国，你抱着我……我好温暖，自从参加革命以后，从没有这么安静地在一起相拥过，每天都过着风刀霜剑的日子，都过着漂泊不定的生活，有时，一夜要换几个地方，这山头好静啊！这风景好美啊！这山风好爽啊！我们一起走多美啊！只可惜，我们的孩子，还不了解这苦难的国家，还不认识这黑暗的世道，还没尝到爱情的甜蜜，还没经历长大的欢乐，就要跟我们去见马克思了，尤其是这个女孩子，太冤了，太亏了，太让我心酸难过了！”

“雅琴，一会儿，我拉响手榴弹，你拉住振海，我拉住这姑娘，看能不能给她留个活路。”

“好的，报国，我突然感到很幸福很幸福。”

“我也是！我们过去只顾为了革命，连谈情说爱的时间都没有，雅琴，你唱支山歌吧。”

“唱什么呢？”

“我们结婚连个仪式都没有，真想按家乡的习惯，打顶大花轿把你娶进门，然后热热闹闹喜庆一场！”

“报国哥，我就哼那首《花轿在门前》吧，如果我哼不动了，你就补上点劲。”

“好！”

“花轿你就哎哟！”

“到了门前……”

“小妹心里甜……”

“花轿你就到了门前，哎哎哎哟……”

夫妻俩把大别山那段最美的待嫁娘子的民歌唱得低沉婉转，既让人心醉，又让人心痛。歌声顺着山风穿越树林，在山间悠扬甜香地流动，连国民党士兵也静静地听，因为这个歌曲，这段旋律太美了！

“唱什么唱！该走了！该走了！”

敌军官走过来：“对不起，林军长，按您的意思，老百姓放了，您呢，可以跟我回县城，应该是回省城了，到时，您就是省里的高官了。林军长，到时候您，您可别说不认识我们。”

“呸！谁跟你回省城！做梦！”

“哎……不带这样的，我可是把老百姓放走了，你不能，不能变卦啊！”

“我会走的，但我一定要等到老百姓安全撤离的消息，否则，别想让我走！”

“你！”团长本想发作，转而又笑道，“好的好的，我们等！”

而此时，山上还有七八名受伤的红军战士，他们也都朝林报国这边聚拢，因为他们知道，林军长和吴部长是绝对不会向敌人投降的，他们更看出来了，军长夫妇是想等到群众安全撤离的消息后，拉响手榴弹与敌人同归于尽。这七八个战士都是军长身边的工作人员，他们知道军长的为人，更知道军长的德行操守。执行任务时，军长是一位严厉的指挥员，平时，军长是一位慈祥的叔叔，是一位温柔的大哥，他们之中没有一个人没受到过军长的关心和照顾，他们愿意和军长死在一起。在他们向军长身边爬动的时候，敌人发现了，敌人想把他们与军长分开，敌人把几个战士架起来，准备拉走，这个时候，军长又发话了："告诉你们长官，这几个战士都受伤了，有的还受了重伤，你们把他们拉走，他们也活不了几天了，这样吧，算我求你们了，这里有四个战士受了重伤，让他们留在我身边吧，其他的，轻伤一点的，也走不动了，你们拉走，不成了你们的负担？还是留在我这里吧！"

"不行，不行，拉走！"敌团长咆哮起来。

四个轻伤的战士被拉走了，但四位身负重伤的战士，连国民党士兵都不愿意抬拉，他们在地上艰难地爬动，他们的身后，树叶、小草和土地上一块一块的血渍，谁看了谁都不能不为之动容。

他们终于挪到了林报国身边，看见爬过来的浑身鲜血的战士，林军长夫妇再也控制不住内心的悲痛，眼泪奔涌而出，吴雅琴"哇"的一声哭起来，林报国也哭喊道："同志们，兄弟们，没能保护好你们！"

"军长！"战士们发出微弱的喊声。

"带着我们……"

四个战士尽管已经筋疲力尽，尽管已经危在旦夕，但他们拼尽力气，爬到了军长身边，有的抓住军长的腿，有的抓住吴雅琴的衣服，终于，他们和他们心目中的英雄，紧紧相拥在一起了。

那是一个多么令人斗志高昂，又让人肝肠寸断的场面啊！除了两个不知世事、只有五六岁的孩子，六位身负重伤的红军战士相拥在一起了。匪团长感觉不好，想让敌兵拆开他们，被林报国严词赶开了。

敌军官知道林军长不好惹，他有自己的小算盘，如果林军长愿意与国民党合作，他当然要把林军长和军长夫人以及两个孩子拉下山。至于四个受伤的战士，他肯定不会让士兵费劲，他肯定要给四个战士四颗子弹。其实，就是不杀死他们，这么重的伤，留在山上也活不了。

而正在此时，远处响起了三声枪响，林报国知道，小狄把乡亲们送到安全地带了，林报国悄悄地对吴雅琴说："雅琴，我们该上路了。"

林报国对四个战士说："同志们！和我一块上路！你们愿意吗！"

“军……军长……”

“我们……我们愿意……”

“好，雅琴，打起精神，我们唱着歌离开这个纷乱的世界，离开这么圣洁的地方，唱段《国际歌》吧！”

起来　饥寒交迫的奴隶
起来　全世界受苦的人
满腔的热血已经沸腾　要为真理而斗争
旧世界打个落花流水　奴隶们起来　起来
不要说我们一无所有　我们要做天下的主人
这是最后的斗争　团结起来到明天
英特纳雄耐尔就一定要实现
这是最后的斗争　团结起来到明天
英特纳雄耐尔就一定要实现

歌声虽然低沉，虽然不洪亮，但在平静的高山上，树林里，有着巨大的穿透力量，久久地在崇山峻岭中回荡，在浩瀚时空中缭绕。

敌军官终于缓过神来，他知道林军长不会轻易跟他下山，他更知道林军长手上拉着一颗开了环的手榴弹，一旦说不好，林军长可能会拉响手榴弹。

“林军长，我们下山吧，担架我都准备好了！”

“好哇，这些战士也一块拉下去吧！”

“他们？他们恐怕享受不到这种待遇！”

“他们不走我也不会跟你下山！”

“林军长，你不能言而无信！”

“跟你们这帮残害百姓的匪徒讲什么信用。那四个战士，你们怎么对待他们，别以为我不知道，你们把他们拉到悬崖边，想吓唬他们，说要把他们扔下悬崖。没想到吧，他们会不怕死，他们居然敢往悬崖下跳，如果我没猜错的话，你们也赔上几个吧！”

“林军长高见，我们赔了三个，有一个不是跑得快，也赔上了，你们共产党邪气了，为什么都不怕死？”

“你怎么能理解我们共产党人？这样吧，你把你的士兵召集到我前面，我要跟他们说几句话，然后我们上路。”

趁着敌人召集士兵的空隙，林报国迅速地对吴雅琴以及四名战士做了安排：“同志们，还有手榴弹吗？”

“没有了。”

“军长，我这里，还有一颗。”

“好，两颗手榴弹够了。同志们，为了党的事业，为了劳动人民的解放，我们投身革命，我们不会后悔，对吧？”

“对！”

“今天，如果我们下山，敌人一定会威逼利诱，让我们投诚变节，我们不会答应敌人的要求，我和雅琴都受了重伤，四位同志也受了重伤，我们为党为革命做出的选择就是牺牲，希望你们尊重我的决定。”

“支持！”

“雅琴呢？”

“报国，我同意！”

“好，清点一下我们队伍的情况。我，林报国，红军军长兼政委，吴雅琴，军政治部副主任兼妇女部长。林振海，我儿子，六岁；这姑娘，就叫林振云吧，六岁。四个战士，都是军部警卫营的，名字我都知道。江永久，排长，战斗英雄，两年党龄。马宝财，班长，立有战功，三年党龄。任先正，战士，机智勇敢，两年党龄。张大宝，战士，两年党龄。我们从参加革命，尤其是入党那天起，就随时准备为共产主义伟大理想献身，今天是兑现诺言的时候了，大家愿不愿意？”

“愿意！”声音整齐而低沉。

“我喊口号的同时，大家一起喊，然后我拉响手榴弹！”

“军长，我们坚决执行命令。”

“我们心甘情愿牺牲。”

“林军长，士兵们都站齐了，你真尽职，还没当上我们的官，就开始现身说法，训话了。”

林报国强支起身来：“弟兄们，士兵们，不对，军官们往前站。我开始给你们训话，你们大部分人都是穷苦人家出身，是被蒋介石国民党强拉来当兵的，你们必须认清社会发展的大势，人民是站在共产党红军一边的，因为红军和共产党是为大多数劳动人民谋利益的，所以共产党和人民是必胜的。而国民党蒋介石代表了大地主大资产阶级的利益，是帝国主义的走狗，他们欺压百姓，屠杀人民，他们注定是要失败的，你们都看见了，人民不站在你们的一边，所以，白军兄弟，尤其是穷苦出身的兄弟，你们要明辨是非，早点脱离国民党反动派的队伍，不要为非作歹，助纣为虐！”

敌军越听越觉得不对劲，他上前吼道：“林军长，你干什么！不允许这样！住嘴！”

“你慢慢听我说嘛！”

“走，来人！把林军长抬下山！”

“我是不会走的！更不会下山！”

“那由不得你了！”说完，敌军对着两个受伤的战士就是两枪，林报国满腔怒火，带头大喊：“红军万岁！”

“共产党万岁！”

“革命万岁！”

“轰……”林报国夫妇拉响了两颗手榴弹。

山头上一片烟雾，林报国、吴雅琴，两个孩子，四个红军战士壮烈牺牲了，山风起，水流急，山在哭号，水在呜咽，林军长夫妇的英雄壮举气震山河，感天动地。不仅林军长夫妇英勇牺牲，四个战士也光荣就义，两个孩子也死得伟大。同时，也炸死炸伤了十几个站在前面的敌人。

敌军团长误报战功，他说林报国夫妇是他亲手击毙的，还把死了的两个孩子用刺刀扎着，让照相机拍了照。说他立了大功了，杀了共产党一家。

“我可敬可叹的爹，娘啊！”林振川看到这里，泪如泉涌，“杨师长，这本书能留给我吗？”

“当然。公道自在人心。你父母牺牲后，第二天就有人上山，把你父母能找到的尸首、衣服葬在一起，把两个孩子葬在一块，把山上所有的红军战士并排葬在一起。那个山头，这些年开辟成了烈士陵园，每天都有人祭奠，尤其是节假日，人满为患。

“还有要告诉你的是，为什么说公道自在人心，为什么你父母在山头与敌军巧妙周旋，救人救命，又壮烈牺牲的情况描写得那么详细，是因为当时一位有点文化，但因家境困难去参加国民党军队的士兵，他当时就在山上，你父母的英雄壮举他亲眼目睹，深受感动，深受震撼，不久他就趁机开了小差，并到深山里开始了教书育人的人生旅程，他把当时的情况都记录了下来，解放后就出了这本书。改革开放后，这本书再版了好几次，好多情景我也是从书上了解的。”

“真多亏了他，我一定去拜访他！”

“但不知他是否健在，我十年前见过他，他现在也有九十多岁了。”

“一定去！去看爹妈的坟，给他们上炷香，我是个不孝的儿子，也去看看记录我父母英雄事迹的人。”

“继续说说你的事，我把你拉下山后，就赶回了部队，由于反围剿任务艰苦，我顾不上带你，就把你交给了师卫生队。

“后来得知，你父母及哥哥姐姐牺牲，我爱人崔二花和儿子杨大头也牺牲了，两个家就剩下了你和我。你想想看，我怎么能对你不好，怎么能对你不亲？这也就是为什么部队上下，地方内外都问我为什么对你一直特别关照的原因。也是你被诬陷为特务、内奸我至死不相信的原因，当然还有更重要的原因，是对你对党和人民的忠诚我坚信不疑。”

“谢谢老领导！”

“你应该叫我杨叔叔。”

“是，杨叔叔，可我还是辜负了你，辜负了早已埋入黄土的父母兄姐及大头哥哥，因为，碰到危难时，我逃跑了。”

“也不能完全这样说，你逃走，既有你意志不够坚定的原因，更有历史、事故、人为推动的原因。如果你不走，你的下场不会好。”

“后来呢？”

“后来发生了许多事情，你那时候小，你不知道，我那个时候就是师长，为什么你长大懂事了，我还是师长，因为革命的道路非常不平坦啊！鄂豫皖苏区经过四五年的发展，根据地大了，政权稳了，队伍也多了，但也走了很多弯路。张国焘主持鄂豫皖苏区工作以后，上了国民党特务机关的当，说是清洗AB团，结果搞了扩大化，误杀了一大批我党我军的优秀干部。像和你父亲一起组织商南起义的我军优秀将领周维炯、肖方等人，都被张国焘当作AB团抓起来了，没经过认真调查和正规审讯，就草草杀害了，惨得很啊！苏区老百姓形容得好，人杀多了，月亮都无光了，狗都不叫了。为了这事，我不理解不赞成，我就去找我不认识的张国焘评理。听说我要见他，张国焘立马让人做了一些调查，听说我是个大老粗，没读过书，又是个战斗英雄，张国焘就接见了我，我质问他：‘为什么那么优秀的干部不明不白地被杀。’‘你是工农出身，根红苗正，你要站稳立场！’‘他们谁没立下赫赫战功，谁没砍下过敌人的脑袋，他们不可能通敌！’‘你不懂！这是他们的策略！’‘这不是他们的策略！这是敌人的奸计！’‘都会查清的。内奸就是内奸，特务就是特务！’‘查清？人都杀了，查清有什么用！’‘杨海功同志，请注意你的态度！’‘我什么态度？你不相信我，也可以把我杀了！’‘你！’张国焘气得暴跳如雷，命令警卫人员把我赶走了。

“从此我得罪了张国焘，他在主持鄂豫皖苏区的工作期间，不重用我，我的许多战友都担心，张国焘会不会找个理由或造个证据，说我通敌，也把我杀了，我也很担心。正在这个期间，中央下发了通知，坚决纠正肃反扩大化的错误，停止一切清查所谓AB团的行动。这次扩大化，我们鄂豫皖苏区的损失大了，有两千多名红军干部惨遭杀害，这可是我们自己举起的屠刀啊！我呢，虽然不受张国焘的重用，但找理由杀我是不可能的了，到1935年，红四方面军长征，我呢，党组织要求我在鄂豫皖坚持游击战争，一直坚持到抗日战争统一战线的形成，我们才走出大山，奔赴抗日前线。

“再说你，由于反围剿时，条件十分艰苦，山上根本没有养活你的环境，我思虑再三，把你送到了金沙畈德高望重的学校校长雷经天那里。雷经天虽然不是共产党人，但尊重公理，主持道义，对共产党坚持的团结工农、人民当家做主的主张还是认可的。尤其是，他和你父母是朋友，他特别尊重你父母的为人，听说你是林报国、吴雅琴的孩子，雷经天说：‘这孩子以后就是我的孩子，我教他学文化，学武艺，把他培养成才，杨师长，你放心吧！’我是个粗人，我担心去找他，他会推辞拒绝，但一说林报国是你的父亲，雷老先生二话不说，慷慨应允，而且说到做到，后来的事情，你都知道了。”

“有些我知道，但有些我还是不知道。”

“还有什么问题，你尽管问。”

“飞侠是怎么上山为匪的？”

“这又是一个让人痛心的孩子，真可惜啊！这孩子义薄云天，惊世骇俗，同时，也让人可惜可叹，这孩子的死，有时代的裹挟，有事情的推动，有敌特的破坏，我，我们党组织也有不可推卸的责任。

“你们是一块长大的，但飞侠与淑娴性格不一样，淑娴温柔，飞侠泼辣，悲剧在于你岳父雷经天一辈子胆识过人，心思缜密，却在你与她们俩姐妹感情归宿上处理得过于简单。

“老雷跟我说时，我并不在意，我知道淑娴细致体贴，礼数周到，你岳父想让你成大器，想让淑娴辅助你，他的这个良苦用心我是能猜到的。但是，你岳父，还有我，都把特有个性的飞侠看简单了，偏偏飞侠是敢爱敢恨，眼里揉不得沙子的女孩。她认为你是她的，你应该娶她，你最爱的是她，结果不是这样，她想不开，就要出事故了。如果换个人选，你娶飞侠，也可能淑娴就做不出让人意想不到的事情来，因为淑娴通情达理，善解人意，所以，如果你娶了飞侠，她也会非常痛苦，非常难受，但她也许不会做出出格的事情来。

"当然，世界上没有如果，一旦事情出现了，就不可能倒回去重来。雷经天决定让你跟淑娴结婚，也担心飞侠会闹出事情来，就多方联系，让飞侠去武汉女子医学专科学校学医。雷经天的想法让聪明无比的飞侠看出来了，她在去学校的路上跳船逃跑了，第八天赶回了家里，正是你与淑娴大婚的时候，看到你与淑娴热热闹闹，高高兴兴结婚的场面，姑娘的心碎了，姑娘暴跳如雷，见啥摔啥砸啥。而她的行踪，被我的警卫人员发现了，警卫人员向我报告，说飞侠回来了，不顾一切地要往里冲。那个时候，飞侠的情绪乱了，失控了，一会儿哭，一会儿笑，一会儿吵，一会儿骂，在怒不可遏、控制不住的时候，把警卫人员的枪都抢了。没办法，士兵们一起动手，把飞侠绑了起来，送到了我面前，在我面前的雷飞侠，虽然五花大绑，但仍狂躁不已，乱踢乱喊乱叫不已。等她喊累了，踢累了，折腾到没劲的时候，我让战士们给她松绑，然后说：'孩子，我知道你生气，你不满，你有怨气，但事情已经这样了，总要找个解决的办法。''什么办法？''孩子，先不说有什么办法，我先问你几个问题。''讲！''你是雷校长一手养大的，他是你的亲生父亲，你觉得他会不会害你？''这倒不会。''好。我们换一个角度，如果让你跟林振川结婚，淑娴怎么办？''不知道！''对，是不知道，我知道你喜欢林振川，那我问你，你知不知道你姐姐也喜欢林振川？''知道！又怎么样？''这就是了，按你爹爹的想法，本想把你们两个都嫁给林振川，但林振川是共产党人，共产党人坚持一夫一妻制，这个行不通。''行不通就该牺牲我？''这件事让你父亲很是为难，振川娶你姐，你肯定会不高兴。振川娶你，你姐会哭会痛苦。''不应该是我，你去问问川哥哥，问他爱谁多一点。''这一点我相信，也许林振川这小子更喜欢你多一点，因为你热情似火，美丽动人，但我问你，你喜欢林振川，是不是希望他以后有更大的发展，更大的进步？''嗯！''你爹也许考虑让你姐姐跟林振川结婚，更有助于林振川的发展和进步。''我，为什么不能？''也许你可以，但大家认为你姐姐更合适一些。''我不信，我爱川哥哥，川哥哥也爱我，不信你把他叫来问一问！''孩子，我要告诉你，林振川首先是一名战士，是一名共产党员，是解放军的干部，他不能让感情引导他的生活，他会认为有些对不起你，但你父亲，我和他身边的干部都认可你父亲的安排，这一点我们对不起你。’‘那你为什么不让我参加革命，当共产党？’‘这可能是我的失误，小林子参加工作干革命的时候，你是吵着也要去，我没同意。不同意有两个原因，一是当时条件恶劣，战斗危险，我不想让你经受那么多磨难；二是军队里女同志少，你去了不大方便。如果还有的话，我是想让你多学点文化，多长点知识，战争结束后，国家建设需要有知识有文化的人才。’‘我不管，我要……要杀人！把那个薄情寡义的林振川杀了！把我姐姐也杀了！把我自己也杀了！’‘傻孩子，他们都是你的亲人！’‘我要干点惊天动地的事！让那该死的林振川，让我姐，还有我那偏心的爹爹知道，我雷飞侠不是傻瓜一个！逼急了，我上山为匪，占山为王！对！我终于想出一个好主意了！我一定要上山！去当个山大王！让林振川、雷淑娴看看，我不是等闲之辈！’‘孩子，别做傻事！’‘如果我不做点事情来，这口气会闷死我！’

“雷飞侠的脾气我知道，正遭受爱情挫折气愤难解的时候，什么事她都干得出来，我飞速地转动脑筋，看怎么能巧妙地加以引导，释放飞侠的满腹愤懑。‘飞侠，你真要去？’‘非去不可！’‘孩子，你真要上山，叔叔给你几条建议。’‘讲！’‘一、最好从最近的金刚寨下手，金刚寨老寨主刚去世不久，他儿子赵二秋扶不起来，内部出现纷争，去这个地方有可能性！’‘我记住了！’‘二、不要单枪匹马，最好带几个得力人手！’‘我想好了，从父亲的武术班里挑十个八个女孩子，和我一块，占山为王。’‘三、杨叔叔支持你，你不是要参加我们的组织，干革命吗？好，我就把它作为党交给你的一项任务，你去占领山寨，改造这支队伍，然后把它交给我们，交给人民。’”

林振川说：“看来，飞侠说上山为王是你交给她的任务，是真的了，如果是这样，飞侠就不算匪就不是匪。”

“我从来就没有把飞侠当作土匪。”

“怎么后来情况变成那个样子？”

“小林子，世事难料啊！最难预料的是你的问题，突然说你放了国民党的俩要员，突然说你有通敌嫌疑，又突然说有了你所谓通敌的证据，对独立师，对浣溪区党委来说，是个大问题，也是个大难题。谁听了都不会相信，但放了人是事实，从监狱里搜出的所谓证据，让人不相信，又让人起疑，独立师和专署党委开会，都认为这里面有问题，很可能是敌人的阴谋，正让情报部门侦查部门查呢，没想到，让飞侠知道了你被送到专署和独立师的消息。组织和我个人的意图非常清楚，鉴于当时复杂的形势，想把你放在专署，放在独立师保护起来，以免生变，等有关部门查清楚情况再说，但怕出事还是出事了。飞侠听到的消息，是走了形的消息，或者说是经过敌特加工过的消息，这里面有飞侠缺乏经验，气急败坏的原因，也有敌特扰乱视听，浑水摸鱼的原因，更有我们轻视了对山上土匪武装的分析和监视的原因。其实，国民党蒋介石在败退之时，大多都是在这些土匪武装和农民自卫武装身上打主意，我也是后来才知道，金刚寨这支土匪武装，不仅被军统特务盯上，也被中统特务渗透，连国民党的正规部队，也向这支队伍伸出了魔爪，飞侠得到的消息是要把你押到专署秘密处决！对飞侠来说，这无异于是晴天霹雳，她想不通，林振川从十二岁就开始跟着共产党干革命，立下了赫赫战功，怎么就突然变成了通敌分子呢？怎么就成了特务了呢？特务为了迷惑住少不更事的飞侠，神秘地说：‘大当家，你想想，如果说是林团长没事，如果说林团长没有通敌，干吗要带到专署去？干吗要让独立师和专署派人来？分明就是押送，分明就是怕林团长跑了嘛！如果承认林团长是大英雄又没有问题，还在县城主持工作不就行了，干吗要换人啊！林团长的兄弟多，干部战士都是跟他出生入死的，如果在县城里处理他，这些人会愿意？共产党怕生变故，所以把林振川押到专署，秘密枪决，然后找个理由说他死了。’

“敌特把事情说得前后照应，有鼻子有眼，对敌我形势缺乏了解，对敌特阴谋缺乏识别，对人心险恶缺乏认知的雷飞侠当然分不清楚。她就一个念头，不能让她的川哥哥死，她要把川哥哥解救下来，于是就有了飞侠救你的故事。要说，飞侠还算有头脑，劫你之前派人给我送信，她要把事情报告与我，但此事又被敌特发现，派出向我报告的人被敌特在半路打了黑枪。这人虽然身负重伤，但还是坚持爬行，爬到我们部队前面，我们的同志又把消息报告给我，但已经晚了，等我得到消息，劫持事件已经发生。特别恶劣的是，又是隐藏在山上的敌特搞破坏，飞侠下了命令，不许伤害解放军，只要把你抢出来就行了，但两名战士英勇牺牲，一名带队的干部身负重伤。等我派队伍赶到的时候，只剩下两名牺牲的战士和一名负了伤的解放军干部。也就是因为如此，飞侠认为她干了错事，再也没有与我联系，我派人联系也联系不上，后来在山上的事情，你比我清楚。”

“是，杨叔叔，后来在山上的情况我知道一些，但更多的还是这次重上金刚寨，找到了当年给我治伤，给飞侠看病的柴叔柴婶，才对情况有了更全面的了解。因为我开始身负重伤，养伤养了五个多月，后来又东躲西藏，又在深山野林里转了一年多，一直到飞侠送我走，飞侠怎么死的，也是听柴叔柴婶说的。”

“飞侠这孩子啊，可怜……她自首的时候我正在省里开会，听到消息我急急忙忙往回赶，我不想让她走啊！也没想到她会走，悲剧造成了，这孩子真走了，特别是等她弄了一个假林振川的时候，我算明白了，这孩子为了你，为了你能在这个世界上生存，她用了她的命啊！多鲜活的一条生命啊！多好的一个孩子啊！可惜了，可惜了！我老杨每每想起这件事，就痛心疾首，自责后悔，为什么不让她跟你一起参加革命啊！怪我！”

“杨叔！我也对不起飞侠啊！我有罪！如果……”

“小林子，别自责了，这把年纪了，过去了。”

“还是怪我啊！”

“飞侠说把你杀死了，我、你岳父、你媳妇都去看了，战士们都信了，可我们不信啊！但几十年了，谁都没说一句，为什么？还不是为了你，为了保护你？可惜啊！飞侠为了你，走了。淑娴为了你，苦撑到吃食堂，‘大跃进’，为了让几个孩子能有活路，也走了。你岳父为了给你申冤出头，找了一辈子，跑了一辈子，百岁的老人啊，身体也差不多喽。孩子，我们在这个世界上欠账太多了，我是共产党的干部，从红军时代，到解放战争时代，我都是高级干部，我也保护不了他们，眼睁睁看着你蒙受冤屈，看着飞侠死去，看着淑娴饿死，看着不少人受委屈，我救不了他们，我有罪！我惭愧！”

激动了的杨海功突然急速咳嗽起来，并且，脸憋得通红，紧接着翻白眼，吐白沫，林振川一看不对，急忙喊：“医生！”

一群医生拥了进来，又是按人中，又是量血压，接着打强心针，输氧气，厂办刘主任进来，用眼光微微地责怪了林振川一下，林振川忙说：“对不起！”

此时的林振川坐立不安，手足无措，走也不是留也不是。走吧，老领导杨叔尚在危险之中，想走也得等杨叔叔醒过来再说。不走吧，厂里上下都有意见，都看着呢，他们希望共和国的英雄，他们厂的英雄，他们厂的引路人，能多活几天，他们不想让林振川与杨海功过多地说话，过多地说话，会让杨海功费神，会让他激动，会让他兴奋，兴奋激动可能会要了杨海功的命。这是全厂上下不想看到的，当然更是林振川不愿意看到的。于是，林振川暗暗决定，先守在这里，等杨海功醒了，他就走人，尽管好多问题他还没有问，但问了又能怎么样，保住杨叔叔的命比什么都重要。

二十

经过两个多小时的抢救，杨海功终于醒了。

天已经黑了，又过了一个多小时，林振川拒绝了厂方要他去招待所休息的请求，而是和其他值班人员一样，吃了口盒饭，然后又守在杨海功身旁。

医院除了给杨海功输液输氧气外，还让杨海功喝了点牛奶、小米粥、大米汤，每隔两个小时喂一次，喝完了半碗小米粥后，看着都已经八点多了，林振川准备回招待所洗个澡，换身衣服，然后再来医院陪杨书记过夜。

“小林子呢？”杨海功突然说话了。

“我在这呢！”

“刚才激动了。一口痰卡住了。”

“杨叔叔，咱不说了，你先休息，静养着，我就在身边。”

“好吧。我再躺会儿，养养神，迟点我们再说。”

杨海功很快就进入了梦乡，打着均匀的呼噜，这一觉一睡就是一个半小时，也可能是过去几十年在战争年代和领导岗位养成的习惯，到十点钟的时候，他自然地醒了，这一觉睡得很踏实，很过瘾。

看见杨海功的精神状态很好，病床前的医护人员及家属都很高兴。

“这样吧，我时间宝贵，其他人员离开，我跟小林子说会儿话，你们放心，我保证做到慢慢说，不激动。”

“杨叔叔，明天再说吧！”

“明天？明天说不定我就去找你爹了！趁这会儿脑子清醒，该说的多说些。”

“杨书记，不能……”

“听我的！”

众人非常敬畏这位身经百战，德高望重和功勋卓著的杨书记，杨书记说的话他们不能不听，于是，厂里领导，杨书记的儿女，医护人员只能对杨海功千叮咛万嘱咐，对林振川千告诫万要求后，都先后离开了病房。

“孩子，坐近点，咱们拣重点说。”

“杨叔，不说也无妨。”

“怎么能不说，飞侠的死大致就这样了，我总结一下，这孩子为情而死，为你而死，死得亏，死得可惜。她的死你有责任，我和她爹有责任，她自己呢，也有责任，她是那个特殊时代的个人悲剧，不说了，听说你找过她了，只要跑得动，以后多去看看她。”

“我把葬她的地方买下来了，杨叔，你百年之后，如果你愿意，你也去，我是肯定要去的！”

“好哇！可是我想去陪陪你爹娘。”

“我想把他们也迁去。”

“那是烈士陵园，不一定好办啊！”

“杨叔，这个不急，会有办法的。”

“振川，你的问题，我已专门向军委，向省委写了报告，希望给你一个正确的说法，这个说法我相信会有的，但是，谁都知道这是敌人的阴谋，但谁组织，谁实施，至今没有查出来，听说你岳父还在查，不知道找到路子没有。”

“谢谢杨叔，你休息吧，我也这把年纪了，那些东西已经不重要了。”

“我也坦诚地告诉你，我现在是回光返照，支撑不了几天了，我的身体我知道，我的事已经有说法了，你的事也快有说法了。大刚、飞侠和淑娴都应该有个说法，我就可以放心走了，就可以与你爹你娘，还有早走的二花大头团聚了。”说到这里，眼泪从杨海功的眼角不停地流下来。

“杨叔，你还要坚持，你要健康地活下去，我会来陪你的。”

“不用了，孩子。其实，你更应该去看看淑娴，她是一个多么贤惠善良的女人，一个多么坚持执着的女人，她是你的妻子，一个为你而生为你而死的女人，她没有飞侠那样惊天动地，可歌可泣，但一样让人肝肠寸断，血泪入心，那也是个好女人啊！你想想，你从家里一别，再也没有回去。一个家，几个孩子，千斤重的担子，她一个人担啊！她不相信你是内奸、敌特，她看着气啊！她要背负多么沉重的担子啊！太可惜啊！1959年吃大食堂，她，她居然就活活给饿死了啊！”

“是啊！我对不起淑娴啊！对不起啊！”林振川也禁不住眼泪长流。

“你记个地方，你岳父当年老家不是金沙畈吗？镇子附近有个养老院，养老院里有一个老太太，九十多岁了，她知道淑娴的事，也知道你的事。前年我身体好的时候见过她，早点去，不知道她现在身体如何，是否还健在啊！”

“我记住了，一定去。”

“最后说说我自己吧。”

“杨叔，您注意身体，千万不要激动。”

“哈，我已经活够本了，咱中国人说人活七十古来稀，我都活过九十了，老家人会说都活成妖怪了，你来了，该见的见了，该说的说了，该做的这些年也都做了，用佛家的话说，功德圆满了。党和人民对我，也好像盖棺论定了。但对我自己，这些年，战争年代，只顾打仗，跑路，跑路，打仗；解放以后，一个运动接着一个运动，我大老粗，没文化，脑袋瓜子跟不上，只读了点马列毛主席的书，其他的知识，其他的书，读得不多，没有时间全面地盘点盘点，琢磨琢磨，这几天虽然身体不好，但也想了不少，毛主席他老人家，你爹你妈，还有二花大头在那边招呼我呢，我想，也该去了，去之前总想过去的事，尤其想得更多的是和你爹你娘一起作战的事。当然，也回想回想我这一生，我对自己也该有个人生总结了。”

“杨叔，您喝口水。”

“好，我这个人一辈子，前前后后，囤囤拢拢，得有个说法。从正面讲，我对党绝对忠诚，对人民绝对忠诚，七十多年来，对党的很多做法，政策，尤其是个别人的做派，虽然有不同的意见，但对党的忠诚从来没有变过，对人民是绝无二心的。我本来就乞丐一个，本来就是最底层的人民，人民就是我们的衣食父母，人民的利益高于一切。这一点我既坚持，又信仰，这一辈子如果说有优点的话，就这一点，我没有脱离过人民，更没有损害过人民，什么时候，老百姓的事就是最大的事。对革命事业，对革命工作我也是鞠躬尽瘁，无论是解放前打仗与敌人斗争，还是解放后参加建设和工作，不管我是懂还是不懂，态度是端正的，信念是坚定的。由于不懂，由于文化水平低，干了不少蠢事错事，干了不少违反客观规律的事，就像党犯错误，我也犯错误一样，我也干了不少现在想起来就可笑的事。至于处理人际关系，我就不行了。现在讲这个东西，讲人际关系，讲群众基础，讲票，你干得再好，群众不投票也白搭。共产党刚成立时，老百姓投你票吗？刚起义时，大多数老百姓也不投你票啊！现在的干部，尤其是领导，主要负责人，一没辙时就投票，就票决，票就那么公正？票要公正，必须要求每个投票的人公正。这方面我就不入流了，让我争取票数，我就不行，所以我到哪里工作，总有一部分人坚决拥护我，也总是有一部分人反对我，说我武断、粗暴、没文化。这些我并不在意，我这一生，有两大缺陷，一是没有学好文化，所以，肚子里、脑袋瓜子里的文化很少，虽说先天学得少，但是后天的学习机会没抓住。好多解放前一个大字都不认识的干部，后来经过多方面学习，也成大专家了。我没有挤时间、找机会学习，包括学习文化，学习理论，学习哲学，有机会，没去抓，这是我的一大缺陷。二是偏执，固执己见，简单粗暴，干了不少蠢事，傻事。比如，找张国焘吵架，本来可以和风细雨地谈，但上去就吵架，把事情弄得一团糟，几乎不可收拾。好在我当时身上没有污点，如果有一个方面让张国焘找到茬子，早没有我了。你父亲牺牲那件事，我也有责任，本来山下传来消息，说军政治部主任牛大儒已经叛变，师政委劝我，尽快从开会地方撤离，但我第一不相信他会叛变，第二不相信敌人会这么快找到我们开会的地方，第三不相信我们会被敌人围住，更不相信我们会没有办法安全撤离。会议一开始，你父亲了解情况后，就让部队把大部分伤员撤走了，但会议还在开，到下午的时候，军部开会的各师团干部就接到了敌人扑过来的消息，所以，孩子啊！如果不是我固执，如果听从你父亲的建议……开会的时候，你父亲问我：‘海功，在这里开会，你真有把握？’‘有！’‘这样，各团团长政委先行撤走，你们回去先做好反围剿准备，同时也是为了以防万一，这次会议部署的任务，由各师师长向你们传达。’敌人冲上来的时候，你父亲命令那两个师长先撤走了，他不是不让我先走，他是知道我不会先走，因为祸是我闯下的。孩子啊，至今我还有愧啊！这愧疚压了我半个多世纪啊！”

“杨叔，都过去了。”

“事情过去了，时间也过去了，但压在心头、留在记忆中的愧疚是过不去的，这事因为你来了，我才跟你说，和其他人提都不想提，因为这件事是我心里永远补不上的缺口。这个毛病一直改不了啊，如果你爹在，我也可能改了。被敌人包围的消息一传来，你父亲没有丝毫责怪我的意思，而是说：‘如果突围了我们好好谈谈。’你父亲在那么紧急的情况下，一方面指挥作战，一方面还跟我说得平静如水，那口气再平常不过，那目光再柔和不过，但我还是如芒刺在背，如利箭穿心。我知道，你父亲要跟我谈什么，只可惜，唉！”

说到这里的杨海功，老泪纵横，身体颤抖，看见情况不好，林振川赶紧安慰杨海功：“杨叔，先歇着，不着急说。”

“小林子，把药再给我拿两粒。”

“这行吗？”

“医生就是这样安排的。”

林振川赶紧倒水，拿药，让杨海功喝下。杨海功喝下后，休息了二十分钟，“唉，我这个心脏啊！真没用了！”

“杨叔，今天不说了，您休息，保重身体。”

“不！趁着今天头脑还清醒，把想跟你说的说完。”

“你身体要紧啊，杨叔！”

“该油尽灯枯了，感谢老天爷，给咱爷俩见面的机会，虽说你也六十多了，但我总还把你当作当年的孩子，当作自己的孩子。解放后，组织上和同志们又张罗给我说了一个媳妇，又成了个家，也有了三个孩子，孩子也大了，都各自工作去了，这次都回来了，两个女儿，一个儿子，还算争气，都在军队里。但这些年军队的变化太大了，几乎不是人民的军队了，走私投机，做生意，不像话啊！解放前那时候的军队，是人民的军队，现在呢？我给三个孩子下了死命令，人家做的事咱不能做，人家钻钱眼里咱不钻，在部队好好工作，那些工资津贴，足够了，不够的话，回来，老家的山山水水养你们。不错，没让铜臭污染了灵魂，你们见见，认识一下，他们知道你的故事，你爹妈的故事，你是他们心目中的英雄。”

“杨叔，我算什么英雄，逃兵，狗熊而已。”

“人都一样，有英雄的时候，也有狗熊的时候，我也是，战争年代因为你父亲牺牲那件事，我收敛了很多，也严谨了不少。但解放以后，环境变了，老毛病又冒出来了，江山易改，本性难移啊！有一次，一位土改工作队长让地主收买了，在土改中胡作非为，把真地主划成中农，把与地主恶霸斗争的山大王抓起来。我弄清楚情况后，把他批评了一顿。这下土改工作队长不愿意了，还跟我理论，说我站错了立场。妈妈的，参加革命这么多年，还没人敢说我没立场。我虽然生气，但还是想做做工作队长的思想工作。但这小子不知哪来的邪气，反咬我一口：‘杨师长，你是大官，干吗为一个大地主说情呀，吃人家嘴短，拿人家手软吧。’这还得了，几句话说得我火冒三丈。‘捆起来，也把他押往刑场，把脑壳砍了。’跟随我多年的专署办公室主任，没有像过去一样劝我冷静，而是和战士们一道，把土改工作队长绑了，正经八百地往外押，要送到刑场上去。而真把那小子绑了，往刑场送的时候，那小子吓得屁滚尿流，跪下来向我求饶，说只要不杀他，他愿意老实交代，什么都说。办公室主任说，你小子吃了豹子胆，敢与专署最高负责人顶嘴，别以为我不知道你干了些啥事，你不交代，杀了也不亏。这个工作队长吓尿了，一五一十地交代了。我呢，听说了之后，牛脾气上来了，真把土改工作队长拉上了刑场，真要砍了他的脑壳。押到指定地点以后，我命令一个班的战士对工作队长执行死刑，正等着我下命令的时候，办公室主任把我拉到了一边，‘杨师长，你还弄真的呀？’‘不弄真的，还能只是吓吓他？’‘吓吓他，让他把问题交代清楚就行了。’‘该杀！’‘且不说该不该杀，就是该杀，是不是应该把程序走完，专署党委讨论，集体决议后，交公安部门执行呀！’‘啊？！’我一时不知该怎么回答好。‘杨主任，毕竟，大规模战争已经结束了，毛主席党中央刚就土改工作作出指示，不准扩大化，不准杀人。’‘此人按罪该杀。’‘如果是战争时期，敌我交战紧急，此类情况可以临时处置，比如我们对叛徒，对特务，可以立即执行死刑。可现在毕竟已进入和平土改时期了，请杨主任想一想。’

“我知道办公室主任说得对，针对土改时期出现的复杂情况，党中央毛主席刚刚下发了文件，要求各地党委和军队准确、全面、稳妥地做好土改工作，严格政策，区别对待，团结绝大多数贫苦农民，充分调动广大翻身农民的积极性，孤立极少数罪大恶极、民愤极大的大地主，大恶霸。即使是占有过多土地，但干坏事不多，民愤不大的地主富农，也要不杀，给出路，让他们自食其力。对参加工作的人员，要加强教育，提高党性，增强水平，激发他们的工作积极性和工作热情，对在土改中犯了错误的同志，也要以教育为主，奖惩结合，标准要高，要求要严，但在组织处理上要慎之又慎，尤其不能杀人。这些文件，我刚看到，如果真把工作队长杀了，那麻烦就大了。工作队长的错误是经不住敌人的诱惑，中了糖衣炮弹。虽然做了坏事，顶撞上级领导，但还没造成恶果，从严对待是对的。如果在战争时期，工作队长的行为就是叛变，就是通敌，执行死刑也不为过。但现在共产党已经掌握了政权，手下的工作队员犯了错误，做了坏事，就必须按章按规按法办事，枪毙是万万不行的。这一点，冷静下来的我是清楚的，但事情突发，牛脾气上来，固执已见的老毛病又犯了，差点酿成大错。想到这里，我就对办公室主任说：‘我不管了，交给你处理吧！’

“办公室主任是我的老部下，一手培养起来的。我走后，他接着又把工作队长吓唬了一番，接着松了绑，并让工作队长把他干的事用文字写了下来，然后让他回去，等待处理结果。办公室主任处理得很圆满，他把绑了土改工作队员上刑场，说成了斗争的策略，是为了让他交代被地主收买的事实。办公室主任为此向专署党委写了报告。在报告里，我不仅没有了固执，偏激，要牛脾气，而是大度，稳健，开展斗争有利有节，教育犯错误的同志苦口婆心，有理有据。

看到这小子的报告，我不由得开怀大笑。”

林振川也笑了：“是有点意思。”

“这毛病后来也没占到便宜。为什么一辈子就是个师级干部？还是因为不会见风使舵，搞三级社，从初级社到高级社，再到人民公社，我说名字太多，这个没记住，那个又上来了。因为这话，我被省委主要领导批了半年多。1958 年开始搞‘大跃进’，我对自己说，管住自己这张臭嘴吧。但是有一次，中央来了一个调研组，到浣溪地区召开座谈会，召集人说得特诚恳，说他们代表党中央、毛主席下基层来听大家的意见，大家一定要畅所欲言，正面的，反面的，好听的，不好听的，只要对党的事业有利，大家都可以讲。现在全国的形势多好呀。大家想想，共产主义是我们的宏伟目标。共产主义好，要啥有啥，按需分配，我们现在许多地方的干部群众激发出了冲天的革命热情，立下了赶超英美的雄心壮志，我们的农民兄弟心比天高，创造性和积极性如火山一样迸发出来，他们说‘人有多大胆，地有多高产……’‘能有多高产？’我忍不住问。‘河南，四川的农民能亩产四千多斤了。’‘湖南有报八千斤的。’‘今天早上广播上报的，河南一个地方亩产一万多斤了。’调研组成员你一言我一语汇总着各地的亩产情况。

“我又冒了一句：‘你们信呀？’‘咋能不信，都是党报登的，人民台播的，他们还能说假话呀！’‘为什么不能！’我霍地站起来，‘报纸上登的让人信？让鬼信吧，一会儿说八百斤，第二天就变成了四千斤，又过几天，又变成了八千斤，这不，今天又报了一万多斤，种地打粮食，是吹糖人呀！吹糖人也吹不了那么多呀。从省城来的领导俺不清楚，在座的大多数过去都是种田的，每亩田能播多少棵秧苗，每棵秧苗能长多少稻谷，即使年成好，每亩每年能收多少，大家心里难道没数吗！八千？一万斤？能过一千斤就绝天了。还八千九千，破万斤大关，把稻秆都算上还差不多，如果真过万，就得把田里的土也算上了。’‘杨海功同志，请注意你的倾向。’‘什么倾向？’‘右倾。不要打击挫伤广大农民建设社会主义共产主义的积极性。’‘你们不是征求意见吗？不是让畅所欲言吗？不是让发扬民主吗？’‘海功同志，你说的是我们开会的宗旨，但你的言论不能与社会发展的大趋势、生产发展的好形势背道而驰，不能往农民的创造热情上泼冷水。’‘我明白了。我建议你们去稻田里看看，量量，称称。我们党最讲实事求是，不讲实事求是，不仅经济社会发展要吃大亏，而且最终农民要受损害，人民会不答应。人民不答应，我们党怎么立于天地之间？’‘海功同

志，我提醒你，注意你的言论，你的话是记录在案的。’‘什么座谈会，狗屁！老子不奉陪了。’

“发泄完，我摔门而出。结果可想而知，党内给了我一个严重警告的处分。在媒体上我受到了不点名的批评。更重要的是，后来才知道，我任副省长的报告已经报中央了，这事情一出，省委主动到中央把任命我为副省长的报告给撤下来了。

“紧接着三年自然灾害，浣溪地区受灾，很多人闹饥荒。下乡的时候我发现，过去曾去过的地方有些人不见了。尤其是年纪偏大一点的农民、山民、渔民，很多老朋友，见不到了。我感觉这里面有问题，趁着跟我的人不注意，我说我在招待所休息，我扮作一个货郎在乡下山中湖边跑了一个星期。这一跑把我吓坏了，也让我痛心了。因为‘大跃进’，搞浮夸，又加上旱灾水涝，天灾人祸加在一起死了不少人。每个村子都有，还好刚开头，我已经快六十岁的人了，哭了一天一夜，然后开始了自救的工作。我召开了紧急会议，命令全区所有的粮库，统统往农村放粮。而且，我还找了驻军，驻军的军长是我老战友，我请他帮忙，用三天时间把专署、县、公社三级粮库的粮食，除留少量战备粮食以外，全部由解放军运输，发放到每一个缺粮的家庭。这件事在全区动静弄得够大的，但居然没有一个人走漏消息，也没有人往上面报告，粮库超额支出的粮食，各县、公社的老百姓后两年全部填上了。这事让我感动啊！从此，我走到哪里，哪里的老百姓都把我当亲人，比亲人还亲呀！那时候我就想好了，往上升不升官，无所谓了，只要老百姓还信我，我就心满意足了。

“1960年底，我因为态度问题，历史问题，私自决定放粮，最后还是让中央调查组和省委发现了。中央调查组和省委的一致意见是，虽然这件事做得及时、准确，事前不报告，事发紧急，可以理解，但事后不报告，就严重违反了党的纪律和组织原则。特别是中央已经就‘大跃进’中的浮夸、冒进等问题有了决议以后，更应该把事情的前因后果向中央和省委做一个完整的报告。如果不严肃处理，势必在全党形成一个恶劣的先例，就是在一些重大问题上可以事前不申报，事后不报告，这对于一个宗旨明晰，组织严密，历史悠久，纲纪严明的政党是绝对不能允许的，因此，中央和省委给了我一个十分严肃的处理，由正师级降为团级，从地方上调到三线工厂，直接到军工一〇六厂主持工作。中央的处理我心服口服，到一〇六厂我也心甘情愿。也就从那个时候起，我作为一个党的干部，基本走向成熟了。快六十的人了，这个成熟是无数个失败、挫折、冒失、失误换回来的。我在一〇六厂这么多年，即使在最混乱的‘文化大革命’中，在应对各种复杂局面和突发事件的时候，还是比较准的，没有给党和人民造成损失。”

杨海功说到这里，突然长叹一声。

林振川以为杨海功身体不舒服了，说：“杨叔，今天说得差不多了，您休息吧，我明天再来。”

“明天？”杨海功突然冒出一句。

“对，明天，我再来听您讲。”

“明天，我在哪里？”杨海功突然说出一句莫名其妙的话。

“明天您当然在病床上。”

“不！孩子，该见的人见到了，该说的话也差不多说完了。这辈子感到特别愧疚的几个人，一个是你，见到了，也说开了。飞侠的事，我有责任，但飞侠离开多年了。淑娴呢，也早走了，最对不起的，还有一个……”

“还有一个？是谁？”

“唉，估计是要留下遗憾了。我想去看看他，跟他说说话，但我走不动了，也说不动了。”

林振川突然感到一丝丝凉意从心底升起，自己也年过六十了，什么样的事没经过，他突然意识到情况不妙，杨海功口中的词让他不寒而栗。不祥的感觉笼罩全身。什么“油尽灯枯”“回光返照”“活值了”“活超了”“该去见你爹娘和二花大头了”。想到这里，林振川强烈地认为不能让悲剧上演，不能让老领导、老叔耗费更多的体力和精力，林振川赶忙截住话头：“杨叔，今天太晚了，您真该休息了，您说不动了，就不说了。”

“小林子，最后听我一次，让我把话说完。”

“您的身体……”

“我最对不起的人还有一个，黄大刚。”

“大刚？”

“是！大刚，你的战友，你出事以后，他接的团长。”

“您说他身体不好，我要抓紧去看他。”

“应该去看他，你俩年龄差不多，但他身体差远了。”

“我们一直是并肩作战的好战友，好兄弟。”

“是。大刚信任你，崇拜你。也因为你的问题受牵连，但大刚又是因为我，处境更艰难，下场更悲惨。我是私心作怪呀，党性不纯呀！对不起大刚，这次本想让大刚来，咱们爷仨一块说说，我向他道歉，请罪。但请他原谅的机会都没有了，不是他不给，因为他已病重在床，起不来，走不动了。我愧我悔呀！”

“杨叔，到底为啥？”

“你还记得我把妹子介绍给他吗？”

“好像……记……得。”

“我看大刚人好，又是战斗英雄，还是个孤儿，就把我最小的妹妹海蓉介绍给他当媳妇，这小子同意了，也结婚成家了。但你的事一出，他为了保护淑娴和你的孩子，决定与我妹妹离婚，离婚时大刚把原因跟海蓉说了，妹妹当时也勉强同意了。虽说当面同意了，但之后又后悔了，还一肚子怨气。这事把我气得七窍生烟，这不是乱弹琴吗！姑且不说这事对不起我妹妹海蓉，也对不起我这个介绍人呀！同时，他事先不征求淑娴的同意，也不征求我的意见，一厢情愿，弄巧成拙呀！果然，这小子做得太冒失，太缺心眼。大刚去跟淑娴说，淑娴坚决不同意，等大刚回头再去找海蓉时，海蓉因为社会、家庭、宗族的冷眼，想不开，上吊自杀了，可怜我苦命的妹子哟。大刚懊恼，淑娴叹息，我呢，怒不可遏，下命令把黄大刚捆了起来，押到专署关了三天。但这毕竟是黄大刚在处理感情和家庭问题上的冒失之举，失误之举，我也知道他是为了战友为了你，所以行署党委经过多次讨论，给黄大刚一个记大过的处分，又打发他回原岗位工作，但悲剧已经造成了。一方面黄大刚利用一切机会和手段，关心淑娴和几个孩子。另一方面，我对大刚的满腹怨气几乎化成了仇恨，我妹妹多么鲜活的一条生命呀，那是我的亲妹妹呀！从此以后，由于私心作怪，凡黄大刚的问题，一律是红灯。‘三反五反’时，我说他立场不坚定。1955 年镇压反革命，我说他旗帜不鲜明。最要命的是‘文化大革命’，他们的机关外调找我，问黄大刚跟林振川一样，是否也是特嫌，我随口一说，不是特嫌也坏得跟特嫌差不多。这一说不打紧，大刚被放到反革命分子一堆去了，多次遭批斗毒打。实际上淑娴去世以后，组织上又给大刚介绍了一个老婆，也生了俩孩子。在那种情况下，为了保护孩子，老婆又跟他离了婚，带着俩孩子回农村去了。你说我杨海功是不是一个混蛋，在其他人的问题上说得冠冕堂皇，而一旦自己的妹妹受到了伤害，就不能公平正义，很多人说我公道正派，大公无私，狗屁！小林子，我做得是不是太缺德，太不够人味，更不要说有党性了？这……这是……我一生最后悔……不是人干的事，更重要的是……”杨海功话说到这里，气急攻心，一口气放开后，“哇”地喷出一大口鲜血来。

“杨叔！”林振川大为吃惊，扭转头向门外喊，“医生……”

没等林振川话音落地，守在门外的医生早就扑了进来，多个医生进来，打开了许多仪器，抢救了半天，杨海功总算止了吐血，但人事不省，进入昏迷状态。林振川喊，不应；厂领导喊，不应；刘主任喊，也不应。杨海功几个孩子哭天喊地，杨海功依然是眼紧闭，嘴紧闭。医生告诉大家，杨书记生命体征十分危险，同时医生告诉杨海功的子女，“杨书记的确是回光返照，你们早做准备吧！”

杨家人哭作一团，厂各方代表也满眶热泪，林振川更是满眼热泪，痛悔不已，一再说：“对不起，对不起。”

杨海功的大儿子杨爱国抱着林振川的肩膀说：“振川大哥，不要自责，我们不怨你。父亲一直身体不好。医生说，父亲能活到现在，就是个奇迹。他老人家战争年代多次负伤，有两根肋骨至今还断着呢，其他的生理功能早就不行了。但父亲有两个心愿要实现，这俩心愿形成一股气在支撑着他，一个是关于他整个革命生涯的最终评价，也就是他一生的功过评说，老人家在乎这个。第二个就是为你们这些没有记录在革命历史档案的英雄们正名，主要是你，你来了，为你正名的报告也上报中央和省委了，所以这两个心愿都实现了，他的这股气也该放下了。老人家没力气再撑下去了。他每天要拿出十倍的努力与病魔作斗争。虽然我作为儿子不应这么说，但实际情况的确如此。老人家走了，对他也是一种解脱，一种释放，父亲太苦了，太累了，不仅身体让病魔折磨得累，心理、精神上的重压也让他累。如果老人家的身体能好起来，我们高兴，但如果他真的走了，他也会轻松了。”

林振川不能在病房里再待下去了。老领导的确到了油干灯灭的时候，但杨叔强大的心理支撑能力和精神提振能力让他震惊，这是一般常人做不到的。因此也更增加了林振川对杨海功的崇敬和仰慕。另一方面，林振川也深深感到自责，如果不是自己来这里，也许老叔叔的身体不至于变得这么差，这么危险，所以，林振川在多次表示歉意的情况下，主动选择了离开。出门的时候，林振川安慰自己：到了这个份上，事情知道个大概就可以了，再多追问又有什么用处呢！即使老师长在昏迷之前要说出的“更重要的是……”也许已经不重要了。杨叔为国家为人民费心用力够大了，贡献也够大了。还有，对自己，对淑娴，对飞侠，对大刚等人的奔走呼喊也够力道够仗义了。林振川也清楚，这些让杨海功时时牵挂的人，虽然各有各的苦难，各有各的冤屈，但大家都是芸芸众生，人生在世，就如人吃五谷杂粮难免要生病一样，怎么可能都平平安安、无病无灾的呢。所以林振川想得很开，临走时他向一〇六厂的领导，向杨海功的亲属子女们表示，自己尽可能早点离开，以便让杨海功安心养病，保重身体，从此颐养天年。

林振川从医院走的时候，已经是深夜十一点半了，回到招待所以后，林振川也因为太紧张、太兴奋、太牵挂的缘故，人也累了，没洗脸，倒在床上就睡着了。这一睡到一睁眼就是早上八点半了，如果不是厂办的人敲门，林振川可能还要继续沉睡。

厂办的同志进来，一脸的严肃，而且胳膊上还套着黑纱，林振川虽有预感，但仍不愿意相信，“林振川同志，厂领导让我来告诉你，杨书记已经走了。厂领导和家属都请你过去，有些事与你有关系。”

什么？林振川大惊失色，他不愿意看到的事情还是发生了，而且发生得这么早，这么快，这让林振川更感到自责和不安。去工厂医院的路，林振川是在悲伤、自责的心境中走去的，甚至路是怎么走的，旁边有什么人他都没放在心上，而是心里一直在流泪，一直在骂自己，以至于走到杨海功的病房里，林振川还没从懊悔中走出来，是杨海功三个子女的哭声和厂领导的呼叫声，才把林振川叫醒：“林大哥……”

“爸，振川大哥来为你送行了。”

“林振川同志，你来了，感谢你参加杨海功同志的葬礼。”

林振川对这些话充耳不闻，走到杨海功的病床前，双腿扑通跪倒在地：“杨叔，您怎么就走了呢！”

工厂里的人一拨一拨地来，又一拨一拨地走，哭的，喊的，叫的。杨海功的亲戚本家也是一拨一拨地上来，哭的，叫的，喊的。而林振川就跪在杨海功的床前，一跪就是几个小时，一动不动，连杨海功的子女都跪累了，喊困了，叫乏了，起来到外面走动，休息休息，只有林振川默默地跪着，默默地听着，默默地流着眼泪，以至于连杨海功的大儿子都看不下去了：“林大哥，您毕竟也是六十多的人了，起来吧，出去走走，厂部还找您有事情呢。”

“林振川同志，厂里领导让你出来一下。”

林振川擦擦眼泪，来到厂办公室。厂党委书记和厂长都在，书记先说话：“林振川同志，我代表一〇六厂党委和行政班子，邀请你参加杨海功同志的追悼会，而且，请你作一个简短发言。你虽然不是一〇六厂的干部职工，但你是杨书记最看重、最牵挂的同事和战友，我们请你参加，也不是没有道理，请你支持，也请你理解。”

“我同意参加，如果要说几句，我也说。”

“好，谢谢你，同时，还有几件事也与你有关。”

“与我有关？”

“是的，杨海功书记生前做了安排。”

“请讲。”

“一、他说，他要葬在你选的坟地里，虽然现在开始提倡火化，但我们这里是山区，这里的风俗大多习惯土葬，我们尊重他家人和杨书记的选择，葬在你选的坟地里，有没有问题？”

“没问题！”

“二、这里面有个文件，请你收好，杨书记说是有关为你恢复名誉，确定战斗英雄向省委中央写的报告，杨书记说复印给你一份，请你收好。”

“好的。”

“三、这里有一份杨书记给你个人的信件，我们都不知道内容，也请你一并收好。”

“好的。”

“当然还有第四。”书记说着停了停。

“但讲无妨。”

“杨书记希望你为厂职工小学办点好事，包括请你为孩子们讲讲革命历史故事，做做辅导员。”

“这个，捐点钱没问题，兼职辅导员就不做了吧。”

“也好，尊重你的意愿。还有就是，你虽然不是我厂的职工，但从杨书记的报告了解到，你是战争年代大别山地区最负盛名的战斗英雄，是青年人的榜样，厂党委热情邀请你为厂里的名誉职工，为青年职工讲讲革命传统，进行爱国主义教育，希望你经常来工厂。”

“这个，那好吧，既然是杨书记的安排……”

“振川同志，至于你跟杨家如何保持友谊，尽管杨书记生前有交代，还是你们两家自己商量好了。”

“好，我们两家好说。”

厂长把信交到林振川手里："林振川同志，后天举行追悼会，你也辛苦一下，帮我们做些工作。"

"好，我就是杨书记的家人，做些工作是应该的。"

二十一

经过一周的劳碌奔波，终于把杨海功的后事料理完了。

厂领导因为生产任务繁重提前上班了。杨海功的两个女儿、一个儿子也都因为工作，身不由己，与林振川一次又一次地挥泪离别，拥抱挥手，把看护坟地的任务交给了林振川后，也踏上返回单位的行程。林振川把前来帮忙的柴叔等人劝走了，他要与老师长说说话，同时，他要看看杨师长走之前留的信。

信打开了：

小林子，孩子，我是一直把你当成大头当成儿子看待的，你是我的亲人。

小林子，那天夜里，我突然吐血，后来抢救了两个多小时，到下半夜三点的时候，我醒了，而且十分清醒。我找你，但是你走了，说是因为愧疚。于是我找护士要来纸和笔，写下下面这些话：

我爱你的父母，不仅尊敬他们，而且佩服他们，但是我对不起他们。

我对不起你，没能把你的事弄个一清二白，从而害了淑娴，害了飞侠，害了你们的孩子。

我对不起黄大刚，而最让我痛心的是，他从来不怨我不怪我。这让我心头上的石头更沉更重。

小林子，我经常做梦见到的，有飞侠，有淑娴，有你三个苦命的孩子，还有我的前妻崔二花，我的儿子杨大头，我的妹妹杨海蓉，我想他们。

还有更重要的，陷害你的人至今没有查到，提醒你去查查两个人，一个是你当年下令释放了的国民党县长古敬之，改革开放后他好像又回家乡投资搞建设了。还有就是当年出卖你父母的军政治部主任牛大儒的儿子牛正跃，他现在混到了高位，据说刚从正省级领导位置上退下来，他的政治历史我们无人了解。我只知道，在你紧张抗日，全力打老蒋的时候，这个人有四年历史无人知晓，这个人是个谜，你岳父可能在查，你也可以查查。如果可能，见见他们，看能否找到一些线索，查牛正跃一定要非常慎重，因为他毕竟是中管干部。

孩子，这一次真的是回光返照了，我这次醒来，头脑十分清醒，趁着清醒，我把对组织、对工厂、对家、对亲人战友的话都写了下来，现在写完了，我现在感觉很累很累，也突然感觉到很放松，很轻快，我真的放下了，再见了孩子！再见了山河大地，再见了，亲人们……

看到这里，林振川又一次跪在了杨海功的坟头："老师长，老叔，您受苦了，一辈子悲苦，还想着我这个不争气的孩子。杨叔，去那边自由地生活吧，见到了俺爹俺娘，就说我这个儿子不争气，没替他们长脸。就说过不久，我也会过去，去他们膝下好好孝顺他们，也好好孝顺您。"

经历了飞侠和杨海功两人的事，林振川感到，四十多年前去新疆，经历了草原那次国民党的大屠杀后，自己再没流过眼泪，没想到这次回到家乡，回忆过去的事，会有这么多的悲惨，这么多的凄苦，这么多冤屈，这么多眼泪。

林振川不敢设想，剩下的路程会怎么样，看看内地的山水之间，平川之上，到处是新建的高楼大厦，到处是奔波不息的各色汽车，到处是色彩鲜艳的服饰装扮，市场繁荣，生活浮华，歌舞升平，一派繁荣盛世景象。林振川祈祷，这里的百姓再也不会像战争年代那样，饱受饥寒交迫之苦，再也不要遭受人世间的痛苦了。

林振川再次向杨海功的坟磕了三个头以后，就起身准备开始新的行程。

"老爸！"

"你？"林振川大吃一惊，"你怎么找到这里的？"

"老爸，现在信息这么发达。你们动静又闹得这么大，我怎么会找不到这里？可别忘了，我是谁的女儿。"

"又在白吹。"

"老爸！"凤凰妮娜跑来，紧紧抱住林振川，"女儿想你了嘛！"抱着说着，眼泪洒得林振川满肩都是。

林振川也轻轻地抱住自己的女儿，任由女儿洒泪撒娇，等她平静下来后，才拍拍女儿的肩说：“妮娜，该跟爸爸坐下来好好说话了吧。”

“好的，老爸，我先说，首先，我改了名字，我现在叫林俊雅，我查了林家族谱，我是俊字辈，后面单连一个雅字，希望爸爸认可，不过不认可也没关系，我把身份证都改好了，身份证上的姓名就是林俊雅。”

“你这个疯丫头。”林振川十分疼爱地看着自己的爱女，一股暖流涌上心头，就用手慢慢地拍了拍孩子的头。

“老爸，说也怪了，别人，谁碰我的头都不行，只有你，你轻轻地摸一下我的头，我浑身都很舒服。”

“又要贫嘴。”

“好，说正事，第二，听说你把这块坟地都买了，干脆，我把这一片整个山头都买了，听说这山上有矿，买了不吃亏。”

“别，孩子，还是为你老爸的故乡留一片青山绿水吧。搞生态农业，发展旅游可以，千万别挖矿，要挖，等你老爸死了以后再挖。”

“不相信女儿是不是？老爸说得对，坚决不挖，不仅我们这一代不挖，以后也不让挖。”

“你还做什么事了？”

“你前天来的时候我就看见你了，但我看你跟柴爷爷说话，他们人可好了，我已经跟他很熟了，他们同意我去金刚寨做客。”

“同意你去？”

“还不是沾你的光，我说是你的女儿，他们不信，我就把你和全家人的照片给他们看，他们又看我这么懂事，就认我了。”

“怎么认你？”

“柴爷爷认我作孙女，我认孙梅作姑姑啊。”

“你这个小鬼头，但有一个要求。”

“老爸请发圣旨！”

“你老爸百年之后，你要好好孝敬他们，像亲孙女对爷爷奶奶一样，亲侄女对待姑姑一样，能做到吗？”

“谨遵皇阿玛圣旨！”

“这才是好孩子！”

“第三，老爸，我设在武汉的公司，准备把公司的业务优先延伸到这里，我准备把新疆的土特产和大别山的土特产搞个混合经营，老爸的老家在这里，我要为故乡人民多做好事。”

“很好！”

“我准备用几年的时间，把这里的山区小学都武装起来。”

“想法不错。”

“第四，老爸，大哥二哥他们要来，他们都想老爸了。”

“乱弹琴，谁让他们来的，说好了我办完事就回去，是不是你的鬼点子？”

“咋会呢？你是我们的老爸，他们来看你，天经地义。”

“好了，还有第五第六吗？没有的话，我们找个地方歇着吧！”

林振川一脸严肃，林俊雅就不敢多说了，这是在新疆多年形成的习惯和养成的规矩，林俊雅用蚊子般的声音说：“没了。”

“去镇上找个宾馆先住下吧。”

去镇上吃了当地的特色饭菜，又在小河边散步走路，到晚上休息的时候，林俊雅非要到林振川的房间睡，林振川不同意：“这像什么话！你这么大姑娘了，还跟老爸住一块，不合适。”

“要跟老爸说说话呢！我让宾馆给我们换了个大房间，是总统套间。”

“瞎说，一个镇上，哪有什么总统套间！”

“反正是最好最大的房间，我让他们改成两张大床，我要跟老爸一块睡，我要跟老爸说说话。”

“胡闹！”

“放心，老爸，我登记了，我们是父女，还把照片给他们看了，我不会办糊涂事。”

“就你能！”

父女俩在房间里有说不完的话。

“妮娜，接下来准备做什么？”

“我叫俊雅，林俊雅！”

“一样！”

“老爸，我准备把商业中心往内地转移，新疆有我二哥呢！我想在内地站住脚，在我的老家扎下根。”

“你老家？”

“你老家就是我老家啊！”

“是的！”

“我计划先以大别山为中心，把我的商业发展起来。”

“你的商业，有多大啊！”

“我的计划是分成几大块，一块是农林业，充分利用大别山干净优质的农林业资源，先种养，再开发，坚持绿色，环保，原生态。”

“哪来这么多新名词？”

“这一点老爸就比不上女儿了，英语法语我在行，你不行，多看点外国的东西，世界大着呢！这些新概念国外正流行，国内还没叫开呢！”

“这点好！”

“想得到老爸的夸赞真不容易。二是发展教育，这两个月我在家乡转了很多地方，我发现故乡山好水好风光好，就是教育跟不上，这里居民又十分分散，这一岭两户人家四个孩子，那一湾一户人家两个孩子，最多的村庄也不过二三十户人家，成年人都去南方打工了，留守在家的小孩子上学保证不了。好多孩子要么上不了学，要么就中途辍学在家，这样发展下去怎么得了，不能让老爸这一辈无产阶级革命家打下的江山后继无人，文盲充斥吧？我准备把我在新疆的股份和分红分出来，在这里办学校，做教育，让孩子们有学上。”

“好，想得很好。”

“这第三呢，要在家乡推广高科技，现在全世界都在强调信息技术，搞计算机革命，我在外文报纸上看到了不少这类文章，这一点我很敏感，我计划是去武汉搞一个高科技公司，把信息技术先弄清楚，然后与企业合作，说不定啊，在全国都领先呢。”

“好！”

“至于我们家传统的采矿挖煤，种植棉花、小麦、葡萄干、哈密瓜出口之类的外贸业务，继续做，而且我要在全国多铺几个点，先在几个大区做。哎，老爸，怎么打呼噜了？”

林俊雅从床上爬起来，轻手轻脚地走到林振川身边，听到了林振川发出的轻微的呼噜声，她知道，老爸睡着了，也许，老爸是真的累了，需要休息了，林振川睡得很轻松，很安详，很自然。

林俊雅又轻手轻脚地回到自己床上，也因为这几天太忙太累的缘故，不出十分钟，也甜蜜入睡了。

第二天一早，当林俊雅从甜蜜的梦中醒来，叫“老爸”的时候，没听见林振川回应，以为林振川在卫生间，向卫生间喊老爸，依然没有回应，林俊雅急了，急忙穿好衣服出去找，但在她转身外出的时候，她发现了林振川留给她的纸条：

孩子，原谅爸爸不辞而别，你有你的事做，爸爸有爸爸的事要做。我这次回故乡的事还没有做完，爸爸还有很多地方要去，还有很多事要做。

孩子，你让爸爸感到自豪。你的计划很好，爸爸支持你，告诉你妈妈和你哥哥，让他们全力支持你，因为你做的是好事，是对故乡人民有利的事。

孩子，你让爸爸尤为感到骄傲的是，你很像老爸！

转告你哥哥，也包括你，不要找我，我办完事，会去找你们的。

一个姑娘家，出外办事一切都要小心。

书要继续读，功也要照常练。

孩子，爸爸相信你，你也要相信爸爸。

老爸留言

看到这里，林俊雅喊了声“坏老爸”，眼泪夺眶而出。

二十二

林振川按照养老院门卫指引的路，来到了雷家湾坐北朝南、靠山傍水的一家独门小院外。这地方，在林振川的印象里，依稀还能记得，这就是当年的雷家门楼，也叫雷家湾，是雷经天的家。这个地方，是个三合院，说是三合院，是因为后面正屋有五间房，两边各有两间房，而前院大门是一个门楼，除门楼外没有房。林振川回想起来，自己大概是四岁的时候，由杨海功把自己送到这里，那时，雷淑娴三岁，雷飞侠不到两岁。那时候的小院子里，两个女人，三个小孩，过得倒也天然自由。而这家的男主人雷经天几乎是长年不在家，一来他要在中学担任校长，学校有很多重要的事要处理；二来他在学校之外还有一个武术班，后来发展到三个班，两个男子班和一个女子班，所以每个月，雷经天一定要坚持回来一趟。雷经天回来，一是要看他常年有病的妻子，二是要看他两个可爱漂亮的女儿。后来，又加了一项任务，要看看他领养的儿子林振川。这个家除了飞侠母亲、淑娴姊妹以外，由于淑娴妈妈身体不好，淑娴妈妈就把她老家的一位叔伯妹妹请来了，林振川、雷淑娴、雷飞侠就把她叫老姨。当林振川十岁的时候，淑娴、飞侠的妈妈因病离开人世。林振川只知道，这位后娘对他永远都是慈祥的笑容，永远都是善意的询问，永远都是细致入微地给他洗衣服，夹饭菜，掖被褥。林振川清楚地记得，后娘得的是一种非常罕见非常痛苦的病，但是后娘在三个孩子面前，从不叫一声痛，从不流一滴泪。后娘即使在即将离去的时候，也一手拉着林振川，另一手握住俩姑娘的手，“孩子，我的孩子，娘真的舍不得你们啊！”“娘啊……”林振川第一次抛掉了“后”字，扑到后娘的怀里，痛哭起来，这个时候，后娘突然间泪如雨下，“儿啊！我的孩子，娘终于听到你叫一声亲娘了！娘走了，也可以瞑目了！”林振川和淑娴、飞侠都扑在后娘身上痛哭不已。

“儿啊，姑娘啊，你们坐起来。娘跟你们说几句话。”

三个孩子擦着眼泪，都坐起来了。

“川，我的儿，你虽然不是我亲生的，但我把你看得比亲生的还亲，快走了，娘没另眼待你，也算我夸自己一句。儿啊，你爹外面的事情太多，这个家就靠你了，两个妹妹就交给你了。儿，千万记住，你两个妹妹脾气不同，你千万要看好，一个也不允许撇下。”

林振川也哭得不行，不停地点头，实际上那个时候十岁的林振川，并没有听懂后娘的意思。

“淑娴，你是姐姐，你也最懂事，飞侠野了点，你要让着她。”

淑娴继承了妈妈的美，一个劲地落泪，一个劲地点头。

就这样，后娘拉着三个孩子的手，虽然遭受疾病的煎熬，但也安详、平静地离开了人世，离开了她爱的孩子们。

也就是在后娘死后不久，林振川就担负起了儿童团团长的工作。虽然老姨也和后娘一样为人温和体贴，但林振川大部分时间是回到家，吃饱洗干净后，又从家里出来，参加他的革命工作了。有一点林振川记得十分清楚，虽然是老姨，虽然后来雷经天没有娶她，但她像林振川、雷淑娴、雷飞侠的亲妈一样，无微不至地照顾着他们的生活，这是一家多么好的人啊！每每想起，林振川总是感慨万千，唏嘘不已。

走到门口了，林振川不得不中断回忆，轻轻地敲了敲门。“嘭……”

“嘭……”林振川又敲了一次。

“这会儿怎么会有人，姐夫回来了？”里面传出的是自言自语的声音。

“嘭、嘭、嘭。”林振川又敲了三声。

“姑爷……？是姑爷回来了吗？”

“姑爷”一声叫，林振川惊醒了，这敲门声是四十多年前自己回到这个家经常用的声音和次数。想到这里，林振川不由得一阵发抖，浑身在激动地颤抖，没有办法，林振川只好停下来，也静下来，他想平复一下自己激动的心情。

“吱呀……”门开了，门打开的时候，一个声音穿门而过，“是我们家姑爷回来了。”

“老姨！”

“川儿！”

“老姨！”

“川儿，真是你啊！”

一位九十多岁的老人，一位六十多岁的孩子相拥在一起。

“老姨，您老人家还好吧？”

“姑爷啊！你怎么才回来啊！”

“我回来晚了。”

“姑爷，我的川儿啊！你也六十多岁了，没想到在我入土之前还能见着你，来，快进来吧，茶水我都给你备好了！”

“老姨，爹没回来吗？”

“你爹发来电报，说他过段时间回来。我从养老院回家，收拾收拾，给他备点咱自家后山的新茶。也真奇了，我这两天总做梦，一会儿梦见俺姐，一会儿梦见娴儿和侠儿，我也梦见你了，看见你骑着高头大马回来了，看见你就喊，川儿，川儿，我是你老姨，可你只顾骑马飞奔，怎么都不理我。苍天有眼，俺姐显灵，让我再见到你！”

“老姨，您怎么知道是我？”

“你开始敲门的时候，我以为是姐夫回来了，但你敲门的次数和快慢，一下子就把我拉回到几十年前。”

“几十年前的事，您都能记得？”

“怎么不记得，你们三个孩子，敲门声都不一样，你是三下，前后的时间基本一样，淑娴敲两下，又慢又轻，飞侠是又快又急，得好几下，所以，听敲门声我就知道是谁回来了。”

“老姨的记忆力真好。”

“孩子，这么多年了，你跑哪儿去了，一点音讯都没有啊！”

“一言难尽啊！”

“怎么不早点回来啊！”

“唉，我糊涂啊！”

“老姨不是怪你，只是可怜淑娴，还有飞侠，还有……”老姨说不下去了。

“老姨，不急，我一时半会儿不走，咱慢慢说。”

“这么多年了，让我从哪儿说起啊！”

“老姨，我再烧壶水，您说屋后的茶，还有吗？好像是我们小时候，爹回来的时候种下的。”

“对的，川儿，亏你还记得，茶树都长得很大了，好几十棵呢！后来陆陆续续又种了一些，屋后就是个茶园。”

“我先喝一口，嗯，好香好香。”

“姑爷，你等等，我去屋里拿点东西，咱娘俩再慢慢说。”

老姨从屋后里拖出个小木箱。木箱子打开，里面有淑娴的照片，有淑娴的首饰，有林振川的钢笔、皮包……“姑爷呀，这都是淑娴当年的东西，还有你的，飞侠的，林海林英的，你慢慢看吧。”

林振川只是简单地看了看，眼泪就开始洒落，为了怕过于悲痛，林振川说：“老姨，这些东西是我的宝贝我的命，我会慢慢看的，您老人家还是给我说说淑娴，说说几个孩子，说说这个家吧。”

老姨声调低沉地说：“姑爷啊，你走以后，淑娴等你，从打春到立夏，从中秋到冬至，从太阳升起到月亮落下，从兰花开到梅花落，等断了肝肠，望穿了双眼，孩子受的苦，你老姨笨嘴拙舌的说不出来啊！你走后，两个孩子张嘴要吃饭，后来飞侠又送来一个孩子，三个孩子每天要吃饭，要穿衣，你爹吧，长年在外，老姨我也还有一张嘴啊！”老姨说到这里，老泪纵横，把目光望向很远很远，是在回忆，又在叙说……

那是一个阴雨缠绵的下雨天。雷淑娴匆忙从外面赶回家，看看老姨，抱着老姨痛哭起来……

“孩子，怎么了？不哭啊！”

淑娴听了这话，却哭得更狠了。

“有什么事告诉老姨，看看能不能想法子……”

“川哥，川哥被飞侠劫走了！”

“啊！飞侠把姑爷劫走了？”

“听说发生了枪战，死了人，川哥掉进悬崖瀑布了。”

“那……那还有得活吗？”

“不知道啊！”淑娴说着话，又忍不住流泪。

“是不是黑龙潭瀑布？”

“听说是！”

“那么高，那么险，水又那么急，真掉进去，怎么能活着啊！造孽啊！侠儿，傻孩子，怎么能做这种傻事！”

“妹妹误听了消息，听说川哥要被弄到浣溪枪毙，就在黑龙潭下了手。”

“这可怎么办？侠儿肯定是为了救姑爷的命，淑娴啊！不生妹妹的气啊！”

“川哥啊，你在哪里啊！”

淑娴痛哭的声音，让家里的两个孩子受到惊吓，也哇哇大哭起来。孩子一哭，淑娴就顾不得自己了，忙抱过来：“我儿不哭，我儿不哭！”为了不影响孩子，淑娴只好任眼泪在脸上无声地流淌，而把一腔柔情倾注在孩子身上，耐心地哄孩子睡觉。

孩子睡了，淑娴忙把老姨拉到院子里：“老姨，怎么办啊！”

“孩子，你有啥主意？”

“我想上金刚寨。”

“啊？”

“我去找飞侠，看看川哥怎么样了！”

“不行！”

“怎么不行？”

“你不是说姑爷，还有飞侠都掉进黑龙潭了吗？他们是死是活都不知道，你去了找谁？如果飞侠不在，那帮土匪又不认识你，你一个女孩子家，你又没学武功，你不能去！”

淑娴有些犹豫，“我……”

“再说，你爹还没有回来，要去，也得等他回来再定！”

“爹不会让我去的！”

“情况不清楚，就是不能去！”

“也不能就这样一直等啊！”

“先等等吧孩子！”

“等？”淑娴想到这里，又忍不住泪流不止。

三天后，雷经天回来了，回来第一件事就是把淑娴叫到身边：“孩子，川儿好像受了重伤。”

“重伤，爹，那可怎么办啊！”

“好像飞侠没怎么受伤，两个人只要一个没受伤，另一个就能活。”

“川哥现在在哪里？我要去看看他！爹，我们把川哥接回家！”

“在金刚山中，因为飞侠他们打死打伤了解放军战士，现在受追剿，我估计，他们居无定所，你去了也找不到。”

“爹，那就不找了？”

“找，我去找。”

“我也去！”

“淑娴，爹知道你想去，但是你不能去，家里还有林海林英呢，振川重要，两个孩子也离不开人，你必须把两个孩子照顾好。”

“可……我……想……川哥……”

“我知道。振川也一定想念家想念你想念孩子，但是，孩子，你记住，这次振川是碰见大麻烦了。你想想，又是放错了人，又是特务嫌疑，这下还打死了解放军战士，又和你妹妹这帮上山为匪的沾上了边，可是跳进黄河也洗不清了。所以，不是不让你去，你去了也解决不了问题，而且，山上情况不明，人员杂乱，你上山还有危险。”

“我不怕危险！”

“我的女儿我知道，你们都不怕事，但你还有两个孩子，这俩孩子是你和川儿的命，你不能糊涂，川儿一定希望你在家把孩子养好。”

“那我怎么办？”

“等！”

“又是等！”

二十三

雷淑娴这一等就是一年多，等来了她人生路上的几大奇事。

林振川被雷飞侠劫持上山已经一年多了，这一年多来，雷淑娴几乎是伴着思念、焦虑、等待度过的，是伴着哀叹，伴着呼唤，伴着泪水度过的。白天，雷淑娴要伺候喂养两个孩子，要顶替父亲和老姨干一些田里、菜园子和地上的活，无论再累再乏再困，也不管下雨下雪刮风打雷，淑娴一定要到小院里，有时候是伫立在门前柱子旁，有时候搬个小板凳在小院坐定，她一定要抬头望望天，看着金刚山的方向，她一定一百遍一千遍地呼唤："川哥，快回来，川哥，快回来。""川哥，孩子们想你啊！"就这样，每次淑娴都是泪洒衣衫，每次都是泪流满面。时间长了，次数多了，老姨没有不发现的，心疼孩子的老姨，有时候实在是看不下去了，就出来劝劝淑娴，越劝思念越悠长，越劝眼泪越多，劝多了，老姨也免不了唉声叹气，一起落泪。

就这样盼星星盼月亮，思念带着眼泪流，眼泪带着思念长，在不尽的思念中等待。一个深夜，淑娴从院子里回到房中，刚进入梦乡，就听到窗户外一阵急切的声响："姐，姐。"

"谁？"听到声音的淑娴急忙从床上坐起。

"姐，是我。"

"飞侠？"

"是我，姐，开门。"

雷淑娴听出来是妹妹的声音，又急又喜，赶忙下了床穿好衣服，把飞侠迎了进来。

姐妹俩好几年没见，难免要抱头痛哭一场，淑娴见飞侠带进来一个包裹，飞侠把包裹放在床上，就抱住淑娴哭起来了："姐，我想你……"

"飞侠不哭，回来就好了，回来就好了！你在山上……没事吧！"

"我还好！"

"那振川呢？他怎么样？他还好吗？"

"他……他可能还在躲解放军呢！"

"你们没在一块？"

"有时候在，有时候不在。他现在还回不来，回来怕解放军抓他。"

“那也要回来啊！你告诉他，让他回来，有多大错认多大错，总躲也不是办法。”

“好，我见了告诉他！”

“哇……”姐妹俩正说着话，飞侠带来的包裹里传出孩子的哭声。

“有孩子？”

飞侠赶紧把孩子抱过来：“娃娃不哭！不哭啊！”

“孩子……哪儿来的？”

“姐，我这次来，专门为这孩子。”

“专门！为这孩子？”

“姐，你菩萨心肠，这孩子是我们山上一个头领的，这头领一直对我很好，前几天被解放军打死了，孩子可怜，我想抱给你，你帮着养好。”

“我？养好？”

“对，你一定能养好。”

“你知道，我已经有林海林英了。”

“姐，你行行好，三个不多。你……就说在路上捡的。”

“捡的？”

“就是捡的。”

“飞侠，你一个山大王，还有这份佛心。”

“姐姐，不想帮我？”

“川哥怎么样？伤好了吗？”

“好了吧！”

“什么叫好了吧？”

“好了！”

“完全好了？”

“全部好了！”

“为什么他不回家？”

“他说要回家。”

“你们没在一起？”

“在一起？没有。”

“就是在一起，我也不怪你，你告诉他，让他回家。”

“一定，这孩子？”

“我养。”

“谢谢姐。”

“谢我干什么，你要不劫持川哥，能有这么多事？”

“妹妹错了。”

“你不劫川哥，他就可以回家。”

“妹妹错了。”

“你不劫川哥，林海林英就不会没爹。”

“妹妹错了，姐姐别说了。”

“你个死妮子，你要振川，我给你就是了，干吗干傻事？”雷淑娴说着痛哭起来。

“姐……”飞侠扑过来，姐妹俩抱头痛哭。

毕竟是血浓于水，毕竟是亲姐妹，在抱头痛哭的一瞬间，两个人因林振川而凝聚的记恨、愤懑消解了。

“这回回来，能住几天？”

“这……应该能……”

“爹过两天回来，你不想爹呀。”

“爹……”提起雷经天，飞侠又痛哭起来。

姐妹俩的痛哭、说话，惊动了正在熟睡的老姨，老姨来到了淑娴的屋里，娘仨不免又大哭一场，但娘仨达成共识，收养飞侠送来的孩子，孩子跟老姨睡，因为淑娴房里还有两个孩子呢！

说着，飞侠便把孩子抱到老姨的屋子，一进老姨房间，飞侠就把房门插上了，扑通一声跪在老姨面前。

“这孩子，这是做什么？快快起来！”

“老姨，我今儿一跪，是求您，务必要替我照顾好这个孩子。”

“你姐姐不是都答应你了，放心吧！”

“老姨，我刚才在姐姐面前撒了谎，这孩子，这孩子是我的亲生骨肉啊！还望老姨您，看在打小的情分上，替我照顾好这个孩子！”

老姨一听，虽有满腹的疑问，却也说不出什么话来，只得一个劲地答应：“飞侠啊，既是你的亲骨肉，老姨必定替你照顾好。”

“老姨的大恩大德，飞侠铭记在心！”说罢，飞侠从地上起来，从腰里摸出来个石头刻的牌子，“这个，还请老姨，等这孩子长大了交给他。还有，请老姨务必收好此牌，别让姐姐看到。”

“好。”

飞侠说罢，抱起熟睡的孩子，一遍遍看，一遍遍亲。只看得双眼发红，只亲得泪落如雨，老姨也是心酸，在一旁落泪。

随着外面一阵急促的狗叫声，飞侠慢慢地把孩子交到老姨怀中：“老姨，这孩子就拜托您了，我得走，不走，会连累你们的！”

飞侠悄无声息地走了，这一走，就再没回这个家。

从此以后，淑娴家不仅有林英林海两个孩子，又加上飞侠送过来一个孩子侠久，侠久是老姨根据飞侠的意思起的，淑娴问：“老姨，为什么起这个名字？”老姨说，这孩子是飞侠捡的，也是飞侠救的，所以用一个“侠”字，另一方面，希望这孩子长命百岁，天长地久。“老姨什么时候变得这么有学问了？”“反正是飞侠送来的孩子，就叫林侠久吧，跟林海林英做兄弟姐妹。”“怎么都行，老姨说了算。”

日子就这样慢慢过着，父亲忙着学校的事情，家里的重担都压在淑娴一人身上。谁知一个月后，却传来了飞侠投案，飞侠被抓，飞侠被公审的消息。飞侠是淑娴的亲妹妹，妹妹出事，姐姐无论如何是要去看的。淑娴是跟父亲雷经天一块去的。雷父经此一遭，也是身心俱疲，爱女遭此厄运，女婿生死未卜，怎么能不让做父亲的心如刀绞，身心受损。雷经天想找人疏通，却也是如热锅上的蚂蚁一般，晕头转向，不得已在县政府门口转悠，想办法看能否进去看看女儿情况，却在门口碰见了杨海功，而杨海功也看见了人群中的雷经天，杨海功向雷经天微笑示意，并有意向他身边说话的人高声说道：“放心！有我哪！”此时，雷父才稍稍地安心一点。

第二天，雷经天得到消息，县政府和解放军决定放飞侠回家，理由是，飞侠虽然上山为匪，但没有血债，没有民愤。听到这个消息，雷经天喜出望外，赶紧前往县政府去接飞侠回家，但到县政府大门的时候，就看见杨海功一行人匆匆走过，没来得及打招呼就扬长而去。

雷经天等了很久，却没等到女儿出来。继续打探消息才知道，杨海功命令放了雷飞侠，但是，县委书记郭亮鹏却说在放之前，需要向雷飞侠了解一下金刚寨的情况。这样也无可厚非，情有可原。然而，谁曾想到，郭亮鹏留下雷飞侠是有用意的，因为他在接到杨海功的命令的时候，给他在省委工作的姑父发了一封电报，说杨海功包庇土匪，丧失党性，说现在土匪还未完全肃清，敌特活动还很频繁，这个时候放了女土匪头目，不仅仅是政治立场出了问题，而且给刚解放，刚建立人民政权的对敌斗争增加一些不可估量的变数。省委也不是糊涂蛋，一方面给浣溪专署和双城县委发电报，说先不要放雷飞侠，另一方面派调查组去双城了解情况，同时命令杨海功回浣溪专署说明情况。这也是为什么杨海功急急忙忙先走的原因。实际上，杨海功刚走半天，省委给县委的电报就到了，让县委先不放雷飞侠，但也不允许伤害她，然而郭亮鹏在接到电报后，却只记住了前半句，忘记了后半句，而且还擅作主张，要在县城公审雷飞侠。

公审大会的告示一贴出去，雷经天几乎瘫倒在地，爱女被公审，不仅说明被放的可能性没有了，而且很可能要入狱，要判刑，要被共产党定为反革命。前途未卜，生死未定。雷经天预感非常不好，赶紧回家，拉住他的大女儿，一块来看他的小女儿。

公审大会的情景不仅击倒了饱经风霜的雷经天，还击垮了对妹妹十分疼爱的雷淑娴。

公审大会现场。

县委书记郭亮鹏声嘶力竭地喊着："雷飞侠，你个女土匪，你快点交代，你是如何与国民党蒋匪军勾结，残害人民，祸害乡里的？"

"哈哈哈！女土匪不假，但是，我一没有与国民党勾结，二没有残害乡里，三没有残害百姓。"

"解放军战士是不是你打死的，那可是党和人民的优秀儿女，你是在犯罪！"

"解放军战士不是我打死的！我也没有下命令要打死他们！"

"你强词夺理！罪过难书！你是人民的死敌！"

"嗬！你抬举我了！"

"抬举你？你本来就不是好种！你家……"

"你胡说八道！你狗嘴里吐不出象牙，你个乌龟王八蛋！"雷飞侠突然变得异常激动，暴跳如雷。她激动难以自控的原因，是因为她在人群中看见了她的父亲雷经天，看见了姐姐雷淑娴，看着两位至亲，再看看自己眼前这副模样，一种极其复杂的心情犹如一团夹杂着柴草、油气和木屑杂物燃烧成的熊熊烈火，烧得飞侠不能自已，不能自控，她只有歇斯底里地发泄自己的情绪。这复杂丰富的情绪，既包含着对慈父、对亲姐无尽的悔恨和无边的自责，也有对亲人、对父姐多重的怨恨和愤懑。从小到大视自己如掌上明珠，待自己如心肝宝贝的慈父，对自己从记事开始就事事礼让，呵护有加的姐姐，怎么会做出如此草率的决定，让姐姐与林振川结婚？为什么连话都不说一声，非要支开自己？假如打开天窗说亮话，我可能会接受。我糊涂偏心的老爹啊！从小到大，你从没吼过我，也没动我一根手指头，为什么在女儿的终身大事上这样不公正，你难道不知道平常里我跟川哥哥闹得最欢，打得最多，相处最长，四方邻里说我们才是天生的一对？偏心的老爹呀，你当时也听到了，也点头笑过了，为什么到最后的时刻你又变了？还有我最亲最近的老姐呀，你冰清玉洁，高雅富贵，贤淑温顺，川哥哥跟你是一类人吗？他可是个调皮捣蛋的二货，他怎么能配上天使般的你呀。只有我才能让他俯首帖耳，老老实实。为什么让他娶了你呀？老爹的这个决定，事前你也许不知道，也许你知道了会告诉我，你从小时候起，可是什么都让着我啊。你怎么不把川哥哥让给我呀？我……我知道爱是自私的，我知道你也喜欢川哥哥，可……爹呀姐呀，我还是让你们担心了，难受了。我可能真不该上山，不该为匪，不该劫持川哥哥，不该让解放军死人了……爹，对不住，女儿不孝，姐，对不起，妹妹不好……

“狗日的女土匪，”郭亮鹏看见了雷飞侠的失态和激动，但最不能忍受的是雷飞侠骂了他，他拔出手枪，“该死的婆娘，我毙了你！”

“郭书记！”一个威严的声音传过来，解放军独立团的团长黄大刚站起来，一把按住枪，“请注意你的情绪！”

“情绪？我什么情绪！”

“杨书记指示，必须保证雷飞侠的安全。”

“我毙了她，她就安全了！”

“郭亮鹏同志，”黄大刚走到郭亮鹏身边，在他身边轻声说，“你要是敢开枪，你也活不了！”

“你？……”

“我说到做到！”

“哦！好，女土匪，我再问你，你叫什么？”

“我……”雷飞侠又看见了雷经天死灰一样的脸，看见满眼都是泪水的姐姐，心中更是悲苦，一种念头突然升起，“我叫赵飞侠。”

“你不是叫雷飞侠吗？”

“明知故问，姑奶奶现在就叫赵飞侠！”

“混账说法，你就是雷飞侠！雷经天的女儿！”

“我是雷经天的女儿不假，但我是被雷经天抢去的！”

“啊！”人群中发出惊讶的呼叫。

“乡亲们知道，金刚寨的寨主姓赵，叫赵老贵，我就是赵老贵的女儿。当年赵老贵无恶不作，为害乡里，我父亲雷经天收拾了他，雷经天抢我过来，也是为了抑制赵老贵，赵老贵别人不怕，就怕雷经天。我呢，也不能不认祖归宗，所以三年前我上了山，接了我爹的班，占山为王，落草为寇，纵兵为匪，说我是赵飞侠，难道有错？你个王八蛋，还有什么要问的！”

“你！雷经天就在那，你不认他？”

“他跟我一点关系都没有了！再不要提他！”

而此时，台下的雷经天却是心如刀绞，自己的女儿说不认自己，说是老土匪赵老贵的女儿，他气他恼！但听着听着，雷经天听明白了，而听明白了，心更痛了，女儿是为了保护自己，保护雷家，为了撇清土匪与雷家的关系。赵老贵已经死了，谁知道这是真是假呢？我可怜的女儿，是爹对不起你啊！爹错了！爹不应该这样简单处理你、你姐与川儿的关系，当初你娘就告诉我，姐妹俩要么都嫁给川儿，要么都不嫁，还是你娘看得准呀！爹只是为了完成林军长的遗愿，想把振川培养成才、成大才啊！我自以为聪明的一步棋，却害了你，害了你姐，也害了川儿呀。孩子呀，虽然你平时刁蛮、任性，但我知道你孝顺、仁义。生死关头了，你还孝顺，还仁义，还在为爹为雷家想事，我苦命的孩子啊！

当雷经天在落泪心痛后悔的时候，一直在他身后的大女儿雷淑娴不见了，等他四处搜寻的时候，他惊讶地发现，女儿已经走到了主席台前，最先发现的是解放军团长黄大刚，勤务兵正要阻拦雷淑娴的时候，黄大刚制止了，并从台上下来：“嫂子！”

“大刚，你让我见见我妹妹吧！”

“这……好吧，我来安排。”

黄大刚非常礼貌，谦恭地为一位优雅、美丽的女性引路，走到台上，正在台上慷慨陈词的雷飞侠看到姐姐，突然就停了下来，就像突然有了依赖，她失去了力量。

而雷淑娴的到来，也惊呆了站在台上的郭亮鹏，这穷乡僻壤，怎么会有如此美貌，如此清秀，如此超凡脱俗的美人？雷淑娴的到来，顿时让他心跳加速，面红耳赤。一向伶牙俐齿的他，竟然也说话打战：“你，你是？你是谁……？”

“我是飞侠的姐姐，雷淑娴，我来看看我妹妹，跟她说说话。”

“你，你这么美，不能见女土匪。”

“土匪也是人，我知道，飞侠不能算土匪，因为她从来不祸害百姓！”

“你说了不算！”

“是的，你说的也不算，老百姓说的才算。乡亲们，你们说飞侠是不是土匪？”

“不是！”台下的声音出奇的整齐，出奇的雄壮。

“你！你这是扰乱审讯，我可以抓了你！”

“郭书记，请你冷静！”一旁的黄大刚说话了，“雷淑娴是我军优秀干部的妻子，多年来也为我党我军做过许多工作。”

“你是说……让她们见见。”

“见见，不要多长时间。”

“你同意？”

“我同意。”

“谁负责？你负责？”

“当然。”

“这么美的女人……我不管了。”

“可以。”黄大刚把雷淑娴引到了雷飞侠的面前，“把手铐打开。”

“团长，这……”

“执行命令！”

雷飞侠的手铐打开了，雷淑娴扑了过去：“飞侠！”

姐妹俩紧紧地拥抱在一起，“姐……”飞侠只喊了一个字，就泪如雨下，不能自已。这一刻飞侠脑子里一片混沌，只知道叫姐姐，只知道流泪，雷淑娴也是心如刀绞，泪如泉涌。可是理智还在，“妹妹，你坚持住，不要与他们硬顶，我跟爹爹，还有川哥哥都会想办法救你。你记住，一定不要认你是土匪，要说你从不伤害百姓，解放军也不是你杀的，你更没有劫持林振川。飞侠，你一定要记住，爹在等你，姐在等你，林海林英也在等你，飞侠，我的亲妹妹……”

被搂在淑娴怀里的飞侠逐渐从混沌状态中清醒过来，姐姐后面的话她越听越清晰，越听越明白，越听，她越悲伤，越心痛，悔恨越发地从心底涌出。亲人们，都是为她好，为了她能活下来，可是，可是恶果已经种下了，能拔得出来吗？况且，已经被放逐的林振川怎么办？已经安排的林振川的尸首怎么办？自己和林振川的孩子怎么办？这一切一切都无法更改。况且，自己已经铸成了大错，绝不能再殃及父亲、姐姐了。想到这里，飞侠又一次泪如泉涌，她紧抱了一下雷淑娴，轻声说了句：“姐，我爱你们，但是，姐，对不住了……”

突然，雷飞侠从雷淑娴的怀里挣脱："呸，谁是你妹妹！我不认识你！"

"飞侠？"雷飞侠的动作让雷淑娴大吃一惊。

"你快滚，我不是你妹妹，雷经天也从来不是我爹！我姓赵！我爹是赵老贵！我跟你们一点关系也没有！快滚！再不滚我一脚把你踢下去！"说着，雷飞侠真的抬起了脚。

台上的黄大刚早有准备，把飞侠拉开了，雷淑娴满脸是泪："飞侠，你怎么……"

黄团长过来扶起雷淑娴："嫂子，你的心意，飞侠的想法，我明白，我会见机行事的，飞侠你也见了，赶快回去吧！"

"飞侠怎么办？"

"杨师长有交代，我们会保证她安全的，放心！"

"谢谢！"雷淑娴一步一洒泪，一步一回头地看着妹妹，下了台回到雷经天身边。

"爹，飞侠怎么会变成这样？"

"傻孩子，飞侠是在保护我们啊！"

二十四

雷经天、雷淑娴父女俩刚回到家没多久，就传来不幸的消息，雷飞侠头撞石壁，自杀身亡。父女俩顾不上悲伤，顾不上寻根问源，又直奔县城，直奔学校操场。

雷经天看见女儿的时候，一辈子什么苦痛都经历过的他，也控制不住悲痛的情绪，猛扑过去，抱起飞侠，眼泪控制不住地流下："我苦命的孩子啊！"淑娴更是悲伤不能自已，痛苦不知何解，抱住飞侠，双手颤抖："妹妹，你醒醒！你说说话啊！你睁开眼看看姐姐啊！"

雷经天抱着自己的亲生女儿，看着花一样的女儿香消玉殒，无边的悲痛充斥在心间。此时此刻，他感到无助，无力，无法改变这一切，六十多岁的人了，各种风浪都经历过的人，几乎也想一头撞死在石柱上。死能解脱一切，但另一个女儿同样的无力，同样的无助，同样的无可奈何。更重要的是，一个女儿的命运都如此惨烈，等待另外一个女儿的又会是什么呢？女婿已经消失两年，至今生死不明，两个外孙一个外孙女，年幼无知，如果自己撒手人寰，淑娴和孩子怎么办？女婿怎么办，他的生死名誉，谁去追问，谁去寻查？想到这里，雷经天镇定情绪，轻轻拍拍淑娴的背：“孩子，不哭了，找人问下，能不能把飞侠带回家……”

“飞侠，我的好妹妹，你怎么能丢下爹，你不知道老爹为了我们俩，绝不再娶，即使是老姨，对我们如亲娘的老姨，爹也从不动任何心思。你和我，就是爹的一切，你走了，爹怎么办？爹怎么受得了啊！飞侠啊！你怎么忍心扔下姐姐，让姐姐一个人留在人间，我们俩长这么大，没打架过，没争吵过。你有什么火，有什么气，你可以跟我说，你可以打我骂我，我从不与你计较，为什么？因为我是你姐，因为妈妈走得早，因为妈妈让我让着你，因为我爱你，还因为你爱我。有年夏天，几个山村的孩子在河边骂我，损我，你听见后，上去就和几个孩子吵开打开，好在你跟爹学过武功，但你毕竟小，头起包了，胳膊出血了，你对那几个抱头鼠窜的孩子说：‘我姐那么好，你们再说她半个不字，我杀了你们。’好妹妹，我知道你经常要个小性，发个脾气，故意气我，跟我拌嘴，因为妈妈不在了，因为我比你大，你是在我面前撒娇呢！我知道，你爱爹，你爱家。飞侠呀，我宁愿躺在这里的人是我呀！好妹妹，你怎么舍得离开我们，怎么舍得林海林英两个孩子呀，孩子经常问妈妈，美若天仙的小姨什么时候回来呢？飞侠，这两个孩子你还没见过呀……”

“淑娴，我们去问问。一会儿别找不着人了。”

父女俩去见看护飞侠尸体的解放军排长，排长说：“大伯，大姐，黄团长交代，一定要看好尸体，本来让你拉回去的，但是专署来电报，专署要来人了解事情，尸体让我们送回医院太平间，你们等一等，估计明天就能领回去。”

父女俩没办法，只好帮着解放军战士一块收拾好飞侠的尸体，装上车，送到了医院太平间，因为上级有交代，解放军派战士守在太平间外，不让雷经天父女进去，父女俩只好回去，等待解放军和当地政府的安排。

然而，当第二天父女俩赶到医院的时候，院方告诉雷经天，昨天上半夜，专署、县里、解放军的很多领导来看尸体，到下半夜的时候，守护的解放军全部都撤走了。而早上去太平间的时候，飞侠的尸体没了，不翼而飞了！

雷经天想找杨海功问问情况，杨师长已经离开了双城县，又是黄团长出面接待了雷淑娴父女俩。黄大刚告诉父女俩，杨师长交代，早点让雷家把尸体领回，因此，下半夜就撤走了解放军战士，敞开太平间的大门，并对解放军巡逻队下命令，不管谁带走雷飞侠的尸体，都开门放行，“大伯，嫂子，我以为是你们把飞侠拉走了呢！”

“因为家里有孩子，就回了一趟家……怪我……”

“大伯，嫂子，飞侠被人拉走了，说明还有人待见她，你们再找找。”

在这世间，每天都有人故去，每天都有新坟出。雷经天在金刚山及附近的山丘之间转了几个月，也没见着女儿雷飞侠的坟。

悲剧接二连三，就在雷飞侠死去的第五天，淑娴又接到县城解放军的通知，找到了林振川的尸体，让她去认领。接到消息，雷淑娴人就蒙了，直接倒在地上，不省人事，还是雷经天找了个破板车，让老姨在家照看好几个孩子，把雷淑娴放在板车上，急急忙忙往县里赶。走到半路，因为山路不平，颠簸摇晃，急火攻心已经昏迷的雷淑娴吐了血，慢慢地苏醒过来，雷经天将备好的水壶打开，给女儿喝水，稳住神，才开始奔往县城的路程。一路上，雷经天不住地叮嘱女儿，要沉住气，看看情况再说。

雷淑娴一路上只顾着哭，在接近县城看见县城大门的时候，突然说：“爹，你说，川哥就这么死了吗？”

雷经天不知道怎么回答女儿，他不相信，也不愿意相信，英勇无畏的女婿会这样轻易死掉，但解放军送来的消息，没说真假，只说让认领尸体。林振川，不仅是雷经天的女婿，更是解放军的团长，很多人都认识他，如果死的不是林振川，杨海功、黄大刚等人会认账？想到这里，雷经天忍不住长叹一声，算是回复女儿。

见到尸体的一刹那，雷淑娴咬紧牙关，她首先看见了，也认出了林振川常穿的微微发黄的军装，袖口上、肩头上的补丁都在，那是她亲手补上的，她怎么会不认得。再看看斜挂在身上的公文包，每个扣子的距离，她都清楚，皮带眼坏掉了一个，是她亲自用小剪刀钉了一个眼，那个眼是新的，她一眼就能分辨得清清楚楚。看在腰间的皮带一点都没变，哪些地方破了边，哪些地方脱了皮，淑娴都记得分毫不差。看到这些，雷淑娴再也忍受不住心中的巨大悲痛，猛扑到尸体上，撕心裂肺地高喊：“川哥……”

雷淑娴的痛哭在寂静的停尸房里显得特别刺耳，也特别的刺心。由于在停尸房里，光线不好，雷淑娴哭到声音嘶哑，气力不济：“川哥，让我，让我再……再……看看你。”

雷淑娴想看看林振川的脸，伸手掀开的时候，杨海功在一旁特别冷静地说：

“脸已经腐烂了，看不清了。”

这时候，雷淑娴才看见停尸房里来了不少人，专署书记杨海功，解放军独立团团长黄大刚，新任县委书记、独立师情报处长、专署保卫处处长等都在场。杨海功说：“经天大哥，振川的尸体你们也看到了，由于振川同志的问题还没有落实清楚，还不能厚葬，但人已经死了，总放在这里也不是办法，专署党委和独立师研究过了，先埋葬了吧，棺材县里已经准备好了，等一会儿，让大刚派人把棺材和尸体都拉回去，你和淑娴给振川找个好地方，抓紧时间埋了。人都走了，入土为安吧！”

从进屋一直都没有说话的雷经天轻飘飘地说了句：“好的，杨师长，我照办就是。”

“不！”雷淑娴又哭了起来，“我不能让你……”雷淑娴边哭边在林振川身上抚摸，拥抱，这是她相亲相爱的丈夫啊！这是她两个孩子的爹啊！怎么说得这么轻巧，这么简单？埋了？算了？就入土为安呢？

“淑娴，别这样！”

“经天大哥，意见我已经说了，也安排了，我有事，先走了，大刚留在这帮你处理事情，除了送振川的战士，其余的都跟我走，经天大哥，剩下的就交给你了！”

杨海功和雷经天握了手，扭头带着一拨人走了。

雷淑娴还在哭，还在喊，还在林振川的尸体上摸索，脸已经看不见了，因为脸已经腐烂，就摸摸胸膛，胸膛已经没了温度，冰冷如霜，胳膊还在，手还在，手腕上的胎记……为什么找不到？是在左手啊！左手怎么没有？难道会记错？在右手，右手上也没有啊！左手，就在左手上！怎么没有呢？“不对！”淑娴突然喊了一声。

“淑娴，起来，走！”雷经天低吼了一声。

“让我再看看。”此时的雷淑娴终于从极度悲伤中稍稍安定下来，因为左手的胎记找不到，她心里突然有了一种说不清道不明的感觉，这感觉让她心跳加速，神情突变，她要再看看，她要进一步核实：“爹，你先出去，我再看看川哥！”

雷经天看此情景，想着女儿一定是心中万分不舍，就点点头从停尸房出来了。

“两位兄弟，我再给我丈夫收拾收拾衣服，你们也先出去一下吧。让我跟我丈夫单独待一会儿，他要入土了，我想跟他说几句话。”

“也行。时间不要太久。”解放军战士走了出去。

人都走了以后，雷淑娴没有悲伤，也没有哭泣，更没有和林振川说话，而是迅速扒开林振川的裤子，她要再证实一下她的判断。

裤子脱掉了，尸体的腹部呈现在雷淑娴的面前，尸体小腹的下边没有她熟悉的两颗不大、但过去她十分清楚记得的黑痣，腹部干净臃肿，没有黑痣，不放心的雷淑娴又仔仔细细地看了几遍才确认，这人的腹部没有黑痣。此时雷淑娴心情突然变得大好，她迅速把尸体恢复原状，又从上到下把尸体看了两遍，才在心里确认，死的不是林振川。于是她利索急促地走到门口，对雷经天和排长说：“我们把尸体拉走吧！”

从此刻开始，到尸体下葬，雷淑娴没有说话，更没有哭泣，连为尸体换衣服，雷淑娴都是让解放军战士帮忙做的。干完活，完成任务，解放军战士给雷经天、雷淑娴敬礼后，就列好队走人了。

等其他人走后，雷淑娴突然对雷经天说：“爹，不是川哥！”

“我知道！”

“你，你怎么知道？”

“我看了几眼，发现个头、身材都对不上，川儿五尺四寸，这人顶多五尺，川儿身材紧实，这人过胖。川儿跟我一起生活了那么多年，就算不看脸，我也知道他什么样子！”

“爹，你怎么这么神？川哥没死，杨师长知道吗？”

“这个人不是川儿，我想杨师长一定看出来了，但是川儿到底死没死，出没出意外，我估摸，杨师长不一定知道，我也不知道。”

“爹，那怎么办？”

“等！”

“等到什么时间？”

“边等边找。”

“川哥还能回来吗？”

“希望还在。”

“爹，我该怎么办？”

“孩子啊！我琢磨了这些天，又打听了那天公审飞侠的情况，我想，这一切飞侠都知道，应该是飞侠的安排。”

“飞侠的安排？”

“你想想，飞侠在大会上说川儿是她打死的，她怎么知道川儿死了？这尸体上的这身打扮，是川儿被飞侠劫上山的打扮，这肯定是飞侠设的迷魂阵，让大家误以为川儿死了。”

“原来如此，可川哥到底在哪里啊！”

“好啦，不说了，川儿是死是活，只能看他自己造化了！我们要好好活着，把孩子们照顾好。”

“我……”

“淑娴，我们就耐心等着吧，振川如果活着的话，会联系我们的。现在是共产党领导的新社会，穷人当家，妇女解放，你过去一直读书，有文化，你不能老在家了，出去当个教书先生吧！”

雷淑娴又在家等了三个月，在秋季开学的时候，淑娴正式成为了金沙畈学校的语文、历史老师。

二十五

雷淑娴开始了在学校的教书生涯。

金沙畈，是浣溪地区双成县最大的村庄集镇。有二百多户人家，千余口人，加上驻扎在这里的军队，设在这里的区政府，再加上刚解放时区大队及民兵组织，人口众多，金沙畈有独特的三省交会的地理位置，东西通透，南来北往。来这里赶集购货、买卖交易的人比较多，几乎比双城县城还热闹。人口虽然没有县城多，但流动人口特别多，因此，金沙畈成了县城以外的经济交流和交通往来中心。过去，雷淑娴的父亲，就是看中这里独特的地理位置，才在这里建学校，办武学堂。这个地方，先是孙中山及民国政府办教育建学堂，共产党执政以后，也忙着建学校，办教育。雷淑娴在这里念小学，读初中，后来又在县城上高中。解放以后，金沙畈学校缺老师，淑娴有文化，功底好，又加上聪明好学，做初中的国文老师，同时又兼做历史老师，也不是难事。

雷淑娴温柔贤淑，性格平和，待人礼貌谦诚，教书认真刻苦，很快就得到认可，在金沙畈学校站稳了脚跟。雷经天的家，原本就在金沙畈，但因为两姑娘貌若天仙，求婚邀亲的人多了，雷经天为了躲避麻烦，就离开了金沙畈，东转西移，多次搬家，最后在离金沙畈八九里地的一个山清水秀，翠竹绕村的地方安了家，这也就是后来的雷家湾。雷家湾只有七八户人家，且都是本乡的农民，雷家人就住在这里，这里不仅风光秀美，而且邻里和睦。雷经天只要回来，就串门问候，总要给张家一包红糖，李家几尺蓝布，何家几双袜子，蒋家几包盐巴，把金沙畈的田产都免费租给了当地的居民，所以，种瓜得瓜，种豆得豆，土改时谁也不说这些田产是雷家的。划成分时，雷经天的成分被定为中农，报到杨海功那里时，又在中农前头加了个“下”字。这样，雷家就和贫农一样，成了共产党解放军的依靠力量。

雷淑娴当了老师后，想搬到镇上居住，因为孩子已经五六岁了，过两年就要进学堂念书，搬到镇子上，回家近，照顾孩子也方便。还有一个更重要的原因，在镇上，消息比较灵通，如果有了林振川的消息，淑娴想早点知道。雷淑娴把想法告诉雷经天以后，雷经天意味深长地说：“孩子，共产党解放军当家，虽然说的是为了百姓谋福祉，但是你看这几年，发生了多少事情，有些事情让人捉摸不透，看不懂。共产党管这个国家需要很多新人，这些新人不一定都是像振川父母和杨师长那样的人，生熟高下，各色人等，啥人都有，将来会怎么样，说不清楚啊！先别往人多的地方挤，等海儿、英儿、久儿到了上学的年纪再说。你呢，就是多跑点路，可以在镇上先租一间房子，你跑不及的时候临时住一天！”

“爹，你说得有道理！”

“孩子，如果川儿在，你跟着他走了，孩子也一起走，可是川儿……”

“爹，不说了！”

“孩子，爹呢，也不准备去学校了，辞了。”

“听政府说，要聘你当学校校长！”

“现在是共产党当家，我不是党员，也没在军队里干过，我当这个校长不合适。再说了，家里还有三个孩子，你老姨一个人也顾不了。”

“区里会同意吗?”

“孩子，听说区长想聘请我，说我有影响，有经验，但书记不赞成，说我是旧式人物，又不在组织，怎么教书育人，培养什么主义接班人……”

“那叫共产主义！”

“对，说不能把培养接班人的事交给我这样一个老东西。”

“据说区里还是同意了！”

“是同意了，区长告诉我，区里七位领导，六位同意，就书记一个人不同意，越这样，我越不能往火坑上撂。”

“这样好吗？”

“淑娴，你去学校教书，算是继承了爹的事业，也算为国家为乡亲尽力。而你爹不能再做这些事了，爹要顾这个家，爹要为你，为三个娃娃讨个公道，找个说法。”

“爹？”

“淑娴，爹明明白白地告诉你，我们这个家，为共产党，为解放这百里山川使了很大力气，爹不图什么回报，爹只求为你们讨个清楚明白的说法。爹不干这个校长，是因为爹还有很多事要做，要帮你把三个娃养大，这是林家的血脉，也是雷家的血脉。这事比天大。要找川儿，既然川儿没死，既然那不是川儿的尸首，你就不能没有丈夫，我不能没女婿。无论多长多远，不管多久多难，只要有一点点音讯，我都要去找。三个孩子不能没有爹，你妹妹的死至今也没个说法，她是怎么走的，她是不是土匪？还有，川儿为什么被冤枉成特务，为什么英雄成了敌人，这里面是不是有人在捣鬼，我要去找，要查清楚！”

“爹，你想得这么深，这么远！”

“爹已经六十多岁了，好在身体还好，剩下的日子就是为了这个，为了这个活下去！”

“爹，我知道你是为了我，为了三个孩子！”

“我们雷家，川儿的林家没做过伤天害理的事情，不查清楚，不弄明白，天理不容！”

雷淑娴按照雷经天的意见，在金沙畈租了一间房子，基本上都是中午在房子里休息，从未在镇上过夜，白天工作再忙，教学任务再艰苦，她也要赶回雷家湾，与父亲、老姨和三个孩子在一起。再后来，学校扩建，给已经是教导主任的雷淑娴一间住房，金沙畈外租的房子也就退掉了。

雷淑娴十分敬业，一方面，她要用卓有成效的工作回报学生和家长的信任，另一方面，她要用超负荷的工作填满内心和大脑，减少乃至阻断她对林振川源源不断、永难枯竭的思恋。这一辈子她就爱这一个人，这个爱人离她而去后，给她留下了两个孩子，留下了永难存续的情感。白天，当繁重的教学任务，充满童稚的孩子们充斥在她眼前的时候，她是平静的，快乐的。当夜晚赶回家，安顿好孩子，老姨休息后，雷淑娴总是要打开房门，来到小院。当有满天星斗的时候，她会指着北斗七星的方向，“川哥，你会不会在那个方向呢？”当满天乌云，大雨密布的时候，她会雨水伴着泪水流，“川哥，你知道我在想你吗？”当满天大雪，洁白遍地的时候，她会捧一捧雪花：“川哥，这会儿你会在哪里？你吃得饱，穿得暖吗？”无数个漫漫长夜，她总是长哭而醒，总是泪满枕席。也许，正是因为解放军找到的，不是林振川的尸体，正是因为林振川还活着的念头一直萦绕在心间，所以对林振川的思念，对林振川的记挂才会如此源源不竭。

当了教书先生的雷淑娴，生活里只有三件事，教书，养孩子，思念川哥。其他的任何东西都进入不了她的认识范围，她只想这样走下去，等到孩子大了，等到林振川回来那一天，然而生活却不以人的意志为转移。一天中午，因为下午没课，淑娴办完自己的事，准备早走几分钟回家，突然，校长来到了她的房间，“雷老师，有人找！”

雷淑娴来到校长办公室，来的人让她大吃一惊：“大刚！”

“嫂子！”

来的人是黄大刚，林振川的生死兄弟，“你怎么来了？有什么事？”

“没什么事，就是，就是来看看你！”黄大刚结结巴巴地说着话，但眼光却一直看着校长。

校长是个聪明人，连忙说：“我还有点事，黄团长，你和雷老师慢慢说。”

校长走了，淑娴说：“大刚，你想说什么，说吧！”

“嫂子，我……”

“我们大刚是赫赫有名的战斗英雄，什么时候变得这么吞吞吐吐，犹豫不决了！”

“嫂子，我……”

淑娴笑了：“大刚，听说你和海蓉结婚了，嫂子因为振川的事，也没去给你贺贺喜，讨杯喜酒喝。”

“我离开部队了，转到了辉川县，当县长。”

“也好，解放几年了，你离开部队，转到地方也是好事！”

“我，我离婚了。”

“啊，为什么？”

“不为什么。”

“海蓉我有印象，是个好姑娘啊！人漂亮，也知书达理！”

“已经离了。”

“大刚，有什么问题就想办法解决，有误会，就解释清楚，你是战斗英雄，现在又是县长，海蓉是妇联干部，能干又贤惠，有什么说不开的。如果需要，嫂子帮你去做工作。”

“不是。嫂子……我直说吧。”

“好，你说。”

“嫂子，我离婚就一个想法，我想照顾你，照顾两个孩子，振川是我的生死兄弟，他走了，他的家，我，我不能不管！”

“什么？！”黄大刚的话一说完，雷淑娴感到异常惊愕，不知该如何应对，不知所措地坐到了椅子上，“怎么，怎么能这样？”

“嫂子，事先没有征求你的意见，我只知道，我和振川是好兄弟，他家的事，我不能不管。”

“你！”雷淑娴此时还是不能平复心情，还不能理性地回答黄大刚说的一切。

“我这样做，就是想保护你的两个孩子！保护你！”

“你……”

“嫂子，我难道做得不对吗？振川九泉之下也会答应的！”

“住嘴！不要再胡说八道了！”

“啊？”

“黄大刚！你听好，你堂堂的县长，怎么能说这种糊涂话？做这种糊涂事！婚姻岂是儿戏！海蓉是做了什么对不起你的事吗？你要这样对她！”

“她没有对不起我！我们离婚是商量好的，我想来照顾你！照顾你和振川的孩子！”

“胡说，你这样做，既对不起海蓉，也对不起我！你既然是振川的兄弟，你是不是在离婚前，想来照顾我之前，先征求一下我的意见？你这样做，既给海蓉造成了巨大的伤害，也对我不尊重！我和海蓉都是女人，不是任人取舍的衣服家具，想换就换，想要就要，不想要就扔了！”

“我，我没想那么多。”

“你！”雷淑娴说不下去了，在情绪稍微稳定之后，才缓缓地说道，“大刚，我知道，你是出于好意，出于你和振川的兄弟之情，但好意并不能与兄弟之情，与婚姻家庭混为一谈。先不说你给海蓉造成的巨大伤害，就说你来照顾我，你要和我一起生活，我能接受吗？我会答应吗？让我跟林振川以外的任何男人生活，我连想都不会想，更不会做。”

“我只想照顾你，如果不能在一起生活，能照顾你，照顾你们家也行！”

“又胡说，我不需要你照顾，我们家更不需要，我们家有我爹，有老姨，我们自己能照顾好！”

“我……我听说，要给你挂特务嫌疑家属，如果挂上了，你连教书都做不成了！我照顾你，他们就不能了！”

“大刚，谢谢你，我听明白了，你是怕我受到牵连。我谢谢你的好意。我不怕，他们要把我打成什么是他们的事！身正不怕影子斜！我相信林振川！我相信他是共产党的好干部，解放军的大英雄！无论他们把振川挂上什么不好的头衔，我都相信振川！他永远是我的丈夫！是我孩子的爹！”

“我怕你受苦！”

“好了，你猛然来这一出，把我气糊涂了，我呢，也说了很多气话急话，这一会儿，我平和多了。我现在跟你把话说清楚，首先，嫂子感谢你的好意，但你的好意嫂子坚决不领。其次呢，劝你别做糊涂事，赶紧回去，和海蓉复婚，争取她的原谅。嫂子这一辈子，只认林振川这一个男人。如果他不回来，我就和我爹、老姨、三个孩子生活一辈子。”

“如果有人来找你们的麻烦……”

“嫂子不怕，嫂子认真工作，正派做人，好好教书，我不相信这个世道容不下我和我的家人！”

“我能照顾……”

“别说了！大刚，赶紧回去找海蓉！”

“我不能……”

“其实想照顾也不难，你和海蓉经常来我家串门，共产党的县长和妇联主任经常来我家，就是对我最大的关照。”

“我怎么对得起振川兄弟，他可是三次救过我的命！”

“你也两次救过他的命！那都是应该的！”

“还是不放心啊！”

“大刚兄弟，你既然这样执迷不悟，我就再问你一次，你真的以为林振川就那么死了吗？如果振川活着回来了怎么办？”

“啊？怎么会？”

“怎么不会？”

“真会……”

“你可以去问问杨师长。”

“如果这样……但我还会再来。”

“回去吧。跟海蓉和好，一块来看我！”

然而，等黄大刚回去找海蓉的时候，悲剧发生了，海蓉因为跟黄大刚离婚，受不了邻里乡亲的闲言碎语，一时想不开，一根绳子结束了年轻鲜活的生命。

雷淑娴在金沙畈学校平安地度过了两个学年，由于教书认真，为人谦和，乐于助人，很快受到了师生员工的好评，尤其是得到了学生家长的赞许。雷淑娴心无旁骛，既努力扮演着教书育人的角色，更倾心养育自己的和妹妹送来的孩子。不管多忙多累，她都不忘亲自喂养和教育三个孩子。尤其是妹妹送过来的孩子，妹妹与自己已是阴阳两隔，她托付给自己的孩子，更不能怠慢，更要比自己亲生的两个孩子还要亲。还有，就是对林振川的牵挂和思念，她期望林振川能活着回来，有了这期望，她便能坚定地生存，顽强地活着，努力地工作。

转眼又一年春季开学。

雷淑娴还是和过去一样，提前一个小时来到学校，打扫卫生，准备课程资料。生活还在继续，只要活着，她必须一直向前。

七点半，学校召开全体教师大会。学校换了新校长。她的心思，一心一意扑在教学上，双眼放在孩子身上，对新校长没什么印象，但是，在淑娴上完一天的课，收拾东西准备回家的时候，教师办公室的门打开了，新校长进来了，“老师们好！”

历史教研室只有四位老师，各忙自己的工作，看到校长来了，连忙站起来：“校长来了！”

“大家该干什么就干什么！我主要是来看看大家！”校长亲切地说道。

“校长请坐。”离校长最近的一名老师赶忙给校长让了座。

“大家也坐，该忙忙！”老师们见校长举止谦和，平易近人，也都自然地坐下了。

“我会经常到各个教学组看看，与大家聊天，征求大家的意见。”

淑娴是历史教学组的组长，自然也不能一句话不说，听到这里，忙站起来说道：“欢迎牛校长多多来指导！”

牛校长又笑了起来：“雷老师，怎么敢来指导检查你啊！你可是我们金沙畈学校有名的秀才，优秀教师。你是学生的好师表，百姓的好先生啊！你不仅人长得漂亮，更重要的是书教得好！语文课教得生动形象，深入浅出，历史课讲得观点清晰，资料鲜活，你不仅教书育人……”

在牛校长滔滔不绝的讲话中，淑娴近距离地观察了这位年纪与自己相仿，长相不出众，口才很出众的新校长，他笑容可掬，举止有礼，浑身透着精明，透着聪慧，透着能干。这位校长的话，似乎句句有理，但又句句拔高。好像很谦虚，但又似乎贴不近心里。看着，听着，想着，淑娴心里得出个印象，就是这个校长很聪明，善于接近群众，但越接近，似乎离得越远。

牛校长讲完话，又挨个与老师进行交流，又记一遍老师的姓名和家庭地址。

交流完后校长说：“各位老师，耽误大家时间了，大家忙完了尽早回家休息。雷老师，你是教学组长，我们还要再谈谈，你到我办公室来一趟吧！”

“牛校长，如果不保密的话就在这里谈吧！时间不早了！我还要回家照顾孩子呢！”

“牛校长，雷老师，你们谈，我们先走了！”其他老师知趣地走了。

“牛校长，请坐！”

“雷老师，您请坐！”

“牛校长，您有什么要求尽管讲！”

牛校长把凳子往淑娴面前挪了挪：“雷老师，先不谈工作，我，你难道不认识我了？我是牛正跃啊！刚上学时，你，飞侠，振川我们都在一起上学的啊！”

“哦！”淑娴拍了拍脑袋说，“原来是你！你刚才讲话的时候，我总感觉在哪里见过你！巧了！真是故人了！”

“其实，我早就认出你了！真是有缘啊！小时候的同学又在一起工作了！”

“三年级以后你好像走了。”

“我母亲把我带到了她广西老家读书了。”

“听振川说，你们在游击队一起一年多，怎么后来你走了？”

“母亲身体不好，我要回去照顾她。”

“你学得挺好。”

“在桂林的一个职业学校学习了几年，解放战争期间，我又回来参加革命，还入了党，有了正式工作。”

“真好，你进步挺大的！”

“哪有振川厉害啊！对不起嫂子，提到振川让你伤心了，我对振川是万分的崇拜，振川是大英雄，是我学习的榜样！”

“唉！”

“嫂子，你不要过分的伤心，虽然振川走了，但他永远活在我的心里，活在人民心里，他的英雄事迹和高尚品德永远激励我们前进！”

“谢谢你！”

“雷老师，咱们言归正传，今天我来找你主要是有以下几个意思，第一，经校长会议研究并报教育局批准，请你担任金沙畈中学教导主任。”

“这怎么行？”

“雷老师，请让我把话说完，任命你为教导主任是众望所归，老校长推荐，广大老师认可，我也坚决同意。办公室准备好了，请你明天就搬过去，希望雷老师支持我的工作！”

“支持！”

“第二件事呢，我刚就任这个学校的校长，才疏学浅，德行尚浅，又加上不太懂行。希望你看在与振川同学一场的份上，对我的工作提出帮助，提出意见，我特别希望能得到你的帮助！”

“不客气，如果我有意见，我会说的！”

“好！这第三呢，就是希望你我不要见外，我和振川不仅是同学，也是战友，作为党员，我们还是同志。我知道你现在有三个孩子、两位老人，家庭困难，所以你有什么难处，解决不了的问题，希望你首先想到我，我会全力以赴，帮你解决困难！”

“谢谢，说不上多大困难，能解决！”

“好了，耽误你那么长时间，今天就到这里，雷老师早点回去吧！”

牛校长非常礼貌地退了出去。雷淑娴感觉到，这位新校长为人处世十分得体周到，无可挑剔之处，关心人照顾人也适可而止，不强人所难，说工作简明扼要，前后照应，说人情谦逊有礼，说照顾真诚细致，应该说印象还是蛮好的。但雷淑娴只留下了一个问题，这么重要的一个同学，战友，同志，为什么她的爱人，她的丈夫在她面前一次都没有提过呢？

雷淑娴回到家后，向父亲雷经天详细说明了牛校长跟她说的情况。然后问道：“爹，这么个与振川熟悉的人物，为什么没听到川哥在我面前提起过呢？”

雷经天沉思了一会儿：“我记得有一次川儿跟我提起过，说牛正跃去抓伪军的时候，突然失踪了。一年后从南方带信来，说他母亲要死要活，要让他回老家，没办法，母命难违，他只好不辞而别了。我又问他，共产党的游击队有什么损失吗？振川说，牛正跃一失踪，他们就有准备了。时间长了，再没有听振川提起过。”

“那是什么时候的事？”

“大概是1944年，小鬼子快完蛋的时候，从那以后再没听说，也再没见过牛正跃。”

“牛校长说1944年他是遵母命在桂林附近的学校上学，1948年又回来参加革命工作。”

“哦，原来是这样。”

这些事如过眼云烟，根本进不去雷淑娴的脑海，学校任命她为教导主任，没法推辞，她要负担上课以外的更多工作，教学不能丢，两个班的语文课要上。本来学校考虑到她工作忙，曾让她把历史课交出去，但历史老师本来就少，又加上雷淑娴的历史课教得特别好，多数学生向学校反映，希望淑娴继续教授历史。就这样，淑娴的课一节没有少，工作量却不断增加，除了工作忙点累点，还有家里日益长大的三个小孩儿，教养的任务更加繁重。忙累几乎占用了淑娴的全部生活。再忙再累，淑娴并不感到负担，因为忙、累挤满了她的生活，她没有那么多的时间去思念她的爱人林振川，有时候，深更半夜她站在门口，遥望星空，跟林振川还没说上几句话就倚靠在门边睡着了。雷淑娴并不悲观，希望这么忙活着。一边牵挂林振川，一边把三个孩子养大，养大了孩子就是对她川哥最大的慰藉。

然而，这个世界并不是只有不知死活、不知在何处的林振川，并不是只有学生、父亲、老姨、三个孩子，社会上还有千千万万的各色人等。比如，不久前刚上任的年轻区长吴望贵就经常往学校跑，来的第一天，区长走后，牛校长就告诉雷淑娴，“区长是冲着你来的！”

雷淑娴笑着说：“我只要做好老师的工作就好。”

吴望贵区长开始是每星期来学校两次，接着是三次四次，最后是每天都来，三个星期后，吴区长从学校后山弄了一大捆盛开的野菊花，径直走到雷淑娴的办公室，双手捧上鲜花，十分真诚地说道：“雷老师，我喜欢你！”

这一出把雷淑娴弄得措手不及：“吴区长，你，你不能这样啊！”

“雷老师，现在是新社会，可以自由表达爱意，你这么漂亮，这么高贵，我仰慕你，我爱你！”

“吴区长，请你自重！我是有家的人！”

“谁不知道林振川已经死了！你还这么年轻！有权利再婚！”

“吴区长，请你离开！再不再婚是我的权利。你说了不算！”

“我喜欢你，我爱你！每天做梦都梦到你！每天见不到你我都不能呼吸！求求你，让我们相爱吧！”

“吴区长，再说一遍，请你离开！现在学校正在上课，如果我喊来其他老师，你是一区之长，脸面上不会好看！如果让学生看到了，你更不好看！”

“我听你的！我会再来！”

吴区长的强行求爱，给雷淑娴的生活无端增加了负担和烦恼。你不接受是你的自由，人家愿意一如既往、不知疲倦地来是人家的权利。弄得全校师生皆知，附近山乡的百姓皆知，说好的有，说风凉话的也有，说不好的也不少。有人说男人该娶，女人该嫁，双方年龄，地位，身份，长相相当，为什么不能求，为什么不能要，又为什么不能接受，不能嫁？更有甚者，说世上本没有无缘无故的爱，苍蝇不叮无缝的鸡蛋。你雷淑娴长得国色天香，秀色可餐，你不撒娇卖乖，别人能往上凑吗？这些话传到雷淑娴的耳朵，她能不气，能不哭吗？她本想辞了工作回家，但辞了正式教师的工作，回到农村，你能干什么？当个国家教师，每月还有几块钱的薪水，还能养家糊口。如果没有这几块钱的薪水，到哪里去挣油盐钱，去挣鞋布钱？因此，雷淑娴只能一边教书工作，一边忍气吞声，好在学校对雷淑娴的工作为人还是很信任的。在学校没受歧视，牛校长对雷淑娴也给予支持和信任，这让雷淑娴的日子还能过下去。

但是，吴区长依旧如故，每天来学校看望雷淑娴，送花，送茶，送衣服。吴区长还算文明，不说粗话，更没有具体动作。就这样僵持了两个多月，一天傍晚，吴区长可能是没下班就来了，又是送花，又是表白，又是敬礼，见没有人，扑通一声跪下去：“雷老师，我怎么就感动不了你呢？你从怜悯的角度也该给我一点安慰吧！”

因为侠久在家生病，急躁想早点回家的雷淑娴说起了狠话：“吴区长，你就死了这条心吧！我就是死也不会跟你！”

“一点可能也没有？”

“没有！我这一生就跟一个人！他就是林振川！他死了，任何男人都休想！”

“你就那么高贵？”

“不是高贵，是人各有志！”

“是不是你跟谁有了关系，你就可能嫁给他！”

“不要胡说了！跟我有关系的只有林振川！其他人，不行！请走吧，吴区长，你再这样，我可要去县委反映了！”

“县委？”

“对！你有你的工作，我有我的生活，你不能干扰我的工作，也不能影响我的生活，我想，县委不会不管吧！”

“你……是不是跟你有了关系……”

“胡说！”

“好，你等着！等着！”

二十六

吴望贵走了，雷淑娴终于松了一口气。她抓紧时间批改完作业，就去医院抓了点药，然后急急忙忙往家走。

已经是晚秋了，天气逐渐转凉，白天也逐渐变短。虽说学校离家只有七八里地，但要经过一片小树林，一片竹林。由于天色已近黄昏，光线变暗，淑娴便加快步伐，想在天黑之前赶回家里。她毕竟是一位女性，虽说雷经天曾经教过她几个防身的招式，但她从未用过，早忘了，所以走黑路对于雷淑娴来说，还是有些害怕的。过去和林振川一起的时候，再黑再险她都不怕。因此，她每天都要赶在天黑之前回家，有改不完的作业带回家批改。天已经黑了，她怕黑，就加快了步伐，前面就到小竹林了，过了小竹林，离家就不远了。可就在她走到小竹林光线最暗处时，突然，地上一根绳子陡地翘起，她猝不及防，扑通一声摔倒在地。此时，一个身影扑过来，用力捂住了她的嘴巴和鼻子，突然之间，连捂带吓，淑娴一下子晕了过去。只见一个身影，把雷淑娴拖进了竹林深处，这身影边脱淑娴衣服，边自语道：“臭婆娘，只和林振川有关系？看跟我有了关系，你嫁不嫁给我！”

听说话就知道是吴望贵，吴望贵认为，只要要了雷淑娴的身子，再好言好语哄骗，认错，不怕她不服。

“你，谁……”雷淑娴终于醒了过来，忙拿衣服裹住了自己的胸。

“我让你躲！”吴望贵又用毛巾捂住了雷淑娴。

雷淑娴此时呼吸困难，虽有知觉，但动弹不得，再加上吴望贵人高马大，眼见得裤子被撕破，眼见得内裤要被撕开，眼见得最后一道防线就要被攻破。

“我也脱。”吴望贵知道，占有雷淑娴只是个时间问题，就脱光了自己的衣服，然后掀开毛巾，“雷老师，你还叫吗？”

雷淑娴喘着粗气，用力呼吸几口空气：“你个衣冠禽兽！”

“我就是禽兽！你不是说，只要和你有了关系，你就可以嫁了吗！”

“你这是犯法，是强……”

“我就强奸你了！然后再娶了你！不好吗！”

“你不能这样！”

“雷老师，我劝你别动，也别喊，乖乖地配合，说不定让你很享受。他们说，男女之间做这种事，最舒服的最享受的是女人，你不想好好地享受吗？要是你不配合，我已经把你绑起来了，让你没命是很容易的事！识相点！配合一下，互相享受，两个人都舒服！怎么样？我们开始吧！”

雷淑娴无声地流着泪，她在想最后的办法，就在吴望贵伸手撕内裤的一刹那，雷淑娴猛地一翻身，一只脚踢住了吴望贵，把吴望贵踢倒在地，但是吴望贵毕竟是男人，身强体壮。雷淑娴毕竟双手被捆着，吴望贵翻身又上，又抱住了雷淑娴，拾起毛巾，又想捂住雷淑娴的嘴。

“吴区长，是不是该停止了！”

“谁？你是谁！”

“我是金沙畈学校的校长牛正跃，你妄图强奸我校老师，我该不该管！”

“你！放肆！我一句话，你就得从这里滚蛋！”

“谁滚蛋还不一定呢！作为共产党员，一区之长，你这样禽兽不如，该当何罪！”

“你……怎么知道今天……”

“要想人不知，除非己莫为！赶紧给雷老师松绑！”

“我虽然做法不对，但我是因为爱雷老师。”

“这点我不反对。雷老师这么漂亮，喜欢她的人多了，都像你这样，成什么世道了！你是区长，党员呀！”

“区长怎么啦，不能有正常爱人的权利吗？”

“你先把雷老师身体盖上。”

吴望贵没办法，只好用雷淑娴的上衣盖住了她胸前白花花的一片，然后说：“牛校长，我能看出来，你也喜欢雷老师。要不，咱们俩一块享用，你先来还是我先来？我发扬风格！你先来！”

“你无耻！”

“都是男人，见了这么美丽的人儿，谁不想下手啊？别装了！”

“混账东西！快把雷老师的手松开！”

“我光着身子，怎么解啊？”

“王八蛋，穿上你的衣服！”

“牛校长，你真不想上？”

“快穿！”

吴望贵只好穿好自己的衣服，正穿的时候，突然听见雷淑娴发出撕心裂肺的叫喊：“林振川，你在哪里啊！”

吴望贵边穿边在心里盘算，他知道，这一次牛校长是坏了他的好事了，他在想怎么办，他转眼看见了身材并不魁梧的牛正跃，一个念头在心中产生：“牛校长，我的裤子穿好了，麻烦你把上衣拿给我。”

牛正跃瞪了吴望贵一眼，拾起上衣向吴望贵走来，在接近吴望贵，伸手递上衣的时候，身强力壮的吴望贵伸出右腿猛然向牛正跃扫过来，这一腿如果扫到牛正跃，他不伤也要跌倒，但只见牛正跃不慌不忙，面带微笑，在吴望贵的粗腿即将扫到他的时候，轻轻一跳，躲过吴望贵的粗腿，旋即一个转身，牛正跃一脚飞出，只见吴望贵应脚而起，“咣当”，实实在在地摔倒在五尺远的地方，“哎呀”惨叫一声。

牛正跃飞身弹起，落在吴望贵身边，牛正跃用脚踏在吴望贵身上：“还要打吗？”

吴望贵不知自己是怎么摔的，想爬起来但被牛正跃踏在地上动弹不得。“请你老实点，如果不想断腿断胳膊，你就老老实实按我说的做！如果不信，咱俩再试试！”

吴望贵当然不信，又向牛正跃扑了过来，但这一次是牛正跃突然蹲下，一个扫堂腿横过去，吴望贵又踏踏实实地摔在地上。

“还想来吗？”

吴望贵感受到了牛正跃的厉害，牛正跃功夫了得，而且出脚又准又狠。吴望贵是个聪明人，知道打不过他，连忙说：“不试了，你说吧，要我怎么办！”

“先松开雷老师，然后转过身，到我这边来。”

吴望贵只好把雷淑娴的双手松开，然后转过身。

“雷老师，赶快穿好衣服！”

雷淑娴飞快地穿好衣服，内心又气又羞，走到吴望贵面前，用尽全身力气给了吴望贵一个大耳光："你个狗娘养的！"

"好，打得好！"接着牛正跃又飞起一脚把吴望贵踢翻在地，痛得吴望贵满地打滚。

"雷老师，我送你回家吧！"

雷淑娴羞愧难当，满脸是泪，满身泥土，但还是挤出来两个字："谢谢！"

牛正跃把雷淑娴送出竹林，快到家的时候，说："雷老师，前面就是你家了，你回去吧！你放心，我绝不会让吴望贵对外说出一个字的！他要是敢说一个字，他的政治生涯就完了，当然，我也不会说！"

雷淑娴惊魂未定，既害怕又害羞，只能无助茫然地点头。

牛正跃回到小竹林，对拼命想趁机溜掉的吴望贵说："别动，动了更痛。我踢你的时候就知道，你扭筋了。扭筋了，就会痛得走不动，你想走不想走？"

吴望贵满怀仇恨地望着笑眼嘻嘻的牛正跃，喘着粗气不说话。

"不说话，好，我走了。我告诉你，你可以走试试，痛死你！"

"你是个王八蛋。"

"王八蛋是你。你不对雷老师动歪心思，会这样吗？"

"你想怎么样？"

"好说。我这里有一张纸，只要你在上面签个字，我就治好你的腿。同时，你今天干的丑事我保证不对外说。"

"什么东西？"

"这里光线暗，你也看不清，我念给你听吧：我吴望贵于1955年9月27日傍晚，在雷家湾小竹林对雷淑娴老师有不轨之举，虽未得逞，但是我的行为实属不当。吴望贵。"

"这，这不能签！"

"必须得签，我给你留面子了！我没写你道德败坏，强奸妇女。你要是不签，说不定明天整个镇子都会知道你的禽兽行为，你这个区长就别想干了！你签吧。"

"你说话算数？"

"肯定！"

"雷老师说了怎么办？"

"雷老师是个极爱面子的人。好在你没有得逞，只是摸了摸她，她又不少什么。但如果你真干了她，她死也要与你拼命。”

“有那么厉害？”

“你不知道吧，雷老师父亲是武术大师，他要是知道了你干的好事，一脚就能送你上西天。她丈夫，也不知道吧，林振川，二十岁就是抗日大英雄，解放军大团长，如果他活着，你十个吴望贵也不够死。好在你今天没进去，如果你真的进去了，一时痛快了，剩下的，不是死就是死。”

“有这么邪乎？”

“不信我再给你一脚。”

“别……我信还不成。”

“依我的身手，打你十个不成问题。如果是雷经天或林振川，一百个你也不是对手。”

“哼！真有这么厉害？”

“你这个区长白当了。不了解这里的历史、人物，能不摔跟头？林振川可是这十里山川叱咤风云的人物。”

“那怎么办？”

“雷老师是让人喜欢呀！真想上她，她不自愿，你是绝对不成的。她这一辈子邪了，只爱林振川，其他人不行，你，更不行。”

“她不会报案吧？”

“应该不会。因为你没有得逞，另外她死要面子。再者，我会做工作。”

“那为什么还要我签这个东西？”

“别看我没让你得逞，你没满足兽欲，实际上我是帮了你。你信不信？如果雷老师告诉她爹，说你奸污了她，你肯定活不到明天。说不定，你是怎么被他弄死的，别人都不会知道。”

“啊？”

“我帮了你，是不是应该谢我？要你签这个东西，是时刻提醒你，要做个好人，不要再想歪门邪道的了。我呢，留着它，大不了，以后我有什么难处，你帮帮我就是了。怎么样？签了吧，签了我给你治腿，然后你滚蛋回家。”

“雷老师真不会告我？”

“有我呢。”

“真不会对外说？”

“说了她也没好处。”

“你真会治我的腿？”

“试试便知。”

吴望贵无可奈何地签了字，然后，牛正跃抓住吴望贵的腿，三摸两按，突然猛地扭了一下，只听咔嚓一声骨头响，牛正跃说：“好了，你站起来试试！”

果然不怎么痛了，牛正跃扔过来一根竹棍：“慢慢走吧！离区政府也不远，我先走了！”

雷淑娴衣衫不整地走回了家，老姨正在做饭，孩子们还小，没有看见妈妈的这副模样。淑娴最担心的情况没有出现，父亲雷经天没有在家。雷淑娴赶紧回到自己的房间，换好衣服，整理好妆容，然后到厨房烧水。老姨问：“烧那么多水做什么？”

“洗澡！”

“昨天不是刚洗吗？”

“今天在学校打扫卫生，出了很多汗。”

“洗吧，洗完了吃饭。”

淑娴烧了一大桶水，跳进桶里，用皂角使劲洗自己的脖子，洗自己的嘴唇，洗自己的乳房，凡是吴望贵碰过的地方，淑娴反反复复地清洗，边洗边说：“川哥，你，在哪里……”念叨到这里，淑娴再也控制不住，眼泪夺眶而出，不可间歇。今天的事情几乎让她失了身，淑娴是个传统的人，她的身子给了林振川，别人看，别人动，她就认为是对爱情的亵渎，对爱情的背叛。这次让吴望贵碰了她的身子，她感到这是莫大的侮辱，这是对她与林振川的婚姻爱情的大不敬。所以，她拼命地清洗直到吃饭才出来，她扒了两口饭，便招呼孩子们吃饭，淑娴的情绪，老姨多少还是能看出来点：“淑娴，吃这么少？”

“不想吃！”

“淑娴，眼睛怎么这么红？”

“没事，沙子进眼睛了！”

“碰上事了？”

“没事，老姨，我哄孩子睡觉了！”

当夜深人静，痛苦不已的雷淑娴又一次来到小院，又一次与她的川哥隔空对话时，她反复说道：“川哥，我恨你！”

说完，她又禁不住泪流满面：“川哥，我恨你啊！你在哪里？从四年前你离开，为什么一点消息都没有，为什么……

“川哥，我恨你，你不知道我在等你，我爱你吗？我们在一起时，那么恩爱，那么美好，那么甜蜜，难道你真的忘了我吗？

“川哥，我恨你，我知道侠妹把你接上了山，我知道侠妹也喜欢你，开始听说时，我很生气，后来因为太想你了，我也不气你了，你就是和飞侠真有什么，我也不会计较，我知道飞侠爱你，你也喜欢飞侠，只要你还爱我，我等你……

“川哥，我恨你，过去太依赖你了，有你在我什么都不怕，有你在什么都不觉得空，可现在，你走了，音讯全无，生死不定，我怎么办？像今天的事，我对不起你，差点没为你守住。川哥，我身处危难，你在哪里啊！

“川哥，我恨你，孩子们一天天长大，孩子们天天问我，爸爸什么时候回来，爸爸为什么这么长时间不回来，我对他们怎么说，我该怎么回答？

“川哥，我恨你，你到底在哪里？你不能偷着跑回来看看我们吗？哪怕是看了你再走呢！只要知道你活着，你在，我就放心，我就天不怕地不怕！”

雷淑娴就这样自言自语说了很多话，直到门外传来雷经天回来的脚步声，雷淑娴才悄然回房，伴着不尽的悲痛和眼泪睡去。

第二天早上，雷经天发现了雷淑娴眼睛红肿，轻轻地问了句：“孩子，碰到什么事了？”

“爹，没事。”

“不用瞒我，能看出来。”

“真没事！”

“是不是工作上，在学校碰到什么事了？”

“爹……”

“说……”

“没什么，就是想川哥了，昨晚没睡好。”

“唉！”

“爹，我还想跟你学几招。原来学的都忘了，你再教教。”

“好，下午你早点回来，我教你！”

雷淑娴吃完早饭，急急忙忙准备去学校，雷经天破例把女儿送出大门，然后说：“孩子，有事跟爹说，振川不在爹在！”

雷淑娴心里一热：“哎！”

雷淑娴回到学校，怀着忐忑不安的心情面对可能发生的一切，但三天过去了，吴区长没有来，学校其他老师、学生及家长都没说什么，牛校长也没有说什么，一切都平静正常地往下进行。雷淑娴继续教课，批改作业，回家带孩子，做家务，跟着父亲学习武功。由于以前跟着雷经天学过几招防身的招式，这次学起来，掌握得很快，再加上雷经天悉心教导，三五天下来就学会了七八招防身保命的功法，而且是实打实管用。雷淑娴问：“爹，如果有人图谋不轨，意图抢劫，我这两下子能应付吗？”

“哈哈哈！”雷经天笑了，“孩子啊！虽然问的是实话，但也是傻话！这要看对方是什么人，如果就是一莽汉，不会什么套路，你学的这几招三脚猫功夫，能对付，而且能胜能赢，但如果对方是个武把式，会功夫，你学的这几招，根本不管用！”

“那怎么办？”

“这不难，你接着学，小时候的基本功还在，你的身体素质还好。所以，坚持练，爹会把最精华的武功传给你，主要不是防身，而是健身！”

“谢谢爹！”

“淑娴，记住，最主要的是碰到危难之时，不能惊慌失措，不能心有胆怯。如果害怕，好的武功也使不出来。所以，碰到坏人的时候，一定要沉住气，稳住心神，即使被对方控制住，也能盯准对方的弱点进行攻击，一招制敌！”

“可是爹，碰到这种事谁能不怕啊！”

“其实，怕也救不了自己，只有稳住心神，不慌张，才能展开反击。”

“我记住了！”

经过几天的过渡和在家学武的生活，雷淑娴反而平静了，精神也恢复了正常状态。然而，就在淑娴渐渐淡忘这件事的时候，牛正跃把淑娴叫到了他的办公室。

“雷主任，请坐！”

因为几天前的事，雷淑娴见了牛正跃免不了有一些羞涩，甚至不敢抬头看牛正跃，牛正跃却用语言驱赶走了雷淑娴的为难情绪：“雷主任，你可是我们学校的大才女啊！刚才老师们都说了，你今天的展示课教得很好啊！我呢，准备去区里教育局为你请功呢！”

在牛正跃的眼里和脸上根本没有观察、注视的表情，没有看笑话的表情，好像什么也没发生，而是两个人在谈工作，谈教学。雷淑娴被感染了，也绽开笑容：“牛校长夸奖，我哪有那么好，只是讲清楚而已。”

“好就是好，雷主任！”

“牛校长，请不要叫主任，我就是一名教师！”

“工作时间叫主任，下班以后叫雷老师，叫淑娴也可以吧？”

“可以！”

“雷主任，今天请你过来，主要是交流下学校如何配合党的中心工作，动员全体师生投身到党的中心工作中去！”

“校长请安排！”

“现在，高级社已进入尾声，全国正在搞统购统销，广大农民建设社会主义的热情十分高涨，毛主席、党中央要我们充分看到蕴藏在广大人民群众中的积极性创造性，我估计，新一轮的建设社会主义的高潮即将到来！”

“怎么配合？”

“组织学生学习毛主席党中央和省委县委的指示，上街宣传，张贴标语口号；组织文艺演出，用文艺形式宣传党的政策；最重要的，要把党中央毛主席的号召贯彻到学校各项活动中去。”

“这么多活动，影响学生学习怎么办？”

“政治是统帅，政治是第一，冲击是正常的。让学生有个健全灵敏的政治头脑，比死读书强得多！”

“这么多活动，我组织一两项就不错了，让其他老师也分担一些吧！”

“好的，就是要全校动员，师生齐心，把宣传的大戏唱好。”

“校长，如果没有其他事，我去上课了！”

雷淑娴转身往外走，走到门前，即将迈出门槛的一刹那，“雷老师，林振川是不是真的死了？”

“啊！”雷老师愕然，像是被人用针扎了下，“牛校长，你说什么？”

牛正跃站起来，“林振川真的就牺牲了吗？”

雷淑娴一股血径直往头上涌，胸中更是翻江倒海，千转百回，既伤心又寒心。更重要的是，她突然冒出一种莫名的警惕之心，这个牛校长要干什么？是想在伤口上撒盐，还是想打探什么？在雷淑娴内心深处，她的川哥是没死的。但这个秘密能和别人说吗？更重要的，这个牛校长说话办事，善解人意，得体周到，但永远不知道他的真实内心，永远不知道他那双时而狡猾，时而平淡的眼睛深处，藏的是什么。人永远相信自己的第一感觉，这位牛校长给雷淑娴的第一感觉是深不可测，难见其心。想到这里，雷淑娴有了主意：“牛校长，难道你认为林振川还活着？如果是就太好了！希望你能带我去见他！”

“哈！我只是给你开个玩笑。你想振川，我也想他呢！”

“牛校长还有什么事吗？没有，我就去上课了！”

“去吧，去吧，玩笑，一个玩笑而已！”

雷淑娴和中国千千万万翻身做主人的农民一样，怀着虔诚、真挚的感情对待政府号召的一切。雷淑娴带领学生上街刷标语，喊口号，自编自演灵活多样的文艺节目，不断在区政府，在金沙畈镇的许多人口聚集的地方，表演各种文艺节目，用文艺节目宣传共产党的各种方针政策。这些活动把金沙畈镇弄得很活跃，很有影响。很快，县里专区组织人来参观学习，牛校长多次介绍经验，发表演说，披红戴花，到县里介绍学校的做法和体会，很快，牛校长去县里的次数越来越多。而雷淑娴并不在意这些，她只是按照政府的指示，按照牛校长的授意，既搞教学，又搞宣传，外来的名誉对她来说，没有诱惑力。

已经一周没见到牛校长了，金沙畈学校的教师们感到轻松，自在，没有了校长的学校，虽然由雷淑娴代为负责，但雷淑娴不额外给老师们加任务，只要他们完成教学任务，保证学生不出事就行。但是，牛校长回来的第一件事，就是把雷淑娴叫到他的办公室，一改过去的冷静和深不可测，喜形于色：“雷老师，快请坐快请坐！”

“牛校长遇到什么好事了？”

“喜事喜事！这第一喜呢，就是我们学校被列入专区表扬名单了！据说也上报到省里，省里表彰也是很有可能的！”

“好事啊！”

“这第二喜呢，是吴区长调走了！困扰你的人滚蛋了！”

“那次事以后，他确实没找过我麻烦。”

“还找？他的官帽肯定要扔黑龙河去了。”

“的确是件喜事！”

“这第三，我可能也要调走了！”

“要高升了，是喜事！”

“还没最后确定，离开学校是肯定的。留在这里还是离开，还没有确定。”

“牛校长水平高，能力强，应该提拔！”

“雷老师，我这次能调动，多亏了雷老师带领同学们组织多姿多彩、精彩纷呈的文艺演出，你们用文艺形式，让革命的下一代宣传讲解党的方针政策，上级非常认可。我呢，只是出了个主意，工作是你带领学生们干的，所以，应该给你们记功！”

“不客气，牛校长，教好书和为党做宣传工作，都是应尽的职责。”

“雷老师，我如果走了，我推荐你做校长！”

“谢谢，我做不了，也不想做！”

“真的，我一定这样做！”

“牛校长，还有事吗？没事的话我去忙了！”

“有一件事，想征求你的意见。”

“请讲。”

“如果我走了，你……”

“怎样？”

“你愿不愿意跟我一起走？”

“一起走？怎么一起走？”

“我过去的老婆是地主成分，前年我就离婚了，我现在单身。”

“谢谢校长的美意，我的工作和生活都在这里，其他的地方，我不去！”

“你，还在想着林振川！”

“他是我丈夫，我当然想他！”

“可他已经死了！”

“死了，他也是我孩子的父亲，谁也不能替代他！先告辞了！”

雷淑娴走了，牛正跃狠狠地一跺脚：“好一块美肉！”

二十七

事情正如牛正跃说的，几天后，吴区长调县城了，听说牛正跃要接区长的，但县委考虑到多方面因素，把牛正跃安排到另外一个区先任副区长，从此开始了牛正跃仕途的飞黄腾达。而雷淑娴并没有当上校长，虽说学校广大师生，甚至区政府都想这样做，但是雷淑娴并没有表现出很大的积极性，最重要的是前任校长起了至关重要的作用，他在介绍雷淑娴时说：“雷主任各方面都挺好，师德高，能力强，态度正，为人好，但是，她丈夫有特务内奸的嫌疑，用这样的人担任这么重要的职务，合不合适，请县委区委考虑。”特嫌家属这一杀手锏，扼杀了雷淑娴的政治前途，说完这话后，牛正跃反复说：“我只是为党的事业考虑，为了革命下一代着想，千万为我保密。”这话是跟县委区委主要领导说的，又牵扯到一个人的政治生涯，当然不会轻易传出去。

新校长上任，新校长是老师出身，政治上并不敏感，他关注更多的是如何教好书，上好课，带好孩子，这一点与雷淑娴相似，两个人相安无事，倒也相处得很好。

日子一天天过下去。眼见得进入1956年夏季了，雷淑娴的三个孩子都到了上学的年龄，大儿子林海九岁，上小学二年级，女儿林英七岁，上小学一年级，小儿子林侠久五岁，上幼儿班。因为孩子们都在学校，雷经天就借用了街上亲戚的两间房子，让老姨和雷淑娴住在这里。三个孩子要上学要吃饭，有时候时间宽裕，下午放学后，全家赶回雷家湾，赶不及时，全家人挤在镇上。雷经天呢，两头跑，家里的几亩田要耕种，山上的茶叶、板栗、草药要照看。雷经天忙完田里的山上的活，就背着粮食、柴火往镇上送，雷淑娴每月有一点工资，雷经天呢，能经常背点草药到镇上卖，还能为区政府、学校送几担烧锅用的柴火，每月总能换回一些收入。因此，尽管日子过得紧巴，但孩子有饭吃，每个月还能吃上几回肉，困难的情况下，雷经天就去河里或沟里抓几条鱼，摸两只王八，总能让三个孩子沾点荤腥，一家六口人的日子，过得倒也安定和谐，自然乐天。

好不容易熬到了星期天，放暑假了，一家人大包小包，前拉后扛地往雷家湾走。由于带的东西多，行走得比较慢，上学期临时带到镇上的东西要往雷家湾家里搬，有的要拆，有的要洗，有的要更新。三个孩子除了小侠久以外，林海林英都背了东西，雷经天背得最多，走在最前面，然后是雷淑娴，背的是衣服和书本之类，老姨殿后，背的都是厨房剩余的东西，林海林英除了背自己的书包之外，还要背一些大人背不了的东西，因为年龄小，背起来有点吃力。这不，正赶上爬坡，几个孩子累得呼哧呼哧地喘气。

“孩子们，交给我吧！”

循着声音，一家人回头一看，一位身强力壮的大汉站在林海林英身旁，顺手把他们拿的东西和书包都背在肩上，接着伸手要接老姨身上的东西。

“黄大刚？”雷经天、雷淑娴异口同声地喊道。

“嗯，我来了。”

“大刚，你怎么来了？”淑娴问道。

“嫂子，把你的东西也给我吧，今天，想去你们家蹭饭吃！”

“欢迎！哈哈……”雷经天放声大笑。

就这样，黄大刚帮着淑娴一家顺当快速地回到了雷家湾，到了雷家，黄大刚又帮着这一家担水，扫地，拉柴，生火做饭，雷家人反复推让，黄大刚说："我没事，一身力气！不干活，困得慌！"

等吃了中午饭，雷家一家人安顿下来的时候，雷淑娴问："大刚，这次回金沙畈，可是有什么事？"

"没事，专门来看看雷大伯，看看嫂子！"

"我们挺好的！"

"大伯，嫂子，告诉你们，我已经从辉川县调回双城了，任县长，我主动要求来金沙畈蹲点，主要是想回老家，想照顾海蓉的父母，也想照顾你们一家子。以后，我会经常来的！"

"谢谢你！黄县长！"雷经天说，"我们家呢，人是不少，张嘴吃饭的人多，三个孩子正长身体，要说很宽裕，做不到，但有我，有淑娴，不会让孩子们饿着的，所以，黄县长，你的好意我们心领了。你是官家人，你有你的工作，千万不要往这里跑，假如真有什么难处，会去找你的。你总往这里来，倒显得我这老汉没成色了。"

"雷大伯，振川是我生死兄弟！照顾他的老婆孩子，是我的责任！"

"真不用！现在是新社会！我们能养活自己！"

淑娴知道父亲的意思，也赞成父亲的想法，但黄大刚毕竟是振川的战友，不能面子上不好看："大刚，这样吧，我们呢，能养活自己，生活也过得去，你呢，不用经常来，也不用专门来，我们有事了，会去找你帮忙的。"

"好的，嫂子，我尊重你的选择！"

不管雷家愿意不愿意，黄大刚吃完饭，帮着雷家搬来了够一个多月用的柴火，挑满大大小小水缸的水，把房子前前后后，院内院外打扫得干干净净后，悄无声息地走了。

从此以后，黄大刚总是不动声色地来，又悄无声息地走，在学校帮着淑娴干完活，又到家里帮着砍柴，挑水。有时候还捎来牛肉、羊肉、鱼，每星期换一次。刚开始时，学校的老师同学都很奇怪，但后来也都习以为常了。起初雷家人反复地推辞，婉拒。但时间长了，因为黄大刚毫不计较，毫无怨言，雷家人也慢慢适应习惯了。还有一点，黄大刚从不影响工作，每次总是节假日来，深更半夜回去，有时回区里，有时回县里。

面对这种情况，雷淑娴哭笑不得，推吧推不掉，接吧又不能心安理得，她总有一种不安的感觉萦绕在心头，总怕会闹出什么事情来。说啥就来啥，怕啥就有啥，这不，前任校长牛正跃回来一次后，情况就发生了变化。

牛正跃当上区长后，回一次金沙畈，就到学校找雷淑娴谈话："雷主任，过得好吗？"

"谢谢，我过得很好！"

"你的个人问题，怎么考虑？"

"不会考虑，我有家，有父亲，有孩子，很好！"

"雷老师，今天回金沙畈，专门就是为了你。你呢，不仅书教得好，为人也很好，人又长得特漂亮。现在是新社会，新社会应该有新风尚。既然林振川已经走了，你还年轻，就应该考虑重组家庭了！这样对你的进步有好处，我呢，一直很欣赏你，喜欢你，我希望你跟我走。在新区我已经给你安排好了校长的位置，只要你答应，马上就可以上任！你跟了我，绝对不会亏待你！"

一席话说得雷淑娴目瞪口呆，雷淑娴几乎没有反应过来，牛正跃以为他的话起作用了，笑道："怎么？是不是幸福来得太突然了？"

"什么？"雷淑娴终于回过神来，"谢谢牛校长的美意，我暂时不会考虑这个问题，我也不会离开家乡，更对那个校长的位置没有兴趣！"

"你……你就这样回答我？……"

"我有事要出去了，谢谢！"

"你……"牛正跃气得脸红脖子粗。

"嫂子！"黄大刚的喊声飘进了房间，接着黄大刚进来了，"啊？有客人啊！噢，牛区长，您来了！"

"黄县长认识雷主任？"

"雷主任的丈夫林振川是我的生死兄弟，她结婚时我们就认识了，我来帮雷老师送点菜，怎么，牛区长有事？"

牛正跃满脸疑问地看着黄大刚，又看看雷淑娴，脸色阴晴不定，犹豫了一下说："黄县长，我跟雷主任还有几句话要说，你能不能先……"

"我没事，我送东西去雷家湾，有话你们说！你们说！"

"这？黄县长就是你拒绝我的原因？"

"胡说，黄县长只是来帮忙！"

"经常来？"

"是，每星期都来。"

“怪不得！”

“你不要胡乱猜疑！黄县长是振川的战友，看我们孤儿寡母的，才要来帮我们，实际上我们不需要，但他要来，我们总不能拿棍子赶他。”

“那，那我的要求你考虑不考虑？”

“不考虑！谁的要求我也不会考虑！我的心里只有林振川！”

“好！好！好！”牛正跃带着几分奸笑，离开了学校，离开了金沙畈。

这件事过去不久，金沙畈学校和金沙畈区开始传言：雷淑娴先是搭上前任区长吴望贵，两个人在小竹林有了关系。接着雷淑娴又勾搭上了县长黄大刚，让黄大刚像个用人一样，天天给她干活，为她做事。还有，雷淑娴曾经勾搭过学校校长牛正跃，被牛正跃义正词言地拒绝。为了避嫌，为了摆脱雷淑娴的纠缠，牛正跃特地申请调离金沙畈学校。谎言很快就像山里的雾、空中的雨一样，慢慢地无遮无挡地渗进金沙畈人的生活，以至于雷淑娴走到哪儿，都有人指指点点，先是雷经天知道了，接着老姨听说了，就连孩子们也模模糊糊知道了一些，但是，雷淑娴本人却被蒙在鼓里，不知缘由。

一天，三个孩子和雷淑娴在一起吃饭，林英突然问：“娘，大刚叔叔要做爸爸吗？”

“胡说！”雷淑娴打了林英一巴掌。

侠久也冒出一句：“他们说我有好几个爸爸。”

“胡说八道！谁说的？”

“娘，好多同学说的。”

“说什么？”

“说那个讨人厌的吴区长是爸爸，又说牛校长是，说得最多的是黄叔叔。”

“你爸爸是林振川，谁也取代不了！”

“可老师、同学们都在说！”

“镇上的人都问。”

“你们哪里听到这些胡言乱语的话？”

“娘！”林海认真地说，“大家都在说，就你不知道！”

“真有很多人说！”三个孩子异口同声。

雷淑娴这才意识到问题的严重性，她清楚了，这是有人故意往她身上泼脏水，雷淑娴沉默了。她无论如何也吃不下去了，传言能杀人啊！而且，连她的孩子都知道这件事，就她还蒙在鼓里，她怎么能不心里沉重呢！

“娘，你饭还没吃呢！”侠久问道。

“久儿，你吃，娘这会儿不想吃！”

“娘，咱不用理他们，吃饭，吃饭就不饿了！”林海是长子，他开始安慰妈妈。

雷淑娴已是满眼泪水，她只好端起饭碗，强咽着饭，但抑制不住的泪水，洒落在碗里，她边哭边说：“孩子们，我吃，你们记住，你们只有一个爸爸，他就是林振川，其他人谁都不是！现在，将来，都不是！”

孩子们看见妈妈哭了，也跟着哭了。

吃完饭，雷淑娴去镇上给孩子们买肥皂，买袜子。过去，她不在意别人会对她说什么，但这次她在意了，她在观察街坊四邻会对她说些什么。果然没错，这些人见着她了，真的是指指点点。等她走近了，别人不说了，她与别人说话，别人最多一句雷老师，然后干笑着走开。她到小商品合作社给孩子们买东西，未进门之前，人们有说有笑，她进去后，人们突然变成了哑巴，而且，表情古怪，就像看见山中的红毛野人似的。雷淑娴买完东西，说了句谢谢，扭头就走。但刚出门，她突然想起，忘给小侠久买痱子粉了，但扭身想转回去的时候，店里说的话让她回不去了：“就是这个女人，还是教书先生呢！看着一脸的正经端庄，可里面不知有多少淫荡！”

“跟黄县长好的就是她！”

“可不，据说前任区长就是因为跟她有关系，才被调走了！”

“说得有鼻子有眼的！就在她家的竹林里，哎呀呀，恶心人啊！”

“还有呢！还说她勾搭上了前任校长，校长也是因为她才被调走呢！”

“这种女人呀！还不知道要祸害多少人呢！”

“也难怪呢！雷老师秀色可餐，你看那么白的皮肤，那么大一对奶子，不到三十，正饥渴着呢！”

“你也想啊！恬不知耻！”

“那么美丽的女人，谁不想？你能不想？反正我想！”

“雷老师也难怪！她是寡妇睡觉，上面没人啊！”

“你要是在学校，你是不是也想上啊！”

“当仁不让！”

雷淑娴听得满腹怨恨，听得怒火中烧，听得泪水满眼。她无力无颜再去合作社买东西，急忙转身捂着脸跑了……

回到学校，她见同事不能哭，见学生更不能哭，她只能关在办公室里任泪水决堤，绵延不断地流淌，泪水湿满了一条毛巾，又湿满了另一条毛巾……

晚上回到家里，哭红了眼的雷淑娴被父亲雷经天叫到跟前：“淑娴，怎么了？”

“爹。你一定听到外面那些闲言碎语了！”

“听到了。”

“怎么办呀？”

“不理它！”

“可是我还要在学校教课，在镇上工作呀！”

“身正不怕影子歪，我的女儿我知道。”

“那么卑鄙下流的语言，那么猥琐疑惑的目光，我受不了。”

“我问你，你做过对不起川儿的事吗？”

“绝对没有！”

“小竹林怎么回事？”

“小竹林……”

“真会有……”

“爹，你要相信女儿，那是半年多前，吴望贵区长，他一直纠缠我，我严词拒绝。谁知，谁知有一天傍晚他藏在小竹林里，先用绳子绊倒了我，又用毛巾捂晕了我，差点……差点让这畜生……”说到这里的淑娴，还是忍不住落下眼泪。

“后来，后来怎么样？”

“多亏了牛校长，救了我，我才脱了身，我……没有……”

“孩子受苦了！”

“我……不知道，吴区长是一个畜生……”

“孩子，爹相信你。”

“呜……”雷淑娴一直在哭。

过了一会儿，雷经天说：“孩子，这件事委屈你了！先别顾着哭，咱得想想，到底是谁在背后传了这些流言蜚语，小竹林那件事，你们几个人知道？”

“就牛校长和吴区长。吴区长应该不会说，就牛校长知道。”

“那牛校长呢？他调走之后，你们还有联系吗？”

“没有联系，但他最近来找过我一次，他想，他想让我跟他结婚，被我拒绝了。其实他刚调走的时候，就想让我跟他一起走，我心里一直想着川哥，我是不会答应的！”

“他这次回来什么态度？”

“我没注意，应该是气急败坏走的……爹！会不会是牛正跃说的！他就想毁了我？”

过了一大会儿，雷经天才说道：“这个牛校长不简单，不简单啊！”

二十八

多亏了黄县长，当他了解这一情况后，专门在金沙畈区召开了一个各部门负责人参加的会议。代表区委区政府讲了如下几条意见：一、雷淑娴是解放军团长林振川的妻子，林振川是谁，是抗日战争的大英雄，是解放战争的大英雄！说他妻子的坏话，就是对英雄的不敬！就是对英雄的污蔑！二、雷淑娴工作如何，做人如何，金沙畈中学，金沙畈镇百姓人人都可以去看，去问，她敬业勤奋，作风正派，说她坏话不怕良心被狗啃了，被狼咬了。这些流言蜚语一定是有人故意污蔑！三、说说你们传的三个人，吴望贵、牛正跃，还有我黄大刚，先说吴望贵，吴望贵喜欢雷老师，但雷老师不喜欢他，雷老师严词拒绝，理所应当。如果吴望贵强人所难，非礼胡来，党纪国法就要管他了。党组织还是有先见之明的，早把他调走了。再说牛正跃，他为人怎么样，我不了解，不敢妄加评判。我做了充分调查，牛正跃校长与雷老师的关系，最正常不过了。最后再说说我与林家的关系，我来金沙畈，一是要照顾我妻子杨海蓉的老父老母，二是要照顾我的生死兄弟林振川的家。林振川是我的战友，多次救过我的命，现在雷老师上有老，下有小，学校还有繁重的教学任务，我作为共产党的干部，帮助一位困难的烈士家庭，算不算情理之中？你们想想，雷老师天天在学校老师学生的监督之下，家里还有三个孩子要喂养，上面还有老爹要伺候，她没心思，也没时间去做传言说的乱七八糟的事！雷老师根本不是那样的人！

黄县长的话还真管用，好长一段时间，没人敢乱嚼舌根，雷淑娴总算安安稳稳地过了一段日子。由于黄大刚每个星期天都要来帮雷淑娴做家务，渐渐地，有关黄县长和雷淑娴之间的谣言又多了起来，说黄县长过去说那么多话，是为了堵住大家的嘴，如果两个人没有关系，黄县长为什么每星期总往学校跑，总往雷家湾跑？说两个人干干净净，光明磊落，谁证明？往雷家湾的路上，有竹园，有树林，有田沟，有山洞，多少地方不能成其好事？黄县长一个孤男，雷淑娴一个寡妇，正值虎狼年龄，什么事干不出来？越传越没谱，越传越玄乎……说什么有人看见俩人一块从树林经过，从竹林出来，从山洞边回家，从田沟里冒出……越说好像两人的关系越不明不白，越不清不楚了……

很快，这话又传到了雷淑娴的耳朵里，经历了与爱人与亲人的生离死别，又经历了无中生有、黑白颠倒的谣言以后，雷淑娴反而冷静了很多，父亲已年过花甲，虽然身体硬朗，但需要女儿孝敬赡养，三个孩子正是长身体学知识的时候，需要抚养，需要教育。雷淑娴明白，这个家需要她坚强，需要她忍耐，她不能被谣言左右，不能因谣言生气，她必须带领家人坚强勇敢地活着。为了能尽早与川哥见面，为了孩子们能健康长大，为了这些，雷淑娴决定与黄大刚说开。

雷淑娴了解到，这几天黄大刚又来到金沙畈区，雷淑娴利用中间没课的机会来到了区政府，区政府的领导看见雷淑娴来找，说："说曹操曹操就到，正找你呢，你主动来了！"

雷淑娴被带到了办公室，两个身穿蓝色公安制服的同志，严厉地对雷淑娴说："坐下！"

雷淑娴机械地在指定的凳子上坐下。

"姓名？"

"我……"

"姓名！"

雷淑娴从凳子上站了起来："请问，你是在审讯犯人吗？"

"老实点！"

"你们不说清楚！我不会回答任何问题！"

"你老实点！"

而另外一位穿蓝衣服的公安干部却用手示意他的同事坐下，然后和颜悦色地说："雷老师，我们是县公安局侦查科的，找你是想了解点情况。"

"了解情况可以，但是如果把我当成罪犯，请出示证据。"

"了解情况，我们没说雷老师是坏人。"

"现在是新社会，人与人之间要互相尊重，我不知道为什么你们一上来就像审问犯人似的，如果我犯了什么事，请用证据说话！"

“你！顽固！”先前态度粗暴的人又站了起来。

“小苟，请注意你的态度，你不要说话，我来问！”

那位姓苟的公安极不情愿地坐了下来。

“对不起，雷老师，这是我们刑侦科的苟志安同志，我姓曹，叫曹敬轩，我们这次来主要是了解一些情况。”

“请讲，只要我知道的，都会对组织说明！”

“好！请问，林振川是你什么人！”

“我丈夫！”

“他之前的身份你应该知道吧！”

“当然！牺牲前，他是解放军独立团团长，双城县的县长！”

“还有其他身份吗？”

“没有！”

“有人说他是国民党安插在我军我党内部的特务，是叛徒！”

“有人说？有谁说？”

“这个不能说！”

“我告诉你，林振川绝对不会是叛徒特务！你难道不知道，林振川一个人就亲手消灭了三百多个日本鬼子！亲自把四千多个国民党反动派匪军送入地狱！”

“有这事？”姓苟的公安干部惊奇道。

“你可以问一下双城县稍有一点革命经历的同志，他们无所不知！”

“这个，我知道。”

“曹科长，这可是大英雄，怎么可能是……”

“小苟，你住嘴。”

“雷淑娴同志，你丈夫的这些身份组织上都知道，他过去的赫赫战功，组织上也知道，但是，他放了国民党特务站长和国民党反共县长也是事实。更重要的是，档案里有敌特给林振川的秘密指令，也有林振川给敌特的回复信件，虽然这些线索有很多可疑之处，也无法证实，但是我们无法排除对林振川同志的怀疑，应该说是无法完全排除嫌疑。”

“你应该去问问林振川的上级。”

“上级相信他。”

“你去问问和林振川一起浴血奋斗的战友。”

“他们更相信他。”

“谁不相信他？你们？”

“不是，我们只是负责侦查，我也坦白告诉你，有人一直在告林振川同志，每两个月我们都会收到一封告状信，每次信的内容都不一样。”

“振川是党的孩子，是人民的孩子，应该去问问他们！”

“雷老师，你说得好，是人民的孩子，我个人认为党和人民是相信林振川同志的，凭我参加革命几十年的经验，可是，可是一直有人在告。而且也有领导批示，让查！”

“领导？是哪位领导？我去找他！”

“这个不能说。”

“既然有领导批示，你们就查吧！”

“那好，我想问一下，林振川过去有没有和敌特人员打过交道，有没有在敌占区工作过？”

“我从小到大和川哥一块长大，他十二岁就加入儿童团，当过儿童团团长，为根据地，为新四军站岗放哨，还抓过伪军派过来的特务。十三岁分区就给了他大奖。十五岁他就在抗日游击队中战斗，十六岁就被任命为游击队队长，与日伪军进行了上百次的战斗，打死打伤八百多个伪军。十八弯战斗，他一个人就消灭了日军三百多人，如果他是敌特，他能这样做吗？解放战争期间，他们独立团又诱歼了四千多名匪军，这些事，不说解放军上上下下都知道，连解放区的老百姓，大人小孩也都知道，如果是特务，是内贼，他能这么做吗？你问得好，振川有没有在敌占区或敌伪组织中干过，我告诉你，振川没有一天去别的地方干过，他天天都和同志们、战友们一起。我告诉你们，谁最希望林振川出事，是逃到台湾的国民党蒋介石，他最希望川哥出事，因为这样，他们就可以借你们的手除掉林振川，就可以替他们报大仇了！”

“你说得也有道理！”

“也有道理！就是这个理！而且，而且现在，振川已经牺牲了，你们不能……总揭我这个伤疤，总让我们孤儿寡母难受……”说着说着，雷淑娴落泪了。

“这些我们都能理解！我们言归正传吧，你这几年都跟外人有什么接触？”

“外人？什么外人？”

“学生，老师，家人，熟人以外的人。”

“没有。”

“东湾吕明秋家？”

“吕明秋？”

“姜树塆毛有富家？”

“毛有富？”

“你跟他们有没有接触？”

“有啊！可他们都是学生家长啊！”

“他们的身份你知道吗？”

“不清楚！一个是六十多岁的老汉，一个是快七十的老太太。”

“你可知道吕明秋爷爷的身份？”

“不知道，我只知道，他有一个小孙女在我们班上学，老人家身体不太好，顾不了孙女，所以有时候，我会和班里大一点的学生去看看他们爷孙俩，帮他们干一些力所能及的活。”

“吕明秋爷爷是什么人，你知道吗？”

“一位老人而已，他的儿女都是国民党的高官显贵，国民党逃亡台湾的时候，他死也不愿意去，自愿留在这里。土改时还主动把土地都上交了，这样的人有什么问题吗？”

“有人怀疑他是潜藏下来的！”

“我听父亲说过，吕明秋爷爷解放前虽然是有钱人家，但钱财都是儿女的，他只有几十亩地，而且乐善好施，对穷人一直很好。”

“难道不能假装吗？”

“你们有证据？”

“暂时没有，但有人举报！”

“没有证据，我不可能不去帮他们。”

“希望你慎重！”

“他小孙女也是特务吗？孩子有难处，我能不管吗？”

“你不能与他们接触。”

“不能？我是孩子的老师。”

“毛有富家你也经常去吗？”

“毛有富是烈士的父亲，英雄的家人，他一家都为新中国立下了汗马功劳，难道帮一位老人家，照顾一个九岁的孩子也不行吗？”

“应该行，但有人举报他有问题！”

“真有问题？”

“不能确定。”

“没调查清楚，请你们不要妄下结论！”

“我们有难处！”

“我是一名老师，我的学生不能不管不问！”

“请参考我们的意见。”

“对不起，到上课时间了。”

“请注意态度！”

“雷老师，雷老师找我吗？”从外面传来黄大刚宽厚洪亮的声音，顺着声音，黄大刚走了进来。

“黄县长！”公安局两个人迅速站了起来。

“曹科长，你们？找雷老师什么事？”

“我们找雷老师了解一些情况。”

“找雷老师了解情况？了解什么情况？县委知道吗？我这个县长也不知道啊？谁的命令？”

曹科长走到黄大刚身边，在他耳朵边说了几句，黄大刚眉头紧锁：“又是他！”黄大刚转向两个人，“曹科长，你也是参加革命多年的老同志了！谁是谁非应该有个基本判断，雷老师是什么人？是革命教师！英雄的妻子！且不说她丈夫的名声在双城县有多大的影响，就说她本人，战争时代就为我党我军做过很多贡献。当教师以来，更是踏实敬业，刻苦认真，教书育人。是远近山乡，老百姓和孩子交口夸赞的好老师，凭什么调查她？有证据吗？你们马上回去！结束这里的调查，告诉有些人，不要无中生有！因为一两封匿名信，就如临大敌，立案调查，没有我和书记两个人的命令，谁也不允许调查雷老师！”

“是！”两个人满脸尴尬，向雷淑娴连连点头致歉，灰溜溜离去。

“嫂子，不要理他们！纯粹是没事找事！”

“不简单，调查好像有人批准的。”

“别理他，暴发户。”

“是谁这样关照我们一家，连振川也不放过！”

“真不用管他们！现在是共产党的天下！不是国民党那时候，黑白不分！”

“希望这样吧！”

“嫂子，你找我，有事吗？”

雷淑娴从凳子上起来，在房间里踱了一圈，她眉头紧锁，满脸愁容，看见黄大刚，想说什么又咽了回去，这副样子，让性情耿直的黄大刚更为着急：“嫂子，有什么事你就直说！”

“大刚兄弟！”雷淑娴终于吐出真言，“我知道，你和振川的兄弟之情深厚，振川能为你去死，你也能为振川把命搭上，这一点我坚信不疑。现在振川不在了，你想帮我们，照顾我们，我也领情，我也理解。但是，大刚兄弟，现在虽然是新社会，但世风还是老风气，人们对男女关系的看法还是没有什么变化。振川走了，我现在是孤儿寡母，我们最怕的就是流言蜚语，几年来我踏踏实实教书，可是，闲言碎语一直没有离开我，直说了吧，什么吴区长，牛校长，现在又加上了你，我真怕，怕这闲言碎语把我淹死。”

“现在，吴区长走了，牛校长也走了，你怕什么？”

“怕你！”

“怕我？怕我什么？”

“现在传得最多的，就是说我攀上你了，不是万不得已，我今天不会找你，我……我……”

“嫂子有什么话直说吧！”

“为了我的安宁和名声，你以后，别再来找我了。”

黄大刚霍地站起来：“嫂子！不能这样！”

“一定要这样！我需要稳定的生活，尽管家里不宽裕，但是有我爹，有我每个月的薪水，我能把孩子养大！”

“嫂子，你能不能听我讲讲心里话？”

“想说什么，你说吧！”

“嫂子，我和振川是什么关系？上级知道，战友知道，你也知道，如果振川活着，他让我现在去死，我也会毫不犹豫地去做。振川牺牲了，我万分伤心。更重要的是振川这样的民族大英雄，却背上了莫须有的罪名，让你们也受到了很大的牵连，我急啊！我气呀！在这样的情势下，在这样的时候，保护你成了我黄大刚除了革命工作以外最重要的任务，为你解忧去难是我最大的职责，因为振川去了，我义不容辞！”

见黄大刚说得义正词严，见黄大刚不理解她雷淑娴的真正为难之处，雷淑娴哭笑不得。她想了想，决定还是坦言相告：“大刚，我不是这个意思，我知道你是出于好意，可我实在受不了外面的流言蜚语了，他们都说我和你有不正当关系，我接触你，他们说我是卖身投靠领导，你找我，说你贪图我的美色。”

“什么？谁说的！我枪毙了他！”

“大刚，因为你和振川是兄弟，我才实话跟你说。”

“这……”

“我是孤儿寡母，本来就寡妇门前是非多，你再参与进来，就更说不清楚了。”

黄大刚不停地在屋内踱步，反复地搓手：“咋个办！咋个办？我不去找你，你们有困难怎么办？我知道以嫂子的性格，你是不会求人的，可是万一你们出了什么事，我怎么对得起振川兄弟！”

“放心，真要有过不去的坎，我会去找你的！”

“再有，就是找一个彻底的解决办法。”

“什么办法？”

“就是……”

“什么？”

“有点不好意思……”

“这么大个人，有啥？”

“我说了……”

“说吧！”

“请你……请你嫁给我。”

“啊？”雷淑娴张大了嘴，“你怎么能这样想！”

“这个办法可以彻底解决，再也没有人会说你的闲话，我也可以正大光明地照顾你，照顾你们一家子！”

雷淑娴沉默了，她被这个想法说蒙了，她要缓一缓心情，理一理思绪，看看怎么回答黄大刚。而黄大刚呢，终于把心里话说出来了，心里畅快了，情绪放松了，他怀着不安的心情等待着雷淑娴的回复，他不敢追问，不敢多言，双方之间有一段瘆人的、可怕的、难熬的沉默。终于，雷淑娴长出了一口气：“大刚，谢谢你，把想法都说了，我也清楚了，你想照顾我，我很感谢你。但是，我要把话说清楚，希望你记住，以后不要再提此事！我和振川，从小一块长大，后来他参加革命，我在家伺候父母，后来长大了，母亲去世，我们也结婚了，我们十分恩爱。虽然现在振川不在了，但我对感情的事，对再嫁的事从来不想，我是一个守旧的女人，这一辈子我只爱林振川一个人，让我另嫁他人，除非让我去死！所以，我的全部心思和精力都用在教学工作和抚养孩子、家庭上，其他的，我一概不想。大刚，你对振川的情，对我们家的好，我们认了，记下了，我回报不了，等孩子们长大以后，一定让他们孝敬你，回报你这个叔叔。所以，请你谅解！”

“可是，振川已经走了啊！你还这么年轻……”

“大刚，不说了，你就死了这条心吧！我已经有一个温暖和谐的家，父亲慈爱，老姨勤谨，孩子们聪明可爱，我又有一份受人尊敬的工作，我很满足了！”

“现在是新社会，你不能总沉湎过去……”

“好，我问一个问题。”

“嫂子请问。”

“你绝不可外传。”

“放心。”

“你以为振川真的死了吗？”

“难道……”

“你想想……”

“他的牺牲会有假……”

“想想，他死的时候，他的尸体……”

“尸体？”

“他的衣服。”

“衣服？”

“公文包。”

“公文包？”

“你再想想。”

“东西都是真的，我都见过呀！”

“人呢？”

“人怎么啦？”

“死去的那个人与林振川完全一样吗？”

“啊……？”

“他的个头，身材胖瘦，与振川一样吗？”

“啊……？”

“我当时为什么不那么悲伤……”

“振川，没死……”

雷淑娴什么时候走的，黄大刚不知道，他几乎被这个惊天秘密击昏了。仔细回想当天的场景，黄大刚这才发现诸多可疑之处，发现尸体后，他们的老领导杨海功并没有表现出特别悲痛惋惜之情，而是草草地说："早点葬了，入土为安吧！"林振川是杨海功最倚重、最信任的战将，是他一手提拔培养起来的战友的后代，是平常就像儿子一样对待的亲人，为什么见了尸体，却说了一句没有任何痛惜色彩的话，这让黄大刚十分不满意。其次是雷经天老爹，女婿死了，冰冷的尸体放在那里，除了雷淑娴哭得跟泪人一样，老人家也是无动于衷。这让黄大刚不解。而雷淑娴，开始哭得天昏地暗的，可是，与林振川单独待了一会儿后出来，毫无表情，既没有悲伤，也没有眼泪。黄大刚当时的理解是，进去与林振川单独相处的雷淑娴一定是被过度的悲伤击呆了，击蒙了。今天雷淑娴说出了这个天大的秘密，为当时的一切现象做了最好的注脚。这个时候，黄大刚才回想起，当时的那具尸体，块头没振川大，体型比振川胖，个子也要矮一些，皮肤也白一些。想到这里，黄大刚又惊又喜又生气："狗日的家伙，真好，你还活着，活着就好！"

黄大刚在小房间里思前想后想了很久，他作出了几项决定，一、保守秘密，一直守到林振川归来。二、找时间问问老师长，老领导见多识广，一定知道这个大秘密。三、再不与淑娴谈论感情一事，彻底死了这条心。但一定还要帮助淑娴一家，只不过是悄悄地帮罢了。

黄大刚说到做到，在地委专署正式任命他为双城县县长的谈话会后，他借机问了杨师长，刚提到林振川三个字的时候，杨海功立即回头看看四周，用手指放在嘴唇上示意，"以后不要再提，做你该做的事！"

看到老师长的态度，黄大刚一切都明白了，就突然冒出一句："我明白了！"

"明白就好，现在音讯全无，我们能做的，就是不提，不说，等。"

"明白！"说完，黄大刚就借故先走了。

黄大刚不愧是顶天立地的汉子，他说到做到。振川生死未知，作为林振川的好兄弟，好战友，他当然希望林振川活着回来，只要能回来，什么都不是问题。同时，也有深深的牵挂和担心，毕竟已经五六年了，好兄弟是死是活都应该有个音讯，多种情绪交织的黄大刚留下的只有一个信念，保护战友一家，为战友一家尽最大的帮助责任。由此，黄大刚几乎每星期都来雷家湾，只不过不是公开来，而是隐蔽来，不是白天来，而是夜间来，往往是星期天早上四五点钟来，星期日夜里八九点走。他像过去深入敌后一样，乔装打扮，早上起到淑娴家，干完一天活，入夜又骑单车回县城。

二十九

就这样，雷淑娴从 1957 年开始，家庭生活有了难得的安定和平和，因为黄大刚一直在暗中保护她，雷淑娴依旧按照过去的生活习惯和节奏，上课，家访，教育学生，号召学生们帮助有困难的学生。教学工作也还是像往常一样，既受到学生的爱戴和喜欢，也得到了其他老师的认可和敬重。雷淑娴也正是通过这些具体琐碎，日复一日的繁忙生活，逐渐平复对林振川强烈的思念，除了要求孩子们学好书本上的知识，还让孩子们跟着爷爷学习武功。日子就这样一天一天地过去，有一天，雷经天从生产队回家，对雷淑娴说："闺女，公社让交铁的物件呢！"

"不是早就交了吗？"

"领导说，完成不了炼钢的任务，炼钢的原料不够。"

"爹，既然公社都说了，那就交吧，家里还有吗？"

"交好几次了，现在家里只剩下做饭的铁锅，炒菜的锅铲，烧水的铁壶了。"

"现在都吃大食堂！既然都吃生产队，锅也交了吧！"

"不能交！"

"怎么不能交？"

"现在公社食堂的饭越来越稀，中午干饭都吃不起一顿，我怕大食堂长不了！"

"好在，三个孩子能在学校吃！"

"听说，也要撵到生产队吃，那时候三个孩子就要受罪了！"

"为什么会这样？"

"听说有人反映，学校和机关比生产队吃得好。公社领导说了，趁着放暑假，把孩子们都撵到生产队里吃大食堂！"

"那不好！爹，怎么办啊？"

"就是跟你商量，我想好了，把过去煮猪食的破锅翻出来，交上去吧！把做饭的好锅好家什都埋起来。万一哪一天吃不成大食堂了。我们还有家伙做饭给三个娃娃吃！"

"埋起来？"

"听说这两天挨家挨户地搜呢！沾点铁星子的东西都要上交，藏匿不交，要打成反动分子呢！"

“爹，可别出事啊！”

“放心，爹会处理好的！”

“该交还是交吧。共产党不会让老百姓饿着。”

“还有一件事，爹要跟你商量！”

“什么事啊爹？”

“爹年纪大了，最近可能要大病一场。”

“爹，你可不能有病呀！”

雷经天笑了：“爹没病，但是得让生产队的人知道爹病了。”

“为什么？”

“爹估摸出来了，大食堂怕不是长法，这产量大跃进也不是长法，爹改变不了这大势头，但爹要为咱们这一家六口人吃饭早做打算。”

“爹怎么打算？”

“我上金刚山，上山去开块地，种上红薯、玉米和青菜，若是赶上个天灾人祸什么的，咱一家人不至于饿死！”

“金刚山那么高那么险，怎么上呀？”

“傻孩子，爹是练功夫的，那么高点山，难不倒我！”

“毕竟年纪大了，爹你要保重啊！”

“放心吧！爹有谱，实际上，爹已经去过两次了！地也开出来了！”

“啊？怎么会？”

“爹不是‘病’过两次吗？就是去开荒地了！”

“爹，我也要去帮你！”

“不行，你很难爬上去，你要教书，要照顾孩子，你要把面子照顾住，这事千万不能让外人知道！”

“爹，真不想让你这样。可是现在怎么变成这个样子！什么都吹，什么都往大里说，说什么水稻亩产能达到一千八百斤，两千斤，还有喊三千斤，每亩真的能产这么多稻子吗？”

“爹就是担心这个！担心牛皮吹破了，人真的没粮了，所以我才上山开荒种地！”

“这跟亩产瞎吹有啥关系？”

“你想想亩产越吹越高，公粮是不是越交越多？咱们的口粮都当作公粮上交了，咱们还有的吃吗？下面的人糊弄毛主席他老人家，可等毛主席知道了真相，好多人会不会饿死啊！”

“爹，有这么严重？”

“我不希望这样，可就是这个理呀！”

“真得小心呀！”

“家里有你老姨撑着，我呢，就说去外地找医生看病，你把三个孩子照顾好，我把地种好就回来。”

“上交的事怎么办？”

“我准备了几样东西，放在院子里，公社的人来了，让他们拿走，还想要，让他们搜吧！”

“那些东西爹可要藏好，搜出来麻烦大了！”

“这个你放心！爹一个人藏的东西，他们一百个人也找不到！”

还真让雷经天说着了。很快，放暑假了，学校的学生都被撵回生产队吃大食堂，开始，生产队还有些粮食，可生产队的存粮不多，水稻亩产一天一个样，到1958年收水稻的时候，亩产喊到了八千斤，今天一队喊了八千斤，明天二队喊到九千斤，后天三队就报喜了，说亩产过万。这一来，一队的人不乐意了，赶紧出来叫板，说会计不识数，实际上是亩产两万斤，而且说这个数字是省、地、县三几级工作人员经过认真审核得出来的。一队的老百姓，身披红花，挑着稻谷，敲锣打鼓地去公社报喜了，公社、县、专署的工作人员都笑得合不拢嘴，他们合计着要去省城、去北京报喜了！可是人还没走，报纸来消息，说兄弟专区的亩产也出来了，四万斤！这回一队蒙了，专署、县、公社的领导也傻眼了，正准备派人去学习，报纸又传来消息了，说某省某县生产队的粮食亩产超过了十万斤！十万斤的数一出，人们反而不信了，金沙畈的领导和群众是有自知之明的，要他们把十万斤报上去，反而没有这个胆子，从县里、公社到大队，生产队的干部都自嘲地说：“反正我们是落后了，高产两万已经是了不起了，我们就两万吧！”

尽管金沙畈公社亩产两万在全省全县都捞不着先进，但为当地老百姓带来不少“好处”，既然是两万斤一亩，所以生产队每亩交了二十分之一的公粮，那就是一千斤，分批交，也要先交五百斤。

实际上，1959年金沙畈合作社的水稻还是好收成，但平均产量也就六百多斤，送出去五百多斤，每亩留给农民吃的口粮也不过百十斤，这怎么够一年吃呢！到这个时候，金沙畈过去所有鼓吹高产的公社、大队、生产队都捶胸顿足，而在这个时候，一向稳重谨慎的雷淑娴做了她一生最大胆的举动。

当亩产叫到两万斤的时候，她看见了许多农民的冷漠和不屑，于是，晚上回家的时候，她问雷经天："爹，亩产两万斤不是喜事吗？"

"呸！喜事？害人的事啊！"

"怎么会？"

"这牛皮吹破天了。"

"为什么这么说？"

"孩子，从小到大，你一直上学，没怎么下过田种过水稻，不知道种田的辛苦，别说亩产两万斤，就是把稻草和稻根都算上，也不可能有这么多啊！"

"啊？"

"吹，吹，看怎么收这个场！"

"到底亩产多少？"

"我上金刚山的时候，路过不少地方，今年的收成不错，亩产六百斤没有问题，平畔田肥的地方，可以达到七百斤，山上水凉，也就五百来斤吧！"

"这，这差距也太大了吧！"

"我担心啊！共产党里大多都是种田的人，他们难道不知道吗？"

"爹，那怎么办？"

"要是毛主席、朱总司令知道这个事情就好了，不然真是要出大事啊！"

"我得出去看看！"

从第二天开始，雷淑娴除了上课以外，就去乡村、去生产队做调查，很多农民要么摇头，要么不说话，年轻人说得轻松："这年头，人有多大胆，地有多大产。见怪不怪！"

个别老年人看见没人，会怒气冲冲地冒出一句："牛皮吹破了啊！"

"吹到天边去了！"

有一个七十多岁的老学究，见雷淑娴这么认真地了解情况，就说："雷老师，千百年来，老百姓都种水稻，亩产多少他们能不知道吗？可为什么不说？因为不能说，不敢说啊！所以啊！你去后山上，后山高，天气寒，有些水稻正在收割，你实地去看看，一亩田，就那么大个地方，就能种那么些粮食，算算，就知道了！"

雷淑娴去了金刚山的后山，那里正在收割水稻，有些田块水稻没有收割，雷淑娴找了好几块田，她开始丈量面积，核算每块田的面积产量，算完，每亩也就七百多斤的产量。

雷淑娴核算完了，就去找正在收稻的一位大嫂，问：“大嫂，今年的收成不错啊！”

“还行！”

“这每亩能收多少水稻？”

“就四五百斤吧！”

“不止吧？”

“今年天气好，风调雨顺，差不多能有个六百多斤吧！撑死了！”

“大嫂，亩产有过万的吗？”

“有啊！”

“啊？在哪儿呀？”

“把稻草算上，再不够的话，刨点土加上，不就够万斤了吗！”

“没有哇！”

“别听山下人瞎吹，种几十年田了，谁种过一亩一万斤的呀，玉皇大帝的田能产万斤，为啥呀，因为他的田大，有咱一百个大，可不亩产万斤。”

“这么说，现在没有亩产万斤的。”

“咋可能啊！你就是算上稻草也不可能啊！公社让我们生产队也报万斤，队长就问社员报不报，巧了，老红军说了：‘坚决不报！’”

“老红军？”

“去年有一位老红军，不在北京干了，回老家来了，和我们一样做农民、社员，生产队的事他当家，他说：“亩产万斤，鬼话，不能报！报了就坏了事了！生产队长听他的。没报，就报了八百斤，八百斤不交公粮。”

“真的啊！”

“真的！听说山下报几千斤，上万斤，如果按这个产量交公粮，山下的人以后吃饭怎么办啊！”

雷淑娴听了这话，意识到了这事的严重性和危险性。回到家后，她怎么也平静不下来，一个人民教师的良心，一个山里人的责任，一个正常人的心态，逼得她坐立不安，一会儿坐下，一会儿又站起，坐不住了，就跑到家门口外收割了的稻田数稻茬，一、二、三……同样的田块，同样的雨水，过去几百斤，现在怎么可能上万斤呢，还有十几万斤，就是把土加上，也很难够十万斤呀。如果按这个产量交公粮，老百姓入冬吃什么呀。想到这里，再也按捺不住激愤的心情，灯下伏案，奋笔写下了如下文字：

敬爱的党组织：

我是一名山村教师，就我们公社水稻产量问题谈谈我个人的意见。

一、我的调查结果。为了寻找水稻亩产的真实情况，我到我所在的生产队、邻队以及后山的生产队，实地查看了近二十块稻田，在经过丈量面积，并到稻场上具体查数了水稻打后的数量、体积，反复核算得到的结果是，没有任何一块水田的水稻产量能达到一千斤的，多数都是六百多斤，最多也就七百多斤，怎么可能一亩水稻能产两千斤、三千斤呢！至于说水稻亩产万斤，那只能说是天方夜谭！

二、报高产量的危害。有些地方有些人可以图一时之快报五千斤，八千斤，甚至是上万斤，但报上去以后怎么办？既然产量这么高，收成这么好，翻身做了主人的农民，要不要替党着想，为国家分忧，要不要多交公粮？好在很多粮食部门并没有头脑发热，并没有下达新的征购任务，即使有的地方的农民要多交，大多数粮食部门还是按过去征购的指标收缴公粮。但是，我们了解的情况是，许多生产大队以及生产队都是按公粮指标足额上交的，有的为了充当先进，抢当红旗手，还多交了不少。现在让我忧心忡忡的是，实际上不少生产队为每个社员留下的粮食不足二百斤，有的只有百十斤，现在，食堂里的饭是越来越稀了，刚收获稻谷就出现这种情况，而到了入冬，大雪纷飞的时候，生产队的粮食一天比一天少，到那个时候，老百姓吃什么！现在是新社会，是毛主席共产党领导，真要出现饿死人的事情，那就太可怕了。我认为虚报产量，不符合总路线、人民公社的方针政策，不符合人民利益高于一切的党的政策。

三、我的建议。请上级党组织和政府部门派人深入实地，详细了解水稻产量的具体情况。是多少产量就报多少产量，不能把农民种子粮、口粮都上交了，不能让农民兄弟饿肚子，更不能出现饿死人的情况。现在刚入秋，上面把情况都弄清楚了，该纠正的纠正，该退回的退回，我们中国人多少年来都奉行脚踏实地、知行合一的行为要求，可不能在这个事情上被浮云笼罩，可一定要实事求是啊！

雷淑娴

一九五九年九月十八日

信寄出去了，一天，两天，十天，半个月过去了，没有任何回音，雷淑娴有点着急，就又写了三份，一份寄给了中央，一份寄给了省委，一份寄给了行署专员杨海功。

三十

半个月又过去了。突然有一天，来了四个人，由公社书记和社长带着，一脸的庄重和肃穆，到学校找到了校长和雷淑娴，其中一个人说："雷淑娴同志，我现在宣布县委的两项决定，一、停职接受调查，二、到县里说明情况。"

校长问："为什么？总要有个理由吧！"

"不为什么。学校要带头执行县委的决定！"

校长急了："现在又不是旧社会，毛主席共产党领导，不说明任何缘由就把人带走，我不好向师生交代，全校一千多名学生也不会同意！"

"是这样，我是县委的，这两位是公安局的，这一位是我们县监察委员会的。我们是根据县委牛书记的指示，请雷淑娴同志到县委说明有关情况，起因嘛，主要是雷淑娴同志向省委写了一封关于水稻产量的信，省委批示，要认真严肃处理，按道理是不应该跟你们说的，但是，校长说得对，现在是毛主席共产党领导，人民当家做主，在没有确定问题性质之前，雷淑娴老师是我们的同志，学校应该有知情权。"

雷淑娴知道是怎么回事了，雷淑娴笑着对校长说："校长，我是向上级党组织写了反映水稻产量的信，我是说实话，没事！"

"有什么事不能在学校说，非要进城，四五十里地。"

"请注意你的用词。"

"雷老师的信有错吗？她下去调查时跟我说了，水稻哪有那么多的产量，五千，八千，还一万多，吹吧。"

"你什么态度？"

"小栗，我是带队的。"

"我们执行县委决定。"

"县委让雷老师说明情况，没说犯什么错。"

“什么时候走？”

“现在就走！”

校长不愿意了：“雷老师家里还有孩子，总要拿件换洗衣服吧！总要跟老人说一声，余主任，让雷老师回家说一声吧！”

“也行，那我们就在这里等，下午请你准时回来，到县委报到？”

雷淑娴跟雷经天、老姨和三个孩子说，她要去县城学习几天，然后跟着余主任一行人来到了县城，余主任把雷淑娴安排在县委招待所，并且吩咐县监察委员会的工作人员小吴：“小吴，你负责雷老师的起居饮食，要让雷老师住好吃饱！”

首先找雷淑娴问话的是县监委书记由真，由真是位极其认真，稳妥，宽厚的同志，他见到雷淑娴后，很真诚地与雷淑娴握了握手，然后说：“雷淑娴同志，我们了解你的工作情况，为人情况，请你来，只是想把你向组织写信反映情况的前因后果讲清楚，你不要有思想包袱。向党组织反映情况，是每位共和国公民的权利，你是英雄的家属，是金刚山公社百姓交口称赞的好老师，我相信你没有恶意。但上级有批示，要求弄清楚情况，我们要落实上级指示。同时，我们也必须弄清楚水稻产量的真实情况。”

雷淑娴把自己调查的情况，自己的担忧，自己的建议又一五一十地说了一遍，由真时而插话，时而反问，时而点头，时而叹息，临走时紧握住雷淑娴的手说：“雷老师！谢谢您！”

监委书记走后，雷淑娴把写这封信的前因后果又如实写了一遍，然后交给了县委。

三天后，县公安局又来了两个人，其中就有到学校带雷淑娴的治安科栗木星，公安局来人与监察书记的态度大不一样，小栗之外的人先开口：“雷淑娴同志，我叫王有德，县公安局治安科科长，这位是治安科的栗木星，我们来是根据县委领导的指示，问你几个问题。”

“好的。”雷淑娴爽快地答应。

“第一，你和已经牺牲了的林振川是什么关系？”

“夫妻关系。”

“你对他的英雄称号怎么看？”

“怎么看？你什么意思？”

“我们……是有人对他的称号有疑问。”

“疑问？是你们公安局？你们有什么疑问？”

“不是我们，是社会上少数人。”

“社会上少数人？你代表他们？”

栗木星从座位上跳起来，“雷淑娴，你什么态度？”

“我什么态度？你们又是什么态度？对杀死三百多名日军，消灭四千多蒋匪军的战斗英雄，我怎么看？请问你们怎么看？你们代表谁的立场？”

“你有什么了不起？”

“你们可以审我，但你们不能污蔑英雄。”

“你嚣张！”

“小栗冷静一些，雷老师，我们崇敬英雄，不会污蔑英雄，林振川的英雄大名在这金刚山人人皆知，但我们要了解的是，林振川下令放了敌伪县长和敌特站长以后，嫌疑怎么解除，现在，这个问题依然没有澄清。你有没有发现新的线索？”

雷淑娴怒火中烧，因为这两个人怀疑她的爱人林振川，“请问，是党组织还是公安局给林振川安上一个叛变通匪的罪名？”

“雷老师，不能这么说。”

“县委说话了吗？地委、省委正式定论了吗？请回答我。”

“没有。”

“你们凭什么这么说？”

“我们是根据县委主要领导的指示询问你的。”

“县委主要领导？三天前，县监委书记与我谈话，从来没有说这个问题。”

“你有责任作出回答。”

“回答？我可以回答，一、林振川是大英雄，谁不知道？二、说林振川放走了国民党县长和军统站长，这不正确。当时要打开监狱的是连队的战士，不是林振川本人。我了解过周围县城解放时，解放军都打开了监狱，打开国民党设的监狱，这也有错吗？三、你们说是县委主要领导同志让问的，这么重大的事件，需要问我吗？党组织，你们公安机关，可以组织调查。当时经历这事的人多了，我又不是当事人。”

“雷淑娴同志，请不要激动。这可能是个历史悬案。林振川同志是抗日战争和解放战争的功臣英雄，这一点我们了解。但打开监狱后，放走了国民党县长和敌特站长，这也是事实。后来，林振川被土匪劫持上山，又有两名解放军牺牲，这一点大家也知道，后来林振川同志牺牲了，大家又清楚，所以，这是一本糊涂账，领导上想弄清楚，也是可以理解的。”

“可以理解。我也想弄清楚，还林振川一个公道，一个清白。”

“所以，请仔细回忆，是否有新的线索。”

“没有。”

“上级让了解，你与吕明秋、毛有富家还有什么来往？”

“有哇！他们是我的学生，怎么可能没有来往。”

“最近，蒋介石国民党叫嚣要反攻大陆，这些人的家属去了台湾，我们必须注意阶级斗争新动向。”

“这些人是你们关注的新动向吗？”

“雷老师，你的确应端正态度，要说清楚的是你。你擅自向上级党组织写信，对党的总路线、人民公社的总路线说三道四，对水稻产量妄加议论，上级要求严肃处理。在这个问题没有处理，林振川的嫌疑没有排除的情况下，你与国民党亲属的来往尤其需要交代清楚。”

“我是一名教师，从不做对党组织，对百姓，对国家不利的事。”

“你胡乱写信是为了什么？”

“什么叫胡乱写信？我是为了党好，为了人民不饿肚子！”

“不要唱高调！具体彻底地交代问题！”

“你们是乱扣帽子！我要见你们的公安局领导！”

“你还见县长呢！”

“县长，县长是不是黄大刚？”

“是又怎么样？”

“你跟黄县长说说，我要见他！”

“雷老师，”王科长说话了，“不好意思，黄县长去省里学习了。”

“书记是谁？我要见你们书记！”

“书记是牛正跃，我们就是根据书记的指示来的！”

“啊？”雷淑娴无力地坐下了，继而又站起来，“请你告诉你们牛书记，我要找他说明情况！”

“书记哪有时间管你的事，书记正准备办喜事呢！”

“办喜事？”

“牛书记又要讨新媳妇了，听说这位新媳妇是刘副省长的侄女，老红军的后代，大喜日子，牛书记哪有时间见你。”

“不见更好。”

第二天，县监委的人又回来了，只不过来的不是书记，而是一位姓蒋的副书记，他上来就给雷淑娴一连串大帽子：“雷淑娴同志，我不管过去你丈夫是不是革命英雄，你本人是否对革命做过贡献，我关心的是现在，现在是迎接社会主义建设新高潮，要赶英超美，要实现现代化，让全国人民过上电灯电话、楼上楼下的好日子的时候！水稻高产是多少代农民的愿望，水稻高产，可以让全国人民吃得更饱！可以留出更多的粮食发展工业，可以支持亚非拉穷苦人民的革命斗争。你对粮食高产不满，首先，你是对抗党的总路线。要建成社会主义，就是要鼓足干劲，力争上游，多快好省地建设社会主义，就是要高产高产再高产！你攻击粮食高产，就是攻击总路线。其次，你是看不到广大农民建设社会主义的创造性和主动性，说轻了，你是看轻了广大农民的革命热情。说重了，你就是看不起广大农民兄弟。最后，你给党的工作增加了麻烦，增添了困难，你的一封动机不纯、观点错误的私人信件，寄给了各级党组织，你的观点错漏百出，调查事实如坐井观天，你给上级党委增加的工作量、工作难度不知道有多少，你浪费了国家的人力物力。所以，我的个人意见，你赶紧认罪认错，说你自己是心血来潮，胡言乱语，请求组织宽大处理……”

副书记唾液飞溅，口若悬河，让雷淑娴听得又惊又奇又好笑，但雷淑娴又不得不回答：“蒋副书记，我没有你那么高深的理论水平，我也说不出那么多词，我只知道，一、我不是胡言乱语，二、我更不是心血来潮，三、我说的都是事实，向党组织反映情况和问题，何罪之有？何错之有？”

“哈哈，看来雷老师真不简单，我低估你了！但你以为你做的事是正确的，我却认为你做的事极端错误！你做的事是我们的敌人希望做的事！你的出路只有一条，认罪认错！”

“可监委由书记让我说明情况，说明缘由，他可没给我扣大帽子！”

“现在右倾的人太多了！”

“右倾？”

“说了你也不懂。”

“我不懂，我正常向党组织反映问题，怎么就成罪过了！”

“罪过大了！听说县委的处理意见都有了！”

“想怎么处理是你们的权利，我做的事对得起我的良心！”

“哈哈，那你就等着吧！”

雷淑娴在房间里等，很多天无人问津，一天夜里，雷淑娴躺在床上睡着了，刚睡着不到半小时，突然听到有个声音在叫自己：“雷老师？雷老师！”

雷淑娴惊讶异常，赶紧从床上跳起，拉开电灯，来的人让雷淑娴大吃一惊：“牛校长……不，牛书记。”

“对不起，雷老师，让你受惊了！”

“你，牛书记，你怎么进来的？”

“这小地方，难不倒我！”

“你也会功夫？”

“一点点吧！长话短说，我不敢久留，我是来救你的！”

“救我？”牛正跃的话一出口，雷淑娴就在心里冷笑了几声，你堂堂书记，想要救我，发句话就可以了，还用这么偷偷摸摸地进来？可雷淑娴还是问道，“怎么救我？”

“雷老师，你知道，在学校时我就欣赏你，喜欢你。为了救你，我才冒险而来，如果让别人看见，我也说不清楚了！”

“你要我怎么做？”

“第一，你要认错检讨，说点软话。”

“我没错，怎么认错？”

“也就有个认错的姿态，这样我好说话！”

“很难！”

“第二，我又了解了一下，林振川可能真的死了，你可以撇清与他的夫妻关系！”

“怎么撇清？”

“你……你就说喜欢上我了，要跟我结婚。”

“啊……你是胡说八道。”

“只有这样，才能救你。”

“不可能！”

“第三，就是我今晚上不走了，我们有了关系，他们不看僧面看佛面，看在我的面子上，也会放了你！”

“你！”雷淑娴又气又急，愤然从椅子上站起来，“你把我当什么人了！你怎么会有如此下流的想法！”

“雷老师，你太让我沉醉了！从金沙畈学校离开后，我无时无刻不在想着你，念着你，很多次，我都在梦里和你做那件事……”

“你无耻！”

“骂得好！你不情愿，我也理解，但我喜欢你，也请你理解。最重要的是，如果你不按我说的做，我不敢肯定接下来会发生什么！”

“无论发生什么，我都不会按你说的做。”

“我……爱莫能助。”

“牛书记，我问你，水稻产量多少你不知道？”

“已经不重要了。”

“为什么不重要？你不是共产党的书记吗？”

“这……也不重要。”

“告诉你，林振川即使死了，我也是他妻子。结婚再嫁我从未想过，亏你还是振川的同学，县委高官。”

“爱美之心人皆有之。”

“牛校长，牛书记，我再重复一遍，别打我的主意了，就是死，我也不会从你。”

“那好，那好！”

“你不是马上要结婚了？娶的是副省长的侄女，这个时候，你说出这种话来，不怕副省长的侄女知道，毁了你的大好前程？”

“只要你愿意，我马上退了她。”

“哈哈哈，牛书记会放弃升官的好机会？”

“雷老师，我降低条件，只要你今晚跟了我，我照样想办法救你。”

“你……无耻。”

“我就不管了。”

“随便！”

“好！好！你好自为之！”

牛正跃气急败坏，推开了窗户，一纵身跳了出去。雷淑娴气愤难平，除了气愤之外，对牛正跃的为人产生了诸多疑虑，这个人深不可测，看不清，识不透。

第二天下午，县监委、公安局来人宣布了对雷淑娴的处理意见，带队的就是县监委书记由真。

由真看到雷淑娴的时候，表现出了一丝难得的歉意，然后拉开脸，一字一句地公布了县委的处分决定，在列举了雷淑娴的诸多错误和危害以后，宣读了如下处理意见：

一、把雷淑娴开除出教师队伍，留校劳动改造。

二、到全县十五个公社巡回检讨，接受人民公社社员的批评教育。

三、继续接受公安部门的调查询问，与国民党亲属密切来往一事，调查清楚后再行处理。

据说，县委做出这个决定的时候，征求了在省委党校学习的县委副书记、县长黄大刚的意见。黄大刚坚决反对，并提出写信反映问题是基层工作人员的正常权利，而且是为了水稻产量实事求是，不仅不应该处理，而且该得到表扬。但牛正跃是书记，又有省委领导的批示，县委常委经过多次争论，终于拗不过牛正跃，还是出台了这个处理意见。而留校接受改造的意见也是由真坚持，才得以留下来的。

此时，雷淑娴已经离开学校一个月了。对雷淑娴来说，开除不开除已经不重要了，最让雷淑娴痛苦不堪的，是在十五个公社接受群众的批评教育。公社干部中，了解林振川英雄事迹，知道雷淑娴教书为人的，带有善良同情心的，就应付弄个场子，让雷淑娴说几句，然后安排几名干部，几名教师，批判几句也就过了。但是如果碰到态度恶劣，心术不正，或者刻意奉承迎合县领导的，则把雷淑娴的批斗会看作是对上表忠心对下施淫威的好机会。把雷淑娴弄得极其难堪，有的甚至把农村装横耍赖的妇女弄来，把雷淑娴骂得狗血淋头。青山寨公社一个又赖又泼又坏的女人，是公社书记的相好，上来这样骂道："哎哟哟，这是谁呀！你看看，看看，好一身又美又白的肥肉，哪个汉子不想吃一口哟。这要是旧社会，肯定是窑子里的头牌，门前不排大队才怪，不争个头破血流才奇呢！别说老爷们，我都想上，来，妹子，让我摸摸，下面流水了吗！"

"啪——"雷淑娴忍无可忍，一个巴掌打过去。

"哎呀呀，杀人啦，杀人啦，这个女人杀人啦。"

两个人不免要大打一架，好在雷淑娴跟父亲学了几招，没吃大亏，但拉偏架的多，也没讨到便宜。

更有甚者，到了夹阴山公社，公社书记孔义方是个极其猥琐的人，据说是牛正跃的亲信。雷淑娴被押到夹阴山的时候，孔义方书记不仅没有及时组织批斗，还好吃好喝地招待。到了吃晚饭的时候，孔义方设专场，还弄了两瓶酒，要单独请雷淑娴吃饭。雷淑娴经过前后三个多月的折腾，已经见怪不怪了，让吃就吃，但拒不喝酒。孔义方见雷淑娴只吃不喝，就自斟自饮。喝了半瓶以后，孔义方借着酒劲，露出庐山真面目了：“雷老师，我了解你。牛书记让我关照你，俺知道啥意思。你这么漂亮，这么美，这么嫩，我想……我再喝一杯。”

“孔书记，请你少喝，请你自重。”

“我……太想了……我再……喝，古人说……酒壮英雄胆，有了酒劲，我……才敢说……敢干……”

“你最好少喝。”

“别急……让我……说完……”

“你可以说完。”

“我……我想上你了。上了你让我死都干。”

“你……混蛋。”

“俺……从来没碰上太想上的女人了，你让我……上……”

“再胡说，我走了。”

“只要你让我上，保证不批不斗你，还好酒好菜招待你……”

“恶心。”

“来，让我碰碰你，摸摸也行。真不让上，让我摸摸也不斗你。”

“你们……混账王八蛋！”气急的雷淑娴推倒了扑过来的孔义方，掀翻酒桌，回房间了。

结局可想而知，计划批斗教育三天，结果孔义方安排了七天批斗，从开始的好吃好喝，到后来的每天只有两顿饭。两顿饭，连陪同的县监委的同志都不愿意了。孔义方气嗽嗽地说：“有两顿就不错了，你们去乡下看看，食堂早关了，老百姓一天能吃一顿就不错了，好多人都饿在家里，生死都不知道呢。”

县监委的同志无话可说，只说了句：“我们离开这里。”

全县十五个公社跑下来，用了三个月的时间。此时，已进入 1960 年初春了，形势发生了很大的变化，全县因为高产留下的后遗症充分暴露出来，农村很多地方已经出现了人畜饿死的情况，过去反对报高产的领导干部开始有了发言权。在牛正跃准备对雷淑娴安排新的批斗的时候，黄大刚的电话打到了行署杨书记那里，黄大刚不仅反映了双城县因虚报高产出现的饿死人畜的现象，还报告了雷淑娴因此遭受批斗的事情。杨海功书记因为在中央党校学习一年，听到后极为震惊，他用一天的时间，在地委行署处理一些紧急事情后，马上驱车赶到了双城。他做的第一件事，就是公布省委组织部做出的决定，调牛正跃同志为尚阳地区副专员，任命黄大刚同志为双城县委书记，这也为黄大刚、雷淑娴创造了良好的生存环境。

杨海功做的第二件事，就是迅速到各公社、生产大队、小队去看农民的缺粮情况，看看事情到底恶化到什么程度。

杨海功下基层之前，让县委的人把雷淑娴带到了自己身边。看见了雷淑娴，杨海功几乎没有认出来，过去那个美丽漂亮、娴静大方的雷淑娴几乎不见了踪影，站在眼前的，是一个蓬头垢面、面黄肌瘦、衣衫褴褛、摇摇欲坠的女子、见到杨海功，雷淑娴傻了，说不出来话，呆在原地。

“淑娴啊！我是你杨叔叔啊！”

“杨叔叔……”雷淑娴大哭着，扑向了杨海功。

爷俩抱成一团，杨海功不停地说：“孩子，苦了你啊！对不住，对不住啊！”

雷淑娴说不出话来，只顾着一个劲地哭。

过了好一会儿，雷淑娴情绪平静下来，杨海功说：“淑娴，让你受苦，受委屈了！大刚这两天就从省委党校回来了，要不是他给我打电话，我还不知道你的处境这么惨！”

“杨叔叔，我给你写信了！”

“我这一年都在党校学习，信都压地委了吧！这一年发生了太多的大事！太值得深思了！”

“杨叔叔，听说都饿死人了！”

“是的！我要马上下去看看，如果真饿死了很多人，我们这些党员干部就太浑蛋了！走之前，我先把你的问题解决了，淑娴，你听好，振川生死不明，你要好好活着，带着三个孩子，好好活着！”

“我会的，杨叔叔，我会好好活着，等着振川回来。”

“孩子，过去对你的错误处分一定会全部取消，等大刚回来后，我让他把一切都办好！”

“杨叔叔，我无所谓，我现在唯一的想法就是赶紧回家，我想孩子，想我爹！”

“好，你收拾收拾，不能让小海子、小英子饿着了，我马上安排人送你回家，回去后，代我向雷老哥问好！缺什么，都跟我说！”

三十一

杨海功安排县里用军用吉普车把雷淑娴送到金沙畈人民公社。下车时，司机受杨海功的委托，给雷淑娴留下了一大兜饼干，雷淑娴也没有推辞，背着饼干就急急忙忙往家里奔。已经大半年没回家了，三个孩子怎么样？有没有生病，有没有饭吃，还上没上学？老爹怎么样？老姨怎么样？听说，因为公社没有粮食，食堂已经撤了，全家人是否能吃饱？爹身体还好不好……雷淑娴带着一路的担心，一路的疑问，一路的牵挂，在路上奔走。但走着走着，雷淑娴感觉到路上的情景不大对。过去，从公社到家的路上，要经过十几个村庄，每次路上，总能碰到许多干活的，串亲戚的，上学放学的，但这一路下来，怎么不见一个人影，连个赶猪放牛的娃娃都见不着？虽说已经是早春，万物复苏，但学校也没到放假的时候，怎么既见不到一个大人，也看不到一个学生？这让雷淑娴的心悬在了半空中。她不知道发生了什么，她又特别担心会发生什么，她似乎知道会发生什么，又特别不希望发生什么，心里特别担心，特别害怕，特别恐惧，但又认为这是不可能的。就这样纠结伴着担忧，犹豫伴随着恐惧，催促她加快步伐，因为路的前方有她的牵挂，她的家人，尤其是三个正长身体的孩子。放眼望去，高山峻岭，村庄田野，荒无人烟，牛羊不见，这是一幅怎样的景象……

雷淑娴想得心惊胆战，想得无比恐惧，她不由自主地加快了步伐。

雷淑娴心急如焚，只想尽快赶回家中，尽快看到自己的三个孩子，看到自己的亲人，在雷淑娴远远地看见雷家湾前面的高山时，在山路田畔的拐弯处，看见了一位歪躺在田边的老人。她急切地走近那人，走近一看，她吓得腿一软，几乎跪倒在地上。这个人她认识，是雷家湾隔岭王大贵的父亲王致仁。老人家满嘴黑灰，再仔细看，老人家满手都是稻草灰，嘴上、脸上也都是，一定是想着稻草里还有残存的几粒稻谷，想塞进嘴里充饥。不是饿得没有办法，老人家怎么会到这种境地。看到这凄惨的场景，雷淑娴的眼泪唰地就落了下来，她身上背有饼干，她急忙喊："王大爷！王大爷……"

歪躺在田间的王大爷永远也听不见了，他的身体已经冰冷，眼翻白，舌头掉了出来。雷淑娴发出凄厉的呼喊："王大爷。"

王大爷已经走了。这是雷淑娴看到的第一个饿死的人，在县里就听说有饿死人的事，这一次在她的眼皮子底下变成了现实。雷淑娴悲从心底涌出来："这到底是怎么了……”

王大爷惨死的场面，让雷淑娴更加思念担心家中的父亲和孩子，她顾不上忧伤，加快步伐往雷家湾赶。走着走着，她发现路边的山头上新添了不少坟头，她不用猜也都能知道，一定是饿死的，不知道还有多少人饿死。党和政府啊！你们看到了吗？快点开仓放粮吧！

刚拐过一个小山，雷淑娴终于看见了几个人，好像有人在动。雷淑娴走上前：“乡亲们，这是怎么了？”五个人中终于有人回话了，但说话有气无力，“雷老师，我们去公社卫生院。”

“病了吗？”

“还不是饿的，蔡有财吃了菜籽饼，拉不出屎，肚子疼得要死，我们送他去卫生院，可我们也抬不动了，恐怕都要死这里了。”

“现在有多少人……饿死？”

“老弱病残的，都跑不了。”

没办法，雷淑娴只好给每个人分一小点饼干，“吃点吧，吃了抬公社去。”

五个人谢天谢地：“终于有吃的了。”

又走到一个拐弯处，雷淑娴看见前方山头有两个人，好像是雷家湾的雷二哥家，雷淑娴赶紧奔过去：“是二哥，二嫂吗……”

雷淑娴话音刚落，二哥二嫂两人突然转身，往坟后的树林里跑去，雷淑娴不知道发生了什么事，就奔上山去，又喊了句：“二哥，二嫂……”

没人回应，但雷淑娴影影绰绰能看见两个人就在树林后面，雷淑娴想到自己身上背有饼干，想给二哥二嫂吃点饼干，因为她知道，这种情况下给点吃的意味着什么。但走上山坡，雷淑娴几乎晕倒，她看见了更加悲惨的场面，山头上的一座土坟已经被扒开，一个小孩的尸体横躺在土里，小孩的胳膊已经被卸掉，大腿也卸掉了一只，小孩的尸体旁，放着一个小布袋，小布袋的口开着，半截胳膊露在外面。显然，这个地方，就是刚才二哥二嫂两个人忙活的地方，二哥二嫂这是要……雷淑娴几乎不敢相信自己的眼睛，又气又恼，她不相信，她更不相信平常忠厚老实的二哥二嫂会干这种事，她从心底里吼出一句：“二哥，二嫂，你们在干什么！”

没有回应。

“二哥，你还是个人吗！说啊！你们都干了些什么！”

“妹子，九功昨天饿死了。”是二嫂的声音，“九功说不定能救你二哥和我的命呢！我们，我们家还有六个孩子呢，我们也是饿得没有办法啊！”

“嫂子，再饿也不能干这种事啊！”

“妹，别管了！你走吧！”二哥终于说话了。

“你们，你们！”雷淑娴气急败坏，跌坐在山坡上。

“我们已经一个月没见到一粒米了，全是吃稻糠吃野菜，吃树皮，现在连土都开始吃了！”

“你，你们……”

“九功能救我们一家……”

“天哪！真有这种事了！”雷淑娴面向苍天，“老天，救救我可怜的乡亲们吧！”

“妹，不只我们家，只要能多熬几天，说不定政府的救济粮就下来了！”

“二哥，二嫂，你们不是人啦……”

“我们不是人。”

“我们饿呀！”

“二哥，快把九功埋了，我这里有饼干，你们拿几包救救急吧！”

雷淑娴本想把饼干都留给二哥二嫂，但想着家里的三个孩子和老爹也差不多如此，就拿出来几包，给了二哥二嫂，然后背着饼干，带着无法名状的心绪，带着前所未有的震惊，带着撕心裂肺的痛苦，跌跌撞撞地离开了这里。

雷淑娴再也不愿意看到这些悲惨的场面，她一边流着泪，一边木讷着奋力前行，她看见了别人家的苦难，还不知道自己家是个什么情况，似乎麻木了，她只得加快脚步，终于，家到了。

“爹！小海，小英，侠久……老姨。”

大门虚掩着，没有人应声，雷淑娴更是恐惧至极，她走进小院，高声喊道：“爹！林海！林英！小侠久！老姨！”

雷淑娴的心都快要跳出来了，她急切地抛下包袱和行李，拼命地往屋里奔，刚走到门口，正房门开了，从屋里面传来一个虚弱无力的声音：“淑娴，你回来了啊……”

“老姨！”淑娴拼命过去抱住了老姨。

“淑娴啊……”

“老姨，怎么……没人吗？”

“淑娴啊，你怎么去学习那么久，都没个音信……”

“一言难尽啊！孩子们呢！”

“没有吃的，正晕乎着睡觉呢！”

“饿坏了吗？人呢！”

“小海，小英，侠久啊！你娘回来了……”

雷淑娴顾不上等待，冲进里屋，看见三个孩子都蜷缩在床上。此时，林海清醒着，看见娘回来了，急忙爬下床，扑向雷淑娴：“娘啊！”

“我的孩子！”雷淑娴紧紧抱着孩子，而此时的声音，惊醒了饥饿昏睡的林英和侠久，两个孩子睁开眼，有力无气地喊了声：“娘……”

“我的孩子，你们怎么啦，怎么啦？”

三个孩子都被雷淑娴抱在怀里，林英忍不住哭了起来，侠久也紧紧地抱着雷淑娴，苦怜怜地说：“娘，我饿……”

“娘，我也饿……”林英摇着妈妈哭喊着。

林海也抱着雷淑娴的胳膊，“娘，我们就是饿……”

“老姨，快！快去把我的包拿来！里面有饼干，让孩子们先吃！”

老姨把包拿进屋，雷淑娴抢来包，把里面的饼干都倒在床上，“孩子们，快吃，快吃！”

饼干，每个人手上都拿了一包，三个孩子虽然饿，但都没有急着打开饼干，而是把目光望向了老姨，雷淑娴不知道怎么回事，问道：“老姨，这是怎么回事？”

“孩子们，吃！你娘回来了，就有饭吃了！先吃吧！但不能吃太饱，太饱，会胀着肚子的！”

“姨姥姥，我们吃了！”

“吃！”

“姨姥姥我们能吃几个？”

“两个？”

“姨姥姥，晚上还有玉米饼吗？”

“三个傻孩子，你娘回来了，听你娘的！”

“娘，我想吃饱！”

“娘，我也是！”

“娘，我能吃很多！”

看到这么多饼干，从孩子的眼神就知道，他们想吃好吃饱，但三个孩子有良好的家教，他们先是把目光投向了老姨，老姨说娘回来了，要听娘的，三个孩子就向娘发出了请求。雷淑娴此刻的心像是被针扎了一下，格外的疼，她不知道，这一段时间，老姨和孩子们是怎么熬过来的，老姨为了不让孩子们饿坏，一定想了不少办法吧！十分庆幸，三个孩子和老姨没有饿死。但是，眼前的情况并不容乐观，家里的粮食估计也没多少，以后怎么办？怎么解决粮食问题，她心里一点底都没有。更重要的是，回到家，没有看见她的父亲，父亲为什么不在家，老父亲会不会有什么事情？想到这里，雷淑娴意识到问题的严重性，她连忙给三个孩子一人三包饼干："孩子们，吃慢点，别噎着，一会儿让姨姥姥给你们烧水喝！"

三个孩子欢天喜地地吃着饼干。雷淑娴趁机把老姨叫到了院子里："老姨，家里现在是什么情况？家里还有粮食吗？孩子们这些天都吃什么？我爹呢？我爹怎么不在家？"

雷淑娴一下子问了这么多，把老姨问得糊涂了："淑娴，你别着急，慢慢问，我给你慢慢说……"

"我爹呢？"

"你爹，多亏了你爹啊！不是你爹早先在金刚山上偷种了两亩玉米棒子，咱一家人恐怕早就饿死了。几个月前，他从金刚山上背回来一大袋玉米面，有一百多斤呢！老头子心疼娃儿们，知道他们正长个，能吃，就想多弄点。为了弄回粮食，白天不敢走，只能夜里回来，多亏了这些玉米面，我们才熬到了现在。中间你爹回来两趟，每次回来，都带点粮食，带不来粮食就带回来山上的果子。按说应该回来了，你爹没回来，我就不敢让孩子们多吃，一天只能喝上一顿野菜汤，一顿玉米饼子，饼子也只能吃两个，吃多了，我怕熬不到你爹回来！"

老姨从院子角落里掀开一块石板："淑娴，你来看，就剩这么多了。"

雷淑娴走过去，看见石板下面放着一个小陶缸，陶缸里面盛着玉米面，雷淑娴伸手进去，抓一把，又伸手测了测深浅，"老姨，恐怕只有二十来斤了！"

"是啊！二十来斤！能吃几天啊！吃完就得饿着，我饿着没关系，孩子们怎么办啊！"

"多亏老姨，吃苦了。"

"一家人。"

"为什么玉米面不放屋里呀？"

"你爹想得周到，他怕有人来借粮，查粮，就把大部分玉米面放石板下头，家里就放些山果野菜和两三斤玉米面，可不，上个月生产队说我们家有吃的，突然派人来查，把家里仅剩的五六斤玉米面都搬走了，我还跟他们大吵了一架。”

“这点粮食能吃几天？”

“做长远打算吧！”

“我带回来的饼干也能撑个几天，加上这二十多斤玉米面，差不多能撑个十来天吧！我明天上山看看还有没有野菜，挖一点回来，这几天如果我爹能回来，再带些粮食回来，我们就能撑下去了！”

“淑娴，你回来我就放心多了！三个孩子，我一个老太太，害怕啊！”

“老姨，我们一起想办法，渡过难关！”

其实，淑娴也只是安慰老姨而已，这个家能不能撑过去，孩子们能不能有饭吃，她心里也没底。好在老爹有先见之明，在金刚山上种了粮食，全家人才得以撑到现在，可是，按照老姨的说法，爹这几天早该回来了，但为什么还没有到呢？会不会出现什么意外？会不会被公社的人截住？会不会被饿急了的人截住？饿急了的人们是不讲天道人理的。金刚山地势复杂，再加上形势复杂，虽说老爹长年练武，但毕竟年纪大了，稍不注意出现意外也是说不准的事。想到这里，雷淑娴心中的担忧充斥着全身，她不停地念叨，老父亲，你可一定要平安回来啊！一定要把粮食给带回来啊！

雷淑娴在家住了三天，这三天，她除了调整平和一下自己的心绪之外，就是在家后面的山上挖野菜，淘板栗，翻红薯，找菜根。老天不负有心人，雷淑娴居然在屋后的红薯地里又翻出了两三斤红薯，在树林里找到了三斤半好半坏的板栗，还有几斤野菜，自己菜园子里又翻出几棵新的青菜。这让她大喜过望。这些东西，又可以让她一家多撑个四五天，而且还能让孩子们吃上一些新鲜的蔬菜，盘算好这些，雷淑娴才稍稍放下心来，躺在床上，安稳地睡着了。

快天亮的时候，雷淑娴听到了几声急促的敲门声。

她应声而起：“是谁？”

“可能是你爹！”老姨也起床了。

雷淑娴急忙穿衣起来，走到门口：“爹，是你吗？”

“淑娴开门！”

“爹！”一听是雷经天的声音，雷淑娴欣喜异常，赶忙把门打开。

门开了，门口的雷经天背着一大袋东西站着，俨然一尊罗汉。

“爹，快把口袋给我！”

“你弄不动，门外还有两个小袋，你拿着进来！”

淑娴、老姨一起忙活，把粮食弄进小院，“爹，你先歇会儿。”

“老法子，先把粮食藏起来，还是我来弄！”

一头汗水，一身疲惫的雷经天顾不上休息，赶忙把粮食藏在原先的石板之下，然后说：“有这一百多斤，够管一阵了，还是老办法，留上十来斤放外面应付着，山上还有点，听说政府要放粮了。”

藏好之后，雷经天才坐下来接过雷淑娴送上的茶水，老姨递过来热毛巾，擦了汗，喝了水以后，雷经天道：“三个小家伙，过来让姥爷看看！”

三个孩子早就在屋里等待，听见姥爷的话语，三个孩子连滚带爬冲向了雷经天，林海坐在了雷经天的腿上，林英缠住了姥爷的胳膊，小侠久跳起来，骑在了雷经天的脖子上。爷孙四人好不欢乐，逗玩了一会儿，雷经天说：“淑娴，去门外把房檐上的小口袋拿过来。哎呀呀，为了这小口袋，把姥爷累坏了！”

“姥爷，你怎么累坏了？哥，姐，下来给姥爷捶捶腿。我给姥爷捶捶腿吧！”小侠久乖乖地说道。

“小侠久长大了，知道心疼姥爷了！”老姨笑着说。

雷经天慈爱地摸摸三个孩子的头，特别试了试林海的腰背：“还练着吗？”

“姥爷，练着，就是……”

“饿着练不动，是吧！”

“是……这样！”

“姥爷不怪你，今天开始练。”

“知道了。”

“林英的学习怎么样？”

“没忘，姥爷，我也练功。”

“好孩子。”

“姥爷，我也练。”

“就你能！”雷经天终于笑了，“给你们看看小口袋里装的啥，野柿子！正熟着呢！个个都软得稀烘，一路上我怕碰着，也怕砸着，就是想让三个小家伙吃个山果果，他姨，你把孩子带出去，让他们饱吃一顿，我跟淑娴说几句话。”

老姨带着三个孩子欢天喜地地出去了。

屋里剩下父女俩，雷经天开口了：“孩子啊！你受苦了！爹相信你会回来！”谁也没有说话，屋里出现短暂的沉默。

“爹……”淑娴压抑了许久的悲痛委屈终于爆发了，她再也控制不住，扑到雷经天怀里痛哭起来，雷经天没有劝阻，没有安慰，只是用他那饱经风霜的大手，轻轻地拍打着雷淑娴的后背，一下，一下，慢慢地拍着，良久，“孩子，你坐下来，慢慢说！”

淑娴擦擦泪水，把她到县里接受审查，到公社接受批斗以及怎么被杨海功书记救回来的事前前后后，简明扼要地说了一遍，把受苦、屈辱、难堪的情景都省略掉了。

“孩子，我知道，你肯定受了很多委屈，你不说，爹也能猜到。让爹欣慰的是，你挺过来了，就是川儿在，也会夸奖你的！”

“爹，这饿死人的事，什么时候才能到头啊！”

“我一路也打听了，该结束了，上头派来了不少人，已经知道饿死人的事情了，咱们这么个地方有杨书记，有黄县长，他们不会让老百姓继续饿下去的！”

“爹，你就这么相信他们？”

“共产党能得天下，是因为有一拨像杨书记、黄县长这样的好人！”

“可这次饿死人，也是在共产党的领导下发生的！”

“共产党里头啊，有一些人心术不正，搞浮夸，吹牛皮。”

“可是咱们老百姓付出的代价太大了！”

“是啊！从古至今，吃苦受罪的永远都是我们老百姓啊！”

“现在问题怎么解决，很多地方还在饿死人啊！”

“听说，上头已经往这里调粮了！”

“啥时候粮食才能到老百姓家里啊！”

“这个……不知道。”

“爹，你怎么才回来，家里快断粮了，我回来时，仨孩子每天只吃一顿饭。”

“我知道，我算计好了，家里还有二十多斤粮食，如果一天吃三顿，我今天赶回来，正好吃完。”

“哪敢吃三顿呀！老姨怕万一呀。”

“你老姨这样安排也有道理。”

“爹，你这一路安稳吗？”

“唉，主要是怕呀。粮食是去年秋天收的，怕冬天大雪封山，就运到离家不远不近的大山上埋起来，埋了又怕野猪拱，怕老鼠啃，更怕人发现，所以费老鼻子劲了，埋的还不是一个地方，就说往家里运，更难，白天不敢走，只能夜里闯了，来回得七八天。这回应该好了，有这一百多斤粮食，够供全家一大阵了，说不定，能供到政府放粮了。”

“爹，真是劳累你了。”

“爹已经六十多岁了，身体不如以前了，真有点累。”

“爹，多亏了你，不是你的话，三个孩子早饿死了。”

“说什么浑话，一家人。”

“这次三个孩子可有饭吃了。”

“淑娴，你回来了，下一步怎么打算？”

“爹，我想，你回来了，家里有你我就放心了。我是老师，杨书记宣布还让我回校当老师，我要回到岗位上去，我担心学生，明天我就回学校去。”

“好！”

“爹，我能不能带点粮食去学校？”

说到带粮食，雷经天久久没有说话。

“爹，家里有这么些粮食，你在山上放的还有，让我带一点。”

“孩子，爹不是小气人，也不是不想救其他孩子，可是，爹得把话跟你说明白，说不担心自个家孩子没饭吃，那是假的，因为真不知道政府的救济粮啥时候能到。更让爹担心的是，大家都没粮，都挨饿，你突然带粮食到学校去，大家一定追问粮食的来源，你又不能明说，这样可能出现两种结果，一是饿急了的乡亲们会把我们家翻个底朝天，不仅现有的粮食保不住，而且，埋在山上的粮食我根本不敢去取，因为，因为会有很多双眼睛盯死我。二是公社大队、生产队会一直追问你，追问我，问我们这些粮食是从哪里来的。到时候我们又说不清楚，那麻烦就更大了。”

“爹，你说得有道理。可有粮食就能多救几个人，我们不能见死不救。”

“让我想想。”

“带少一点也行呀！”

“淑娴，你看这样行不行？”

“爹，你说该怎么办？”

“今天夜里，让你老姨多烙一些玉米饼子，你用一个小口袋背着，去学校时，不要说从家里出来，就说是从县城里来，说是县城的亲戚知道农村缺粮，让你带回来的，这样你就好交代了。”

“爹的主意好。我去找老姨烙玉米饼子。”

“淑娴，你等等。”

“爹，还有事？”

“川儿的事。”

“川哥有消息了？”

雷经天摇头：“听说，放跑的那个伪县长在香港露面了。”

“找他问问。”

“我们去不了香港。”

“怎么办？”

“我还在查，关键是那个军统站的站长，一点消息也没有。”

“川哥呢？有川哥的消息吗？”

“我问过跟飞侠上山的人，他们说，没看见川儿遭遇不测。”

“这说明川哥还活着。”

“孩子，因为我认定川儿还活着，所以一刻也没放弃追查他的下落。”

“劳累爹了。”

“不说废话，我还要找。”

“爹……”雷淑娴的眼泪下来了。

“去找你老姨烙饼子吧！”

三十二

与此同时，地委书记兼行署专员杨海功在双城一刻也没停，发生了这么重大的事，他也不敢贸然做出决策，他必须掌握第一手资料。他让双城县委给他准备足够的米饭团子和麦面馍馍，他一天要跑两至三个公社，几十个大队，他不在公社停留，也不在大队歇脚，直接下到生产队社员家里，走一家，串一户，家挨家，户挨户，看社员花名册，查家里少多少人，查粮缸，翻稻穴，看饭锅，看着看着，他先是热泪盈眶，接着又是怒火中烧，继而又是心酸流泪，后来又跺足捶胸。一个久经风雨、久经考验的老战士，老共产党人，每天都是伴着眼泪度过的，每天都是燃着激愤熬过的，每天都是怀着极度歉疚煎过的。每个公社、大队、生产队几乎都有饿死人的，年老体衰的，体弱多病的几乎无人幸免。家里孩子多的，三五个孩子总有一两个要做出牺牲的。而年轻力壮又姊妹多的，家里实在没粮吃了，就把他们赶出家门，让他们去要饭，要么把他们赶上山，让他们在山上寻找生存之路。这些孩子，有的逃往城市，侥幸活下来，有的则饿死在逃荒路上。而赶上山的孩子，有的进山吃山，靠吃野果、野菜活了下来，有的则永远留在了山上。杨海功把每天带下去的馍馍和冷饭团全部交给了农村社员，能救一个是一个。一周下来，杨海功每天除了早上喝一点粥之外，中午和晚上粒米不进，七天下来，杨海功人瘦了一大圈，精神也几近崩溃。回到县城，他十万火急地与刚从省城学习归来的黄大刚商量应对措施，两个人经过反复斟酌，又紧急召开政府会议、县委扩大会，决定立即展开急救措施。首先，杨海功、黄大刚以地委和县委的名义给省委发出了加急电报：

省委：

浣溪地区的东平、荒山、盘起、双城、罗光、和山、岗山、旧蔡等十余个县市已经发生了多次因缺粮引起的饿死人事件，请省委省政府立即发放救济粮下来，人命关天，救人要紧，刻不容缓。

其次，迅速在全地区、各县筹集粮食，首先调集地、县两级食用粮、工业用粮、饲料粮和地直机关的备用粮，全部下发，送往灾区。可是在浮夸生产的背景下，这些粮食微乎其微，解决不了大问题。

第三，杨海功向地区各粮食部门提出要求，请他们打开粮库，开仓放粮，但他们异口同声，属于地区、各县权力范围的粮食可以下拨，属于国家粮库的粮食，必须报请省政府，有的甚至上报国务院批准，而绝大部分粮库的开仓权力都不在地、县两级。

第四，在万般无奈的情况下，杨海功想起了在军队的老战友，一位是邻省军区的司令员，一位是某野战军的军长。还是人民军队的这些将军够意思，他们异口同声，想办法解决，战备粮不能动，只能提前支付部队的口粮、大牲畜粮食和后勤用粮，于是，上千吨粮食紧急装车，开始从邻省军区某军军部，日夜兼程运往灾区。

而这个时候，雷淑娴已经回学校三天了。学校里除了公社机关少量的学生能坚持上学以外，大部分农村的学生，有的在家挨饿，有的远走他乡，有的则因为缺粮，小小年纪，便永远告别了这个世界。于是，雷淑娴便在公社周围挨家挨户地找，找到在家挨饿的学生就说："学校有吃的！"把那些饿得奄奄一息的，昏头昏脑，还有活下来希望的孩子，自己背、乡亲们送、家长抬送到了学校。三天下来，居然会集了五十多名学生，第一天，十几斤玉米饼子被孩子啃光了，傍晚时分，雷淑娴说："孩子们，我再去县城找粮食。"

雷淑娴在去县城的路上转了几圈，在天黑下来的时候，就折转回来，又往家里赶，在家里又背出十几斤玉米面。后半夜时分，又赶到了学校，到校后，就生火烧水，把十六七斤玉米面分成两份，先熬了一大锅玉米粥，天亮学生起来时，每人都能喝到一大碗并不稠，但能挡饿的玉米粥。喝完后，雷淑娴就开始给他们上课，到傍晚时分，雷淑娴又给孩子们熬了一锅粥，让同学们喝。喝粥的时候，雷淑娴总是流着眼泪说："同学们，对不起，没法让大家吃饱。"

一个懂事的孩子说："雷老师，俺爹说了，你是俺的大救星，没有这两碗玉米粥，我可能就饿死了。"

"没有这两碗粥，我就要回家挤哥哥姐姐，我吃了，他们就没吃的了。"

"谢谢老师，俺娘让俺给你跪下，没有你，我们家肯定有一个人饿死。"

听到这里，雷淑娴什么也说不出来，只是不停地流泪。

到第五天下午的时候，一个学生突然跑过来："雷老师，好怕人，那人要……找你。"

雷淑娴赶到门口，看见了吕明秋搀着她的爷爷颤颤悠悠挪过来，看见雷淑娴，吕明秋喊："雷老师……救……我。"

"吕家大伯，明秋，小心，别摔了。"

"爷爷为了救我，很多天没吃东西了，他除了吃树叶，就吃稻草，连土都吃了，剩下一点红薯皮、麸子、稻糠都让我吃了。老师，救救爷爷，救救我。"

"进来吧。"

吕明秋已经迈进了学校大门，看见爷爷没动，就转身喊："爷爷进来，找到雷老师就有吃的了。"

吕明秋的爷爷没动，也没回话，雷淑娴发现吕明秋爷爷的气色和神态不好，忙走上去："大伯，我扶你进去。"

吕明秋爷爷摇摇头，只说了句："雷……老师，明秋……交给你……了。"

说完，吕明秋爷爷轰然倒地。

"爷爷……"

"吕大伯。"

雷淑娴等人把吕明秋爷爷扶在门边，千呼万唤。吕明秋爷爷一点声音也没有了，雷淑娴摸摸老人的手，已经冰凉；再看看鼻嘴，已经没有呼吸，老人走了。

“明秋，你爷爷已经走了。”

“爷爷——”吕明秋哭得死去活来。

而此时，已经过了第二次熬粥喝粥的时间了。雷淑娴把学生为她留下的大半碗玉米糊端给了吕明秋：“明秋，把这半碗玉米粥喝了。”

吕明秋也是饿极了，不到两分钟就把大半碗玉米粥喝完了，喝完后又用舌头把碗舔得干干净净。

这时候，一个高年级学生走过来，“雷老师，您已经三天没有吃东西了，这一碗糊糊，同学们说，无论如何让您要喝下去，她吃了，您又该饿肚子了。”

吕明秋大惊失色：“雷老师，对不起。我把您的饭吃了。”

“傻孩子，我是老师，是大人，能扛饿，那碗粥，本来就该你喝。”

的确，夜晚回家背粮食的时候，能吃点老姨准备好的饭菜。但这几天人多事急，只在家扒了两口饭，就背上粮食往学校赶，赶到学校就忙着为学生们熬粥。还要上课备课改作业，还要应付几个生病的学生，因为中午、晚上都没有吃饭，雷淑娴明显地感到身心疲惫、体力不支。本来，学生留下来的大半碗玉米粥，雷淑娴是准备吃的，因为学生每天有两顿饭吃，自己又特别累，特别饿，想吃点玉米粥补充点营养，增加点体力。但吕明秋来了，吕明秋是她的学生，又是个孩子，还饿得很厉害，她怎么可能不把这大半碗玉米糊给吕明秋喝呢！

雷淑娴顾不上这么多了，她只是又倒了杯白开水，“咕咚咕咚”灌满了肚子，然后跟同学们说：“同学们，吕明秋刚来，你们要照顾她，她也没带被子。王桂芳，晚上让她跟你睡，挤一挤暖和。我再去公社一趟，问问县里什么时候调粮食来，前天黄书记说这救济粮就要到了，听说还是解放军送的粮食。我去问问，说不定明天粮食就到了，大家能吃顿饱饭。”

雷淑娴拖着极度疲惫的身体，拖着极度饥饿的肠胃，来到公社，打通了县委办公室的电话，县委办公室告诉雷淑娴，黄书记去接粮食了，黄书记打来电报，说粮食最晚后天上午，也可能明天下午就到金沙畈公社了。

雷淑娴既惊喜又激动，她终于得到粮食即将到来的好消息了。但是她今天晚上还要回去，她还要背一袋玉米面，争取多背点，让孩子喝顿饱粥。因为，虽然听说明天下午粮食到了，但下午能不能及时到，到了又怎么分配，还不清楚。总算黑夜盼到黎明了，大海上看见船帆了。虽然自己饿，累，又特疲乏，特无力，但这一天一夜坚持下去，到了后天，一定是有粮食有饭吃了。

想到这里，雷淑娴在极度疲困劳累的情况下，突然有了一股子力量，她要回去，回去弄点玉米面来，而且多弄点来。让孩子们饱吃一顿，她直接跟同学们说："同学们，今晚上我回家，找点粮食，让大家吃饱。"

"好喽，明天有饭吃了。"

"能吃饱了……"

"不饿了……"

三十三

天擦黑的时候，雷淑娴开始往家走，也许是因为饿，因为累，因为乏力，过去一个多小时的十来里山路，雷淑娴竟然走了三个多小时。而走到家的时候，三个孩子都睡了，老姨见淑娴回来，就忙着给她做吃的，淑娴回到家里，就靠在椅子上不动了："老姨，我好累……"

老姨看见疲惫不堪的淑娴，心疼万分，眼泪扑簌簌地落下来："淑娴，我估摸你要回来了，早就给你熬了点稀饭，你得吃点。昨天前天你走得急，都没吃东西，今天一定要吃点，而且要吃饱。我还给你留着玉米饼子呢！"

"老姨，我是有点饿，我吃点。"

"我给你端。"

热腾腾的米粥端上来了，饭碗往淑娴面前一放，雷淑娴突然感到胃里强烈地搅动，她"哇——"的一声干呕了起来，接着边咳嗽边恶心，"老姨，我恶心，不想吃。"

"恶心也得吃一点。不知道你在学校吃了没吃，放一会儿，一定要喝点。"

"好，老姨。"

过了一会儿，雷淑娴感到咳嗽和恶心平和多了，老姨又加了点热粥，让雷淑娴趁热喝点，但喝了两口，雷淑娴突然大叫一声："痛……好痛。"

"怎么啦，淑娴。"

"胃好疼，好痛。"说着，雷淑娴痛得弯下了腰，然后又滚在地上，"老姨，我胃好疼……"

在地上翻滚了好大一会儿时间，雷淑娴才平和一点，被老姨扶了起来，老姨有这方面的生活经验：“孩子，你一定好几天没有吃饭，饿过了。”

雷淑娴疼得满头大汗，“吃得不多。”

“傻孩子，怎么也得吃一点。人是铁，饭是钢。”

“孩子们都张着嘴呢，我少吃点没关系。”

“少吃，少吃，总不能一点也不吃吧。”

“以后我会吃的。”

“就怕落下病根了，你喝点水试试。”

雷淑娴接过老姨递过来的开水，喝了一大口，等了一会儿，没事，老姨接着说：“我再给你弄点稀饭，稀一点，你喝一点，看怎样。”

雷淑娴刚一喝下米粥，不到两分钟，又弯下了腰：“老姨，还是痛。”

“这可怎么办呢？”

“老姨，别担心，慢慢会好的。”

“孩子，你爹又上山弄粮食去了，你每天都往学校背粮食，你爹怕粮食不够，又上山去了。”

“回来你跟爹说，明后两天政府的粮食就下来了，让他到大队去看看，看每家能分多少粮食。”

“好的。淑娴，你这么来回奔忙，我真怕累坏了你的身子。”

“说实话老姨，我真累，我真怕撑不住。好在有希望了，明天粮食就到了。”

“淑娴，你悠着点，家里还有三个孩子。”

“老姨，我知道！”

说着说着，已经到下半夜三四点了，雷淑娴让老姨备好玉米面，准备出发。老姨说：“淑娴，你不睡一会儿？睡会儿吧，缓缓劲。”

雷淑娴也想休息一会儿，但一看小座钟，已经四点多了。这里到学校有十里山路，如果放在往常，放在她身体正常的时候，这点路算不了什么，但淑娴心里清楚，以自己现在的身体状况，这点山路两个小时是走不到的，再加上还要背二十斤玉米面，恐怕在路上耽搁的时间会更长，于是她坚决地跟老姨说：“老姨，我还是早走吧！早走早到。”

淑娴先在堂屋里坐了一会儿，积攒点力气，接着，她又走进房里，去看看她的三个孩子。看着甜睡的孩子们，淑娴不由自主地去抚摸他们的头，抚摸他们的脸。林海的胳膊露在被子外面，淑娴轻手撩起被子，轻轻地把他露在外面的胳膊盖上；小侠久睡觉最不老实，不仅歪躺着，还把一条大腿全露在外面，双腿正裹挟着被子，淑娴用了很大劲才把侠久翻过身，弄出被子，把侠久盖好。再看看小林英，睡相很正，也很香甜，红扑扑的脸蛋，长长的睫毛，才十一岁的姑娘，已经出落得像妈妈一样漂亮。所以，上学的时候，人人都说林英长得像淑娴。而林英一定会说："我的鼻子长得像我爸，你看，多直，多好看！"看见三个可爱的孩子，淑娴胸中涌起一股柔情，也使她下定决心：这是林家的后代，是她和林振川爱情的果实，一定要把他们好好养大，让他们健康成长。

淑娴带着对孩子们的千般柔情，万般怜爱，依依不舍地离开了家。因为她还有另一个职责，她是一名教师，她还有五十多个家里无人看养，父母要么饿死，要么外出回不来的学生。这五十多个学生，也是她的孩子，如果不给他们弄吃的，这几天下来，这五十多名学生，大概也要饿死。她看不见的，不知道的，她救不了，但她看见的，来找她的，她不能不救。于是，雷淑娴背起让老姨又加了两碗玉米面的粮袋，一往无前地走进夜色中。好在天不太黑，还有淡淡的月色，还能影影绰绰看见山间路，雷淑娴攥着从自己三个可爱的孩子和对五十多个学生满心怜爱中汲取的力量，比较快地走完了一里地、两里地、三里地。但走到三里以后，雷淑娴特别明显地感到力不从心、四肢无力、浑身出汗，走着走着，突然左腿一软，她跪在了地上，费了很大劲才站起来，坚持走完十几步后，在一个山包的土坎上停下来，她要歇一会儿，但一歇下来，她就想睡下去，靠在土坡上的雷淑娴一点力气也没有了。她靠着，她想睡，而且想一直睡下去，她特想好好地睡一觉。一阵凉风扫来，雷淑娴打了一个寒战，她突然意识到，不能停，更不能睡。如果睡了，不知什么时候才能醒来，醒来晚了，孩子们上午九点的玉米粥怎么办，学生们上午的课怎么办？于是，雷淑娴艰难地从土坎上爬起来，又十分艰难地背起玉米面，"走！不能停，更不能睡"。

就这样，雷淑娴在体力透支，四五天粒米未进，已经到了人体支撑极限的情况下，又走完了五六里地。眼看着离公社已经近了，学校那白墙红字已经在望了，而此时疲倦、睡意像魔鬼一样袭扰着她，站着、背着玉米面的雷淑娴已经摇摇欲坠。如果有一点外力，有一阵大风就能把她推倒。雷淑娴感到自己不行了，要支持不住了，要撑不下去了，她太想歇歇了，太想睡一会儿了，但学校没到，玉米面没送到，怎么办……

雷淑娴突然想起了"头悬梁，锥刺股"的故事，于是，她从路边揪断一束老鼠刺，用老鼠刺在胳膊上扎了一下，"哎呀，好痛！"这个好痛，让雷淑娴一下子清醒了很多，于是她又站稳了，走正了，迈开了步伐。走着走着又困了，又累了，又想睡了，就又用老鼠刺扎。先是一根刺扎，不一会儿，一根刺扎感觉不到痛了，就用两根刺扎，再走一会儿，两根刺扎也感觉不着疼了，就用一串老鼠刺扎。扎胳膊没感觉了，就扎大腿，左腿扎多了，没感觉了，就扎右腿，就这样，带着满胳膊满腿的血痕，带着胳膊和腿上无数个刺眼，带着常人无法忍受的疼痛，雷淑娴终于背着粮食，背着一袋玉米面到了学校。而此时，天也已经大亮了，借着早上明亮的晨光，她看见了垒在学校院中的大锅，那是为学生们熬粥用的。学生们都很乖巧，早把锅洗干净，并往里添满了水，锅下面的灶膛里，柴火在燃烧着，一定是学生把这些准备好了。雷淑娴尽管累，尽管乏，但还是露出微笑："好……孩子！"然后，她拼尽最后的力气，打开粮袋，把玉米面一把一把地撒进锅里，然后用学生早已准备好的大锅铲在锅里不停地搅着。搅着搅着，她看见了大锅旁也早已放好的一把椅子，椅子后面是课桌，孩子们每天两次都是顺着这张课桌领取玉米粥的。看见一大锅玉米粥熬开了，翻滚了，雷淑娴一屁股坐在了椅子上，然后说了一句："今天，这一大锅粥，孩子们该吃饱了！"

雷淑娴坐在椅子上，椅子又靠住了课桌。靠坐在椅子上的雷淑娴突然感到一种前所未有的放松和解脱，孩子们有吃的了，孩子们今天能吃饱了，我也可以歇歇了，于是，雷淑娴身后的玉米面袋放下了，身上的重量放下了，身上的疲惫也放下了，心中的牵挂似乎也放下了，"我要睡……"

雷淑娴真累了，真乏了，真没力气了，她要彻底睡一觉了，于是，她全身所有绷紧的神经、细胞全部放松了，放下了，她靠在大锅粥边的椅子上睡去了。

雷淑娴感觉自己变成了一朵云，一朵金刚山上最洁白无瑕的白云，在蔚蓝的天空上自由自在地飘荡，多好呀，多轻呀，飘呀，飘吧……

雷淑娴感到自己又见到爱人林振川了，两个人驾着一叶小船，在无边无际的大海上泛舟，那小船好轻好轻，带着她和林振川在大海上漂呀飞呀……

雷淑娴突然感到林海、林英、林侠久在喊她："娘，你要去哪里？娘，你停一停……"

雷淑娴又忽然看见了慈父雷经天和老姨，她想走近父亲和老姨，可风很大，把她吹得很远很远。

雷淑娴又突然冒出一个念头：我要跃上云端，看看茫茫人海，看看山川大地，看看森林树木，看看河流湖泊，川哥，你……去哪儿……你好狠呀……

雷淑娴又忽然听到有人喊："粮食到了，解放军送粮食来了。乡亲们，粮食到了。”雷淑娴看见了粮车，看见了解放军，雷淑娴想走近他们，可为什么，她被什么东西推搡着，越离越远……

雷淑娴突然感到自己变得很重很重，从高高的云端一直一直往下坠落，一直往下……

雷淑娴什么也听不到，看不到，想不到了。

“粮食到了，解放军到了。”从公社街上传来了人们惊喜的喊叫声。

原来，在黄大刚的催送下，解放军的送粮车队日夜兼程，提前一天赶到了金沙畈公社。

“粮食到了！”

“粮食到了”的好消息也传到了学校，学校内外一片欢呼，学生们、学校的老师们一齐跑到雷淑娴跟前：“雷老师，雷老师，粮食到了，我们有吃的了！”

雷淑娴没有回答。

“雷老师。”

“雷老师。”

学生们围了过来，老师们也围了过来，他们千呼万唤，雷老师再也没有回应。

一位老师摸摸雷淑娴的手，冰凉冰凉，再摸摸：“雷老师走了。”

“雷老师……”

“我们要雷老师……”

学生们哭成一片。

学生们全都跪在雷淑娴面前：“雷老师，你不要走！”

“雷老师，我想你。”

“雷老师……”

雷淑娴永远地走了，她闭上眼睛，还是那样平静、安然，还是一副美丽、典雅、谦和的面容，多么尊贵永恒的雕像，一个为人师表的榜样。连续五个昼夜没吃饭没休息的她，真累了，真该歇了，真该好好睡一觉，可这一走，就走向天空，她这一歇，就是歇到了永远，这一睡，就睡到了永恒。就这样，离开了她热爱的土地，离开了她疼爱的儿女，离开了她牵挂的学生，离开了她日思夜想的爱人。

很快，县委书记黄大刚得到了消息，地委书记杨海功得到了消息，所有雷淑娴教过的学生、帮助过的乡亲、资助过的邻居都来了。学校里挤满了人，来分粮食的，来送雷老师的，来带孩子的人们都进了学校。

学生们自发地把雷淑娴摆在学校平常开会和举行活动的讲台上，不少学生到学校的后山上采来白的、黄的、紫色的花，还有一个学生衣服破烂，从山里采来了大朵的山茶花，白色的山茶花放在雷淑娴的身上，学生们一遍遍地围着雷老师转，转一遍哭一遍，哭一遍喊一遍，“雷老师，回来……”

“雷老师，回来。”

闻讯赶来的雷经天，看见了台上躺着的平静、淡然、美丽的女儿，那么坚强的老人，突然塌坐在台下的操场上。而老姨早已哭成了泪人，看见雷经天倒了，又转过身来搀扶雷经天：“姐夫，你可要挺住，还有三个孙子呢！”

雷经天跌坐一会儿，才慢慢站起，仰天长喊：“苦命的孩子呀！”

林海、林英更是扑向雷淑娴的尸体，拼命地拉、拼命地扯、拼命地喊：“娘……”

“娘，你醒醒！”林英已经哭哑了嗓子。

“娘，都是我不好！”林海已经咬破了嘴唇，满口是血。

林家孩子一哭，满院的学生又跟着哭了起来。

而围进学校的所有乡亲社员，所有学生邻居都不停地流泪，不断地悲哭。

突然，从大门口冲进来一个人高马大的男人，他冲到雷淑娴的尸体旁，“扑通”跪了下去，“嫂子，我来晚了！”

来人是黄大刚，他把头磕在地面上，“咚咚”作响，头起包了，头出血了，他不顾不管，只顾磕，只顾说：“嫂子，我是什么狗屁县长，什么狗屁书记，连老百姓的死活都管不了，连全世界最善良的女人都保护不了。嫂子，兄弟愧了，兄弟悔了，兄弟对不起你呀，我……我算什么狗官，把你，把当年养我们、护我们的老百姓饿死了那么多。嫂子呀，五天呀，你怎么能一点东西都不吃。五天了，你怎么干了那么多事。五天了，你为孩子们跑了多少路。嫂子呀！与你相比，我们这帮七尺高的男人真是狗屁不是呀……”

“大刚！”

“杨书记！”

“先起来吧！我们看看雷老爷子，看看淑娴她老姨，还有三个娃娃！”

黄大刚站起来，额头上的血顺着脸颊往下流。

杨海功来到雷经天面前，向雷经天深深地长长地鞠了一躬，“老哥哥，是我们不好。我们共产党又欠你一条人命，我代表地委、县委向你道歉。”

雷经天只是摇摇头，然后说了句：“我雷经天一辈子没干过伤天害理的事呀，为什么老天对我如此不公，我的两个如花一样的女儿呀，都走了。我造了什么孽呀！”

杨海功又走到淑娴的尸体前，先是深深地鞠躬，然后站起来，高声说道：“乡亲们，这片土地是块红色的土地，这里的人民，是我们的衣食父母。战争年代，这里的高山密林隐藏着我们，保护着我们，这里的人民养育了我们，壮大了我们，可我们这些年都干了些什么呀！我今天不仅是给你们送粮食来了，更重要的是，我向你们，向淑娴这样金刚山的优秀儿女，向所有被饥饿夺去生命的人，向所有失去亲人的乡亲们请罪来了！”说完，杨海功“扑通”一声跪倒在地，朝着静躺着的雷淑娴，也向着远处那茫茫大山和大地。

杨海功一跪，跟随杨海功来的地委、县委领导，押送粮食的机关干部和解放军战士也全部“扑通”跪倒在地。

杨海功抬起头：“对不起，淑娴！”

杨海功说完低下头，“咚”一声，头磕在了地上。

杨海功又抬起头：“对不起，父老乡亲们！”

杨海功又磕下头，头点地，“咚咚”作响。

“对不起，金刚山……”

这件事发生不久，共和国的一位副总理代表毛主席、党中央来了。看完听完这里发生的一切，曾经在这里流血作战过的老战士也洒下了泪水，也向所有的灾区人民说了声对不起！从此以后，饿死人的事件才算真正结束。

听完这一切，已是满眼泪水的林振川再也控制不住自己的情绪，跪倒在老姨身边：“老姨，都是我，都是我，是我害死了淑娴。”

“川儿呀，说这有啥用呀！人都走了三十多年了。”

“如果我回来，淑娴就不会出事了。”

“孩子呀，你也六十多了吧，都过去了，后悔有啥用呀。这些年，你都跑哪里去了呀！”说着，老姨用她不大的拳头使劲敲打着跪着的林振川。

林振川突然发疯一般地站起来，乱蹦乱跳，使劲敲打自己的头：“淑娴，淑娴，你在哪里呀……”

老姨颤颤抖抖站起来，走到堂屋的长条桌前，从条桌上拿过来一个方形相框，“川儿，这是淑娴的相片，1955 年她当老师成了模范，县照相馆专门照的。你看看，俺雷家姑娘多喜性，多排场，什么时候看都舒坦。”

林振川猛转过去，抢过相框，紧紧地抱在怀里，嘴里不停地唠叨：“媳妇，媳妇，我对不住你呀，对不住呀，我不是东西呀……”

“川儿，我去给你做点吃的。你跟淑娴说说体己话吧。”

林振川抱着雷淑娴的遗像，走到门口光亮处，仔细端详着他的妻子、爱人，他两个孩子的妈妈。淑娴的这张照片照得太好了，几乎把淑娴的好，淑娴的美，淑娴的光彩靓丽和高贵大方全部展现出来了。看，那宛如银盘的脸庞，那明净如水的大眼，那弯如新月的柳叶长眉，那亮如宝玉般的秀鼻，那樱桃小口和那微微呈现在外的整齐如玉的牙齿，还有洁白如雪的脖颈，雷淑娴太美了。哪一处哪一点都显得那么典雅、那么净美、那么高贵。林振川仿佛回到了四十多年前，在他们成亲的夜晚，面对如此美貌的妻子，在战场上如龙似虎的英雄，在部队上张牙舞爪的军人，在战友伙伴中捣蛋调皮的林振川手足无措了。面对如此美貌的妻子，面对小时候在一起打打闹闹、抹泥巴、灌水脖的伙伴亲人和妹妹，如今成了妻子的美人，林振川感到做什么都可能不对，只是傻傻地坐着，傻傻地看着。

“平常那坏劲哪儿去了，现在我是你媳妇，我是你的了。”

“你这么漂亮，是我的……”

“是你的女人，永远都是。”

“真的？”

“只要你不变，我不会变。”

“我……”

“你变了，我也不会变，这一辈子我就你一个男人。”

“噢，是呀，我们拜过堂了。”

“我是你媳妇了。”

“有点是真的了。”

“川哥，累了吧，累了歇了吧！”

“你是说，今天你和我睡？”

“嘻，看你那憨样。说过了，我是你媳妇，我的一切都是你的。”

“真好。我有这么漂亮的媳妇，怎么跟做梦一样。”

“来，水我打好了，洗洗脸，泡泡脚，上床睡觉。”

淑娴给林振川打来了洗脸泡脚水，让林振川洗漱完毕后，淑娴因为早洗过了，已经躺在床上。而洗漱完了的林振川，站在床边又不知往下如何进行。淑娴又笑了：“傻哥哥，脱衣服，上床睡觉。”

“我……我……”

“你怎么了?”

“我都是脱光了睡觉。”

“我知道，你看看，我也脱光了。”

脱光了的雷淑娴躺在床上，美得无以言表的雷淑娴让林振川看得头晕脑涨，看得血脉偾张，看得浑身沸腾。他顾不上那么多，三下五除二脱光了衣服，饿狼捕食般的他扑向了雷淑娴。

“哥哥，让我也看看你。”

“顾不上了，我要吃了你。”

“哥哥，你轻点，我不知道怎么弄。”

“我也不知道，不知道也要弄……”

两个从未经过性事的青年，整整折腾了一夜，无数次地进去，无数次地上下。因为是第一次，又接着无数次，淑娴流血，淑娴疼痛，但淑娴咬牙挺着，流泪忍着，因为她是快乐着的。这是她深爱的男人，为他吃苦受疼是理所当然的。过半夜了，林振川折腾了七八次，累了睡着了以后，淑娴挂着幸福和疼痛的泪水，又披衣起床，端盆打水，为自己清洗，也为振川轻轻地擦洗。把这一切做完，她才钻进被窝，在林振川的臂膀下甜美地睡去。

第二天一早，林振川还打着轻微的呼噜，沉沉睡着的时候，雷淑娴已经起床，她要为父亲、为丈夫去做早饭。

在林振川的记忆里，从没见雷淑娴甩脸子、发脾气，从没见她说狠话，说脏话，也从没在自己面前使性子、斗嘴皮。偶尔撒娇是有的，淑娴说话，永远是平缓的、柔和的，永远是平声的、静气的。对林振川来说，在雷淑娴身上懂得了什么是春风化雨，什么是润物细无声，也知道了什么是温柔似水。更重要的是，他作为一个与日寇、与蒋匪军日夜拼命，死神随时相伴的铮铮铁汉，他似乎从雷淑娴身上多少理解了一点，什么是高贵大气，什么是端庄贤淑，什么是知性随和，什么是从外表和内心都高尚的美女。也正因为如此，在外叱咤风云的他，在外声如洪钟的他，在外雷厉风行的他，回到家里，回到雷淑娴身边，会变得平和安静，会变得循规蹈矩，会变得彬彬有礼。而雷淑娴的这份气质可能是与生俱来的，也可能是后天养成的，但绝不是做做样子的。有时候，林振川在外苦战归来或在外碰到不快的事，回家急了，说狠话，说粗话，说不讲理的话，碰到这种事时，雷淑娴不会顶撞，不会争论，不会批评，只会默默地忍受，只会静静地倾听，等这一切过去。等林振川心平气和以后，雷淑娴一定会依在林振川的臂膀下，或搬个小凳子坐在林振川身边，拉着他的手，微笑着，轻声细语，一点一点地把道理讲出来，把事情理顺当，把怒气消磨掉。如果林振川还多少有点不解气的话，雷淑娴会使美女的小手段，用亲昵、用温软、用甜言蜜语让林振川变得安安静静。

有一次，林振川在敌占区侦察杀敌七八天，差一点没有回来，回来时身体轻伤好几处，回到家后，因为任务完成了，但牺牲了战友，情绪一直不好。又加上身上有伤，林振川就急躁发火，见到雷淑娴也忍不住发脾气，说急话。说来也怪，林振川发了脾气后，可能是感到不得劲，总是偷偷地看淑娴，淑娴装着看不见，照样不回击，照样微笑，照样为林振川端来热水。到了夜晚，等同志们、等到家人都离开以后，淑娴弄来两大盆热水，笑着说："川哥，我给你漱漱口，洗洗澡，洗刷干净后，你要发脾气就更有劲了。"听完这话，林振川就笑了："还发什么脾气呀，我有这么好的媳妇。"

由于林振川身上有伤，而且是好几处，淑娴就慢慢地给林振川擦洗。擦着擦着，林振川睡着了，等他醒来的时候，发现雷淑娴还在给他擦洗，"怎么还在擦？"

"你翻过身来，正好这边没擦，想让你翻身，又怕你疼，所以想等你自然翻过身来，我好帮你擦干净，擦干净了，你就会舒服多了。"

林振川心头一热，伸开双臂把美若天仙的老婆抱上了床。

想到这里，林振川不由得热泪泉涌：多么好的老婆，多么好的女人，老天不公呀！

"川儿，吃点东西吧。"

林振川又吃上老姨做的饭菜了，吃饭的时候，林振川问："老姨，淑娴葬哪里了？"

"没葬！"

"没葬？"

"丘在山后。"

"丘在山后……？是等我吗？"

"你爹是这么个意思，他不相信你会死，淑娴也不相信你会死，所以就用棺材丘在山后了。这回好了，你回来，要怎么安置，是丘是葬，你拿主意。"

"还是葬了吧，我找了块地方，离这里不远，飞侠、杨叔都葬在那里了，我将来也葬那里。”

“那也好，地方大的话，把我也埋那里。”

“老姨，你身体好，今后日子会好多了。”

“活够久了，九十多了，再活成妖怪了！”

“这几天先把娘和淑娴都移过去，跟飞侠、跟杨叔做个伴。”

“好呀，一家人在一起好。”

林振川吃完饭，跟老姨说：“老姨，我上后山去看看淑娴。”

淑娴的棺材掩映在绿树丛中。

金刚山一带人的风俗，会因为所谓年份与生辰八字不和等原因，把死人的棺材放在野地里、山林里，放置时多半在地面放置两张硬凳，硬凳上放棺材。棺材上放蓑草等防雨的植物，这种放置在半年至一年之间，也有三两年的。但很少有放置很多年的，像淑娴这样，死后放在山林绿地里这么长时间还极少看到。

林振川来到山窝里，树丛中，找到了雷淑娴的棺材屋。也可能是天长日久，害怕风吹雨淋、霜打雪盖的缘故，棺材上方已经改成了一大间茅屋，上有棚顶，四周有围栏，但这茅屋是开放的，打开四周的围框，人可以进去。在茅屋的上方，装钉有一个小圆木拱成的门框，门框上方是用木材拼成的大字：雷淑娴之棺。在拱成的门前，也挂着用山间蓑草编成的草帘门，门前四面散放许多枯死的树枝草秆，一看就知道那是早前放的鲜花。林振川掀起草帘，看见了放在当中的棺材，棺材前面，堆放十几束各式各样的盛开的、半衰败、完全凋零的花束。看到雷淑娴的棺材，林振川心头一热、鼻子发酸，不由得两眼泪流，林振川“扑通”跪倒在棺材前面，“淑娴，我来看你了……”

“川哥，你终于来了……”

林振川天旋地转，从开始的大脑一片空白到突然被雷淑娴牵着手，两人一起飘荡在巍峨的金刚山上，飘荡在金刚山上那洁白如雪的朵朵白云里，飘荡在红花如海的山花中，漂荡在飞瀑如雪的激流中，两个人跳着、笑着、唱着在金刚山的锦绣山川中流动、旋转……

林振川仿佛记得，结婚的第二天，部队领导和雷经天同时跟两位幸福的年轻人说：“给你们三天，想上哪儿玩就去哪儿玩。”林振川记得，有了头天夜里的身心相许，林振川发了疯似的，拉起雷淑娴，飞似的跑了。两个人跑向青翠欲滴的秧田，跑向山花烂漫的青山，跑向流水欢歌的黑龙河，跑向层峦叠翠的金刚山。这三天，淑娴都是在林振川背上度过的。这三天，雷淑娴都是在林振川怀里度过的。这三天，雷淑娴都是在林振川的无限笑容里度过的。而林振川，每天也是在温馨、甜蜜、幸福的氛围中度过的。两个人相约要相爱一生，两个人发誓，要相伴一生，两个人祈祷，要幸福相守，不离不弃。两个人在金刚山上老父亲为他们早已准备好的猎人房里，与高高的大山、与密密的树林、与各式各样的山花、与清澈欢愉的小溪、与蓝天白云相处了三天，也拼命亲热疯狂了三天，“川哥，你是不是真想吃了我！”“我真想吃了你，我真想融化在你身边，我真想一刻一分一秒也不离开你……”

往事如烟，林振川从洒满泪水的地上站起来，围着雷淑娴的棺材，一寸一寸地抚摸，一尺一尺地丈量，一圈又一圈地拍打：“淑娴，回来；淑娴，回来。看看我，看看我，川哥想你，川哥想你。”

林振川记得，由于两个人太相爱了，由于两个人在一起太过甜蜜，结婚不久，淑娴就有了身孕。有了身孕的雷淑娴虽然反应十分强烈，几个月反复地吃反复地吐，但只要林振川回来，她还是那样的温柔，还是那样的贤淑，还是那样的体贴，一点也没减少或减轻做妻子的责任和义务。特别是生林海的时候，因为是第一胎，生的时候特别艰难。林振川赶回时，只见淑娴满头大汗、满脸热泪，咬紧牙关，就是不喊出声。林振川心痛淑娴，紧拉着淑娴的手说：“淑娴，难受就喊出来，叫大点声没关系。”淑娴虽说很痛，还是朝林振川笑笑：“有你这只手，我一定能把宝宝生下来。”在孩子即将生出来的时刻，接生婆不停地喊：“使劲，使劲！”而淑娴在大汗和眼泪大幅度增多的同时，突然松了抓林振川的手，而是自己握住手，越握越紧，越握越紧，连林振川伸手想扒开都不行。随着孩子“哇——”的一声啼哭，林海出生了，原来抓林振川的手也松开了。松开手的那一刹那，林振川发现，由于使劲用力，雷淑娴把自己的手掌抓破了，鲜血迸流。林振川突然明白了，原来，雷淑娴怕用力时抓破林振川的手，松手是为了抓自己的手，她宁愿自己受伤，也不让林振川受伤。看到这里，林振川心头一热，热泪奔涌而出：“我的好媳妇呀！”

在淑娴棺材边转了无数次，林振川的痛，林振川的愧，林振川的悔无以言表，他用头不停地叩打着棺材：“淑娴，我不是人，不是人，不是人啦……”直到头碰得鲜血迸流，直接晕倒在地……不知道过了多长时间，林振川听到了老姨在山下的喊声：“川儿……”

林振川从昏睡中惊醒，赶忙从淑娴的棺材屋中走出，向远处应了声：“老姨，我马上回去！”

林振川在身上找了纸张，贴住了流血的额头，然后又向淑娴拜了拜：“淑娴，你等着我，我把手上的事办完，就去陪你。”

回到家中，老姨问：“川儿，往下，你打算怎么办？”

“老姨，我爹呢？”

“你爹跟我说，他要出一趟远门，办最后一件事。”

“爹去哪儿了？”

“你爹没说，我也没问。他说，如果你回来，就办你该办的事，他把事办完了，就回来找你。”

“我等他！”

“你爹说不让等。他说你应该先去见见几个人。”

“哪几个人？”

“杨书记。”

“我见过了！”

“黄县长。”

“我马上去看他。”

“还有一个叫什么古……古孤灵老师。”

“古孤灵？”

“是位老师，你不认识她。你爹说她崇拜你，认为你是英雄。这些年一直为你鸣不平，也因为这样，她处境比较凄惨。”

“她在哪儿？”

“现在在淑娴原来的学校工作。”

“还有谁？”

“孩子，老姨对不住你。三个孩子，我一个也没守住。”

“老姨，不说这些，爹让怎么找。”

“这几十年，你爹除了找你，就是找三个孩子。你爹给了两个地址，在这封信里，你爹让交给你，让你自己想办法。”

“好，老姨，我明天就动身。”

三十四

林振川经过多次询问又多次寻找，终于找到了黄大刚的家。

黄大刚的家，在双城县的一家农场。由于双城县大部分是山区，历来有六山三水一分田的说法，六十年代，县里为了扩大田地数量，把隶属双河县城关镇的两个大队和相邻公社的两个大队，拼成了一家农场。起初，农场的主要任务是开山造田。这四个大队大部分是丘陵地带，既方便造田，也方便种水稻，开始由城关镇代管，后来又由县农业局代管，再后来农场田多了，规模大了，就独立开来，单独成为与各公社各局委平起平坐的单位了。黄大刚什么时候来这里，怎么由解放军的干部变成了县里的干部，又怎么由县里的干部变成了农场的人员，林振川不得而知。虽然在寻找雷飞侠、杨海功、雷淑娴的过程中也了解一些黄大刚的情况，但这些变化和最近的状况，他是一点也不清楚。还是先看看这个家吧。

一个小院，坐西向东，西面是三间瓦房，看成色已经十分陈旧了。北面有两间茅房，上面的茅草一看也是好多年了，门开在东面，南面空着，这种房屋的朝向在金刚山地区一般是不大提倡的，但黄大刚是共产党人，既不讲究，也不计较。林振川走到门前，伸手想去敲门，但一转眼发现自己两手空空，几十年没见，又听杨海功说黄大刚身体不好，就又掉转身，他要去不远的县城买一点东西，尤其是保养保健的药品或食品，老战友相见，见面礼也是应该的。

在回县城的路上，林振川自然而然地回想起这位生死战友，患难兄弟的往事，想起两个人从互不服气，比高争上，到舍生为友，忘死为兄弟的前前后后……

1944年，当浣溪地区双城县成立抗日游击大队的时候，黄大刚是新四军主力部队的副连长，因为作战负伤，在老乡家养伤。伤好的时候，主力部队跳到外线作战，当地党组织和抗日武装就邀请黄大刚参加地方武装，并请他担任抗日游击大队的副大队长，而且地方党委的负责同志告诉黄大刚，游击大队相当新四军营一级的建制，言外之意是破格提拔了，黄大刚却说："我从不在乎这个，只要有仗打，有鬼子杀。"让黄大刚没想到的是，游击队大队长竟然是个比他年轻两岁的毛头小伙子林振川。黄大刚报到的时候，林振川正在组织游击队队员练马步、做基本功。看见黄大刚来了，林振川笑着与黄大刚握了握手，然后说："先看训练吧。"

林振川说话也算热情，然后就只顾指导游击队战士练功去了。黄大刚也没怎么计较，就在一边看，看了半天，也没见有什么动作。只见练马步的战士练得豆大的汗珠往下滚落，黄大刚看不下去了，走上去想帮那个战士，一伸手，那个战士"扑通"一下摔倒在地上。黄大刚身高马大，伸出大手，一把就把战士抓了起来，然后扶在一棵树旁，让战士休息。林振川没有说话，而是走到战士身边，严厉地说："明天还要练，练到你身不歪、腿不抖、汗不落、头不晕的时候，你就过关了！"

"林队长，咱是杀鬼子、砍汉奸，这样练？行吗？"

"为什么不行？你说怎么练？"

"练拼刺刀，练摔跤！"

"那好吧，黄队长既然说了，你就带着战士们练拼刺刀吧！"说完，林振川拎起自己的衣服，走了。

中午吃饭碰头的时候，黄大刚说："林大队长，我认为你这样练法不对！"

"不对？怎么个不对！"

"现在对敌斗争这么残酷，小鬼子个个训练有素，不练拼刺刀，不练摔跤，怎么与敌人面对面地战斗。"

"我教他们的是练武的基本功，基本功打牢了，拼刺刀、拼格斗不在话下。"

"你练功要多少时间？"

"怎么也得一年六个月吧！"

"那怎么行？如果马上打仗，需要与敌人拼命怎么办？"

"拼命？我们不是正规军，是游击队，打得赢就打，打不赢就溜。"

"假如碰上了，你怎么办？举手？认㞞？"

"我们游击大队的战士没有孬种，没有软蛋！"

"反正练武训练不能这样弄，这样弄我有意见！"

"有意见……这样吧，你在大部队待过，干脆我们游击大队的训练交给你，拼刺刀也好，摔跟头也好，你当家弄，不过，有一条必须做。"

"什么？"

"每天用两个时辰练基本功。"

"谁负责？"

"我！"

说实在的，黄大刚是位心地特别善良，为人十分宽厚的新四军战士。他在内心深处有点看不上这位看上去精明强干的大队长，他认为林振川是徒有其表，每天光知道练功，就知道干些不管用的东西，练什么马步，搞什么气沉丹田，靠这些能杀鬼子吗？但因为他厚道，他只是留在心中，没有说在当面。

两个人在一起合作三个月，既没有多大矛盾，也没有多深的友谊。就这样，除了杀敌、锄奸、帮农民种庄稼、收粮食之外，一切都是照常进行着。有一天，黄大刚带领几个班的战士在练拼刺刀，练着练着，黄大刚对几个战士发起火来，因为他教几个战士拼刺刀，没几个动作，就把战士劈倒在地，又没几个动作，又把一个战士刺倒在地，“起来、起来！”黄大刚吼了起来，“每天练几下武功，就能刺死鬼子了，还用练这个？”

战士感到特别委屈：“我才入队三天！”

“没练就是没练，还找什么理由。”

“就三天嘛！”

“还犟嘴！”黄大刚一伸手，把战士抓举起来，战士吓得哇哇乱叫！

“黄队长！”林振川看不下去了，“放下！”

看见林振川十分严厉的脸色，黄大刚只好放下，放下时还嘟哝了一句：“游击大队不能养屃货！”

“黄队长，注意你的言辞，这个战士父母都被日本鬼子杀了，他来投身革命，是为了杀敌报仇，我们一定要把他培养成一名坚强的革命战士。”

“我不清楚！”

“你是正规部队出来的，更应该实事求是。好吧，你总认为练武和练拼刺刀是冲突的，这样吧，我叫来两名老战士，他们的特点是练武时间长，武功根底牢，你与他们拼刺刀试试，朱冬贵！曹二根！你们出列，跟黄队长练练！”

朱冬贵先出列，其貌不扬，步伐稳健。

林振川说：“我说一下拼刺刀的规矩，黄队长，你尽管刺，三十个动作以后，冬贵，你不要还手，不能伤着黄队长。”

“就他，伤着我？”

“就他！”

黄大刚与朱冬贵交上了手，黄大刚根本没把朱冬贵放在眼里，拿起带着刺刀的步枪径直就刺了过去，刺刀刺向朱冬贵的左侧，朱冬贵轻轻向右边移动了一尺，刺刀刺空。黄大刚不是等闲之辈，见第一枪没刺着，刺刀没有回撤而是跃前一步，顺势向右侧移走的朱冬贵刺去。见黄大刚来得凶猛，朱冬贵在刺刀离自己只有一寸远的地方，轻轻向后一跳，又向左轻跨了半步，躲过了黄大刚的第二招进攻。黄大刚第二招刺过，知道朱冬贵不是一般的战士，就打起精神，凝聚注意力，端起刺刀对准朱冬贵的心窝快速刺了过去，这个动作异常迅速，朱冬贵来不及思索，仰面倒地，躲过刺刀，又“嗖”地从地上弹起来：“好快！”黄大刚见这一杀死无数日寇汉奸的被新四军部队称为“闪电刺”的动作没有刺着朱冬贵，就开始左一下、右一下、上一下、下一下地一个动作、一个动作地做起来。由于林振川事先要求朱冬贵不还手，朱冬贵虽然招招都能躲闪，但也必须集中精神，高度警觉，因为他看出来，黄大刚不仅人高马大，体强力重，而且拼刺动作规范有力，有时一个动作连着下一个，甚至串联下面两个动作，慢慢地，朱冬贵有点手忙脚乱，头上开始不断地渗出汗珠，练到第二十九个动作结束的时候，林振川突然喊了一声：“停！”

两个人停了下来，林振川说：“黄队长，公平地说，你赢了！”

“别恶心我了，他都不还手，我也没刺着他，怎么能是我赢了。”

“是，有点不公平，但即使让他与你拼刺刀，让他还手，他也不一定就能胜了你。”

“怎么讲？”

“因为你不仅身壮力强，而且你拼刺刀的技艺十分老到。我看到了，你后来是手下留情了。”

“可他没还手呀！”

“是的，我只是想告诉你，他没练过刺刀，但依靠他的扎实武功，他至少能防住你。”

黄大刚没有说话，他在思考。

“这样吧，大刚同志，咱俩练练怎么样？”

“噢——”游击队战士一片欢呼，“看林队长练武艺了！”

这是黄大刚始料不及的，听说林队长与自己比武，队员们这么兴高采烈，他也想见识见识，这位林大队长到底有啥本事。

“练就练！”

“这样练，你尽管刺，哪儿最致命就刺哪儿；能多快就多快，让战士拿点墨水来，蘸在刺刀上，我就穿这件白褂子，如果你刺刀上的墨水能沾到我衣服上的任何部位，就算我输了。”

“你是说，你也不还手？”

“对！”

“只要墨水沾上你的衣服，就是我胜？”

“准确。”

“如果我胜了呢？”

“我叫你大哥，队长你来当。”

“假如我败的话，你是我大哥。”

“一言为定。”

“决不更改！”

黄大刚也脱去了军装，里面只留一件白色无袖小褂，又重新系紧了鞋带，两个人拉开了架势，开练起来。

黄大刚想了想，他决定把他在军区比武时的全套技法都使出来，那可是得了全军区第一名的技法，后来又与很多人交过手，从来没有输过，这个林振川也太那个了，欺人太甚。也好，不让你见见真章，你不知道天有多高，地有多厚。于是，他倒吸了一口长气，提起十二分的精力和力气，“唰”的一枪向林振川刺了过去，在他以为可能刺着林振川的时候，他突然发现，本来林振川站在他的右侧，却突然出现在左侧离自己半米多的地方，林振川怎么去的？从哪个方位去的？他一点也没看见。他顾不了那么多，“唰”的又是一枪，林振川又出现在他的右边，而且与第一次一样，不知他是怎么从左边移到右边去的。管不了那么多了，他“唰、唰、唰”又连续刺向林振川三枪。三枪过后，不仅没有碰到林振川的一点衣衫，连他在什么地方也不知道了。

“在后边呢！”林振川在黄大刚身后一米左右的地方，笑嘻嘻地冲着黄大刚咧嘴呢！黄大刚扭转身又刺向林振川，林振川忽地一闪，又不知闪到什么地方了。在黄大刚四处寻找林振川的时候，林振川在他后面用手指头一点他的后背：“我在这里呢！”

黄大刚又气又恼，不管三七二十一，按照在军区比武的九九八十一招刺式，只要看见林振川的影子，就拼力刺去，虽然没刺着，但黄大刚还是十分专注、十分认真地完成了他夺得全军区冠军时的全套动作。等他满头大汗、浑身湿透地完成动作，寻找刺杀对象的时候，林振川却在一张游击队战士搬过来的凳子上坐着，拿着大蒲扇用劲地扇着：“是有点热，有点热！”

黄大刚十分沮丧，这小子怎么玩的，我比在军区比武时用的劲都大，倾注的注意力都集中，怎么会连他的影子都看不准呢？“我输了！”

“先别下定论，你先来看看我的小白褂，看看，翻翻，有没有墨水印？”

“我连你的身影都确定不了，怎么可能把墨水沾到你衣服上。”

“有了、有了，你看看，这袖子上有一点。”

黄大刚看了，垂头丧气地说：“别安慰我了，那是水点子，是刚才洒水时溅上的，根本就不是我刺刀上的墨汁。”

“大刚，黄队长，你也别灰心，我们不是一个路数。我从四岁开始练武，现在十三四年了，硬功轻功都学得还行，你练的是部队的基本功，是作战最需要的。你练的跟我用的不是一回事，我如果躲起来，你肯定找不到我，冒犯老兄了。”

“怎么解释都是我输了！”

“我仔细观察了，你这一套拼刺刀动作实用，简洁精到，前后一共九十式，其中前三式，后六式，中间九九八十一式，是战场上与敌人拼杀最有效、最管用的拼杀动作。太好了，从明天开始，你把这一套动作教给战士们，他们只要学会其中的十式八式，就能把小鬼子的头砍得满地都是。”

“林队长，林大哥，愿赌服输，赢就是赢，输就是输。输了，我认。从今以后，正式场合，我叫你林队长，私下里，我叫你大哥。”

“那就是开个玩笑。”

“不！我认。堂堂七尺男儿，吐口唾沫就是个钉。”

“不不……好像你长我两岁。”

“长两岁你也是大哥，大哥！”

“大刚，以后我就叫你大刚，你呢也别叫我队长，叫我林振川，亲近点呢，就叫振川。”

“好的，振川哥！”

“你这个家伙……”

“报告队长……”两名侦察归来的战士急急忙忙向林振川报告敌情。

“有情况就说。”

两名战士看看黄大刚在，欲言又止。

“黄大刚既是你们的副大队长，也是我们的好战友、好兄弟、一家人，有话你们快说，我们一起听。”

“叛徒的落脚地点找到了。”

“在哪里？”

“在小鬼子松口联队长的家里。”

“哦，在小鬼子的窝窝里。”

“戒备森严，而且……”

“有什么道道？”

“好像鬼子想用这个王八蛋当诱饵，诱使我们上钩。”

“大刚，你怎么看？”

“敌人能想到的，我们岂能想不到。”

“对头。敌人想诱使我们中计，我们来个将计就计。通信员，把几个中队长叫来，我们商量一下。”

1944年，抗日战争最艰苦的岁月已经过去了，八路军新四军的抗日根据地经过1942年的萎缩之后，已经开始大面积地恢复，而且，以消灭日伪军有生力量为手段，进而扩大革命武装，扩大根据地的步伐不断加快，为1945年的战略反攻准备条件。也正是在这种形势下，林振川、黄大刚的游击大队制订了捕杀叛徒的代号“十八弯”的连环杀敌计划。第一，命令一个中队端掉离根据地最近，也最好下手的鬼子据点，这个据点早就把内应安进去了，里面的大部分伪军也成了“我们”的人。拿掉这个据点是早晚的事，但这次只是诱敌的手段之一。第二，用一个中队，放火焚烧敌人在城东二十里一个十分秘密的物资库，这里除了有县城鬼子急需的粮食、衣服和燃料之外，还有南五县鬼子存放的武器弹药。这个地方林振川三个月前就侦察过了，敌人戒备十分森严，伪装得十分巧妙，外人以为这里只是个一般的服装加工仓库，其实是鬼子十分重要的战略物资仓库。林振川装作不知道，除了他以外，游击大队的绝大多数人都不知道。第三，派第三中队，用炸药把县城鬼子兵营伙房给炸了，而且是利用鬼子吃饭的时间。最后，才是林振川带几个人，直闯鬼子联队长松口的老巢，不仅要把出卖我县城地下联络点，造成四位同志牺牲，根据地李弯子村八十多口百姓被鬼子枪杀的叛徒商红梁干掉，而且，如有可能，把沾满中国人民鲜血的鬼子联队长松口也一并干掉。计划制订好了以后，又经过了十分周密细致的调查和认真全面的准备。在发布作战命令的时候，林振川说：“三个地方要在同一天进行，但要有先有后。现在鬼子城内驻扎有上千名日军，主要是刚进山扫荡回来的部队，都在县城集中，爷子岗端敌人炮楼先开始，这样，鬼子估计会派一部分人去增援。而在古陶楼摧毁敌人的仓库，鬼子估计会派很多人去，因为那是他们的命根子。至于炸掉敌人的吃饭地方，主要是为了在县城造成极大混乱，以便掩护我们清除叛徒的行动。爷子岗和古陶楼的行动，要快、要大，要把声势造得越大越好，这样可以把城里的兵力多分出去一点，以减少我们在城内的压力，拿下爷子岗炮楼由第一中队执行。捣毁古陶楼仓库，由第二中队执行，炸鬼子食堂和伙房，由第三中队执行。而干掉叛徒的行动，由我和黄副队长执行。大家记住，三个中队各负其责，必须完成任务，城内的任务完成后，你们不要恋战，迅速撤退。”

“队长，你呢？我们不能不管你。”第三中队队长说。

“能收拾我和黄副队长的鬼子还没出生呢！放心吧，完成任务后，你要把战士一个不少地带出城。记住，进城的人不在多，而在精，大部分人留在城外接应。”

战斗进行得十分顺利，端掉爷子岗炮楼，游击队故意让一个鬼子回县城报信，这样，城内一下子派了一个中队的鬼子来救援，鬼子半路上被游击队伏击了两次，损失了几十人后赶到炮楼时，发现炮楼已被炸毁，所有的鬼子全部被杀死。而古陶楼的烟火熏得满天都是，鬼子城里人多，派了三百多个鬼子前来救援，但赶到时，发现服装仓库已经起火，鬼子想抢出仓库里的武器弹药，几百个鬼子扑进仓库里，想往外搬运武器，但等鬼子进去得差不多了，游击队员就引爆了事先埋好的炸药，“轰”，一百多个鬼子连同他们的武器炸药、燃油材料一齐上了天。中午，当惊魂未定的鬼子正吃中午饭的时候，先是鬼子吃饭的食堂发生爆炸，接着伙房也发生爆炸，许许多多的鬼子都被炸上了天。而极度慌乱、极度恼火的鬼子联队长松口，这个时候倒冷静了，他吼道：“通知出击的队伍，该回城的尽快回城，在城里的坚守岗位，防止新四军进一步行动。”

就在此时，林振川、黄大刚带领六个战士摸进了鬼子军营，军营里忙乱不堪、人员四处乱窜，几位游击队战士化装成鬼子，也装着慌慌张张地闯进了松口住的军营后院。在院子门洞角落里，林振川小声对黄大刚说：“大刚，我在院子里把鬼子松口联队长调出来，你呢，到后院把叛徒干掉。”

“哪里最危险？”

“都不危险！”

“松口是个狡猾的家伙，对付他应该最难。”

“对了，放心，我有办法对付他！”

“那后院的叛徒呢？”

“今天动静这么大，仓库、炮楼、鬼子食堂，哪一个都比这叛徒重要，所以，只要我把松口调出来，鬼子为了保护他们的联队长，也会从里面集中到前院。快去吧，画像你不是带的有吗？”

“嘿嘿，大哥，这危险的活，还是交给我吧。”说罢，黄大刚抽出两支驳壳枪冲进了院子，“叭叭”两枪，打死了守护院子门口站岗的鬼子。

“不好，郑强、秦宽，你俩掩护黄队长，我去杀叛徒。记住，不要蛮干，保护好自己，我干掉叛徒后就来找你们。”说完，林振川“噌”地蹿上了房，沿着房顶向鬼子后院冲去。

黄大刚这边开始热闹起来，两声枪响以后，从一排房的大门和其他小门里一下子窜出几十个鬼子。他们端起三八大盖枪就朝黄大刚射击过来，鬼子一出来，黄大刚就跳到院子一棵桂花树后面与敌人对攻。黄大刚不愧为新四军正规部队的副连长、战斗英雄，他几乎枪枪不空。不一会儿，就有七八个鬼子滚倒在院子中央。鬼子训练有素，有的撤回房间，有的倚仗院里的有利地形，与黄大刚形成对射，他们射不中黄大刚，黄大刚在射杀了十余个鬼子以后，也无法击中借助房子和有利地形的鬼子。正在此时，只听见一个鬼子在屋内喊：“用机枪压住新四军。”很快各有八个鬼子抱着两挺机枪从屋里冲出来，“叭叭”，黄大刚连发几枪，有两个鬼子倒地，但其他鬼子已经趴在地上，架起了歪把子机枪，“叭——”机枪子弹刮风下雨般扫向桂花树及下面的土台子，此时的黄大刚几乎无法抬头。正是这个时候，屋里那个喊架机枪的人从屋里跳到了院子里，前后都有鬼子兵护着，这个人就是鬼子联队长松口。他仔细观察了一下地形，然后“哈……”大笑起来，“八格，新四军死了死了的。好大的胆子，竟敢闯进我的军营里，而且，只有一个人，不要开枪，我要捉活的。”

而此时，黄大刚经过与敌人十几分钟的对峙，两支驳壳枪的子弹也不多了，身上只有二三十发子弹。而此时，鬼子从房内拉出两只大铁皮柜挡在前面，黄大刚射出去的子弹射在铁柜上，发出“当、当”的响声。随着松口叽里哇啦一阵吼叫，左右两侧有五六个鬼子端着刺刀沿着墙根向桂花树这边扑来。黄大刚发现后，甩手又是几枪，左右各有两个鬼子滚在地上。与此同时，鬼子的机关枪又响了，压得黄大刚无法伸头，左右两边的几个鬼子已经摸到黄大刚身边，有两个鬼子端着刺刀向黄大刚扑来，黄大刚来不及打枪，一个躲闪，让过一个鬼子，又一个躲闪，把另一个鬼子打倒在地。黄大刚一伸手，拎起一个鬼子的腿，把鬼子扔到了院子里，另一个鬼子被黄大刚压在了身下。黄大刚身高一米九，肩宽背阔、力大无穷。而此时他在想：林队长应该把叛徒干掉了，自己眼下的任务是如何从这里脱身，这里对自己太不利了。两个战士因为慢了半拍，被鬼子封锁，还在门洞角落里不能出来，因为一出来肯定是鬼子的靶子。如果冲进院子，院子后面房子里和四周会有几十甚至上百条枪对着他们，不仅救不了黄队长，他们自己也会丧生在枪下。黄大刚深知这一点，他不仅不希望两个战士冲进来，反而希望战士们尽快撤走，或者想办法与林队长会合。此时的黄大刚虽然身陷鬼子的包围之中，虽然几乎是冲不出去的，但他好像一点也不害怕，一方面抗战上百场战斗锤炼出了他钢铁般的意志和无所畏惧的胆量，另一方面他冥冥之中似乎相信，他们神出鬼没，花样百出的林队长，他的大哥林振川一定会想办法救他。越是在最危险的时候，他似乎越是相信这位他刚认下的大哥。然而这只是一种预感，他不能等，更不能消极地等，他必须主动出击，他必须想办法自己冲出重围。压在他身下的鬼子"哇哇"痛得乱叫，叫着叫着，他突然想了一个办法，他提起鬼子，又卸下鬼子枪上的刺刀，说："告诉你们长官，我和你们练刺刀，输了，任你们处置，赢了让我走。"说完，把鬼子又扔了出去。

鬼子狼狈地滚了出去，然后跑到松口队长前面叽里哇啦又说了半天，然后，只听见日本鬼子一个翻译官站起来喊："新四军你听着，皇军队长同意你的提议，比拼刺刀，你赢了，放你走，你输了，就投降皇军。"

"我怎么相信你们？"

"你要怎么相信？"

"把机枪撤走，房内的鬼子全部出来。"

松口听见后不等翻译，亲自用汉语吼道："机枪的撤走，房屋内的士兵全部出来，新四军，你不能开枪。"

鬼子机枪撤走，从房里一下走出来八九十个士兵。"好家伙，真不少。"黄大刚叹道，"就是让我开枪，我的子弹也不够呀！"

松口队长又对鬼子兵叽里哇啦一阵后，出来的鬼子兵，把枪都放在了身后的墙上，然后排队站好，接着他高喊："新四军，出来吧！"

黄大刚仔细观察了院子里的阵势，然后从桂花树下砖台后面跳了出来。跳出来后，他快速从一个鬼子身后抓起一条带着刺刀的三八大盖枪，拍了拍步枪说："咱们就比这个！"

松口走上来，向黄大刚低头鞠了一躬："我是皇军联队长松口，请问尊姓大名?”

“行不更名，坐不改姓，新四军游击大队副队长黄大刚。”

“今天的行动是你们组织的?”

“当然!”

“你大大的厉害!”

“对不起，一不小心，摸到了松口联队长的后院，打扰打扰。”

“客气的不要。我们大日本皇军最讲信用，你只要赢了我们，放你出城。”

“哼哼!”黄大刚冷笑两声，“日本人讲信用?”

“我们说话算数!”

“我们怎么比?”

“黄队长的提议，请黄队长讲怎么比?”

“拼刺刀，我连续跟十二个人，不，二十人比。如果我赢了，放我走，我输了，生死由你。”

“痛快大大的。”

松口亲自挑了二十个老兵，然后对黄大刚说:“一个一个地比?”

“对!”

黄大刚用眼睛的余光扫了一下自己的脚，看见自己的草布鞋，鞋带系得毫无问题，腰带也系得井然有序，又用眼光扫了一下小院四周，百十个鬼子全部集中在大院里，鬼子倒也听话，虽然每人枪都在手，但没有人端枪瞄准他。这也可能是鬼子人数太多，他们以为黄大刚很难走出去的缘故。黄大刚又用眼光瞄向四周的房顶上，有的地方能看见，有的地方看不见，但是迎着太阳，有两个房檐角亮光一闪，黄大刚凭经验知道，那是鬼子的狙击手，一旦发现对鬼子不利，狙击手肯定是要开枪的。看到这些，黄大刚担心，但让黄大刚更担心的是林振川，打了二十几分钟了，也不知林队长除叛徒的任务完成得怎么样了，如果不是太过艰难，这个时候应该过来接应他了。与此同时，黄大刚又特别不希望林振川过来救他，如果陷进这个小院子里，施展不开，又没有多少倚仗的地形地物，我一个人完蛋没关系，可别让游击大队的正副大队长都在这个地方报销了。黄大刚又深知，林振川绝不会不管他的。容不得黄大刚多想，松口操着生硬的中国话:“黄副大队长，开始的，干活!”

“可以，放马过来。”

一个身材高大的鬼子挺着刺刀冲了过来，黄大刚连闪了两下，然后一个用力，拨开鬼子带刀的步枪，一扫枪身，以飞快的速度，将刺刀刺进鬼子的左胸，鬼子号叫一声倒下了。

另一个身材短粗，但步伐轻盈的鬼子跳了过来。由于个子低，他根本就够不着黄大刚的上半身，但他依靠灵活的步伐和扎实的刺杀技能，不断向黄大刚的下腹部和两条腿乱刺。黄大刚看见这个近似侏儒的鬼子，边躲闪边冷笑，趁着小鬼子一个刺杀动作使过，用枪身使劲砸向鬼子的枪身，鬼子拿捏不住，步枪脱手，黄大刚一个顺势，将刺刀刺进鬼子的小腹，鬼子又是号叫着滚在地上不动了。

又接连上来三个鬼子，但在军区刺杀冠军的面前，根本不是对手，三个鬼子有的鬼哭狼嚎般上阎王爷那里报到去了，有的则挨了刺刀，在院子的地上躺着乱叫乱号。

“拉下去，拉下去！”松口脸色铁青，吼着让鬼子把死伤的人拉下去。

院子里一片血腥，如果在平时，对这种场面，心地善良的黄大刚肯定也受不了，但此时的鲜血反而更激起了他的斗志，因为他杀的是敌人，是刽子手，是杀害无数家乡人民的鬼子兵。想到这里，黄大刚一抖刺刀，“谁还来？”

松口亲自跑到鬼子兵旁边，又叽里哇啦与他们说了些什么，不用猜黄大刚也能知道，肯定是告诉他们一些对付自己的办法。但黄大刚心中有数，这些鬼子不是他的对手，只要自己胆大、心细，把刺杀要领牢记心中，又灵活运用，院子里的这些鬼子，根本不在话下。

一个鬼子又冲了过来，黄大刚挺枪站立，准备迎接，但鬼子刺刀伸出一半，又缩了回去，紧接着又刺出第二枪，第二枪离黄大刚还有半米，又缩了回去，就这样，鬼子总是进一步，退两步，有时是进半步，退半步，反正是不让黄大刚靠近自己，“就这点孬本事！”黄大刚又笑了，他干脆站在那里不动，反正你离我远着呢。小鬼子围着黄大刚就这样转着圈玩似的刺杀，不动的黄大刚懒得理他，后来就干脆半眯着眼，懒得看他。突然，鬼子一个快速拼刺，刺刀冲向自己，黄大刚眼睛一亮，巧妙一闪，小鬼子的刺刀顺着黄大刚的左侧刺了过来，刺刀与左侧衣服之间的距离连一毫米也没有。原来，鬼子开始是为了麻痹黄大刚，也是不敢正面与黄大刚对刺，看见黄大刚半眯缝着眼，就在假装刺杀的同时，一个突然袭击，把刺刀刺向了黄大刚的胸膛，黄大刚虽然有所准备，但鬼子的速度之快，也是他始料不及的。但他毕竟是军区拼刺刀冠军，没有给鬼子半点机会，顺着鬼子刺过来的刺刀，黄大刚一个顺手，把鬼子拖拉倒地，然后顺势侧身把刺刀刺向了鬼子心脏。

接下来，又上来五六个鬼子，有的时间长点，有的时间短点，最后的结果都是一样，倒在黄大刚的刺刀下，鬼子联队长松口脸色发乌，神情古怪，突然高叫一声：“黄副队长，可不可以两人一齐上。”

黄大刚连想都没想：“可以！”

两个鬼子上来，虽然一左一右，一前一后给黄大刚找了不少麻烦，但也是不到六分钟，都倒在血泊里，又有两个鬼子端着枪冲上来，松口高喊道：“停！”

俩鬼子停在当地，黄大刚也收枪站立：“怎么讲？”

“黄副队长，我们能不能换个比法？”

“说说看！”

“这样比，太血腥，中国是块圣土，在这里流太多的血，大大的不好！”

“你想怎么比？”

“咱们徒手比。”

“徒手比？”

“用你们的中国话，咱们摔跤，格斗。”

“不用武器？”

“对，不用武器！”

黄大刚情不自禁地看看自己一米九〇、膀大腰圆的身材，想想在部队不仅刺杀好，射击好，摔跤也没输过呀，能怕这些五短身材的小鬼子吗？“摔就摔，难道怕你们不成。”

“吆西，我们准备一下。”

“我跟谁比？”

“我的，你的跟我比。”

“你？”黄大刚瞄了一下不到一米七的松口，再看看他并不强壮的身板，“你行吗？”

“比了就知道。”

松口钻进里屋，换了身让黄大刚认不出来的装束，黄大刚一看，这男不男、女不女，就像洋人睡觉时穿的衣服，这让他心里不舒服，你小鬼子搞什么鬼，这身打扮，跟我摔跤？

“黄大队长，你的知不知道我这身衣服？”

“不知道！”黄大刚气不打一处来。

“这是柔道专用服装。”

“柔道？什么是柔道？”

“是……是我们日本的摔跤。”

“也是摔跤？”

“吆西，你要不要也换身衣服？”

“笑话！我换什么衣服。”

“你最好把外衣脱了，这样比起来方便。”

“我很方便。”

“吆西——”

“松口，比可以，要比摔跤，我必须把枪放一边。为了公平，让你的兵把枪也放一边，不然有人打我黑枪怎么办？”

松口下意识地向房子上看了看，然后说：“公平！我让他们把枪都放下。”说完松口扭转身，对他手下的日本兵又叽里哇啦说了一通，他的话说完，日本兵纷纷把枪都堆放在墙边，然后排着队，围着圈看松口跟黄大刚比摔跤。

两个人开始比摔跤，松口扎着架势，躬身伸着手围着黄大刚转，围着围着，松口快速出手，想抓黄大刚的胳膊，但被黄大刚躲掉。转着转着，松口又企图抓黄大刚的右手，黄大刚右手握拳还击，松口手又抓空。黄大刚也不一味防守，伸出双拳轮流进攻，也让松口想办法躲闪，两个人就这样转着圈。突然，松口左右快速晃动，一个欺身，贴近黄大刚，双手抓住了黄大刚的右胳膊，黄大刚极力想挣脱，但松口的两只手如铁钳一般坚硬，牢牢攥住了黄大刚的双手。但黄大刚也不是吃素的，他本来就腿粗胳膊壮的，松口抓住他的胳膊也不能把他怎么样。松口抓住了黄大刚的右胳膊，用力想把黄大刚拉过来，但黄大刚身高体壮，松口拉动不了多少。黄大刚心里好笑，就你这身板想拉动我，做梦！突然，松口一个转身，急速下蹬，背起黄大刚胳膊，想把黄大刚背起来，但是黄大刚一百八九十斤体重，又作下坠之势，松口当然背不起来。但是在松口几次用力想把黄大刚背甩起来没有成功的情势下，松口猛地在黄大刚左脚上跺了一脚，黄大刚负痛，“啊”叫了起来，同时抬起了左脚。而在电闪雷鸣间，松口又是用力把黄大刚背了起来，同时又把黄大刚摔了出去。

“哎哟——”黄大刚结结实实摔在了地上。

好一个黄大刚，不愧为新四军的战斗英雄，“噌”又从地上弹了起来：“好家伙，松口，你这是什么玩意儿？”

“黄大队长，这是我们日本的国粹，可以打败你们中国的任何武功。”

“狗屁国粹！纯粹是歪门邪道，再来！”

两个人转圈游走了几圈后，松口又抓住了黄大刚的左胳膊，转身下蹬，又想把黄大刚甩出去，这次黄大刚接受教训了，他任松口抓住胳膊，而自己稳住下盘，防止松口再次踩跺他的脚，但是松口并没有紧抓黄大刚的胳膊，而是不断伸出两手，东抓一下胳膊，西抓一下胸脯，抓着抓着松口又贴近身来，用左胳膊猛击黄大刚的右肋，黄大刚又感到疼痛，一松下身，松口又紧抓住黄大刚右胳膊，猛力一背一摔，又把黄大刚摔了出去。就这样，松口充分利用个低、身灵、手硬、转身快的特点，不到十分钟，黄大刚被摔出去了五六次，而每次都摔得浑身疼痛，身上不少皮肉受伤。但黄大刚不会认输，他要主动进攻，他又坚强地站起来，先还手，挥起拳头猛击松口，也有两拳砸在了松口的肩膀上和胳膊上，松口也疼得“哇哇”乱叫。但很快，松口调整了战术，他前后跳跃，左右盘旋，不停地闪过，黄大刚击不中目标，而且，因为摔了几跤，身上有伤，又加上痛恨松口，使出的力气巨大。很快，黄大刚的力气接不上，出拳速度也慢下来了。而松口训练有素，来回躲闪跳动还十分迅速有力。就在黄大刚体力和速度都跟不上，又加上伤痛影响他的时候，松口猛跺一下脚，大吼一声，欺身而进，又把黄大刚背起来，背起来后，他并没有摔出去，而是在地上转圈，转了十几圈后，他高喊一声：“去吧！”把黄大刚摔了出去。

被转得头晕脑涨、天旋地转的黄大刚，“咣当”！实实在在地摔在了地上。这一次很严重，胳膊脱臼，双腿拉伤，黄大刚挣扎着想爬起来，但是动了几下以后，浑身钻心的疼痛。黄大刚趴在地上想：看来这次真的要报销在这里了。即使死在这里，也要再杀几个鬼子，再赚几个。黄大刚趴在地上想辙呢。

松口呢，可是得意了，他站在黄大刚不远处，笑嘻嘻地说：“黄队长的，来，再来。”

“再来呀……”

“我跟你来！”从房上跳下一个人来。

“你是谁？”

“我是谁不重要，我想说，你跟黄队长比赛的承诺还算不算数？”

“当然算，大日本皇军最讲信用。”

“好，且不说日本人讲不讲信用，就说你们比赛的说法，还兑现吗？”

“兑现！”

“好，兑现就行！”

“可是，黄副队长已经输了。”

“黄副队长跟你们比的是拼刺刀。是不是黄大队长赢了。”

“应该算赢了。”

“怎么叫算赢了？”

“是，赢了！”

“你偷换了比赛内容，你练的这一套应该叫柔道吧。”

“对！你还有点眼光。”

“我听我师傅说，日本人练一种武功，叫柔道，看来就是这玩意儿。”

“你看见了，黄大队长根本不是我的对手，他是我的手下败将，我们大日本的柔道，世界无敌！”

“是的，我师傅也说了。”

“说什么？”

“我师傅说了，日本柔道与我们博大精深的中国武功相比。”

“怎么样？”

“狗屁都不如！”

“八格，你的死啦死啦的。”

“谁死啦死啦的，还说不定呢，比了才知道！”

“你是说，你的跟我比？”

“聪明。”

“你是什么人，我为什么会跟你比。”

“我是什么人，你们整个狗屁大日本皇军都感兴趣。”

“你的？”

“去年，你们一个大队三百多日军，统统死在我的枪下。”

“你……”松口大为紧张，院子里的日军也都端起了枪。

“我是林振川，看看我的长相，你们做梦也想抓住我吧！”

林振川说完，日本鬼子赶紧从屋内找出一张照片，比照之后，满院日本兵更紧张了，纷纷端起了刺刀。

“大名鼎鼎吧。死在我枪下的日本鬼子有两个大队吧。”

“你……你就是抗日游击大队长林振川。”

“行不更名，坐不改姓。”

“你，你走不了，大日本皇军不会放过你。”

“这个，你说了不算。我们还是说正事吧。”

“你……你要干什么？”

“跟你比呀，你不是说你们日本人最讲信用吗？好，我就相信你们一次。黄副队长一赢一输，战成了个平手。这里应该没他什么事了，我跟你比，赢了，我走人，我输了，你们捆了我去见你们龟田司令官，他的外甥被我干掉了，他恨死我了。你把我交给他，你可立了大功了。”

“可以考虑！”

“不是可以考虑，而是必须。我跟你比的前提是，放黄副队长走！”

“你跟我比什么的干活？”

“任你选，你认为你什么最强，我就跟你比什么！”

“好呀，现在就开始。”

“先放黄副队长走！”

“如果我不同意呢？”

“先不说就此证明你们日本人不讲信用，就是你和你们的这个院子里的九十八个日本人能不能活着走出去，我不敢担保！”

“你……”松口下意识地看看房子上面。

“你安在房子上的三个狙击手已经被我干掉了，别指望他们了。而且我还告诉你，说不定呀，这座房子的四周都埋上炸药了，你不让我走，我一不高兴，就炸了它，谁也走不了。这时候我的战士枪口正瞄准你呢，你想乱来，他们的枪法只认你。”

“这么说，我只能跟你比了。”

“你别无选择。”

“开始吧，等什么呢？”

“放了黄副队长。”

“吆西，好吧！”

林振川两步跳到黄大刚身边，扶起黄大刚：“大刚，伤重不重？”

“振川，我让你丢人了。”

“浑话。你已经干掉十几个小鬼子，赚大发了。”

“唉，上了松口这王八蛋的当，他非要比摔跤。”

“日本人的摔跤叫柔道，这个小鬼子不简单，一身黑带，师傅说过，记不清了，这个人在日本可能级别不低。”

“狗日的鬼子。”

“能走吗？”

“还能走。”

“好，你先走。”

“你怎么办？”

“我说过，能留我的小鬼子还没出生呢。”

“我跟你一块，生死在一起。”

“兄弟，别逞强了，你走了，我更好发挥。”

“听你的，大哥，谢谢你救我。”

“一家人不说两家话，咱俩是兄弟！”

“秦宽、郑强，出来吧。”

话音刚落，秦宽和郑强从门洞里的隐藏处跳了出来：“大队长！”

鬼子大吃一惊，什么时候，这个门洞里还藏有游击队员？

“你们俩扶着黄副队长，从东边走。”但林振川却给了他们一个向西的指向，两个战士跟林振川的时间长了，知道林队长这是迷惑鬼子，连忙扶着黄大刚离开院子，钻进门洞，很快就消失了踪影。与时同时，鬼子联队长松口也低声向一个鬼子兵交代些什么。林振川知道，松口是不会心甘情愿让黄大刚走的，肯定派人去围堵了，好在这个院子外面的鬼子都扫清了，松口再派三五个人去，肯定不是秦宽、郑强的对手，况且还有一位大英雄黄大刚呢，虽然受了伤，但他打枪、拼刺刀却是高手。想到这里，林振川放心了，下面就是如何制服这个松口，并且尽快从这里脱身了。

林振川跳到院子中间，双手抱拳：“谢谢松口队长。”

“我们最讲信用。”

“对的，可你刚才派出去的几个士兵恐怕回不来了。”

“怎么讲？”

“因为你不讲信用，说是放了黄副队长，可又派人去追杀他。作为报应，这几个人肯定会被干掉。”

“你的怎么知道。”

“因为刚才那两人的功夫比我厉害得多。”

“我的不信。”

“信不信由你。不说了，你看怎么比？”

松口转动他的老鼠眼：“还比摔跤。”

“就刚才你赢了黄副队长的柔道？”

“如果你同意，你会输得更惨！”

“就比柔道。”

林振川把衣服扯了扯，又系紧腰带，扎马步，提双拳：“来吧！”

松口也弓腰下蹲，与林振川开始周旋。

转着对峙着，忽然间，松口快速出手，伸手想抓林振川的胳膊，但林振川比松口更快，抬胳膊猛然回击，松口胳膊硌得生疼，原来黄大刚看来似铁钳的手，在林振川身上不管用，而且，松口明显感到林振川的手更有力量。

“林大队长，你好像比黄副队长更有力。”

“是他让你。”

“他个子比你高，体格比你壮。”

“蒙你抬举，他一米九，我一米八，他九十公斤，我八十公斤。”

“好像他打不过你。”

“我们是兄弟，我们不打架。”

“你显然比他精明。”趁着说话，松口以为分散了林振川的注意力，欺身而进，抓住了林振川的胳膊，猛一转身，用力背起了林振川。说也奇怪，松口感觉背起林振川，几乎没什么重量，一米八的个头，比他一米六五的身高要高出很多，体重也会比他重很多，怎么背起的林振川身轻如毛呢？容不得他多想，背在身上不是他的目的，他用力把林振川摔了出去。由于用力很大，摔出去的速度过快，松口以为林振川会摔得比较惨，但摔出去的林振川不仅没有“扑通”落地的声音，而且在落地一刹那，趁势在地上一个滚翻，又接连两个筋头，继而轻轻地落在地上，几乎连声音都没有。

“你没摔着？”

“摔着了，浑身痛，这就是你们柔道的高招吧。”

“怎么样？我们柔道高超吧！”

“当然高超，要不怎么摔不着我呢！”

“你好像没摔着。”

“摔着了，但还想摔，来，继续。”

两个人继续交手，松口又把林振川摔出了几次，但每次好像都没摔结实，林振川不是一个滚翻接着站立，就是在摔出去的同时就站立起来，然后轻轻落下。摔着比着，松口脸色变得十分难看，一是因为他累了，除了他之前已经跟黄大刚比过，耗费了一些体力，同时，他与林振川比，尽管他能把林振川背起摔出去，但他明显感到根本就没伤到林振川，反而越摔越沉，越背越累。松口站立不动，对着林振川说："林大队长，你的，什么的干活？"

"你不是说日本柔道厉害吗？我都让你摔出去好多次了。"

"你的没摔着。"

"摔着了、摔着了，浑身散了架似的。"

"你的狡猾狡猾的。"

"我正向你学习呢，一会儿我试试摔你。"

林振川在思考，他也承认，日本鬼子松口的柔道还是很有功夫，很厉害的。如果自己不是四岁习武，有十几年的武功底子，如果不是岳父教了他上乘的武功，这个松口还真不好对付，这也是为什么黄大刚被摔那么惨的原因。松口出手重、出手快，如果是一般的战士，没有一点功夫的话，一跤摔下去，不死也是伤。就连自己，头两遭还没准备反击，就被松口给摔了出去，好在自己功底好，在摔出去落地的刹那间，借力一个翻滚，能迅速站起来。其实他已经想好了收拾松口的办法，但什么时候下手，下手后会是什么后果，他还在考虑。同时，他还必须多磨蹭一会儿时间，黄大刚身上有伤，两个游击队员带他冲出去不一定顺当，时间长些，他们撤得会远些。但怎么能战胜松口，自己又顺利脱身，这可不是说着玩的，院子里还有近百余个鬼子呢。而且，小鬼子的头目松口也不是一盏省油的灯，必须把松口控制住，这样才能脱身。想到这里，林振川道："松口，刚才都是你摔我，现在我也学学，摔摔你？"

"乐意奉陪！"

两个人又头顶头粘在了一起，都伸出手想抓对方的胳膊。说也怪，前面松口怎么都能抓住林振川的胳膊，但这时怎么也抓不住，他出手飞快但林振川比他更快，在他伸手抓林振川的时候，要么被林振川躲掉，要么被林振川铁棍般的手挡回。就这样你来我往，你伸手，我挡开，你抓我我抓你，来来回回几十个回合之后，在松口有些疲惫，有些分神的时候，林振川急速欺身而进，用他那钢铁般的双手抓住了松口的胳膊，接着猛地下蹬转身，一个用力把松口也背了起来，然后说："我摔了……"

松口被摔了出去，但松口是柔道高手，这一摔根本没有摔伤他，他也只是用双手做了一下支撑，然后又顺势从地上爬起来："你的，了不起！"

"我学得还行吧！"

松口不得不佩服眼前这位游击大队长，从没学过柔道，却把柔道的要领领会得完全到位。而且，摔出去的时候，还告诉了自己。

"我们继续！"

林振川接着又与松口周旋，在松口转了若干圈以后，又突然发力，又把松口摔了出去。

就这样，林振川把松口摔出了五六次。两人你来我往，又耽搁了半个多小时，林振川抬头看看往西坠落的太阳，知道时候到了，该采取办法了，他高声笑道："松口联队长，这一次我可真摔了。"

说完，林振川跳到中央，慢慢地与松口厮打，并慢慢地把松口向门洞方向逼，在你来我往，你抓我挡之间的一瞬间，林振川又欺身靠近了松口，这一次他并不是伸向松口的胳膊，而是双手指向了松口两边腋下的麻穴，用双指一点，松口两条胳膊顿时软了下来。林振川毫不手软，又一转身，背起了松口，像松口背转黄大刚一样，他托起松口，飞快旋转起，在转了二三十圈之后，把松口向门洞的方向扔了过去。

"扑通！"松口结结实实地摔在了地上。

"松口！"最先跑去看松口的不是鬼子，而是林振川。林振川抓起了松口，"摔得怎么样？"

"我好像腿折了。"

"折得好！"林振川连扶带拖，迅速把松口拖到了门洞口，从腿下的绑腿里抽出一把匕首，把匕首架在松口的脖子上，"松口，你输了！"这一架，院子里的鬼子全急了，他们纷纷抓枪端着刺刀要扑过来，林振川把匕首压在松口的脖子上："让他们停下。"

"停下。不要……动！"

鬼子不敢动，不敢前进，也不准备后退。

"松口，咱们有言在先，如果我赢了，我走！"

松口不说话，一方面是这一跤摔得太厉害了，另一方面他被点了穴，两只手使不上劲，两条腿本想用力挺起来，不知林振川使了什么魔法，在摔他出去的时候，又点了他腿根的穴位，让他双腿也用不上劲，这样一来，这一跤是实实在在摔下去的，有一条腿钻心的痛，有一条胳膊也动弹不得，练过功的人都知道，一定是腿和胳膊都骨折了。摔得这么厉害，肯定是没法再比了，不能比了，对方好好地站在那里，说明自己真的是输了。同时，自己已被林振川控制，明晃晃的刀就压在喉咙上，虽说奉行大日本武士道精神，可以去死，但松口还不想死，他还梦想年底回国参加全国柔道锦标赛呢，去年拿了亚军，今年还想得冠军呢，如果死了，什么荣誉也没有了。不管怎么说，保命要紧，想到这里，他说："林大队长，你想怎么样？"

"简单，首先，让你的部下全部退回去，退到院子角落去。"

"这……"

"如果不想，我就要你的命。"

"好好。"松口高喊道，"退回去，退回去，退到院子角落，我要与林大队长继续切磋。"

鬼子虽不情愿，但还是退了回去，退到离门洞口二十来米的地方。

"第二呢，松口队长，我不会伤你性命，但你不能耍花招，本来就你欠下的血债，杀你十次都应该，但我们中国人最讲信用，既然开始说了，我赢了，放我走，你虽然在我手上，我也完全有可能宰了你，但君子一言，驷马难追，只要你不追我，我就不杀你。"

"好的，我的不追你。"

"这第三呢，我从这个门洞撤走，然后从东边巷子出城，你及你的小鬼子们，不允许从这里追。如果你食言，我还要你的命，说不定老子高抬贵手，只要你一只胳膊或者一条腿。"

"是，是！"

"既然这样，跟我走吧！"林振川像老鹰叼小鸡似的，一只手拖着已经受伤的松口，迅速走进门洞。走进门洞后，又把门洞的门插上，然后对着松口猛扇了几个耳光："你这个王八蛋，真想杀了你，杀了你，你们也抓不住我。但既然先前有说法，就不能反悔，先把你的命留几天，你再祸害老百姓，我一定杀了你。"

"咳、咳、咳！"虽然挨了打，松口还一个劲地点头弓腰，因为他知道一点，保住命要紧。

林振川准备走了，刚走两步，又回过头："告诉你，王八蛋，你这个柔道狗屁都不是，我就用一个脚丫子，也能胜过你。"

"咳、咳、咳。"

林振川又踩了松口一脚，然后从巷子的东边撤走了。

松口可不会守信，他被鬼子兵救出来后，命令所有人端着枪，顺着巷子往东边追去，追着追着，发现了一个拉箱子的马车拦住了去路，鬼子不敢乱动，等松口赶到时，松口说："新四军跑时什么也没带，不会有什么危险，搬开它，继续追。"

鬼子兵搬动车子的时候，车里的炸药发生了爆炸，十几个鬼子上了天，二十几个鬼子受了伤，松口因为凑得近，也被炸掉了一只胳膊。

林振川赶出城，追上了撤退在树林中的黄大刚，黄大刚见了林振川之后，倒地便拜："林大哥，从今以后，你就是我的亲大哥。"

"好兄弟，多大的事。"

三十五

林振川一路走，一路回想与黄大刚两个人过命的战友情谊，这是他第一次救黄大刚。战友之间，相互救护，是战友应有之义，但黄大刚善恶分明，他认为自己轻视林振川在先，执行任务时争抢在先，他对林振川既有愧疚，也有敬佩，这个兄弟他认定了。接着黄大刚不顾生死地救自己，让林振川永生难忘。

抗战胜利后，蒋介石集中重兵对浣溪根据地实行围攻，想消灭新四军主力。当时，杨海功的浣溪支队已划归新四军第七纵队，改为独立师。杨海功除担任浣溪地区党委书记、专署主任以外，还兼任独立师师长和政治委员，本来经粟裕同志提议，要调任他为第七纵队副司令员，但杨海功迟迟没有去上任，一是独立师这边一时脱不了身；二是恋旧的缘故，他不想离开生他养他他了如指掌的这一片土地；三是据说有人告他的状，说他庇护叛徒内奸，野战军首长督促他，让他先去上任，但杨海功要带领独立师从敌人的铁墙包围中跳出来，他不能一个人先去上任。当时对敌斗争十分残酷，一来二去耽搁了，杨海功本来对提拔并不怎么上心。半年后，杨海功把独立师从敌人重围中带出来，一万多人损失了不到六千人，但消灭了八千多敌人。粟裕见到杨海功时，旧话重提，杨海功开玩笑说："副司令员，太小了，给个司令员还差不多。"粟裕想了一下说："论资历、能力，特别是品质、经验，你绝对胜任，等我报党中央毛主席审批后再说。""开玩笑，开玩笑！"杨海功说着离开了。

而此时，林振川的游击大队也改为独立团，划归独立师管辖。过去游击大队虽然属双城县委管辖，但在军事上受新四军浣溪支队领导。浣溪支队改成独立师，游击大队改成独立团，上下一体，对门同路。过去，杨海功就是林振川老领导，这一回又在一起，杨海功高兴，林振川更高兴。

那是独立师冲破敌人铁壁合围的战斗。敌人为了消灭浣溪独立师，集中五六万人分四路合击。为了冲破包围圈，新四军想了很多办法，但敌人很狡猾。他们总是不肯冒进，稳扎稳打，步步为营，独立师已经被压缩在金刚大山一片不到五十平方公里的群山之中，独立师上上下下都很紧张，也很担心，担心被敌人吃掉。但杨海功照样有说有笑，照样与山村老百姓打成一片。一天下午，师侦察连回来报告，说两路敌人已到达指定攻击地点，另外两路最迟明天上午也能围到这里。杨海功听见报告，从老乡打稻谷的稻场上站起来，对老乡说："把粮食收起来，藏在山中，白狗子又打回来了。"然后对参谋长说："团以上干部开会，部署突围任务。"

会议决定，林振川的独立团派一个营实行狙击任务，杨海功对林振川说："这次任务很艰巨，我们只能从金刚峡谷撤出去，这个峡谷你小子去过，最窄处只能一两个人通过，我们近万人的兵、武器要过去，怎么也得一天，你必须坚持到明天下午四点。"

"保证完成任务。"

"说说你的想法，怎么完成任务？"

"报告师长。我是想把声势弄大一点，一定让蒋匪军以为独立师主力还在这里，我们弄的阵势越大，大部队就越安全。"

"聪明的小子。就是这个意思！"

战斗从下午四点开始，敌人四个师向林振川坚守的仙人峰主阵地扑了过来，林振川集中四个连的兵力，除一个连正面防击敌人的进攻以外，其他三个连组织精干力量，拼命向外突围。三个连的猛攻猛打把敌人打蒙了，敌人真的以为黏住了共军独立师的主力，共军这么拼命地向外突围，肯定是主力在里面，敌人反而不急于进攻了，而是等待另外两路兵马的到来。敌人清楚，这里往后是金刚大山，前边是平原，敌人的大部队都在那里，往右是黑龙河，黑龙河水深浪急，对岸又有守卫，敌人以为，共军是跳进井里的青蛙，能跳起来，但出不去。

一直到第二天上午十点，蒋匪军才开始真正意义的攻击行动，他们进攻了一阵，被林振川强烈的火力挡回，匪军就又缩了回去。而与此同时，林振川又命令两个连向外猛地突击了一下，打得山下迟疑不决的匪军措手不及，前面的部队被冲得七零八落，匪军师长、团长气急败坏地命令士兵："顶着，顶着，别让共军突围。"

说来也怪，共军冲过来，取得了不少战绩，蒋匪军本以为共军会趁机往外冲，继续突围，但共军冲了几下，收拾些枪支弹药又缩了回去，这让围在山下的几路敌人一时不知怎么办，不晓得发生了什么情况。敌军部师部团部都在研究，在上报，接着，敌人除了派出地面侦察部队以外，又派了多架飞机在天空盘旋侦察。敌人从地面和空中得到的情报是，山上根本看不见多少共军，共军主力有可能早已溜了。这还得了，三个月的追剿，蒋匪军以为能在这里消灭浣溪独立师，可现在几乎成了泡影，但又有人说，不一定，飞机能把藏在石头缝里、树丛里、竹林中的共军看清楚吗？说不定共军主力正藏在山上呢。最后敌人形成的一致意见是：进攻，攻占了正对面仙人峰再说。

敌人正面组织了整营整团的兵力，开始向林振川守护的仙人峰发起了猛攻，而发起总攻的时间是下午两点整。林振川此时也知道，这个时候采取任何出击的招数都不管用了，唯一的办法就是节省弹药，占领有利地形，保存自己，一定要再坚持两个小时。

战斗打得十分惨烈，一个半小时下来，四个连的人员只剩下不到两个连的人了。在敌人进攻的间隙，林振川命令黄大刚带伤员先撤下去，他带领一个连的战士善后，敌人的攻击又一次被打退了。与此同时，敌人也得到了共军主力已撤到金刚山另一边的消息，气急败坏的蒋匪军命令他们的炮兵："把山头炸平，把守山共军全部炸死。"

在炮弹还没集中落下来之前，林振川已安排幸存的大部分战士往山下撤了，而他自己则在山头上搀扶两名负伤的战友，一步一挪一步一拐地往回走呢。正在此时，敌人的炮弹铺天盖地地下来了，尖叫呼啸，震耳欲聋，炸弹一颗接一颗在山头上爆炸，两个负伤的战士被炸飞了，林振川也被炸昏了，并被炸药掀起的泥土碎石掩埋了，他感到天旋地转，很快失去了知觉。而此时，率先撤下来的战士向黄副团长报告，说他们也安全撤下来了："团长呢，林团长呢？"

"看见团长、团长身边的伤员炸了，好像牺牲了。"

"团长呢？"

"团长……"

黄大刚咆哮如雷，黄大刚心急如焚，他顾不得那么多，他对副营长说：“你带领同志们按原定路线先撤，我去找团长。”

黄大刚还没等副营长说话，就扭头冲进了炸弹崩飞、狼烟遍地的战场。一颗炸弹在不远处爆炸，他迅速跳进一个弹坑，又一排炸弹落下，他又跳进另一个弹坑，弹片呼啸着冲来，他顾不上了，烟火扑过来了，他更顾不上。子弹“嗖嗖”在身前身后乱飞，他看也不看，他从一个弹坑跳到另一个弹坑，他从这一节战壕翻进另一节战壕，身上、腿上、胳膊上，时不时刺痛一下，他根本不在乎，他只有一个信念，找到他的兄弟，找到他的战友，找到他的大哥林振川。炮弹虽然逐渐稀了、少了，但从没有停，他几乎把守卫的山头跑了一个遍，都没有看到林振川的身影，他不顾敌人的炮弹袭击又继续在山头战壕里翻找，把牺牲的战友几乎翻了一遍，就是找不到林振川。他特害怕林振川也像其他战友一样，牺牲在山头上，这时危险也越来越大，因为敌人随时都可能占领山头，他不停地喊：“林团长、林大哥……”

在黄大刚几乎绝望的时候，他来到了林振川搀扶受伤战友的地方，但黄大刚不知道这是林振川救战友的地方，他又把牺牲战友翻开看了一遍，在他翻看战友遗体的时候，踩落了一块石头，石头滚落，在石头旁边的土里，露出了一只手，黄大刚认得这只手。“是林团长的。”他心里又一凉：千万、千万、别……他顾不了那么多，就开始用手翻土，林振川被埋得比较深，黄大刚手上没有挖土工具，而此时也不允许找翻土工具，他就用一双大手拼命地、疯狂地刨土、挖土，手指甲劈了、出血了、脱落了，不管他，他只顾低头拼命地挖土。终于，他把林振川挖了出来，但埋在土里又被挖了出来的林振川脸色黑乌，气息全无，黄大刚用手试试鼻息，几乎没有一点气息。而与此同时，不远的山头上，传来蒋匪军的说话声，黄大刚顾不了多少了，他背起林振川，扭头就往山下跑，这一跑就是二十里地，这一跑居然赶上了撤退的队伍。

战士们看见黄大刚把林振川背下山来，纷纷要求替他背，但黄大刚说：“我背，这是我大哥。”

卫生员也赶过来：“黄副团长，让我看看。”

“你看也不中。”

“这是我们团长呢，我也要背。”

“谁都不行。”

一个战士摸了摸林振川的鼻息：“黄副团长，林团长已经……死了。”

“放你娘的屁，林大哥不会死！”

“你摸摸鼻子，不出气了。”

“鼻子不出气，可心还在跳呢！”

“不出气了，心怎么跳？”

“我就相信，林团长死不了，林团长的心还在跳。”

“你摸了？”

“不用摸，我知道，林大哥死不了。”

“我摸摸！”

这个战士真伸手摸了摸林振川的脉搏，然后惊叫：“真的，团长脉搏在跳。”

“真的？”黄大刚这才停下脚步，轻轻地放下林振川，又让刚刚追在一旁的卫生员检查。“真的，黄副团长，林团长没有死！”

检查的结果让大家喜出望外。

“好、好、好！”黄大刚从地上跳起来。

此时，卫生员开始为林振川做人工呼吸和心胸按压，几十个动作以后，林振川吐出一口带血的黏痰，他终于醒了过来。

“大刚……”

“林团长，林大哥……”这个时候，黄大刚才像个犯错的孩子，竟“呜呜呜”地哭了起来。

“大刚，是你救了我。”

“我……我们不能没有你。”

“好兄弟！”两人相拥而泣。

这个时候，卫生员报告，“黄副团长，林团长是被炸弹震晕了，又在土里埋了半个多小时，好在林团长有武功的底子，一般人早不行了。要不是你及时抢救，埋在土里的团长不死也要留下后遗症。”

“是的，大刚兄弟，我谢谢你！”

“咱们是兄弟。”

卫生员又说话了：“黄团长，你看看你，腿上、胳膊上、后背上、脖子上，一共被弹片擦出了十五处伤，我真佩服你，你受这么多伤，还能把林团长背到这里。”

黄大刚有些羞涩地低下了头：“我想到的就是救大哥……”

“兄弟！”林振川眼泪奔涌而出。

三十六

林振川就这样沉浸在难忘、激动、兴奋的回忆中，怎么找到的商店，怎么买的东西，又买了些啥东西，又怎么回到黄大刚的家门口，他都记不太清楚了。两人在一起一共六年时间，经历了许多战斗，生死相依，舍命相救的事还有好几出呢，顾不上想，顾不上回忆了，应该敲门了，应该与老伙计见面了。

“啷啷啷”！三声敲门声。

没有回应。

“啷啷啷”！又是三声。

还是没人应。

“啷啷啷”！又敲三声。

“谁呀？”声音闷雷似的，但不是在小院门口，而是在院内的内屋。人只是回答，但好像没有出来。

“卖米饭团的。”林振川脱口而出。

“谁？”

“卖米饭团的！”林振川既然说了，就索性坚持到底。

“等等，马上就来……”

过了不到一袋烟的工夫，随着几声棍捣地的声音，院内有了人走动的声音，脚步声好像不大，但棍捣地的声音却声声入耳。院内人走到门口并没有开门，而是又问了一声：“你是谁？”

“我，卖米饭团的！”

“啊——”随着一声惊叫，伴着的是“咣当”木棍落地的声音和“呼啦”门闩快速拉开的声音。

门打开了。

“大哥，真的是……你吗？”

一米九〇的高大铁汉站立不动，眼睛直勾勾地看着林振川，上下嘴唇在打哆嗦，浑身在颤抖，继而双泪涌流，又高声吼叫起来：“大哥……”

林振川扔掉手上的礼品，扑过去，紧紧地抱住了黄大刚：“兄弟！”

两个人紧紧地抱在了一起，黄大刚头在摇晃，手在抖动，嘴唇在颤抖，嘴里不停地哆哆嗦嗦地喊着：“大……哥，大……哥……哥……”

林振川呢，也不例外，近五十年没见到老战友，也浑身颤抖，紧紧抱住黄大刚，伴随着黄大刚的喊叫，他也在叫喊："兄弟，兄……弟，我的好兄弟……"

两个人都免不了老泪纵横，热泪涌流。

"当年，我们俩进鬼子县城侦察，摸敌人的情报。"黄大刚自言自语。

"你先去，我接应。"

"我先去后，情报也摸到了。"

"你正准备出来的时候，却中了敌人的埋伏。"

"我被小鬼子用迷药迷倒，苏醒后被关在我们接头的酒店里。"

"敌人想用你来钓我。"

"我不知出了什么事，敌人为什么知道你我接应的地点。"

"因为我们内部出现了叛徒。"

"实际上你到接应地点就发现情况不对。"

"我判断：要么你脱身了，要么被俘了，但被俘的可能性大。"

"你知道我在敌人手里，你本来可以脱身。"

"你是我兄弟，我岂能不救。"

"你还是来了，只是晚来了一个多小时。"

"我要救你，但总要做点准备，不能被抓了一个，又搭上一个。"

"哥，我最佩服的就是这一点，你不仅功夫高强，而且智勇双全，从不打无准备之仗。"

"我要不准备好，如果两人都被抓了，不说革命队伍的损失，就你也会不乐意我，你会埋怨我，你会说，我不应救你。"

"当时，我心急如焚，从门缝里看见你越走越近。"

"我把酒店前后左右的势态摸清楚了。"

"敌人的四面八方都安置了力量。"

"是的，但是，只要有一个方面乱了，其他的也会乱。"

"虽然我着急，你还是敲门了。"

"我知道你就在门里。"

"我们有接头的暗号。"

"如果你安全，我问你：老板，里面卖的有啥吃的吗？"

"我会说：卖烧饼的。"

"如果你出了问题。"

“我会说：卖米饭团的。”

“问题果然出来了。”

“但你还是推门进来了。”

“我进门之前，把袖子里的鸽子放出去了。”

“后来我才知道，那鸽子传达的是战斗命令。”

“是！我一进去，鬼子特务一拥而上。”

“他们不是你的对手。”

“被我三下五除二打倒了十几个。”

“你一个劲地装傻：干啥的，干啥的，不让吃饭，这不是饭店吗？”

“鬼子一个劲地喊：你的什么的干活？”

“我的，吃饭的干活。”

“几十个鬼子一方，你一个人一方，双方对峙着。因为鬼子急欲抓活的，没让开枪。”

“真开枪，我的二十响也不是吃素的。”

“鬼子队长气急败坏地喊，让麻桑来指证，看这人是不是林振川。”

“鬼子是想让姓麻的叛徒来指认我。我怕敌人格斗打不过我，他们会开枪，如果在饭店前厅里真的开了枪，子弹不长眼，我会不会让子弹挂上，我不敢担保。最重要的是你还被鬼子控制着，一旦开枪，你受伤的可能性最大。”

“是的，你故意让敌人放松警惕，大摇大摆地往前厅的一张椅子上坐下：皇军，你看你看，你不是要建大东亚共荣圈吗，你们不是说我们一家人吗？我进来吃点饭犯了你们哪一条？你说让谁来指认我，可以，我等。你们嘛，也不要紧张，如果你的人指认我是真正的林振川，我就跟你们走，不用这么剑拔弩张的嘛。”

“小鬼子半信半疑，见我坐下了，他们也松了口气，等待叛徒从鬼子军营来指认。”

“时间过得真够慢的，鬼子军营到这里怎么也要半个多小时的时间，我们十分心急地等待消息。就在叛徒麻真瑶离这里只有五百米的时候，酒店的东北角发生了爆炸，‘轰’的巨响，震得酒店的门窗、顶梁一片颤抖，紧接着，西北角也发生了爆炸。”

“鬼子侦察兵跑过来：报告大队长，东西两个方向发现新四军。我故意说了句，这一定是你们那位麻真瑶先生干的好事！”

“鬼子气急败坏，命令一个小队鬼子，快快地去看看。”

“不过三分钟，饭店东南和西南两个方向又发生了爆炸。鬼子队长这会儿真急了，八格，麻桑为什么没到？饭店后面发生了什么情况？不是部署好了吗？为什么有爆炸？”

“正在此时，一个鬼子跑过来报告，说麻真瑶来不了了。”

“小鬼子队长那个气呀：八格，麻桑，死啦死啦的，他的为什么不来。”

“鬼子兵说，麻桑说，这里既然发生了爆炸，他还要办其他的事。”

“我笑笑说：小鬼子，你们上了麻真瑶的当了。这些肯定是他安排好的。”

“小鬼子大队长听见你这么一说，真的上当了，留下七八个鬼子押着我，其余的由大队长带着，一窝蜂地冲了出去。”

“小鬼子大队人马一出去，剩下八个鬼子哪是我的对手，我说，这个黄副队长交给我吧！趁小鬼子犹豫不定之机，我快速出手，不到五分钟就把他们干倒了。”

“你把我救了出来，走出饭店，发现鬼子队长把人马已经带走了，满以为鬼子中了我们调虎离山之计，我们可以轻松脱身了，但我们走到街角的开阔地带，更危险的局面出现了。”

“叛徒麻真瑶抢占了街角的所有有利地形。这怪我，姓麻的不来，应该预料到他有阴谋。他料定我会救你出来，也料到我会走这条比较容易出城的路，因为他知道，我肯定会认为鬼子中了我的调虎离山之计，这里不会有其他鬼子据守了。最坏的事往往还是我们中国人自己干的。我们正走到街角，麻真瑶从三个方向居高临下向我们射击，我们被压在街角，前进不得，后退不得，这阵势真让我为难了。”

“麻真瑶的特务队只有三十几个人，你最担心的是被调走的鬼子再压回来。”

“对！麻真瑶对我比较了解，他知道我会武功，如果贴身打，他们根本不是我的对手，但在远处用枪射击，我可是防不胜防。”

“最麻烦的是我还在身边，估计你一个人，脱身应该不难的。”

“是这样！”

“你突然跟我说：大刚，你往后一点，瞄准对面中间窗口，如果麻真瑶一出来，你就开枪，我说好！”

“我喊：麻真瑶，你这个王八蛋，有本事你出来，咱俩当面鼓对面锣地干一场，我知道你没这个胆，你看我站起来了。”

“你站在子弹既打着又打不着的地方，看似可以打到，实际上打不到。”

“我反复目测了，除非是神枪手，否则他们打不着我，即使是神枪手，也只能打到我胳膊或大腿。”

“麻真瑶可以从对面楼上反复观察，突然他从对面楼上三个窗户的中间窗户探出半个头来，高喊道：林振川，你不是牛吗？这次我看你往哪里跑，跑呀，我的子弹可不认人。”

“我这个时候开始与麻真瑶对骂，边骂边小声说：大刚，瞄准，我一闪身你就开枪。”

“骂着骂着，麻真瑶的头伸出来更多了，肩膀上身快露出来了，我说了声‘可以了’，你突然下蹲后缩，我便扣动了扳机。”

“虽然没有打中狗日的脑袋，但一颗子弹扫掉了他的耳朵，一颗击中了他的肩膀，只听见麻真瑶惨叫一声，王八蛋滚倒在地上了。”

“你开始高喊：对门的汉奸们听着，你们也是中国人，你们想想自己的后路，小鬼子是秋后的蚂蚱，长不了，你们积点德，做点对老百姓有益的事。你们的表现我们都有一本账，谁还继续作恶，麻真瑶就是你们的榜样。你喊完，端起冲锋枪，向对面三个窗口狂扫。与此同时，你叫道，大刚，冲过拐角，从那个门楼上房，我掩护你。”

“你的行动很快捷，在敌人还没明白怎么回事的时候，你冲过拐角跃上一户人家的门楼，又从门楼跳上房。而与此同时，敌人的子弹也跟了过去，你的大腿被子弹打伤。”

“子弹虽没伤及骨头，但打中了大腿肉最多的地方，鲜血迸流，我因为痛，在房檐边挂着。正处在万分危险之中，你向三个方向扔出了三颗手榴弹，然后飞跃而来，你翻着跟头冲过拐角，又飞似的跃上门楼，接着又跳到房子上，伸出手把挂在房檐上的我提了上来，把我扔向敌人子弹覆盖不到的地方。而与此同时，敌人三个方向的子弹都射向你待的地方。”

“我估计到了，我为了拉你，把我的位置暴露给了敌人，唉——”

“但你还是冲到了我身边，边跑边喊：大刚，快撤！你拉着我，跳过四五家房顶，我因为腿部受伤，走路一拐一拐的，你还过来搀扶我。我不自觉，居然靠着你的肩膀，一路走了下来。但我们从房上跳下来的时候，我发现你的屁股流血了，我说：大哥，你受伤了。”

“我那时也只知道屁股上、胳膊上有点痛。”

"你说，没事，一点擦伤而已。快撤，出了城就好了。"

"我们终于出城了。"

"但出城后，我发现你还搀扶着我，搀着搀着你就没劲了，搀着搀着你摔倒在地。"

"我没劲了。"

"这时候我才发现，你有四五处受伤，其中一颗子弹打在屁股上，一颗子弹打在胳膊上，另一颗更危险，打在肋下，往上一点就危险了。"

"兄弟，你都还记得呀！"

紧紧拥抱的两兄弟回忆起一段两个人生死相救，患难与共的战斗经历。

"大哥，我这不是在做梦吧，真又见到了你。"

"好兄弟，我也没想到，咱弟兄俩又见面了。"

"大哥，快、快，到屋里坐。"

林振川松开黄大刚，而松开林振川的黄大刚突然向地上倒去，林振川眼疾手快，急速伸手又扶着了黄大刚，"大刚，你怎么……"

"站不住了。"

这时的林振川，才发现门后放着一副拐杖，林振川用手指了指，"兄弟……"

"基本瘫了，听了你的接头暗语，一激动拄着拐杖就出来，开了门，还与你站着说了这么长时间的话，见着你是个奇迹。对我来说，从屋里走出来，又能和你站在这里说这么长时间的话，也差不多是奇迹了。"

"你平常……"

"靠家人搀扶，有一副拐杖，主要是去卫生间用的，咳，大部分时间是在床上。"

"怎么会这样？"

"还是战争时代留下的创伤，大腿根还有块弹片，三年自然灾害时在这里开山造田，又让大雨淋了几次，治得不及时，不彻底，落下了病根，天阴下雨痛得不行，从前年开始大部分时间与床为伍了。"

"我背你进屋。"

"搀一把就行了。"

两人搀扶着进了屋。

林振川把黄大刚扶在床上靠躺着，然后观察了一下这几间房内的摆设，虽没有几件像样的家具，但收拾得倒也蛮干净："大刚，家里人呢？"

“老伴去街头摆摊了。两个孩子，一个去当兵，一个在上学，我这个病闹的，老伴还要去挣几个菜钱。”

“国家不管吗？”

“前几年刚落实政策，承认我是抗战时期的老干部，战斗英雄的称号也恢复了，都不重要了，也都过去了。”

“治病没人管吗？”

“应该是管的，这些年北京、上海都去了，看了不少医院，但我是一台老机器了，油没了，零部件都出毛病了。”

“兄弟，都是哪些问题？”

“脊椎坏了，一条腿坏死了，另一条腿也不听招呼了，高血压、心脏病、糖尿病，哈哈，几乎样样病我都有。”

“要治呀！”

“大哥，治不治不重要了。让我高兴的是，在我见阎王爷之前，能见到大哥一面，死也瞑目了。不瞒你说，医院下了几次病危通知了，过去一直在医院住着，今年入秋以来，我感觉不错，千要求万要求终于让我出院，我想在家住住。别看我这个小家不宽敞，也不奢华，但干净，也安静，我想了，要死，就在这里死，在医院，满天满地都是那药味。”

“兄弟，我一定给你治。”

“真不用，活够本了。这一生值了，有你，有杨师长，有一帮好战友、好兄弟，我一个大山沟里的愣头青，自由勋章，战斗英雄，副师级生活待遇，可以了，能混到这样不容易了。”

林振川环顾房子，想看到他想看的东西。

“大哥，别找了，我都放起来了，牌、匾、勋章都放箱子里了。你知道吗，1962年以后，我从县委书记突然变成普通干部，组织上派我到这个农场开山造田的时候，我突然感到，人，赤条条来，应该再赤条条归。我从大山深处走出来参加革命，革命胜利了，我们党掌握政权了，像我这样没有文化，跟不上时代的人，回到原来的地方重新与土地打交道才是正途。虽然苦点、贫点、残酷点，我倒也没什么怨言。”

“大刚，怎么好好的县委书记突然变成一般干部了？”

“唉，大哥，你回淑娴家了吗？”

“回了。我有罪呀，因为我的离开，害了淑娴，也害了你。”

“大哥，谁都知道，你不会去害谁，我们拎着脑袋闹革命打天下，没想到后来发生了那么多我们意想不到的事情。我后来想，即使你在，也改变不了太多。只是，也许，也许淑娴不会那么苦。”

“是的，因为对不起飞侠，飞侠因我而死。我怕害了淑娴，不敢回来，我不在，也许她的负担会少些。”

“也许你想的有一定道理，但你是淑娴心中唯一的男人，是她的精神支柱。即使那时候你像我这样瘫痪在床，只要你在，对淑娴来说，胜过千军万马。”

“是我错了，我当了逃兵。”

“大哥，你这些年都经历了什么？”

林振川简明扼要地向黄大刚介绍了四十多年在新疆的经历，两个人既扼腕叹息，又连连称奇。

林振川道：“大刚，我是受了敌特的陷害，又加上不明白事情会有多大，还加上飞侠的一片苦心，更重要的是还是缺乏应有的担当，所以我跑到了新疆。你应该与这些事没什么牵连，你怎么会到这步田地，会这么惨？”

“怎么说呢？除了身体不争气外，应该说处境还不是太惨，我主要是看透了，不想争，不想辩，只想在这里力所能及地为老百姓做点事情。”

“是不是因为我的缘故……”

“哥，应该是，也不完全是……”黄大刚此时没有看林振川，而是一副无奈、苦涩、凄惨的表情向门口看去，那眼光似乎要穿透房屋、小院，要穿越时空，回到三十多年前……

“我黄大刚是一心一意干革命，把身家性命完全交给党，交给组织的，从没有犹疑过。但是，解放以后，有些事情我看不明白了，特别是我身边活生生的人出了变故。首先是你，为了革命为了党出生入死，建立了无可比拟的英雄战绩，你被说成是敌特、叛徒，至今没有给一个亮堂堂的说法。其次是你老婆雷淑娴，她那么善良，那么美丽，却饿死在她教书的学校里。还有雷飞侠，谁都知道，那是位好姑娘，她不可能是匪，但活生生撞死在我面前，白花花、鲜嫩嫩的生命呀！还有我们的老首长杨海功，一身正气，一生革命，为革命建了卓越的功勋，可他被降职、贬放到深山的一个三线厂里。再说我吧，当时县委、地委的有关领导找我表态，要我承认你是叛徒、内贼，是国民党安插在浣溪地区的大特务，我说证明这些不需要证据吗，证据在哪里呀！他们说，证据就是放了反共十恶不赦的伪县长古敬之、放了国民党浣溪地区军统站长。我说，每个县解放都打开监狱，其他县也是这么干，为什么林振川在双城这么干了就成敌人了呢？他们不让我说，就让我证明，不证明就说我立场不正，是非不分。我说，我不能睁着眼睛说瞎话，我不能把抗日战争、解放战争中杀敌无数、屡立战功的战友说成是坏人。我没认这一壶，虽然当时没有把我怎么样，但随后淑娴去世，我在地委扩大会上，在有省委领导参加的会议上就淑娴的死发了一通牢骚，提出了很多意见，尤其对放卫星、报高产、搞浮夸提出言辞激烈的批评意见。我甚至说，出现这么大的偏差和失误，县委有责任、地委有责任，省委干什么去了，省委难辞其咎。更重要的是，我说中央也有失误，毛主席为什么不说话，毛主席也是从农村出来闹革命的，一亩田能打多少粮食，老人家能不知道，心中能没数吗？这一炮放的，当时全场鸦雀无声，谁也没说话。但三天后，我被撤销了县委书记职务。当时，杨海功书记也在场，他平静地看了看我，居然露出了满意的笑容。撤职时找我谈话的是省委领导和地委副书记，我好奇怪，为什么杨书记没出面，后来我才知道，因为杨海功师长不同意撤我的职，与省委工作组产生了严重的冲突，他不但没保住我，自己也被暂停职务。当然，不仅因为我这一件事，他在许多问题上与省委的指导思想不一致，这里面也包括对你的问题，飞侠的问题。杨书记又是认准不改道的人，所以他的处境好不了。而这个时候，牛正跃又从外地调回浣溪地区任地委副书记，我跟他配过班子，我知道他的做派和为人，他找我谈话，要求我认错。他还提出了三条意见，中心意思就是要我认错，只要认错做检查，他说还可以官复原职，其中最恶劣的就是让我揭发杨海功书记。”

“啊？”林振川听到这里，也大吃一惊，“怎么会？”

“因为他的三条意见，我与他不仅大吵一架，而且还打了一架。”

“有这种事？”这让林振川更惊奇了。

“我给你说说。”虽然黄大刚说话声音平谈无奇，但明显眼睛里充满着泪光……

“那是我被撤职的第五天，这五天之中，省委领导、地委领导和杨书记都找我谈过话。省委一位副书记虽然批评很严厉，但没有上纲上线，只是批评我说话发言的角度不对、方式不对、场合不对，效果不好，要求我认真学习、深刻检讨、充分认识错误。这位省委领导一再说：‘大刚同志，组织上了解你，知道你根红苗正，对党忠诚、对革命事业忠诚、对人民忠诚，还知道你是赫赫有名的战斗英雄。组织认为，你对革命形势的飞快发展和党的工作大局缺乏了解、缺乏认识。因此，省委要求你静下心来，好好学习毛主席的指示，学习党中央的路线、方针、政策，认真总结解放以后思想认识和工作上的经验教训，沉下心来多思考一些问题。党对你抱有希望，党希望你认识并改正错误，认识了、改正了，还是好同志。'

“杨海功书记只是暂停了书记职务，但省委还要求他主持地委工作，杨海功也找我谈了一次话，你猜他怎么跟我谈的？”

“怎么谈的。”

“他只给我说了八个字。”

“八个字？”

“头两个，有种！”

“有意思！”

“三四字是：沉默！”

“不让你说话。”

“杨书记是为了我好，怕我再放炮。”

“应该是这样的。”

“五六字是：读书。”

“让你学习呢。”

“最后两个字是：思考。”

“老师长应该是用心良苦呀！”

“这八个字四个词就是：有种，沉默，读书，思考。杨书记可能是工作太忙的缘故，只是反复地说：‘黄大刚，你狗日的听好了，小林子出事了，我可不希望你再出事，我说这八个字你给我记牢了，记不牢我毙了你。’”

“老师长还是这火暴脾气。”

“其实他骂完我，他笑了，我也笑了。杨书记谈完后，牛正跃找我谈话，上来就跟我套近乎，他说：‘大刚同志呀，我来晚了，来晚了，如果我早来，绝不会让你落到这个下场。’我说：‘怎么个说法？’”

“‘你想想，老伙计，当时在双城，我是书记，你是县长，两人配合多好呀，本想在双城多干几年，双城地方山清水秀人好，我对双城有感情呀。可为了给你腾地方，我才去那个又穷又灾的地区当什么副专员。’

“‘这么说，你还得谢谢我呢。这不，你又重用高升了。’

“‘承蒙党组织的信任，同志们的厚爱，也感谢你的支持。’

“‘我可没支持，也够不着支持你。’

“‘大刚同志，你别对我有敌意，我可是好心劝你。’

“‘说不上敌意。我这个人喜欢直来直去，丁是丁，卯是卯，你是这个地方的人，你应该对这里的山山水水负责，你应该为这里的人民说话。’

“‘我一直在为这里的人说话。’

“‘你说什么了？林振川是远近闻名的大英雄，有人把他打成叛徒、内奸，你应该站出来说话。可你说了吗？淑娴被弄到县里审查，到各公社批判游斗，你应该说话；有人喊亩产八千一万，你能不知道一亩能产多少水稻？可你不说话。我落到今天的地步，我毫无怨言，我也不指望你替我说话，坦诚讲，你也不会为我说话。’

“牛正跃抱住了我的肩膀：‘老伙计，你是手指缝里看人，把我看扁了。我不是那样的人。这次我是主动要求找你的，辜负了我一片好意了。’

“我冷笑：‘说说你的好意。’

“‘老伙计，办公室人多嘴杂，说不定隔墙有耳，走，咱俩出去聊，跟你交交心。’”

黄大刚和牛正跃来到双城外的护城河边，说是护城河，实际上就是县城西边一条从金刚山西麓自然流经县城的河，在一片柳树下的平地上，两个人开始了交谈。

“大刚呀，我就是相中了你正直、坦荡，不仅视你为好同事，也把你看作好同志。我有话想跟你交流。首先，我是为你好，为你的前途着想。大刚呀，不管怎么说，你我都在党，从政，做官，从政为官有它自身的规则和路径。一般说来，这条路径和规则是不能违背的，违背了就要碰钉子，甚至摔跟头。比如说粮食高产放卫星，每亩报一万斤两万斤。那个时候全国全社会都那样弄，你、我能挡得住吗，能改变吗？改变不了，也阻挡不了，况且这些都是上面定的，县级根本没有决定的份。”

“决定不了可有说实话的本分。”

“说实话也不管用。至于你说的林振川的问题，雷淑娴的问题，跟我没多大关系，我也不了解情况。”

“可事实是你多次在县委会上说振川是特务，说雷淑娴是特嫌。”

“那只是随大流附和而已。”

“牛正跃同志，今天的谈话证明以往的判断，你前说后变，朝言夕改，今天说了，明天又不认账，我不跟你胡扯了，有话快说，否则，我回去了。”

“这么说，你真要一条绝路走到黑。”

“我坚持我认为是对的。”

“那好吧，我劝你，认认真真、彻彻底底承认错误，做深刻检查。在此基础上，我对你提出三条建议，这三条只要做到了，我保你官复原职，还能得到省委、地委的信任，我可真是为了你的前途，为了你好啊。”

“我洗耳恭听。”

“第一，从灵魂深处认识错误，认个错不是多大的事。”

“第二呢？”

“第二就是不仅要自己认识错误，而且要有立功表现。”

“怎么立功？”

“想想造成你这种错误的根源在哪里，地区右倾保守主义的根子在哪里，你主动揭发最好，因为你了解得多。”

“根子在哪里？你让我揭发谁？”

“秃子头上苍蝇，明明白白看得见，摸得着。”

“我看不见，也摸不着。”

“不要装糊涂。”

“第一我不知道，第二我不认为有，你让我揭发谁？”

“我也不怕你装糊涂，我告诉你，这个总根源、总源头就是地委书记杨海功。你主动揭发他，你就可以立功，你就可官复原职，甚至还可以提拔。”

“你浑蛋！我不会做浑蛋的事。”

“我们是党的高级干部，不要爆粗口，不能骂人。”

“你再说我还骂你。”

“我劝你还是慎重细致地考虑一下。海功同志已经泥菩萨过江，保不了自己了，你主动说，也影响不了省委要处分他。杨书记胸怀大，你揭发了他，他也不会计较。”

“浑蛋你再说。”

“这第二条是重点，你好好考虑。”

“还有第三吗？”

“第三也很重要，就是你必须与雷淑娴划清界限。”

“人都走了，还划清什么界限？”

“唉，可惜了，那么可人漂亮，秀色可餐的女人，死了可惜了。”

“人死了，你居然还要做文章。”

“大刚同志，你不在她身上做文章，你怎么东山再起？怎么体现你的光辉？怎么体现你的光芒？”

“文章怎么做？”

“揭发她，说她道德败坏，勾引你。”

“王八蛋，你再说，你再说我揍你。”

“大刚兄弟，我是为你好，再说了，你揍我？真打起来说不定谁赢呢。”

黄大刚气不打一处来，他只感到怒火中烧，气愤难耐，说着他顺手就是一掌，把牛正跃推倒在地，牛正跃没想到黄大刚真动手推他，他迅疾从地上弹起，双手提拳，说了声：“真打吗？”

“你再敢污辱振川、淑娴，我就打你，大不了进监狱。”

“嘻嘻嘻，戳到痛处，看来你跟那娘们真有一腿，唉，那可是谁看谁想上的能滴出水的娘们，说实话，我也想上。”

“王八蛋！”黄大刚怒不可遏，挥拳就扑了过去。

然而态势却大出黄大刚意料，眼前这位身高不过一米七，如文气书生的牛正跃，不仅灵巧地躲过了黄大刚疾风暴雨的攻击，而且还时不时地把他的拳头砸在黄大刚的腿上、胳膊上和后背上。同时，打在背上腿上的力度还不小，黄大刚甚至感到了几分疼痛，最主要的是牛正跃的身形特别灵巧，在黄大刚“呼呼”生风的拳头前，他总能巧妙躲过，并且又凭着他灵巧的身形，不断回击身高马大的黄大刚，还能经常把拳头打在黄大刚身上。跳着打着，黄大刚慢慢冷静下来，他快速敏锐地弄明白了几个问题，一、这个牛正跃受过训练，有一定的功夫。二、这个牛正跃非常懂得避敌之长护己之短，他知道硬拼斗不过身强力大、又在军队接受过正规训练的黄大刚，而用灵活多变的技法与黄大刚游斗。三、这个牛正跃的功夫比林大哥差远了，他只是练过一般的功夫或者说经受过严格的训练，还不是他黄大刚斗不过的对手。想到这里，黄大刚有了主意，他故意把拳出得“呼呼”生风，又故意让牛正跃时不时打到自己。更重要的是他故意让自己动作迟缓下来、呆慢下来，让牛正跃击中自己的次数多了起来。在牛正跃看见黄大刚越来越不行、露出得意笑容的时候，也就是在牛正跃得意而又轻敌的时候，黄大刚看准时机，在牛正跃伸出右拳，快要击中自己胳膊的时候，黄大刚飞速上前，踩住了牛正跃的右脚。与此同时，用自己的左胳膊肘猛击牛正跃的左肋，只听“咔嚓”一声，牛正跃的两根肋骨断了。接着黄大刚又挥起一拳，击中了牛正跃的下巴，牛正跃“哎呀”惨叫一声，滚了几滚，躺在了地上。

“牛副书记，还谈吗？”

“算你狠。”

“王八蛋，你这种人没有好下场！”

说完，黄大刚扬长而去。

“大刚，这个牛正跃，我印象不深了。”

“这个人是个奇迹，刚见他时，他只是金沙畈中学的校长，这人脑子活，跟形势快，很快把南溪区区长撵跑了，他自己当上了副区长。开始见我时，点头哈腰，好话、恭维话信手拈来，善于吹，把你夸个天花乱坠，居然让别人还不感觉过分。事后仔细琢磨，才感到他一句真话也没有。初见我时，还说他跟你是同乡同学……”

“同乡同学？”

“好像说他父亲跟你父亲是战友。”

“我想起来了，他父亲是红十一军政治部主任，后来叛变了，被我军侦察队击杀，七八岁的时候我们在红军小学里一起读过书。十六七岁还在游击队一起共事一年多，后来跟他母亲回南方了，以后再没见过面。说实话即使见了他，我也未必认识。”

“表面上文质彬彬，说起话来谦虚客套。”

“不了解这个人，不说他了。大刚，说说你以后怎么样？你把地委副书记打了，他会饶你？”

“说也奇怪，我把他打了，正准备大祸临头，但十天半个月没有动静，我托人打听了一下，结果他没有向地委汇报，更没向省委报告，只是说自己不小心走夜路，被一块石头绊倒摔的。这家伙虽然没有直接找我的麻烦，但在地委关于对我的处理意见上，他是要一撸到底的。反正我气也出了，人也打了，爱怎么处理就怎么处理吧。”

“杨书记当时还任地委书记吗？”

“杨书记说他对不住我，可能就是这件事吧。”

“他是书记，保你存在可能性。”

“也许吧，据说，地委有些同志建议对我留任察看，给两年立功赎罪的机会，但杨书记好像没同意这样做，他只同意保留我县委委员，任县农工部副部长，不让上班，让我在家反省思过。”

“杨书记一直在你的事情上后悔，他认为最对不起的人是你。”

“其实也没什么。我首先对不起杨海蓉，当时只是想帮淑娴，没想到淑娴没帮上，却害了海蓉。”

“你帮了我们家很多，也帮了淑娴很多。”

“哥，没帮上呀！要帮上了淑娴不会死呀，也就是淑娴的死，让我对后来的许多事缺乏信心了。为什么，为什么都新社会了，好人没好报。”

“我们都记住你的帮助，你的关心。”

“我们是生死兄弟，你一走，特别是你出事了，我感到我有责任把你家的事全担下来。”

“你担了很多，这么浓重的情，今生恐怕回报不了了。”

“再说就见外了。淑娴出事后，我又在地委扩大会上一闹，闹之前我的思想发生了很大变化，我是九十岁人上刑场，无所谓了。当不当县委书记，做不做官无所谓了，只求在这块土地上干一些力所能及的事就行了。所以，我根本不计较杨海功书记，他即使把我一撸到底，打回山村耕田去我也不会有怨言。再说了，他也泥菩萨过河——自身难保了，他和我一样，也对省委和中央调查组说了一大通不合时宜的话，再加上牛正跃捣鼓他，他也被发配到邻省的三线工厂去了。”

“你怎么身体变得这么差？”

“唉，我还是有福呀，上山之前还能见到大哥你。从去年年底开始，身体就一天不如一天了，主要是高血压、心脏病，再加上下肢麻痹，毫无知觉，这两天居然腿能动弹两下，可不，你来了，我居然能去给你开门。老天有眼，让咱老战友亲兄弟又能在我死前见上一面。”

“大刚兄弟，不要那么悲观，我拼上所有家产也要治你的病。”

“哥，不活了，活够了。躺在这里也难受，见到你就算圆满了。”

“大刚，你还没说身体怎么变得这么差呢。”

“哥，不想说的，你一定要问，我不想驳你的面子。主要是三个方面，一是战争时期本来就留下的伤；二是 1963 年以后我到农场开辟农田，好几次大雨淋的，我没注意，落下了病根；三是‘文革’中，唉，还是被牛正跃那小子害了一下。”

“牛正跃？”

"干坏事的是牛正跃的儿子，红卫兵造反派的头目，牛胜利。那一天，一二百红卫兵把我们农场围住了，要揪走资本主义道路的当权派。我是场长，要迎接批斗了，让我上台接受批斗。斗了一会儿，不知怎么农场的职工知道了，他们从外面赶来，要保护我。但是，突然，一群红卫兵，有二十多人，上台围住了我，并开始拳打脚踢。有一个红卫兵抓了一根棍子，朝我身上猛打，我不能白白被打呀，我伸手抓住了棍子，我说：'毛主席说了，要文斗不要武斗。'这个小孩子说：'不管，今天就是要打死你，打……给我往死里打。'我左躲右躲，最后还是被他们打倒了。而与此同时，职工们也冲进了会场，牛胜利不知从哪儿又抓来一根比茶杯粗的木棍，他先蹲下对我的耳朵悄悄说：'黄叔叔，我老爹要你这条腿。''你是？''我爸是牛正跃。'说完他用木棍对我的大腿猛戳下去，我惨叫一声，然后什么都不知道了。"

"狗日的牛正跃。"

"半个月后，我才在医院恢复知觉，但左腿粉碎性骨折。由于农场医疗条件差，又没及时上大医院治，病根留下了。"

"你后来没找牛正跃算账？"

"那是小孩子干的事。再说了，后来牛正跃是高官了，混到省里去了。"

"这个牛正跃真是个人物。"

"一点不错，'四人帮'下台后，牛正跃为了表示对新政权的忠诚，带头揭发了他儿子牛胜利在'文革'期间打砸抢的劣迹，亲手把他儿子送进了监狱，从而确保了他以后的高升。"

"你们以后没见过？"

"没见，我不想跟这种人见，他走他的升官道，我种我的双季稻。"

"兄弟，这一点尤其是你的特点。"

"他多次带信来，还要亲自来，都被我严词拒绝了。"

林振川笑了，"兄弟，你为什么对他那么抵触？"

"说来也怪，我就是看不上他，总认为他不是好人。他四方八圆，跟形势，跑门子，媚上欺下，不说真话，不办实事，眼睛往上。从解放一直到改革开放，不说人话，也不办人事，他只有一个念头，往上爬。你想想，他连亲儿子都可以作为筹码。改革开放以后，人家官当大了，在省里混。"

"你是自己正，看不惯行为不端的。"

"哥，你知道吗，其实我烦他，有两条最重要的。"

“请讲。”

“一是他在你所谓内奸、特务的问题上，不仅不澄清事实，消除谣言，而且推波助澜，唯恐不实。”

“有证据吗？”

“证据没有，只是感觉。他总显摆自己革命，自己马列。”

“应该是！”

“还有淑娴的屈辱悲惨遭遇，牛正跃有不可推卸的责任。”

“怎么讲？”

“当时，他是书记，我是县长，把淑娴弄到县里反省检查，后来又发配到各公社去游乡，接受教育，实际上就是遭批斗。这是在我去省党校学习，他主政县里工作期间发生的，而饿死人，虚报高产，放卫星，不及时救济，不及时放粮也是他主政时期发生的。你说，淑娴那么好的一个人居然活活地饿死，他这个王八蛋有直接责任。咳……”

说到这里，由于气愤，黄大刚陡然发出了剧烈咳嗽，而且一咳就长咳不止，咳得黄大刚先是满脸通红，继而又通脸惨白，并且浑身颤抖不已。这一下把林振川吓住了，他一时不知怎么办才好，赶忙倒水，但黄大刚上身抖动不止，终于，黄大刚的手指向床头柜边的一个小瓶子，林振川赶紧拧开，往手一倒，由于用力过猛，居然倒出来一把，大致有十来粒，黄大刚抓过林振川的手，把十来片药全部捂进自己的嘴里，林振川又连忙递过来水，黄大刚“咕咚咕咚”喝了进去，喝进去后，黄大刚躺在床上不动了，又过了十几分钟，黄大刚“啊”了一声：“大哥！”

“大刚兄弟，你感觉如何？怎么会这样？”

“医生说了，我用脑多了，就会这样发作。如果发作三次，我就完蛋了。”

“不说了，怪我。”

“不怪你，这是第二次，还有一次呢！”

“大刚兄弟，刚看你还算正常，怎么就突然犯病了呢？”

“医生说我这是个奇怪的病，不发作人还行，一旦发作，人的各项功能急剧升温，时间长了，功能就会全部作废。”

“作废？”

“就是死呗，医生要求我绝对平静，身体平静，心态平静，不能动怒，不能生气，不能剧烈活动。啥都不让动，人活着有啥意思。”

“好了，兄弟，咱不说了，你好好静养，我在这里找个宾馆住下，明天我去医院找医生给你看病。”

“不看了。”

“不行，咱去省里，去北京，我有这个能力。”

“哥，我知道你有这个能力，但能治这个病，却救不了我的命，我知道我的身体，零件全毁了，垮了，不想治了。”

“兄弟你不能自暴自弃。”

“哥，我一点也不自暴自弃，用佛家话说，我是大限到了，阎王爷花名册上已经点到我了。只是，只是……”

“兄弟有啥你说。”

“你我兄弟一场，既不能同日生，恐怕也不能同日死。只是想死后咱兄弟能离近些，你在那么远的新疆，可运到新疆太远了。”

“兄弟别放弃。这个问题好解决，我在金刚山上找到了一个好地方，杨师长、飞侠已经葬进去了，淑娴日子也选好了，下个月进去。我想，我死了，也去那地方，兄弟的地方我也给你安置好了，只要你愿意，你百年之后也去，那里山清水秀，生前我们是战友，死后我们还是好兄弟。”

黄大刚听后，在床上一揖下来，“哥，兄弟在这里给你行大礼了，原谅兄弟不能下床，这下可了却我一大心愿了，不仅将来能和你一起相伴，还能和师长、飞侠、淑娴这样的高人奇人贵人相邻，我死而无怨了，圆满了。”

“大刚，你听着，你不要急，你等等我，等我把下面的事做完，做完了，我们一块去陪杨师长，去陪淑娴、飞侠。”

“哥，我尽量坚持，你还有多少事呀？”

“兄弟，不瞒你说，这次回来，就没打算走，因为要办的事很多，一是老岳父还没见到。二是三个孩子还没找到。”

“三个孩子？”

“淑娴生的两个，飞侠生的一个，都没找到，我要找到他们。还有，陷我一辈子不仁不义的幕后黑手还没挖出来，我一定要挖，不挖出来，我死不瞑目。”

“有线索吗？”

“老岳父一百岁高龄，他一直在找，他给我留下信了，说他去台湾了，可能在台湾能找到。”

“这个人隐藏得深呀，跑台湾去了吗？”

“有这个可能！等我爹回来了，就有答案了。”

“真希望你的事大白于天下。”

“所以哥，你要挺住，挺到我揪出黑手那一天。”

“怎么我成哥了？”

“你本来就是哥呀，你比我大两岁，你今年快七十了吧？”

“我是七十整了，可你在我心中，永远是大哥！”

“你是抬举我了，我也认你这个兄弟，兄也好，弟也好，我们是生死兄弟！”

“生死兄弟！”

“哥，你一定要坚持，等我。”

“大哥，别说傻话，我是身体到站了，你可不能和我一样。”

“到时候再说吧，时不我待，我要往下再找呀！”

“哥，你去吧，我在这里为你烧香祈福！”

三十七

林振川准备把雷淑娴的棺材迁到“山水家园”里去安葬。

林振川离家已经接近五十年了，家乡的人除老姨之外，其他人他几乎一个也不认识。他只是托老姨在附近找十几个人，并且愿意出比别人高几倍的费用，要把淑娴抬过去安葬。

从雷家湾到“山水家园”，清一色的山间崎岖道，加上海拔都在一千米以上，又没通公路，没法用汽车拉运，又有三十多里路程，这么远的路程，每拨四人，一般是三拨人替换抬送，林振川让找了十六个人。林振川了解到，家乡这地方抬送棺材下葬，这么远的路程，一般是每人一百元，外带管两顿饭，两盒烟。林振川出手阔绰，每人五百元，除来回两顿酒菜一条好烟外，还要再加钱。老姨一再叮嘱林振川，山里人不一定都认钱，比别人多一点点，知道你的心意就行了。但林振川坚持这么做，他说，生为家乡人，半个世纪了，没为家乡人做点贡献，回来了，妻子要回归青山，入土为安，怎么表达心意都不为过。

抬棺的人确定了以后，林振川站在院门口，挨个发信封，每封五百元。第一个接信封的老乡，有点犹豫，不想伸手，但林振川一揖到底，“拜托了……”老乡接过信封，又从另一侧走进放有雷淑娴遗像的堂屋，先跪在事先设好的灵堂前拜了三拜，然后站起，把林振川给的信封放在雷淑娴遗像旁，轻声说：“老师，这个钱我不能收。”第二个也这样做了。奇怪的是，接下来的十二个人，加备用的四个人，全部在雷淑娴的遗像前跪拜，又默默地放下信封，然后扭转头，出门、出院，直奔后山，去抬淑娴的棺材。

林振川因为要在院子里安排路上的事情，因为事先已经多次与亡妻淑娴跪拜交谈，而这么多抬棺的人要去拜别淑娴的遗像，林振川既没有制止，也没有一块陪拜，他也认为这是山乡的礼数，也是人之常情。等进院拜别的人全部出门上山，林振川要与老姨告别，老姨坚持要去“山水家园”送自己的外甥女，但林振川劝住了，说山路不通车，几十里山路老姨走不动，老姨后来想了想说：“川儿，老姨听你的，老姨九十五岁了，可能真走不动了，你去把娴儿送上山吧，老姨不久会去陪她的。”

“老姨，本来就够伤心的了，你别让我再落泪了。”

“川儿，老姨听你的，去吧！”

“老姨，真不用等爹了？”

“孩子，千万别等。你爹来电报了，说让你把淑娴送上山，他不去了。生离死别，他经得太多，他说他那把老骨头，不想再折腾了，不想看到他的心肝女儿离开他。”

“老姨，我按爹说的办。”

“川儿，老姨告诉你，抬棺的人把钱全退了。”

“啊？怎么回事？”

“我估摸他们不会要，真的了！”

“他们不愿干？”

“不会的！你知道吗，他们好多是娴儿的学生，有的是学生的孩子，他们跟娴儿的情分，你体会不到，就依他们吧，千万别伤了他们。”

“他们？他们是淑娴的学生？”

“有两个我认识，每年都去山上看淑娴。”

“我……明白……”

“千万别用钱伤了他们……”

“老姨，我明白了！”

抬淑娴棺材的队伍，出奇的清静，林振川没有安排，在出雷家湾的山口路上，有七八个孩子在两个大人带领下，披麻戴孝，一身白布，并打着白色的旗幡。在这十几个人后面，居然打出了好几条标语：“雷老师永远活在我们心中！”“雷老师是世界上最好的老师！”“雷老师，我们想你！”好几个人和林振川一样，也捧着雷淑娴那张永远恬静微笑，永远至美至善的照片。抬棺材的有二十来人，到了路口又加入二十来人，走过一个山坡，又加入七八个人，再拐一个田冲，又加入五六个人，翻过一道陡坡，又有捧着照片，打着旗幡，挂着标语的人，而且又是十来个。就这样，抬着走着，走着抬着，原以为只有二三十人的送葬队伍，很快增加到一百多号人。更重要的是，人还在增加，这让林振川大出意外，也十分震撼，他内心一遍又一遍地呼喊：“淑娴，你真是一个大爱至美的人物，川哥与你相比，狗屎都不如。淑娴，你等着我，把眼前的几件事办完，我就去陪你。”

在一个可能通往公路的路口，站着四个人，也是一身洁白的丧服，林振川知道，肯定又是山里自发给淑娴送葬的人，但来人直奔林振川而来，“老爸！”

“妮娜！”林振川很惊奇，“你怎么知道？”

“我就住在离你不远。”

“雷家湾？”

“对！我租了一家农民的房子。”

“你这孩子。”

妮娜把雷淑娴的遗像看了很久，“爹，太美了！”

“孩子，安静，我要把你雷妈妈送上山。”

“怪不得，雷妈妈这像太完美了。”

“实际上人更好。”

“爸，你真厉害，弄这么大阵势。”

“爸爸没这个能耐，都是自愿来的，可见你雷妈妈为人多好！”

“自愿的？也像，我看人的表情，看这标语，不像政府组织的，也不像你招呼的。”

“你雷妈妈，是这十里八乡最好的人民教师。”

“老爸，有时间你给我讲讲雷妈妈的故事。”

“好，孩子，今天送棺安葬，你不要多说，也不要多做，你要动脑筋看，你是林家的儿女，好好感受家乡人的情怀和风俗习惯吧！”

“是，我一定。”

就这样，送葬的队伍越走越长，人也越来越多，等用了四五个小时，把雷淑娴的棺材抬到“山水家园”墓地的时候，整个送葬队伍已经有三百多人了。安葬地点几天前林振川就选好了，而清早已到的人也把墓穴挖好了。等众人把围在棺木外边的茅草和塑料薄膜去掉之后，林振川发现，棺材表面油光锃亮，懂行的人一看就知道，这是刚刷不久的油漆，而这油漆是谁刷的，林振川不知道。因为半个月前，林振川去后山看山窝里“丘”的棺材时，棺材周身整洁、干净，油膝质量好，但那是过去的，今天打开外面的围帘就知道，这是有人给棺木又加了一道漆，这道漆加的时间大致也就五六天。看到这里，林振川心头一热，“这又是谁？又为淑娴做了好事。”林振川知道在当时的氛围下，不好去打听谁做的好事，但只是告诫自己，一定要记住这件事，问清是谁做的，然后好好感谢人家。

正准备开始仪式的时候，只见一位四十多岁的中年妇女捧着一大束鲜花，准确地说是山间野花，大多是白色的，满头大汗，急匆匆而来。

按照金刚山一带人民的丧葬习惯，把淑娴顺利地安葬了，入土了。当一铲一铲的土把淑娴的棺材掩埋，当最后的棺材一角也被黄土掩盖的时候，林振川再也控制不住自己悲愤自悔的心情，扑倒在地，双手紧紧抓住地面上的土，脸也深深地埋在土里，任眼泪滔滔淌出，任心里的血源源在流，他心里不停地念叨：“淑娴，我的爱人，我的爱人……我的……”

也不知过了多长时间，趴在地上的林振川被凤凰妮娜叫起：“老爸，起来，土埋好了，要走仪式呢！”

林振川从地上站起，站起的他，满脸都是泥土，而且脸上眼角的泥土变成泥浆，别人不知道，那是泪水和土拌的，手指滴着血，那是用手指挖土太过用力的结果。凤凰妮娜赶紧用毛巾把林振川脸上的泥擦掉，当她发现林振川的手指在流血时，要帮助包扎，林振川用手把妮娜推掉了：“别管我。”

在举行了简短的安棺仪式后，到了最后跪拜告别。

林振川是淑娴的丈夫，也是林家之主。他第一个来到新起的坟头前，他双膝着地，用头猛击地面，给淑娴磕头，在第一个头叩完之后，只听见他闷雷似的低吼：“淑娴，我好悔……”

接着是雷家的本家及亲戚，凤凰妮娜也作为家人参与了拜别拜祭。

再接着拜祭的人，林振川都不认识了，但作为规矩，他要陪拜在坟前的侧面。

山里拜祭的形式多种多样，有的拜完后，说：“雷老师，在那边好好的！”“雷老师一路走好！”“雷老师，我长大了！十年前我娶媳妇了。”“雷老师，我儿子娶媳妇了。”“雷老师，我现在不怕青蛙了。”“雷老师，我能吃荆芥了。”……有的拜祭的人放下一捆纸，有的扔一串鞭炮，有的放下一沓印刷的仿真人民币，有的放下几张真钱，有的在坟前放下织得精巧的绣物，有的放下编得极细的竹筐，有的放下一串小灯笼，有的放一串山葡萄。还有稀奇者，有的往土里埋下一个笔记本，有的把一支心爱的钢笔反复摸摸、擦擦，最后也埋进了淑娴坟前的土里。林振川知道，大别山中，金刚山下有许多哭坟的习惯，小时候偶尔听过，因为学习，因为打仗，既不入心，更没记下。这次可是听得新鲜，听得伤情，听得入心了。

只见一个五十多岁，可能是干部身份，也可能是教师身份的女人，在淑娴坟前“咕咚”跪下，然后开始哭诉：“雷老师哟雷老师，我的亲老师，我的亲师尊，你是我的恩人，你是我的救星，你是我的佛爷，你是我的神灵。我叫吕明秋，是你从饿死的大牢里把我救出来，是你从饥荒的阎王殿里把我救出来，没有你那天的大半碗稀饭，我就死了。那不是稀饭，那是救命的仙丹呀。雷老师，你亏呀，你冤呀，你惨呀，你怎么就不吃一口饭呀，你这么圣贤无比的好人，你几千年几万年才有一个的仙女，怎么就……就能走呢。该死的阎王爷，该死的地藏王，你们不公呀，你们不正呀，雷老师这么好的老师你们怎么能收呢，你们，你们伤天害理呀……雷老师哟雷老师，我的亲老师，我的亲师尊，从你走的那天起，我咬破了中指，写下血书，我发誓好好学习，好好做人，不让老师失望，不让老师丢人。在那么穷那么苦的条件下，我上完了初中、高中，还考上了大学。那一年，我们全公社也没有几个人能上大学。可我上了。为甚哟，为了替你老人家争脸。大学毕业后，省里留我，地区要我，县里无论如何不让我下乡，可我只有一个去处，雷老师，就是你教书的地方，我要接你的班，站好你的岗位，像你一样教书，像你一样做人。老师呀老师，亲人呀亲人，我一个山村教师，不能为你做什么，我能做的就是每月为你坟前添一把鲜花，尽管都是山上采的，但那是我的一片真心。老师，今天终于有人管你了，终于有人给你找个家了，这地方很好很好，虽然今后离你远了，但老师你放心，我每月还给你送花，我感到这个世界上只有你才能配得上这洁白真诚的山花。雷老师哟雷老师，我的亲老师，我的亲师尊……”

吕明秋还在断断续续地哭诉，又一个男子汉，身着整齐干净的中山装，头发梳理齐整，鞋袜收拾洁净，在雷淑娴的坟前，也是“扑通”一下跪倒在地，接着又是三个响头，然后头顶着坟头，也开始了他的哭坟：“雷老师，大别山上的仙女，金刚山的菩萨，老百姓的观世音，你怎么可能不在人世，你怎么可能去了天堂，人间有你才正义，学生有你才光明。雷老师，我们不忍不舍不愿不想把你送到这里来呀，尽管这里风光好，山水美，可我们想你了怎么办？想看你了怎么办？有事不明白想请教你怎么办？老师，老师啊老师，每逢碰到难事犯愁的事，我只要到丘的茅屋去待一会儿，去跟你说说话，我心里就亮堂，胸怀就开朗。那个茅草棚子是我盖的，老师呀老师，本想给你盖砖瓦房，我想给你盖三层楼、五层楼，可家里老辈人说不兴这个，阳间不兴给过去的人盖那么敞亮的房，我争不过他们。后来问雷爷爷，雷爷爷说‘娃呀，盖得再排场也不是你雷老师的家呀’。但那个茅屋我每年都去重新换上茅草，重新钉上竹棍，我要让每年跟新的一样。雷老师，说了半天，我还是啰唆，说话不利落，我就是上学总是鼻涕拉洒的毛有财呀，上学时，你每次总是掏出干净无比、芳香无比、好看无比的手绢给我擦鼻涕。有一次我头痛发烧流鼻涕，你发现后，二话没说，抱起我就往公社卫生院跑。我趴在你身上，又是吐又是流的，弄得你满身都是脏东西。老师呀，你那么干净的人，眼都不眨一下，照样照看我，保护我。我也是你在学校熬大锅粥救活的学生呀。老师呀老师，俺忘不了你，俺什么时候都按你的教导做，不做无义人，不挣无义财，清清白白做人，顶天立地在这金刚山下。老师呀老师，我的不爱干净的毛病改了，你看看，我的头发，我的衣服，我的鞋干净着呢。”

毛有财的哭坟还没结束，又一个男人急匆匆赶来，三步两步挤进跪拜人的前列，也是“扑通”一声跪倒在地，又是三声头磕在墓碑上“咚咚”作响。“雷老师，对不起，对不起，雷老师，我来晚了，我是你的学生梁军歌，是你救了我。如果不是我把你的饭吃了，老师啊老师，你可能还活在人间。老师啊老师，我有罪、我有过、我有悔、我有愧，我怎么能吃老师的保命饭呢，就是一万个梁军歌也换不回一个完美的雷老师呀。雷老师呀雷老师，你从没有一丝一毫恶意对人间，你从无一点一滴坏心对社会，你总是笑着看我们、对我们。即使我们错了，你也从未恶言恶语批评过我们。老师啊老师，你的高风亮节，你的崇高品质，你的宽大胸怀，你的至善心肠，我们这个世道太缺了，太缺了。我一辈子都在学，都在仿，都在效，可连你的一点皮毛都学不会呀，我怎么这么无能呀。老师啊老师，我一个学生能做的，就是每年你的忌日那一天，我给烧几张纸钱，我知道你不信那个，但我主要是想跟老师说说心里话。还能做的，就是每年给老师的棺木刷一道油漆，我不想让任何不干净的东西进入棺材半分。

我还能做的，是把我这些年挣的钱，绝大部分都捐给这个山窝窝里还比较穷的乡亲，我家湾子前后三十里方圆的人早脱贫了，要说我算是为国家做了点有用的事情，这一点，老师您如果在，你一定会夸我的。老师啊老师，从我立在这个世界上懂点人事开始，我都战战兢兢，生怕做错了事，生怕走歪了路，生怕背离了父老乡亲，更生怕辜负了老师您呀，老师。老师呀老师，我是个多愁善感的人，是个极度敏感的人，我每天每天都睡不好觉，就是怕……怕变成了与老师不一样的坏人，老师啊……"

一个只有二十多岁的年轻人也跪在坟前，林振川有些吃惊，淑娴离世已经三十多年了，按时间这个孩子还没有出生，他会跟淑娴有什么渊源呢？"雷老师，你是我的偶像，你是我心目中的圣女贞德。自打我上学懂事那天起，妈妈就在我的耳朵里刻上了你的名字，我妈说什么都是雷老师怎么说，雷老师让怎么做的，雷老师会怎么看，雷老师认可不认可，雷老师答应不答应，做任何事，都会说，这事做得对得起雷老师，做那件事雷老师肯定不认同。雷老师雷老师，从小学到中学，又从中学到大学，我经历了那么多老师，可现在在我心目中留下的只有你雷老师。雷老师呀，你的言谈话语，已渗透进了我妈妈的每一寸血脉，每一根神经。而妈妈又把由你铸就的灵魂精神传给了我，融进了我的精神世界。妈妈说，她姐妹多，姥爷姥姥不让她继续上学，是雷老师坚持让她上，说妈妈学习有天分。姥爷姥姥不给学杂费，是雷老师你用工资给全部交上。最厉害的时候，姥爷不给妈妈饭吃，是雷老师你，亲自到家里找到了妈妈，并每天给妈妈带饭到学校。你是妈妈的恩人，妈妈后来学业有成，在省城工作，但妈妈说，她能有点成绩，全靠雷老师。我能有今天，显然是妈妈的严格教育，但妈妈的所有教育内容，没有一点是离开雷老师的。妈妈觉得有一点对不起雷老师的，就是没有留在雷老师的岗位，在山村学校教书育人。这不，我来了，我心甘情愿，我来了却妈妈的心愿，我要在这里干十年以上，雷老师，我就在你工作的岗位上当老师了，我每天都去看你的画像，除了你无可比拟的美以外，你好像一直在跟我说'孩子，好好干呀'。雷老师，我一定以你为榜样，好好干下去……"

林振川想把每个哭坟的人说的内容都铭刻在心，因为在寻找雷淑娴行踪的过程中，他越来越有负罪感，越来越感到自己忽视了淑娴，怠慢了淑娴，作为丈夫，作为两个孩子的父亲，他感到尤为愧疚，感到自己肮脏、龌龊，在新疆站住脚跟以后，为什么、为什么不能回去看看，为什么不能回来给淑娴一点支撑？虽然有与飞侠不明不白的关系，虽然又有了孩子，虽然有敌特嫌疑身份，但那又怎么样？核心的一点，号称英雄好汉的人，实际上还有一颗极端自私的心，还是为了自己。想到这里，林振川几十年来，第一次感到胸口憋闷，心在搅动地疼痛，疼得让他冷汗下流。因为人多的关系，他忍住了，并力求靠气运丹田和练功来平和心律……

这时候，有三位四十多岁的女性跪倒在雷淑娴的坟前，她们下跪叩首后，异口同声地说："雷老师，我们是你教了一个月的学生，我们尊你、敬你，但也为你有的事不值，你为了那个敌特身份的丈夫一直坚守，可这个人呢？到底怎么样呀，他来看过你吗，他来护过你吗？为他，你值吗？……"

林振川又感到心痛在加剧……

三位女性刚走，又来了一位衣着华贵，打扮精心雅致的女性，也跪倒在坟前："雷老师，我是你的学生曾惠文，你教我的时间最长。你多次说过，我衣服颜色和款式搭配还可以更好一些，我知道是搭配不好，可你从来不否定学生的行为，你从来都是引导我们。我知道你的良苦用心，你是为了给我装面子。雷老师，这个世界上恐怕再也找不到你这样好的老师了。我这一生五十年来，我就干两件事，一是按你的要求做个学习好的好学生，二是做个有风度有气质的优雅女人。老师，我做了，你看看，我做得怎么样？我自己认为，应该95分以上，虽然不能与你那倾国倾城的相貌比，但第二把椅子还是理所当然的。老师，我今天给你送来了花、送来了画、送来了书，我知道你是大雅之人，你喜欢这些。老师啊老师，我听说了，好像你丈夫回来了，我可不认他。老师，你也不要认他。关键时刻，贪生怕死，把你这位貌如天仙、心如天使的女人放在家里，他还算人吗？……"

"啊——"林振川大叫一声，昏倒在坟地现场。

三十八

林振川醒来，正在雷经天的家里，老姨和凤凰妮娜守候着他。

"我在哪里？"

"川儿，你在家里。"

"老爸，你吓死我了，你昏迷了三天三夜，我准备打电报给俩哥，想让他们过来。”

“乱安排。”林振川一骨碌坐起来。实际上，他早醒了，他躺在床上，头脑在不断地转圈，他在思索往下的行程。他心里清楚，老岳父这次费了九牛二虎之力去台湾，不达目的是不会回来的。听老姨说，岳父在台湾有师兄弟，还有曾教过的徒弟，生存吃饭应该没问题。让林振川担心的是，百岁高龄的岳父身体会怎么样？而自己呢，虽然回来了，找到了飞侠的坟茔，见到了杨师长，也知道了淑娴的生死历程，还找到了换命的兄弟战友黄大刚，应该说，生活没有亏待自己，故乡没有嫌弃自己，这是值得让自己欣慰的。但是，回乡的路程似乎还很漫长，走近亲人的距离好像还很遥远，自己的亲生骨肉，三个孩子还没找到，那是与淑娴、与飞侠相爱的果实呀！既然踏上了回归认亲的路程，既然走上了赎罪重生的山道，就必须义无反顾。虽然这一路下来，见识了，了解了，知晓了亲人们太多的苦难，太多的悲伤，流下了太多的眼泪，留下了太多的遗憾，留存了太多的追悔，但也收获了更多的感动，更多的觉悟，更浓的亲情，更浓的挚爱。即使有人现在把他的生命拿走，林振川也认为，值了。既然还活着，必须还要做两件大事，一是找孩子，二是挖缘由，找罪魁祸首。林振川知道，百岁高龄的老岳父只身远行到台北，恐怕也是为了这件大事。想清楚了这些，林振川睁开了眼睛。

守在床前的老姨和妮娜自然十分高兴，免不了嘘寒问暖，查看病情。而林振川知道自己的身体状况，虽然三天前一时气急攻心，昏了过去，但自己的身体底子还在，不会出什么大问题，于是，他问妮娜：“女儿，有一种德国进口的治心脏病的药，你买了没有？”

“你说是专治心脏病的药？”

“是啊，我在新疆时心脏不舒服时常吃，你妈知道。”

“我怎么不知道你心脏不好，还常吃药？”

“我和你妈怕你们担心，没告诉你们。床头这么多药，有这种吗？”

“对不起老爸，没有。”

“那怎么办，这可是关键时刻要救命的药呀！”

“我去买。”

“县城里有？”

“县城没有，我去武汉买，武汉没有，我去北京上海买。”

“难得女儿一片孝心，还愣着干什么，出发吧！”

凤凰妮娜稍微收拾一下，走时一再嘱咐林振川：“老爸，你心脏不好，千万不能乱动，卧床休息，绝对卧床。”

“老爸听女儿的。”

凤凰妮娜刚走，林振川就从床上跳了起来，“老姨，我要走了。”

“走？你不是病了吗？”

“我的身体我知道，这点病算不了什么！”

“不是说你心脏病很厉害吗？”

“老姨，别怪我，主要想把小丫头打发走，我好去找林海、林英、林侠久。”

“噢，也是。”

“老姨，你能给我说点情况吗，看我从哪里找。”

“我哪里知道！”

“爹有线索吗？”

“你爹？他也不知道。”

“老姨，我想尽快找到孩子，你给说说三个孩子怎么丢的。”

“唉——”老姨老泪纵横，说起了那难过的往事。

最先丢的是小侠久，雷淑娴出事的时候，雷经天带林海、林英去了现场，把林侠久留在了家里。虽然小侠久不是雷淑娴亲生的，但正因为不是亲生，正因为淑娴后来知道了侠久是飞侠与振川的孩子，又因为飞侠早死，林振川下落不明，所以，淑娴平常对侠久更关心、更怜爱，小侠久对淑娴也更亲更依赖。为了不让小侠久太悲伤，雷经天不让林海和林英告诉侠久。雷淑娴出事的第二年，林侠久天天找雷经天姥爷，找姨姥姥要妈妈，因为淑娴曾经在县城学习近半年，雷经天就告诉小侠久：“你妈妈去县城学习了，明年就回来了。”可是，过了秋天就到了冬天，送走了冬天，就迎来了第二年春天。小侠久是个极敏感、极聪明，甚至是个极有心计的孩子，秋天他哭着找雷经天要妈妈，姥爷说第二年春天回来，结果是冬天问一次，第二年到了春天，他就问雷经天：“姥爷，妈妈什么时候回来？”

“不急，妈妈会回来的。”

“姥爷，你是大人，不许说谎的。”

“混账孩子，姥爷怎么说谎。”

“你说妈妈春天回来，现在已经是春天了。”

“小侠久，你再等……等。”说这话时，雷经天抬头看天，满眼眶的热泪，他无法向孩子说明一切。

雷经天不在家的时候，林侠久突然找到老姨："姨姥姥，我要去找妈妈。"

老姨慌神了，不知所措，她一把拉住林侠久的手："孩子，不可，你不到十岁，这么小，怎么去找？"

"我想妈妈，妈妈已经一年多没回家了。"

"听姨姥姥的话，再等等，妈妈就回来了，再等等，你就长大了，你长大了，可以去找妈妈了。"

"我要去找妈妈，我要妈妈……"

为了找淑娴妈妈，小侠久哭闹了很长时间。为了不让孩子办傻事，老姨做了几方面准备，一方面叮嘱林海、林英关照他，照顾他，防止他单独外出。二是跟学校老师交代，不让小侠久随意外出。三是尽量早送早接，在路口上送，又在路口接。四是把飞侠留给他的刻有振川、飞侠名字的两块山石，选一块挂在他脖子上，一旦没看住，他去找淑娴了，身上有个牌子，也是个记号。

后来还是出事了。一年后林侠久找到了学校年纪大、德高望重的老教师文庭芳。文老师是淑娴的老师，教书好，品德高，为人谦诚厚道，尤其喜欢淑娴，要给淑娴做干妈。说小侠久心思多吧，一点也不假。他整天围住文老师转，有学生在时，他叫文老师，没人时他叫文奶奶，帮文奶奶扫地，替文奶奶倒茶，下雨给文奶奶送伞，下雪为文奶奶送拐棍，弄得文奶奶不喜欢这孩子都不行了。本来就喜欢雷淑娴，雷淑娴的孩子自然爱屋及乌，又加上小侠久这孩子这么会来事，能干，讨人欢心，以至文老师一天不见小侠久就跟丢了魂似的。在奶孙如胶似膝、难舍难分的时候，突然有一天，林侠久看见老师、学生都走了，教师办公室只剩下文老师一个人，他来到文老师身前，突然，一跪在地，头磕得"咕咚"作响："文奶奶，请告诉我，我妈妈怎么啦，去哪里了？"

这一问把文庭芳老师问蒙了，雷淑娴的死，既是金沙畈学校的光荣，也是金沙畈学校所有师生难以消除的痛，学校所有的老师已经达成共识，绝不向后来的孩子，尤其是雷淑娴的孩子说明雷淑娴死了，更不能说明怎么死的。文庭芳老师对这一点始终认同也始终坚持，她不能告诉林侠久，但又不能让一个孩子跪在地上，头磕得"咚咚"响。

"孩子，快起来！"

"奶奶，你不告诉我，我就不起来。"

"不能这样磕头，会破皮的。"

“奶奶不答应，头磕破我也要磕。”

“咚……”一直在响，而且，已经磕出了鲜血。

“好了，孩子，起来，奶奶告诉你……”

抬起头的林侠久，血染额头，而站起来抱住林侠久的文庭芳老师也热泪长流，如雨落下。

“孩子呀，你妈妈远走了，她不会回来了。”

文庭芳不能对孩子撒谎，她蘸着血，含着泪讲述了雷淑娴忍饥挨饿救学生的一场场一幕幕感天动地、催人泪下的情景，直讲得小侠久血泪迸流，头上的血，顾不上擦，而牙咬嘴唇，又把嘴唇咬出了血。文老师一边讲，一边哭，一边擦血，一边擦泪。奶孙俩直讲到太阳西沉，繁星点点，文老师昏昏沉沉，等她起来找林侠久时，林侠久已经不见了踪影。

林侠久已回到了家，但第二天早上，当老姨起来做饭时，发现大门敞开，家里只有林海、林英在，不见了林侠久，老姨急着把林英、林海叫起来，四处找没找到，只发现床前小桌上放着一张纸条：

“我不相信我那么好的妈妈会死，我要去找她！我要去找，我变成山里云雾的爹，他为什么不回来保护妈！”

“后来没找吗？”

“怎么会没找，你爹这一辈子就干一件事，找人，先是找飞侠，飞侠出事后，又开始找你，说你不幸后，又开始找小侠久，小侠久没找到，又开始找林海、林英，现在又跑去台湾，不知又找什么人。”

“老姨，林海、林英又是咋丢的？”

“造孽呀，按理说，俩孩子那么大了，不该丢呀，1966年，‘文革’开始的时候，林海、林英都十七八岁了，成大人了，兄妹俩上学放学，外出回家都一起，两个孩子又懂事，又聪明。林海还会点武功，一般人不敢欺负，也欺负不住。但据说‘文革’开始时，学校都搞了红卫兵，林海、林英也是红卫兵，红卫兵又搞大串联，要上省城、去北京，要去接受毛主席他老人家接见。俩孩子想去，就问我，我怎敢当家，让他们去问他们姥爷。姥爷想了想说，去外面看看，见见风雨世面，也未尝就是坏事。只是叮嘱林海一定要照顾好林英，林英也不示弱，‘我也长大了，说不定哥由我照顾呢！’你爹同意了，俩孩子高高兴兴走了，谁想到这一走，竟再没回来……”

“爹找……找到没有。”

“看你说的，找到了，你爹还不把他们带回来。”

“就一点线索也没有吗？”

“这……”

“老姨，有啥你可要说，我回来的最天大的事就是找三个孩子。”

“我去给你翻翻。”

老姨打开柜子，从一个木箱子里拿出一个锦囊，从锦囊里抠出两个纸团团，“你爹说，万不得已了，你可找纸条上的地点和人。”

林振川迫不及待地打开两个纸条，纸条已泛黄，一个纸条上写了三个人的姓名，另一个纸条上写了湖北省红云机械厂，并在后面缀了一个人的姓名夏老三。

“这……”看完这两个纸条，林振川还是丈二和尚摸不着头脑，“这能说明什么？”

“你爹说了，这三个人，好像是当年林海、林英的同学，他们和俩孩子一块出去搞的大串联。”

“可这些人没有单位、地址。”

“你爹听说，这三人好像都不在本省本县，但县档案局有一个姓鞠的主任可能知道一点情况。”

“好，有线索就好。”

“至于湖北省那头，你爹说，看能不能找到夏老三。”

“这个红云机械厂也不知在哪个地区哪个县，好在有个名。只要有厂名，就有希望，说不定就能找到夏老三。”

三十九

林振川费了很多周折，把县档案局鞠启明副主任请了出来，两个人在档案局附近一家面积不大、干净整洁的小饭馆里见面。两人落座后，林振川说：“感谢鞠主任给我面子。”

“鞠副主任。”

“如果我没猜错，鞠主任一定当过兵。”

“叫我鞠副主任，因为当过兵，副主任不能叫主任。”

“好，因为我也当过兵，老兵，尊重你的意见，鞠副主任。”

“怎么称呼您？”

“我姓林，林振川。”

“林……振川……这名字好像……”

“我说两个人的姓名，你可能就知道我是谁了。”

“两个人的姓名？”

“林海，林英，你的高中同学。”

“你？”鞠副主任霍地站起来，“你是……”

“我是林海、林英的父亲。”

“林振川？我知道了，你是林海、林英的父亲，林叔叔。”

“谢谢。听说你血脂高，我给拿了点山上的葛根粉。”

“这怎么受得起，你是长辈，我不能收。”

“鞠副主任，我听说你是当兵出身，我还知道，你在林海、林英出事之前就参军了。我还知道你很关心两个孩子。”

“我们是同学。”

“我今天是有求于你的。”

“叔叔千万别这么说。”

“我想知道一些林海、林英的情况，更想知道他们的下落。”

“叔叔，真抱歉，‘文革’刚开始时，因为有点乱，父母不知如何是好，就托我舅舅把我弄部队里去了。林海、林英的情况我也是后来才知道的，具体怎么出的事，在哪出的事我真是不清楚。其他的如果需要我，我尽力，尽全力。”

“好，先谢谢。我想找到俩孩子出事时在场的同学。”

“我想想，我想想。”

“不急，我们先吃饭，边吃边回忆。”

“林叔叔，上学时，我和林海的关系很好，我当兵后就给他写过信，但他一封也没回。我问家人，家人也不知道林海的情况。后来因为部队战备训练，中苏边境珍宝岛要打仗，部队事多，就把问林海的事淡忘了。我是四年后从部队复员，才知道林海、林英在串联的路上出事了。我找很多人问，也问不出真相，因为林海、林英出事是在大串联的长征路上，出事的时候听说我们县一中只有四五个同学在场，而这四五个同学现在……”

“现在怎么啦？”

“现在都在外地。”

“你有他们的联系方式吗？”

“前两年搞了个一中同学联谊会，说也巧了，其中三人都在江苏，两个人在江阴，一个人在吴江。我会把联系方式给林叔叔。”

“当时在场的就四五个人吗？”

“唉，还有一个就是牛胜利，据说林海出事跟他有关系，这家伙被关在牢里，还在青海劳改呢。所以，要了解实情，还得找我在江苏的三位同学。”

“谢谢你，鞠副主任，请把他们的联系方式给我。”

“林叔叔，我给你一个建议。”

“鞠副主任，请讲。”

“我后来见过这三位同学，也曾当面问过他们，林海、林英是怎么出事的，但他们讳莫如深，没有一个愿意讲。你到了以后，便打电话告诉我，以我的名义把他们约出来。”

“以你的名义，你去一趟？”

“不是，你找一个地方，让他们去，就说我去了。”

“这样行吗？”

“我想，至少能约两个人出来，人怕当面，说你是林海的父亲，他们不能不说，你再加点压力，他们不敢不说。”

“不失为一个办法，只是难为你了。”

“不难为，我就奇了，当年的事为什么不能说，除非他们都是坏人。要么赤膊上阵，要么为虎作伥。”

“有可能。”

“我当过兵，我喜欢敢做敢当，干脆利索。”

“再次谢谢，林海有你这样的同学，他应该骄傲。”

“林叔叔，有什么需要，你一句话。”

“好，我这就出发。”

江阴县城，苏轼大酒店一个叫“念奴娇”的房间里，林振川早到了。上午十点钟，准时来了三个人，张建设、庄联方，鞠启明介绍的，也是林海、林英的同学，但却多了另外一位女士，经介绍叫柯灵灵。张建设说，柯灵灵是他老婆，也是鞠启明的同学。林振川说自己是打前站的，张建设、庄联方、柯灵灵在房间里有说有笑，眼见得时间过了十一点，张建设说："大叔，启明还来不来呢？"

林振川说："吴江的同学能赶来吗？"

张建设："这小子是个热情货，他会赶来。"

"有没有联系方式？"

"现在都有手机了，我来联系一下。"张建设掏出了翻盖新式手机。

"哟，又换了，过去那大砖头呢？"庄联方打趣道。

"与时俱进嘛，这种机型，两年前就有了，我刚换上，与时俱进个屁！"

"喂，先强，曾先强，老同学，是你吗？"

"建设，是我！"

"走哪儿了？"

"你们是什么酒店，苏轼大酒店吗？"

"是、是、是，苏轼大酒店。"

"快了，我已经看见店名了，两分钟。"

"等你哟！"

张建设放下手机，喜形于色，"到了，都看见店名了，两三分钟就到了。"

柯灵灵说："大叔，虽说曾先强马上到了，可启明还没到，请客的主人不到，上菜会不会太早了，才十一点呢！"

"没事，鞠主任说了，只要你们同学到齐了，就让上菜，他立马就到。"

随着敲门开门声，一个人风风火火闯了进来，"灵灵，见到你真高兴，建设，大老板，兜里的银子又多了，看你那烧包样！联方，官当得怎么样？副改正了吧，升了别忘请我喝喜酒呀！"

"你个曾先强，人一来气氛就热了。"

"这位？"曾先强把手伸给了林振川，"大叔，你是？"

"林振川。鞠主任一块的。"

"林振川，这名字怎么有点熟，好像在哪儿听说过。"

"可能吧！"

"启明呢？不是你小子我不会来，我手头一堆事呢，启明、启明……"

林振川立起身，把房间的门关上，然后，坐在圆桌的主位上，说："大家好，我让鞠主任跟你们说话。"林振川拿出手机，拨通了鞠启明办公室的电话，因为之前约好了，鞠启明如约接了电话。"鞠主任，我是林振川。"

"大叔，好，你把电话给曾先强。"

曾先强拿到了电话：“启明，你这个家伙，因为想你了，我才从一百多公里外赶过来，你到哪里了？为什么让我接电话？”

“先强，你好，我也想你。你听着，不要打岔，我没去，还在老家。”

“啊？”

“说不让你打岔，就改不了你小时那咋呼劲。今天要见你们的大叔叫林振川，抗日战争、解放战争时期我们家乡响当当的人物。说白了，是林海、林英的爹，他去找你们，就是想了解林海、林英的情况，因为事关重大，我先跟你说一下。上高中时，你、我、林海是铁三角。你不能不帮忙。听见了没有……”

先是惊喜，接着惊愕，继而是转脸发愣，看着林振川，以至鞠启明的电话，既不知道回答，也不知道关机。还是林振川起来，拍了拍发愣的曾先强：“先强，鞠主任问你话呢？”

“噢，我……启明……我听见了……听见了！”

林振川关上了手机，然后双手上抬，拱手道：“今天打扰你们了，本来启明要来的，但我劝他不要来，因为今天主要是我有求于你们。”

四个人，除曾先强还在回味发愣之外，三个人都站起来：“大叔，你有什么事？”

“我的来意，刚才启明已经跟先强简单说了。首先自我介绍一下，我叫林振川，双城人，和你们都是老乡。我还有一个身份，就是你们同学林海、林英的父亲。”

庄联方插话：“林英的父亲不是早死了吗？”

“那不是真的。我又回来了，因为改革开放了，强压在我身上的叛徒、特务、内贼等不实之词全部推翻了。我今天找你们，想麻烦你们告诉我，林海、林英在哪里？我想了解他们的情况，特别想了解他们串联路上出事的情况。”

林振川说完，房间是沉默，可怕的沉默。

“我是来求大家帮忙的。”

“时间那么长了，我们怎么知道？”张建设先冒了一句。

“张建设，你这个王八蛋，别跟我说你不知道。”曾先强“唰”地站了起来，“那天傍晚，牛胜利那个狗娘养的，说要去批斗叛徒特务的儿女，我问是谁，他挺神秘地说‘林海、林英’。我说，‘我们都是一个班的同学，平时关系又不错，你个狗日的，刚从保皇派那里反正到造反派这里，别人会信你？’这个狗日的说，他要立个大功，让造反派认他，并选他当副大队长，而且说只要表现好，还让他去北京天安门，接受毛主席老人家的接见。我说，你别干这缺德事，小心你找不到老婆，小心你生了小孩没屁眼。这个王八蛋见拉不走我，就去找你们了，张建设，我知道你去了，庄联方，你好像也去了。”

庄联方也站了起来：“大叔，对不起，我是去了，但牛胜利拉我去的时候说是参加批斗会，只要参加批斗会，就能上北京见到伟大领袖毛主席。到了以后一看，有七八百人，一看是批斗林海、林英，我就撤了，连后来林海、林英怎么出的事，我都不知道。先强，我回来时你是看见了的，我这人本来就胆子小，一看见大的混乱场面，我的腿就软了。”

“这倒是真的，但你真没看见怎么出的事？”

“真没看见。建设，你可是坚持到底的。”

张建设一直低着头，听曾先强直接点的名，才站起来：“对不起，大叔，批斗会我是参加了，但我既没动口，也没动手，充其量我只是个看热闹的。当时，红卫兵们正在参观南京长江大桥，由于人越来越多，当时的军代表及时下发了禁行令，禁止一切车辆通行，放手让红卫兵参观学习。因为说南京长江大桥是中国工人阶级的伟大创造，是建国以后社会主义建设的伟大奇迹。红卫兵们都来了，一下子有几千人。正在大家参观的时候，突然间牛胜利那个龟孙跳到桥墩上，拿着一个土喇叭喊：‘红卫兵战友们，我们是毛主席的忠诚战士，头可断，血可流，保卫毛主席的热血不可丢。我们要擦亮眼睛，我们革命队伍混进了坏人，我们要提防呀！’有人喊：‘谁是坏人？’‘谁是敌人？’牛胜利又喊道：‘我们从大别山来的队伍里就有坏人。’‘谁？’‘抓出来。’‘这两个人是叛徒、特务、内贼的儿女，他们叫林海、林英。’‘他们在哪里？’‘在东南角，那对穿绿军装和穿红上衣的男女就是！’‘打倒狗特务！’‘打倒大叛徒！’不知情的年轻的红卫兵们开始喊口号，开始往东南角拥，有的开始扔东西，香蕉皮、汽水瓶、茶缸、鞋子雨点般往林海、林英身上扔。有的在林海、林英身边还动了手。由于人太多，太挤，林海只好护着林英低头躲闪。这时，突然一个湖南口音的人喊道：‘湖南的战友们听着。我们不了解情况，他们也没有证据，我们不凑这个热闹，参观完大桥，我们走了，上车去北京。’这人一喊，还真管用，围上来的红卫兵一下子走了很多。过一会儿，几个东北的红卫兵也喊了起来，‘我们不掺和湖北河南红卫兵内部的事，我们也走了。’这一走一下子走了一大半，只剩下牛胜利动员的我们地区来的红卫兵，大致也有四五百人，这几百人把林海、林英紧紧围住。牛胜利还不断喊：‘狗特务，狗内奸，林海、林英，你还不认罪吗？’林海那时已经有一米八五个头，身强力壮，听说还练过功，他一手搀着林英，一手抵抗可能扔过来的东西。好个林海，‘牛胜利，你血口喷人，说谁是叛徒、特务？’‘你爹，你父亲，金刚山地区最大的特务、叛徒。’‘同学们，不要听他信口雌黄，说我爹是叛徒、特务，证据呢，你有证据吗？’‘看看这是什么？’只见油印小报上大粗黑体字上写道：‘死不改悔的走资派杨海功包庇叛徒特务林振川。’‘这还能有假，浣溪地区，双城县的老百姓都知道，杨海功是头号走资派，你爹是头号大叛徒、大特务。’‘打倒狗特务’‘打倒狗叛徒’的口号又响了起来，红卫兵受到煽动，把口号喊得震天响，有的又开始往林海、林英身上扔东西。林海也气急了，高喊道：‘同学们，红卫兵战友们，大家别听牛胜利胡说八道。毛主席说，要文斗，不要武斗。你们乱扔东西不符合毛主席的要求。毛主席还说‘讲成分，不唯成分论’。我父亲的问题是历史问题，有人说他是民族英雄，是大别山的优秀儿女，有人说他是特务，是内奸。说他是大英雄，有千千万万的人出来证明。可说他是特务、内贼，没有一个当事人出来证明，所以牛胜利说了不算。因为他没有参加战争，我父亲为革命浴血奋斗的时候，牛胜利还不知道在哪个田坎子下待着呢！大家别忘了，我们的任务是重走长征路，然后去北京，晋见伟大领袖毛主席！’‘好……’林海说完，竟有不少人叫好，眼见得天慢慢黑了下来，大多数赶热闹、看热闹的红卫兵各自赶各自的路了，但依然还有五六十人紧围住林海、林英不放，林海说：‘牛胜利，你最好放我走，否则我对你不客气！’‘我知道你会几下武功，但我也告诉你，桥头有军代表站着呢，你敢动手，他们会把你抓起来，抓叛徒、特务的狗崽子，他们不会手软的。’‘你到底想要什么？’‘想要什么？……就是呀，我想要什么呢，让我想想。战友们，你们手上都有家伙，准备着，他动手，你们就动手，而且派人报告军代表，就说特务的狗崽子打人，让我想……’过了好大会儿，牛胜利这个狗娘养的又来到林海、林英面前，而且是笑着来，皮笑肉不笑地站在林海、林英面前说：‘你不是问我想要什么吗？我想好了！’‘你要什么？’‘很简单，你只要承认你是特务内奸的狗崽子，我就放你走！’‘不可能！’‘哈哈哈，我知道你不会同意，我还有备选方案呢！’‘请讲。’‘这点容易，你完全能做到。’‘什么？’‘你不是护着林英吗？你不是对林英好吗？只要你说你娶你妹，然后在大家面前摸她、吻她，甚至干她，我就放你们走。’‘× 你妈……’从不动粗的林海终于怒不可遏，冲上来要打牛胜利。牛胜利这一招太阴损，以至于跟他的红卫兵也无法响应了，他们只是拦住了林海，没让他打着牛胜利，但因为这招太损，他手下的人没人响应了。‘好了，这招虽说容易，但你是她的亲哥哥，做不出来，可以理解。最后一招，你抱着你的亲妹妹，从这大桥上跳进长江，你跳进长江，我们对你就不管不问了，你大可自由了。’当时正值初春，江水也不过四五度，冷不说，桥下江水这么急，跳下去生还的可能性几乎没有。而出乎牛胜利意料的是，林海居然说：‘可以！’‘啊！’‘你真同意了，让我想想……有了，跳下去可以，我要把你的手捆起来。’牛胜利说完后，林海没有回答，场上出现了短暂的难熬的沉默，几分钟后，林海突然说：‘可以！’‘我来。’只见一个用大围巾把自己鼻子、脸围得严严的女生，从牛胜利手上夺过绳子，上去把林海的双手缠满了绳子，又系起了绳结。因为天色昏暗，又因为人挤，人们没看清那女生是谁，只听见她说了一句‘我恨透了狗特务’！牛胜利哈哈大笑：‘哈……看来，我们红卫兵女战士立场很鲜明嘛。林海，你可以跳了，你看我们多大度，我们优待女士，林英嘛，我们就不上绳索了，跳吧，跳吧，跳下去，你就融进革命洪流里，跳下去，你就与你做特务的爹相会了。’‘林英抓紧我……’因为手是放在前面捆的，好像捆得也不太紧，林海用双手套住林英，从大桥上跳了下去……

“哇——”屋里的柯灵灵受不住了，大哭着从屋里冲了出去。

房间里一片沉寂，几乎过了近十分钟的时间，一向老派沉稳的老汉林振川才从这残酷无双的惨剧中回过神来，他猛烈咳嗽，吐出一口鲜血，并发出“我苦命的孩子啊……”的惨叫。

屋里的张建设、曾先强、庄联方才发现，林振川老爷子已是满眼满脸的泪，浑身颤抖，三人情不自禁地说：“大叔，你节哀……”

张、曾、庄三人的劝慰把林振川从痛苦中拉了回来，他迅速稳定了情绪，说：“知道孩子出事了，但不知道出了什么事，怎么出的事。今天听你们介绍，我才了解清楚，谢谢你们。我现在更想知道的是，两个孩子现在的下落。”

还是张建设先说：“大叔，很是抱歉。那天晚上上大桥，我主要是看热闹，林英、林海跳下去后，桥那么高，江水那么急，我们害怕死了，都认为他们出事了，但好像下游也没见他们的遗体。我专门往下打听了，也没听说有淹死人的，军代表也够意思，让下游的人帮查，也没有着落。”

曾先强也接话说：“大叔，我、启明当时和林海都是好同学、好朋友，大叔，我悔呀！我悔当时为什么不去呀，要去了，我也能劝一劝，挡一挡，不让林海跳呀，当时也不是非跳不可。张建设，虽说三十多年过去了，当时也只有你在场，具体情况是不是就你说的这么多，只凭天地良心了。”

庄联方说话了：“大叔，那天晚上林海、林英跳江的事，听说后我的腿都软了。其他人第二天都赶路往北京去了，我因为害怕，因为胆怯，生了病在南京附近住了十来天。由于口袋里一分钱也没有了，就跟几个同学扒火车回了老家，后来改革开放，我考学又来到南京上大学，碰到节假日，我就到大桥来看看，好像在这里能找到林海、林英似的。我和林海、林英在一个中学读书，而且有幸在一个班，我喜欢他们，也敬佩他们。因为有一次牛胜利和几个同学欺负我，是林海为我打抱不平，为我解了围，这恩情我记一辈子，只是那时候我太普通太一般了。参加工作以后，我就有了一项难以明说，从心里要办的任务，就是找林海、林英，这几十年我沿南京往下找了几百公里……”

曾先强急不可待：“有线索吗？”

“好像柯灵灵也在找。”

“什么？”张建设跳了起来，“她也在找？”

庄联方好像知道自己说错了话：“灵灵她不应该叫找，她只是问过我两次，都是同学，问一下不为过吧，建设？”

“张建设，”曾先强又指着张建设的鼻子，“我告诉你，就我掌握你的那些事，关你十次都不亏，你还是积点德行积点善吧。柯灵灵真要是找也是为你赎点罪过，你听好了，先不说柯灵灵没找林英、林海，就是她找了，天经地义，如果你为难她，别怪我对你不客气！”

“灵灵……灵灵是我老婆，我怎么会……为难她呢？”

“联方，后来找到了什么线索？”

“我自己找，又托人找，有人说当年长江上的船队，有的说江边的渔民曾经打捞起来一男一女两个年轻人，可等我去问的时候，他们又说记不清了。你知道，我这些年工作变动大，担子越压越重，时间抽不出来了。”

“大叔，忘了告诉你了，联方是江阴市市长，工作十分繁忙。”

“失敬，庄市长。”

“大叔，千万别这么说，您的英雄事迹我小时候在家听说过，敬佩得很。如果说这些年还有点出息的话，就是保留了金刚山老百姓真诚善良正直的本性。我为官这么多年，不贪不占不昧良心做事，我对得起家乡的父老乡亲。”

“好孩子。”

“关于找林海、林英，我很惭愧，尽力不够。大叔，我给点建议，首先是要有信心，只要您坚信他们俩还活着，就能找下去，说不定会收到意想不到的效果。二是沿江找，我会调动我的一切人脉资源为您找。三是还要多问林海、林英的同学们，男同学女同学都要找、都要问。大叔，这顿饭我请了，饭前我已经埋过单了，放心，我自己掏的腰包。”

“谢谢你，庄市长。”

“大叔，您叫我孩子，我听着亲切。”

“好的。”

“建设，你还有什么说的吗？”

“我……没有，没有了！”

“先强，你先陪大叔聊着，我下午两点还有个会，我要先走了。”

“大叔，我们留个联系方式吧。”

庄联方与林振川交换了手机、BP 机号码后，留下一脸的歉意，推门走了。

张建设见庄联方走了，也立起身说：“先强，饭也吃了，酒也喝了，我给大叔拿了密藏三十年的双沟大曲，还有两瓶绍兴老黄酒，请你老人家留下。这么多年过去了，我一直欠林海、林英的，我们是同学，我对不起他们。林海、林英跳江，我没拦他们，我总感到自己有罪。更不该的是，他们都在找，可我……我没有找，我认为那么高的桥，那么深的水，那么急的浪，人跳下去怎么能活？而且，不知哪个女同学缺德，非要把林海的手捆上。”

“建设，你少说这些，我听说，其实那个女孩子怕牛胜利给林海捆得太死。”

张建设看上去比较忌惮曾先强，站起身对林振川鞠了一躬，“林大叔，这是我的名片，以后多联系，找林海、林英用得着我的，尽管言语一声，我尽全力。我老婆哭着跑了，我怕她受不了这事的刺激，我得去找她，我先走了。”

张建设走了，房间里只剩下林振川和曾先强，林振川首先发话：“先强侄子，知道你上学时和林海关系不错，这次找林海、林英，希望你多帮助。”

“大叔，不用说客气话，我也不再说道歉的话，现在我们商量往下怎么找。我们分析分析，一是出事离现在时间太长了，太久了。二是过去经过这事的人都各奔东西了，而且，年岁都在五十岁左右了。三是最重要的，也不怕让大叔您不高兴，林海、林英到底是死是活不知道，没有一点证据。死，也没落下一只鞋一个包，活，也没留下一个帽子，一件衣服。我这些年虽然也托人打听过，但坦诚讲，我不怎么相信他们俩还会活着，因为如果活着，怎么也会向外传递一些信息吧。可从今天庄联方的话听，他好像知道一点底细，了解一点情况，联方是个政府官员。从他的性格讲，他从不说无把握的话。他让大叔首先要有信心，这说明他相信林海、林英还活着。如果没有证据证明林海、林英在人世的话，他是不会这样说的，我了解他。”

“大侄子，这么说，林海、林英还活着？”

“应该是！”

“可庄联方为什么又不直接告诉我们呢？”

“有可能他有难言之隐，也有可能他不掌握真凭实据。”

“往下怎么找呢？”

“大叔，这才是最重要的，往下怎么找。要想一想……”

“是啊，茫茫人海，滚滚长江，江南江北，人口稠密，河汊密布，我需要的是一点线索，一些信息。”

“是，大叔，我想我们这样入手行不行？”

“请讲。”

“首先再找庄市长、张建设问问，再捋一捋他们说的情况，看能不能理出点头绪。其次，在媒体上发寻人启事，报纸、电台、电视台、杂志上都登广告，用钱不多，我想办法。”

“钱我自己出，出多少都没问题。”

“没事，我虽然只是在街道办事处工作，但我媳妇开了个饭店，挣钱，早进入小康社会了。我和林海是好同学，出力出钱是应该的。再说了，我不出力，启明那家伙也不会饶我。更重要的是，过去出力不够，总以为林海不可能生还，现在从联方的口气看，活着的可能性极大。我现在会倾其所有，尽全部之力找林海、林英。大叔，您放心，不管是在校的同学之情，还是现在的赎罪之心，我都会全力以赴找他们的。”

“谢谢……”林振川禁不住热泪盈眶，向曾先强深鞠一躬。

“使不得，使不得。”

“铃铃铃……”林振川的 BP 机响了起来。

林振川急忙查看，只见 BP 机上写道：“大叔，一定再找张建设、柯灵灵。”

“铃……”BP 机又响，“大叔，柯灵灵电话……”

“先强，是庄市长电话……”

“铃……“BP 机又响了起来。

“又是联方的信息。”

“他让我抓紧与柯灵灵联系。”

“好像……好像？……”

“好像什么？”

“好像上学时灵灵喜欢林海……特别喜欢……”

“啊？……”林振川大感意外。

“那天林海出事，灵灵也去了，但同学们又说在桥上没看见她。”

林振川沉默了，他在全面地评估盘点眼前的情况，为什么柯灵灵在听张建设说到林海、林英跳下江的时候，大哭破门而出？为什么庄联方一再要他与张建设、柯灵灵联系，让他再向这二人了解情况？为什么又有柯灵灵年少时喜欢林海的情况？林振川突然感到十分振奋，胸中突然阳光闪亮，他好像突然感到自己快抓到了事情的核心，就如大海颠簸前行时找到了航标。他慢慢地冷静下来，缓缓地对曾先强说：“先强大侄子，感谢你，感谢联方，感谢启明对林海、林英的关心和寻找。俩孩子有你们，是他们的福分，你说的那些办法都很好，该用的全部用上，但钱不用你出，你们在这里也不容易。我这么多年在新疆有些积累，找孩子的钱我有。先强，我想这样，我们先抓主要的，我跟柯灵灵联系一下。”

“大叔说得对，你先联系。”

林振川按照庄联方提供的电话号码，用手机打了过去，对方一个女性的声音，柔柔地问：“请问，您找谁？”

“你是柯灵灵吗？”

“我是！”

“我是林振川，林海、林英的父亲。”

“啊……大……叔……哇……”柯灵灵在电话里放声痛哭。

“孩子不哭，孩子不哭……”

柯灵灵在电话的另一边居然哭了将近五分钟，林振川不了解柯灵灵，只能说出那几个字：“孩子不哭！”直等到柯灵灵哭累了，声音没了，在林振川不知怎么安慰她的时候，柯灵灵突然变得十分镇定：“大叔，您在哪儿？”

“我还在饭店。”

“我要见您！”

“在哪里见？”

“张建设走了吧？”

“走了！”

“还有谁在？”

“曾先强。”

“大叔，我说个地方，你一个人去！”

“好！”

四十

在江阴拙政园公园人工假山的八角凉亭上，林振川与柯灵灵见面了。

林振川赶到的时候，柯灵灵已经到了。见林振川赶到，柯灵灵赶紧起身：“大叔，您请坐。”

“你也请坐。”林振川这才有机会仔细打量了一下眼前这位柯灵灵，她身材高挑，皮肤白皙，鼻眼脸盘都长得十分得体。虽说已近五十岁，但仍是风姿绰约，风韵犹存，一看年轻时候就是个大美女。在饭店房间时，因为自己只想到如何从来人中搜寻了解两个孩子的讯息，根本无暇去观察人长得怎样，脾气性格又如何。从柯灵灵的眉宇间可以看出岁月的沧桑，尤其那双大眼睛，好像后面藏着不尽的忧思和愁绪。见到林振川，柯灵灵并没有直视他，而是把眼睛放远，看远方那隐隐约约的滚滚长江和长江两岸鳞次栉比的城市村庄，看着看着，眼泪顺着脸颊开始流淌，柯灵灵不擦不掩任其流淌，流着流着，柯灵灵突然放声：“海哥啊……终于有亲人找你了……”

柯灵灵无声不尽的泪水，震撼了林振川，也击碎了林振川的神经，他也控制不住，泪如雨下，“孩子，有什么苦处，你就跟大叔说吧！”

“大叔……”柯灵灵扑过来，紧紧抱住了林振川。

两代人，两个人哭了很久，也抱了很久。林振川拍拍柯灵灵的后背：“孩子，我想听你说说林海、林英的情况。”

“大叔，您真是海哥哥的父亲？”

“是！”

“您不是被打成叛徒特务了吗？”

“已经平反了！”

“您……您怎么才来找海哥哥呀？”

“唉，大叔做得不好！”

“大叔，你可知道，海哥哥、英姐这么多年吃了多少苦哇……”柯灵灵又哭出声来。

“孩子，这么说，两个孩子还活着，还活着？”

柯灵灵坚定地点点头，脸上露出凄美的微笑：“可其他人不知道。因为他们的身体情况非常不好，我要保护他们。”

“身体不好？怎么搞的？怎么样了？”

“大叔，一言难尽……”

“孩子，快给我讲讲。”

“大叔您别急，听我慢慢讲。”说完，柯灵开始了回忆……

高中时，我就喜欢海哥哥，有两次其他班的同学欺负我，是海哥哥帮我主持正义，为我解除困境。还有一次牛胜利假借一个女同学之口，把我约到学校后的小河湾，说是海哥哥要见我，我欢喜得不行。但我去了之后，发现是牛胜利，我知道上当了。我一边与牛胜利周旋，一边一千遍一万遍地呼喊：海哥哥，快来救我。好在老天有眼，帮传话的女同学在学校看见了海哥哥，问他为什么不去后河湾见我。海哥哥一听，就发了疯地往后河湾跑。而此时，牛胜利已经按倒了我，正准备脱我的衣服，在我千呼万唤，用手挖、用脚踢，千推万挡也难抵恶魔，上衣快要被脱掉的时候，海哥哥到了，海哥哥一脚踢翻了牛胜利，我痛哭着抱着海哥哥死不松手。就从那个时候起，我发誓，一定要好好爱海哥哥，除了海哥哥，谁我也不要……

大串联那年，海哥哥十八岁，我十七岁，因为海哥哥去哪儿，我也去哪儿。海哥哥要重走长征路，要去伟大首都北京，我也去。只是，海哥哥不知道我是为他去的，好在班里四十多位同学，有三十几位去了。那年代高喊革命口号，谁也没注意我的那点小心思。我千方百计靠近海哥哥，但林英看出来了，林英对我，不支持也不反对，有时候主动给我留点空间，但是，海哥哥好像没把我的感情当回事，他每次见我都说：“我们还小着呢，该干啥干啥去！”我不肯，一有时间，我就在他身边蹭，力所能及帮他干点洗衣服、倒开水之类的活。后来，有几个女同学都看出来了，但我不怕，喜欢就喜欢了。其实好多女同学都喜欢海哥哥，只是我不理她们，因为在全校，在全班，除了林英，没人比我漂亮，没人比我对海哥哥好。大串联每天都很辛苦，要走很多路，有时搭着车坐，大部分是动用两条腿。开始走的时候，同学之间还比较团结，走着走着，牛胜利开始找事，开始造海哥哥的谣，说他是狗崽子，说他是黑五类，到了南京，终于出事了……

他们不知道，那天桥上出事，我的确是去了，因为海哥哥去了，我肯定要去。临去的时候，我跟海哥哥说我要去，但海哥哥不让我去，他说牛胜利不知要耍什么花招，你是女同学，别去那是非地方，弄不好有危险。海哥哥的关心让我的心田灌了蜜，海哥哥去，我是非去不可的，于是，我从外地女同学那里借了件大衣，又翻出一条大围巾，把自己包裹起来，让他们谁也不认识的样子，我只有一个希望，离海哥哥越近越好。

我看见牛胜利找来绳子，我怕他把海哥哥捆死，如果捆死，跳进江里怎么能活？于是我抢过绳子，给海哥哥系了个活扣，跳下去挣脱几下，绳子就会松开，但是……但……是，我还是干坏事了，因为害怕，因为激动，我在海哥哥手上缠的圈数太多了，我怕会害死他，呜……

可……可好意说不定办了坏事，我主要担心牛胜利他们把海哥哥背着手捆住就惨了，我是让海哥哥手放在胸前捆的。我怕他们把绳子系成死扣，系成死扣解不开，海哥哥还护着林英呢，我系的是活扣。海哥哥跳下去后，一帮人愣神了，连牛胜利也没想到海哥哥真会跳下去。海哥哥一跳下去，那些坏家伙就吓跑了。听说海哥哥跳下去了，军代表也来了，毕竟是学生，是红卫兵，军代表赶紧通知下游的军代表和长江各船队的军代表，让他们严密注意下游江面，发现有人一律实施救援。我呢，海哥哥一走，我的魂没了，我的主心骨没了，最重要的是我的罪过大了。我如果不动手把海哥哥捆起来，他说不定不会跳呢。我如果不把他的手捆起来，他跳下去也没有那么大风险。我如果不是把他的手捆起来，而是去叫军代表，哪至于把海哥哥逼下大桥？我愧悔无比，我痛彻心扉，我怎么办？我要去找海哥哥，于是我想了想，海哥哥一定顺着长江冲很远了，我想我一定要到长江入海口去找海哥哥。我问南京当地人，他们说离入海口近的地方应该是南通吧，于是我就坐车顺长江一直向下，到南通，在南通的长江边一看，哇，长江好大好宽。我就从长江口由下往上找，一天找不到，我找两天，一个月找不到，我找两个月，一年找不到我找两年，我一定要找到海哥哥。我顺着南通往上找，身上的钱花完了，就沿江乞讨，就捡废料破烂，实在饿得不行，田里、地里、山边、江岸，有什么东西吃什么东西。我在江边问轮船，只要轮船一靠岸，我就上去问轮船，我到江汉子问渔民，我就像个没头的苍蝇一样，到处乱飞乱撞。就这样，我乱碰乱撞跑问找了半年多，眼见得天转凉，秋天快过完了，我呢，也变成了一个要饭的，浑身脏乱不堪。我只记得有好几个月没洗澡了，身上的衣服也就一两件，我想好了，真要得到消息，说海哥哥被大江吞没了，我也跳进长江，一了百了。如果找不到，也弄不清，我真不知道到底该怎么办？

就在我万念俱灰、走投无路的时候，我在南通上游二百公里的一个江汊子里，碰到了一个小船队，有三四只船，我想上去问问，人家看我是个要饭的，就扔给我几块咸鱼干："走吧，一个女孩子家，啥不好弄，非要要饭，回生产队能没口饭吃？"我怯怯懦懦地说："听说前一阵这一带捞上来两个落水的青年。""你咋听说的，小女子家，别瞎打听！""瞎个桃木，不要胡说，回船上去。"说话的年轻船员翻了我一眼，然后跳上了小船，我当时心跳加速，十分兴奋，直奔年纪大的渔民过去，"大叔，大叔……""小女子，如果吃的不够，我让桃木再给你几块鱼干，其他的事，别打听，打听了我们也不知道。"我连哭带喊地扑向年纪大的渔民，扑通跪倒在地，不知哪来那么大的劲，不停地说："大叔行行好，大叔行行好，半年多前，我的亲哥亲姐从南京长江大桥上掉入江中，这大半年我一直在找，求你，求你了大叔，你告诉我。"见我说那么多，大叔没有一点声响，我又用头磕在地上，磕头磕得地面"咚咚"作响。当我磕了二十多下头的时候，大叔突然发话了："起来吧！"然后对上船的桃木说："你们先下江，留一条船给我，我晚上去追你们。"说完，扭头顺着江汊子往上走，在我还愣神，不知如何是好的时候，跳上船叫桃木的青年人喊道："傻女子，还不跟师傅走！"我恍然大悟，从地上滚爬起来，追着渔民师傅往江汊子上游走上去了。就这样走啊，走啊，从傍晚走到了入夜，一直顺着水湾走，大致走了两三个小时，终于走完了江水，来到了一片青山，绕过青山，又来到了一片竹林。来到竹林后的三间草屋前，船工大叔对我说："姑娘，你去吧，如果是你的人，你看怎么办吧，领走最好，领不走，也不会让饿死，我还要赶船……"

大叔说完，扭头走了，我站在茅草屋外，不知如何是好，心怀忐忑，既特想进去，又害怕进去，既特想里面是海哥哥，又特害怕见到海哥哥。甚至，我想扭头走掉，我害怕，我担心，真见到了海哥哥，我说什么？正在我犹豫踌躇的时候，茅草屋的草门打开了："长根，回来了，怎么不进屋呀！"出来的是一位七十多岁的老奶奶，奶奶看见了我："姑娘，长根呢！"

"您说刚才带我来的大叔？"

"是，我儿子，长根。"

"大叔要下江，走了。"

“噢，他今天要下江去打鱼，你是……”

“我……我来找我哥哥，我姐姐。”

“从江上流下来的？”

“是，奶奶！是，奶奶！”

“还问什么呀，进来看看不就知道了吗！”

我一进屋，由于草屋里只有昏暗的煤油灯，首先让我看到的是林英，林英正坐在一张床边，我赶紧抢上前去：“林英，林海呢？”林英扭头看我时，我看见了林英那张美丽而又十分苍白的脸，“你是……”“我是柯灵灵！”“柯灵灵？”“我们是同学。”“同学……噢……你是柯灵灵。”“对对……二班的柯灵灵！”“柯灵灵……”“海哥哥呢？”“海哥哥？”“就是你哥。”“我哥，在这呢。”我这才看见，林海就躺在床上，“你哥怎么啦？”“我不知道。”“到底怎么啦？”我扑上前去，几乎是趴在林海的身上，高声地呼喊：“海哥哥……海哥……”“他不说话了。”林英讷讷地说。我边哭边喊，我摸海哥哥的手，还有温度，我学着中医老先生，摸海哥哥的脉搏，还在跳动。我心里想，从长江大桥上跳下来，又冲这么远，是不是吓傻了，于是我使劲摇，用力晃，我双手在林海的胸脯上敲打，边敲打边呼喊：“海哥哥醒来，海哥醒来。”摇晃敲打了半天，林海没有任何反应，没有办法，我也是急了，我趴在林海的耳朵上发出了撕心裂肺的吼叫：“林海醒来……”说来也真奇怪，当我用尽全身力气喊完第三声的时候，林海突然“呼”的一声从床上坐起来：“谁是林海？”

“哥……”林英扑了上来。

“海哥哥，你终于醒了。”

“这在哪里？你们是谁？”

“我是林英，你的妹妹。”

“我是灵灵，你的灵灵。”

林海摇头，“我不认识，不……认识了。”

“哥，我是林英呀！”

“林英，是谁，我是谁？”

“我是灵灵，我们一个学校，我喜欢你，你也喜欢我！”

“灵灵？一个学校？我是谁？不知道，哎哟，我的头好痛，哎——”林海突然痛得在床上乱翻。我问林英是怎么回事，她说林海哥一直都这样，三天两头地头痛，也不说话，躺在床上不能动。而她也只记得床上这人是她哥。至于发生了什么事，她们怎么到这里的，她也不清楚，好像她老家是雷家湾的，她有姥爷，还有姨姥姥，其他的有时清楚，有时记不得。我心痛万分，林英经过这么大的磨难，心智也弄得不太正常。而林海更是对自己是谁都弄不清楚了，这可怎么办？我想到这里，竟放声哭了起来，我怎么能不悲从心来？害怕林海、林英出事，费了大半年工夫找到了，找到了的两个人，几乎一个是痴，一个是傻，这让我柯灵灵一个不到十九岁的姑娘怎么办。

正在我为难的时候，茅屋家的老奶奶走了进来，她轻轻扯了我的衣襟："姑娘，我们在外屋说吧？"

我坐在老奶奶身边，只顾流眼泪，老奶奶递过来一条毛巾："小姑娘，我听出来了，你是这俩孩子的同学。"

"奶奶，我们是同学。"

"小姑娘，这俩孩子的状况不好。你心里要有个数。"

"奶奶，告诉我，他们俩怎么到您这里来的。"

"小姑娘，半年多前，我儿子在长江上游打鱼，离这里三百多里地呢，在江边发现两人，开始以为是死人，凑近一看，两人还活着，就弄上了船。在船上这俩孩子跟着船工一块吃一块住，但男孩子动不了，还不说话，女孩子话不多。到下船的时候，问俩孩子家在哪里，男孩子说不了话，女孩子直摇头。船工十几个人呢，队长让张旺收留，张旺说他老婆跟母老虎似的，弄个这么漂亮的女孩子，还不吃了他。张旺不行，队长说石财，你先带回去吧。石财说，我家成分高，红卫兵正在找我家的事呢，弄这两人回去，别让这俩孩子跟着遭殃。最后，队长跟长根说：'长根，我知道你家难，大娘老，媳妇瘫，两个孩子还小，但放你家安全、可靠，这俩孩子，说不定又是什么运动的受害者，我们帮你抬回去吧。你放心，口粮上生产队会多给你两个人的，救济款，过去是六块，有这俩孩子，我当家了，再加十块。如果这俩孩子家长来了，领走了，我再把这十块扣下来。我儿子能说什么？就背回来了。你看看，我们家，正屋就这三间房，长根跟他有病的媳妇住东屋，这俩孩子只能弄俩小床，住西屋，我和俩孙子在厨房的柴屋里将就了。我们家吃的还够，今年水稻收成好，田亩又多，没有肉吃，可我们家是打鱼的，不缺鱼吃。这几个月你大叔又从沿岸集镇上为俩孩子买了几身粗布衣服，现在该是有穿有吃的，但这俩孩子啥毛病，咱弄不清楚，让人心焦呀。姑娘，你来了，好了，赶紧通知俩孩子父母，让他们赶紧领回去吧！"

“可……可他们没父母了。”

“没父母？那他们家里就没人吗？”

“有一个姥姥，七十多岁了。”

“他们父母呢？”

“母亲早死了，而且，而且……”

“姑娘你就直说吧！”

“他母亲1960年大食堂饿死了，他父亲解放时就死了，而且还是叛徒特务！”

“啊……”

过了一会儿，这家奶奶才说话，而且说得结结实实：“都是可怜的人呀。这样吧，姑娘，这俩孩子先放我们家，反正也已经大半年了，等农闲一点了，让长根找医院的先生来给俩孩子断断病，看到底怎么回事，到底犯了谁了。你呢，要留在这里，算你帮我。因为长根他媳妇有病也在床上躺着呢，这一阵子我可真忙不过来了，俩大孩子，俩小孩子，还有一个躺在床上的孙子他妈。你要回去，我也不反对，赶紧跟他们姥姥说说，让她想办法把人带回去，治病要紧！”

我连犹豫都不犹豫：“奶奶，我留下，帮你，也帮他们俩。”

柯灵灵说到这里，擦了擦眼泪：“大叔，就这样，我留下来了，这一留，就是十年。这十年里，我们送走了长根的媳妇。这十年里，我们等到了长根大叔在长江捕鱼出事。这十年里，我和老奶奶照看了两个大孩子林海林英、两个小孩子瞿和、瞿好。更重要的是……”柯灵灵说到这里，环顾四周，警惕地左右张望了一下。

“是什么？”

“我为你们林家添了一对双胞胎孙子。”

“真的，太好了！”

“叔叔，我应该叫您爸爸。”

“孩子，谢谢你，你叫什么都行。”

“唉，大叔，我自从留下来后，我就两件事，一是侍候林海，林英的选择性失忆，慢慢地恢复了正常，慢慢地把以前的事都回忆起来了，她的生活完全可以自理。但林海不行，他已经完全失忆，对过去的事情都想不起来了。我之所以和林海结婚，一是因为我爱他，二是因为在第七年的时候，我说到我们学校，我们家乡，我们同学，特别是有一次提到林振川、雷淑娴的时候，他居然说，那……我是林海……这让我欣喜万分，也让林英激动得热泪横流。因此，我决定和林海在一起。结婚期间，林海已经知道他姓林，他叫林海，而他的智力体力也有了很大的恢复。到第十年，也就是‘四人帮’倒台的时候，我们有了一对可爱的儿子：林毅林力。但是，在孩子两岁的时候，我们家人终于找来了。过去十来年，我一直跟家人说我在南通工作，家人说出来这么长时间为什么不回去，我说我所在的是外贸企业，出口加工任务重，越到节假日越忙。直到改革开放了，父母通过张建设，终于在县城邮电局门前找到了我，因为父母拍电报说要来，我只好先到县城应付父母。而那个时候，我也的确在海安县服装公司找了份临时工的工作。父母来时，我刻意打扮了一下，又临时租了一套两室的房子，在家里接待父母，又接待了同是同学的张建设。父母对我的工作和住处虽然不甚满意，但除了责怪我不孝顺、十几年不回家以外，并没有对我大发雷霆，毕竟父母都是爱儿女的。中午张建设请吃饭的时候，我才知道，张建设在‘文革’期间被推荐为工农兵学员，在南京上了大学，毕业后分到南通市商业局工作。而张建设也说，不是我父母来这里，他还不知道老同学就在他眼皮子底下。我却说：‘老同学，你是高高在上，大学生、国家干部，我呢，只不过是个工人，高攀不起。’还没等我多说，我妈就说：‘灵灵，有对象吗？’‘没……没有！’‘没有就好，没有就跟我回老家去。’‘不回去！’我爸问张建设：‘建设，你结婚了吗？’‘大叔，前些年只顾上学，刚分到这才三年，没顾上呢。’‘那好那好。’我妈高兴了，‘建设呀，灵灵要是不回去，你可要多帮助她呀！’爸妈在我这里的一个星期，张建设向我发起了疯狂的进攻，买衣服、献花、做家务、讨好父母，父母临走的时候，他居然向我求婚了。”

柯灵灵说到这里，激愤地仰了仰头：“我怎么可能答应张建设呢，我心里只有林海。再说，我们还有了一对可爱的孩子。而让我作难的是，爸妈对张建设十分满意，爸妈不知道我的情况，恨不得让我马上成婚。父母曾威胁我：要么与张建设结婚，要么回双城老家。我着急死了，既不能告诉他们实情，又不能告诉林海、林英。我怎么办？我怎么办？在万般无助的情况下，我突然说：‘张建设，我漂亮吗？’‘那当然，太漂亮了。’‘你应该知道，追我的人很多。’‘应……该。’‘我就这么嫁给你，你能给我什么？’‘我……’‘你有住房吗？’‘只有一间宿舍。’‘你有存款吗？’‘只有 120 元。’‘那好吧，我可以按照父母的意见嫁给你，但是你得答应我的条件。’‘什么条件？’‘一套两室一厅的房子。’‘好！’‘现在不是兴万元户吗？你给我弄成个大万元户来，我就嫁给你，记住，我等你来娶我。’就这样，我把张建设吓走了。”

说到这里，柯灵灵拧开自己准备的水杯，“咕咚咕咚”喝了一通水，然后说：“对不起，大叔，我太啰嗦了，我简单点。”

“既然我答应了张建设，父母放心了，住几天就走了。而这个时候，瞿家两个孩子上学需要花费，我的两个孩子要吃要穿，而且，林海、林英跳江被救后，的确留下了大病根。林海时好时坏，基本上丧失了生活能力，既记不得过去的事，也记不得当今的事，只能干点手工活之类的事。林英呢，虽然心智健全，但受跳江的惊吓之后，变得胆小，紧张，后来我和瞿奶奶求亲告友，托邻求人，生产队、大队也帮忙，请来县里的医生。有一次运气好，省里大医院下乡巡查，他们帮海哥哥和林英姐都诊了病，我也听到了，说海哥哥是在江里长时间缺氧造成的部分脑细胞坏死，所以，记忆力低下，智力低下。而他的体力，由于脑细胞坏死，身体无法发力。医生说，海哥哥能说简单的话，能做简单的事，已经是他最顽强的意志力了。而林英完全是惊吓所致，说林英只是年轻未经事的姑娘，突然经受如此巨大的变故，她的神经经受不了，所以变得十分敏感和脆弱，日日担惊受怕，夜夜噩梦缠身，因而时间长了，噩梦多了，林英对往事，对家乡的印象也慢慢模糊了。所以，这个家的重担，当时，就压在一位近八十岁的老奶奶和我一个二十几岁的女人身上。虽然身上累，心里苦，前途无望，但这个路是我自己选的，我也只能硬着头皮往下走。我糊弄走了父母，也吓唬走了张建设，我一方面在城里打工，一方面照顾家里的两个大孩子，四个小孩子，好在奶奶为人豁达、善良、宽和，虽然家务负担重，家庭活多，但老奶奶从不埋怨，从不叹气，每天都是慈眉佛眼，笑意待人。奶奶的这副做派，几十年了，深深地感染了我，也感染了林海、林英和四个不断长大的孩子。就这样，父母一走又是五年了，但五年后的有一天，张建设突然找来了，找来的张建设，果然拿来了三室一厅的房证，带来了五十万元的存款单，开来了轿车。原来，五年前我提了条件以后，张建设回去就辞职下海经商，经过五年奋斗，终于成为一个颇具实力的老板了。张建设说：‘灵灵，我兑现承诺，请嫁给我吧！’

“我怎么能嫁给张建设呢，我已经成家了，我有爱人海哥哥，但在众目睽睽之下，我只能说，让我想想，过几天回答你。而就在此时，最大的不幸发生了，待我们恩重如山，待我们亲如家人，胜似亲人的瞿奶奶突然走了。因为我不在家，瞿奶奶去井里打水，由于一桶水太重，又被井旁的一块石块硌了一下，老奶奶突然摔倒，突发脑溢血，溘然长逝。奶奶走时，还是一脸的笑容，一脸的慈祥，一脸的平和，看到奶奶那神态，我的心都碎了。但我的难题又来了，奶奶走了，这一家两个大孩子、四个小孩子靠谁来照应？如果我回家照顾他们，孩子上学的钱从哪儿出，海哥哥、林英经常吃药的钱从哪里来？但没钱我也要照顾家、照顾他们。当我回到县城收拾东西的时候，张建设在我租的房前等着我，他好像把情况摸清楚了：‘灵灵，你的情况我都清楚了，你们家我也去看过了，林海、林英的情况我也知道了，瞿奶奶家的情况我也清楚了。你放心，这些我都可不管，只要你答应跟我结婚，我什么都答应你。’

“我哭了很久，也想了很久，为了海哥哥和林英，为了瞿家的两个孩子瞿和、瞿好，为了我和海哥哥的爱情结晶林毅、林力，我也只能答应张建设了，但我要求张建设答应我几个条件，一是林海、林英的秘密绝不能外传。二是建设必须养这家，为林海、林英治病，供瞿和瞿好、林毅林力上学。三是必须让我每星期回去看他们一至两次。我说完之后，张建设马上答应了。这么多年，这个张建设为了挣钱不择手段，但对我的诺言从没失信，对我也很好。还有……”

“还有什么？”林振川问。

“还有就是，我不愿意为他生孩子，自从他与他的秘书有了孩子以后，我跟他再也没有任何实质关系了。但他呢？他还需要我这个老婆做门面，我呢，我也需要他成为我的经济支柱。就这样，我们一直维持表面的关系。”

“孩子，苦了你了。”

“大叔，还有很重要的一点，这个张建设，怎么说呢，说他为了挣钱不讲道德义气不假，但为林英、林海保守秘密，为我们这个七人之家提供经济支撑也做得毫不含糊。有一次喝多了，他说了实话，当时他喜欢我，但他无法与阳光帅气的林海比，出于嫉妒，他参与了牛胜利逼林海、林英跳江的围攻批斗。但林海、林英真的跳了江，他又后悔，他说他这一辈子最后悔的就是逼林海、林英跳江，他说那就不是人干的事。”

“看来，这个人还是有良心的。”

“是，也就是冲着他能呵护我们一家的情义，我才愿意与他保持名存实亡的婚姻关系。他呢，需要我这光鲜亮丽的外表，我呢，需要他兜里的钱。”

“孩子，现在林海、林英怎么样了，他们在哪里？还有我的两个孙子，我要去见他们，马上……”

“大叔，我跟您说这么多，讲了这么长的故事，就是想让您缓缓神，事先心理有些准备，林海可不是上高中时那个英气勃发，帅气无比的大男孩，林英也不是那个冰清玉洁，美丽聪敏的大姑娘了，你见了他们，会……会让你伤心无比的。”

“孩子，只要能找到他们，什么样子都是我的孩子，我都要，都要。”

“大叔，我会领您去的，到时候您可要挺住哟。”

“放心吧，我离开他们时，他们才两三岁呢！”

“啊？这么多年……您怎么……”

“一言难尽，以后再慢慢给你讲。还是先带我去找他们吧！”

“大叔，让我骄傲的是，我和海哥哥的两个孩子特争气，一个在北京，上北大，一个在上海，上交大，去年刚考上的。”

“好……我们走吧！”

“大叔，您还是先等一下，我得跟张建设说清楚，两个小时后我带您去。”

四十一

在瞿家湾半方水圹，两片竹林，三座山包，五间茅屋里，林振川终于见到了自己的一双苦难儿女，林海和林英。

瞿家的两个孩子，一个在海安县工作，一个在乡政府上班，听说林海、林英找到了亲人，也都赶了回来。由于茅屋内光线低暗，他们就把林海推到了茅屋外的稻场上。林英手脚还很方便，听说有亲人来，她也把她的苏绣台架搬到了稻场上。不管县、乡来人如何张罗，她总是目不转睛，全力以赴穿针走线，在绣她的一张“清江锦绣”的绣品，几乎没有抬头，也没有走神，全神贯注地在完成她的作品。

林振川由柯灵灵、瞿和、瞿好陪同，来到了林海和林英的面前。

“大叔，这是林海！”

“大叔，这是林英！”

“林海，你父亲来了，抬起头。”

“我父亲林振川，我母亲雷淑娴。”

“孩子……”林振川扑上去抱住了林海。

“你……”林海推开了林振川，“你是谁？”

“我是你爹呀！”

“爹？谁是爹？爹……”

抬起头，根本不认识人的林海，毫无血色、灰黄的脸，铁青光着的头皮，清洁但发旧的衣服，让林振川心如刀割，他不由得悲从中来叫出：“海儿，我是你爹呀……”

“林英，我……我们有爹吗……爹……爹是什么，什么东西。”

任凭林振川怎么呼喊搂抱，林海毫无知觉，毫无反应，毫无见亲爹的意识，这种情形，让一生经历过无数事情的林振川失去了主意。

“海哥哥，”柯灵灵走上来，“海哥哥，你看看我，我是灵灵，咱爹回来了。”

“灵灵，你又一个星期没回家了。”

“他是咱们的父亲，爹，爸爸。”

林海说：“我知道你，我媳妇！我，你说什么，爹，爹是什么吃的，吃过，没吃过……”

“大叔，林海这一会儿不清醒，他每天也就有那么十分八分钟的清醒时间。你问他，他能记起一些东西，但很快就糊涂了，啥也不知道。”

“我知道，你是我媳妇，林毅、林力的妈！”

“他是你的爹！你父亲！”

“是，他是你父亲，你父亲是啥东西。”

“林英，你爹找你来了！”

“英儿！”

林英对走近身前的林振川好像没听见没看见一样，既不抬头，也不转脸，而是继续飞针走线，在绣她的作品。

“英儿，我是你爹林振川呀！”

林英依然没有抬头。

“英儿，我是你爹林振川，你妈是雷淑娴。”

林英依然低头一针一线在走着。

“英儿！”林振川跪在了地上。

“我们没有爹！”

“孩子，我知道我对不起你们兄妹俩。”

“我爹早死了！”

“英儿，我刚从老家过来，你姥爷还在，你姨姥姥也在，他们让我把你找回去。”

“我爹是八路军解放军的大英雄，可他死了。如果他没死，如果他还在，我妈妈挨饿时，他在哪儿？我妈妈危险时他在哪儿？我们碰到危难时他在哪儿？我们被逼跳江时，他在哪儿……在哪儿？”林英扑在绣品上，边说边痛哭不已。

林振川这才冲上去，紧紧抱住了自己的女儿。

林海也爬过来，抱住自己的妹妹：“妹妹不哭，妹妹不哭，有哥在呢……”

父子仨哭了很久，突然，林英推开两人，从小凳子上站起来，盯住林振川问：“你是林振川？”

“我是你父亲。”

“父亲？父亲？”说到这里，林英满眼热泪夺眶而出，“父亲？也许你是我和林海哥哥的父亲，也许以后我们认了你。可是，你知道，这三十年来，我和哥哥都是无父无母、无根无底的人，我们是从天上掉下来的，我们是大河里流出来的，因为只要说有父母，就要查父母的阶级成分，查他们的政治态度。好在这一方水土上的父老乡亲，收留了我们，保护了我们，说我们是上游发洪水冲下来的，说我们少不更事，说我们失去了记忆。可悲的是哥哥为了救我，在江中长时间缺氧，脑细胞坏死，真失忆了。而可叹的我，为什么不也失忆了？如果失忆了，就没这么多痛苦了，就不会在你这个‘父亲’来时心如刀绞了。我和哥哥在这里整整三十年了，如果说有亲人，那就是瞿姓一家了。瞿奶奶既是我们的奶奶，也是我们的妈妈，她老人家是这个世界上最好的老人了，他们家再苦再难再贫，也一心一意待我们，尤其对身体不好的哥哥，比对他的亲孙子都亲。”说完，林英“扑通”一声跪倒在瞿和、瞿好身前，“瞿家兄弟，谢谢你们一家，谢谢瞿奶奶。”

“林姐快起，林姐快起！”二人连忙把林英扶起来。

“瞿奶奶就像是观音再世，就像普照尘世的慈祥佛光，如果说我们在万般苦难中能有阳光照耀的话，瞿奶奶就是我们的阳光雨露，我相信，只要瞿奶奶在，哥哥的病就能治好，我的生活也会好起来，可是……”说到这里，林英又洒下一串串泪珠，“可是瞿奶奶十七年前就走了，走了，留下了我们，留下了瞿和、瞿好。灵灵妹妹，我还要谢你，是你给我们灰暗无望的生活增添了几分亮色。哥哥本来完全失忆，本来就瘫痪在床，是你，是你的纯洁之爱，是你的真诚之情，暖化了哥哥，叩醒了哥哥，让哥哥能从床上爬起来，时而能记起一些往事。最重要的是，你为林家送来了一对可爱的孩子，孩子是我和哥哥生活中的阳光，有了他们，我们才有活下去的理由，才有活下去的盼头。灵灵，我谢谢你！”说完，林英又是跪倒在地，向柯灵灵“咚咚咚”磕了三个头。

“姐姐，不敢当，姐姐起来。”

“三十年了，三十年加起来，我也没说过这么多话。三十年了，三十年加起来也没流过这么多眼泪。三十年间，我没有一天不想去死，我活在这个世界上还有什么意义？无父无母、无家无源，没有走出这湾塘一步，没有跨过这大山一角，因为我们没有身份，没有户籍，不能出外学习，不能外出打工，更不敢奢望回雷家湾老家。因为，因为家乡会不会还把我们当作特务内奸的子女，会不会给姥爷、姨姥姥带来什么麻烦？可我真是想他们，姥爷该有一百岁了，他老人家，还有姨姥姥对我和哥哥亲得很，好得很。我想死，因为死，可以解脱一切，可以摆脱苦难，可哥哥怎么办，哥哥怎么办？哥哥因为救我才变成这样，依哥哥的功夫和水性，长江是淹不死他的，哥哥为了救我，为了让我浮在水面上，好多次都要好长时间沉在水下。时间长了，那可是几天几夜呀，哥哥那么强健硬朗的人，如果不是过长时间淹没在水中，他怎么会痴？怎么会傻？怎么会瘫？怎么会失忆？为了哥哥，我必须苟且偷生，我必须活着，可活着……”

说到这里，林英忍不住，抽泣不已，浑身颤抖，林振川实在不忍，又伸手去安抚女儿，可是，林英正扭头，林振川正伸手，一下子碰掉了林英头上的包巾，头巾落地，林英的满头白发全袒露了出来，还不到五十岁的林英怎么就满头白发了呢？看见满头银发的女儿，再看看满脸惨白没有一丝血色的女儿，再看看身单体薄，骨瘦如柴的女儿，林振川再也忍不住心中的巨大悲痛，哭喊出声：“我苦命的孩子……”

“苦难对于我们兄妹，已经是家常便饭。从我们出生起，只过了近四年的快乐生活，三岁那年，父亲被说成是叛徒、内奸、打入共产党内部的特务，我们的生活便陷入了混乱。小时候，哥哥和我就认定，爹爹不是坏人，更不是叛徒、特务。我们等爹爹、盼爹爹，我跟哥哥说，如果爹被关起来，我们就去送饭。哥哥甚至说要把爹爹抢出来。可是等呀等，等到秧苗长大，等到枫叶红遍，等到大雪满山满野，也不见爹爹踪影。最苦的是妈妈，记得我十岁那年，因为拉肚子，半夜起来，看见妈妈向着金刚山，不停地洒泪，不停地唠叨：‘川哥，你什么时候回来。’妈妈到死也在等父亲，妈妈再苦再累再难，也相信父亲会回来，我的妈妈，多么善良的一个女人……”

“孩子不哭，我已经去看你妈妈了，她也入土为安了。我这次来，就是接你们回去，就是给你哥哥治病，就是让你找回做人的尊严。”

“如果你还想找回做父亲的尊严，就请你把哥哥的病治好吧，哥哥都是为了我才变成这样的。”

柯灵灵走上来，抱住了林英：“林英，你也是为了海哥哥才落到这步田地，听大叔的话，去大城市，治好病。”

“我哪儿也不去，哪儿也去不了，我要把这几幅作品绣完，绣完了，林毅、林力下学期的学费就有着落了。”

“听说那个韩劲还单着呢，他还在等你。”

“不要说他！”林英发出微弱的吼叫，吼叫后，脸色发紫，急喘粗气，喘着喘着一口气接不上来，歪倒在地上。

“林英！”

“英姐！”

“林姐！”一群人都围了上来。

林振川伸手去摸林英的脉搏，脉搏没有了，去摸林英的心跳，心跳也几乎没有了。林振川真的害怕了，他害怕找到了女儿，又失去了女儿，他害怕儿子成这样了，女儿又会那样了！他痛他悔，他伸手紧挖自己的大腿，以致大腿被挖得鲜血淋淋。

“大叔，怎么办？”

“送医院！”

“可这里离乡卫生院有十几里路，离县医院有四五十里路。”

林振川急急忙忙跑到瞿和、瞿好跟前，“扑通”跪倒在地：“救救我女儿，救救我女儿，只要能救我女儿，让我干什么都行。”

瞿好是乡里干部，瞿和在县里工作，两人一商量：“这样，大叔，我找几个壮劳力，绑一副担架，先往乡卫生院送，同时要县医院的急救车，好在乡医院在去县里的途中，先在乡医院打个急救针，等县医院急救车来了，再往县里送。”

一行人把林英送到了乡医院，刚打了急救针，县医院的救护车就到了。等到把林英拉到县医院，全面检查和紧急救治后，林英终于有了心跳，但心跳在每分钟四十多次，脉搏也极其微弱。趁着医生让病人家属离开病房的时机，林振川着急地问了主治大夫。主治大夫告诉林振川，“你女儿的情形不好，心脏功能不正常，现在检查不出什么大病。”

“怎么办？”

“建议观察两天，稳住后，去大城市治。”

“这里离上海近，离南京也不远，如果需要，去北京也可以。”

“你女儿的病，我分析是整个机能的问题。听说南京大学医学院正与美国合作搞一个科研项目，应该与你女儿的这个病有关系，建议去南京。”

“就去南京。”

医生走后，林振川一个人独坐了很长的时间，除了无限的追悔和自责之外，他要做出最大的努力，为这对苦难的儿女做应做的事情。他首先给在武汉的女儿林俊雅打电话，让她迅速赶往南京，为林英联系住院的所有事情。接着他又让女儿通知在新疆的小儿子，让他尽可能地变现一部分资金，尽快把资金转到他的名下。第三他叫来柯灵灵，他告诉柯灵灵：“如果你跟张建设离婚，你将来的一切生活安排，由我们林家负责。同时，也跟你商量一下，我想把海儿接到南京一块治，南京不行去北京，国内不行去国外，只要能治他的病，一切都在所不惜。”

“大叔，我相信您，但是……”

“但是什么？”

“过去咨询过几个名医，他们说林海的病能治，但需花很多的钱。”

“相信大叔，这些年啥没落下，就是挣一点钱。”

“好，海哥哥有救了，有救了。”

“还有一件事。”

“大叔请讲。”

“等我把林英、林海都送到南京，各项治疗进入正规了，想请你通知我……”

“什么？”

“我那……”

“你那俩孙子……”

“对！”

“可以！”

“让他们俩趁着节假日到南京，让他们去看看他爹，他姑，也让我……让我看看他们。”

“没问题。俩孩子要知道爷爷回来了，知道他爷爷能治他父亲的病，不知会有多高兴呢！”

“还想……”

“还有事？”

“还想问的是，你说的那位韩什么……”

“韩劲。”

“林英跟他是怎回事？”

“唉，大叔，林英命苦呀……”

林英是雷淑娴的女儿，天生一副美女坯子，虽然掉江逃难躲到了远离人口村落的乡镇，但美是客观存在的，美是深山远水藏不住的。慢慢地外来的人，知道这一湾水圹、五间茅屋里还藏着一位国色天香的清纯少女。虽然那个时候，林英素衣无妆，清水芙蓉，但走近林英，便会发现，她不仅有种高贵大气的美，更有一种天然纯净的美。最重要的是，由于家庭的原因，林英对人总是浅笑低声，轻言细语，从不严声厉色，从不跺脚瞪眼，待人接物平声静气，和气平淡。惹得十里八里的乡党朋友，邻里乡亲，没有一个不喜欢她的，没有一个不说这姑娘好的，自然喜欢她的，想讨她做儿媳妇的、做老婆的大有人在。开始，瞿老奶奶在的时候，林英总是说：“婚姻大事，父母做主，这种事，奶奶在家主事，请问奶奶。”而奶奶早就征求了孩子的意见，如果是一般的人家，就说孩子还小，还不想考虑这些事。如果是县乡有来头的人家，瞿奶奶会说，林英有个失忆半瘫的哥，要嫁，哥哥必须一块带过去。就这样，许多人家望而却步，再有不计较这些，答应娶林英又愿意养林海的，奶奶就这样说，这俩孩子成分不好呀，父亲是特务，家里成分高，嫁过去不仅生活负担重，政治前途还会影响年轻人未来的。一些人听了这些，犹豫迟疑，慢慢就不提了，但还是有铁了心要与林英终生厮守的人，这个人就是韩劲。韩劲父亲是北京一位副部级干部，母亲是研究院的高级研究员，“文化大革命”期间一家都被赶到了这长江边的渔村接受贫下中农再教育，韩劲正好跟着父母也来了。一个偶然的机会，韩劲听说瞿家湾有一位半瘫半傻的青年需要照料，年轻人在农村无事，就跟随生产大队的赤脚医生前来照看。在照看的时候，发现了林英。从此，韩劲就如着了魔一样，他几乎每天都往瞿家湾跑，说是照顾林海，实则想接近林英。韩劲是一个文雅、俊秀的青年，谈吐风雅、举止文明，比林英大两岁，慢慢地他与林英成了朋友，慢慢地两个人相爱了，尽管林英极力拒绝，但真爱是挡不住的。而自从韩劲来了之后，林英的脸上开始有了灿烂的笑容，林英开始用山上的菜园里的花朵装扮自己，而韩劲呢，也倾其所有，把家里好吃的、好用的，甚至把他姐姐、他妈妈的好衣服拿来，让林英穿。韩劲的出现，给林英灰暗无望的生活带来了绚丽的亮色，给她冰冷的心底注入了温暖和热情，韩劲是真心爱林英，林英也是全心地爱韩劲。两个人从认识到相爱，整整花了两年多时间，纸是包不住火的，好的事、美的事也是瞒不住的。韩劲向他的父母申请，要求在乡下结婚，他的爹妈大吃一惊，他们怎么会相信，他们的孩子会在这长江边的荒远渔村里找到爱情。韩劲的妈妈找到了林英，看见林英后，她也十分喜欢林英，她没有想到，在这偏僻贫穷落后的江汉子山村里会有如此优秀美丽的女孩子。父母嘛，自然要打听，林英家有什么人，说有一位奶奶，有两个正在读书的弟弟，这也能接受，但一说到有一个瘫痪在床的哥哥，韩劲的妈妈开始皱眉了，但想了一会儿，咬咬牙，也认了。但问到林英的父母是谁，在哪里，林英说，我们是从小讨饭来这里的，不知父母是谁。父母是什么身份不弄清楚，儿子的前途会不会受影响？问林英，林英不知道，问瞿奶奶，瞿奶奶跟林英说的一样，问问林海，林海什么也听不懂。后来，韩妈妈想办法问柯灵灵，终于问出了林英父母的情况，父亲是特嫌，是内奸，解放以来一直没弄清楚。这还得了，如果韩劲的妻子是特嫌的女儿，他的前途将受到极大的影响。韩妈妈还指望韩劲将来当外交官，为家庭争光呢，如果与林英结婚，这一辈子韩劲有可能就在这江汉子的小山村度过了。不能，绝不能。韩劲妈妈下定了决心，先与韩劲摊牌，韩劲坚决不同意，他说他愿意与林英在这山村厮守一辈子。当然，韩劲妈妈是没办法与林英说开的。后来，韩劲妈妈想了一个十分下作的办法。她叫来一个追了韩劲三年，十分喜欢韩劲的女同学，把韩劲用安眠药药昏，然后把韩劲衣服脱光，让他与同时脱光衣服的女同学一同躺在预先设置好，离林英家不远的一处农舍里，等韩劲的药性即将失效，也就是他即将醒来的时候，韩劲妈妈派人把林英叫到了农舍，说是韩劲在农舍与她有要事相商。等林英进入农舍，推开卧房的时候，也正是韩劲醒来的时候，韩劲听见林英叫他，不知道自己是脱光了衣服，赶紧从床上坐起，而那位女同学也同时从床上起来，抱住了韩劲，这不堪入目的一幕恰恰被进来的林英看见了，林英“哇”的一声，哭着狂奔而回。此时的韩劲，也因为此事，被女同学死死纠缠，又被母亲困住。而等待韩劲解释的林英，在茅屋里哭了五天，也等了五天。五天过后，林英不哭了，不等了，但年纪轻轻的她，头发竟白了一半。三个月过后，韩劲从父母身边逃脱，又来找林英的时候，林英的心已死、情已灭。无论韩劲怎么解释，怎么劝说，怎么乞求，林英都不理不睬，不应不答，不说不言，弄得韩劲一个星期没有办法。韩劲知道伤了林英的心，就默默地在林英身边，帮林英干活，帮林英烧饭，帮林英绣布，帮林英侍候林海。但不到两个月，韩劲的爸妈又来了。因为韩劲的父亲解放，被结合进国家外经委革委会，做父亲的为儿子谋了个在使馆的工作，拉着儿子去上班，韩劲不去，韩劲爸爸发了牛脾气。韩劲本来就有点惧怕父亲，父亲这样严厉，韩劲拗不过，只得跟着回家，又出国。临走时，对林英信誓旦旦，说非她不娶。已经心灰意冷的林英在韩劲一个月的陪伴中知道了事情的来龙去脉，知道韩劲心里有她，本来已经冷酷的心田开始复苏，但韩劲又突然被叫走，让她又跌入冰谷。而真正把她打入深渊的是一年后，原来追求韩劲，并上演污浊难堪一幕的女同学，又拿着韩劲与她的结婚证来找林英。她告诉林英，韩劲说了，虽然爱你林英，但国家事大，父命难违，出国不能有有政治问题的妻子，所以，他韩劲不可能与林英在一起了。还说，林英是一个好女孩，请再选爱人吧。看见听见韩劲女同学说的这一切，林英咬破了嘴唇，没流一滴眼泪，没说一句可惜的话，没让人看出一丝的痛苦和悲伤。韩劲同学走后的第三天，林英从茅屋里出来，已是满头银丝了，可怜，那一年，她才二十三岁。

然而，悲剧并不是林英一个人的。韩劲被父母绑架的婚姻存在于他出国工作的六年里，回国后，他就与那位同学分开了。了解他的人都知道，他心里只有林英，林英也知道，韩劲只爱她一人。但韩劲因为给林英造成了莫大伤害，他也知道林英一直未嫁，知道她满头银发是为了他，知道林英只有一个思想，就是侍候哥哥林海，所以他无脸无胆无力再来找林英，但是他决心终生不再涉及婚姻，不再招惹爱情，如果林英有个三长两短，他也绝不在这个世上多活一天。所以，回国后不久，他就从北京调到离林英最近的一家研究单位，只做一般的研究人员，据说每个月他都要来瞿家湾一趟，藏在离茅屋不远的树林里，只要能远远看见林英一眼，他就心满意足了。时间长了，终于让瞿家人知道了，发现了，但韩劲跪地求他们不要告诉林英，他一辈子毫无所求，只要林英能平安无事，只要能看见林英就够了。

然而这一切，绝顶聪明的林英能没感觉吗？肯定有，她也发现了，但年岁已大的她，身体状况不好的她，肩负着侍候病瘫哥哥的任务的她，承担为两个侄子供给学费的她，只能把一切都埋在心里。更重要的是，她知道自己的情况，尤其是自己的身份，她不想也无力去打开感情的闸门。她让一切都归于平静，都维持现状。时间长了，真的心死了，情灭了，见与不见，有与没有，对她已经不重要、无所谓了。

这一次，是见到了她的亲生父亲，记忆的大门打开了，情感的水流涌出了，一向心如止水的她，一向不惊不喜的她心里陡地起了巨大的波澜。首先是她的情绪受不了，她兴奋她激动，她要发泄，她要说话，生理更受不了，本来她的身体已接近油干灯灭的状态，突然遭受这么大的情感冲击，她极其脆弱的心脏，极其衰退的身体，本来就承受不住了，柯灵灵又突然提起她情感天地中最敏感、最脆弱的问题，她的爱情，她爱的男人，怎么不让她突然崩溃、突然昏倒呢！

柯灵灵向林振川介绍完这一切，自责地说："对不起大叔。"

"恐怕你得改口了。"

"大叔，您会认我？"

"你是我们林家的功臣，只要你愿意，我怎么不认。"

"爸。"柯灵灵也泪洒衣襟。

"这样好，林家欢迎你回来。"

"爸，您回来我们真高兴，我相信林英也会高兴，您离开太久了，她有些怨气，你不要怪她。"

"孩子，我怎么会怪她，她是我最疼爱的孩子呀！"

"我想让林英高兴起来，我知道她和韩劲之间有误会，我想把韩劲等她的消息告诉她，盼望她能得到幸福，没想到刺激到她，让她病倒了，都怪我。"

"英儿身体太差了。不怪你，要怪也只能怪我这个无情无义的爹。"

"爸，您也不要自责。您这么多年肯定有您的苦衷。林英是天底下最善良的好孩子，瞿家湾远近前后那么多大人小孩，男人女人，没有不夸林英好的，我相信她会认您的。"

"我相信……"说到这里，林振川忍不住又双泪迸流。

四十二

在海安县医院观察了三天，林振川把林英转往南京大学第一附属医院，同时，林振川又叫了一辆救护车，把林海也拉上，一并送南京的大医院救治。

好在林俊雅已提前赶到南京，事先联系好了专家和病床，林英一到，就住进了医院。由于林俊雅上下打点，左右通融，林英住进了最好的病房，这一点让林振川悲伤的心有了些许的安慰。

林英在县医院就一直处于昏迷状态，心脏很弱，脉搏很少，到了南京的大医院，依然没有任何改观，林振川和林俊雅就在科室主任和主治医生面前说了几大筐的好话，希望他全力施救。

“主任，拜托你们，求求你们救救我女儿。”

“是要救。”

“求你们，不惜代价，不惜一切。”

“不惜一切，你女儿这个病如果全用进口的药材，会花费很多钱的。”

“多少钱也在所不惜。”

“要多少钱？”柯灵灵问。

“大致得二三百万吧。”

“啊……这么多？”

“没问题，主任，你用最好的药，用最有效的办法。”

“你有这么多钱？”

“有！即使没有，我卖房子卖财产，卖血也要救。”

“好，有这话就行。”

有钱用好药还真管用，三天后，林英的脸上有了血色，五天后心跳、脉搏都正常起来了，主治医生告诉林振川：“再让病人养两三天，估计就可以睁开眼，也可以与你们交流说话了，但你们现在不要动她，更不要刺激她。”

趁着林英静养的空当，林振川与林俊雅、柯灵灵一起，又把林海安排进医院做全面检查。赶巧，美国的一个专治此病的专家组也参与了会诊，会诊的意见是，这个失忆瘫痪的毛病，的确很严重，但运用新科技、新药也可能产生效果。

“能完全治好吗？”

“No！”外国专家和中国专家的一致意见是，这个病目前彻底根治是不可能的，但争取到的最好结果是，瘫痪治愈，人完全能站起来，甚至能做简单的活计，但由于脑细胞死亡面积大，治疗时间太晚，能新陈代谢的部分可以新陈代谢，有些部分已经完全不可能恢复了，但最好的是有一小部分记忆，能思考、说话、交流。但还会忘事，还会出现糊涂的时候，最好的结果是，经过三五年的治疗，也可能基本上算个正常人。

“好、好、好。”柯灵灵听后，连说三声好，因为这个正常人对她和他们的两个孩子来说，太重要了。

“我希望能有更好的结果。”

“一起努力吧！也许最好的结果靠三年后病人的恢复和锻炼。”

林海的情况也只能这样了，林振川已经无暇去追悔和自责了，他目前唯一能做的，就是用全部的时间、财产和精力，全力以赴医治两个孩子的病。他给远在新疆腾格里扎哈林镇的小儿子打电话，让他们在未来半年左右的时间里，至少准备一千万的现金，小儿子二话没说："可以！"林振川还告诉小儿子，如果变不了现，就卖掉一个矿，小儿子二话没说："不用，这两年挣的钱是够父亲在内地用的。"

当林振川多方周旋为儿子筹钱，安排治病的时候，女儿的主治医生派护士找到了他，让他赶紧去科里一趟。

林振川来到了林英的主治医生办公室，正好医院的一位副院长，心内科主任、副主任，还有几个医生都在，大家一脸的庄严和肃静，林振川问主治医生："陶大夫，有什么事吗？"

"林先生，正好今天医院的蒋副院长，科室的汪主任、钟副主任都在，我们想就你女儿的病与你交换意见。"

"不是都说过了吗，你们尽心治，有什么好药尽管上，只要能把我女儿的病治好就行。"

"现在不是治疗的问题，不是费用的问题，而是你女儿自身的问题。"

"她怎么了？"

"她的心肺功能、肝肾功能在快速衰竭。"

"那赶紧用最好最管用的药呀！"

陶医生摇摇头："什么药都用不上了。"

"怎么会这样？"

一位年纪大一点的医生说："老林同志，我们理解你救女儿的心情，你女儿也是一位十分善良可爱的女性。根据我的经验，你女儿是经历的痛苦、遭受的重压太多太沉重也太长久了，过去，她完全靠意志力支撑，靠一口气顶着，现在，你来了，她突然放松，突然松了一口气，她完全放下了，以至于身体所有的功能都在迅速衰退。举个不好的例子，正如一个鼓满了气的气球，有气的时候，它能跳能飞，而一旦气放了，全松了，气球完全塌下来了。"

"就……就没办法……抢救呀！"

几位医生都摇摇头："你的女儿……救不了了！"

"啊——"林振川一口血冲出喉咙，他喷了一股鲜血，很快晕倒了。

经过两个小时的急救，林振川醒了过来，在病床上，林振川运气调理了一会儿，他感到自己的身体没什么大问题，就从病床起来，又赶到了主治医生办公室。"陶医生。"

“林先生，你应该休息。”

“我的身体我知道，没问题。”

“给你检查后我们也认为，你身体没大问题。”

“我女儿怎么……怎么办？”

“我只能说，命运不可违呀，医学也是有限的。”

“目前怎么办？求你们，救救我的女儿。”说着，林振川“扑通”跪了下去。

“林先生，请起来！”陶大夫把林振川拉了起来。

“我大致了解了一下情况，你女儿是个优秀、坚强的女性，她应该吃了很多的苦，但她能咬牙撑到现在，不能不说是个奇迹。按她的身体状况，几年前就应该不行的，不知她是怎么坚持到今天的。”

“我苦命的女儿哟！”

“林先生，你也这么大年龄了，说句信命的话，认命吧，趁着还有段时间，好好陪陪她，给她做点可口的饭菜，陪她说说心里话，她既然已经吃了很多苦，这最后的日子，让她过得快乐些。”

“还有多……长时间？”

“长则半个月，少则一周。”

“啊——”林振川傻在原地，眼泪如决堤了的水，不停地往外奔涌。

林振川这才感到作为父亲的无能为力和无助，他也感到金钱的无力无效，即使有再多的财富、金钱，能挽救女儿的生命吗？甚至他感到亲情感情的无力无助，如果女儿能治下去，好起来，他可以从此以后一刻也不离开她，他可以为她付出全部的心血和时间精力。或者说，如果能用性命换，哪怕用自己的性命，换女儿的命，也在所不惜。想到这里，林振川又找到林英的主治大夫：“陶大夫，能不能换血、换心脏、换肝换肾都可以，只要能救孩子的病，我什么都可以换。”

陶大夫苦笑：“老林，我理解你的良苦用心，但林英的病不是哪个器官坏了，可以更换，而是供应器官的血脉和能量失效了，不管用了，就像一块坏死或被核污染了的土地，你换上什么庄稼，栽上什么植物，它都不可能生长了。这已经十来天了，说实话吧，别瞎折腾，好好陪陪孩子，你这么大年龄了，林英也是壮年了，听命吧！”

林振川还能说什么，他叫天天不应，呼地地不灵，他可怜的孩子，苦命的女儿就这样要走了、要离开了。他能动用的力量，可以利用的资源，他都动用了，可还是换不回孩子的命，也许这就是命，也许这就是上苍对他的惩罚，也许是大地对他当年出走的报应，也许真应该听从医生的话，在女儿极其有限的生命日子里，好好陪陪她。

林振川想了想，然后走出医院。

林振川抱了一大束盛开的各色鲜花，来到了女儿病房里。柯灵灵和林俊雅告诉他，林英又睡了。林振川把林俊雅和柯灵灵叫到一边，说："哪也不要去了，不要找了，也不要求了。剩下的时间，我们好好陪林英。妮娜，你每天都去花店，给你姐姐买最美最鲜的花，同时，上街去买一个收放机，最好能多买一些有许多民歌的录音带，多放点歌给你姐听。灵灵，你去街上联系一家饭店，最好是不大但干净卫生的饭店，他们要多少钱都行，我要去给林英熬点老家的大米粥，煮点面籽籽汤，给她烙几块火烧馍，给孩子炒俩可口的家乡菜……"

俩孩子知道怎么回事，看着林振川满含热泪，也都洒泪答应了。

林英状况一直十分不好，一会儿清醒，睁开眼，看看四周，一会儿又闭上眼，开始昏睡。而睁开眼时间长的话，就脸带笑意，平和地看眼前出现的人物。有一次林振川刚好去了卫生间，林英的眼睛就左右翻卷，上下流动，等林振川从卫生间回来，出现在她眼帘的时候，她的眼睛就停止了寻找。而且有一次，她居然发出了"爹……"的呼叫，这一声"爹"的呼叫，让林振川似万箭穿心，也让他幸福得头晕目眩，他赶紧扑上前去："英儿，我是爹，我是你爹！"

"爹。"林英一句话没喊完，又昏了过去。

又过了两天，屋里的鲜花摆满了，林振川亲自去饭店做的饭菜摆满了窗户飘台。每次林英醒过来时，林振川总是亲手为林英喂上几口白粥，让她喝上点面籽籽汤，还把锅炕馍的内瓤一点点撕给林英尝尝。好的时候，她还能把林振川炒的家乡菜吃上一两片，懂事善良的孩子清醒时看见这些，总是发出甜甜的微笑："好……吃。"

从林振川专心照顾林英，已经五天了，第五天，是个艳阳高照的好日子，窗外蓝天白云，温暖明丽的朝阳透过病房的大玻璃窗照射进来，让病房里的鲜花更艳，光线更明亮。而林英醒得比过去早，也比过去清醒，她对前来查房的大夫突然说了话："大夫，打……针，我……我要说话。"

这让林振川大喜过望，他赶紧凑到床前："英儿……"

林英艰难地抬起手，指着大夫："给我打……针，我有……话要说……"

林振川看看陶大夫，陶大夫也看看林振川，不知作何回答。

“让……大夫……给……打……针，我……说……话。”

陶大夫说：“老林，林英的意思你明白吗？她要我给她打强心针，她可能有许多话要给你说。”

“打！”

“打？会加快……”

“打！”林英说得很坚定。

“打！”林振川知道孩子的日子不多了，这个时候她提什么要求都会满足她。

强心针打下去半个小时后，林英的脸泛起了难得的红晕，她真的来了精神，她挣扎着要坐起来，林振川扑上去：“英儿，你躺着，有话躺着说。”

林英摇摇头：“我想你抱着我。”

“哎！”林振川把林英扶起来，可怜的林英，生活的挤压和病魔的折腾让本来健康美貌的活泼姑娘变成了骨瘦如柴、身轻如毛的病躯壳。林振川坐上床，让林英靠躺在自己的胸怀中：“英儿，这样可行吗？”

林英点点头：“爹！”

林振川含泪答应了：“哎！”

林英可能是强心针的原因，更可能是回光返照，说：“爹，我又有爹了。”

“英儿！”

“爹，我说不了多少话了，你让我多说几句，可能以后，我说不动了，说不成了。”

“好……”

“爹，你出现在瞿家老宅，我就认出你了。你走时，我两岁多，但你的样子，我……永远都记得住，你永远都是那样英武刚毅，就像我妈妈，永远都是那样和善美丽。爹，我只记得，小时候你最疼我，每次回来，你总是抱住我，让我骑在你脖子上四处跑，有好几次，哥哥看见有点不高兴。爹，你回来了，女儿多想好好侍候你、孝敬你，可……是，女儿没劲了，女儿没力了。爹……别忘了妈妈，妈妈爱你……妈妈一直到饿死都等着你。爹，你和妈走后，我还有活下去的信心，因为有哥哥。哥哥是一棵大树，哥哥罩着我、护着我，哥哥像爹和妈妈一样照顾着我。哥哥宁愿忍受一切也不让我受到委屈和伤害，自从哥哥跳江，我们流落到瞿家湾以后，我的天没了，哥哥变成了那样。哥哥是因为保我护我才变成了那样。刚到瞿家湾的时候，我一个女孩子真不知道怎么办了，不知道路该怎么走，日子该如何往下过。难的时候，苦的时候，我无数次想到了死，可哥哥就傻在那里，瘫在那里，还有你小时候的教导，妈妈活着时的教导，我们是林家儿女，我们不能做孬种。就这样，我要活着，为哥哥活着，为林家活着，后来有了林毅、林力，我要为林毅、林力活着，再大的苦、累、委屈、羞辱，我都要忍下去，我想总会有云开日出的时候。爹……其实，苦、累、吃不饱、穿不暖都不算什么！最屈最辱的是我和哥哥无根无源，无祖无籍，无父无母，我们好像不是这个世界上的人。我们虽然活着，可……这个世界并不认……我们。我无数次感到希望破灭、生存无望，活着没有意义，没……有意义，可我丢不下哥，丢不下林毅、林力，遥望远方的金刚山，也丢不下一天比一天老的姥爷、姨姥姥，更丢不下生死未卜的你……爹。娘临死前告诉我，说……说你还在人世，就是这些念头，支撑着我活着，就是这口气，鼓动着我活着。爹，你突然出现了，我突然感到希望实现了，于是我可以安心了，我可以歇歇了。爹……对不起哥哥，我不能治好他的病……对不起灵灵，我没能把她留在哥哥身边……对不起毅儿、力儿，姑姑让他们上学没有足够的学费……对不起瞿家奶奶和瞿家兄弟，给他们增加许多负担，更对不起韩劲，我知道他不会负我，我也……韩劲，你在哪儿……你在哪儿？……”

“英子，我在这！”病房外居然真有人猛然冲入，冲到了床前，冲到了林英的身前。

“韩劲，真的是你！”

“是我！”

“怪不得，只要我做梦，就看见你在我面前。”

“英子，你要好起来。”

“韩老师，我好……不……”

“英子！”只见韩劲扑上去，紧紧抓住林英的手，“你不能，不能撇下我，你看看我。”

抬起头的韩劲，清瘦，灵秀，孱弱，身体十分单薄。

“韩老师，你……你怎么瘦成这样了？”

“我……别说我，你看你病成啥样了，你要好起来……”

“我……好不了……了。”

“不……你不好，我怎么能好，你不好，我怎么能活，我活在这个世界上的唯一理由，就是你，你一定要活！”韩劲说这话的时候，满脸惨白，浑身颤抖，摇摇欲坠。

“我……”林英突然脸色通红，急剧咳嗽，突然间就昏了过去。

“英儿！”

“英子。”

“林姐！”

“英姐……”

病房里一片混乱，医生护士鱼贯而入，一会儿量血压，一会儿测心跳，一会儿打急救针，一会儿注射强心剂，经过一个多小时的折腾，林英终于平和下来，呼吸稳定了，慢慢地，林英又醒过来了：爹……”

林振川又急忙回应道：“英儿，爹在！”

“爹……你……还抱住……我吗？”

林振川又把林英抱在怀里，让她躺在自己的肩膀内。然后安慰林英说：“英儿，你累了，少说几句，你的心，爹……都知道。”

“爹，女儿……真没劲了，我又从长江大桥上摔下去了，我……一直往下……坠，我收……不住……了。”

“英儿……爹抱着你，有爹呢！”

“爹，女儿……不孝，女儿……不能侍候……你……了。”

“英儿，你是天底下最孝顺的女儿。”

“爹，姥爷……我看……不到了，我不能……”

“英儿，姥爷会来看你的。”

“还有姨姥姥，她……对我和哥……很好。”

“爹……我要去陪妈……妈，妈在那里……多孤……单。”

“英儿。”

“爹，哥哥……交给你……了，毅儿、力儿交给你……了，韩老师也拜托给……你了。”

“英儿……”

“爹……爹……爹……”

林英的话音越来越弱，越来越小，最后没有了声音，再看看林英，惨白脸颊透出了红晕，长长的睫毛盖住了双眼，眼角挂着两粒晶莹的汗珠，面容露出淡淡的微笑。林英，眼闭上了，嘴闭上了，心脏停止了跳动……

“英儿，我苦命的孩子……”林振川发出了令人心灵发抖发颤的呼喊。

一片呼喊之后，医生来了，医生检查之后，摇摇头，出去了。之后，屋内发出悲天抢地的哭喊。

林英走了。带着一生的苦难、辛酸和屈辱走了，带着临走时片刻的幸福的父女团聚、凄美的爱人相会、难舍难丢的兄妹真情，离开了这个她想弃弃不了，想留又没留住的世界。这是一个多么善良纯美的女人，总是微笑地面对这纷扰的人生，总是平和友善地接待五光十色的人们，她虽微不足道，但对他人、对世道做着些微的贡献，而她，绝没伤害任何人，绝没有损害社会。可是，就这么一个好女人，走了，永远地离开了她牵挂的人，永远地离开了这个世界。

林英走了，三天后，一生爱恋林英，却未能在一起的韩劲也倒下了。韩劲知道自己将不久于人世，知道没有林英他绝活不成，就在三天前给林振川写了一封信，向林振川描述了他与林英铭心刻骨的爱情经历，讲述了他的希望他的忠诚他的软弱他的无奈，最后，他向林振川提出一个要求："林大叔，我死后，能不能留一把我的骨灰，埋在林英坟前的土里，生在人间不能在一起，到了阴间让我好好看护她。"

林振川还能说什么，除了多洒几把眼泪之外，征得韩劲父母的同意后，决定把林英、韩劲运回故乡老家。说来也巧，原来，韩劲的父亲也是从鄂豫皖出来的，林振川任独立团团长的时候，韩劲的父亲是独立师二团的一个营长，但他随着刘邓大军一路南下，最后升到了副军长。因为有些文化，解放时转国家外贸部工作，并担任副部长级大官。说起林英、韩劲这一对苦命的孩子，韩劲父母顿足捶胸，无限的追悔，无限的自责，说不尽的道歉话，流不完的追悔泪。

林振川决定把柯灵灵、林俊雅留在南京，照看正在治疗中的儿子林海，自己则雇了一辆大车，拉着两个孩子的棺材，回故乡老家金刚山。

林英是晚辈，林振川把她和韩劲安葬在雷淑娴的下方，这样安排有几层意思，一是作为晚辈，放在淑娴、飞侠的下首是应当的，二是作为林振川和雷淑娴最疼爱的女儿，放在淑娴的下方，既能母女离得近，见面容易，母女俩还能相互照应。最重要的，让母亲看着女儿，是最让人放心的。三是下首这一排坟地，就是留给林家下一代的，百年之后，林家下一代愿意来或有资格来的，大可以进来。

最让林振川痛悔的可能就是林英这个孩子，孩子有什么义务和责任去承担本应由父辈承受的罪责，有什么理由让他们去分担和承受本不该给予他们的苦难？一个多么善良可爱的孩子，一个多么天真烂漫的天使，一个多么甜美温馨的灵魂。还有林海，一个长相、人材、品格俱佳的优秀男儿，本该成为国家建设的栋梁，本该成为继往开来的精英，本该成为好父亲和好丈夫的有志青年，却从十八岁开始，变成了又痴又病的病汉，“我就是一个十恶不赦的浑蛋呀！”在早就去世的淑娴和飞侠坟前，在刚刚入土的老师长坟前，林振川一次又一次地碰头，一次又一次捶胸。而且，林振川突然感到，自己心悸头晕，好像身体慢慢被眼泪和愧悔掏空，他从出发时的强健体魄变得力不从心了。但他顾不了这些，他知道自己应该干什么，办完林英的丧事，他又赶赴下面的征程。

四十三

林振川从南京直达武汉，在武汉市找到了省机械工业局，经过反复打听、求人和查找，终于摸清了全省所有机械厂的厂名、地址和生产内容。林振川说，自己所在的企业发明了一种能减少三分之二员工、提高两倍工效的新型设备，是为全省机械行业解放生产力的。正是由于这样的说法，省局基础工业处的资料室才把全省机械工业的所有企业都兜给了林振川，林振川故伎重演，软磨硬泡成功后，又请对方饱吃海喝了一顿，临走，每人还送了一件价值不菲的衬衣。林振川在资料里反复查找，终于查到了五家叫红云的机械厂，宜昌红云精密机械厂、荆门市关帝庙区红云工程机械厂、黄石红云水利水电机械厂、武汉市红云轻工机械厂、麻城县红云机械制造厂。既然知道了有五家机械厂，就一家一家找吧。

先从武汉开始吧。到了所谓的武汉市红云轻工机械厂，去的时候，早已不是这个名字了。这个名字是1990年企业创建时起的名，两年前，武汉市机械行业改革重组，早就与省机械重工集团合并一处，原来的厂房人员早就面目全非，分散到各处了。林振川从传达室出来，仔细琢磨：这个机械厂肯定不是岳父说的红云机械厂，因为这个红云轻工机械厂最先创办的时间是1990年，相隔二三十年呢。

林振川又到黄石红云水利水电机械厂。去的时候，传达室不让外人靠近，进入的人要亮明证件，外来之人必须有介绍信，企业有武警站岗。没办法，林振川说自己是省机械工业局基础工业处介绍来的，传达室的门卫当不了家，从里面请出一位负责人，此人很和气地对林振川说：“老同志，有什么事我可以帮助你？”

“我找人。”

“找人？找什么人？”

“三十年前失散的亲人。”

“老同志，我理解你想找到亲人的心情，但我要告诉你的是，我们是十年前才从外地迁来的企业。当时我们也不叫红云水利水电机械厂，这个厂名是五年前才用的，你看，我们厂会与你的亲人有联系吗？”

“我想想……”显而易见，十年前迁来，五年前改名为红云机械厂，肯定与雷经天提供的线索不相吻合，没办法，林振川只能放弃。

到宜昌去找红云精密机械厂，这个厂是改革开放后，由科研所的几个工程师创办的，厂子成立时间短，人员年轻，最老的厂党委书记也不过五十岁。听说找姓夏的职工，他们很帮忙，查询了企业所有员工。不巧的是，不管是男还是女，老的还是少的，一个姓夏的也没有。

荆门市关帝庙区红云工程机械厂历史很长，从五十年代中期就建厂了，开始是由街道老弱病残和妇女们办的生产木床、洗衣架等的一个街道企业。当时建这个厂，主要是解决一头沉干部职工的家属和伤残人员的工作问题，工人们薪水很低。改革开放后，工厂跟湖北的大型汽车制造厂合作，为汽车厂生产车架等机械，生意红火、效益很佳。过去，谁也不愿进这个厂，而现在是外人如蝗虫队一样，大家托关系，走门子，让领导批条子才能进得来。因为现在这个厂的职工，收入高，面子大，连媳妇、对象都好找。林振川又打出省机械工业局名义，结果，厂办接待热情。林振川一说找人，厂人事部的干部赶紧扒档案，查资料，询问当年的大爷大妈和健在的老一辈从业者，没有一个叫夏老三的，也没有人收留收养过外来的孩子。

从荆门出来，林振川几乎失望了，还有一个麻城县红云机械制造厂，而这个厂又在偏僻的山区，山高路远。虽说离林振川的家乡不远，但毕竟隔着高高的神农山，隔着远远的金刚山呀。为了找到林侠久，没有希望也要去试一试，因为只有去找没找到，才能死心，并考虑下一步怎么走，去哪儿找。

麻城县不大，红云机械厂也不远，林振川直接去了厂传达室。

“同志，你好！”

“好！”

“同志，你贵姓？”

“门卫刘胜，有事快说。”

“你们这是红云机械厂吗？”

“老人家六十多吧？”

“六十多了！”

“认字吗？”

“认得几个。”

“厂大门的牌子没看见？”

“看见了。”

“看见了还问。”

“想再证实一下。”

“不跟你废话了，什么事吧？”

“我想找人。”

“找人？我看看几点了，十一点十五，哎哟，老人家，对不起，我该下班了。”

“现在才十一点十分。”

“怎么不到？现在厂子放假，你想找人，也没人呀！”

“厂子放假？”

“效益不好。走吧，我要去巡厂了。”

林振川知道这小伙子话不好听，不敢硬戗着问，就跟着叫刘胜的小伙子一块从传达室出来了。刘胜打开工厂大门，林振川也跟了进去，刘胜一扭头：“大爷，我可用不起跟班的。”

“我跟你到工厂转转，看我能买点产品不。”

“那好呀。我们是生产农用三轮车的，过去生产的都不中了，竞争不过东南沿海，现在的农用三轮车、两斗车、一般三轮车，每年生产三个月，一年都卖不完，要能买一点，你可是好人一个哟。”

“让我进去不？”

“进，请进。”

厂子还真不小。在里面转了一大圈，几乎就用去了大半个小时。“老叔，厂子虽然大，但我一定要转一圈，要防火防盗呀，别看我年轻，我负责任！”

“你挺负责任。”

“有相中的吗？”

“我们会考虑的。”

“想买找我哟，有提成的。”

“你们厂有叫夏老三的吗？”

“我刚来一年多，别说夏老三，刘老三我都不知道。”

“那……”林振川不知怎么往下问，“你们传达室谁来的时间最长？他什么时候值班？”

“石尔胆。”

“什么？石二蛋。”

“你老人家真有本事，一下子把这货的名字叫清楚了。”

“真叫石二蛋？”

“石、尔、胆。他好像明天下午的班。”

“好，知道了。”

“老叔，记住啊，要买三轮车找我，我后天下午的班，到时请你喝一壶。”

刘胜关上大门，下班了。

第二天，林振川到传达室，见传达室内一个留平头，短眉凸眼花白脸膛的人，一看就知道是得过皮肤花斑病的人。“请问，你是石班长吗？”

“什么时候给我降职了，我们是保卫科，我是石科长。”

“抱歉抱歉，石科长好！”

“有话快说，有事快讲。”

“请问，你们厂有位叫夏老三的职工吗？”

“我们有肖老四，没有下乱三。”

“同志，我是问正事。”

“老头，我回正话。”

“我问，你们厂有没有一位名叫夏老三的职工。”

“我也告诉你了，没有。”

“你既是科长，能不能打电话问问人事科？”

“人事科，不上班。”

“打电话帮着问问。”

“你是谁？凭什么让我帮你问。”

“你是个干部，有义务帮着问问，有了好，没有，也是个结果。”

“如果我不帮着问呢？”

“那……你不是干部吗？”

“是又怎么样？”

“是就应该为人民服务。”

“可是，我为人民服务，就不为你这个老家伙服务。”

“你……什么态度？”

“我就这个态度，你想怎么样？”

“怎么样？你欠收拾！”

“收拾？你想收拾我？”说着，石尔胆从座上弹跳起来，直冲林振川而来，“老家伙，找死吗？”

“石科长，我劝你冷静点。”

“揍了你再冷静。”说着，石尔胆一拳就挥了过来，林振川侧身一让，伸手抓住了石尔胆的肩膀，只听“咯咔”一声，伴随着石尔胆的凄叫，石尔胆左肩耷拉下来，林振川伸手又抓住了石尔胆的右肩，用力按下去。

“大爷饶命！”

“你不是很横吗？我给你留点面子，否则，你的左手要废了。要不，右手再试试。”

“大叔饶命，饶了我，我是龟孙、我是王八蛋、我是狗日的，只求你饶了我。”

“小子，告诉你，别说你一个人，像你这样的就是十个、二十个，也不在我话下，你最好给我问问，我明天还来找你。”

林振川一脚把石尔胆踢了很远，推开传达室的门，扬长而去。

林振川又用了两天时间，去了红云机械厂传达室四次，还是有好心人的，有人帮忙问到了厂人事科科长的电话。林振川如获至宝地打通了人事科科长的电话，科长人也是蛮热情，就是太啰唆：“哎哟，林先生呀，现在都兴喊先生，先生哟，我是五年前才从部队转业来这里的呀。为什么？你不问我也要告诉你的哪，为了老婆，娶了麻城的老婆，也就嫁给麻城人了，没说的呀。这里山高水远，却民风淳朴，人嘛，还是蛮好的，对我们上海人还挺好的。你问什么人？夏老三，我们厂就二百多人，我记得清的哪，每一个人都记住，有四五个姓夏的，可没有叫夏老三的，这人有多大年龄？”

终于轮到林振川说话了：“大概有六七十岁吧？”

“哎哟，到底是六十还是七十，林先生哟，你可要说清楚。”

“应该……应该七……七十岁吧！”

“林先生，如果有七十岁，十年前就该退休了，我五年前才来，知不道的。”

“能不能查查档案？”

“哎哟，别说档案，说档案让我火躁躁，过去的档案乱丢乱放，我来时，就没有完整的档案资料。我花了五年时间，把现有人的档案材料全部弄齐了，不说夸口吹牛皮的，这二百多人，我是麻城人吃豆腐拌小葱，一清二楚，可没有你说的夏老三，姓夏的职工没有大年纪的。”

“过去的档案呢？”

“哎哟，别说过去，气死人了，都压在工厂大仓库的老资料室下面了，全部是灰尘，是虫子，我去了几次，下不了手的。我找到过一个花名册，我记忆力蛮好的，没有叫夏老三的。”

“真的没有？”

“真没有，姓夏的极少。”

“极少说明还是有的。”

“有两个，都是女职工。”

“真没希望了？”

“林先生，可不能这么说，你把地址、电话留下，我们准备下半年整理过去的档案，如果有夏老三，我一定告诉你，我们工作很负责任的，请林先生一定放心。”

林振川还能说什么呢！他只能回饭店，休息一下，再想其他办法。

林振川在这个红云机械厂来回折腾了五六天，问完这位女人气十足的人事科科长后，他感到希望渺茫，他不知往下找谁，或者说怎么找。五六天下来，真有点累，下午三四点回饭店，歪在床上，也有点累了，一会儿竟然睡着了。这一睡，竟然睡到了晚上八点钟，起来后，他前往饭店食堂，食堂已经下班了。他只好从饭店出来，到饭店旁边的街道上找一家饭馆，准备吃点面。因为时间晚了，吃饭过点，吃多了或吃晚了，对他这把年纪的身体来说，不会有好处。

小饭馆门面不大，但里面人倒不少，除了大厅以外，大厅四周都是简易的卡座包间，因为大厅吵，林振川问服务员：“有没有安静一点的桌子？”

“有哇，有卡座，不过吗……”

“怎么讲？”

“卡座有最低消费。”

“多少？”

“最低一百。”

“坐。”

林振川真是累了，他叫了两个菜，烫了一壶酒，想喝得晕晕乎乎，然后回去睡觉，到明天再想想往下怎么找。

刚吃下几口菜，就听隔壁卡座一片嘈杂，一伙人拥进去了。

“妈的，这两天累死了，刚从娃娘家回来。”

“他妈也是，老爷子不走，我出不来，瘾早上来了，看见瓶装的都以为是酒。”

“二蛋，你他妈的怎么今天蔫巴了，是不是牛行乎把你骗了。”

“你才骗了，这几天倒霉，喝凉水都塞牙！”

“咋屌回事？”

“日他娘，别提了，赶紧弄酒，弄点好的。”

“酒来了……”

“咋弄的，又是尖庄，三块钱的酒，能不上头？”

“茅台有五粮液有，咱喝得起吗？一月工资还不够一瓶酒钱，别打吊脸子，凑合喝吧。”

“二蛋，你往上坐。”

“哎哟，莫拍我肩膀。”

“咋日的，让狗啃了，还是让你媳妇咬的。”

“妈的，狗没啃，媳妇也没咬，碰见鬼了。”

“狗日的，看你熊样，抖鸡巴发阳痿，你那蔫巴样，说说咋回事。你这货，如果真有人欺负你，说出来，弟兄们为你出一头。”

“你不是经常跟大象过日子，牛×大了，还有人敢欺负你？”

“唉……别说了。”

“你今天请大家吃饭，恐怕是东西在肚子里憋不住了，有屁快放吧！”

“前天吧，我值班，本来头天晚上跟化肥厂一帮狗日的玩牌，开始我赢了五百多，可还想多捞点，又打了两小时，五百多输进去不算，又赔了一千多，又熬眼，又输钱，刚靠在椅子上眯盹一会儿，一个又像中年又像老头的老家伙闯了进来。”

“这老头不懂事，怎么能闯石科长的大办公室呢！”

“老头怎么进来的，说实话我不清楚，只是在我还迷迷糊糊的时候，问我厂子里什么‘夏老三’，我怎么知道夏老三，我一生气，想起来收拾这老家伙，可……可是，没收拾住老家伙，倒让老家伙收拾了一下。”

“怎么样？我说你被收拾了吧，这肩膀……”

“就是老家伙按的，现在还疼呢！”

“你这货体壮如牛，什么样的老头呀，把你收拾成这样。”

“说不准，看老头样，又像五十多岁，又像六十多岁，但手劲大得很，他……他说……”

“他说给你留点面子，要不就把你小子的胳膊拧下来。”

“是、是这么说的。”

“你狗日的怎么着，想让我们帮你收拾他？”

“是，但又不敢随便动手，看那老头，功夫很深。”

“老头咋说的？”

“老头说，就我这样的，一二十个也奈何他不得。”

“听他吹的。”

“那怎么弄？”

“说了半天，老头干啥呢？找你？”

“说找我们厂一个叫夏老三的。”

“夏忠旺，你们老一辈有叫夏老三的吗？”

“夏老三，我有一大伯叫夏道山，十多年前就死了。”

“没有，你告诉他就行了，干吗跟你动手动脚？”

“我想起来了，我大伯排行老三，好像有人叫大伯为夏老三。”

“管他夏老三、中老三，还是上老三，喝酒，吃饱了，喝足了，想找老头试试手就有胆了。”

“石科长，那老头说找夏老三有啥事哟。”

“啥事，我倒没问，管他呢。说实话，要不是头天输太多，心情太差，那可是我一个多月的工资，还欠着呢，老婆要知道，不把我耳朵揪掉才怪呢！还有就是刚迷糊着，被老头叫醒，心里老不舒坦，我说话冲，老头也不是善茬，我冲他去是想吓唬他，没想到我的拳头伸出去，后悔也来不及了。”

“你这货，该长点记性，老头留着手，要不把你胳膊捏碎了，哭都来不及。”

“兄弟说的是。”

“还找老头的事不？”

“论理，不该找，论气，斗斗他也行。”

“算了，老头可能走了，别说这档子事了。”

“我没走。”林振川从外面进来，手里拎着四瓶酒。

“你……”五个人几乎惊得都站了起来。

“你是谁？”

“我就是石科长说的，那老头。”

“你想怎么样？”

“喝酒！”

“喝酒？”

“你们不是想喝茅台五粮液吗？我给你们拎来了。柜台上的茅台我看保险系数低，这几瓶五粮液，有出厂日期，有编号，根据我的经验，应该是真的。”

“你请我们喝酒？真的？”

“石科长，咱们是不打不相识哟，你要想跟我比画比画，可以。在外面行，在房间也行。如果不打，咱们就化干戈为玉帛，大家坐一块，喝酒，你五个人喝，也是喝，我一个人也是喝，不如合在一块，大家喝个热闹。”

“这……怎么……可以。”

“石科长，刚才你说的我听见了，你是碰上烦心事，心情不爽，跟我动手也不一定是真的，我呢，也没下狠手，我再多使一点劲，你的肩膀就碎了。”

“有这么邪乎？”

“这样吧，我怎么说你们可能都不信。我们掰手腕，你五个人一方，我一个人一方，你们五个人要能把我的手腕扳倒向你们，算我输了，我向你们赔礼道歉。”

“真的？”

“愿赌服输！”

大家搬来一张大椅子，林振川伸出左手：“你们五个人可以一齐用劲。”

石尔胆块头大，他的手直接握住林振川的手腕，其他人拉住石尔胆的手，石尔胆的力气本来就不小，又加上其他四个人，手拉手朝自己方向拉。

“五分钟为限。”

“用力！”眼见得自己的手要被林振川扳过去，石尔胆高喊着，一帮人拼命地往后拉，林振川微笑着：“好……五个人的力气传过来了，但还是不行，你们用劲。”

五分钟过去，五个人满头大汗，脸憋得通红，但手腕还是向林振川一方倾斜了四五度。

“五分钟到。”

“好！”林振川笑道，“不分胜负，平分秋色，你们认可吗？”

“认……认……”

“既然认了，就喝酒，咱们一醉方休。小伙子们，这样行不行。这酒喝了，我跟石科长的事就一风吹了，过去了。从今以后，我们就是朋友，我这老头在麻城县认了你们这帮年轻的朋友，行不行？”

“行。”

“拿大碗来！”

六个人六个碗，四瓶酒倒了三瓶，在碗端起来即将碰杯的时候，石尔胆突然哭了起来：“大叔，你是真爷们，我服你了。大叔，你说，有什么事，有什么要求，只要我们有能力的，死都不辞！”

“大叔，你说。”

“没什么事！”

“大叔……”一帮人把酒碗举得很高，向林振川表示敬意。

“好，就一事，明天让忠旺，是忠旺吧。”

“是，大叔，我是忠旺，你太牛了，我服你，我想拜你为师。”

“好说，请你明天带我去你大伯家看看。”

“夏老三家。”

“你好像说是夏道山。”

“过去厂子叫他夏老三。”

“也许吧，喝酒！”

第二天，夏忠旺带林振川回老家，石尔胆因为跟林振川成了朋友，也坚持要一块去。三人一块，想弄明白，有没有夏老三，夏忠旺说的他大伯夏道山是不是林振川要找的夏老三。

“大叔，先来我家吧，喝杯茶，问问俺娘，她老人家可能知道。”

“好哪。”

夏忠旺的家坐落在高山之下的丘岭上，背靠大山，跟林振川在金刚山家很是相似。六间瓦房，一个大院，典型的鄂北山区的农家建筑。

忠旺妈妈见忠旺带朋友来，既高兴又热情，端水泡茶上果子，把山区农家热情好客的风俗展露无遗。

“娘，你别忙了，想跟你说话呢！”

“说话着什么急，咱家轻易不来远方的客，既来了，礼数不能少。”

“大嫂，不要客气。”

“好……”等一切安排落地，老人家笑容满面地说，“说话吧。”

“娘，俺大伯是叫夏道山吗？”

“什么？”

“大伯是叫夏道山，还是夏老三？”

“死孩子，我只知道你伯叫夏老三，别的什么名字俺不知道，也不懂。”

“啊？怎么会这样？”

“大嫂，你说的意思是，忠旺他伯就是夏老三。”

“对的，忠旺他爸那一辈弟兄五个，忠旺他大伯、二伯大了之后，分家搬到山那边去了，只有老三，也就忠旺他伯和我们住在这里，他排行老三，咱这湾子前后的都叫他夏老三。忠旺这孩子不认事，只知道老三是他伯，其实是三大伯，还有大伯、二伯呢。”

“原来是这样。林大叔，你看，不好意思，让你跑了这么多冤枉路。”

“大嫂，老三过世以后，家还有人吗？”

“有，也可说没有。”

“怎么讲。”

“说有，是老三的确有个孩子。说没有，是老三从来就没结婚，没结婚就没有自己的亲生孩子。”

林振川突然变得十分振奋，他从椅子上“呼”地站起来：“老三有一个不是他亲生的孩子。”

“你说得怎么这样对呢？”

“男孩子还是女孩？”

“男孩！”

“好……”兴奋的林振川跌坐在椅子上，心脏“突突突”跳得又急又快，他口不择言，“我……我要去看看这孩子。”

“这孩子早已不在这里住了。”

“在哪里？”

“离你们县城不远，在一个什么厂里？”

“红云机械厂。”

“好像是！”

林振川因为这个孩子在县城附近的厂子里，要找到他还要有一定时间，心绪又慢慢平和下来，他稳住神，笑着对忠旺母亲说：“大嫂，老三的孩子是不是领养的？”

“领养，什么是领养？”

“我说的意思是，老三的这个孩子是不是他捡的？”

“是，捡的。”

“什么时候？怎么捡的？”

“哎，大兄弟，说起来话就多了。三十多年了，那时候刚吃完食堂，大家感到没饿死是幸事。老三呢，多少认识几个字，本来定的有一门亲，可1962年老三不知从哪儿捡了一个快冻死的孩子，说孩子长得排场，懂事，就领下了。可无根无绊家里有个孩子，女方非要老三说个清楚。老三说，怎么个说清楚，活生生一个孩子，鲜跳跳一条生命，快冻死了，没人要了，咱没看见算了，看见了咱怎能不救。女方又说，刚吃完食堂，各家粮食本来就不多，冷不丁又添一个十来岁孩子，正是长个头吃东西的时候，多添一张嘴，家里粮食不够吃怎么办？老三说，这是什么话，再不够吃，粮食再少，还缺一个孩子的饭吗？我少吃点，孩子多吃点。女方不依不饶，非要老三找小孩子的爹娘。老三说，只要是有家有当有爹有妈的孩子，家里慢慢都会找过来的，人家爹娘来了，我自然送孩子回去。因为这，两家顶住了，女方说，孩子不走，她就不嫁过来。老三说，不嫁过来拉倒，这孩子我当儿子养。后来，女方又碰上家当兵的，想嫁给当兵的。老三说，嫁给老母猪我都不会管，你自己的人，你自己当家。女方见老三不认软，又不认真找孩子爹娘，一气之下嫁到当兵的家里去了。为此事老三气得躺在床上病了一个多月，还别说，这个当口，老三收留的这个孩子可管用了，家里的活，田里的活，他都去做，侍候床上的病人、洗衣做饭、端水倒尿，给老三洗澡，小小年纪，什么都干。一个多月后，老三虽然利索了很多，但落下了病根。正在这个时候，县红云化工机械厂来湾子招人，老三没结婚，就去工厂了。过不久，孩子也跟去了。可老三终究得的是肺痨啊，干了几年就走了，那孩子无依无靠，正好十六七岁，接班进厂子了，可不知怎么说，说孩子痴怪了。”

“啥叫痴怪了？”

“就是傻吧！”

“怎么会这个样子？”

“还有日怪的？”

“还有啥子？”

“听说这孩子痴怪了，可痴怪到北京了，在一个啥子会堂当代表，开大会。”

林振川问尔胆和忠旺：“这到底是怎么回事？”

“俺们也不清楚，娘说的可能是说上北京，在人民大会堂开会。”

“是喽是喽，就叫这个人大会堂。”

“娘，叫人民大会堂。”

“什么，明明大会堂。”

“人……民……大会堂。”

“听清楚了，人民大会堂，这么大声弄啥子，管吃呀。”

林振川站起来，走到忠旺母亲身边：“大妹子，我跟你说实话，尔胆、忠旺，也该让你们知道。我主要来这里找三十年前我走失了的孩子，请问这个孩子叫什么名字？”

“夏九。”

“他现在住哪里？”

“住县化工机械厂。”

“好啦，大妹子，谢谢你。石科长，把给大妹子的东西拿过来。”

石尔胆拿过来林振川买的水果点心，送给了忠旺妈妈。林振川说：“大妹子，回头我再来看你，我们现在就回县城。忠旺，你在化工机械厂有熟人吗？”

“我二舅家是他们厂的，我老表是厂里工人，他是接班去的。”

“你二舅过去是这个厂的？”

“应该是。”

“走，先找你二舅。”

四十四

找人很顺利。忠旺二舅很快就找到了。为了方便说话，林振川把忠旺二舅请到一个小饭馆里。

忠旺二舅来了，进门时叼个烟，大声二虎地喊：“哪个找我。”

林振川伸手拉住了：“大哥，我请你。”

“你叫什么名字。”

“林振川，请问大哥尊姓大名。”

“朱厚良，朱德的朱，不厚道的厚，良心坏了的良，朱厚良。”

“好名字。”

“就是几个中国字堆的，啥好不好的。大兄弟，找我啥子事。”

“大哥，先等我一下，我给你拿包烟。”

“拿烟？好、好，烟酒不分家。”

三分钟不到，林振川拎了一条黄鹤楼香烟进来，扔给了朱厚良，“没有好牌子，朱大哥，你凑合抽吧。”

朱厚良看见一条香烟，眼睛一亮：“这是咱省最贵最好的烟。好，谢谢。”

“抽吧，抽完再买。”

“冲着你这兄弟够意思的劲，有啥需要我帮忙的，尽管说。”

“大哥，没啥忙，主要想拜托你给我说说一个人，应该说两个人的事。”

“动动嘴皮子。”

“就是！”

“那多大事哟，你尽快问，只要我知道的，知无不言，言无不尽。”

“你们厂有个叫夏九的吧。”

“夏九……有呀，这个夏久，可真是个人物。”

“怎么是个人物？”

“还有他老子，夏道山，那也是个人物。”

“请说说他们的事情。”

“我先抽根烟……说起这父子俩，话就长了，我从厂子退休，也十来年了。十年前夏九还在厂子里，听说最近从厂子里出来了，自己干。至于干啥干成什么个样子，俺就不晓得了。”

“你说说过去的事。”

“这样好，过去的事我知道，我也能说得个清楚，夏老三……”

“夏道山就叫夏老三？”

“是喽！他在家排行老三，又叫夏道山。进厂不久，车间主任开玩笑说，小夏，你叫夏道山，如果叫不清楚，就叫成夏老三了。夏道山说，夏老三就夏老三，不就是个人名字吗！从此以后，慢慢地人们不叫他夏道三，而是叫他夏老三，他呢，也不烦。最有意思的是，如果跟外人说这个夏老三，以为是个老家伙呢，没想到见了本人，却是个年轻汉子，经常闹笑话。夏老三这人吧，人老实，挺厚道，做事认真，待人真诚，比我强。我们俩前后进厂，我比他早六个月，他进厂后，分到车间里，年年都是先进，我一年也没捞上。有一次，车间进来一批钢管子，准备给每一根管上包皮，锯接口，管子包装好以后，要一根一根地垒加放好，我和另外一个工人上面几个没垒好，管子堆歪了。夏老三一看，不愿意了，说，这样堆放，如果出了事怎么办？每天都有好多工人从这里过。他要上去重新垒。我们要上去，他不让，他让我们在一边看着，防止上下班路过的工人靠近。怕出事还是出事了，由于这堆管子不是他们那一班堆的，是我们这一组堆的，我们组长就是个二蛋货，仗着他姐夫是厂长，干活从来都是吊儿郎当，这不，出事了，老三从管子上滚砸下来，受了重伤。这可出了大事故了，老三又是厂里先进，公安局也来人了，把我们组长和我们都逮起来了。夏老三在医院抢救了三天，最后还是伤势太重，走了。可怜夏老三，一辈子吃苦受罪，任劳任怨，没享过福，没过过清爽的日子。这就要说起夏老三的儿子夏九了，夏老三临死前，厂里、县里、省化工什么个厅还是局、北京化学什么个部都来人了，说夏老三是英雄，说夏老三是模范，问他有什么要求，他说只求领导、厂子里把他儿子招过来。啥招过来，就是想叫他儿子接班。人都快死了，厂子又不是那个人的，厂里痛快就答应了，问他孩子叫什么名字，夏老三想了半天说，就叫夏九吧。厂里又问他，儿子多大了。十六吧。其实，夏久进厂那一年，那孩子才十五岁，真正是个人物的就是夏老三的这个孩子夏九。嗯，我要喝口水，再抽一根烟。”

林振川赶紧递过来水，点火让朱厚良点着了烟：“你慢慢说，喝水抽烟，不着急。”

“夏老三可以，非要厂领导去把夏九叫来，非要厂领导写下招夏九进厂的手续，然后拉着夏九的手泪眼花花地说：‘孩子，就叫夏九吧。’小夏九老是流眼泪，不住地点头。夏老三又说：‘夏九，老子这辈子有你，足了。’小夏九哭得更欢了。‘孩子，少说话多干活。’夏九一边忙点头一边泪花飞。说完，夏老三腿一伸、眼一闭，走了。夏老三走后，厂里说话算数，真让夏九接班进厂子了。因为夏九小，干不了太重的体力活，就让他到仓库给梅永福老汉做帮手，守仓库，帮着记记账，按工厂和各车间的需求，把仓库的东西发出去，又把用过了的物件收回来。本来梅老汉到退休年龄了，但梅老汉办事认真，厂领导不让走。夏九干了两年后，梅老汉说，他可以退休了，厂领导问他为什么，他说，夏九这孩子可以接他的班了。”

“这个夏九行吗？”林振川插了一句。

“行。夏九做事认真细致，进多少货，出多少东西，进去什么时间，放什么位置，东西怎么分类，都记得清清楚楚，明明白白。梅老汉走的时候对厂领导说：‘这个孩子比我强。’厂领导笑着说：‘可有人说他是苕。’这就是夏九最有意思的地方，他极少说话，以至于许多新来的人说他是个哑巴。夏九接手仓库不到两年，‘文化大革命’就开始了，工厂停工，成立造反派，后来又成立革委会。革委会来了一位新主任叫涂有光，好像是从地区上头派来的，这个人是个奇货，水平不怎的，却贪财好色占小便宜，口号喊得震天响，能说会道会白话。说是与工人三同，可大食堂三天没吃完，就叫食堂给他开小灶。说是与工人心连心，但下车间干不到三天就吓跑了。说是保持无产阶级本色，但到厂不到一个月就跟广播站的广播员搞一块了。这个家伙爱占小便宜，洗脸盆，从仓库领，衣服，让人从商店买，他再从仓库领。茶缸、牙刷、钢笔、墨水，所有他生活用的东西，他变着法子让办公室买，但厂里有制度，用厂里资金买的东西是国有财产，必须先入库，才能在财务上报销。所以，这位涂主任拿到自己手上的东西，在夏九这里都有登记，而且谁领的东西，谁签字。后来发展到办公室同志都不敢替涂主任到仓库领东西，办公室这些人要么说保管不在，要么说有事忙忘了，要么就干脆说保管员说了，谁用谁去领。涂大主任除了熊办公室人员以外，就是骂仓库保管员夏九，‘狗日的保管员，老子还治不了你了。你狗日的等着，看老子怎么收拾你。’骂归骂，涂主任需要什么东西，他只有亲自到仓库去领。而夏九呢，既不担心，也不害怕，既不送笑脸，也不现黑脸，而是外甥打灯笼——照旧，你领东西可以，把登记本从小窗口伸出去，你得签字，你不签，对不起，我不给你发东西。涂主任怎么翻白眼，涨红脸，怎么叫怎么吼，怎么骂，夏九就是傻子一个，不急不叫不言不语，最后，还是得让厂领导乖乖地签字，然后再把东西从小窗口给你送出去，偶尔会蹦出三个字：‘记住还！’”

朱厚良又呷了一口水，林振川又给他点了一根烟，朱厚良长长地吸了一口烟，说：“其实，厂里大多数职工在那个年代干活上班是当一天和尚撞一天钟，因为干多干少，干好干坏都差不多，主要搞政治运动，工厂经常停产开大会，听最新指示，上街庆祝最高指示发表。上班的好处，就是能领到工资，领到工资就能养活一家人，那个时候，我们生产的设备说是油田和炼油用得上，所以工厂停不下来。周围的大部分工厂都歇菜了，工人要么上街闹革命，要么回家种菜园子，而我们还一直在干。至于对厂革委会主任涂有光，大家知道他是飞鸽牌的，要么他早早回他老家，要么下台或滚蛋。除了有想法的人，大部分人对他，敬而远之或能绕则绕，能躲则躲。而对夏九呢，好多职工认为他是个痴怪，是个半吊子，但对他工作认真，坚持规矩和制度，把仓库管好，大家还是认可的。”

“后来呢？”

“后来，真出大事了。”

“我给你泡好茶，这里烟还多，你说慢点，拣稠的捞。”

“好，你听我慢慢说。”

这个夏九，平常看起来傻不拉叽的，石磙也压不出一个屁来。说实在的话，大家都认为夏九是个苕，不识数，最多也是半吊子，脑袋瓜子不清亮，但后来这件大事情让大家知道，这个屌孩子脑子特清亮，他会说不会说，灵不灵可能不咋样，但账目、物件认得特清，可不，大会上表现出来了。因为呀，夏九老不好好给涂主任发东西，老让他签字，老让他还东西，终于把涂主任狗日的惹急了，发毛了。这一天，厂里开大会传达毛主席最新指示，学完了最高指示，又说厂里的工作，说着说着，涂主任把矛头对准了夏九，涂主任说：“我们厂革命形势一片大好，在毛主席抓革命促生产的指示指导下，生产形势也一片大好，广大工人阶级也是毛主席的好工人，大多数阶级兄弟忠诚于伟大领袖毛主席，立场坚定、旗帜鲜明、阶级斗争弦拉得很紧，我们厂工人不愧是工人阶级的一部分，不愧是领导阶级，大家紧跟毛主席的革命路线走，毛主席叫干啥就干啥，在生产上打头阵、鼓干劲、出大力，所以我们工厂生产的产品才供不应求，广大工人阶级兄弟也守纪律、讲大局，各方面表现总体是好的，是符合工人阶级先锋队性质的。但是，我们厂也的确有少数人不好好干，调皮捣蛋，目无领导，公私不分。这种人对我们厂抓革命促生产的大好形势格格不入。我们要严阵以待，坚决斗争。”

“涂主任，你说的这人是谁呀？说出来，我们批斗他。”

“是谁？”全场发出雷鸣般的吼问声。

“说出来！”又有人高喊。

“这个……”涂有光有点吞吞吐吐。

“涂主任，既然工厂形势这么好，我们就容不得一点灰尘，更容不得坏人，你不说，你……你可不能包庇坏人。”

“涂主任，况大梁说得对，你可不能与坏人一个鼻孔出气。”

“说……”

“说……出……来！”

涂有光出汗了，他掏出手绢擦了擦额头上的汗，冷静了一下，“好吧，我不给这种人留面子，更不能包庇坏人，他就是……我们厂的仓库保管员……夏九！”

“啊？”全场几乎发出了一致的疑问。

那位叫况大梁的工人声音洪亮：“涂主任，我们工人……大伙可没感觉夏九是坏人呀。”

“怎么不是？”

“既然你说夏九是坏人，总得有事实吧？”

“他……”

“涂主任，请讲清楚，他怎么是坏人？”

“他……目无领导。他……不听指挥。”

“啥叫不听指挥？”

“他刁难……刁难我。”

“说出来听听，夏九怎么刁难你的。”

“他让领导不能集中精力抓革命促生产，他行为恶劣，影响极坏。”

“涂主任，你说夏九不好，不能光说词，要说事儿，比如，你说他行为恶劣，你说他刁难领导，为难你，要有证据，要举例，你不能光有帽子，没有内瓤呀！”

“反正，他不把我这个革委会主任放在眼里，不让我到仓库领东西，不支持我工作。我是谁，我代表毛主席无产阶级革命路线，代表中央、省委、地区的领导，代表工人阶级的根本利益，他不支持我，不听我指挥，就是反对毛主席的领导，就是反党反社会主义。”

“帽子一大堆，怪吓人的，就是没事实依据。”

“有……我有……”

“有……你就说嘛。”

“我……有……”

“我来替你说！”

“啊——”全场工人大吃一惊，原来在工厂工人的心中，一个月说不到十句话的夏九，从人群中站了起来，并一直走到了主席台上。

“涂主任，你说不出来，我给你说。”

“你……你不能……说。”

“涂主任，你说不出来，夏九要说，为什么不让？”

“你？……”

“工人大叔大婶，大哥大姐大嫂大兄弟大妹妹们。因为凡不符合厂里规章制度的东西，涂主任来领，我不发给他。有些发给了他的，我催他还，不说这一年他领了多少东西，就说这两个月吧，他总共多领工作服24套，手套50双，胶鞋25双，手电筒10个，洗脸盆25个，香皂120块，肥皂80块，小马夹20个，毛巾100条，茶缸50个，牙膏60支，牙刷120根，红糖50斤，白糖30斤……其中：

“2月15日领白糖5斤、红糖10斤、工作服5套，手电筒2个。

2月17日领香皂20块，肥皂10块，马夹2个，胶鞋5双。

2月23日领红糖5斤，白糖5斤，工作服5套，茶缸6个，洗脸盆5个。

2月28日领红糖10斤，白糖5斤，胶鞋20双，毛巾20条，牙膏20支。

3月5日领牙刷30根，工作服10套，手套20双，手电筒3个。

3月10日领工作服4套，白糖8斤，洗脸盆10个，肥皂30块。

……

“这些东西都是国有财产，毛主席说‘我们要节约每一个铜板’，这些东西不能让涂主任领去浪费了。”

夏九说：“工人师傅们，毛主席说：‘要搞马克思主义，不搞修正主义，要团结不要分裂，要搞光明正大，不要搞阴谋诡计。’我说的，工厂领导可以去查，工人师傅可以去查，公安部门也可以去查。这些东西，都是涂主任亲自来仓库领取的，过去是办公室代他领的，我没说，这两个月的，他都有签字，年、月、日，甚至小时、分钟我都记得清清楚楚。有些东西没法还，比如红糖、白糖、香皂、肥皂、牙膏、牙刷；有些是应该还的，比如工作服，你涂主任就是下车间，也穿不了二十四套衣服吧，这还不包括以前让办公室代领的三十多套。毛主席他老人家还说，贪污和浪费是极大的犯罪。还有手电筒、洗脸盆、茶缸、小马夹，你涂主任一个人怎么会用这么多？所以，我说三个月必须还。当时你涂主任可是‘哼’了一下，并没反对呀！这还只是涂主任从仓库领取东西的一部分，先前领得更多，要不要我再给工人师傅们数数？记这些东西，我一丝一毫都不会差，没人反对。那好吧，就从去年下半年7月1日开始吧，7月1日，涂主任委托办公室蔡红霞共领取工作服 3 套，雨伞 20 把，垃圾篓 30 个，剪刀 40 把，雨靴 30 双；7 月 2 日，共……

“够了！”涂有光猛拍桌子，“大家别听他胡说八道。”

“涂主任，夏九说得有凭有据。有理不在言高，我们工人阶级应该知道这些。”

“仓库的东西可都是国家财产。”

“别听这个夏九胡说八道，下去、下去，我们还要开会呢！”

“不能下去，这事要查清楚，不查清楚我们工人不答应。”

“下去！”

“大家等一等！”从会场的后尾处走过来三个人，他们径直走上主席台，而涂有光赶忙迎上去：“蒋主任，你怎么来了？”

来人并没有理睬涂有光，而是面向全场广大工人说：“工人同志们，我是地区工业局军代表、地区工业局革委会主任蒋月进，我代表工业局革委会宣布三件事：一、涂有光同志因有严重经济犯罪问题，立即停职检查；二、地区工业局和麻城县工业局、红云化工机械厂成立专案组，专门调查涂有光的问题；三、我代表地区工业局，也代表红云化工机械厂向夏九同志表示衷心感谢，向夏九同志致以无产阶级革命的战斗敬礼。”

“哎，这个事让全厂工人大吃一惊，这个夏九不是不会说话，是他太会说话，他对过去的事记得太清楚了，有人说他是个痴怪，有人说他是个神人。林家兄弟，你说这是个什么人呀？”

“是有点奇怪。”

“奇怪的还在后头呢！”

“还没完呢？”

“这个事的结果是，涂有光被送进了公安局，坐了好几年大号，原来他多领的东西都拉到地区他老婆那里，他老婆是地区供销社五金门市部的负责人，他把多领的这些东西都放在门市部代卖了，而卖的钱都装进了这两口子的私人腰包。而让人称奇的是，一拨一拨的人来调查夏九，先是县委的，后来地委、省委的，后来发展得中央也来了一个什么考啥组，问了我们很多很多次，问夏九家里人老几代，问在农村家里的表现，这问谁呀，夏九他老子死好几年了，又问在厂子里的表现，一年一年地问，一个月一个月地查，弄了大半年，终于到十来月份的时候，大家才知道咋回事。”

“怎回事？”

“原来是凤凰登高枝了。夏九是从我们基层旮旯选出来的说叫产业工人的先进代表，作为共产党九大的代表，参加全国的什么代表大会。”

“啊？有这回事？”林振川大吃一惊。

“是的呀！据说夏九也如坠云雾之中，来调查他时，他又恢复过去的老样，石磙也压不出一个屁来，用棍打也打不出几句话来，但他还是被选上了。据说怎么去的北京，一路上怎么样，在北京开会是个什么状况，人回来也说不出个一二三来，但他只记住了一点，说他见到了伟大领袖毛主席。至于其他的，他又不吭声了……”

朱厚良说到这里，点烟、喝茶，不言语了。

“没了？”

“说完了，说得我口干舌燥，大兄弟，我这么辛苦，你得请我吃一顿。”

“放心，我说了就算，请。”

“好，我喜欢喝一口。”

“以后情况怎么样？”

“他回来以后，还干他的仓库保管员，据说叫他去地区工业局，他不去，当厂领导，他也不干，让他去县里当干部，他更不干，就在厂里一直干到‘文革’结束，干到改革开放，依然是仓库保管员，后来厂子垮了。”

“他现在干什么？”

“他好像自己办了个什么厂，还是个公司，我不清楚，但厂里人说，他混得不错，在麻城青河边盖了个三层小楼，日子过得不赖。”

林振川应诺请朱厚良大撮了一顿，同时把石尔胆和夏忠旺都叫上，四个人海吃猛喝了一顿。酒醉饭饱之后，把三个人送走了，而待在小饭店的林振川再也睡不着了。从几个人说的情况看，这个夏九很可能就是他与飞侠生的儿子林侠久，但怎么确定他就是林侠久，还需要很多东西。比如时间，小侠久大致是1962年从雷家湾上学后丢的，夏老三捡到他的时间也应该在1962年冬天，因为说快冻僵了。再比如身上的信物，当时飞侠用金刚山上的绿彩石做了小挂件，这个挂件有一个插销，插合在一块就是一个完整的月亮，但又能分开，分开就是两个半圆的月亮，月亮的背后有一个类似方印的印字上面写着振川飞侠，但一旦分开，就成了一个叫振飞一个叫川侠了。据老姨说，小侠久吵着要去找淑娴妈妈时，老姨怕侠久乱跑跑丢了，就把这个牌子分成两半，把写着“川侠”的链子挂在小侠久的脖子上，但不知这个牌子在不在夏九的身上，如果在，夏九就是他要找的孩子。林振川想了很长时间，去见夏九容易，但去了，怎么相见，相见后父子怎么相认，能不能相认，除了老姨留给这个孩子一个刻有“振飞”字样的半块月亮彩石牌子外，其他的什么没有。就凭这些，确定这个夏九就是自己的亲生儿子，恐怕不能说有把握。再说了，如果夏九把牌子丢了，或者记不住，又或者不认林振川拿过去的这半个牌子，怎么才能说服夏九相信呢？林振川反过来又一想，血浓于水，如果这个夏九真是自己的亲生孩子，是他与飞侠的爱情果实，把这些说出来，只要是一个有正常情感的人，一个对血缘亲情充分认知的人，一定会相认的。林振川就这样想啊想，一会儿满怀信心，一会儿又毫无把握，一会儿心情尚佳，一会儿又情绪低落。想了很长时间之后，林振川终于想出了一个办法，这个办法想完整之后，他才心满意足地躺在床上，很快便香香入睡。

四十五

第二天一早，林振川在县城租了一辆桑塔纳轿车，开车来到了夏九的小院旁。林振川让司机在远处等着，自己把头天晚上想好了的办法又重复地想了一遍。

“咚、咚、咚。”林振川敲响了夏九的房门。

过了一会儿，一个四十多岁的男人来开门，从眉眼长相看，飞侠的影子还在，林振川心里一热，他知道，这就是他和飞侠的孩子，不会有错。

“你找谁？”

“你是夏九同志吗？”

“我是夏九，你是？”

“我是县经委的。”

“贵姓？”

“免贵姓林。”

“林同志，怎么称呼你？”

“就叫我老林吧。”

夏九笑了：“老同志，从年龄上看，叫你林主任也不为过吧，请问林主任，您找我有什么事？”

“我能不能进屋坐下谈？”

“我……”

“你要出门？”

“是……”

“能不能推迟一会儿？”

“也不是不能推。你先请进吧，我给他们打个电话，改在下午。”

“谢谢，谢谢。”

夏九把林振川让进客厅，泡茶倒水：“林主任，这是神农翠芽茶，与隔省的毛尖有异曲同工之美，但毛尖更娇贵，水质水温要求高，神农翠芽对水质有要求，对水温不讲究，80℃到120℃水都可以让茶叶翠绿，茶水清亮，请用。”

林振川呷上一口：“嗯，真是好茶，毛尖常用，这神农翠芽倒是第一次饮用，果然不错，清香醇厚爽口，好茶好茶。”

“好像神农山与大别山在一个纬度，应算是大别山系吧。”

“夏九同志是本地人吗？”

“这个……应该是吧！”

“有意思，应该是。”

“林主任找我有什么事，请吩咐。”

“不能说是吩咐，我刚从地区分配到县里工作，按照地区领导的要求，想把化工机械厂恢复起来，听说夏九同志是化工厂的老人，又很负责任，想请你回厂工作，不知你怎么看？”

“我本来就是化工厂的人，前些年工厂停产，后来又发不了工资，没办法才自谋生路，有老婆孩子，有家，总得吃饭的。”

“那是那是，如果你能回厂，我们会很高兴。”

“回厂？如果能恢复生产，如果能发工资，当然可以回去，但工厂垮了，机器都拆卖了，厂房倒了不少，怎么恢复？”

“事在人为嘛。因为你是原厂里的先进模范，是工人阶级的代表人物，我们想请你带个头。因为我是外人，不了解厂里的情况，连你的情况我也了解得不多，因此，想请你先介绍一下你个人的情况，再介绍一下工厂过去的情况，我们好……”

“我个人的情况？工厂的情况？都要说？”

“对，都要说。”

“那……好吧，只要为工厂好，怎么都行。好多工人兄弟这些年连吃饭都成问题，为了他们，介绍就介绍吧，先说厂里还是先说个人？”

“先介绍你个人吧！”

“我呢，叫夏九，其实叫夏侠久，工人们叫习惯了夏九，那就夏九吧。我1966年进厂，1968年入党，1969年参加党的第九次全国代表大会，算是党代表吧，1970年任保管主任，其实就是个保管员，无非是仓库又添了俩年轻人，活还得我干。改革开放后，我还是仓库保管员，有人说我是‘文革’中的红人，要找我的问题，可是查了半年六个月，丁点问题没查出，要撤我的职，我说撤什么，保管员是职务吗？他们说不是，要撤保管主任，我说我从来也没拿主任的薪水，也没干主任的活，我干的就是保管员。他们没办法，还让我做保管员，一直干到工厂被兼并、改组、贱卖。工厂关门了，我才回家自己捣腾了一个机械配件配送公司，因为我懂这个，哪里配件便宜，哪里配件质量好，哪里配件适合北方机器用，哪里配件在南方用的寿命长。还真不错，南来北往用机械的人挺信我，我现在生意做得不错，小日子过得也不错。但是，如果真的恢复工厂，还需要我，我还回去，因为我爹就是在工厂干的，我也是，工厂的事，我不能不上心。”

“你好像不是麻城人？”

“你……你怎么能这样说？”

“如果我没说错，夏道山同志也不是你的亲生父亲。”

“你？……你怎么乱说。”

“不是乱说，档案上有记载。”

“档案？档案上怎么会……会有记载呢？”

“也许是你入党时，组织上调查的吧。”

“没……有……不会……那时候没人……问……我呀！”

“这些已经不重要了。你说是不是吧？”

“说这些对我回厂很重要吗？”

“作为组织，要了解你的真实情况，你是党员，应向组织如实说明。”

“好吧，你说的是。”

“你记得你的真实姓名吗？”

“这个……”

“你应该叫林侠久。”

“你怎么知道？”夏九从椅子上弹起来，“你到底是谁？想干什么？”

“你的老家也不在这里，你的老家是邻省双城县金沙畈公社雷家湾村。”

“你到底是谁？”

“你姥爷叫雷经天，你父亲叫林振川，你妈妈叫雷淑娴。”

“你……你……你。”

“孩子，我……”

“别说了，不要说了。”

“孩子，我是你的亲生父……亲。”

“不要说！”夏九高声吼叫，“不要说，再说我请你马上离开这里，再说我会打电话给派出所。”

“孩子！”

“住口！谁是你的孩子，我不认识你，也不了解你。请你不要在我家胡说八道，你让我安静安静。”

“好，你安静……”

“莫说话！”夏九变得异常激奋和狂躁，他在屋里不停地走动不停地搓手，不停地仰望房屋天花板，大致有近十分钟时间，他突然说：“你既然说你是县经委的，又说你从地区经委下来，请出示一下你的介绍信，或者你的工作证。”

“我……没有！”

“你说化工机械厂恢复重建，看来也是子虚乌有。”

“是没有。”

“你说了一套假话，绕了一大圈理由，其实目的就是一个，想问我是谁，我从哪里来，是不是？”

“是！”

“那好吧！既然你说假话，那就请你说说你是谁，你找我干什么？”

“孩子……”

“不要说孩子！”

“好，侠久，我姓林，我叫林振川，你应该回想起来，你小时候有哥哥，他叫林海，有姐姐，她叫林英，有妈妈，她叫雷淑娴，我是你雷妈妈的丈夫，是你林海哥哥，林英姐姐的父亲，因而也是你的父亲。”

“你不是？”

“我走的时候，你才几个月，我看见了你，就如看见了你的亲妈妈。”

“你……不是！”

“我解放初期是解放军的独立团团长，是双城县的县长，因为国民党反动派设计陷害，说我是内奸、特务，又遭遇一系列变故，为逃离追杀，远离家乡，在新疆生活了四十多年，直到你姥爷写信找到我，我才赶回家乡，安置了你妈妈的坟，找到了你哥哥林海，你姐林英，现在终于找到你，看到你一切还好。”

“你胡说……”

“孩子，回来吧，过去都怪我，都是我的罪过，你哥哥虽然有病，但我一定治好他，你姐姐……我们见到了，也相认了，可是她太苦了，太累了，她……”说到这里，林振川眼泪迸流，“她走了……”

“走了？……走了，什么意思？”

“就是离开我们了，永远离开了。”

“永远……离开？”

“就是去陪你淑娴妈妈了。”

“你胡说，胡说，我不听，不听，我不知道你说的是谁，我不认识你，我也不认识他们……”

“孩子，都是我的错，我……只……希望找到你……看到你……平安……”

夏九听到这里，便把头昂起来，一直看着天花板。时间长了，他又走出客厅，来到小院，又高昂头颅，看高高的天，看远远的山……

林振川从屋里奔出：“孩子。”

夏九依然看天，但分明看得出，两行热泪从脸颊向下流淌，他不理睬从屋里走向他的林振川，而是转动身子，把后背留给了林振川，依然昂首向天，站立不言。

林振川知道这样做有些突然，他也静静站立了一会儿，才说：“孩子，你可以慢慢想想，时间长了，你也可以回忆回忆，家里你姥爷还在，你姨姥姥还在，你大哥也在，他在南京医院治病，可喜的是你有两个可爱的侄子，也在北京上海上大学，你的孩子呢，能不能让我见见他们？”

“好了。”夏九突然说话了，而且情绪好像稳定了，“老林同志，林主任，你说的故事该结束了，我可能被你离奇的故事感动了，甚至说震撼了。但是，我不是你找的儿子，我也没有你说的哥哥，姐姐。我姓夏，叫夏九，我的父亲是夏道山。是的，我过去是个孤儿，是我爹捡来的。在我即将冻死的时候，我爹用他的身体为我暖了三天三夜，我被救活了，我爹却留下了老寒腿的毛病，我只能是夏道山的儿子，现在是，永远都是。为了我，我爹夏道山终身未娶，一辈子视我为心肝宝贝，把我当最亲的亲人，即使在他身体非常不好的情况下，也把好吃的、好穿的、好用的都留给我，即使在他弥留之际，也为我的前途求人求情。为了报答比我亲爹还亲的父亲夏道山，为了不让人知道我出身不好，在工厂几十年我装聋作哑，充痴装傻，就是为了能活下去，就是为我终身未娶的爹留下夏家的血脉。我有一对龙凤胎儿女，儿子叫夏留义，女儿叫夏铭恩，就是让他们铭记我爹海洋般的恩情，留住我爹传出的人生大义，我还会努力，要为夏家奔个平安幸福，子孙万代。你走吧，我不与你计较。"

"孩子，我真是你父亲啊，你姥爷、姨姥姥认得出你呀！"

"林主任，从年龄讲，你叫我孩子，我也认了。但我真不是你找的孩子。"

"我们可以做血缘鉴定呀！"

"没必要，世道苍茫，人生无常，你来这里，见面是缘分。你走吧，去找你真正的儿子吧，如果将来有一天你还路过这里，我还用一杯清香的翠芽招待你。走吧！我不想再用语言冒犯你。"

"孩……夏九，我们真是……"

"请走吧！"

"这样吧，"林振川坚定地说，"如果你坚持不认，那我就走，毕竟四十多年了，我没养你一天，我无资格无权利要求你认我，我只想把我的故事讲完，然后，我就走。"

"那……你……讲……"

"我是你外公雷经天的徒弟，雷经天有两个女儿，大女儿叫雷淑娴，也就是你妈妈，二女儿叫雷飞侠，是你亲妈妈。我在抗日战争、解放战争时期消灭日本鬼子和蒋匪军很多人，算是个战斗英雄吧。在解放双城时，我是独立团团长和双城县县长，县城打下了，有人问我监狱怎么办，我说开狱放人，结果放了一个国民党伪县长，一个国民党军统地区站的站长，放他们是因为我不知情，结果放走后，就有人说我是内奸，是特务，是敌人安插在革命队伍内部的坏人。一时间，传得沸沸扬扬，独立师和专署党委知道情况后，让我回地区说明情况，而此时，我已结婚，我的妻子就是你雷妈妈，你亲妈雷飞侠此时因为与我的情感纠葛而占山为王。她得知解放军让我去地区后，就听信了谣言，以为解放军要在地区秘密枪毙我，情急之下，她在半道截住了我，这一截，造成了解放军两位战士牺牲，一名干部负重伤，我也掉下悬崖受了重伤。因为死伤了解放军，我的罪名说不清楚，又加上我身受重伤，就只能跟你妈妈在大山之中躲藏逃避，在山上养了大半年伤，你母亲百般呵护我，慢慢地就有了你。但那个时候解放军在山下追剿围捕，后来在山中也藏不住了。在这样的情况下，你妈妈为了你为了我，在你只有四个月的情况下，在不让我知道的情况下，把你送给了你大姨，也就是你雷妈妈。接着她又把我捆起来，把我送到离家三百多里地的魏都一带，让我一直向北，逃命求生，而她自己则向解放军自首，并说亲手杀死了解放军的团长、共产党县长也就是我，并且找了一个与我相像的人，穿上我的衣服，系上我的皮带，挂上我的公文包，插上我的钢笔，让共产党解放军的许多人看见了我的'尸首'。而她自己为了不连累你大姨、你姥爷，说她是土匪头子赵老贵的女儿，然后撞死在县中学的操场上。为了不辜负你妈妈到死救我的心意，为了保护自己，说白了还是我自私，我就一直向北，经过两年的徒步逃命，终于逃到了新疆，在新疆立足下来了。孩子，请允许我这样叫你，我是个自私鬼，是个逃兵，我害了你妈，也害了你雷妈妈，更害了你哥哥林海和姐姐林英，更对不起最小的孩子你，我离开的时候你只有四个月。我无法追回我的过错，我不求你的原谅……我走了。"

"你走……吧。"

"孩子，我想你身上一定还有一个牌子吧？"

夏九下意识地用手抚摸自己的胸口。

"这牌子是你妈妈带着你在金刚大山里找五彩石刻的，一块牌子，分成两半，你从家出走时，带走了一块，我这里还有半块，你可插在一起看看，合在一起就是'振川、飞侠'，振川是我，飞侠是你母亲，你的姓名叫'林侠久'，也是在山上你妈妈起的，林代表我，侠代表你妈。你看看，如果是，你就留住，算个纪念吧，如果不是，就扔了吧。走了，我的孩子。"

说到这里，林振川已是老泪纵横，唏嘘不已。

夏久又抬头看天："走……吧。"

林振川走了，走得无声无息。

关上大门的夏九，飞速拿起两个半块五彩牌子，当两个半块牌子很自然合在一起时，他双膝跪地，放声大哭："我的……"

四十六

林振川身心交瘁，因为回来这一年多，他经历了太多的悲欢离合，洒下了太多的辛酸眼泪。毕竟快七十岁的人了，不服老不行了。但他歇息不得，他从夏九处回到招待所，因为心绪太伤，就喝了一大壶酒，然后迷迷糊糊睡着了，第二天一大早，他就起程了。

林振川先回南京，看看儿子林海的治疗情况，与医院的国际合作组的医生大夫们见了一面，因为治林海的病，是美国和中国合作的创新医疗治理项目，希望很大，风险也很大，治疗费也很昂贵。美方承诺，只要一半的医疗费用，如果治疗无效或失败，美方退还全部医疗费用。而中方呢，因为是大学的重点科研项目，有专门经费，也不需要林振川更多的钱，林振川要支付的是住房费、吃饭费用和柯灵灵的吃住费用，这些花费，林振川完全有能力支付。为了更好地配合给儿子治病，林振川在医院附近租了一套三室一厅的房子，让柯灵灵及两个孩子来这里住，也让女儿林俊雅住，又请了一个保姆，专门为林海做可口的饭菜。把这一切安排停当，他又马不停蹄出发，他要回老家，回去见即将从台湾归来的岳父雷经天。

林振川赶回雷家湾的时候，老姨在，但雷经天还没到家，“川儿，你爹电报说了，这两天到，我估摸，明天不到，后天一定到。”

“不急，老姨，正好，我歇歇，等爹！”

“那可好，我去后山菜园子，给你弄几样可口的青菜。”

“老姨，你还走得动吗？我去吧。”

“看你说的，你爹常年在外，吃、喝、买、卖，我都一个人干了。”

“老姨身体健旺！”

“也不中了，也快了，不说了，我去了。”

老姨去菜园子了，林振川真累了，他躺进老姨给他准备的床铺，一躺下，就呼呼大睡，进入了梦乡。

老姨从菜园子回来，看见呼呼入睡的林振川：“这孩子，回来就睡，跟你爹一个样。”

老姨拣好菜，洗好米，把饭做好，再看林振川，还在熟睡，老姨不忍心，就把新炒的青菜放进饭锅热着，自己搬个小板凳，坐在堂屋正门前，既能看见厨房，又能看见里屋，还能看见院子大门。老太太想，如果姐夫回来了，进大门就知道，如果川儿睡醒了，我也能看见。人老了，又有中午的太阳暖和的阳光，照得老太太歪在门板上打瞌睡……

“雷奶奶！”

从院外进来一个女人，不是老姨等待外出归来的雷经天，更不是在里屋睡醒的林振川。老姨醒了，她向大门外走进的人眯眼看了一会儿。

“你是……古老师！”

“是的，雷奶奶，我是古老师。”

老姨从堂屋走出来，为这位古老师拉过来一个凳子：“古老师请坐。”

“雷奶奶，你也坐。”

“好，古老师有啥事吗？”

“雷爷爷还没回来吗？”

“没有！你找他？”

“雷奶奶，我不找他。”

“不找他？”

“我找你女婿，林振川，他好像回来了吧？”

“他……噢……他应该……回来了，你找他有……事呀？”

“他在家吗？”

“老姨，谁找我？”林振川从里面出来了。

古老师连忙从凳子上站起来：“你就是林振川，林大叔？”

“我是。你是……”

“我是金沙畈学校的老师，我姓古。”

“你叫古孤灵？！”

“是，林大叔怎么知道我的名字。”

“我还知道你曾经为我的事四处奔走，打抱不平，还因为我的事受到不公正的待遇，对不起，因为我，让你受苦受委屈了。”

几句话就把古孤灵的眼泪说出来了，“大叔，谢谢……理解……”

“孩子，你请坐，还没吃饭吧，老姨，我把小桌搬到院子里，古老师，一块吃吧，你雷奶奶做的菜很好吃。”

“我……那多不好意思！”

“古老师，一块吃，尝尝我的手艺，都是菜园子里的，刚入夏，青菜鲜嫩着呢！”

古老师也没再推辞，就在小院里吃完了午饭。

午饭后，林振川把古孤灵叫到院内太阳照不到的地方，说：“古老师，我是回来后才知道，你为我的事受了天大的委屈，但具体情况是什么样的，我不知道，想请你给我说说。”

古老师很瘦很小，又戴着一副眼镜，完全是一副弱不禁风，手推即倒的模样，林振川话刚落下，她的眼泪流下来了：“也没什么。人生可能都有磨难吧。听说你的事平反了，今天又见到你了，还是很高兴的，过去的事应该过去了。”

“古老师，你与我非亲非故，让你为我承受痛苦，我实在不忍，我还是想知道来龙去脉……”

“唉，说了吧，也许说了这段经历，心里会空灵一些，尤其是对你。我可不是向你诉苦，更不是向你说屈，而是说说这事，也让我自己放过自己，自己对自己做过的事有一个交代，这件事我到底做了是为了谁，为了什么。”

林振川给古孤灵倒上了水，古孤灵又惯性地扶了扶架在她瘦小脸上的大眼镜：“这件事应该是从我搜集整理金刚山革命先烈和英雄功臣的事迹故事开始的。我是学校的语文老师，业余时间又搞点文学创作，在我采访金刚山的抗日小队，后来的游击大队，再到解放战争时期独立团的所有幸存的老战士们时，只要回忆往事，只要叙说过去的战斗经历，没有一个人不说到你，没有一个人不赞扬你的英雄业绩，没有一个人不说你是革命的有功之臣。而每到我提有人说你是‘特务’‘内奸’和‘叛徒’的时候，他们没有一个人相信，几乎都是异口同声地说，如果林大队长、林团长是‘坏人’，那革命队伍里就没好人了。如果林振川是敌特，那日本鬼子四五百人，蒋匪军几千上万的人死在他手里，小鬼子愿意？国民党愿意？日本人、国民党蒋匪军恨不得把林振川碎尸万段、恨不得喝他的血吃他的肉。另外，他们说，说林振川是‘叛徒’‘特务’也得有时间，林振川几乎从儿童团起，每天都泡在革命队伍里，每天都和战友一块行军打仗，一块执行任务，只有一次单独执行任务，就是在柴盆沟十八道弯杀死三百多鬼子，杀死那么多鬼子可是有数可查的，掉进悬崖看不见尸首的还没列进去，总不至于，小鬼子自己让林振川杀死三四百人吧。这些老战士说完以后，我找到了游击大队和独立团你林团长的通信员，他们跟随你的时间最长，也最亲密，他们几乎一天一天拼凑起来，也没见林振川单独出去过，不过他们说只有一种可能。”

“什么可能？”

“我这个年龄了，也没有什么不好意思的了，他们说，除非你和雷老师睡觉的时候。”

林振川笑了：“这帮家伙。”

“从那个时候起，我就开始了对你有关问题的调查和采访，我把你从1941年正式进入抗日游击队开始的革命经历都记载下来了。”

“时间太久了，你不说，我可能都忘了。”

“我没忘，我想下一代、下下一代都不能忘，我要让我们的子孙后代知道我们这个欣欣向荣的国家是怎么得来的，无论现在各方面生活发生了怎样的变化，我们都不应忘记过去。”

“你的想法我完全赞同，但我过去做的那些事根本不值得一提，倒是我的失误，我的怯懦，我的逃逸害了很多人，也包括你。”

“你远走他乡也是被逼无奈。我宣传你的事迹，开始跟你关系不大。但我越深入了解，我越感到蹊跷，越采访多人，我越感到这里面可能有什么玄机。于是我一方面把你和你的战友的功绩事迹宣传出去，另一方面我要求对你‘叛徒’‘特务’一事重新调查。我认为，说你是坏人要铁证如山，你是英雄，在我这里铁证如山。还有一点，尤其七十年代后期我在你妻子曾经教过书的学校任教，我听了雷老师的事情后，不知哭过多少次。后来发展到只要看见雷老师的画像我就伤心地哭，听见有人提起雷老师的往事我也要哭，对不起，我就是这样一个容易感动，容易哭泣的人。当我知道雷老师那么地爱你、等你、相信你的时候，更坚定了我的信念，雷老师那样至善至美的人忠贞你，信赖你，挚爱你，她爱的人怎么可能会是‘特务’和‘内奸’呢？”

古老师说到这里，胸脯起伏，脸色泛红，激动得浑身颤抖，林振川见状，赶紧把茶水杯推过去：“古老师，你先喝口水，慢慢说。”

“因此，”古孤灵喝了口茶水，“我就开始了为你申冤讨清白的人生历程，那时刚改革开放，人们的思想还比较禁锢，没人搭理我，找县里，县里没人问，找地区，地区说不知道，于是我就把申诉信和有关材料寄给了省委、省政府、省法院、省检察院，开始时都退回来了，后来，我就写这些单位主要官员的姓名，这一招管点用，结果有点回音了。据说，有很多领导都往下批：‘请有关部门调查了解，给反映者回音。’其中法院、检察院回音了，说这类人物和案件不归他们管，已转省委、市委有关部门。在我满怀希望地等待有进一步好消息的时候，突然有一天，大祸临头了，据说，有位省级领导批示了。后来，这批示也转到我这里了，我只看见内容，看不见是谁批的，好像是个什么官，人家高高在上呀！”

“古老师，喝口水，批示的主要内容是什么？”

“批示说，该同志反映的情况值得重视，也值得警惕。如果说这位林振川是位大英雄大功臣，为什么我们党这几十年不承认，是‘文革’的原因吗？请省委组织部、纪委、省安全局深入调查。如果该同志反映的是事实，就应该列入刚开始的平反冤假错案之中。如果不是事实，如果不能证明这个林振川不是‘内奸’‘特务’，那么，这个人反映情况的动机就要进行分析，就要认真对待。这几十年来，我们党都睡大觉了吗？连一位大英雄都被埋没吗！我开始是停职反思，接着是开除留用，再接着就是停发一切工资、监视居住。我被限制了自由，我吃饭都成了问题，好在有几家兄弟姐妹，还有好心的学生及家长，我的写作大纲，我收集的有用的图书，全部搜走了，好在我为了纪念过去的老房子，把我的采访笔记放在老家的地窖里，他们没搜走。”

“为什么这么做？”

“因为很多部门无法找到证据，证明你林振川不是特务、内奸。”

“他们有办法证明我是吗？”

“他们翻历史旧账，说山上的土匪劫持你是假的，跟你是一伙的，说你放走监狱国民党特务，墙缝里发现特务写给你的信。”

“这些能证明我是特务吗？”

“有关部门说，也不能证明，因为没有人出来指证。”

“那为什么对你不公？”

“据说省里这位领导发脾气了，说既然是本糊涂账，干吗牵扯党和政府这么多精力，上上下下要动用多少人力、物力、财力？这个女老师不是思想反动，就是故意捣乱，一定要严惩不贷。”

“你受了许多委屈。”

“现在也不委不屈了，因为据说你的问题有说法了。事实证明我坚持的是正确的。”

“他们到底怎么你了？”

“本来改革开放了，按说他们应该不能把我怎么样，但我真如同监视居住一样。出去要报告，回来要销假，有一次我陪几个姐妹去山里多玩了几天，结果被刑警队把我从山上押了回来。后来才知道，因为省里领导来了，问我的情况，说不知我去哪里了，领导把地区的县里的领导都批评了一顿，他们出动了一百多号人，把我从山上提回来了。”

“真是无理至极。”

“唉，说起来的确让人伤心，刚出事时，处了个对象，但我要出去跟对象说说话，散散步，也要报告，还审问了他好几次，对象没办法，只好与我吹灯。我父母生我本来就晚，年纪大了，母亲听说这事病倒了，后来看我还是没有自由，老人家熬不住，弃我而去了。我呢，没经历过这种事，胆子也小，不长时间就病倒了。我母亲就是看我生病，见我一天天消瘦，几乎没个人形，老人家又心痛又生气又没法了，气结于心，走了。老娘走了，我自己也差点不行了。好在你的那位老领导杨书记不知怎么知道了，他过来看我，说，孩子，首先谢谢你，你能为英雄打抱不平，我也一样，我也为林振川打抱不平。我坚信，一定有云开日出，平反昭雪的那一天。你一定要活下去，要等到水落石出。如果你死了，第一是亏，第二第三也是亏。我八十多岁老头都能坚持，你一个三十多岁的娃娃为什么不能坚持，听我的话，从床上起来，先看病，该吃吃，该喝喝，心放敞亮，眼看远些，世间自有正义在。杨书记的话如同一剂良药，真管用。我上医院治病，我放开肚子吃饭，敞开胸怀唱山歌，没事就看金刚山的那片蓝天，虽然病没断根，但我坚持下来了。一个偶然的机会，我的亲爷爷，也就是你打开监狱放走的国民党县长，他回家乡了，并在我省许多地方投资办企业，他了解了我的情况后，说，他来想办法。但他既没找地区的人，也没找县领导，不知他找了什么人，突然有一天，公安局、派出所来人对我说：‘你自由了，你还可以回学校当老师。’我问爷爷，他也不说找了谁，就说，你如果想去国外，我安排。如果留在老家，就安心教书，好好生活。”

说到这里，古孤灵又喝了几口水：“林团长，这也就是我今天找你的原因。”

“请讲。”

“我对你的事一直在分析，在琢磨，我琢磨我爷爷是不是知道一些情况，因为他毕竟是你打开监狱放跑的国民党县长，你的罪名也与他有很大关系。我曾问过他，他说，‘你不要管闲事。’这句话我多次分析过，他是不是知道一些秘密。所以，我建议你去见见他。”

林振川很是兴奋：“他在哪里？”

“他在中州，只待两三天，下周就要回美国。”

“好，太谢谢你了。”

“不用谢，现在，弄清你的冤情，是咱们共同的责任。”

“怎么都要谢谢你。”

“不要客气了，请抓紧吧。”

“我有一个额外的要求，能不能请你一块去。”

“我也有这个想法。因为如果我不去，老人家一百岁了，不知他会不会见你。再说了，老人家是三十亿美元身家，整天围着他的人多了，我这个受他牵连的孙女，还有特权，可以直接见他。”

“大恩不言谢，我知道你身体不好，这一路我会安排的。”

“咱说走就走吧，走山路，转客车，再坐火车，怎么都得一天。”

“川儿，古老师身体不好，你要好好照顾她。”

“老姨，你放心。”

“姨奶奶，我身体现在好多了。”

“老姨，爹回来了，让他哪儿也不要去了，等我。”

四十七

林振川、古孤灵紧赶慢赶，也还是用了一天的时间赶到了这个中部大省的省会。听说亲孙女来了，古敬之让秘书安排，秘书说他晚上有个重要的应酬，他要陪人家吃饭。古敬之说，他后天一大早的飞机，第二天还有很多事，就吃罢晚饭见个面吧，爷孙俩有一晚上的时间说话。古孤灵认为，这样也好，这样可以有足够的时间，让林振川和她爷爷直接交流。林振川和古孤灵没有在古敬之安排的宾馆吃饭，而是在宾馆附近的一间小饭馆吃了饭。借着吃饭的时间，两人商量林振川以何种身份、何种方式去见古敬之，两人商量后，决定林振川假作古孤灵母亲的远房亲戚，从在家乡办企业做善事说起。

其实，商量归商量，设计归设计，真正见面后，两位五十多年未见的老冤家，老乡党见面，会朝哪个方向走，谁也不知道，林振川和古孤灵觉得，多做准备，总不是坏事。

古孤灵领着林振川进入省会唯一的五星级宾馆的总统套房。

“爷爷，我们来了。”

“灵儿，我的乖孙女，来了好，来了好，后天早上五点钟我就要离开这里回美国了，这一去恐怕得半年多，走前能看看你，我这位一百多岁的老人也高兴，毕竟见一面少一面了，灵儿，坐过来。”

“爷爷，我给您带来了一位客人。”

“咦，我还以为是我这边的人，失礼失礼。”

“爷爷，这是我妈妈的亲戚，正好一块来省城，因为平时对我很关心，我就带来见您了。”

“好，好呀，谢谢，你好，你好！”

“老先生，您好、您好。”林振川这才说上话。

“先生贵姓？”

“免贵，在下姓林，林无敌！”

“林无敌？”古敬之愣了一下，“林、无、敌这个名字，好像……好像什么时候……听说……唉，年岁大了，记不住了。”

林振川呢，怕直接说林振川的名字，让古敬之感到突然，而他又来不及临时编一个姓名，就把战争年代常对外公开的姓名随口说了出来。因为除了在新疆用了哈萨克族的姓名以外，在故乡老家就只用过林振川和林无敌两个名字。没想到，就这个“林无敌”勾起了古敬之对往事的记忆反弹，但毕竟他年岁大了，还没等完全记忆起来，古孤灵就把话岔开了：“林叔，您是长辈，您坐在我爷跟前，喝茶，好说话。”

“灵儿说得对，林先生，虽说我比你年长，但看你也快六十岁了吧，来握握手，说说话。”

握完手，古敬之取下眼镜，又盯着林振川看了一会儿：“林先生，你……我……怎么……像是在哪见过，我想想，我想……”

“爷爷，想什么想，先喝茶吧，我又给您带来了金刚山的野茶，我给您泡上。”

“好，听我乖孙女的，咱喝茶，说话，不想过去的事，林先生，你是做什么的？”

“我呀，严格讲，跟你一样，是经商办企业的。”

“也是做生意的。”

“是，老先生。”

“在哪里做？”

“我在新疆做。”

“新疆，很远呀，原本想在那里投资办个厂，但太远了，冬天长，我呢，老了，怕冷，就没去了。”

“爷爷，您俩聊，我呢，附近有一位给我看过病的大夫，我去拜访他，一个多小时就回来了。爷爷，您百岁高龄了，说话可不能急哟！林叔叔，您也六十多岁了，也是老人，您也不要急哟，您可让着爷爷一点。”

“这个小妮子，我们俩初次见面，怎么会急呢！”

“古老师也是好意，我会记得的。”

古孤灵悄然离开了。

“林先生，灵儿走了。咱俩打开窗户说亮话，你恐怕不仅仅是来看我的吧，有什么事尽管说，你是灵儿母亲的亲戚，我不能不管。我对灵儿父母有愧，说出来也不怕你见笑，他爹是我第五房姨太太生的，这老五长得漂亮，但生性高傲，老大、老二都欺负她，弄得她经常带灵儿回娘家住。解放的时候，只有老大和老三跟我走了，先跑香港，后来去美国了，而老五呢，受不了解放时的批斗审押，就投河自尽了。自杀前，把灵儿她爹送给了乡下的穷乡亲家，说孩子在穷人家好过。我呢，也是在改革开放后才找到她爹，她爹也命苦，就这么一个女儿，还因为一些她不该管的事受尽苦难。而灵儿的母亲又因为灵儿气急而亡，所以，灵儿母亲的亲戚我不能不管，从言语面相上看，你也是一个正直的人，你说吧，你需要投资呢，还是资金短缺需要现金，只要不是天文数字，我都会想办法。”

“古老先生，我来见你，既不是找你投资，也不是找你借钱，经济上我对你没有任何要求。”

“噢？”听说经济上没要求，古敬之脸上的表情松开了，并绽开了笑容，“那你想……说点……就说说话。”

“应该是这样，老先生，记得你刚才说在哪里见过我，我也回想了一下，我可能没跟你见过面，但你可能见过……”

“我见过你？”

“准确说，你见过我的画像！”

“啊？什么？画像？……”

“老先生，这恐怕还要从解放前说起。”

“愿闻其详。”

“解放前，你在双城县干了十年的国民党县长，对不对？”

“惭愧，是的。”

“应该说，你是一位治县有方的县长。”

“不敢当。”

“但同时又是一个反共十分坚决的县长。”

“惭愧惭愧。”

“当时的双城县治安有序，盗匪藏匿，百姓生活也算安定。南五县也就这一个县好一点，其他的县有贪官污吏，盗匪横行，地主恶霸，横行乡里，老百姓苦不堪言。”

“这是真的。”

“也是红军闹革命的起因。”

“是！”

“你不仅治县有方，而且，你对付红军和后来的新四军也很有一套，我们与你几乎是平分秋色，互有胜负，我们没占到便宜，你们也捞不到胜利。”

“是这样，这些事我回来向共产党政府忏悔过。”

“我只是说你过去的历史。”

“你……你是谁，你好像是经历者。”

“这就是要回答你刚才说我们似曾相识的问题。”

“你是？……”

“在双城县，悬赏杀头的画像中有我，对不对？”

“啊……”古敬之猛地站起来，又取掉眼镜，盯着林振川看了一会儿，“你是……林团长！”然后又无力地跌坐在沙发里。

“老人家好记性，当时在你们那里，我叫林无敌！”

“你……还活着。”

“是的，世事无常，我居然活了下来。”

“你……今天，要干什么？要索命吗？”

“要你的老命有用吗？况且，改革开放后，你为祖国、为故乡做了不少善事。”

“我是在赎罪。”

“那我更不应该杀你。我跟你一样，也在赎罪。”

“你？也赎罪？”

“其他人不说，单说你孙女，不是因为我，她会有那么委屈的经历吗？”

“原来如此。”

“可我找你，还有更重要的事。”

“还有？”

“你在解放前夕，因为杀了国民党省主席的外甥，得罪了省主席，省主席便以你草菅人命为由逮你下狱，此事可真？”

“确有此事。”

“本来你处置的是一个坏人，民众还是称许的，但国民党高官要抓你，你也无法，你只是被临时下狱并放在双城，本来马上要转省府开封的，是不是这样？”

“是这样。”

“你没转走之时，却碰上了我们解放县城。”

“对，我因祸得福。”

“你虽然治县有方，但你反共坚决，杀害了不少我党我军人员，你在我们的档案里是血债累累，你们的省主席不杀你，我们也一定要杀你。”

“我……罪孽深重，对不起共产党和人民。”

“那是在当时，现在时代变了，政策也变了，那么多战犯不比你的罪行大，他们大多不是也没被杀吗？现在共产党对你还好吧？对你如贵宾，视你为朋友。”

“我是敬佩共产党的，包括我任县长期间，我也承认共产党的政策好，人心好，但我身在国民党，要为他做事。”

“这个我理解。”

“原来我认为共产党不过是一群草民，乌合之众，后来知道有了毛泽东，有了周恩来，有了刘伯承、徐向前，我就知道，这个党以后不得了。而在你我的故乡，我知道了你父亲，知道他是一个读书人，学富五车，诗书尽知，而且爱民如子，对老百姓如同兄弟姐妹。在我们南五县，全省及周边，我只敬佩两个人，一个是你父亲林报国，我听过他的讲演宣传，另一个是你岳父雷经天，这两人一个在共产党，一个把共产党招为女婿，我知道，这个共产党不得了。”

“你能有这样的觉悟，难得。”

“这些念头，也是后来在国外游荡多年才悟出来的。”

“古老先生，我还是回归正题，当年，你在监狱时，也就是解放县城时，我下令打开监狱，是不是有人找过你？”

"这……"

"如果说我有什么求你的话，就这件事。"

"我……不能说呀！"

"我受冤近五十年。"

"这……"

"你孙女也为此受了二十年的苦……"

"这……"

"如果对你的孙女、对我真正关心和赎罪的话，请你讲实情。"

"是……有一个人找我，但这个人我不认识。"

"这个人是谁？现在在哪儿？"

"这？……"

"老先生……"

古敬之站了起来，在房间四周转了一下，接着，他来到客厅的办公桌旁，坐下，在纸上写了些什么，然后对林振川说："林先生，请跟我来，参观我的房间。"走到卫生间门口说："就在这里说吧。是有人找我，让我和他打扮成衣衫褴褛的百姓，然后他笑着跟我说：我给他弄个圈圈，让狗日的不得安生。"

"这个人我认识吗？"

"我不知道，但他好像认识你。"

"这个人阴毒至极。"

"他知道监狱里有几个杀人犯和惯偷，打开监狱时，他一方面往我住的房间墙缝里塞了些东西，另一方面他在房外高喊：林团长放我们了，林团长救我们，林团长是大善人。"

"一切都是这个人设的套。"

"我当时感到能逃命就不错了，他说：看好戏！如果演得好，这戏能看很长时间。"

"是很长时间，一辈子！"

"是啊，对你不公。"

"这个人是？……"

古敬之摇摇手，拦住嘴。然后把纸条给了林振川："你看看就知道了。"

林振川粗粗地看了一眼："你能确定？"

"当然，改革开放后，我回来投资办企业，突然有一天，说有一个领导要接见我，见到这人，我就知道怎么回事了。饭后，他单独跟我见了个面，这家伙凶相毕露，他说：‘过去的事，天知地知，你知我知，如果你对外说些什么，小心！’我知道这人的手段，赶紧说：‘放心，你收拾的人早不在了，我说那些不是自找麻烦吗？’他目放凶光：‘那样最好。’”

“他对你没上手段？”

“第一次见面后，我就做了充分的准备，我把我知道的一切，既写成了书面材料，又录了音，放在美国银行的保险柜里。我告诉在美国的家人，如果我在大陆有个三长两短，一方面让家人把材料和录音寄给国家公安部和中纪委。另一方面，让家人送给美国的媒体。”

“你这准备得够周全的。”

“再回中国时，我主动约见了这位领导，我把我的准备告诉了他，我说：你不招惹我，我也不说你的事，你若动我，你也必身败名裂。他这次不凶了，而是说：相安无事，保持沉默。”

“这恐怕是你多年在大陆平安无事、各业兴旺的原因。我分析，现在不是你怕他，而是他怕你。”

“是啊，林先生，要在过去，这些事，打死我也是不敢说的，但为什么又说了，一是我活这么一大把年纪了，我比你岳父小一岁，死，一点都不害怕了。二是为孙女做点事情，除了把大陆上大部分的企业和资产交给她以外，就是了却她为你平反昭雪的心愿，她想找到你被冤枉这么多年的原因。三是为了你。你受了那么多冤屈，又是共产党的功臣英雄，你能坚持到这一天，你能到现在还在找当年受冤受诬陷的原因，你的这种精神，很让我敬佩。所以，我这一次毫无保留地告诉你。我之所以这么小心，是因为这位领导过去管过政法，听说我过去宾馆的住房，他们安过窃听器，你这次突然找我，我不能不防，不光为我，为我孙女，也为你减少麻烦。”

“谢谢您，古老先生。”

“应该的。”

“我还有一个请求。”

“林先生不必客气。”

“如果需要，你能作证吗？”

“没有问题。”

“谢谢！”

“林先生，这个话题是不是可以结束了？我们到客厅喝点茶，聊点生意上的事，看我们能不能合作。再说了，我的乖孙女该回来了。”

“好！”

四十八

林振川攥紧古敬之给他的纸条，马不停蹄地赶回双城县金沙畈的雷家湾老家。

老姨告诉林振川，雷经天回来了，林振川急忙往里面进，想尽快见到他的岳父和师傅，同时，也是教养者和恩人的雷经天，但老姨说：“川儿，你爹让你先吃饭，吃完饭他在堂屋等你。”

“现在不见？”

“你爹说了，先吃饭，再进见。”

林振川不敢违命，因为正赶上中午，只得先吃完午饭，饭后，老姨又端来一盆洗脸水，“川儿，看你一路累的，洗洗干净，再见你爹。”

这一切做完，林振川急切地赶往雷家堂屋，也就是正屋，进屋首先看见的，是堂屋条几正上方，放着两块木牌，一块是写着“林家祖先”，另一块写着“雷家祖先”，在这两块木牌下侧是三块木牌，三块木牌写着：“林报国”“吴雅琴”“雷陈氏”。林振川知道，这是他父亲、母亲和岳母的姓名，两边还放着几块牌子，因为是反面放的，看不清楚写的是谁，林振川顾不上琢磨这些牌子的用意，他急切要见的是他的岳父、师傅雷经天。而此时的雷经天，背向林振川，见林振川进来，没有迎向林振川，而是在条几一侧的红木椅上坐下来，并穿上过去的灰蓝长衫，抖了抖长衫衣摆，马步正襟地坐了下来。

“爹……”林振川顾不上看了，他急切地上前，想与老师傅和岳父面对面说话，甚至想用现代人的方式，拥抱一下。

“跪下！”雷经天声若闷雷。

“啊？爹……”

“跪下！”雷经天的声音更亮了。

“扑通！”林振川只得双膝着地，向着供奉着名牌的堂屋正面跪了下来。

“逆子，孽障，听好了，先向你林家祖先三叩首！”

林振川只得正规其事，按照小时候学武的规矩，叩了三个头。

“孽障，逆子，再向雷家祖先三叩首。”

林振川已经知道雷经天的心情和态度，他更知道必须这样做，因此，他又十分虔诚和认真地磕了三个头。

“逆子，向你的父母叩头谢罪。”

林振川想起了早已英勇就义的父母，心底悲情涌出，赶忙磕了三个头。

“孽障，给你岳母叩头谢罪。”

林振川陡然间想起对自己视同己出、疼爱有加的岳母妈妈，不觉湿了眼角，又真真切切叩了三首。

雷经天立起身，翻起背过面的三块木牌，只见上面写着“林家哥姐”“雷淑娴”“雷飞侠”三个名字，翻开牌子，雷经天又坐回座椅，吼道：“林振川，你给早逝的哥哥、姐姐，给娴儿和侠儿磕头，你的行为，上对不起祖先父母，下有背妻儿兄姐，你必须再叩三个首，向他们谢罪。”

林振川想起了早随父母升入天国的哥哥、姐姐，更想起待自己视若至爱亲人的淑娴、飞侠，特别是她们姊妹俩，因他而爱、因他而死，怎不让人肝肠寸断，伤心泣血？于是又情不自禁地俯首下去，又“咚咚咚”落地有声，实实在在磕了三个头。

到这里，林振川已是满眼的泪水，雷经天也老泪纵横。看见满头银丝，脸上虽然红晕，但两颊皱纹如刀劈斧刻一般苍白疲衰的老人，林振川心里更涌起无限的歉意和深长的酸楚，他跪着向雷经天移动，“爹……”

“跪在那儿！”

林振川小时候谁都不惧，谁都不怕，唯一怕的就是他的师傅、后来的岳父雷经天，小时候是这个性情，没想到五十多年后，已经六十多岁的他，依然还这么畏惧雷经天。雷经天让他跪着，他就跪在那儿，不仅是心存敬畏，而且是心甘情愿，他低头垂臂，老老实实地在地上跪着。

“叭——”不知什么时候，雷经天站在林振川的身旁，并用力甩响了一声皮鞭，林振川抬起头，看见了威严正直的雷经天。雷经天发话了：“林振川，你听着，你身受诬陷，背负多种污名，是上天对你的惩戒，是人类对你的考验，是邪恶在你身上施的魔法。但罪恶在他，作为在你，男人生于天地之间，生当作人杰，死亦为鬼雄。作为一个男人，你不能挺身而出，仗义于世道之上；作为丈夫，你不能护爱妻子于身前身后；作为父亲，你不能为子女挡风遮雨。所以，我代表林家、雷家，代表你的父母岳母，代表你不能护佑的妻子、儿女、兄姐，还要代表受你牵连的上级兄弟战友，罚你三鞭，你可服气？”

“儿婿服气！”

林振川知道，雷经天的这根皮鞭，是雷家祖传的，已经有几百年了，它既是家法上的罚具，也是武功上的武器；既是雷家的传家宝贝，也是家法和家规、道义伦理方面的象征。小时候，雷经天在教他武功时多次告诫他，如果武功迟迟不能长进，如果违反了武林道义，如果违反人间正理，将受到皮鞭的惩罚。而皮鞭的惩罚，是雷家最严、最厉、最高的惩罚。

“你可准备停当，我不会惜力的。”

“爹，你尽全力，这样我会好受些。”

“叭——”

“这一鞭是娴儿的。”

林振川只感到一股强烈的疼痛钻心而来，但身体连晃都没晃，甚至连运气用武功护卫都没做。所以，这一鞭，打得全力以赴，而林振川也受得结结实实，如果揭开衣服，一定是皮开肉绽，鲜血迸流。

“叭——”又一鞭。

“这一鞭是侠儿的。”

奇怪，这一鞭尽管更响更亮，但林振川反而感觉没第一鞭疼痛。实际上，雷经天原以为，打第一鞭的时候，林振川会运气聚力，自然消解皮鞭的重力，但他是武学大师，他看出来了，在承受第一鞭的时候，林振川不躲不闪、不抵不消，自愿承受皮鞭的重击。雷经天知道，第一鞭下去，林振川的背上有一条大大的血痕，而且会鲜血迸流，如果第二鞭还像第一鞭一样，他还这么用力，而林振川又不躲不避的话，林振川不死也要残废，所以，武学大师是何等的造诣，他不能再如第一鞭那样去打，但他又不能让林振川感到他在惜力，感到他有心护他，他调整重心把功夫都传到鞭子上了，鞭更响更亮就是标志，而控制后的鞭子再落到林振川背上，就没有多大的力量了。这也就是第二鞭没有第一鞭疼的缘故。

“叭——”第三鞭响了。

“这一鞭是小英子的。”

想起刚刚从自己怀里离开人世的苦命的女儿，林振川不由得一股热血从胸中直往上冲，心里陡然剧痛起来。林振川开始摇晃，几乎要昏倒，雷经天一看不对，扑过来一把紧抱住了林振川，并满脸热泪哭道："川儿啊……"爷俩痛哭着抱成一团。

雷经天按照家规和武术门帮的规法惩戒了相隔近五十年的林振川，虽然他知道，林振川会很痛很难受，但他认为这是应该的，也是必须的，所以，他把早准备好的治疗创伤的药粉拿了出来，让老姨端来水，雷经天亲手为林振川脱衣，洗伤、敷药，一切做完后，说："在家好好休养，五天后就能结疤，十天后就好了。"

林振川想要说什么，雷经天摆摆手："难得咱们爷俩这么相聚，借这几天，好好歇一歇。我呢，也趁这工夫，结结实实歇几天，我估计，头上的乌云是该拨开了。先养养神，最后这一仗，咱得打赢。"

十天后，雷经天和林振川终于认认真真坐下来，商讨往下要做的事。

"川儿，把你的纸条给我看看。"

林振川把自己看了千遍万遍的由古敬之写给他的纸条交给了雷经天，雷经天看完后说："正是此人！"说完，雷经天递给林振川一个档案袋材料，"我在台湾住了将近一年，找了不少老乡，花了可观的钱，总算把东西弄出来了，你仔细看看，往下怎么做，你自己定，需要我的话……"

"爹，我能行。"

四十九

林振川怎么也没想到，他在省城，几乎是用了将近一个月的时间，才把他要找的人弄清楚。很难弄清楚的原因，林振川总结了一下，大致有好几条，首先，他要找的这个人是省级高官，而且混上了正省级，要了解高官的一般动向容易，看报纸、听广播、看电视都能知道，但要接近他就难了，要了解他的生活起居，何去何往就更难了。其次，他要找的人在"文革"结束前夕，在他爬上省级位置之前就改了名字，除姓没改以外，后两字全改了，并且在公安部门备了案。其三，林振川在找人的过程中，总感到有人在干扰，在破坏，甚至，有好几次，有人在向他下手，但因为林振川身负武功，对方总也上不了手。这样，林振川就不敢在一个宾馆住，住宾馆是要有身份证明的，只要登记，在宾馆大堂的登记簿上轻轻松松就能查到。后来实在没有办法，林振川在城中村里租了一套住房，房东也要求林振川出示身份证，但林振川说丢了，并多塞给了房东几百块钱，才安顿住下了。为了安全，他回来时不敢从正门入，出去也不能从正门出，多半是绕道翻墙或跳窗户，林振川好多次自我解嘲道："怎么跟过去搞地下工作似的。"开始，林振川曾出高价聘请私家侦探，但私家侦探对如此高官没多少办法。后来又找保安公司，保安公司听说要了解如此高官的情况，很是为难，过了两天，干脆就退钱不干了。

尽管很难，但林振川还是把基本情况弄清楚了，比如两处住房，虽然退休，但在机关还有办公室，还有专车、秘书，还列席省里重要会议，只是打听家庭详细住处，难度很大。

就在林振川办法用尽，几乎走投无路，准备自己直接闯入这个人家的时候，突然有一天，他回到城中村小租房，开门时发现，房子里他吃饭兼看书的小方桌上，放着一个信封，打开信封，里面有几页纸，第一页纸上，写着林振川要找的这个人的基本履历。第二页标明这个人的三处住址，其中一处是这个人分的供省级领导住的机关高档住房，第二处是他老婆单位分的职工住房，还有第三处，情妇住房。这是林振川一个月来没打听到的。第二页纸上，还有一张简明的市区地图，标明了这三处住房的详细地址，包括街道、小区、楼号、门洞、楼层，左右住户，还标明了户主姓名及职业。最后的第三页，用大字写着此人的三处住处的电话号码、办公室电话、手机电话。

林振川大为惊奇，谁这么详细地交代这一切，交代这一切又是为了什么，难道，他还有其他的仇人？"完全有可能。"像这样隐藏极深的坏人，过去做了那么多坏事，怎么可能没有仇人？而且林振川还认为，这仇人之中，可能既有像他这样遭受设计陷害的人，也有此人过去追杀、欲除掉的人。想到这里，林振川又看看信封，看里面还有什么没有，他抖了抖信封，果然从里面掉出来一个纸条，纸条上的字清晰可见：

林振川：

动静要小！

影响要小！

这话是什么意思？想了很长时间，林振川似乎明白了点什么，但又什么也不明白，"管他呢，先谢了。"

这些材料的提供，使他不需要再做其他准备工作了，于是，他凝神聚气，打坐在床上，他要把下面的行动认真细致、周到全面地进行规划，每一个行动，每一个细节，都必须思虑周全。

经过两夜一天的酝酿和准备，第三天，林振川开始行动了。

第一个电话，打到了办公室，很长时间，没人接电话。

第二个电话打到了他老婆的家里，有人接电话，“请问，你找谁？”

“主席在吗？”

“不在，他好几天没回来了。”

第三个电话打到了此人情妇家里，很长时间，才有人接电话，是一个女人：“你好，请问你找谁？”

“请问，牛主席在吗？”

“啊？这里不是……没有什么牛主席。”

“我是省委值班室，省委领导找牛主席有重要工作，请让他接电话吧。”

“这……”

“这是工作。”

“请稍等。”

只听到电话里传来拌嘴声：“不可能是省委的电话？”“人家说，你傻呀，他们怎么会知道这里的电话？为什么不打我秘书电话，为什么不打我手机？”“你关机了。”“关了吗？”“每次来这里，你都是关手机的。”“秘书呢？”“秘书回老家了。”“也是！”“接吧，如果真是怎么说呀！”“你到里屋去……”随着一阵轻微的拖鞋声音，林振川的心脏跳动在加快，因为这个人拿起了话筒：“请问哪位？”

“你是牛正跃吗？”

“什么？我是牛效平。”

“二十年前，你叫牛正跃，档案上记着呢！”

“你不是省委值班室的。”

“正确，我当然不是。”

“你是谁？要干什么？”

“我是谁，你应该清楚。”

“你……”

“要不要提示一下，如你所说，六十年前，我们是红军小学的同学。”

“你怎么找到这里的？”

“这也可能是你不光彩生活的现代部分吧，要想人不知，除非己莫为。”

“你要干什么？”

“干什么？你说呢！”

“有什么要求，尽快说。”

“什么要求？我想见见牛正跃大主席。”

“见我？你说见就能见？”

“你要做缩头乌龟，也可以！”

“你见我做什么？做什么？”

“做什么？你能不知道吗？”

“你怎么可能还……活着，怎么可能……”

“我活着。而且活得不错。”

“你……我……不能……见你。”

“我现在就可以去你住的地方，你应该知道，进你现在这个家并不难。”

“……”电话里没有声音，但电话也没放。

“我给你时间考虑，但只有三分钟，因为你知道，我就在你家楼下。”

“……”电话另一方依然没有声音。

三分钟时间一秒一秒在跳。

“见！”

“地点？”

“我在省委的家属楼，十八层上面，有我的一个书房，也是我喝茶读书的地方。”

“十八层？书房？”

“你不敢去？”

“有何不敢！”

“明天下午。我相信，地方你能找到。”

“当然！”

“你可以不去。”

“我去。”

林振川、牛正跃，六十年前红军小学的同学，五十年前游击队的同事，五十年来，从未谋面的但一直对峙的乡亲和仇敌，终于见面了。

省委家属楼十八层上，果然有一间高大宽敞明亮的书房，这个书房，原来是这栋家属楼集体用的凉台，供十八层楼所有住户来此纳凉、观光、赏月、看星星的。但牛正跃担任省委副书记的时候，相中了这个地方，接着，就由机关事务管理局拨专款，重新装修，专业装饰，花了不少经费。这个地方变成了一个既能放收藏，又能展书籍，既能养花卉，还能锻炼身体，更能喝茶聊天足足三百多平方米的大书房，不仅宽大，而且明亮，再加上四周安上了现代化的监控和自动化设备，根据需要，既可以在大书房内看日出、看月落，享受风霜雪雨，也可以将四周房顶用厚厚的窗帘覆盖，瞬间房间就如黑夜。既有假山，又有喷泉，四季鲜花绽放，满室鸟语花香，真是一个让人赏心悦目的地方。为了防止群众有意见，牛正跃让机关跟大家说，牛书记宁愿只住一百八十平方米一般厅局级干部的住房，不去住省委领导三百余平方米的专用住房，唯一想要用的，就是这个楼顶的凉台。为此，牛正跃要求，有关部门在家属楼的后面，开发一个小公园。后来，这个楼的住户有了小公园，渐渐地人们意见也少了，时间长了，人们要么健忘，要么习以为常。

牛正跃没有像以往一样在茶台前喝茶，而是坐在沙发上思考。

“牛大主席，好呀！”

“你……什么时候进来的？怎么进来的？”

“你应该了解，进你们这个地方，我还可以。”

“请坐吧！”

林振川毫不客气，径直坐在了牛正跃的正对面，“牛大主席，这个地方不赖呀，这可能就是高官的特权吧！”

“什么特权？他们都去住三百多平方米的别墅，有小院、有花草，安全、宁静，我这里是闹哄哄的家属楼，说是厅局长楼，没几个住的，大部分是他们的子女住，或者是送给了他们的亲戚。”

“是啊，牛大主席不是很清高吗？还能跟群众打成一片。”

“你还别说，我就是不脱离群众，这是与我们党的宗旨相融合的……”

“呸，你们党？你是什么党？”

“共产党。”

“共产党？你也配，且不说你是国民党，是狗特务，就说你混入共产党内以后，你干过对人民有利的事吗？”

“怎么没有？”

“怎么会有？从你在金沙畈学校开始，你就开始说空话，做表面文章。而在历次政治运动中，你从来都是从个人私利出发，整人、害人、忽悠人，你做过对人民、对社会有益的事吗？”

“哈哈，你是说杨海功、黄大刚，还有你的老婆雷淑娴吧！”

“你当然知道，你说了做了多少坑害他们的事？”

“坑害他们？那是改革的需要，形势的需要，党的需要。”

“应该说是你个人的需要。”

“党的需要与个人需要相结合，有何不可？”

“你都是为了你个人！”

“哈哈，人不为己，天诛地灭。杨海功，他革命有功，可以说是大功，可他不识时务，不知道上级需要什么，不清楚政治的要义是什么，所以，他永远只能是一个师长，从红军时代就是，有一段时间，他连师级都不是，悲哀呀！这就是你所说的真革命的下场。”

“可他笑到了最后，他获得了党内和军内的最高荣誉，人民拥戴他，党相信他。”

“你说的这些，他是得到了，可有什么用呢？他死了，他活得哪有我潇洒。到死，他的级别还没我高呢！”

“可你的下场绝不会比他好！”

“还有黄大刚，这个王八蛋打断了我的两根肋骨。‘文化大革命’中，为什么没把这个家伙弄死？我儿子在关键时刻还是下不了手。”

“大刚的苦难，拜你所赐。可恶有恶报，你儿子为什么宁愿长住监狱，也不愿与你相认，你就认真反思反思吧！”

“人生不过百年。人来到这个世界，就是要享受人生，要享受人生，就要站在高处，小子那么选择，是他的造化。我只希望我这几十年，一是不虚度，二是要享受，这两点我做到了。至于孩子，中国有句古话，儿孙自有儿孙福，他怎么过，是他的事。”

“我去过你儿子待的监狱，你儿子为干过的坏事痛哭流涕，我说我是林海、林英的父亲，你儿子当时就跪下了，他最后悔的是逼林海、林英跳江。我问他是不是你授意的，这孩子没否认，想想，你的心肠为什么这么黑。”

“不知道什么时候这孩子皈依佛门、放下屠刀、立地成佛了，我不信。”

“你当然不信，你的人生信条是极端自私的，你不仅自私，而且害人，你害了多少人，多少？”

“自私，我承认，我极端自私，可你不自私吗？你不自私，为什么躲到现在才出来，为什么置你的岳父、老婆、孩子而不顾？你那让人喜欢、人见人爱的老婆，你不管不问，你不自私吗？你老婆那么漂亮，可惜了，浪费了，你为什么不保护她？那么多年，回来看一眼也行，你白白让她饿死了。”

“你，你个王八蛋，淑娴的死，你难逃罪责，是你把她弄进县城接受审查，是你，让她在各个公社接受批斗，是你，授意有关人员刁难她，污辱她……”

“是啊，是我做的。可你呢？你在哪儿？如果你在，我肯定不干，也不敢呀！”

“我是因为你设计陷害，才亡命天涯，我是怕回来，让他们遭受更大的牵连和不幸。当然，这里面有我的罪过，但如果不是你，我怎么会有这么大的苦难？今天，我要老账新账一块算。”

“一块算，怎么算？”

“怎么算？我说了算。”

“谁说了算还不一定呢。”

“我首先要做的，是揭开你的真面目。”

“我乐意奉陪。”

“当初，我们解放县城，你知道我们会打开监狱放人，你钻进监狱，才有机会逃脱，按理说，你是因为打开监狱才跑掉的，你不感恩则罢，为什么还要设计陷害我？”

“我是你们打开监狱放跑的，你有证据吗？我与你，只是共产党内的个人恩怨，请不要乱扣帽子。”

“到现在你还心存侥幸。谁和你同属共产党内，你是国民党，我是共产党。”

“没有证据，就不要乱说。在我们共和国发展的道路上，谁不受‘左’的思想影响，谁没说过错话，谁没干过错事。与杨海功、黄大刚，包括你，都是路线之争，认识之争，观念之争。还有就是价值观念不同，人生理想追求不同而已。”

“哈哈哈，牛正跃，还在身上挂共产党的招牌有用吗？不把你的底细搞清楚，我能来找你算账吗？”

“你有什么证据？”

“1939 年，你十五岁，随你母亲去了南方，在你母亲希望你勤学成才，用学问报效国家的时候，你被国民党军统招募。1943 年，你潜于我游击队。1944 年，你在国民党军统广西青浦特训班学习，在我们与日寇血战的时候，你在学习如何与共产党斗争的战术和手段。1947 年，你学业期满，在广西一个县城工作，依靠你的阴险与毒辣，你破坏了这个县城的地下党组织，杀死我党地下情报站二十一名同志，只剩下一个十一岁的孩子，因为去茅房而幸运逃脱，由此，你声名大振。接着，你又在广西三个县大施淫威，又捕杀我四十六名地下工作的战友，由此你成了我党必杀的重点，我军游击队多次猎杀你却被你侥幸逃脱。而你在那个地区待不下去了，你知道在那里无功可建，但你更怕我军报复，你提出改换地区和姓名。你又回到了我们的老家浣溪地区，由于你捕杀我党我军人士有功，你被破格提拔为保密局浣溪站的站长。在你刚到浣溪不久，我军在大别山已成战略反攻之势，你第一次来双城部署安排工作时，就碰上了我军突击解放县城，所以，你就导演了这一出说我故意放你们，我与你们早有联系，我是潜伏'特务'的闹剧。这一场闹剧害了我一生，也影响了许多人的人生，我恨不得一刀一刀剐了你。"

牛正跃目瞪口呆："这……"但他不愧是政坛老手，"这些不过是我的政敌攻击我的手段而已。你只是借用一下罢了。"

"借用？我倒想借谁用一下，我想党组织会知道的。"

"组织知道？"牛正跃好像自问自答，但转而又反击过来，"你纯粹是胡说八道，证据呢？"

"你应该知道，有些档案的保密期限是五十年，你的档案到现在已经五十多年了，出点钱就能买到。再者，现在台湾的许多单位是民进党掌管，民进党可不愿为你们国民党保守秘密。"

"你……怎么说。"

"实话告诉你，你的档案材料，已经从台湾买出来了，你骗了共产党五十多年，骗了人民五十多年，你罪大恶极，死有余辜！"

"你，不可能，我的身份……没人知道。"

"我想，除了我岳父和我以外，也许还有人知道。"

"还有人知道？不可能。"

"还是说说你的光辉履历吧！"

"愿洗耳恭听。"

"你从双城逃走时，为混淆视听，制造混乱，继续与人民为敌，一手设计制造了一系列我是‘特务’‘内奸’的证据，但我党我军是清醒的，浣溪专署党委和独立师党委正是从稳定局势的大局出发，为防生变，命我回专署说明情况。而此时不巧的是，金刚寨上的雷飞侠听信了你散布的谣言，决定半道劫我。在劫我的时候，雷飞侠下令，不允许伤害解放军，但你下令隐藏在农民自卫军内的军统特务，专打解放军，结果造成解放军战士两死一伤，你这样做的险恶目的，就是让我更加说不清了。”

“哈……应该说，这个目的达到了。”

“看来，你是承认自己是国民党军统特务了。”

“啊？哈哈哈，今天不承认恐怕也不行了。”

“接着，你为了把水搅得更浑，你下令自卫军内的军统特务‘保护’我，而国民党中统特务则接到命令，一定要击杀我，因为我欠蒋匪军太多的‘血债’。你的人更加狡猾，他们干掉了想杀我的人，那个时候，让我活着，似乎对你们更有利。”

“当然。”

“等你认为短期内我已经无法撇清与国民党、与山上所谓的‘土匪’之间的关系后，你远赴广西，一把火烧毁了青浦班所有的建筑，杀死了为你工作过，为你剿共有功提供帮助的保密局所有认识你的人……”

“这个自然不足为奇。”

“但你手段血腥，连不知情的都不放过。”

“知不知情，无法鉴别。”

“更令人发指的是……”

“是什么？”

“是你五十多岁的老母，她并不知道你干了多少坏事，也不知道你是军统的人，你强迫她前往台湾，或者去香港，但老人家说，她哪儿也不去，她从没害过人，她相信共产党不会伤害对社会和他人无害的人。”

“不可能，那只是幻想。”

“你母亲不知道你恶贯满盈，不知道你臭名昭著，她只希望你做一个正直善良的人。”

“我……”

“你逼迫你妈妈离开，是因为你害怕，害怕将来有人向她问起你的情况，她老人家一生善良，会实话实说，说你在哪里上的学，在哪个地方工作过。”

“我这种担心无可厚非。”

“但你做出了这个世界上生为人子最卑劣、最丑陋、最罪恶的事。”

“别说了……”

“你居然在你母亲面前放下两个选择：一是喝下有毒药的水，另一个就是离开家乡，前往台湾或香港。”

“你，别说了……”

“你母亲是笑着喝下那杯有毒药的茶水的，因为她老人家绝不相信她儿子真的会毒死她，因为老人家一生慈善，她不知道为什么要做这样的选择，她真的以为，在她看来，文弱纤秀、斯斯文文的儿子绝不会因为赶她离开故乡而真的毒死她，她真的认为，她儿子没有理由这样做。所以她是笑着喝下去的。”

“我……”

“你还是个人吗？”

“我没想到她会真喝。”

“你内心是希望她真喝，但感情上却又不希望她喝，因为她喝了，你潜伏下来就安全了。”

“这是我一辈子做的最让我内疚的事！”

“内疚，一个‘内疚’就能把毒害生母的罪恶应付过去，怪不得你的内心是如此丑恶，你对他人是如此的狠毒，在我看来，你已经不是人类的一分子了，你是畜生一类的。”

“任你怎么说吧，反正都过去了。”

“可你的罪恶并没有停止，六十年代起，一直到‘文化大革命’，你清除了所有可能知道你信息的保密局潜伏在大陆的人。我奇怪的是，这些人其实绝大部分是不知道你这个人的底细的，你为什么要杀害他们，比如老把子。”

“唉……”

“你怎么如此恶毒？”

“我的思想后来发生了很大变化，我彻底转换了生存理念，我要把自己变成真正的共产党人。我后来发现，蒋介石国民党要反攻大陆，那只能是‘白日做梦，痴心妄想’。我成为共产党人，混得不错，而且，我这种混法，很有市场，很容易得势，要实现这种转变，必须消灭一切痕迹，消灭一切我过去在国民党内的痕迹。”

“聪明反被聪明误，你以为大陆的痕迹消除了，但台湾国民党情报机关，能没你的案底吗？”

“台湾唯一了解我情况的人，七十年代末我们见了一面，我说我要长期潜伏，希望台湾方面销毁我的一切文字档案材料，因为要防止大陆潜伏在台湾国民党内部的特工发现我，一旦发现，我几十年所做的努力会毁于一旦，这位联系人同意了。后来在香港见面时，他说已经把材料档案销毁了。既然说到这里，我也不妨告诉你，第二天，我在香港找机会把他除掉了。”

“够狠毒了。”

“我真的想成为真正的共产党人，我想与过去，与国民党脱开一切干系。”

“脱开了，你就能成为真正的共产党吗？你太小看共产党了，也看扁共产党了。”

“至少，我在共产党内生活得很好，我混到了正省级，我是高官。”

“其实，你内心最恨共产党，不知道，这究竟为什么？”

“说到此处，也没有什么要隐瞒的了。”说这话时，牛正跃居然眼角有些湿润，并抬眼从敞亮的天花板看向蓝天，“那是我跟我爹的最后一次见面。”

“你爹？”

“你爹是红军的军长和政委，我爹是军政治部主任。我承认你爹妈的死，与我爹有很大的责任，这恐怕是我们一辈子为敌的宿命吧。”

“什么叫责任？你爹是可耻的叛徒，如果不是你爹的出卖，我爹、我娘、我哥、我姐不会牺牲。”

“我爹投敌后，跟我说，跃儿，我后悔哟，真不该走上这条路，也许应该学你林伯父、林伯母，一死了之。可蒋介石的人不让我死呀，他们轮番折磨我，七天七夜呀。他们说，交代吧，交代了，不仅不死，而且会有高官厚禄，我坚持了七天呀，第七夜我熬不住了，我交代了，我这一交代，把你林伯父林伯母都送阎王爷那里去了。现在共产党红军要杀我，我也不躲了，我该死呀，我为什么不坚持住，我为什么不死呀。孩子，千万记住，要革命就坚持到底，不革命就找个职业，老老实实做人。还有，如果我死了，共产党红军把我杀了，千万、千万不要报仇。后来，我爹也不为国民党做事了，找一份教书的生计，想平平安安过日子，可你们红军还是不放过他呀，有一天我从外面归来，发现我爹横尸街头，胸脯中了数枪，鲜血迸流，脑袋被打开了花，脑浆四溢。从那时候起，我恨透了共产党红军，为什么我老爹想做个一般人，过一般人的日子也不允许呀，我恨，恨共产党……”

“他是罪有应得，战争年代，叛徒必须死，你爹比你清楚。”

“国民党军统局找我，让我上特训班，我立马就同意了，学习训练我特别积极，上司问我为什么，我说，我恨共产党。”

“恨共产党，你却依靠共产党，升了高官，过着富裕无忧的生活。”

“现在谈不上恨谁了，我只想平平安安，终老一生。”

“哈——”林振川站起来，上去揪住了牛正跃的衣领，“你坏事做绝，丧尽天良，你骗党骗百姓，害了多少人，坏了多少事，让多少人妻离子散，生死两隔，你什么坏事都做了，什么享受都得到了，现在想平平安安、终老一生，有那么容易吗？”

“不容易，你能怎么样？”

“我要了你的命。”

“要我的命好哇，那我成英雄了。再说了，我过七十岁了，虽然身体很好，但好日子过得不少，死了也不亏了。问题是，你怎么从这里出去？”

“进得来，我就出得去。”

“你松手，我们试试。”

林振川知道牛正跃绝不是他的对手，索性松下手来，看牛正跃怎么对付他。

牛正跃迅速跳到办公桌后的大门口，然后双手击掌：“进来，会会我们的林大英雄。”

门开了，滚进来的不是活人，而是三个一身黑衣打扮，一看就浑身功夫的彪形大汉的尸体。

牛正跃大惊失色，对着林振川说：“你干的？”

林振川已经跳到了滚进的三个人的尸体旁边，他也非常诧异：“这三个人？不是我干的。”

牛正跃还是敏感，他迅速从一个大汉的身上拿起一个纸条：正面写着“帮凶的下场”。另一面翻开来看，上面赫然写着的是：“牛正跃，十年前，我们就弄清了你的底细，别作孽了。”后面有两个字的落款：国安。

“安全部的人，你勾搭上了国家安全部的人。”

“我，我想……”林振川突然想到了他房间的文字材料，市区地图和有关牛正跃的一切信息资料，也许真的是有国家安全部门的帮助。

牛正跃变得十分沮丧，一下子跌坐在办公桌后的椅子上：“怪不得，我几次下手，你都逃脱了，可是花了我几十万呀！”

“哈哈哈，怪不得这一个月来，好像每次有危险，都平安度过，原来是贵人相助呀！看来，共产党是把你的底细摸清了。”

“这一次，也许是真的……过不去了。”

林振川突然想到那个纸条上的话：“动静要小，影响要小。”看来，共产党是想把清除牛正跃这样党内毒瘤的动作做得干净一些，做到对共产党形象和威信的损害小一些。想到这里，林振川突然来了主意，他笑了：“牛大主席，来点临别赠言吧，机关算尽太聪明，反误了卿家性命。你已经走到天涯海角了，你的面前没有路了。”说完，林振川打开一扇玻璃窗，“外面的空气多好呀，如果能跳下去，也许就会融化在美好的风光里，你我的恩怨到此了结。如果能说祝愿的话，就是你输了，你输得彻底精光，认输吧！我笑到了最后。我的亲人们，我身后的祖国、身后的党，笑到了最后。”

第二天，省会城市的各大报纸，在社会新闻栏的消息缝里，有一条只有一句话的消息：

“昨夜，省领导 ×× 不慎失足，从十八层楼上摔下身亡。”

五十

林振川回到了金沙畈雷家湾，每天帮雷经天、老姨烧火做饭，三位老人，更多的是相顾无言。而林振川做完这一切，回到故乡老家后，好像一下子失去了生活的方向，失去了做事情的动力，看着两位老人，往往想说什么，又不敢说下去，只能强行咽下去，因为要说的要么是往事，要么是故人，年纪大的人喜欢的不是往前看，而是回头看。但往事不堪回首，故人令人肝肠寸断。只能是不言不说，不提不及。就这样，一家两代老人在平和、清淡、无言相望、会心相顾的氛围中度过了七天。第七天傍晚，在这个农家小院里，老姨靠在雷经天做的木椅上，面向夕阳，斜背青山，永远地闭上了眼睛，安详无忧地离开了这个人世。

当林振川把老姨送上山，入土为安以后，雷经天说：“你老姨，好人一个，一辈子辛苦。她走了，我也不待了。我要去找你师娘，看她把我那俩宝贝女儿招呼得咋样。”

“爹，您不能走。现在一切都好了，过几天我把你在新疆的孙子、孙女，还有你的两个亲重孙，都接来。让他们孝敬您，您也该享受享受天伦之乐了。”

“够了，该走了！”

“爹……”

“你在金刚寨山下，娴儿和侠儿的旁边，给我摆一棺，留一块地，我自己会去。”

没过几天，当早上林振川醒来的时候，雷经天已没有了踪影。

林振川知道雷经天的脾性，就按照嘱咐，在当年柴叔找好的后来他自己买下来的“山水家园”坟地里，为雷经天选好了最中心的位置。林振川对坟地大致做了以下规划，坟地最上首，安排一排位置，雷经天居中，左首是林振川的父亲林报国、母亲吴雅琴，右首是师娘、杨海功及他的发妻崔阿姨。林振川马不停蹄，花钱雇了不少人，首先，把师娘的坟移到了金刚寨山下“山水家园”的坟地，其次，虽然不能把父母的尸骨移来，把那两块位置是父母的，做成坟包，立两块墓碑，也算是父母与自己的亲人、战友团聚。第二排，安排的是他自己这一辈的人，他把自己的位置安排在雷经天的下面，这样，他就在雷经天夫妇、林报国夫妇、杨海功夫妇的眼皮子底下，一是能让老一辈看着他，在阳间没看住他，希望到了阴间，能让他们管住自己，不至于犯在人间的大错误，左侧是他的发妻雷淑娴，接着是爱他、为他而死的爱人雷飞侠，右侧则是他的哥哥、姐姐，虽然也找不到尸骨，但立个碑，也是一份团聚，一份哀思，接着就是他的战友黄大刚，他要为大刚留两块墓地，让他们夫妇百年之后也来这里。想到这里，他不禁又担心起生命垂危、重病在身的战友黄大刚。至于两侧的地方，正好留给孙梅、周菊以及她们的生死姐妹，张兰和崔竹。因为早已说好，一旦她们百年以后，她们也要到这里相聚。而最下面，则安排了林英和韩劲两个孩子，因为这一辈的人年龄都还小，要到他们百年之后，还有很长时间。至于他们如何摆布，就交给林海和林俊雅他们去安排了。

林振川规划好了，能做的都做了，回到雷家湾时，已经是孤零零他一个人了，好在女儿林俊雅时常出现在左右，还不至于特别的孤单。刚到雷家湾不到半月，他几乎同时收到两份噩耗，一是黄大刚病危，他赶到的时候，只跟黄大刚拉了拉手，黄大刚便溘然长逝。林振川已经欲哭无泪了，他按照战友见面后的约定，把战友送上山，与将来的自己相伴为邻。二是柴叔过世，柴婶因为悲伤过度，没熬过三天，也随柴叔去了。林振川又应约与孙梅、周菊她们一道，把两位百岁老人送上了山。

等把这一切都办完之后，林振川站立金刚山下，站在坟地中央，遥看西天即将坠入大地的夕阳，注视着不远处不停流淌，永远向前的黑龙河水，再望向身后那巍峨高耸，莽莽走远的金刚山，身心一片空灵，大脑一片虚无。突然，一种无可名状的思索和欲念充斥在心头，而这种念头一旦产生，他感到特别的舒服，特别的享受，这是回来将近一年从未有的感觉。为了让这个念头清楚明白地存续在自己的思想中，他就在坟地的一棵松树下，在青翠的蒿草之中席地打坐，一直到第二天太阳出山。

再过一个月，就是他从新疆回来一年的日子，林振川让已经住进雷家湾的女儿林俊雅做几件事：一、为他的岳父雷经天准备一副上好的棺材，放在金刚山下墓园中最上首的位置，林振川准备选黄道吉日，把棺材埋入，也算是把老岳父敬放在他的亲人之间。至于雷经天的行踪，他是一代武学大师，林振川也无法找到，也不愿去找，因为他不想违拗雷经天的意愿，他尊重他老人家的选择，也许他老人家是要把自己融化在山水之间。二、通知他在新疆的大儿子、大女儿、小儿子赶来雷家湾。如果他们愿意，或者说能走开，带着老婆孩子一块来。三、让林俊雅亲自去南京，看看林海能否走动，治疗有无效果，如果能走动，治疗有效果，就让林俊雅租车，带上柯灵灵，把他们从南京也拉回来老家看看。四、通知林海和柯灵灵的儿子林毅、林力，从北京和上海赶回来，因为他们还在上学，还要请假，给他们的时间是二十五天后及时赶到雷家湾。五、给山那边邻省麻城的夏九拍电报，写信，请他也在二十五天后赶到雷家湾。来不来，林振川不知道，但林振川交代，一定要给夏九写信和发电报。如果没有回音，剩五天时，再发一次电报。六、给金刚寨山上的孙梅、周菊捎信，也请她们于二十五天后齐聚雷家湾。

过了半个月，金刚寨山下“山水家园”的地主，自称林姓本家的小伙子，急急忙忙赶到雷家湾，说“山水家园”丘在那里的棺材里面躺进了一个人。

“死人还是活人。”

“死人，应该是死人，白发很多，很大年纪了。”

“走！”

林振川赶到“山水家园”，打开棺材一看，证明他的判断完全正确，他的岳父、师父雷经天已经逝世。白发苍苍的老人家，面容慈悲的百岁长辈，一代武术大师，一方德高望重的老绅士就这样走了。林振川在这个世界上的老一辈亲人都走了，而雷经天的离世，让林振川尤为悲伤。因为自从老姨去世，雷经天说他也要走，并真的离开家的时候，每当林振川在雷家湾独处，回想往事，回忆雷经天的时候，他终于体会到，也深切地感受到，其实在这个世界上，在他与雷经天两代人身上，雷经天比他林振川更苦，更难，心灵和精神遭受的打击、折磨更大。先是中年丧妻，在淑娴、飞侠刚八九岁的时候，在林振川真正成为这个家庭成员，成为他们儿子的时候，他那温柔贤惠、知书达礼、深明大义、勤俭持家的妻子却撒手人寰。在他正值壮年，身体大好的时候，身边却失去了爱人，而贤妻离世以后，虽然妻妹来到了家里，但为了承应对贤妻一生的爱恋，也为了规避世人的闲话，他一直没有再娶，没有与妻妹结成连理，他只是把老姨当作亲妹妹看。这是老岳父的第一苦。接着就是小女儿上山为匪，继而又血溅校场，魂归天国，这是老岳父的第二苦。小女儿刚死，被阴谋陷害的视如己出的女婿林振川又被发现让人杀死，尽管后来检查尸体有诈，但一年、两年、三年过去，老人家认为，三年一点音讯全无，说明此人生还无望，这是老人家的第三苦。在大女儿有了正式工作，家庭生活刚走入正轨不久，碰到了惨绝人寰的饿死人事件，自己如花似玉的大女儿也难逃厄运，香消玉殒，这是老人家的第四苦。女儿刚走不久，家中最小的外孙，飞侠在这个世界上留下的唯一骨血小侠久，又从家乡走失，从此失去了踪影，这是老人家的第五苦。满以为家中还有林海、林英两个孙子孙女围绕在膝下，但“文革”中去大串连，在南京长江大桥上被逼跳江，从此杳无音信，这是老人家的第六苦。过去，女儿、女婿、外孙、外孙女三代齐全，天伦之欢，其乐融融，而自从林海、林英丢失以后，家中只剩下他和老姨两位孤苦老人了。每天，当早迎朝阳、晚看皎月的时候，他老人家心境是何等的凄苦，何等的悲伤呀！任何芸芸众生中的一员，任何一个有正常喜怒哀乐、有七情六欲的人，在这样的痛苦打击下，不是疯，也会傻，即使不疯不傻，也会被击倒，被打垮。但雷经天没有，他是金刚山下的伟男人，真汉子，他永远没有放弃，他一生都在寻找，主动地寻找，寻找女婿的逃命方向，寻找外孙侠久的失散去处，寻找外孙林海、林英死在何处，生在何方。还有一个更重要的寻找，寻找真相，寻找造成这一切苦难的源头，寻找制造冤案的祸首。尽管开始寻找的时候，老人家已经六十岁了，但他这剩下的四十年里，除了苦难悲伤，就是寻找探寻。作为一个老人，这种沧桑，有几个人能经受得了，这种悲苦命运，有几个人能担得起？林振川突然感到，其实，他本人比老岳父要好过多了，虽然四十多年前遭诬陷，遭追杀，遭不公，但毕竟到了新疆以后，特别是新疆解放以后，他和依赛古丽结婚后，创业是艰苦的，精神上的压力却很少，环境、世俗的压力也很小。林振川不得不承认，就是被诬陷、被冤枉这两点重压，就让自己逃往新疆四十多年不敢回来，而老岳父遭受了六个打击、六份重压、六种摧残，在这六个方面的重摧之下，还能主动出击，四处调查，八方寻找，这需要何等的意志，何等的坚强，何等的心力呀？想到这里，林振川又一次在比亲生父亲对自己教养时间更长，待自己比亲生孩子更亲的岳父坟前，长跪不起，不停地流泪，永远的悲伤。他不知道，也想不出来，怎么去安慰已去天国的老人，怎么报恩已经苦了半个多世纪的老岳父。

林振川按照乡间最隆重、最真诚的习俗，把雷经天葬在白云蓝天之下，青山绿水之间，亲人故友之中。

月底到了，陆续从四面八方赶过来的亲人也到了。

最先赶到的，不是近在南京的儿子林海、儿媳柯灵灵，也不是孙子林毅和林力，而是林海的高中同学鞠启明、曾先强和庄联方。他们听说找到了林海的消息，更听说林海要回故乡老家，曾先强和庄联方和鞠启明相约，从江阴、南通一起到了这里。尽管他们不是林振川的亲人，但他们是林海的高中和初中同学，上学时亲如兄弟，形影不离，这次来雷家湾比谁都早。其次赶到的是金刚寨上的孙梅和周菊，她们和林振川是一代人，她们是雷飞侠的生死姐妹，因为离得近，早早起来，一是路途近，来这里方便快速，二是赶早来一些时间，看能为林家做点什么。第三批来的是远在新疆的林振川的大儿子、儿媳妇，小儿子及儿媳妇，大女儿及其丈夫，三家的孩子因为要上学，就留在新疆清河老家，由他们的奶奶姥姥照看。林俊雅解释说，不是依赛古丽不来，实在是家业较大，孙子辈孩子较多，家里也得有人照应。林振川听了，没有说啥，也算默认。最后一批到来的是林海一家。本来，如果林海不来，柯灵灵带着两个孩子是完全可以先来的，但他们一定要带林海回来，因为林海经过将近半年的治疗，身体很有起色，居然能认出柯灵灵和两个孩子，还能断断续续说出几句话来，最重要的是提起林振川，他居然能说出：“爸……爸。”说起雷淑娴，他竟能直接喊出“妈妈”。这让柯灵灵及两个孩子大喜过望，也让中美两国试验治疗的医生们甚为欢喜，他们经过研究认为，让林海出去走走，到山区，回老家呼吸呼吸新鲜空气，只要保护得好，不仅没有什么坏处，而且对治疗疾病、恢复记忆、激活脑细胞的新陈代谢，说不定有估量不出的效果，所以，林毅、林力专门请了一周的假，从北京上海赶到南京，陪同柯灵灵一块把林海带回老家。为了更安全，林俊雅专门租了一辆大一点的商务车，边走边看，边看边歇，在路上多耽搁了两三天，所以，他们这一拨到雷家湾的时间自然要晚一些。

看到这些人都到了，林振川自然十分高兴，但他的目光依然在这一群亲人故友中寻找，并且，他的目光从人群中跳开，看向大门外，看向更远。林俊雅冰雪聪明，她走到林振川身边："老爸，夏九没来。"

"又发电报了？"

"发了。既没回音，也没人来。"

"唉！就不等了。先安排大家住下。"

这里原来有七八间房子，为了安排这次聚会，因为院子还比较宽敞，林俊雅自作主张，专门从城里买来了行军帐篷和床垫。按照她的安排，年龄大一些，身体差一些的人住房子里，年轻人，身体好的人都住在院内的帐篷里。其实，当时，正值仲秋，临近八月十五和十一国庆节，住在院里，能看见身后的青山，能看见挂在天上的月亮，也很惬意。林俊雅认为，让所有来的人都住在家里，才有真正一大家子人的感觉。她老爸一定是这样想的。

各路人马刚到齐的头天晚上，林俊雅召集鞠启明、周菊、撒克支颜、林毅、林力一块开了个碰头会，请林振川说说，这次聚会如何安排。林振川说："丫头，你就说吧。"

林俊雅笑笑说："因为我跟爸爸回老家的时间长些，所以我就说了，说得不对的地方，请各位长辈和兄弟姐妹们多多批评谅解。"

"说吧！"

"第一，明天上午有一个全体会，请老爸讲讲这一年回故乡找人的经过，各位长辈及亲人们说说你们的经历，明天中午聚餐。"

"第二，明天下午，大家各自交流谈心，好多人多年未见，留下半天时间，大家在一起叙叙旧，聊聊天。"

"好！"这居然是坐在一旁的林海喊出来的。

"第三，明天夜晚，老爸宴请大家，大家可以一醉方休。"

"好！"这是林振川在新疆的小儿子撒克支颜说的。

"第四，后天，大家出发去'山水家园'，那里有我们的姥爷、雷妈、飞侠姨、英子姐，老爸的意见，要让林家的后辈子孙，知道林家的祖坟在哪里，到那里估计得大半天的时间，后晚回来后，我要请诸位长辈和亲人们。"

"第五，大后天自由活动，可以前往金刚寨观光，也可以去黑龙河看水，还可以去十八弯去看老爸杀鬼子的老战场。想返程的也可以动身，至于去哪儿，今天要报给我，我好提前安排。老爸，是不是这些？”

林振川笑笑：“这妮子长大成人了，有点像老爸了，安排得不错，主要看周菊妹子、启明侄儿，你们还有什么想法，请尽管说。”

“林大哥，俊雅安排得很好，看到你在新疆的这几个孩子，俺高兴，他们很懂事，你教育有方。”

“惭愧！”

“大叔，我们没什么，我们就想跟林海多聊聊，我们希望他早点好起来。如果需要，我们三人背他上金刚寨。”

“谢谢。”

“林毅、林力，你俩一会儿再问问你爹娘，看他们有什么要求。这次把你爹弄回来，你俩功劳不小。”

“爷爷，这是孙子应该做的。”

第二天吃过早饭，刚准备开会，又赶过来三个人，一位是金沙畈的中学老师古孤灵，她听说林家聚会，也赶来了。古孤灵来，主要因林家团圆，向林振川表示祝贺。同时她还来告诉林振川，她爷爷古敬之也在十天前去世，按照老人家的生前遗愿，他的骨灰也要在这故乡的青山绿水间找一个安静的住处，他生前说：“死后留在家乡，才有入土为安的感觉。”再就是把他的大部分财产都交给了他的孙女，老人家特别交代，如果他的孙女不知道如何处理这笔巨额遗产，就把遗产交由林振川去安排。林振川当然不能接受这笔飞来的外财，而是跟古孤灵说：“你自己多用点，如果说想为家乡做点好事，就找我的闺女，你们具体商量吧。”古孤灵是女性，与聪明伶俐的林俊雅去办这件事，自然也十分高兴。

另两位是韩劲的父母，他们头天就到了，怕雷家湾住不下，就住在了乡镇上，第二天一早赶过来了，他们告诉林振川，他们已把林英看作他们的儿媳妇，他们也希望林振川能把他儿子韩劲当作自己的女婿自己的家人对待，所以，他们来了，希望看在两个苦命的孩子的面上，原谅他们的不期而至。除了又多洒几滴老泪，林振川还能说什么，更不能推辞，也没有理由拒绝。

唯有夏九没来。夏九没来，林俊雅有一点遗憾，但在林振川心目中，是深长的失落和忧伤。

五十一

上午的亲人见面会如期召开了。

林俊雅客串主持人，林振川开始了他的“讲话”：今天，林家亲人们大部分都来了，与林家有情分、有来往的乡亲故交也来了，你们都是我们林家的亲人，林家的朋友。大家能来，我很感动。因为雷家湾这个雷家小院已经近五十年没这么多人了。林家、雷家也很多很多年没有这样团聚了，再过三天，就是“十一”国庆节了，再过七天，就是中秋团圆佳节了，亲人朋友能在故乡的土地上，在故乡的青山绿水聚会，在国庆中秋佳节来临之前聚会、团圆是件大幸事，是件大好事。我今天之所以要在这次林家、雷家的团圆聚会上说几句话，主要有这么几层意思，一是向林家、雷家过世的亲人们表达最真挚最深情的哀思，他们是我的父母，我的岳父母，还有我的老师长、老上级，还有飞侠的干爹、干妈，他们是老一代，令人尊敬、令人敬仰。还有就是我的发妻，我的妻妹，我的战友，我的兄长，我的姐妹，他们与我相濡以沫，生死相依，与我情深意长，至死不渝。还有我的女儿小英子，和她的爱人韩劲，虽然他们是我的晚辈，但他们真情感日月，至诚动天地。他们是我们林家的骄傲。我们林家追忆他们，铭记他们，感恩他们。第二层意思是向所有关心林家、雷家，与林家、雷家有联系、有交往、有情意的人一个交代、一个说法，除了在新疆清河扎哈林小镇我的两双儿女，知道四十多年来我在哪里，我在干什么，我又干了什么以外，金刚山下我的故土亲人们不知道这么些年来，我究竟为啥离开，离开后又去了哪里，在那里又干了什么。四十多年后的今天，我回来了，是为了什么又回来，回来后我又干了些什么。最后一层意思，作为林家和雷家幸存的我们这一代中，只有我是年长的，我们要立下几条规矩，比如，建立林氏宗亲会，与全省和全国的林氏宗亲联络，为林氏一脉发扬光大。还有，每逢正月十五，要为林家“山水家园”故去的亲人们送灯，每逢清明要为“山水家园”的故去亲人扫墓，举行祭祀活动。还有，每逢中秋团圆节，林家、雷家要尽量聚会，亲人团圆，就是要让林家、雷家的后代子孙们知道，这里是林家、雷家聚集地，这里有林家、雷家故去的亲人们，要香火永续，血脉长存。而今天主要要说的是第二层意思……

说到这里，林振川停顿下来，喝了口茶，然后朗声说道：“1949 年，我是浣溪金刚山一带闻名遐迩的战斗英雄、解放军独立团团长、双城县县长。那时的我，青春英发，潇洒无敌，娶了金刚山最美的姑娘为妻，还有了一对儿女。解放军和地方党委各级首长信任我，战友们抬举我，当地的老百姓也相信我、支持我，我可以说是生正逢时，春风得意。可是正应了那句老话，居高易跌，至脆易碎，盛极而衰，骄极易败。在解放县里时，我按惯例打开国民党开设的监狱，结果放走了被国民党收押的县长和刚到双城安排潜伏任务的国民党保密局浣溪站的站长。这个军统站长，是我党我军的死敌，他仇恨共产党，杀害了我党我军很多人员。他得知我军包围了双城县城的时候，感到他最安全的逃走办法，就是潜入监狱，并且找到了因得罪国民党省主席而被暂时关押的国民党县长，两人合谋改装，随着监狱打开被放走的人群一块跑了。他不仅跑了，他还在出逃的人群中施放谣言，说是共产党县长故意让放他跑的。更险恶的是他在监狱的墙缝里留下了给我的所谓'联络信'。事发突然，放走国民党县长不用查，很快得到了认定。而国民党军统站站长被放跑，也是我军在破获敌浣溪保密局工作站时，从敌站长发出的电报中得到确认的，电报上写道：'我刚到双城，即遭遇解放军解放双城，我欲遁入监狱而走，共党内有我等内线帮助，尔等也需尽早潜入地下，早做安排。'这样，敌特站长在监狱施发的谣言与缴获的电报两相照应。为了避免混乱和造成不必要的误会，浣溪专署党委和独立师党委为了保护我，决定让我回浣溪述职，以便让上级尽快查清情况，以正视听。当时的独立师师长和专署党委书记是我的老领导老上级杨海功，他了解我，看着我在部队一天天长大、成人，我没有离开过他的视线，说我是'内奸'，是'敌特'，他认为除非太阳从西边蹦出来，所以，鉴于刚刚解放复杂多变的情况，他决定让我回独立师，回专署避避风头，也好让情报部门的同志方便调查。正是这个决定，又被敌特充分利用了，敌特站长让潜入金刚寨农民自卫军的特务散布消息，传播谣言，说共产党的英雄团长是特务，要被共产党解放军押回浣溪秘密处决。而这个时候，金刚寨的寨主，我的妻妹雷飞侠，之前因与我之间的情感纠葛，闯上金刚寨，当了'土匪'的头。一听说我要被押回浣溪，秘密处决，她当即决定择地埋伏，'劫持'我上山。因为飞侠上山，曾得到杨海功师长的认可，而且她从不祸害百姓，不是真正的'土匪'。她在拦截劫持我的时候下令：'只劫持、不伤人，尤其不能伤了解放军。'但在山上潜伏的国民党中统和军统都得到命令，一个是专门杀我，一个是专门杀解放军，结果是我重伤坠崖，三名护送我的解放军，两死一伤。这一下，我这个'内奸''特务'更说不清了，接着，最让人说不清的是，我身受重伤，在山上养伤大半年，我不知道下山怎么跟上级、战友、部队、党组织说清楚，我只好行尸走肉般在山上随飞侠的队伍东躲西藏，在山上游荡。为了能让我活下去，为了给我一个好的名声，为了不牵连岳父和我妻子雷淑娴，飞侠做了一个女孩子最义薄云天的壮举，她把我送往几百里外的北方，让我逃命；同时她制造了我被杀死的假象，让人们发现了我的‘尸体’；她在审判大会上说她不是雷经天的女儿，是原土匪赵老贵的女儿，她想撇清与父亲、姐姐的关系，不让他们受牵连；接着，她又撞死在当场，她……做了一个侠义圣女应做的一切。我发现这一切后，没有其他选择，因为敌特制造的那些‘证据’虽然不能被证实，但是也不能被推翻。更重要的是，解放军战友因为我牺牲了，雷飞侠也因为我死了，自杀了。我在整个事件中也死了，我的‘尸首’被有关组织和部门认可了。如果我现身出来，这一切都破灭了，用现在的话，都‘穿帮’了。我的唯一出路就是远走他乡、亡命天涯。我一路向北，向北，两年后我到达新疆腾格里大草原，气息奄奄的我碰到了我的义父，一位好人，哈萨克族老汉赛日德老爹。之后又碰上国民党残余军队血洗草原，我参与了与国民党匪军的血战，并结识了俊雅的母亲，心地善良、热情好客的哈萨克族姑娘依赛古丽。受依赛古丽父亲巴哈云格纳和义父赛日德的委托，我与依赛古丽结婚，并有了四个可爱的孩子。为了生存为了不被发现，我改了民族，成了哈萨克族人，改了姓名，名叫振川吉林·赛义德。”

“老爸，歇歇，喝口水。”

“我浅薄地认为，我的死亡，我的离去会给我的妻子雷淑娴、我的孩子林海林英带来安宁，但我错了，实际上就如现在的汽车肇事一样，我犯了事以后，本应该留下来坦然面对，接受惩罚，但我却逃逸了，溜走了。后来的生活现实证明，正是因为我的逃走，我的怯懦，我的软弱给我的亲人造成了巨大伤害，给他们带来了无边的苦难。我的老岳父，一方水土德高望重的乡绅大儒、武学大师，不得不在金刚山上开荒种地，不得不为了生计操劳奔命，不得不为我清正名声四处查寻、追问。我的贤妻雷淑娴，既要承受‘特务’家属、‘内奸’老婆的恶名污辱，还要承担生活的重压。多么美丽善良的女人，即使在人间对她不公，丈夫对她不义的情况下，依然去救助她的学生们，她虽然凄苦至极，委屈至极，但她是微笑着离开这个世界的。世界之大，人群之多，为什么不能给她一碗饭吃，为什么是饥饿夺走了她圣洁宝贵的生命？我们的孩子林海、林英，因为我，被逼跳江。我们的孩子林侠久因为我远走他乡，至今不能回归。苦难并没完结，因为我的逃遁，我的上级老领导杨海功，与我亲如父子，却因我多次遭受打击，多次遭受不公。我的战友黄大刚，我的生死兄弟，因为我政治上受打压，经济上受饥困，身体上受残害，今天我站在这里，他们却永眠在地下。还有很多很多，甚至连与我既不沾亲，也不带故的古孤灵老师，也因为为我鸣不平而遭到冷落、打击、迫害。好了，一切都是因为我，本来是我一个人的罪过，却要这么多人去承担。这就是我做人的不义、不理、不智。咳……”

说到这里，因为激动，因为愤慨，林振川剧烈地咳嗽起来。林俊雅赶紧过来，加上热水，让林振川喝下去，并且又安慰，又拍背：“老爸不急，老爸不急。”

“本来，”林振川说，“知道这是一个圈套，这是一个坏人专门陷害我的局，我作为男人，作为一名共产党解放军的县长、团长，应当追查，至少在新疆安顿下来之后应该去追查，至少应该回来看一看，因为这里毕竟有自己的亲人，自己的骨肉。但我没有。虽然我没有，但我的年龄近百的老岳父没有放弃，他一直没有放弃找我，找林海、林英，找林侠久，更没有放弃找事件的真相。老人家从我遭受诬陷的那天起，就没有放弃查找事情的真相，查找设局设套的元凶。老人家最先找到了我，这是一年前的事了，因为老人家的信，才叩醒了沉睡休眠的我，才唤起了我的良知。虽然有点晚，但我必须行动，于是一年前，我回来了。”

小院里所有人，知道事情真相的人很少，知道林振川受冤被害来龙去脉的人更少，林振川说的这一切，把所有人都说得目瞪口呆，惊奇异常。尤其是晚一辈更年轻的如林毅、林力这样的人，更是如同听天方夜谭，如听广播里播讲反特小说，感到奇特、刺激，趁林振川喝水，林毅站起来问：“爷爷，回来了怎么干？”

“是的，爷爷回来了，我回来的目的，就是寻找真相，就是看望亲人。”

“回来的事，大部分大家都知道了，因此我说简单点，大家不知道的，我说具体点。”

“爷爷好样的。”

“首先，是探寻飞侠的踪迹，因为飞侠是为我死的，她离开大家也最早，虽然大海捞针，耗费时日，但皇天不负有心人，我找到了当年在山上为我疗伤，为飞侠看病的柴叔柴婶，找到了与飞侠亲如姐妹的孙梅、周菊。他们告诉了我许多我不知道的事实，他们让我知道，飞侠是一位真侠女、女英雄，她为人坦荡真诚，豪侠仗义，为匪不是匪，心里装着穷人百姓。她为了雷家的名誉，为了保护我，宁愿牺牲自己，飞侠，不该走呀！”

“飞侠姨奶奶，是这金刚山的女侠呀！”

“我第二站就是找我的老上级，对我倍加关心呵护的长辈杨海功师长，他和我的父母是红军时代的战友，兄弟。他和我，是两代人中仅存的两个，我的父母、兄姐都牺牲了，他的老婆孩子也牺牲了，我视他为亲人，他待我如父子。我回来见到他时，他已经病入骨髓，时日不多，他是我革命的引路人，也是我入党的介绍人。我前进的每一步几乎都是在他的眼皮子下面，说我投敌成为‘特务’他当然不信，不仅不信，他还认为这是一个阴谋。我见到他后，不仅了解到了许多我不知晓的情况，更重要的是看到了一个老战士对党的耿耿忠诚，对祖国的赤子之心，对人民的真挚热爱，如果说谁是我们这个国家和民族的脊梁，杨海功就是。

“我第三个要找的，就是我的结发妻子，林海、林英、林侠久的妈妈雷淑娴。淑娴对亲人的情分如同这高高的金刚山，如同这奔腾的黑龙河，绵延不断，经久不息，她是一缕温暖人心的春风，无时无刻不温暖滋润着她的亲人，她的学生，她的乡邻们。和淑娴相比，我自惭形秽，愧疚于心。我们结婚不到五年，就给她撇下了老父、老姨、两个孩子，一个家庭。结婚前，她灿烂如花；结婚后，她温柔如水。对父辈，她孝顺谦恭；对丈夫，她相爱如宾；对儿女，她爱心四溢；对学生，她视如儿女；对乡邻，她看作亲人。这个世上，上哪儿去找淑娴这样如此善良，如此美好，如此高尚的女人呀。

“第四位我去见的，是已经长眠在这青山之下的好战友、好兄弟黄大刚，在部队我们一直是正副连长、正副队长、正副团长，他救过我三次命，我抢过他三次险，我们都是在战场上把脑袋别在腰上一块拼杀过来的。说我是‘特务’，是‘内奸’，他至死不信，因为从进入游击队开始，我们就形影不离，一直在与日寇、与匪军作战，为了我的名声，为了我的清白，后来又为了我家的安全，为了淑娴的清白，他奋力抗争，与坏人作了不懈的斗争，‘文革’中被打残，战争中又屡次受伤，他的身体垮了，所幸的是在他找马克思报到之前，我们兄弟又见面了。

“第五个要找的是林海、林英两兄妹，这俩孩子是我与淑娴的骨肉，是我们相爱的果实。两个孩子因为我而遭受批斗，遭受污辱，因为我被逼跳下长江，林海变瘫变傻。林英一个女孩子，挑起照顾瘫哥的重担。我那可怜的女儿哟，继承了她妈妈天仙般的美丽，更继承了她妈妈圣女般的善良。可怜我这貌美如花的孩子，还继承了她姥爷高山一般的坚强。大家想想，原来在家，有我、有妈妈、有姥爷、有姨姥姥，后来我走了，她除了有爱她的妈妈、姥爷之外，还有一个时时处处保护她的哥哥，从小学、初中到高中，林海就是林英身后的高山、大树，为她遮风挡雨，为她避苦截难。但从长江里被人救起后，哥哥傻了，瘫了，一直在姥爷、妈妈、哥哥羽翼下长大的林英，怎么去面对、承受这突如其来的苦难？我苦命的孩子，要承受这从天而降的苦难，她要照顾病中的哥哥，要抚养瞿家的孩子，要抚养林海的孩子，要面对无根无籍的折磨，要面对'特务''内奸'狗崽的羞辱，要面对有爱不能爱的煎熬，她要比哥哥更坚强，要比妈妈更善良。我苦命的孩子，她太稚嫩了，太完美了，太像她妈妈了，生活的重压，名誉的挤压，情感的榨压，孩子承受不了……孩子走了，她是那么的美，那么的好……”林振川热泪如注，哽咽难语，许多人都泪下双眼，唏嘘不已。

“第六个要找的，是我和飞侠的骨血。我老了，我不认为是什么丑事了，在山上遭受追剿的过程中，我和飞侠在一起了，并有了我们的孩子林侠久。飞侠在走前，把小侠久送给了她的姐姐雷淑娴，飞侠想用鲜血和生命，给小侠久一个好的出身。然而，小侠久为了找他的雷妈妈，在茫茫人海中走失，后来变成了夏九，就在离这里不远的麻城县，人是找到了，可他不愿相认。我……能理解。

“第七位不期而遇的，是今天早上赶来的古孤灵古老师，古老师是我们林家、雷家的吉星，是恩人。她与我们无亲无故，因为她崇拜敬仰解放这片土地有功的先辈们，在采访老红军、老八路、老解放军战士时发现了我，于是她刨根问底，最后发展到为我申冤鸣屈，打抱不平。为此，她受到了说不完道不尽的打击、迫害，精神受刺激，身体受摧残，至今还是孤苦瘦弱的一个人。我希望从今以后，我们林家都把古老师作为亲人，古老师和我们是一家人。”

“好！”年轻人带头鼓掌，古孤灵起身，点头鞠躬：“谢谢谢谢，应该的，应该的。”

“古老师的到来，为我追查真相、找出元凶提供了极其重要的证据和线索，古老师的亲爷爷，就是我打开监狱，放出的国民党县长古敬之。”

“啊？”小院里的亲朋好友不得不出言称奇。

“这就是我要找的第八位，古老师的爷爷古敬之。因为他是我命令打开监狱时，受敌军统站长的蛊惑，冒充一般狱犯，趁乱跑掉的，老人家虽然解放前与共产党为敌，但清正严明，治县有方，为此，得罪了国民党省主席，因为他杀了调戏良家妇女并致死人命的省主席的亲外甥，当时国民党暂时把他收监，而就在此时，我军突然发起了解放县城的战役。老先生对国民党立有战功，但突如其来的变故，使他变成了国民党的阶下囚，由此万念俱灰，对国民党蒋介石失去了信心。就在此时，敌军统站长找到了他，一方面承诺要为他平反，另一方面警告他，说他身上有共产党的累累血债，监狱打开，共产党决饶不了他。他别无选择，只好与敌特站长一起参与导演了被放、设套诬陷我的大剧。古敬之在改革开放后又回到了祖国，并把几十年在国外积攒的钱，绝大部分投到了家乡，投到了国内。古老师亲自带我去见了她爷爷，我从古老先生那里知道了那个设局害我、一次又一次害杨师长、害大刚、害淑娴的人。”

“爷爷，功夫不负有心人。”

“是的，功夫不负有心人。但这个人身居高位，到底是不是当年的军统站站长，我还要等我爹的证实，因为我岳父雷经天在他百岁高龄的时候，还只身前往台湾，他要在那里找到铁证。这就是我本应先见，但最后才见到的第九个人物，我的恩师、岳父雷经天。知子莫若父，他知道我接到他的信不会无动于衷，知道我会回故乡找人、找真相，于是，他在我回来的路上，去了台湾。他老人家凭着他过人的毅力，超常的智慧，在台湾住了大半年的时间，终于打通关节，买出了五十年也该开封，民进党不愿保护的国民党军统站长的原始档案，知道了这个人过去的一切。我在省会见了古老先生，古老先生给了我一张纸条，上面写着这个人的名字。回到这里，岳父雷经天，给了我一份档案，两相对照，终于弄清了事情的来龙去脉，终于知道了这个坏人是谁，终于到了该揭开真相的时候了。”

“唉——”林振川长出了一口气，然后淡淡地说，“其实这个人，老家的、年纪长一点的都知道，有的还认识。这个人是我红军小学的同学，这个人是淑娴在金沙畈学校的同事，这个人是大刚在双城县时的搭档，也曾与杨海功书记搭过伙计。这个人，为了雪藏自己，杀死了一切知道他底细的国民党潜伏人员，还杀掉了他唯一的上线，一个在台湾、香港、大陆之间穿梭联络的人。更让人不齿的是，为了让自己真正潜伏下来，他竟用毒药逼死了自己的亲生母亲。他父亲是红军时代的军政治部主任，后来当了叛徒，我军处决了他父亲。从此，他就十分仇视共产党。解放后，这个人想撇清与国民党的一切关系，再后来，他认为在共产党内如鱼得水，想成为真正的共产党官员。这个人就是混进共产党内的很有能量、很有市场、很坏很坏的人。”

“爷爷，这个人究竟是谁？”

“这个人叫牛正跃，在金沙畈当过学校校长，在双城县当过书记，在浣溪地区任过专员，后来爬到省里，当了省里头的政协主席，三年前退休。他万万没想到我居然还活着，万万没想到我会摸清他的底细，万万没想到我会找到他。他知道我回来后，花了很多钱，雇了很多人，想置我于死地，但不是我命大，而是有贵人相助，实际上，共产党的安全部门早就弄清了牛正跃的真实身份，但他已混进高位，要搞掉他，投鼠忌器，如果弄不好，会大大影响共产党的形象和声誉。正好，国家安全部门发现了我在找他，就一方面为我清除障碍，一方面让我采取一个大家都能接受的方式，让牛正跃这个坏人消失，所以，当我见到他，戳穿了他的真面目后，他才感到他的末日到了，才有了他‘不幸失足，从十八层楼上摔下身亡’的消息。这样，外界人可以理解因为经济问题自杀，也可理解为因生活作风问题自杀，还可以理解为真的‘不幸失足，摔下身亡’。

“到这里，故事有了一个圆满的结局，善有善报，恶有恶报，坏人得到了惩罚。办完这些事，看到坏人得到恶报，我高兴不起来，因为我的亲人们走了，不可能再活过来，战友们长眠地下，不可能回到我身边，很多失去了的，永远不可能再追回。紧接着，操劳一生，追查一生，苦难一生的老岳父撒手人寰，老姨、柴叔柴婶、大刚也相继去世，我这一辈的亲人朋友所剩无几，留下一个孤苦伶仃的我，生有何用……”说到这里，林振川按捺不住，放声哭起来。

这个时候，林振川在新疆的儿女们围了上来：“爸爸，还有我们呢！”林毅、林力及柯灵灵推着林海也挤上前来：“爷爷，我带你去北京。”

“爷爷，你跟我去上海。”

“爹……”林海居然从嘴里咕出声来，“有……有……我……”

看到林海的模样，林振川更是悲从中来，再次失声痛哭。

哭了很久，人们也劝了很久，林振川稳定了情绪，“对不起，我认为我该哭，逝去的亲人们，为了我，哭得太多了，这些痛这些苦这些哭，本应该由我承当的呀。虽然真凶找到了，仇也报了，但我为何没有感到轻松，也没感到快乐，怎么去告慰因我而故去的亲友们，我……我说完了，俊雅，大家说吧！”

上午的会议，除了林振川说了一些鲜为人知的事以外，别人说的都正常，平和，顺当，人们说得更多的是希望以后与林家多走动，多联络，多帮衬。下午的活动倒是丰富多彩，老一辈的人在小院内倾诉衷肠，回忆过往，年轻人早冲出小院，在后山、在小竹林、在池塘边、在菜园里谈笑风生，嬉闹欢乐。而曾先强、庄联方、鞠启明等人把林海背出了小院，在竹林旁小河边的青草丛里，躺着仰望蓝天，远眺青山，叙述上学时几个人欢快的经历。他们相约，由三人轮流背着林海上金刚寨，看东方日出，观西天晚霞，淋青河瀑布，赏绝壁奇景。回到少时的故乡，也让林海精神大爽，记忆的闸门终于打开了一个小口，他居然能认出他们，不停地叫着“启明”“联方”“先强”，这让陪着出来的柯灵灵惊喜非常，也让林海的两个孩子大喜过望。

五十二

第二天，按照事先的设计安排，一行三十多人前往“山水家园”林家坟地，举行祭拜仪式。林俊雅根据林振川的要求，事先做了安排，也请了司仪。一行人到“山水家园”的时候，祭台已经搭好，烟香纸炮，也已备齐。由于前往林家的“山水家园”举行祭拜活动的讯息头几天就在十里八乡传开了，所以初来的三十几个人，等到“山水家园”时，已经跟上来了近二百人。这里面，有崇敬雷经天为师为人的同门师兄弟、弟子及家人；有受过杨海功帮助接济的老红军、老八路、老战士及其家人；有接受过雷淑娴教育的学生及其子女；有黄大刚生前的战友兄弟及亲戚好友；有老姨家的亲朋好友；有林海、林英儿时少时的同学伙伴；有当地林家、雷家的族人；有许许多多赶热闹、看热闹的人。看见人多，林俊雅与司仪商量，及早举行仪式，仪式完了以后，人来多了，大不了来坟地转上看看，看完，自然会走，这里，没有财宝可寻。

“金刚山林家、雷家中秋祭拜仪式开始。”

随着震耳欲聋、烟火喷涌、礼花飞溅的欢闹爆炸声过去，司仪宣布：“第一项，祭拜天地！”

林振川跪在前排中央，一百多号人，齐刷刷地跪下。

“一叩首。”

“二叩首。”

“三叩首。”

三拜之后，司仪宣布：“第二项，祭拜林家、雷家先祖。”

又是三叩首。司仪接着又宣布：“第三项，祭拜已经过世的林家、雷家的亲朋好友。”

三拜之后，司仪宣布：“全体起立。”但林振川截住话头，林家的人跪下，司仪不认识林振川，看看林俊雅，林俊雅点点头，司仪只好又宣布：“林家人继续跪下，其他人可以起立。”

奇怪的是，很少有人站起来，有几个站起的人，看见大家伙都跪着，也跟着跪下了。司仪接着道：“第四项，林俊雅女士受父亲林振川委托，宣布林家族规。”

林俊雅站起来，走到祭台中央，向先行跪下的祭台方向叩了三个头，又回转身，向着林振川叩了三个头，然后站起身，朗声道：受慈父林振川委托，我宣布林家族规：

一、敬天敬地、敬山敬水。

二、在家敬父母、敬长辈、敬兄弟、敬姐妹，在外敬师敬友、敬同事敬他人。

三、忠诚国家、热爱人民、勤奋工作、谦恭做人。

四、恪守仁义道德，坚持真诚信用。

五、讲礼仪、知廉耻、尚学问、学技能。

……

林俊雅一口气说了十条之多，说完族规之后，又说了几条入“山水家园”的园规：林氏一脉的人，雷家一脉的人，百年之后都可以入这个家园安歇。但又说了若干个不得入园的规矩：

叛国背祖者，不得入园；欺世盗名者，不得入园；鱼肉人民者，不得入园；男盗女娼者，不得入园；奸诈失信者，不得入园……

林俊雅说完，又跪地叩首，拜过祖上，拜过林振川后，又回到跪拜的队伍中。司仪宣布：第五项，请林家当家人，林家主事人林振川先生致辞。

林振川也站起来，走近祭台，向着天地、向着先祖、向着园内已逝的人们磕了三个头，又回转身，向着一群跪拜的人又磕了三个头，然后站起身来，说道：“请大家起来吧，我就说两句话，第一句，请林家子孙记住刚才俊雅宣布的族规和园规。第二句，请记住我们头上的天，记住我们脚下的地，请记住长眠在这里的林家、雷家的先辈们。我以他们为荣。下面，我带大家看看逝去亲人的坟，我把他们介绍给大家，请大家记住他们。林家、雷家的人跟我来，其他人请不要进来了。”

林振川从最低一排开始介绍：“这是英子，这是英子的爱人韩劲，他们和林海、先强、启明、联方是一辈人。”

到第二排，林振川已经是眼圈发红，脸色发白了：“这里是淑娴，林海、英子的妈妈；这里是飞侠，侠久的妈妈；这里有大刚，我的好兄弟，还有飞侠的姐妹张兰、崔竹，他们都走了，留我一个人在这世上，何用何益何干……”

到第三排时，林毅挤过来问：“爷爷，第二排中间为什么空一块？”

“因为那一块，你爷爷的，我要用。”

“爷爷不走，我们要爷爷。”

“好孙子，爷爷不……走……走……”

“老爸，这第三排怎么说，你说还是我介绍？”林俊雅看见父亲神色不对，上前想替换他。

“我说，”林振川突然感到一种莫名的喜悦，一种奇妙的暖意周旋在全身，他满怀快乐地说，“我来介绍，最上面这一排，这最中间的两位，一位是我的岳父、林海的外祖父雷经天，另一位是我的生父，红军的军长林报国，挨着我父亲的是我的母亲吴雅琴。我父母牺牲时，我只有三岁。挨着我的岳父的是我岳母，要知道岳母有多好，从淑娴、英子身上你们可以看到。左边挨着老岳父的是我的老师长杨海功，与他相伴的是红军时代我就认识的崔阿姨，她是杨师长的结发妻子……”三排介绍完了，林振川对大家说：“俊雅，仪式完了，你先带大家出去，我累了，想在这里歇会儿，主要的，我想在这里跟他们说会儿话。”

“老爸，你身体不会出问题吧？”

“不会，老爸身体好！”

“要不要找医生？”

“去吧，我就歇一会儿。”

“爷爷，我陪你。”

“不用，我就想一个人歇一会儿。”

林振川在这群人中，是老一代人，老人说的话，后一辈人不好违拗，一帮林家子女，前前后后都走出去了。“山水家园”是座山洼，山洼里有几重山包，山包是葬坟的地方，整个园子，入园高、中间低，园子外因为要搞祭拜仪式，在园子前搭了个门，门四周又栽满了苍松翠柏。众人一走，小园子显得十分幽静。林振川一方面是真的累了、倦了，另一方面，他想留在这里，他要与在这里的亲人说说话。他靠在雷经天和林报国的坟地之间，两坟的下首就是为他空出的坟地，右边有他的亲生母亲吴雅琴，左首有他的岳母雷陈氏。眼前，有他的发妻雷淑娴，有他的爱人雷飞侠，右边还有他的战友黄大刚。真想见见他们，与他们紧紧拥抱，与他们握手言欢。林振川感到一种热直冲喉头，他没有控制，任这股热流真冲喉舌、直冲大脑。慢慢地，他的脑袋开始下沉，他闭上眼，他看见了，他首先看见的是他的爹娘，林报国说："川儿，你是个好战士，但不是一个好男人。"妈妈也来了，吴雅琴抚着他的头说："川儿，你怎跑那么远的地方，我和你爸在这里住了这么长的时间，等你来看看我们。"突然，林振川看到，雷经天拿着皮鞭："川儿，你欠我雷家两条人命，快纳上命来。"而师娘却从雷经天身后走上来说："别吓着川儿，川儿，你虽不是我亲生，但我视你如己出，你个坏小子，我说过，我的两个女儿，要么都娶，要么一个不要。别看你爹强，我看人比他准。孩子，来吧，共产党不兴娶两个老婆，阴间可以，如果你不同意，你到阴间也不得安生。"正说着，黄大刚出现了："大哥，与其在人间受洋罪，不如阴世乐逍遥。来吧，我们在人世是战友，在地狱，我们也是好兄弟。"黄大刚隐去，飞侠白衣飘飘，冲到眼前："川哥哥好偏心，好狠心，你若负我，我定不饶你。"飞侠刚走，雷淑娴姗姗来到："川哥，虽然你负我，但我从没负你，我一直在等你，等你回到我的身边。来吧，我的爱人……"

林振川又回到了在坟地那种很舒服、很欢喜、很如意的感觉，他感到天在旋转，地在旋转，他感到自己也在旋转。他突然感到自己跟这里的人们好熟悉、好亲切，突然感到，跟他们融在一起很快乐，很惬意，他感到心在往下沉，人在往下坠，意识越来越模糊。他仿佛对自己说道，在人间太累了，这一年回来太累了，心痛的次数太多了，眼泪流得太多了，人间的痛苦、争斗太多了，人间的苦难、灾害太多了，我不想看了，也不想听了，更不想受了，我在这里没有什么了，我要去找你们。我来了，亲人们，我来了，战友们，我来了。

林振川有意无意地催动了他灵魂出窍的步伐，催动了心绪下沉的脚步，催动了血脉走失的历程，天在转，高远处，先辈在招手；地在转，近身处，爱人在呼唤，自己在旋转，自愿去相会，我去了……转着转着，林振川的意识在减少，越减越少，他感到更加舒服，更加如意……

林振川跨过了生死两界，他走了，与"山水家园"里的亲朋好友相会去了。

园门外，一个男人带着两个孩子急促奔来，走到"山水家园"门口，急切问："这里是林家的祭拜活动吗？"

"是！你是谁？"

"你找谁？"

“我是林……我是夏……不……我找林振川。”

林俊雅走上前：“你是夏九吧！”

“我是夏九。”

“老爸一直在等你。”

“老爸，人呢？”

“老爸累了，在里面歇会儿。”

“歇会儿？我预感不好，刚才突然感到头剧烈疼痛，快进去看看。”

林俊雅也感到情况不对，拉着夏九急急忙忙奔进园子。看见林俊雅拉着夏九往园内跑，林毅、林力也跟着跑进去：“爷爷、爷爷……”尤其是刚从痴傻中醒来的林海，更是放声大叫：“爹……爹……”林家亲人蜂拥而进，在园子里，在坟地中央，人们的确看见了，俊雅看见了：“老爸！”看见了倒伏在雷经天、林报国脚下，倒伏在淑娴、飞侠中间的林振川。

“老爸，你醒醒。”

“爹，我来了，侠久来了，爹……我回来了。”

“爷爷……”

“爹……”

“老爸……”

山在哭、水在泣，满园子的人在流泪呼喊，但林振川的心脏停止了跳动，闭上了双眼，他走完了他的人生路。

可不，他的坟早就准备好了。

定稿于 2017 年 3 月 21 日下午 4 点 37 分

于郑州天下收藏

后　记

这部小说虽然写得很辛苦，但还是比较顺畅地写完了。小说写得如何，只能请读者朋友评判了。我不想多说为小说作推荐宣传的话，只想说几句与小说内容关联的话，也算个人的创作小结吧。

这部小说孕育时间很长，可以说是十年前的事，开始想以金沙畈镇为背景，写几个家族的命运纠葛、爱恨情仇，但写家族小说的很多，以我的功力，不说超越了，能胜任就不错了。于是，就暂且放下。接着在故乡发生了一件事，让我久久不能释怀。那是清明节后的一个雨天，我因回老家扫墓，清早在山上走动，在一座被青松翠柏掩映的土坟前，看见一个花白头发的老人，长跪在坟前，突然老人扑向坟前石碑，仰天长吼："我悔呀，五十年了！"然后头叩向石碑"咚咚"作响。我被好奇心驱使，悄悄向老人靠近，只见老人额头渗血，满脸热泪，不停地叩头，不停地叙说："我错了！""我悔呀！""我该死……"这情景让我震惊。老人是做了什么样的错事，能让他如此的悔恨，如此的愧疚？人都可能做错事，做坏事，但如果这错事不是痛彻心扉，铭心刻骨，老人家怎么可能会如此愧疚不已，长跪痛哭呢？这里面一定有故事，当我走近老人，想与之交流、了解缘由的时候，老人不知所终。但这个情节一直在我心中萦绕。缠着绕着竟与我正在酝酿的小说构思碰撞到一起了，于是就有了这部小说真相探寻和灵魂救赎的故事和主题。

接着说小说的结构和呈现形式。如果正面叙述，按年份按时空写下去，恐怕写两个这么长也不一定能收得住。小说历史跨度这么大，涉及年代这么长，只能采取倒叙和穿插叙事了。我写小说少，写长篇更是凤毛麟角，这种结构叙事的方法，我心中没数，也没经验，只有请评论专家和读者朋友们说长道短了。

再说小说语言。这部小说有点长，可能废话比较多，但正如对待自己的孩子一样，哪一点都是自己的心血，自己的辛苦，舍不得下手大删减。其实这里面也有个功力问题，功力好，三百字就能把情节和人物写清楚、写生动，功力不到，五百字、八百字也写不透彻。

记得，开第一部小说研讨会的时候，我曾经说过，第一部小说写的是欢乐的故事、幸福的故事、美丽的故事。而第二部小说可能就要写辛酸的故事、痛苦的故事、悲惨的故事。我算是兑现了自己的承诺，这部小说写了不少悲惨辛酸的故事。小说的好几个人物，命运都是悲剧，比如雷飞侠、雷淑娴、林英、林海，尤其是雷淑娴和林英母女俩，她们的悲惨命运际遇，让人痛心不已。尽管改了很多遍，看了很多遍，但每次看到她们的悲惨结局，我依然控制不住，热泪长流。也许，悲惨的故事更能触及灵魂，深入人心。

小说即将付梓，想到自己的心血和成果能呈现在成千上万的读者眼前，让读者朋友分享我的创作，高兴的心情难以言表，对我这个一大把年纪才动手写小说的人来说，是一个莫大的褒奖，我给自己点个赞。小说能得以出版，我真诚感谢许许多多对我给予无私支持和鼎力帮助的人。首先要感谢的是作家出版社总编辑黄宾堂先生，第一本小说出版时，我与黄总编并不认识，只是在他参加作品研讨会时才见了一面，但黄总编的睿智和情怀，让我甚为敬佩。这本小说出版，与黄总编也只是在微信上联系了一次，而黄总编只有仅仅十个字“出版我安排，小说你改好”，便为我排忧解难。黄总编的胸怀和境界更让我折服。其次要感谢这本小说的责任编辑田小爽女士，是小爽女士孜孜不倦地为小说把脉问病，细微认真地为小说打磨修改。在身体不适的情况下，依然为作品出谋划策、润色把关。还要感谢我幼时至交、一生的好友，原长江文艺出版社总编周百义先生，在出版事业依然十分繁忙的情况下，为本书作序。还要感谢郑州大学部分老师和同学们，为本书打印和校稿，还要感谢河南省新华书店、大河书局和北大盛世格局商学院的朋友们，他们为本书的发行尽心出力。小说是我写的，但它的正式出版，是诸位朋友帮助关爱的结果，在此一并深表谢意。

写小说虽然很累，但我依然期望能再写下去。

图书在版编目（CIP）数据

生死救赎 / 胡昌国著．-- 北京：作家出版社，2018.7
ISBN 978-7-5212-0136-9

Ⅰ．①生… Ⅱ．①胡… Ⅲ．①长篇小说-中国-当代
Ⅳ．①I247.5

中国版本图书馆 CIP 数据核字（2018）第 161381 号

生死救赎

作　　者：胡昌国
责任编辑：田小爽
装帧设计：百丰艺术
出版发行：作家出版社有限公司
社　　址：北京农展馆南里 10 号　　　**邮　　编**：100125
电话传真：86-10-65067186（发行中心及邮购部）
86-10-65004079（总编室）
E-mail: zuojia@zuojia.net.cn
http: //www.zuojiachubanshe.com
印　　刷：北京明月印务有限责任公司
成品尺寸：170×240
字　　数：450 千
印　　张：28.75
版　　次：2019 年 3 月第 1 版
印　　次：2019 年 3 月第 1 次印刷
ISBN 978-7-5212-0136-9
定　　价：58.00 元
